新编辑部故事

New Editorial Department Story

巩向东 著

作家出版社

目 录

一 谁主沉浮

正像戈玲在最新一期《主编的话》中所慨叹的："乾坤斗转日月沉浮，人生就像大海中的航行。我们《人间指南》就是茫茫人海中的灯塔，就是漫漫旅途中的指南针。《人间指南》与您相伴，共同走过了风风雨雨的二十年……"

二十年一晃儿就过来了。

二十年可以改变很多事儿。可以让《人间指南》变成铁打营盘流水的兵，可以让戈玲从编辑变成主编，也可以让她从未婚女青年变成李冬宝的前妻和李子果她妈。当年，李冬宝死盯戈玲，极尽软硬兼施之能事。戈玲使劲端着，半推半就，欲擒故纵。最后两人实在演不下去了，一拍即合，互相从了。要看李冬宝和戈玲的结婚照，两人幸福得像两朵花儿。但相爱容易相处太难，一转眼，两人离婚都有十多年了。

"谁也别跟我提李冬宝！"李冬宝成为名人以后，戈玲总喜欢这样说。

但是还有后话，"我唯一念他好儿的就是他给了我一个女儿！"

李冬宝不当"知心姐姐"以后，混进了娱乐圈。活该他时来运转，赶上那两年丑星走红，李冬宝歪打正着，一不留神在影视圈成了腕儿，火得一塌糊涂。据说目前正忙着拯救中国电影，业余时间也不闲着，老在电视上帮人卖牛肉面和电话卡。戈玲坚持认为这是偶然中的必然，因为她有李冬宝的话为证——

"李冬宝说吧，多亏我当年把他自尊打击得一点儿不剩，他才破罐破摔进了娱乐圈。我觉得他这话是为数不多发自内心的。"

这么多年过来，戈玲本色不改，那张嘴依旧伶牙俐齿，说尖酸刻薄也行。这些年久在江湖，这看家本事就没撂下过，杀伤力比从前还加个更字。布尔乔亚那股劲儿也还照旧，浸到骨子里了，去不掉，时不时老得矫情一回，就是跟五十的岁数有点儿不搭。其实戈玲压根没觉得自己老，她心想自己的状态跟小姑娘那时候没两样，还年轻着呢。要不是九〇后那鲜嫩的脸蛋儿老在眼面前晃悠，戈玲真不信自个儿都五十了。

想当年在编辑部，戈玲和李冬宝都是意气风发的改革派，经常跟以牛大姐为代表的保守派两军对垒。可是时过境迁，面对现在编辑部里的年轻人，戈玲发现自己不知不觉成了当年的牛大姐。戈玲不服气，更加嘴不饶人，可岁月不饶她，偷着一照镜子，脸上纹路都往下走，确实老了。

当初编辑部那拨儿人，掰着手指头数数，退休的退休，去世的去世，跳槽的跳槽，就剩下戈玲还坚守着编辑部这块阵地，算得上是硕果仅存。

婚姻上戈玲没实现从一而终，铁了心要从事业上找齐，坚守《人间指南》这块阵地。可是风云突变，传言说《人间指南》即将停刊。那一天，戈玲正式进入更年期。

感情失意，好在事业还算得意。前些年，戈玲作为《人间指南》编辑部的唯一元老，毫无争议地成为主编。李子果上大学走了，她独身一人，又没什么别的爱好，真正做到了以编辑部为家。编辑部成了戈玲生活的支点。时光如梭，戈玲发现自己越来越爱编辑部了，没丈夫行，没情人也行，没编辑部还真不行。

当前所有纸媒的日子都不好过，戈玲花了不少力气，就这么受累，也没能挽住《人间指南》的颓势，发行量一年不如一年，大势所趋，不变不行了。

编辑部的人耳听八方，整编的消息还没正式公布，他们早都知道了。想当年在老编辑部，每个人都跃跃欲试想当主编，戈玲和李冬宝还联手竞选来着。可是如今在新编辑部，大伙对当不当主编没多大兴趣。现在这人们都开窍了，主编又不算什么官儿，除了多操心受累，工资又多不了多少，何必呢？如今工作流动这么快，杂志黄就黄了，再换别的家儿呗，用不着非得一棵树上吊死，傻不傻啊！

就拿摄影记者、美术编辑袁帅来说，《人间指南》停刊甚至未必不是好事。袁帅在圈里小有名气，所谓职场达人，一直有杂志要挖他，所以《人间指南》真散摊子他也不愁没活路。

袁帅并不帅，相当名不副实，所以这名字其实是他心中永远的痛。袁帅出生于一九七九年，亲身见证了中国的改革开放。如果细分，袁帅并不属于正宗八○后，但他总愿意把自己归为此列，死活得跟七○后划清界限。

袁帅一向以情圣自居，自从看过一本《我的一生》，就把那个叫卡萨诺瓦的意大利色狼奉为知己和导师，借鉴其泡妞大法，照猫画虎，结果屡战屡败、屡败屡战。但袁帅从不怀疑自己在情场的杀伤力，他认为跟他在职场的受欢迎程度大同小异，到哪儿都引发哄抢，跟谁好跟谁好，一不注意就得罪人。而他又是个无比怜香惜玉的人，不忍心伤害任何一个女子，所以导致他至今未娶。用他自己的话说，这叫不偏不倚。

袁帅对异性发生兴趣确实早于常人，据查是从幼儿园小班开始，具体表现是拿大白兔奶糖利诱小女孩接吻。到了中学愈演愈烈，发展到酷爱在女生面前演发哥。如此种种，令人后脊梁发冷，他却津津乐道。

命中注定，袁帅这辈子就得跟美女打交道。作为《人间指南》的摄影记者，他的本职工作就是给明星拍照。袁帅还真不是花心男人，照他的话说，他只不过天生就特别向往美好。

袁帅爱抖机灵但不招人烦，善于把一切都拿来调侃，嘴上挺开放，骨子里其实未必。有了他，编辑部气氛立刻活跃多了，不然缺少这么个插科打诨的人，有时候还真不行。袁帅知道自己是编辑部的中流砥柱，所以才一直没有毫不犹豫地跳槽。也许连他自己都没意识到，从这个意义上说，他还是爱编辑部的。

与袁帅相比，生活版兼财经版编辑刘向前已然四十不惑。当年他高考差几分，没正式上过大学，望子成龙的刘书友逼着他通过高自考好歹拿了个大学文凭。刘向前在国企工会当宣传干事，算是那儿的笔杆子，尤其擅长刷标语写黑板报。几年前，刘书友千方百计通过关系把他调进编辑部，让他正式成为了文化战线的一员。

刘向前没上过正规大学，又是从国企出来的，自己觉得"文化底蕴不够"，底气不足，生怕编辑部的人看不起他，老想向所有人证明自己，所以就憋着劲地抖机灵，效果却往往适得其反。

有一个说法，谁能把爱好跟工作合二为一，那就算谁这辈子幸运。地球上一万个人里边，也不一定有这么一个。刘向前就是这万分之一。

刘向前高自考学的是财经专业，本人就是个财迷。他们两口子工资加一块儿不多也不少，他变着法儿地理财，按比例匀开，或基金或股票或债券，反正得让它钱生钱，而且还都有理论出处，他的口头禅就是"你不理财财不理你"。发财致富不大可能，刘向前没那胆略，小康还没问题。现在个人投资理财是热门，这是刘向前的长项，他负责这个版块，正好水到渠成。

凡是生活过日子的事儿，刘向前样样拿得起来。就比如日常买东西，刘向前是他们家采购员，哪种东西在哪儿卖，哪家店卖得便宜，哪家超市又促销了，他都门清。你就按着他说的去，准保物美价廉。连女人东西也不例外，他老婆的衣服都是他买，眼光不错，又会砍价儿，一来二去，戈玲买东西都找他参谋。

刘向前会做饭，而且爱做，你不让他做饭他不高兴。给他一棵大白菜，他能给你变出一桌宴席来，还保证像模像样。去哪儿吃饭，什么菜只要让他尝一口，他就能说出怎么做的来，而且回来就能如法炮制，基本上八九不离十。

生活版交给刘向前，他那些本事一点儿没糟践，全使上了。

编辑部的人全算上，数刘向前活得最现实，也数他小日子过得最有滋有味。职业体面，收入比上不足比下有余，娶了个老婆聂卫红，虽然说不上如花似玉，而且还凌驾于丈夫之上，但被刘向前哄得一心一意跟他过日子。别人有的自己差不多也都有，小富即安，刘向前比较满足。同事们都做不到他这样，甭管年轻年老的，都活得不够真实，多多少少有点儿拧巴。只有他能做到如鱼得水，那张胖脸老是白里透红神采奕奕，好像天天都是幸福生活，大伙说社会主义优越性全体现在他身上了。

幸福生活不是白来的，刘向前善于经营。过日子过日子，日子是过出来的，你得会过。刘向前跟当年的刘书友不一样。刘书友是有钱舍不得花，老省吃俭用，那叫抠。刘向前不是。他比刘书友会生活，他认为钱是为享受生活服务的，该花的就花，关键是怎么花。怎么花钱是门学问，深了去了。刘向前敢说自己没花错过一分钱。他善于精打细算，而且有板有眼，每一分钱都能花在刀刃上，用最小的投入得到最大的回报，这叫天分。

要是非得把刘向前跟他父亲刘书友联系到一块儿，就算他是刘书友的升级版吧。

大伙儿工资都差不多，怎么就人刘向前那么滋润呢？编辑部的人聘请刘向前当理财顾问，谁有大的支出，必定先问他。除了跟他学花钱，编辑部的人也想跟他似的钱生钱。

要给大伙儿讲理财，刘向前能连着讲一天一宿，而且还讲不完。他分析世界经济形势能引经据典振聋发聩，然后评论股市也能高屋建瓴一套一套的，就是一到具体操作上，势必吞吞吐吐，让大伙儿特别着急。

刘向前不是成心留一手，他是不敢冒险，轻易不敢下手。看得是挺准，但是谨慎有余，总晚一步，步步踏空。就有一回，刘向前得着内部消息，在编辑部大伙儿撺掇下，下狠手率众抄底，结果失算，编辑部集体大赔钱，所有人都埋怨，弄得刘向前连着俩月抬不起头来。后来刘向前想明白了，财经需要宏观，这不是他强项，加上胆小，所以从此以后他只评股不买股。

别看刘向前业务能力一般，对单位人际关系那一套可是滚瓜烂熟。按照他的经验，要想在单位站稳脚跟，必须得有个靠山。编辑部里，主编就是最有力的靠山，所以刘向前对戈玲表现得特别没说的，一切行动听指挥，还处处维护戈玲的权威，以戈玲左膀右臂自居。为了表示跟戈玲关系不一般，刘向前跟戈玲不叫主编叫"戈姨"——从刘书友那儿论，这辈儿没错——越人多时候越这么叫，弄得戈玲应也不是不应也不是。

为这事儿，戈玲还专门跟刘向前谈过，让他往后别这么叫，大不了几岁，听着别扭，再说她还没这么老。哪知道让刘向前改口还挺不易，该这么叫还这么叫，戈玲没脾气，也就随他了。

刘向前是那种一有情况就第一个跳船的人。刚刚听到《人间指南》解散的传闻，他就已经开始四下活动找领导安排调动了。一切依靠领导，这是刘向前职场生存的法宝。

对停刊传闻表现最为淡定的当属何澈澈。

都说人小时候长得好看，大了准咧咕。何澈澈就不。何澈澈生下来就眉清目秀惊为天人，现在更是出落得让男人惊艳，让女人惭愧。但他却泰然自若，并不因此嚣张，更不具有攻击性，温良得像个食草动物。

何澈澈是学计算机的，把《人间指南》的网站搞得有声有色。主编戈玲认为，作为一个九〇后，难得这么敬业。何澈澈显然并不喜欢"敬业"这个词，他更习惯自我评价为"专业"。

何澈澈有两个业余爱好，一是睡觉，二是占卜，但为了占卜可以不睡觉。据说他看手相的水平已经达到或超过江湖先进水平，随时都能自立门户，凭这个养家糊口。袁帅和刘向前很认真地让何澈澈给《人间指南》的未来算了一卦，何澈澈煞有介事地掐诀念咒，直到把那两个人等得心急火燎，才幽幽道了一句：

"命数未尽，有惊无险。"

"完了澈澈！这回算是砸牌子了！"

袁帅对何澈澈的预测不以为然，背起长枪短炮，开着被他DIY得斑斓炫目的越野车，径直去酒吧会晤老金。

老金是一家八卦杂志的主编，一直游说袁帅给他干。

"你要给我干，不用别的，天天晚上就来这种地方一蹲，他们露头你就拍！我就不信没绯闻！"

袁帅不满："金主编你说让我当视觉总监，可没说让我当狗仔队！"

"别说那么难听啊！狗仔队怎么啦？没有他们，谁替广大群众监督明星大腕的一言一行？谁能让好事不出门坏事传千里？就这么着，这些人还胆敢乱说乱动呢，要没狗仔队镇着，他们还不得篡党夺权?！知道你们《人间指南》为什么垮吗？就因为对狗仔队的重要作用视而不见！痛定思痛啊！"

袁帅虽然知道老金这是歪理邪说，但面对现实，他又无力反驳。

酒吧里人满为患。舞台上，一个过气歌星正气喘吁吁地唱法语歌。坐在底下的安妮实在听不下去，不等他唱完，就端着酒杯走上前，毫不客气地打断了他："你唱的吗？"安妮穿晚礼服，操一口方言，带几分醉意，弄得那唱歌的还真猜不出她身份，"你以为同胞们不懂法语，就可以胡唱？俺懂法语！俺听出来了，你就是瞎哼哼！"

安妮说话不拐弯儿，唱歌的急了："普通话还没说利落呢，你还懂法语？去去去，别捣乱啊！"

安妮据理力争："俺咋不懂？俺是刚从苏格兰学成归国的，海归！"

安妮确实是海归。她原名安红，出生于中国山东，原本就是一土妞，女大十八变，若干年后，安红苏格兰留学归来，叫的是外国名，说的是外国话，开的是外国车，吃的是外国饭——从里到外一律跟国际接轨。

海归也分品种。其中一种最常见，就是哪怕在外头吃糠咽菜，一回来也得皱着眉头嫌这嫌那，老"你们国内""你们国内"的，瞅哪儿都不顺眼，哪儿都不如他们国外。国内的问题都明摆着，都明白，大伙也不满，也指天骂地，也跟外国比，这是真为自己家的事儿着急。洋毛子跟二毛子不是，他们是讽刺挖苦看笑话，连带显摆自个儿，生怕别人拿他当中国人。要不是回了趟老区，安妮真就彻底拿自个儿当国际人士了。那一回，玉米粥跟大煎饼一端上来，她胃口大开，再不用跟吃西餐那样端着、假着，这才恍然明白自个儿还是那个老区人民的女儿安红。

"俺明白了，再洋也是假洋，中国胃变不了！"

从那儿以后，问题来了——安妮、安红成了一个钢镚的两面。海归安妮人前显贵，但只要一杯小酒下肚，老区女儿安红立马原形毕露。她今天就是在和朋友们尽情对酌之后，展现出性情中人的一面，结果当众发威。活该这唱歌的倒霉，正好撞在了枪口上。

"一嘴的胡辣汤味儿！你还海龟？怎么爬上岸的？"

对方的反唇相讥把安妮气得双目圆睁："你可以侮辱俺个人，可是你不能侮辱俺们家乡著名的风味小吃！"安妮借着酒劲，老区女儿的性情一上来，抬手照着那人就是一巴掌。对方没承想安妮如此生猛，慌忙招架，舞台一时大乱。

见此情景，金主编以为缘起劈腿、艳情，登时来了精神，两眼炯炯放光，一把揪起袁帅："拍！拍！《始乱终弃，某某某遭痴情女追杀》，独家现场照片，对开两个P！拍啊！"

袁帅推脱不过，举着相机跑过去，啪啪一通拍。安妮发现有人拍照，撇下唱歌的，横眉立目地冲过来抢相机，袁帅赶紧套近乎：

"咱不是外人儿！我跟他是哥们儿，按说我都应该叫你声嫂子！"

袁帅认定了唱歌的与安妮关系不一般，谁料安妮怒目圆睁："嫂子？你胆敢占俺便宜？"

"怎么占你便宜呢？你跟他什么关系？我叫你嫂子这不理所应当嘛！"

安妮凤目圆睁，用英语骂了句粗话。袁帅没听懂，只当是句客气话。

"您别客气！"

安妮咬牙切齿："俺骂你咧！"

"不可能！骂人话我都熟！"

"没文化！俺用英语骂你咧！"

"不可能！English我懂！"

"苏格兰英语你也懂？"

袁帅这才相信："合着English骂街也兴带口音的！你骂的什么？你敢拿母语再骂一遍?!"

"好话不说二遍！"

安妮志在必得，双方你进我退，辗转腾挪，一举一动竟像极了探戈。乐队心领神会地加以伴奏，更令袁帅与安妮的表演天衣无缝，就连那唱歌的都看直了眼。

"嫂子，这让咱哥瞅着多不合适……"

"跟俺叫安红！"

"安红?"袁帅觉得不妥，"直呼其名这不合适……你喝多了！"

袁帅不敢恋战，瞅个空子跳出圈外："英语嫂子怎么说?"

"sister-in-law!"

"Byebye sister-in-law!"袁帅跳下舞台，逃之夭夭。

第二天一到编辑部，袁帅把在酒吧拍摄的照片一展示，立刻引起了刘向前的浓厚兴致，指着照片上的安红一个劲儿打听。

听袁帅添油加醋地讲罢来龙去脉，尤其是得知这样一张八卦照片市场价不菲，刘向前大为嫉羡，掏出随身计算器开始算账。

"这钱挣得也太容易啦！早知今日……你们都不知道，当初李冬宝走时候，本来说让我接替他的，我嫌这工作累，就没接。我要是接了，袁帅哪轮得着你呀？挣钱多，还天天看美女……"

正说着，窗外响起轰鸣声，只见一辆酷炫机车疾驰而来，划出一道漂亮的半弧，戛然停在空地上。车手摘下头盔，一头长发瀑布般倾泻而下。这女孩二十出头，眼睛特亮，背包上拴着一个HELLO KITTY的布偶。袁帅的越野车引起了这女孩的兴趣，她绕着车转了一圈，东摸摸西看看，然后夹着头盔朝楼里走来。

隔着窗户，袁帅目不转睛地盯着，并想入非非，"别是上咱编辑部来的吧?"话音未落，有人敲门，靠门最近的何澈澈起身开门，出现在门口的正是那位机车女孩。

袁帅两眼放光，赤裸裸地打量那女孩，把对方盯毛了。

"请问，这是《人间指南》编辑部吗?"

"是是是!"袁帅迫不及待地跨步上前，"找知心姐姐?我就是!"

女孩乐了，"你……知心姐姐?"

"情况是这样的——"刘向前凑过来，一副权威的口吻，"原来李冬宝是知心姐姐，李冬宝走以后，本应该我当知心姐姐的，可是我肩上的担子已经很重了，就转让给他了!"

"一般她们跟我都是电话沟通，还有QQ、MSN、微博，先聊，有感觉就见面儿。大多数都聊得特好，一见面儿就不是那么回事儿了，十有八九都恐龙。不过你是第一个例外。你QQ号多少?加你微博也成!别说让我猜——女祭司是你吧?草莓高跟鞋?还是奥特曼之母?都酷爱跟我聊……"

袁帅笑成了一朵大菊花。女孩盯着他，很狡黠："原来知心姐姐是网恋杀手……"

"啊，你误会了!我是说像你一样的热心读者……每当他们在人生中遇到困惑和烦恼，就会向知心姐姐倾诉，在我循循善诱的启迪下，他们重新获得了生活的勇气。我知道，你一定遇到了什么解不开的疙瘩。莫悲观莫沮丧，来吧，请你向知心姐姐敞开心扉……"

袁帅夸张地伸开臂膀，女孩吱溜一闪，躲到了何澈澈身后："他是咱编辑部的吗?整个儿一花痴!"

"他也就嘴上花，永远口号大于行动。"何澈澈给女孩吃定心丸，"放心吧，这里是安全区。你到底什么事儿呀?"

女孩从包里取出一封介绍信，"我是来报到的!"

那三个人都傻了。

女孩没注意这一细节，接着问："谁是主编?"

刘向前立刻上前，"本人姓刘名向前，家父刘书友你一定跟全国人民一样耳熟能详，你叫我刘老师就行。主编不在的时候，一般由我负责。"

刘向前从女孩手里接过介绍信。袁帅和何澈澈都凑过来，抻着脖子看。

"欧小米……"

"新闻系研究生……还真是来报到的!"

袁帅一步跨到欧小米面前，热情地伸出双手，"我们从五湖四海走到一起来，缘分哪!"

刘向前纳闷："编辑部说话就解散，怎么还往里进人呢？"

"解散？"欧小米吓了一跳，紧接着无比沮丧，"我怎么到哪儿哪儿解散呢？上个月我去一电影杂志解散了，上上个月去一时尚杂志也解散了，今天刚到《人间指南》，又解散了！"

袁帅乐了，更觉得这女孩可爱了，"雷曼兄弟解散跟你没关系吧？改天您受累去白宫溜达一趟，趁热打铁把美国政府给解散了，让奥巴马也亲自下回岗！"

"你说我找个工作容易吗？！昨晚上庆祝我被《人间指南》录用，借钱开一Party。不带你们这样儿的！"欧小米夹着头盔往外走，袁帅胳膊一伸，拦住去路："别走！话没说清楚就想走？"

欧小米没心思，"知心姐姐，改天我再向你敞开心扉成吗？"

"嘿嘿，成！"袁帅说明用意，"我记一下你QQ是……哎，不对！我意思是说，谁说《人间指南》要解散啦？本人郑重声明，《人间指南》绝不解散！"

不光欧小米，连何澈澈和刘向前都愣了。何澈澈赶忙把袁帅拉到一边："你别再吓着人家……"

"哥哥我在《人间指南》都快熬成千年老妖了，盼星星盼月亮才盼来一个这样面相的，说什么也不能让她逃脱我的魔掌啊！"

"解散不解散，你说了也不算啊！"

"拖一天是一天！为主力部队赢得时间！"

袁帅回到欧小米面前，一派英雄豪气："欧小米同学，《人间指南》是深受全国人民爱戴的杂志，出现今天这种局面，本人要作深刻检讨。我不应该太谦虚谨慎，太淡泊以明志宁静以致远，以致放松了对办刊工作的总体指导和把握。今后，我们是革命同志了，你和我要拧成一股绳儿……"

"你是谁呀就跟你拧一股绳儿？"欧小米觉得匪夷所思。

"我自我介绍一下，本人袁帅，叫我帅哥就行！见到我，你就会发现原来帅也可以这样具体！"

见袁帅用力扮帅，欧小米小声嘟囔："我知道了，帅只是你的理想！"

只有何澈澈听见了，噗嗤一乐。

"咱们都是同龄人，八〇后，有共同的世界观方法论共同的网络语言共同的生活习性……"袁帅继续滔滔不绝，欧小米打断他："不对吧知心姐姐，谁跟你是同龄人啊？你哪年的？"

"一九七九年，那是一个春天，有一位老人在中国的南海边画了一个圈……"袁帅自知不理直气壮，便自嘲，"这事儿怪我爸我妈！晚几个月我不就名正言顺八〇后了嘛！非让我赶早儿，说是跟中国改革开放共同成长，邓爷爷那儿等着呢！"

欧小米笑得发自内心，之后又怅然。

"舍不得走了吧？"袁帅认为有机会。

"要不解散就好了，我还真就扎根闹革命了！"

"姑娘，这就是人生！"刘向前做出通达世事的姿态，"人生是什么？以我的阅历，人生就是花钱买东西，很难称心如意。我也不愿眼睁睁地看着《人间指南》垮了，所以我才把眼闭上。"

说着说着，刘向前一看表，立刻打住话头，转身去拿兜子："哎哟，坏了，光跟你们说话了……沃尔玛开一早市，别看菜价贵，能随便择，掐尖去叶，差不少分量呢，里外里一合，比农贸市场便宜！哎澈澈，戈姨来了就说我……"

袁帅、何澈澈异口同声："市场调研去了！"

刘向前使劲点头，拎着兜子兴冲冲地走了。刘向前刚走，戈玲就来了。得知欧小米前来报到，戈玲异常兴奋："欢迎欢迎！队伍壮大了，这有力说明领导是力挺咱们的！新兵也好老兵也罢，我希望咱们每个人都不当逃兵！"袁帅积极地向戈玲献计献策，目的在于赢得欧小米的欣赏：

"主编，我认为咱们刊物风格应该来个大转变，突出娱乐性。现在是全民娱乐时代，吸引眼球，注意力经济……咱们《人间指南》要紧跟时代步伐，来一个华丽转身！"袁帅取出那一摞照片，"您看看这个——明星、劈腿、八卦、暴力，全齐了！老金重金收购，再重金我也不给他！我给咱《人间指南》留着，重振雄风就靠它啦！主编这期您给我两个P，再加上您妙笔生花，咱弄一图文并茂——八卦谁不会呀？保证大卖！发行一上去，看阶级敌人还能奈我何！"

戈玲却严重犹豫不决，"发行上去了，可是品质下来了。我们《人间指南》一向注重思想性和文化性，这种东西有点儿低俗吧？"

"这就看怎么理解了。现在不求美名远扬，但求臭名昭著！你们说是不是？"袁帅向欧小米、何澈澈寻求支持，但两人无动于衷。

"我再慎重考虑考虑吧！"戈玲表示，"不过，袁帅积极献计献策这是好的！我们也可以想想其他办法，团结一切可以团结的力量，调动一切积极因素嘛……"

欧小米灵机一动，"我们可以利用名人效应啊！"

戈玲很有兴趣，"哎呀，还真是！小米你给我提了个醒，名人有社会影响力，要是声援我们一下，肯定能引起反响。哪个名人最合适呢？"

"就那个，脑袋特亮一脸坏笑怎么瞅怎么不像好人那个……对李冬宝！我听说他原来就是咱编辑部的啊！找他！他能替人家卖牛肉面卖电话卡，怎么就不能替咱们鼓与呼呢？他可是咱编辑部灌溉培养出来的。是不是主编？"

欧小米哪壶不开提哪壶，袁帅和何澈澈一个劲儿朝她挤眼示意，欧小米全没领会。戈玲脸耷拉老长，恶声恶气地说了一句："李冬宝？要饭也要不到他门儿上去！"

戈玲说的是横话，心里其实特想麻烦李冬宝。戈玲不恨李冬宝，她也恨不着人家。当初是她非要跟李冬宝划清界限的，说还是当年半推半就那种感觉回味无穷，真一头扎进怀里也就索然无味了。在主编办公室里，几番转磨磨之后，戈玲终于说服自己——为了《人间指南》找李冬宝，表明她大公无私。于是，她毅然拿起了电话。

听到一个陌生男子的声音，戈玲怀疑自己打错了。

"请问这是李冬宝电话吗？"

对方说："我是他经纪人！有什么事儿说吧！"

"这事儿恐怕还得跟他亲自说……"

"您太不专业了！"对方很不以为然，"我是他经纪人——经纪人什么概念？经纪人就是除了吃饭上厕所他本人亲力亲为，别的一概由我代劳！"

"麻烦您告诉他我是《人间指南》……"

戈玲委婉地提醒，不料遭到对方断然否决："指哪儿也不行！见他必须预约！要是今天约上，天儿凉怎么也排到了。有饭局提前报菜谱，我们得审，吃什么不吃什么维生素蛋白质碳水化合物多少卡路里，要量化到毫克单位。保卫你们就别管了，不专业。特种兵一个班服役期满，我们连锅儿端了。哎，顺便问一句，《人间指南》是车载的还是航空的？有多少个城市地图？"

"先生，我们《人间指南》是杂志，恕不提供GPS导航业务！"

戈玲气咻咻地，对方这才恍然："媒体啊！那我还得告诉您，李冬宝概不接受媒体采访，尤其纸媒。为什么？不为什么，这叫低调！这张脸再有魅力，成天在您眼前晃悠，搁谁谁也得腻。所以，要保持神秘！"

"这样吧先生，您告诉他我姓戈……"

"是百家姓里的吧？那就没戏！您要姓个约翰逊啊史密斯什么的，我立马给您安排见他。您还别嫌我们崇洋媚外，李冬宝现在投奔的就是国际社会，我们目标是把他打造成荷里活的国际巨星！一万年太久，只争朝夕！"

戈玲不得不直白相告："我是他前妻！"

"哎，你怎么说话呢？怎么骂人啊，你才结婚了呢！李冬宝未婚，全国人民都知道，您不能公然往他脸上抹黑啊！你们哪家媒体？我郑重要求你们在全国各主要媒体显著版面公开道歉，挽回影响。并且，我们保留寻求法律途径进一步追究的权利……"

戈玲气得浑身哆嗦，"你告诉李冬宝，让他赶紧攒钱买票上神舟九号，地球上都搁不下你们啦！"

戈玲刚撂电话，刘向前就拎着刚买的蔬菜，哭丧着脸跑进来报丧。刘书友病逝了。

得知消息，戈玲心里一沉，想到了编辑部的元老们。当年老嫌他们保守，现在却觉得几个老家伙格外亲。毕竟是老同志，在上级领导跟前还能说得上话。没想到，陈主编、刘书友相继去世，如今就剩下牛大姐对这事儿格外上心，余德利开了广告公司，对编辑部也还有旧情，不至于眼睁睁瞅着编辑部散摊子。至于那个李冬宝的作用，也不能轻易放弃。

戈玲不像编辑部其他人，她就想从一而终，一直在编辑部干到光荣退休，退休那天再把个像模像样的编辑部郑重托付给下任主编，这叫善始善终。现在看来这事儿有点儿悬，戈玲绷不住劲了，在编辑部干了二十多年，她放不下。她担心杂志停刊，担心杂志真改成网站，担心上级不再让她当主编，左一个担心右一个担心，戈玲觉得不行，说什么也得保住这份刊物，她决定必须采取点儿什么行动。

于是，在刘书友墓前，戈玲、牛大姐和余德利重新聚首。

向逝者敬献鲜花、鞠躬默哀完毕，牛大姐感慨万分："老陈去世了，刘书友这也……几十年的同志和战友啊！想当年，我们同在一个编辑部，在新闻战线上并肩战斗，把火红的青春全部奉献给了党的新闻事业。听说在弥留之际，刘书友同志还深情地回忆起那些战斗在《人间指南》的日子。弹指一挥间，我们老了，但我们的事业后继有人，年轻一代已经茁壮成长起来。刘书友同志，你就安息吧！"

"哎，李冬宝怎么没露面呀？"其实，余德利并不是刚发现李冬宝没来，"这可不对啊！他是忙，可再忙也没我忙啊！我那广告公司里里外外多少事儿，哪件事儿离了我行？可就是再忙，老同事去世了，我百忙之中也得抽身来送一送，这叫做人！牛大姐您说对不对？"

"对！余德利还是比较有阶级感情的！李冬宝的做法确实欠妥！"牛大姐一如既往地认真。

"今天大伙儿凑到一块儿不容易，我得先进行自我检讨——我没站好最后一班岗，没把《人间指南》的接力棒传下去……"戈玲这话发自内心，刘书友的去世进一步激发了戈玲保卫《人间指南》编辑部的决心。上来就给自己打板子，这招儿很奏效。牛大姐和余德利听完来龙去脉，立刻与戈玲同仇敌忾。

"不行！《人间指南》这面旗帜不能倒！我去找局领导，代表我们老同志大声疾呼！"牛大姐奋勇当先，余德利也不甘落后："是，我不算咱编辑部在编人员了，可我心系编辑部啊！洋装虽然穿在身，可我心依然是中国心！这么着，不就是经济效益嘛，我把客户广告往咱《人间指南》多投点儿，全有了！"

戈玲感到由衷的欣慰，"有了你们的理解、支持，我就更有信心了！"

"我们理解，戈玲你够不容易的！"牛大姐说，"当初我在职时候，还能给你把把关，现在我退休了，还有谁能帮你？你说那刘向前，跟他爸刘书友一样一样的——抠门儿，小农意识，算盘珠子噼里啪啦响，就会算小账。我那时候没少帮助教育他！"

余德利赶紧提醒："牛大姐，咱可不能站坟地上说死人坏话！"

这时候，一个西装革履的男子抱着一束鲜花匆匆赶来，经过自我介绍，戈玲才知道对方就是李冬宝那位经纪人，代替李冬宝前来吊唁。

"李冬宝本人怎么就不能亲自出没一下呢？"

面对戈玲的质问，经纪人倒是不急不恼："他确实很想亲自，但是经过认真考虑，为了不给人民群众添麻烦，还是忍痛决定不亲自了，由我全权代表。"

戈玲不依不饶，"这么说，李冬宝已经不拿自个儿当人民群众啦？"

牛大姐也很生气，"坚持群众路线是我们党多年来的优良传统。脱离群众，李冬宝这不是自绝于人民吗？"

"李冬宝现在是火了，花开得正艳，可你问他哪儿生的根哪儿发的芽儿——我们编辑部！人不能忘本！"

戈玲三人义愤填膺，经纪人却不以为然："您几位听我说，李冬宝没来你们不高兴，李冬宝要来了你们更不高兴！您想啊，他一露面，肯定引起围观——中国人见过什么呀？就会人山人海！弄不好连警察都得惊动了。都说亡灵安息，这能安息得了吗？这是追悼会还是影迷见面会？"一见戈玲、牛大姐、余德利无可反驳，经纪人更得劲了，"再者说了，就算让他戴个假头套跟做贼似的出席一下，出场费怎么算呀？"

戈玲、牛大姐、余德利瞠目结舌。

"参加葬礼也得要出场费？"

"这比我们广告业还唯利是图呢！"余德利愤愤不平，"什么交通工具上我们都敢贴广告，你看灵车上有广告吗？这叫职业道德！"

经纪人赶紧解释："不是我们非得要出场费，咱破例一回也不是不可以，问题是他出席别的公共场合都要出场费，偏偏这事儿不要，一碗水端不平，得罪朋友啊！"

经纪人的嚣张招致了愤怒谴责，如果不是后来李冬宝亲自给戈玲打来一个电话，此人恐难全身而退。

李冬宝把会面地点约在了一个私人会所的停车场。当袁帅驾车、编辑部全体随同来到的时候，只见空旷的停车场上停着一辆豪华房车。袁帅径直把车停在了房车后面，戈玲却吃不准："是这儿吗？"

袁帅很有把握，"错不了！腕儿现在都房车！"

戈玲推门下车，袁帅赶紧嘱咐："哎，主编，您别忘了让李大腕亲切接见本人一下，再怎么说我也是他接班人啊！"

另三个人也跟着要求："还有我们哪！我们组团儿！……集体接见吧！"

戈玲犹犹豫豫地走到房车近前，后面的车门自动打开了，只见从里面跳出两名精壮的保镖，一左一右地立于车门两侧，向戈玲做出请上车的手势。

戈玲一开始被他们吓了一跳，随即便做出大义凛然状，昂首走向洞开的车门。上了车，只见李冬宝果然端坐在里面。面对戈玲，李冬宝缓缓摘下墨镜，注视着戈玲。然后，他粲然一笑，挤出了满脸褶子。

"您不愧是成名成家啦，悼念老同事都得偷偷摸摸的！这是不是就免收出场费啦？还是给我们打个折？"戈玲揶揄着，李冬宝苦笑。

"人在江湖，身不由己。对刘书友同志，遥寄哀思吧！"说着，李冬宝掏出了手机，翻找短信，"我还真有一困惑，向主编请教，你也给我指指南——前一阵子吧，我给李子果发一短信，结果你猜怎么着？"

"没回？"

"回倒是回了，不过还不如不回哪！她是这样儿回的——请问，您是哪位？"

戈玲噗嗤乐了。

"你还真乐得出来，当时我哭的心都有——我女儿都不知道我是谁了！"

"你自己知道你是谁吗？"戈玲问。

李冬宝咂摸着戈玲这话，"我感觉你似乎是在嘲笑我。"

"你也可以理解成羡慕嫉妒恨。"

"我依稀又看到了当年那个戈玲的影子，伶牙俐齿愤世嫉俗，骂人不吐核儿……唉，物是人非！"

"人非，物也非了！"戈玲话归正题，"我找你就为这件事儿，编辑部要散摊子……"

听戈玲讲述过原委，李冬宝沉吟着。戈玲以为他无意支持，便沉下脸来："看来你准备打酱油？"

"打酱油？打什么酱油？"李冬宝不是装的，他压根不知道这个词汇的涵义。

"我发现自从成了腕儿，你就越来越out了！怪不得李子果跟你没共同语言哪！这么说吧，你能不能发挥一下你的能量，给编辑部呼吁呼吁？"

"戈玲，你说人这一辈子，义不容辞的事儿多吗？不多！我觉得这应该算一件！你也别说我觉悟高，全国人民都知道我是从编辑部发迹的，我就是想辞也辞不了！"

李冬宝郑重表了态，戈玲这才从房车里出来。李冬宝也探出头，冲袁帅等人友好地笑。出于职业本能，袁帅举起相机就要拍，保镖伸手遮住镜头。

"前辈，我跟您绝对属于有缘千里来相会！就因为受您在编辑部那造型影响，我酷爱上了摄影，结果长大后我就成了你！"

李冬宝对袁帅笑了，"江山代有才人出！编辑部有你在，我很放心！"

"李叔！祝您艺术生命长青啊！"刘向前也试图套近乎。

李冬宝打量着他，一时没认出来："戈玲，这孩子谁呀？忒客气了吧？"

"刘书友的儿子，向前！你在编辑部见过啊！"戈玲一提醒，李冬宝恍然大悟："对对！他这一客气吧，我没敢认！向前，节哀顺变！"

"谢谢李叔！"

欧小米也向李冬宝打招呼："李老师，回头我可约您采访啊！"

何澈澈代替回答："找我经纪人！"

李冬宝会心一笑："长江后浪推前浪，编辑部的未来归根结底是属于你们的！"

望着豪华房车驶远，戈玲心情并没完全轻松下来。她认为自己已经发动了一切可以发动的力量，但愿努力能够有回报。

何澈澈看出来了，袁帅开始心系《人间指南》安危，这更多源于欧小米的意外出现。

"澈澈，从小到大，知道哥哥我最苦恼的是什么吗？"

何澈澈知道，袁帅又要鼓吹情史，便给予配合："太招女人喜欢。"

"你怎么知道？"被何澈澈说破，袁帅很扫兴。

"反正我就特苦恼。大姨大姐都说喜欢我，老爱跟我动手动脚的。"

"绝对性质不同！女人喜欢你是拿你当小孩儿，女人喜欢我是拿我当男人！哥哥我从小到大最受不了的就是她们都跟我叫情圣。卡萨诺瓦知道吧？写了本自传，全是自个儿泡妞黄段子那意大利人，我跟他唯一区别就是他死了我还活着。"

"那我给你看手相怎么没看出来呢？你感情线断断续续，说明你情场失意，爱情长跑的道路上崎岖坎坷。要不我再给你看看……"

袁帅连忙攥紧了手掌，拒绝给何澈澈看："这你就不懂了，你说的这是早恋。不瞒你说，哥哥我从幼儿园开始从事早恋，路漫漫其修远今，不经历风雨怎能见彩虹？我是为一场即将到来的旷世绝恋提前热身，一把大和就都回来了！"

"女一号是谁？"何澈澈明知故问，"欧小米……"

"俗了！"袁帅不肯轻易招认，自认为这样有失情圣风范，"什么款的石榴裙没打我眼前飘扬过？不搂着脖子我都不拜倒！女一号是随随便便就能定的吗？最次也得经过网上海选啊！不过要说欧小米吧，重点培养培养大有希望。第一眼见到她，我就慧眼识珠发现她有这潜质。"

"她能同意让你重点培养吗？"

"澈澈这你就不懂女人了！女人的特点就是口是心非，不同意就是同意，女人词典跟新华字典正好反着。"见何澈澈半信半疑，袁帅夸海口，"为了证明哥哥我这情圣并非浪得虚名，今儿得实战演练一回，让你见识见识情圣的杀伤力。也好让你耳濡目染，迅速成长起来……"

这时，楼下传来熟悉的摩托车轰鸣。俩人探头一看，欧小米的摩托车飞驰而至，戛然停在袁帅的汽车旁边。

袁帅笑嘻嘻地冲欧小米打招呼："哥哥我那车怎么样？"

欧小米仰头回应："车是不错，就是该报废了！"

"不懂了吧？我这什么底盘？回头改装一发动机，八个缸的，绝对猛！"

"把拖拉机改成陆虎，这谁都会。有本事把大奔改成奥拓，节能减排，那才叫真酷！"

袁帅被噎得直翻白眼，"真得换车了，要不然枉为成功人士！"

没等袁帅进一步演练泡妞大法，戈玲、刘向前就上班来了。

一进门，戈玲就宣布开会："你们也知道，关于《人间指南》的去留，社里一直在研究。下午两点，社领导要来编辑部开会，征求大家的意见。我觉得这关系到《人间指南》的生死存亡，所以一定要精心准备。"

刘向前做视死如归状，"是死是活，就看这一下子啦……"

"这是咱们赶出来的样刊。"戈玲拿出杂志清样，"大家对办刊风格的想法、创意，基本都体现在上面了，有很多创新和突破。咱们要用实力说话，我想社里不会无动于衷的！"

袁帅发现自己拍的那几张照片未被采用，"安红还是没戏！"

对那几张八卦照片，戈玲其实很难取舍。或者说，她还需要个台阶。

"哎，你们说这个真能提高发行量吗？"

"别的杂志发行量怎么上去的？都这么干的！"袁帅说。

"可是这有点儿低俗吧……"

"我也没说它高雅啊！本人行走江湖凭的是艺术摄影。以本人的审美品位，压根不敢相信这种东西是出自我手。但是血的教训告诉我们，啊……是不是？"

"我也不反对亮丽转身，可是我们《人间指南》一向注重思想性和文化性，转身也不能转成一百八十度啊，这不成背道而驰了吗？要转也得在零度和九十度之间，最好是四十五度，锐角。"戈玲终于亮出了底线。

"我觉得主编说得对，就这么拿出去，是太八卦了……"欧小米号准了戈玲的脉，"不过，我们可以把八卦升级为易经啊。比如可以选择一个社会学的角度切入，由明星绯闻引申为社会学讨论，娱乐的内核严肃的包装，这不就可以鱼与熊掌兼得了嘛！"

果然，戈玲对欧小米的一番高论连连称赞："这孩子跟我年轻时候一样，特有想法！这角度好，是锐角！可是某某某不会跟咱打官司吧？"

"这您甭担心，他正担心全国人民把他那张脸儿忘得一干二净呢，咱们免费让他露露脸，他还不得乐疯喽！这事交给我，我保证让他拎着点心颠颠儿看您来！"袁帅很有把握。

戈玲这才踏实。刘向前却忧心忡忡："可是社里……那万一出问题谁负责呀？"

"我是主编我负责！"戈玲下了狠心，"为了《人间指南》的明天，我豁出去了！"

新样刊出来的时候，已是下午一点半。大家正检阅胜利成果，随着敲门声，一位身着名牌套装的女子款款出现在门口。对照样刊上的八卦照片，刘向前、何澈澈和欧小米认出是女主角安红，以为对方是来找麻烦的。袁帅领教过安红的生猛，更是惴惴。

"安红……噢不，嫂子！"

安妮没想到会与袁帅狭路相逢，有些尴尬。她意识到此时此地不便发作，于是做亲切微笑状，想遮掩过去，"你这样子的欢迎辞倒是蛮有创意。叫我安妮就可以了……"

"安妮？"袁帅察觉出问题，"不对啊嫂子，怎么两天没见，你名字跟口音都改了呢？俺……"

安妮快步走近袁帅，咬牙切齿地低声警告："真是冤家路窄！历史的一页虽然暂时翻过去了，但我是永远不会忘记你的！"

袁帅对安妮的烈女风范深为忌惮，"嫂子你是怎么找来的？咱有话好好说要文斗不要武斗君子动口不动手……"

安妮一着急，低声嘟囔了一串英语。袁帅提高警惕性，指着安妮："你骂街！嫂子你又骂街！"

"没文化！翻译成中文的意思是——我这次不是来找你说这个的……"

袁帅更紧张了，"不说这个……那您打算怎么办呀？您惦着讹我……"

"我说什么来着——出问题了吧？人家找上门打架来啦！"

刘向前不忘印证自己的先见之明。安妮这才注意到桌上的样刊，定睛一看，立刻明白了。她挥手怒指袁帅，形同革命样板戏里的女革命："你、你、你、你、你——！"

"嫂子你别生气……"袁帅连连后退，"我也是走投无路被逼无奈不得已而为之。你听我慢慢道来，情况是这样的……"

"你休想花言巧语蒙混过关！你这样做不仅糟蹋了我，更糟蹋了这本杂志！令我万分痛心！我本以为将在这里幸会一伙媒体精英，共创辉煌。但我万万没有想到，噢我万分痛心……"

安妮洋腔洋调，听来很不真实。袁帅听得脊背发麻，赶紧发誓："你别万分痛心，我谁也不糟蹋了还不行吗？"

戈玲听见外边乱哄哄的，从主编办公室出来看个究竟。一见此情此景，料定来者不善，决定采取安抚计策："我特别钦佩您的英勇行为，就是要勇敢地扑上去，你一拳我一脚，跟这种人做你死我活的斗争！您为中国妇女树立了榜样，作为媒体，我们有责任大张旗鼓地宣传您的英雄事迹！您要是特想做无名英雄的话，我们技术上也能满足您的心愿，比如把您的英雄形象虚化一下……"

"这么说，我应该好好谢谢你们啦……"

安妮觉得啼笑皆非。社领导的随后到来加重了误会，编辑部几个人以为安红告到了社里，事情闹大了。

"既然把社领导都惊动了，一切问题我负责！"关键时刻，戈玲站了出来，"我有个请求，希望不要因为这事儿影响编辑部的去留问题！"

"那咱们就开门见山了。跟你们说，我今天就是来揭锅的！"社领导说，"在广大读者的要求下，在老同志的强烈呼吁下，在你们的积极争取下，社里研究决定，杂志还要继续办！编辑部继续开展工作！"

编辑部的人还没等高兴，社领导又说："但是，刊物要进行全方位改革。刊名要改，办刊风格要改，管理方式要改。所以，社里特聘了一位具有国际管理经验的媒体人，充实编辑部力量。下面我正式介绍一下，这位就是新任运营总监——安妮小姐！"

随着话音，安妮重新翩翩出场，矜持地颔首致意，大有君临天下的姿态。编辑部的人这才知道弄拧了，袁帅更是叫苦不迭。

编辑部没散，大伙儿高兴。但是空降来一位运营总监，好比羊群里多出个牛犊子，大伙儿又别扭。安妮空降编辑部，一石激起千重浪，乱了。

袁帅对安妮的到来很排斥，并不加掩饰："我们编辑部完全能够生产自救，帅哥我也正打算峥嵘岁月显身手呢，天上掉下个安妮来——她要真是林妹妹也行啦，那我就趁势收了她！"

刘向前的态度却暧昧得多，出言谨慎："听说她可是海归！"

"海归怎么啦？"袁帅不以为然，"我对他们意见大啦——噢咱祖国落后，您留洋溜了；我们费劲八咧把祖国建设好了，您归了！我们真不用麻烦您！"

欧小米挖苦袁帅："典型的小农意识！祖国不是你的自留地，祖国也不是你的责任田！"

何澈澈也说："帅哥你不分青红皂白地打击了一大批海外赤子！"

"我不是那意思！"袁帅声辩，"我这人吧英雄惜英雄，你得有真才实学！像人家钱学森那也是海归，两弹一星！安妮有什么啊？一准是苏格兰哪个郊区扫盲班毕业的，也敢冒充海归？！"

刘向前却思虑重重，"可是再怎么说，人家是总监，是咱们领导，而且是编辑部最高领导，连戈姨都得退居其次，可戈姨毕竟是元老啊，所以往后这关系就微妙了……"

欧小米精灵古怪，一点就通，"看来编辑部要重新排列组合啦……我刚来，就得面临站队问题啦？"袁帅一副舍我其谁的姿态，"只管迷恋哥，哥不是传说！只要跟定哥哥我，妹妹你尽管大胆地往前走！不管天下是谁的，哥我都是中流砥柱，都是被拉拢腐蚀的对象！"

"我声明，我是友好不结盟，保持中立！"欧小米远远地躲。

刘向前表现自己的老于世故："一看就是学生，刚走入社会，政治上太不成熟——革命没有中间派！历来的政治斗争中，下场最惨的就是中间派！"

"认清形势了吧？"袁帅冲欧小米嬉皮笑脸，"识时务者为俊杰！将来我图片你文字，咱们俩配合就是绝配！啊你要对这词儿用不熟吧，可以对外公开宣称咱俩是搭档！对，搭档！同义词也叫夫唱妇随！"

欧小米瞠目结舌："狼子野心暴露无遗啊！"

"帅哥，"何澈澈听不下去了，"我知道你在说笑话，可是实在太冷了！"

袁帅果断把手一挥，"不管怎么说吧，我不能弃你们于不顾，所以我果断决定收容你们，组建三人党！这就叫军民团结如一人——"

欧小米立刻与袁帅做并肩而立同仇敌忾状，"试看天下谁能敌！"

袁帅发现何澈澈反应并不热烈，便与欧小米保持原造型不动，催促何澈澈加入："你怎么回事儿？赶紧团结如一人啊！"

何澈澈坐着没动窝，"还是你们俩夫唱妇随得啦，我不当第三者！那天我仔细察言观色，暗暗一惊——原来安总这人表面上挺好的，实际上也挺好的！"

"你胆敢叛党投敌？！叛徒没有好下场！"袁帅作势挥拳要打。这边厢，欧小米也悠哉游哉地落座："偶不过是来实习的，说不准哪天就另谋高就了！所以吧，事不关己高高挂起！你就让我打回酱油吧！"

袁帅很是懊恼，"我反落得个孤家寡人？！帅哥我跟她结过梁子，日后肯定没好果子吃，帅哥我宁可站着死，不愿跪着生！你们这些老家贼安知我鸿鹄之志哉！"

"袁帅你这种做法相当于另立中央，政治上相当危险！"

刘向前认为，处理人际关系是他长项，如今发挥优势的时候到了。只有见风使舵、顺势而为、因势利导、纵横捭阖，才能在风云变幻的办公室政治中占得先机。

戈玲着装风格陡变，令人大吃一惊。只见她一身崭新的西式套装，紧绷绷地裹着略显臃肿的身躯，长发披肩做清纯状，足下一双高得离谱的高跟鞋显然穿不惯，走起路来像踩着高跷，跟跟跄跄犹疑不定，步步都是险途。

要说脚下这双高跟鞋让戈玲不适应，那么安妮的出现让戈玲更不适应。戈玲倒不是非要排除异己占山为王，她是宁可与《人间指南》同归于尽，也不甘心这份杂志断送在一个外来人手里。狭路相逢勇者胜，戈玲决意为荣誉而战，提升形象就是战术之一。但编辑部其他人显然并不适应。面对戈玲的全新形象，大伙丁张嘴说不出话。戈玲想要潇洒地向大家打招呼，脚下却一个趔趄，险些崴脚。

而安妮的路子跟戈玲正好反着，她一身古典中式旗袍，款款而行。一不留神就要习惯性地阔步前进，然后又赶紧提醒自己收紧步子做古典状，可谓姿势优美架势难拿。跟戈玲一样，安妮也不适应自己这套行头。但首次出场亮相，能不能赢个碰头彩，全在第一印象，所以安妮也是煞费了苦心。

来到编辑部门口，安妮停住脚步，好一番调动情绪，把所有的灿烂都集合在脸上，然后闪亮出场。

"嗨——！"

不料，编辑部里却是一片忙碌景象，每个人都装作正在喋喋不休地打电话，听不出在说什么，乱得就像蛤蟆坑，根本没人理会安妮。何澈澈有心起身打个招呼，被袁帅死死按住，动弹不得。

安妮觉出蹊跷，便径直向袁帅走来。袁帅故意把脸转过去不看她，继续假模假式地打电话。安妮到了桌边，众目睽睽之下，轻轻按住了电话叉簧。其他人都停止了聒噪，怔怔地看着。只有袁帅浑然不觉，还在喋喋不休地胡言乱语。

"……a、o、e、i、u、u、b、p、m、f、d、t、n、l……嘿嘿快使用双截棍！嘿嘿……"

欧小米暗中向袁帅使眼色，袁帅礼尚往来，向她频送秋波。待到觉察有异，回头发现身后的安妮，一切已经晚了。

安妮伸手抢过袁帅的电话，放回原位："你是想说明你比周杰伦口齿清楚吗？我们是Magazine，不看重嘴皮子，所以无助于你给自己的形象加分！"

尴尬过后，袁帅要反攻。他上下打量安妮的穿着，夸张地啧啧不已："哇噻！惊艳！绝对高级订制吧？裁缝是不行，怎么也得是裁缝师！这回总算亲眼看见天衣无缝长什么样儿了，《花样年华》那旗袍也不过就这效果！你肯定认为我说反话呢，实际上确实是反话！请问，真话敢听吗？"

安妮倒是有心理准备："你敢说，我有什么不敢听？我保证不打击报复！"

"衣服是好衣服，可穿你身上吧，怎么瞅怎么别扭！我就不理解了，你们海归出去半天，学没学别的我们不管，总得学点儿穿衣戴帽的规矩回来啊，要不怎么看出你们已经接上轨了呢？"

"越是民族的，越是世界的！在Scotland，每到星期天我就穿旗袍上街，我要向世界展示中华五千年文明！"

安妮的手势令人眼花缭乱，袁帅故意模仿她："把中华五千年文明集于一身，您累不累啊？！你要非想让我们夸你爱国主义吧，就想想别的招儿！"

两人唇枪舌剑，但安妮知道袁帅只是个急先锋，更大的阻力其实来自于戈玲。一个总监一个主编，看似联袂同台，实际南辕北辙。安妮穿的是旗袍，刮的却不是中国风。历来新官上任三把火，安妮也不例外，第一次开会，她就来了个下马威——要给杂志改名。

听安妮宣布之后，编辑部众人面面相觑，戈玲首先提出质疑："《人间指南》在全国家喻户晓，为什么要改？"

"因为时代在改变。"一句话把戈玲噎住了。

"我倒也没觉着《人间指南》这名儿多好，可问题是你有什么好名儿吗？"袁帅出难题，安妮早就胸有成竹，脱口而出："WWW！"

大家直发愣，显然没听懂。于是，安妮侃侃而谈："W是三个英文单词的字首——WE，WORLD，WIN——我们，世界，赢。WWW还是网络词汇，代表着潮流和未来，这也正是我们杂志今后的Style！《WWW》将和《人间指南》彻底决裂，树立崭新的Style！从今天起，请你们忘掉《人间指南》！"

戈玲立刻警惕起来："作为主编，我不能同意你这种说法。《人间指南》是有这样那样的问题，但也有很多优秀传统啊，不能一概否定吧？"

安妮坚持不妥协，"I See，这对你们来说很难，但我们必须这样做，不然就不会前进！"

除了给杂志改名，安妮还要给每位编辑改名——中文名改英文名。

"难道你们都没有英文名字吗？哇，不可思议！《WWW》要成为一本时尚生活杂志，每个细节都要和国际接轨，你们都应该有英文名字才OK！"

于是，每个人都有了一个洋名儿。戈玲叫Elizabeth，得知与英国女王同名，戈玲心里痒痒的，态度也为之一变："其实我一点儿也不保守，既然你们都觉得名如其人，要不我就顺应民意叫这名儿得啦！伊丽莎白，倒是不俗！"

袁帅自己要求叫意大利名字Giacomo Casanova，跟偶像扯上点儿干系，多少还算顺气。欧小米选择叫Aurora，何澈澈叫阿童木。只有刘向前对于赐名Albert未提出任何异议。

"Albert，你也有一次改名的机会……"安妮希望表现出民主作风，但刘向前却义无反顾："我是这样认识的，领导亲自给我起名字，相当于授予我荣誉称号，这是我的荣幸！我不光不改，还要牢记这个名字，更要对得起这个名字，做到名副其实！"

身后，袁帅冷不丁叫了一声："Albert！"刘向前毫无反应。等到大家哄笑，他才醒过味来，连忙答应："哎！"大家笑得更欢，意识到起名字容易叫响了难。于是，安妮想出对策：

"我宣布一条纪律，今后在编辑部都要彼此称呼English name，否则一次罚款五元！Five！"

第二天上班，安妮和袁帅在楼梯口相遇。袁帅礼貌性地向对方打招呼，几乎脱口而出，又及时改口："啊……Anney！"

安妮会心一笑，"Morning！Casanova！"

"Anney吃了吗您？"袁帅有点儿成心，但安妮很认真："Thank you！吃了！"

刘向前匆匆跑来，手里拎着购物袋，袋里露出一捆菜。他只看见袁帅，远远地就冲他喊："哎，袁帅，没晚吧咱？"

袁帅无奈地咧嘴，刘向前跑到近前，这才发现站在楼梯上的安妮。

"Five！"安妮不容置疑地伸出五个手指。

"Albert，还不改口！Five了吧？你看我就没Five！"

袁帅幸灾乐祸，刘向前追悔莫及，"Anney总，我是一不留神！您看咱能不能下不为例……"

袁帅听出不对，"等等！Albert你叫她什么？"

"Anney总啊！原来叫安总，现在不得叫Anney总吗？"其实不光对安妮，刘向前对戈玲也按照伊丽莎白而改称"白姨"了。

"Anney总就Anney总吧！"安妮啼笑皆非，"但是这次必须Five，制定了规则就要遵守！"

刘向前叫苦不迭。袁帅替他道出苦衷："Anney你不知道，Albert他们家财务制度很严，这五块钱他没法下账。要不你给他开张收据得啦！"

到了编辑部，大家都对刘向前最先被罚感到匪夷所思，因为他昨天的誓言还犹在耳畔，大家觉得谁被Five也轮不到他。对此，刘向前痛心疾首。

"理论上是成立的，可实际上不成立。昨晚上Anney总打电话找我，我老婆接的，Anney总口口声声找Albert，我老婆以为是我昵称，溜溜儿审我一晚上！"

"Albert你真冤！"欧小米一指袁帅，"这点儿你必须向人家Casanova学习，改口就是快！"

"我这人唯一的缺点就是心善，不忍心一个人脱颖而出！我的心得体会是，你别拿它当洋名儿，你拿它当外号儿那么叫，肯定就没心理障碍了！"

听袁帅这么说，欧小米似乎恍然大悟："我说你发音怎么怪怪的呢！"

刘向前说："倒也是个办法！"

"溜了几年就真拿自个儿当洋人啦？"袁帅表示对安妮的不屑，"英文谁不会啊？我就是懒得卖弄！要不然我出道英译汉，她肯定傻——她知道Play go怎么翻吗？"

另几人面面相觑。

"考雅思的题吧？怎么翻？"

"玩儿去！"

得知刘向前被Five，戈玲质疑安妮搞一言堂，兴师问罪，结果铩羽而归。这一下，连袁帅也感到了威胁："我说什么来着？这小女子绝非等闲，她是铁了心要推行新政啊！"

刘向前把《办公室潜规则》、《人际关系100分》之类奉为行动指南，一丝不苟地加以应用。他认为，不是东风压倒西风，就是西风压倒东风。现在结果一清二楚，总监占了上风。办公室潜规则第一条说，必须力争成为主宰者身边的那个人。第二条说，必须要在一群人中认出主宰者是谁。屁股决定大脑，站队问题是首要问题。所以，当安妮单独召见刘向前的时候，他已经暗自作出了抉择。

当时，安妮在屋里来回踱着。刘向前毕恭毕敬地进来，赫然发现安妮光着脚，顿时很尴尬。安妮连忙到处找鞋，一只高跟鞋在桌子底下，另一只却在沙发底下，她只好趴在地上去够，几乎嘴啃泥。等好不容易把两只鞋都找出来，才发现外面的人都瞠目结舌地望着。

安妮匆匆关门，匆匆穿鞋，匆匆问："Albert，知道我找你什么事儿吗？"

刘向前牢记办公室潜规则第七条——必须在被批评之前熟练进行自我批评："Anney总，我错了！"

安妮很惊讶："Why？"

"我错在决心很大行动不够所以被Five了，理论上被Five的应该是Casanova，可实际上Casanova没被Five，我因为没跟Casanova叫Casanova倒被Five了！Five就Five吧，我应该认真反省，不该让伊丽莎白因为我再被Five……"

"OK、OK！"安妮听得晕头脑涨，连忙打断他的絮叨，"中文绕口令很绕，中英文绕口令更绕！Albert，你不要再当编辑了！"

刘向前闻言大愕，心想，该来的终于来啦！他终于沦为了两条路线斗争的牺牲品和替罪羊！刘向前义愤填膺，怒斥几乎脱口而出："凭什么开除我？你这是滥用职权打击报复！别以为自己是海归就了不起，就可以飞扬跋扈！还真拿自个儿当精英啦？瞅你土不土洋不洋的，臭显摆什么？我忍你很久了，我忍无可忍，我要控告你！"

幸亏刘向前勇气不足，才听到安妮接着宣布："我准备把广告版面交给你负责，改做广告编辑！"

"我还以为您要……Anney总，这不算降职使用吧？"恍然大悟的同时，刘向前还有点儿顾虑。

"杂志要靠广告养活，广告编辑是非常重要的职位！"

"您是CEO，那广告编辑应该属于您的嫡系部队吧？"

"可以这么说！以后你和广告部、发行部的人都要在我的直接领导下工作！"

"那我坚决服从安排！"刘向前大喜过望，忽然又想起来，"伊丽莎白知道这事儿吗？"

"一开始她还不太同意，但被我说服了。生活版和财经版暂时由她兼着。"

"那我全部身心就完全属于您了！Anney总，月有阴晴圆缺人有悲欢离合，但哪怕海枯石烂我都会忠于您！"

得知刘向前换防，大家浮想联翩。其中，袁帅反应最为激烈："阶级敌人终于开始蠢蠢欲动了！司马昭之心路人皆知，她这是试图分裂瓦解我军阵营，拉山头抢阵地啊！俗话说，只要锄头舞得好，哪有墙脚挖不倒？我们岂能坐以待毙！"

"Albert你不会真的弃笔从戎吧？"欧小米也表示关切。

但刘向前的反应却出乎大家意料："同志们，应Anney总再三盛情邀聘，我已同意卸去文字编辑一职，出任本编辑部要职——广告编辑！这一职务直属Anney总领导，重要性不言而喻。今后我将发挥全部光和热，和Anney总一起把编辑部工作推上新台阶！"刘向前踌躇满志，"我对同志们还是寄予殷切期望的！欧若拉、阿童木正是早晨八九点钟的太阳，编辑部是你们的，也是我们的，但归根结底是你们的；Casanova呢，虽然有这样那样的毛病，但主流是好的，今后要Goodgood study，Dayday up！"

袁帅、欧小米、何澈澈互相望望，一齐躬身施礼："嗻！臣等遵命！"

"平身！"刘向前对戈玲也换了口吻，"白主编，希望我们今后精诚合作……"

多年改不过来的称谓，如今说改口就改口，戈玲见刘向前小人得志的模样，气不打一处来："我告诉你Albert，严禁你擅自给我改姓！她不是Five你嘛，你再叫我白这白那的，我就双倍——我Ten你！"

从此以后，刘向前每天西装革履，腋下夹着公文包，跟随安妮风风火火地外出跑广告，风雨无阻。刚开始还挺新鲜，一个月下来，刘向前感觉吃不消了。

这天，刘向前一进编辑部，就累得一屁股倒在座位上："早知道这活儿这么累，说什么我也不担任这要职！Anney总她简直不是人！"

大家瞠目结舌，以为刘向前吃了熊心豹胆，要不准是喝酒喝大了，酒壮孬人胆。岂知刘向前还有下句。

"她是天上下来的神！"刘向前感叹，"原来Anney总是工作狂！比铁姑娘还铁姑娘！这哪是跑广告啊，简直就是二万五千里长征！而且才走了第一步！"

众人有所触动。回想安妮上任这些天来，兢兢业业，而编辑部也确实有了新气象，从杂志风格到每个人的状态，都有面貌一新之感。用欧小米的话说，就是HI起来了。看来这个安妮也不完全是搅屎棍，还算有两下子，不得不刮目相看。

紧接着，刘向前向袁帅神秘地透露："你要有心理准备——Anney总说了，要尽快找你摊牌！"

袁帅一怔："终于向我举起了屠刀！"

"你准备天雷碰地火还是四两拨千斤？"欧小米问。

"大丈夫宁折不弯！脑袋掉了碗大的疤！二十年后又是一条好汉！"袁帅回答，"她不就想拔掉我这个眼中钉肉中刺嘛！我正好揭竿而起，自立门户！她不是《WWW》嘛，我就《MMM》，跟她唱对台戏！放心，到时候你们去投奔我，我稍微犹豫一下就收留你们！"

袁帅抱定这样的想法跨进了安妮的办公室，横眉冷对，但安妮却笑脸相迎。袁帅注意到，洗去征尘的安妮脚下穿着一双绣花鞋，分外扎眼。

"高跟鞋太不舒服了，我还是喜欢穿这个！"安妮莞尔一笑，袁帅心里一颤，断定这是对方的第一计——笑里藏刀。

请袁帅落座之后，安妮亲手为他煮了一杯醇香的咖啡，倒了一杯从国外带回来的红酒，笑意盈盈。看着这一切，袁帅脑海里回荡起邓丽君那首软绵绵的名曲，便凛然道："你这是美酒加咖啡、一杯又一杯啊！"安妮倒是很配合，端起酒杯向他示意："来来来，干了这杯再说吧！"

袁帅断定这是对方的第二计——美人计。

"要杀要剐明着来，用不着赐毒酒啊！当初我宋江宋二哥就栽在这上边儿！"

"你不喝我喝！"安妮一仰脖，咕咚咚把酒喝光。一杯酒下肚，安妮登时像换了个人，作风陡变。只见她把酒杯一蹾，抹一把沾在嘴角的酒，啪地照袁帅肩膀拍了一把，力道很大，袁帅晃了一晃。

"姓袁的，俺俩算是不打不相识啊！"

"你打算怎么办吧？"袁帅等她摊牌。

"还能咋办？咱小肚子上弦——谈谈心！俺有一肚子话要跟你唠嘞！"

袁帅一时反应不过来，"Anney你这是……"

"别叫Anney！"安妮纠正，"叫俺安红！"

"安红？"袁帅拿不准对方是否使诈，"你惦着Five我？"

"俺就叫安红，你就叫帅哥！"安妮强调，"说句心窝窝话，你是帅得很，头一回见你，俺就发现你帅得很！堪比周润发，不让张国荣！"

几句好话立刻令袁帅飘飘然："嘿嘿，是吗？那你怎么不早说呢！你看这事儿闹的！我还……"紧接着，袁帅警惕起来，"且慢！这不会是第三计吧？欲擒故纵！"

"你说你这么帅的帅哥，老跟俺过不去，到底为个啥？俺今天倒要弄个明白，为个啥？"安妮很不解，袁帅索性直言相告："为个啥？就为你不可一世！把谁都不放眼里！"

安妮很委屈，"那不是俺的初衷！俺是怕你们说俺不像海归！朋友说俺必须学会摆谱，如果俺很靠谱但不摆谱，人们就会认为俺不靠谱；如果俺不靠谱但会摆谱，所有人都会认为俺很靠谱！"

"这说明你心里没谱！"

"俺一个弱女子，不远万里来到中国，干点儿事业容易吗？你说容易吗？你这么帅的帅哥还为难俺、取笑俺、欺负俺！"

"嗨！那全是误会！你要早这么说，帅哥我不早就帮你了嘛！"

"你说话算话？"

"帅哥俺一言既出驷马难追！"

"俺就等你这句话呢！"安妮大喜，豪气十足地照袁帅肩膀又是一拍，袁帅又是一晃，晃得清醒了些，但话已出口，再收就难了。

"我跟她是惺惺相惜，英雄惜英雄！"何澈澈调侃袁帅被飞快招安，袁帅坚决否认，并郑重宣布："我告诉你个独家消息，不得外传——她爱上我了！"

何澈澈嘴张得更大了。袁帅伸手把何澈澈的嘴合拢："至于这么吃惊吗？就凭帅哥我的魅力，她爱上我不是很正常嘛，她不爱我才不正常呢！"

"就是转折得有点儿快！"何澈澈坦言，"昨天还敌我双方呢，今天就亲密爱人了！"

"这你就不懂了，真正伟大的爱情都是这么产生的！"

"那欧若拉呢？"何澈澈提出了一个问题，正问到袁帅纠结处。

"我正上愁呢！一个冰雪聪明，一个成熟知性，哪个我都舍不得忍痛割爱！我知道鱼与熊掌不可兼得，我也知道一夫一妻制，可我还是舍不得！"

"你想脚踩两只船！"何澈澈一语道破天机，袁帅慌忙软硬兼施地要他保密，为此还出血请他大吃一顿，算作封口费。

当最新一期《WWW》出炉并热卖之后，编辑部所有人都激动不已。曾经的怀疑、芥蒂烟消云散，取而代之的是对未来的信心。当晚，安妮请客开Party，地点是《WWW》编辑部新址。袁帅衣冠楚楚，站在新址门口，既像主持人又像迎宾员。

"首先请允许我自我介绍。我是恋爱史上著名的Casanova，姓袁名帅，字帅哥！今天的Party由我主持！"

刘向前出现了。他穿着笔挺的礼服，头发上喷了厚厚的发胶，骑一辆电动自行车，不伦不类。

"现在出现在我们视野里的、正从电动劳斯莱斯上下来的，是生活艺术大师Albert先生，俗称刘向前……"随着袁帅的介绍，刘向前快步走来，恍然置身在粉丝包围之中，两旁都是狂热的中老年妇女，刘向前风度翩翩地向她们挥手致意。袁帅把拳头递过去，假作话筒："Albert先生，请您说几句！"

"《WWW》能取得今天这样的成绩，是和我的努力分不开的……"不等刘向前说完，袁帅发现何澈澈走来，便撇下刘向前，拦住何澈澈："阿童木、阿童木！"

"我还没说完呢！"刘向前追上来，凑到"话筒"前，"谢谢！我的话完了！"

"下面我为大家介绍年轻貌美、深受广大妇女溺爱的阿童木！又称何澈澈！他多才多艺，尤其是占卜！阿童木，给我占一卦吧……"

何澈澈煞有介事地察看袁帅的掌心，"你要倒霉了！"

袁帅发现戈玲正从出租车上下来，连忙迎上去："现在仪态万方的这位女士是著名的Elizabeth！看，她身穿极其暴露的晚礼服……"话一出口，袁帅发现戈玲的晚礼服确实暴露，不禁抬手遮住眼睛，不便再看。戈玲到了近前，胸前惊人地臃肿，袁帅更是不忍卒睹。

"请问Elizabeth，您最想说的话是什么？"

"我最想说的话就是——你为什么不正眼看我？"

"您太《满城尽带黄金甲》了！您比它还晃眼呢！主要是您高估了我们的心理承受力，一点儿没给我们过渡！"

随着摩托车的轰鸣，欧小米翩然而至，一身酷酷的装束。

"期待已久的欧若拉终于到了！她是掌管北极光的神！"袁帅笑容灿烂，

"你说什么衣服穿你身上怎么就那么顺眼呢?!欧若拉,听说北极的冰都化了,请问你是游泳过来的吗?"

"我又不是海龟(海归)!"

话音未落,身着晚礼服的安妮出现了。

"真正的海归来了!"袁帅高喊,"请看,Anney正向我们款款走来!如今她已是《WWW》的灵魂人物!……Anney今晚的着装是我认识她以来最为得体的一次!不过我发现,Anney和Elizabeth的晚礼服惊人地相似,也就是所谓的撞衫!"

戈玲抗议:"都穿一样的衣服,为什么看她不看我?"

刘向前在旁搭腔:"她是太平公主,您是波澜起伏。"

袁帅迎着安妮走上去,小声讨好:"你今天晚上特别漂亮!你说什么衣服穿你身上怎么就那么顺眼呢?!"

不料这话被欧小米听了个满耳:"Casanova,你花言巧语的储备量也太贫乏了!"

不光编辑部众人一片和谐,就连安妮和戈玲都互相吹捧了几句,初步化干戈为玉帛。接着,几杯小酒下肚,海归安妮涂上老区女儿安红这层中国底色,更加亲切了许多。正是这层底色让她得以顺利融入编辑部,没有排异反应。袁帅比喻编辑部就是一艘贼船,上来就别想下去,所有人绑在一块儿,这船不能沉。

二 冬天里的一把火

铃声叮咚一响，电梯门刚一开，安妮就裹挟在一群白领上班族中涌出电梯，一边快步奔向编辑部，一边匆匆对着小镜子化妆。到了《WWW》编辑部门口，安妮潦草地结束化妆，调整至精神抖擞的状态。刚迈步进门，手机响了，她兜里、包里一通翻找，把自己搞得手忙脚乱，最后把包里东西统统倒在桌上，这才从中拣出手机。

"Hi！……OK……OK……"

电话没完，人也不停，风摆杨柳般一圈圈地兜。望着安妮走马灯，袁帅、欧小米、何澈澈、刘向前全体行注目礼。戈玲闻声从主编办公室出来，安妮从她面前一阵风般掠过，戈玲险些站立不稳。

挂断电话以后，安妮站定脚步，踌躇满志地扫视每个人："你们都知道TV SHOW吧？马上要开始那个'红男绿女'大选秀？我宣布，通过我的operation，我们《WWW》将作为联合媒体之一，参与'红男绿女'大选秀！"

事发突然，袁帅等人一时没反应过来。安妮要的就是这效果。为这事儿，她差点儿跑断腿磨破嘴，终于八九不离十了，这才揭锅。新官上任第一把火，安妮憋着劲呢！

刘向前最先反应过来，赶紧积极表明立场："我看OK！OK！非常OK！选秀多火啊，咱们杂志要能搭上这班车，指定也大火！这叫借鸡生蛋借题发挥借力打力！要不说Anney总人家这海归，就是跟国际接轨！就是有前瞻性！真的！"

安妮也不加谦虚，"联合媒体的竞争很激烈，但是凭着我的advantage，最后胜利还是属于我们！我就是要利用这个平台，让《WWW》好好秀一把！……"

对安妮的眉飞色舞、滔滔不绝，戈玲一直冷眼旁观。对于外来势力，一种策略是对敌斗争，一种策略是统一战线。受党教育多年的戈玲毅然采取了后一种，她觉得这才高风亮节。戈玲一度相信她能争取安妮，最终建立统一战线。可是戈玲看出来了，对方还想争取她呢。一个争取，一个反争取，与天斗与地斗与人斗，其乐无穷。

"我觉得吧，借鸡生蛋好是好，但是关键这是一什么鸡——要是一瘟鸡呢，生的蛋肯定有禽流感病毒！"戈玲一表态，众人面面相觑。

"社会舆论对电视选秀有很多看法，比如说那个'男儿本色'不是选男儿是选男色，选美这小姐那小姐最后真都成了小姐！反正都特庸俗，特低级趣味！我们杂志一贯高格调高品位，哪能跟他们同流合污啊？！我觉得这不是一个时尚不时尚的问题，而是一个是与非的问题！你们说是不是？"

刘向前意识到方才的冒进，连忙往回找补，"我刚才吧……真的，Anney总的创意特别独特！同时主编的担心也特别发人深省，真的！所以吧……所以吧……我先去下卫生间！"刘向前说不圆满，干脆一溜烟地躲了。

"目前对电视选秀确实褒贬不一，不过越是这样就越受关注，也就越具备媒体价值。电视收视率上去了，我们杂志发行量也就上去了，这是双赢！是不是？"安妮寻求支持，"帅哥你说是不是？"

安妮期待地望着袁帅，袁帅受到重视，得意地起身踱着步子，把众人的目光都吸引过来："作为咱编辑部少壮派的领军人物，我知道自己这一票至关重要！越是这样，我越要慎重！越是这样，我越要深思熟虑！越是这样，我……"

"我跟他们谈好了，如果我们作联合媒体，将来的平面摄影归我们……"安妮及时抛出了诱饵。这招果然奏效，袁帅立刻戛然止步，两眼放光："嗨，你怎么不早说呢？！"袁帅越凑越近，"哎红红……"

"安妮！"安妮纠正道。

"嘿嘿安妮、安妮！"袁帅兴致勃勃，"我创意多了去啦，这回我抡圆了，瞧好吧你！"

"你这是慎重是深思熟虑吗？"欧小米伶牙俐齿地挖苦袁帅，"Anney总还没怎么威逼利诱呢，你就投靠过去了，也太没阶级立场了！"

欧小米只是调侃，戈玲当真了，颇感欣慰："还是小米明辨是非！在这点上小米你应该帮助袁帅……"

"主编，回头我一定好好帮助他！不过这回您就让我跟他一样混淆一回是非，成吗？"欧小米很不好意思，"现在吧，跟选秀沾边的娱乐消息特受欢迎，我觉得咱总不能放着热点不报专门炒冷饭吧？要是那样，我这娱乐版还真就没读者了……"

戈玲知道大势已去，望向何澈澈，但她也知道后果不妙："澈澈，不用问，你网站肯定也指望选秀添人气呢是不是？"

"主编，您是让我回答是呢还是回答是呢还是回答是呢？"

"我知道了——"戈玲说，"合着你们都是革命党，就我一个反动派！"

卫生间里，刘向前不知道那边厢大势已定，正倚在洗手池边抽烟，以期躲过表决这一关。袁帅一步迈了进来："刘老师你这就不对了，那边两条路线斗争很激烈，你怎么能事不关己高高挂起呢？快快，就等你这有生力量啦！"

袁帅作势要拽刘向前出去，刘向前忙往后缩，"我无论如何不能表这态！"

"那不行啊！"袁帅故意逗他，"还指望您力挽狂澜一锤定音呢！"

刘向前顺杆爬，"我知道老将出马一个顶俩老将出发一个顶仨！作为咱编辑部元老级人物，我言必行行必果一言既出驷马难追……"

袁帅及时截住话头，以防他语无伦次："没人追您！您到底支持哪头儿？"

"支持白姨？不行！Anney总肯定不满意，肯定说我是保皇党；支持An-ney总？不行！白姨一准不高兴，准说我是洋务派。经过激烈的思想斗争，我认识到只有那句话才是颠扑不破的真理……"

"沉默是金！"

"知音啊！"刘向前紧紧握住袁帅的手，"真的！如果我是高山……"

"我就是流水！"

"如果我是伯牙……"

"我就是子期！"

"如果我是蔡锷……"

"那我也不是小凤仙！"袁帅抖开他的手，"都什么呀？！跟您说吧，大伙都赞成参与选秀，四比一，大局已定。不管你是保皇党还是洋务派，或者五比一或者四比二，你那一票不重要了！"

得知自己将代表编辑部出任选秀评委，戈玲又惊又喜。

"我们《WWW》是联合媒体之一，要派一名代表担任评委，参加电视直播。我认为您是当然人选。"安妮说。

戈玲暗暗得意，还得问："为什么呢？"

"平心而论，您在编辑部时间最长、资历最深、贡献最大，所以非您莫属！"

"这是你进编辑部以来头回夸我吧？"戈玲感慨，"说心里话，你夸人还是挺有水平的！被夸那人吧，不信都不行！"

"我在Scotland留学的导师说，夸人的诀窍就是要勇敢，夸你没商量，然后信不信由你！"

"当评委好像特有权威，选手们特毕恭毕敬，张口闭口老师老师的；还特有话语权，想说谁说谁，谁不同意也白搭，就是敢怒不敢言；有时候比选手还出风头的，给特多镜头，还都是特写。平时特丑一人，一上镜特有范儿……"

戈玲开始想入非非，幻想着自己在评委席上正襟危坐、不怒自威、指点江山、滔滔不绝，时不时冲着镜头放电，褶子里边都是妩媚。

戈玲的白日梦被涌进来的袁帅等人打断。

"主编您答应啦？"袁帅判断着，"我说什么来着——主编其实最与时俱进了，刚才那是考验咱革命坚定性呢！"

戈玲清醒过来，立刻切换为大义凛然："谁说我答应啦？幸亏我及时醒悟！没跟你们进行殊死斗争也就罢了，总不能给你们这些阶级敌人打下手啊！"戈玲猛然想起还得去社里开会，连忙突出重围，扬长而去。

"Why？"安妮很不解，"很多人为了当评委提高曝光率，争得头破血流呢！我的祖国有句古语——狗咬吕洞宾不识好人心！"

刘向前认为机会来了，"除去主编，数我在编辑部时间最长、资历最深、贡献最大。既然主编不去，看来只有我责无旁贷地挑起这份重担了！"

"那不行刘老师！"袁帅站出来了，"这担子忒沉，我不能眼睁睁瞅着您给压垮了！再说了，选秀跟过日子离得有点儿远，这不成心要您短儿嘛！我坚决不答应！"

"对！"何澈澈也跟着起哄，"我正值青春年少，这担子应该我来挑！"

袁帅还是反对："那更不行了！别的我不怕，就怕全国电视女观众纷纷爱上你！师娘、师奶级的还好说，关键最怕女选手们一窝蜂爱上你，你说到PK时候你投谁票不投谁票呀？容易引发家庭矛盾！"

"我听出来了，你不就想把机会留给自己吗?！"

刘向前说风凉话，袁帅嘿嘿乐："我倒是可以给他们个面子，屈尊去直播现场亮亮相，可是吧本人实在太帅，一不注意就抢了全场的风头——再怎么咱也是绿叶衬红花去的——反客为主这事儿咱不能干！"安妮狐疑地盯着袁帅，开始警觉："这个不行那个也不行，Why？噢我明白了，主编是明着反对，你呢是暗里拆台！好啊，原来你跟我们玩潜伏！"

"Anney总沉住气沉住气！"欧小米眼珠一转，领会了袁帅的用意，"这不还有俩候选人嘛——《YOU AND ME》！我和你，在这里……"

"就是！"袁帅略感欣慰，"我可是蓄谋已久要把这机会留给你们半边天！我的祖国也有句古话——别拿好心当驴肝肺！"

欧小米显然不愿放过这个机会，"身为《WWW》娱乐版采编，我知道这是我义不容辞的工作职责！我必须挺身而出，完成这一无比艰巨的任务！好在我敢说——我了解娱乐界！Yeah——！"

安妮也当仁不让，"主编不去，交给你们谁我也不放心。举贤不避亲——我决定亲力亲为！希望你们支持我！Yeah——！"

PK开始。

刘向前审时度势，当然附和安妮："Anney总如果亲自出马，展示中西方文化之兼收并蓄，一定最能代表咱们《WWW》的风采！真的！Anney总，我永远支持您！"

比分1：0。接下来，欧小米、安妮期待的目光不约而同集中到袁帅身上。面对同样两个妙龄女子，袁帅举棋不定。刘向前幸灾乐祸，以其人之道还治其人之身，凑到袁帅耳边低语："不是东风压倒西风，就是西风压倒东风！革命没有中间派！"

袁帅灵机一动，使用随机法，闭着眼轮番指点二人："点、点，点豆花……"

陡生悬念，安妮、欧小米被他点得心惊肉跳。最后，袁帅的念词戛然而止，睁眼一看，指定的是安妮。

"Yeah——！"安妮开始发表最俗套的感言，"谢谢！我很激动！在这里，我要感谢评委，感谢支持我的朋友们！没有你们，就没有我的今天！然后我还要感谢我的家人，是他们一直默默地鼓励我支持我，在这里我要说一声，我爱你们！然后我还要感谢我的竞争对手！我要说，这里没有失败者！"

"我要感谢AATV、BBTV和CCTV，感谢评委，感谢他们对我的鼓励和帮助！我还要特别感谢我的粉丝，是他们的支持使我一路走到了现在！我还年轻，我看重的是过程而不是结果。通过这次经历，我学会了应该怎样做人！"欧小米很有风度地说完这几句，就破门而出。

袁帅感觉不对，颠颠儿地追上来："哎哎，你别生气啊……"

"我没生气！"欧小米非说没生气，"我正庆幸呢，你这只色狼终于把魔爪伸向了他人！我终于安全了！"

"你太麻痹大意啦——我一直对你垂涎欲滴，不得逞我誓不罢休！"

"算了吧你！我知道你一开始对我图谋不轨来着，可是在我铜墙铁壁面前碰得头破血流以后，你就把魔爪伸向了海外归来的学子！还点点点豆花？你以为自己是皇上搁这儿点妃子呢？你还不如公然讨好她呢，倒落个明目张胆！"

"你真不理解我一片良苦用心！于公于私，我都不能点你！"

"怎么个于公？"

"于公，她是CEO，代表杂志出席社会活动是她分内职责！凭什么让你代劳呀？"

"那于私呢？"

"于私，我怕你成为第二个何澈澈啊！"

"你怕别人也爱上我？"

"这我倒不怕！"袁帅一脸坏笑，"我怕你爱上人家！眼面前一个个都是酷哥，你生性就重色轻友，我不成肉包子打狗有去无回了吗?！我不能冒这险！"

欧小米噗嗤乐了，"看在你能自圆其说的份儿上，暂且恕你无罪！"

"谢太后！"

"留步吧！"

袁帅抬头一看，已经来到女卫生间门口，赶紧止步。

欧小米进了卫生间，袁帅长出一口气，一转身，被冷不丁冒出来的何澈澈吓了一跳。"高！实在是高！"何澈澈说，"脚踩两只船左右逢源两边卖好——我国历史上最杰出的两面派！你……"

不等何澈澈说完，袁帅一把捂住他嘴，连拖带拽地往回走："杀人灭口谁不会啊！"

在编辑部众人的集体参谋下，安妮选择了一套花枝招展的行头，盛装出席电视选秀直播。她娉娉婷婷地出现在大厅入口，本以为会吸引很多目光，不料来来往往的工作人员压根对她视而不见，还被现场导演数落了一顿："哎，你谁呀？别站那儿碍事儿！"

安妮慌忙闪开，一不小心，高跟鞋被场地上密密麻麻的电线绊住，一下儿把脚崴了，疼得她龇牙咧嘴，正蹲着揉捏脚脖子，一个半男不女的化妆师猫着腰跑过来，一张嘴就埋怨："哎，你观众代表吧？怎么才来？赶紧化妆！"安妮赶紧说："我化好妆来的……"

"喊！"化妆师不以为然，"专业化妆懂不懂？哎呀快点儿快点儿！"安妮一瘸一拐地跟着化妆师来到评委席。前排是四名艺术评委席，媒体评委席在后排，那里已经坐了不少人。安妮被化妆师按到座位上，匆匆忙忙开始化妆。

骤然间，各位置的灯光接连亮起。强光照耀下，安妮有点儿发蒙。化妆师又不耐烦了，"哎呀别动！东张西望的！"

"各部门准备！"现场导演高喊，"倒计时开始！五、四、三、二、一——开始！"

伴随喧闹的音乐，舞蹈演员登场，其他评委已然各就各位，就安妮还在化妆。她一紧张，脸上开始冒汗。

"你别出汗啊！"女里女气的化妆师一生气就像撒娇，"你出汗我还怎么化呀？"

对方越这么说，安妮越止不住出汗。

编辑部里，戈玲和袁帅等人目不转睛地盯着电视屏幕，终于等到了安妮的镜头。只见她完全没有镜头感，眼神散乱，眼珠子叽里骨碌的，根本不知道看哪儿，脸上的妆也被汗弄得一塌糊涂。

"看镜头啊姑奶奶！"袁帅替她着急，"哎哟，这造型……怎么成花花

脸啦?!"

这时候,主持人介绍到了安妮:"现在我们为大家介绍的是本次活动联合媒体之一《WWW》杂志的运营总监安妮小姐……"

进场之后的一系列意外已经打乱了安妮的步调,她此刻是慌的,听到主持人介绍自己,她赶紧起身致敬。岂知动作过猛加之衣服过紧,只见嘭的一下,胸前的纽扣被绷掉了,安妮慌忙捂住才不致完全走光。

编辑部几个人看得真切,不禁失声惊叫:"难道Anney剑走偏锋——要搏出位?"

"多少女星都是一脱成名!"欧小米狐疑地盯着袁帅,"这不会是你精心策划的吧?"

袁帅颇感冤枉,"那也得是当面一对一策划啊,要毒害就毒害我一个人,不能毒害广大观众啊!"

只有戈玲若有所思,发自内心地感慨:"我忽然特同情Anney!"

接下来的评委点评环节,安妮的表现同样差强人意。

"我认为三号最Fashion,最International!我在西方生活了很多年,最近刚刚回到中国。我发现中国现在的年轻人很……怎么说呢,比如三号他的Music,就是西方现在最流行的Blues……"安妮知道自己方才的亮相不成功,决意挽回面子,使劲侃侃而谈。无奈却似是而非,说不到点上,只剩了雷人。

频频出错的安妮心绪烦乱,不停地喝水,很快尿急,先是强忍,然后忍无可忍,便悄悄溜出去上厕所。

刚出卫生间,就听场内已经到了评委举牌环节,主持人正在喊:"……新时尚支持二号选手!《城市周刊》支持六号选手……音乐工场支持……"

眼看就轮到自己了,安妮拼命加快脚步冲进场内,即将到达座位的瞬间,脚脖子一软,一个趔趄扑到评委席上,稀里哗啦倒了一片。

安妮趴在歪倒的桌子底下,仍顽强地举起牌子:"《WWW》,支持三号!"

安妮栽了。

网上骂声一片,媒体恶评如潮。在戈玲主持下,编辑部及时召开了批评与自我批评会。戈玲这还真不是落井下石，她顾不上。安妮和《WWW》是盲人骑瞎马，亟须明白人当头棒喝。这是全体同仁的共识。五个人正襟危坐，清一色黑脸。

"失水准！太失水准！"袁帅痛心疾首，"圈里人都知道我是伯乐，就是没遇上千里马！这回好不容易遇上了，又来个马失前蹄！人家笑话谁？笑话我这伯乐！往后在这圈儿里基本没法混了！"

欧小米扼腕长叹："早知今日，当初PK我就不该先人后己输给她！知道的是我好心让她，不知道的还以为我成心把她往火坑里推呢！"

戈玲一再强调："我们本着治病救人的方针，对她进行有的放矢的批评帮助。有则改之无则加勉，绝不一棍子打死！"

这时，牛大姐风风火火地闯进编辑部，"戈玲——！戈玲呢？"

戈玲赶紧迎上前，"牛大姐，怎么啦急急忙忙的？"

"怎么啦？"牛大姐愤愤地，"性质极其严重！这不是给咱编辑部抹黑吗？！昨天晚上看电视，我差点儿犯了心脏病！我老伴说，你们编辑部这人哪是来当评委的呀，这是存心来踢场子的！"

见安妮很尴尬，戈玲赶紧冲牛大姐使眼色，"牛大姐您别着急，我们正开会研究这事儿呢……"

牛大姐却未领会，"我能不着急吗？！当初《人间指南》改名我就有意见——改什么不行啊非叫《W》，稍不注意就跟WC弄混了……"

"牛大姐，是《WWW》！"戈玲纠正。

"反正现在眼瞅着编辑部走上歧路，而且越滑越远越滑越远越滑越远……"牛大姐声音减弱，手搭凉棚眺望远方，众人随着她翘首远望，组成了经典样板戏造型。忽然变掌为拳，重又义愤填膺，"身为一名德高望重的老同志，在编辑岗位上勇于拼搏了一辈子，跟编辑部荣辱与共，如今一世英名即将毁于一旦，我再也不能沉默下去了！鲁迅先生说过，沉默啊沉默，不在沉默中爆发，就在沉默中灭亡！"说着说着，牛大姐开始跑题，"当年我最崇拜的作家就是鲁迅，你们猜猜刘书友崇拜谁——张恨水！张恨水跟鲁迅怎么比呀？鲁迅是这样写文章的——'院子里有两棵树。一棵是枣树，另一棵也是枣树'……"

戈玲赶紧截住话头："牛大姐，要不咱待会儿再背课文……"

"今天我来，不光是代表我自己，还代表其他老同志！余德利、李冬宝都委托我转达他们的意见，还有刘书友，昨晚上还专程去找我……"

听牛大姐提到刘书友，众人无不大惊失色。

"我爸他肯定是偷偷跑回来的，连我都没顾上见。阿姨您没问问我爸他老人家还打算不打算再回去？"刘向前问牛大姐。

"嗨，我说的是梦！"牛大姐解释，"昨晚梦里老刘跟我说，不能由着他们胡来！他还提了一个合理化建议——"

"据我爸说，他提的合理化建议基本不被采纳。"

"那是他生前。可这回的建议不一样——他提议让戈玲去当评委！"

戈玲心里一喜，表面上还得端着，"其实老刘还是比较了解我的……"

牛大姐进一步说明："老刘说无论从人品、资历、学识，你都合适！最主要的，老刘说你是咱编辑部唯一在岗的元老，担负着承前启后继往开来的使命！我相信老刘这么说是经过深思熟虑的！"

戈玲忽然毛骨悚然，"您一口一个老刘说老刘说，我怎么这么瘆得慌呢……"

刘向前也有同感，"别说您了，连我都瘆得慌！"

"我赞成！"安妮突然挺身站起来，高举起手，"我赞成主编顶替我当评委！"

众人惊讶地把目光投向安妮。

"其实一开始我就没想去——评什么怎么评都是事先规定好的，就拿你当个传声筒，还一个字儿不许错；坐那儿人五人六的，其实就是个玩偶！好几十个大灯泡烤着，聪明人脑子也给烤成糨糊了，说的什么连自己都不知道！这种气场根本不适合我！主编你去吧，我觉得你更适合！谢谢你舍身相救，我终于解脱了！"

安妮这么一说，戈玲反倒犹豫了："让你这么一说，谁还敢往这火坑里跳啊?！这老刘也是，不好好安息还出这馊主意！"

"戈玲你不要被流言蜚语吓倒！"牛大姐鼓励道，"当评委怎么啦？向广大观众展示我们编辑部的风采，这是一项光荣而艰巨的任务啊！戈玲同志，你要发扬大无畏的革命气概，考验你的时刻到了！"

在大家的鼓励下，戈玲终于决定临危受命，顶替安妮一试身手。为此她还专门买了两套行头，可见极其重视。

在演播厅外面候场的时候，戈玲对着袁帅的相机镜头反复练习表情——颔首、微笑、电眼，袁帅使劲夸："主编您镜头感还真棒！Anney这方面还真不如您有天赋！"

过了一会儿，嘉宾评委开始入场。在大家的殷殷注视下，戈玲正准备昂首前进，忽然，安妮风风火火地出现了。她没看见戈玲和编辑部其他人，径直奔入了直播大厅。紧接着，刘向前慌慌张张地追过来。

袁帅大喊一声："刘老师！"

刘向前这才看见他们，赶紧折返回来。

"你们今天不是请客户嘛，怎么也来现场助威啦？"袁帅问。

"客户那边完事儿了！"刘向前说，"Anney总非要来……坏啦，她进去啦！"

戈玲很感动，"安妮不计前嫌，亲自来现场给我观敌瞭阵，挺高风亮节的！就凭这点儿，我真得向她学习！"

但情况显然出乎所有人的意料，安妮并非来当观众，而是直接奔了评委席，分明还要当评委。原因就在于宴请客户时，安妮喝了几杯酒，犯了迷糊。

"这事儿不赖我，就赖刚才那客户，非挤对Anney总喝酒！"刘向前赶紧撇清担责任，"呛火呛到那儿了——Anney总还不是为拿广告！真不赖我！"

事已至此，再想阻拦已来不及，编辑部几人干着急，都替安妮捏了一把汗。

且说安妮到了评委席，直奔老座位落座，明显亢奋。那名女里女气的化妆师气冲冲地跑过来："怎么又没化妆？真是的！"

"俺不化妆！"安妮一嘴土话，很冲，化妆师一愣。

"俺就要素面朝天！你没听见？俺就是不化妆！"

化妆师见安妮发飙，悻悻地溜了。

今天的评委席上有安妮的熟人——酒吧冲突的那名过气歌星。轮到他点评时，他表现得很傲慢。

"应该说，这选手唱得很卖力，可是方法不对，一听就是没经过系统训练。这不行。唱歌不是什么人随随便便就能唱的，你得会发声、运用气息、怎么咬字，这都是科学！不能瞎唱！……"

安妮坐在后面，听着不顺耳，不管不顾地发表意见："谁说唱得不好？俺说他唱得好着咧！俺们那儿梆子就这么个唱法！"

那过气歌星认出安妮，"又你啊？！真是冤家路窄！还梆子呢，这是卫星电视直播现场！不是你们村儿那黄土坡！"

安妮听得火起，拍案而起，"俺们村黄土坡咋啦？站在俺们村黄土坡上，唱出来的歌痛快得很！哪像你，唱歌就像大便干燥！"

现场一片哄笑。主持人赶紧岔开话题："《WWW》的安妮小姐真幽默！下面……"

不料，安妮下面还有节目。

"俺叫安红！下面俺要为大家唱一段原汁原味的梆子！"

说到兴起，安妮放声唱了起来，毕竟不是长项，转腔转调。众人笑得更欢，现场秩序失控。

安妮二度雷人，编辑部众人濒临崩溃。回到编辑部，他们发现安妮办公室门扉紧闭，反复地敲，里面的人就是不应声。

大伙都害怕了。袁帅退后几步，然后如斗牛般猛冲向房门。就在即将撞门的刹那，房门突然打开，安妮出现在门口。但袁帅已然收脚不住，撞到安妮怀里，两人一同倒地。袁帅扑在安妮身上，彼此肌肤相亲鼻息相闻。

安妮一慌，将袁帅掀翻下去，狼狈地爬起来。

戈玲赶紧开导："Anney，以后的路还很长，应该像这样哪儿跌倒哪儿爬起来，你可不许……"

"我自知罪孽深重，不过还不想自绝于人民，但也不会逃避责任。"安妮从桌上拿起稿纸，"这是刚写的《我的自白》，向广大观众说明纯属我个人行为，与《WWW》无关。另外，我还要请求经济处罚。但我知道这顶多就是亡羊补牢，我的错误是严重的，影响是恶劣的，教训是沉痛的……"

安妮的自我检讨刚刚开头，每个人的手机微博就开始忙碌起来，再上网一看，帖子已经铺天盖地，都是赞安红的，粉丝团火速成立，昵称"红豆"。总之，一切迹象表明：安红火了。就连《WWW》都受益匪浅，迅速脱销，各销售点强烈要求补货。

大家正啧啧惊叹，走廊里一阵喧闹。刘向前探头一望，慌忙缩回来，"坏啦！主办方带人闹事来啦！"话音未落，栏目制片人带人闯了进来，扯着脖子嚷嚷："红评委呢红评委呢?"

戈玲一见来者不善，想替安妮出面抵挡，于是把她往里屋推："外头动手了你也别出来!"

安妮不想躲，勇敢地站到了制片人面前。对方眼睛一亮，张开双臂扑向安妮欲行拥抱。袁帅以为对方张牙舞爪要动武，纵身上前拦截。制片人双臂一拥，不料抱住的却是袁帅。

制片人欲摆脱袁帅，他左冲右突，袁帅左遮右挡，双方就像蒙古式摔跤，架势夸张。袁帅首先变势为拳击，比划了几下，随即又变为李小龙的招牌动作，嘴里咿呀做声，试图一举震慑住对方。制片人也随之变势。双方热火朝天地纸上谈兵、嘴上过招。

眼看选秀变为功夫，制片人及时收势，吩咐随从："来啊，给红评委颁发聘书!"

工作人员取出一本大红聘书，毕恭毕敬地双手递给安妮。编辑部众人连忙凑上来看，只见赫然几个大字——首席评委。

"必须的!"制片人说，"因为红评委的优异表现，昨晚'红男绿女'收视率节节攀高，创了涨停板；直播间热线都打爆了，观众力挺红评委；电信公司短信业务量暴增30%，关键词一律都是安红；就连公安部门都专门给台里打电话，说因为收看昨天晚上的'红男绿女'，小偷集体歇工，导致犯罪率明显降低! 所以说，安红同志为活跃人民精神文化生活、拉动经济刺激内需、创建和谐社会作出了极大贡献! 在这种形势下，我们节目组顺应民意，果断决定对评委人选进行调整，聘请安红为首席评委!"

编辑部众人群情激昂地鼓掌。

"但是，昨晚那是我一时激动，超常发挥……"安妮实话实说。

"我看出来了，"制片人说，"你是兴奋型那种，人越多你发挥越好，俗话就叫'人来疯'! 这就对了! 你必须给我疯起来，你一疯观众就疯收视率就疯广告商就疯! 我看好你!"

"不好意思，昨晚对某某某很不礼貌，我希望能有机会对他说一声Sorry……"

"不用Sorry他，他Thank你还来不及呢!"制片人连连摆手，"你知道昨天晚上你这一骂，提升他多少知名度?! 他刚还特兴奋给我打一电话呢，说他违章让交警给截了，交警一看本儿说哎你就是某某某啊? 某某某不就是昨晚挨骂那个嘛！怎么样——火了！"

"那我就放心了！"安妮如释重负。

"放心！你尽管放心！到时候你一定不要有顾虑，我们要的就你这风格！要不拿什么吸引观众啊？"

接着，制片人让工作人员搬来一个箱子，"今天一大早二十多家赞助商找到节目组，强烈要求广告赞助……这是赞助服装、丝巾、化妆品……矿泉水，注意商标冲外对着镜头，这都有合同的……这耳环吧……"

"这耳环我喜欢！"安妮接过耳环摆弄着。

"但你只能戴到直播第二轮，然后一时冲动把它送给六号选手！还有这眼镜，第三轮时候你把它送七号选手！别忘了先描述一番这两样东西的来历——耳环是你在法国香榭丽舍大街精挑细选的，眼镜是意大利手工定制的。关键得让观众瞅着你酷似忍痛割爱，让他们都替你财迷心疼舍不得，然后我让主持人玩命儿煽情——这就达到效果了！"

"这不是欺骗观众吗？"

"人家观众乐意！这叫噱头！"

经过一番精心策划与包装，安妮再次出现在选秀评委席上。她全身上下穿戴着广告赞助商品，一脸浓妆。由于深感责任重大，安妮正襟危坐，举手投足都小心翼翼。

轮到点评环节，场内"红豆"粉丝团手举牌子，疯狂地呐喊助威，使场内气氛达到沸点。编辑部众人心情澎湃，期待安妮再次一鸣惊人。但谁也没想到，安妮的表现谨小慎微、中规中矩，完全失去了上次的风采，令人大感失望。

直播一结束，制片人就向安妮兴师问罪："太不像话了！你为什么不骂某某某？"

"那也太过分了吧……"安妮不忍。

"人家憋着劲等你骂他呢！他本来都策划好了，只要你一开骂，他立马召开新闻发布会，假装在媒体逼问下一不注意说走嘴了，抖搂出你们俩的前世今生恩恩怨怨，然后媒体铺天盖地都是你们这点儿事儿！紧接着第二波就是你们俩冰释前嫌，这就够炒一年的！要不嫌麻烦还有第三波第四波……现在你是嘴下留德了，可人家不领情啊，整个儿让你闪一道！也怪他，我本来安排他先骂你,他非说女士优先,他得绅士。嗨,想出名还什么绅士啊?!"

除了刘向前,编辑部众人都在场。戈玲听着很不顺耳,"合着你就专门给人挑事打架啊?"

"观众爱看啊!"制片人振振有辞,"观众就爱看评委打架!观众是上帝啊,上帝想看什么我能不给看吗?"

袁帅替安妮解释:"你不了解,其实Anney上回是发挥失常,这回才回归正常水平,本想大家风范来着……"

"那不行啊!昨晚收视率刷刷往下掉,创了跌停板;短信骤减30%,运营商赚谁钱去?广告商也不答应,不管三七二十一,立马就要撤广告;粉丝团堵着电视台门口集体示威,不说是你安总的问题,都谴责我们节目组限制你发挥——我还冤呢,找谁说理去?!"

编辑部几个人面面相觑。何澈澈证实道:"网上也晴转多云,十多万新帖子,口诛笔伐,鲜花都改板砖了……咱们杂志发行也下来了……"

制片人分析说:"这不明摆着嘛——我们收视率,你们发行量,一升俱升,一降俱降,共荣辱同进退!红评委怎么表现可不光关系到我们'红男绿女'火不火,更关系到你们《WWW》生死存亡!安总我求求你,你受累再失常发挥一回行吗?"

众人目光集中向安妮。

"作为娱乐版采编,我终于明白了——什么叫娱乐?"欧小米感慨着,袁帅、何澈澈、刘向前也深有体会,齐声说道:"答:娱乐就是愚人并找乐!"

戈玲最为感慨:"我也终于明白了,为了《WWW》,Anney付出了多么大的牺牲!"

为了《WWW》,安妮决意再牺牲一回。这天,她大步走向演播厅,大有视死如归的气概。身后,编辑部同仁手挽手肩并肩站成一排,神情肃穆地目送她。

袁帅望着安妮的背影,有些担心:"不知道这个牌子的秘方灵不灵……"

此时,安妮一边走一边潇洒地把一只高脚杯顺手放到茶几上,杯里残余着晶莹剔透的葡萄酒。

安妮走向摄像机镜头,然后站定,忽然绽出醺醺然的灿烂笑容:

"观众朋友们你们好!俺叫安红!"

三 谍中谍

每天早上一到编辑部，往往是大家吃早点和交流新闻的时段。这天，何潵潵就在网上看到这样一则消息——"英国《每日邮报》报道，英国科学家最近发现，给奶牛喂食大蒜，可以防止牲畜打嗝放屁，从而有效地抑制全球变暖。科学家称，此举至少可以使牲畜减少四分之一的温室气体排放量……"

何潵潵刚读到这里，刘向前被早餐噎住，响亮地打嗝，惹得大家哄笑。

"刘老师，您怎么还给配音呀?!"

刘向前喝了一大口水，这才把嗝压下去，"我有一个感慨。都说管天管地管不着打嗝放屁，看来二十一世纪要管管了!"

大家在这边聊得热烈。袁帅却发现欧小米兀自躲在一旁打电话，很幸福很陶醉的样子。欧小米瞥见袁帅凑过来，连忙挂了电话，笑容却在脸上经久不散。

"美女，谁的电话啊这么幸福?"袁帅旁敲侧击。

"干吗要告诉你啊?"欧小米越故作神秘，袁帅越是关注，便想方设法试探："我也是明知故问! 能让我们美女喜上眉梢的，除了中五百万彩票，那就是恋爱ing了!"任凭袁帅旁敲侧击，欧小米就是笑而不答。

"哪个少女不怀春? 这我理解! 对方肯定是成功人士，对不对? 你的眼光我还不相信嘛，眼睛都快长到脑瓜顶上去啦……"

"我怎么听着不对味儿呢? 哎，你别是吃醋了吧?"

"开玩笑!"袁帅矢口否认，"不瞒你说，帅哥我压根儿就不知道醋是酸是甜! 从早恋到现在，我都是让别人吃醋的主儿! 我就是觉得我这当哥哥的吧，有责任替你把把关!"

"帅哥，我知道你在这方面经验丰富！"

"但我绝对忠诚专一！你看我现在有绯闻吗？洁身自好，根本就不近女色……"话音未落，袁帅的手机响了。一接电话，他大惊失色。

"别别！咱另约时间行吗？"

"呵呵，我都到了！……"

随着银铃般的声音，一肉嘟嘟的女子举着手机出现在编辑部门口，旁若无人地朝袁帅打招呼："嗨——！袁袁！"

袁帅下意识地慌忙要躲，却无处可躲。此时团团已经长驱直入，热情地扑了过来。袁帅无奈，当着欧小米，只好讪讪地："嗨——！团团……"

"一个团团，一个袁袁，团团圆圆，送台湾那对雌雄国宝啊！"欧小米与何澈澈面面相觑，然后对团团热情相让，"请坐请坐！请问你们俩是……"

"我们俩是……"不等团团说完，袁帅赶紧抢过话头："我们俩是同学！嘿嘿同学！"团团却嗔怪地白了袁帅一眼："光是同学？"

在欧小米的注视下，袁帅尴尬地张口结舌。团团幸福一笑，"我是他女朋友！"

编辑部大家都是一怔。袁帅慌忙阻止，"团团你别瞎说啊！"

欧小米酸溜溜地说："敢作敢当嘛！"

"就是！"团团说，"那天你是怎么跟我说的？才多长时间就都忘了！"

"哪天啊？"袁帅真想不起来，"我跟你说什么啦我？"

"你说要跟我在天愿作比翼鸟、在地愿为连理枝啊！"

编辑部大家啧啧惊叹。

"帅哥，这表白也太古装了吧？"

"我无语！"欧小米与何澈澈一唱一和，袁帅无地自容。

团团还没完，"如果不是班主任王老师棒打鸳鸯散，我和袁袁的爱情绝对不会夭折！"

大家这才恍然大悟："说了半天你们俩是早恋啊！"

"早恋怎么啦？"团团理直气壮，"梁山伯祝英台也是同学早恋，不照样被传为佳话嘛！"

团团最近有点儿烦。结婚刚两年，她就怀疑老公有外遇，又苦于抓不着证据，天天百爪挠心。她想来想去想到了袁帅，这才有了这出突然造访。

露天咖啡吧微风拂拂，团团述说原委，袁帅这才明白："让我跟踪你老公？那我不成特务啦?!"

"你太OUT了!"团团不以为然，"现在不叫特务，叫间谍！你忘了上学时候偶像是谁啦?"

一经提醒，袁帅想起来了，耳畔立刻萦绕007电影音乐，回想起007风度翩翩的剪影，突然拔枪射击的英姿。

"邦！詹姆斯·邦!"

"所以你现在成了狗仔队——监视盯梢——我一点儿不奇怪，我知道这是你少年时期的理想!"

"谁狗仔队啊?"袁帅忿忿然，"我就这理想？我是摄影师！摄影艺术你懂不懂?!"

"袁袁你别生气，我不是觉得也就你能帮我嘛……"

"可是这毕竟好说不好听啊！而且弄不好还违法……"

"又没跟踪别人，我跟踪我老公怎么违法啦？你就当是跟踪一明星，狗仔队跟踪明星这总不犯法吧?"

"那你还是找狗仔去吧!"袁帅生气地站起要走，团团泪水涟涟："没想到啊没想到，你当年那么义薄云天，如今这么薄情寡义；当年那么怜香惜玉，如今这么不解风情；当年那么两肋插刀，如今这么……"

"停！停!"袁帅心一软，连忙把纸巾递过去，"我记得上学时候以'那么……这么'造句，你就老得满分!"

"袁袁你答应啦?"

"谁让我这人侠肝义胆呢！不就007嘛，我就当回008!"

说干就干。接连数日，袁帅躲在汽车里，跟踪偷拍团团老公，大有收获。

这天，团团坐在咖啡吧，翻阅着一份报纸，等待袁帅到来。只见袁帅戴着墨镜，穿着风衣，神情酷酷地，意气风发地向这里走来。到了近前，就像谍战片里常见的情景，袁帅假装和团团不认识，擦身而过，坐到了邻桌。

袁帅同样打开一份报纸作掩护，然后与团团对暗号。

"请问，您看的是早报吗?"

"是早报。您的呢?"

"我的是晚报。"

"先生您真幽默。晚报还没出来呢！"

"哦，我这是明天的。"

团团噗嗤乐了，"错了！明天晚报更没出来呢！你应该说——哦，我这是昨天的！"

"嘘——，严肃点儿！"袁帅示意她不要声张，"哦，我这是昨天的。下边该你了！"

"货带来了吗？"

袁帅警惕地看看四周，从风衣里侧掏出一个纸袋，递给团团。团团从纸袋里取出那几张照片，沉着脸一一审看，都是老公与一个妖冶女人逛街购物的内容。

"原来是这个狐狸精！"

袁帅自鸣得意，"通过这件事儿，我发现我特别有职业间谍的天赋！可惜我选择了摄影为职业，中国虽然产生了一位优秀摄影师，但缺少了一位007式的职业间谍！"

团团掏出一个一模一样的纸袋，扔到袁帅面前的桌上："008，你先看看这个吧！"

袁帅狐疑地从纸袋里取出几张照片，定睛一看，竟是自己与团团上次在咖啡吧的照片，显然遭人偷拍。

"这怎么回事儿？"

"还能怎么回事儿？我老公雇人跟踪我！"

"啊？！你怀疑你老公，你老公也怀疑你，互相雇人跟踪，你们这是闹的哪一出啊？"

"这种情况的多啦！现在人和人之间最缺乏什么？信任！二十一世纪最大的危机不是能源危机，是信任危机！"

"要不然我亲自跟你老公解释解释！"

"要能解释得通，我们俩还至于到今天这地步？你已经帮我大忙了，后边的事儿不麻烦你了！"

袁帅却意犹未尽，"身为008，竟然'被间谍'了，这是我间谍生涯的奇耻大辱！不行，我一定要会会此人！"

街心公园不大，甬路边摆着几张长椅。团团走进公园，只见她老公从对面入口走进来，两人相向而行。隐蔽处，袁帅透过镜头注视着。一切似乎并无异常。袁帅将焦点从团团夫妇身上移开，缓缓扫视公园，搜索可疑目标。忽然，镜头中有什么一闪而过。袁帅急忙将镜头摇回，迅速调整焦距，发现一只硕大的镜头正瞄向这里，目标显然是自己。

与此同时，对方也发现了袁帅。

袁帅既惊愕又兴奋，无奈对方躲在镜头后面，看不见其庐山真面目。袁帅正思忖如何进行下一步行动，只见对方举出一张纸片，上面写有QQ号。

袁帅刚把QQ号默记在心，对方就倏然消失不见了。

晚上，当袁帅迫不及待向电脑中敲入那组QQ号时，对方的QQ跃然而出，网名为"灭绝师太"。办公室里很静，袁帅独自在电脑前与对方文字网聊，他给自己起的网名是"008"。

灭绝师太反应很迅速，"你终于来了！"

"你是女的?"袁帅打字速度勉强过得去。

"不可以吗?"

"怪不得今天你逃了呢！"

"这跟我是不是女的无关。做我们这行的，从来就是以影子的形式存在。"

"可以语音吗?"

灭绝师太显然在考虑，然后表示同意。袁帅一喜，迅速戴上了耳麦。

"你是职业间谍?"

"哈哈，这么叫也行。或者叫私家侦探。"灭绝师太的声音经过了处理，具有太空效果，"008? 跟007排着，够狂！菜鸟吧?"

"怎么啦? 你这大虾还不是被我发现了?"

"嗯，说明你有发展潜力！有兴趣加入我们的黑桃A俱乐部吗? 会员都是高手，有人的亲身经历就可以写成最畅销的侦探小说！"

"好啊！现在就入！"

"现在你还不够资格。具备三个以上实战案例，才够初级。"

"三个? 我现在算有一个了吧?"

"还差两个。等够格了再来找我。Bye!"

袁帅拿这事儿当了真。一连几天，他老是愣神。刘向前看出来了，忍不住地打听："发什么呆呀？想财呢还是想色呢？"

袁帅很不屑，"嘁，这些世俗生活都没意思！我根本不感兴趣！"

"你生活态度一向挺积极乐观的啊，怎么忽然消极厌世啦？"何澈澈凑了过来，"就是全世界人都消极厌世了，帅哥也不会！肯定是驾照十二分都扣没了，又该参加学习班了，对不对？要不就是楼下停车位让别人占了……Zeiss镜头最新型号上市，Anney总没给你批！"

见袁帅连连摆手，何澈澈又猜，"帅哥，你总不会是为《WWW》殚精竭虑，正苦苦思考它的未来吧？"

"我曾经为咱编辑部这样来着！可是现在对我来说，工作、生活，生活、工作，这都太普通太寻常太平庸了！我是这种凡夫俗子吗？我突然发现，这样的世俗生活根本就不适合我！命中注定我就要拒绝平庸，超凡脱俗！"

刘向前摇着头，"我说什么来着，就是厌世了！你别是要出家修行吧？"

"情圣Casanova出家当和尚？这基本相当于唐僧还俗，太雷人了！帅哥肯定是计划了什么惊人之举！"

袁帅这才点头，"还是澈澈比较了解我。我无非就是要超越生活，让自己的经历更丰富、更刺激、更神秘、更传奇！"

"帅哥你能说具体点儿吗？"何澈澈紧着问。

"这是秘密！"袁帅却卖起了关子，学着灭绝师太的说法，"做我们这行的，从来就是以影子的形式存在！"

何澈澈和刘向前只有面面相觑的份儿，袁帅转而热切起来，"哎，澈澈，最近你有没有遇到什么特可疑的人和事？就是那种越想越可疑、绝对不正常的！"

"有啊！"

袁帅眼睛一亮，"快跟我说说——何时何地何人？"

"此时，此地，"何澈澈一指袁帅，"此人！"说罢，何澈澈转身走了。刘向前也想溜，但晚了一步，被袁帅强行拦下。袁帅围着他转了一圈，煞有介事地开始推理：

"刘向前先生，上周三晚上七点三十分你在哪里？在干什么？有谁可以给你作证？"

猛不丁这么一问，刘向前还真有点儿蒙。

"然后你就回了家。那天晚上没有月亮，你家附近的路灯也坏了，周围黑漆漆的，路上只有你一个人……"

刘向前被带入情境之中，不禁不寒而栗。

"路上你有没有遇到什么人？对方都和你说了些什么？"

刘向前使劲想，"我那天……我真不记得了……"

"你说谎！"袁帅厉声地，"嫌疑人往往心存侥幸想蒙混过关！但这是徒劳的！"

"我没说谎！我说的是真话，我真不记得了！"

"我劝你还是想好了再说，千万不要信口开河，你的每一句话都将作为呈堂证供……"

"想起来啦！"刘向前说，"我每天晚上七点三十分都在家准时收看《天气预报》！雷打不动！我老婆可以作证！"刘向前急得出了一头汗，袁帅递过一张纸巾，刘向前接过来擦汗，如释重负，接着猛然醒过神来，意识到不对劲，狐疑地盯着袁帅，"我招你惹你啦？袁帅你不当情圣当侦探啦？瞅谁都可疑！别是脑子出岔儿了吧？"

袁帅却很执著，"你再仔细想想，真没什么事儿？"

"谢谢您！真没有！"

"你再想想再想想……"袁帅拦着，刘向前夺路而逃。

袁帅的下一个目标锁定了戈玲。推门进来，他眼珠子滴溜溜乱转，一副怀疑一切的表情。

"哎，正好，我正要找你呢！"戈玲拿出几张照片，"这几张片子，好！小米配的文字，也好！我觉得以后就要照这路子……"

"主编，我不是来听表扬的。"

戈玲跟他开玩笑，"想听批评？我倒是特善于批评人，可你这段时间表现优异，我实在没处下嘴啊！"

"这些工作都太平常了！我发自内心地认为自己庸庸碌碌、无所作为！我再也不能这样下去了！"

戈玲颇感欣慰，"进步了！成长了！连你们八〇后也学会谦虚了！"

"我不是谦虚，我是想换个活法儿！我是觉得生活吧……主编，您就从来没觉得生活特平淡乏味吗？"

戈玲想了想，"有时候确实……"

"所以嘛！那您想不想让生活里发生点儿什么？"

"发生点儿什么？"

"故事啊！浪漫奇情的，悬疑惊悚的，浪漫加悬疑的——我觉得您适合最后一种！最近您跟李冬宝有联系吗？"

"没有啊……"

"曾经沧海难为水，除却巫山不是云！李冬宝是您曾经的丈夫、是您女儿的父亲、是现在藕断丝连扯不断理还乱的那个人，对他的情况，您不会不感兴趣吧？"

戈玲不置可否，袁帅展开了丰富的联想：

"也许因为李冬宝，您的生活正面临重大抉择。现在，李冬宝身边一定有了另一个女人，而李冬宝一直念念不忘与您破镜重圆，那么这个女人就成为了最大障碍。李冬宝想尽了办法，这个女人却纠缠不休，使李冬宝濒于崩溃。最后，在一个月黑风高夜，李冬宝铤而走险，杀……"

"打住打住！"戈玲急忙打断袁帅，"再往下说，李冬宝成杀人凶手了！"

"任何事情都有可能发生！"

"那我也不信李冬宝敢杀人！他天生胆小！"

"那好，咱不让他杀人。"袁帅转换了思路，"那他当采花大盗没问题吧？李冬宝那形象活脱儿……我意思是说人都是会变的，光阴荏苒物是人非，此李冬宝非彼李冬宝，您能保证对他百分百了解吗？"

见戈玲被问住了，袁帅愈发来劲，"所以咱得调查啊！兴许李冬宝还为您守身如玉呢，那就得给人家一个将功补过的机会！"

"我哪有工夫去调查他呀？！"

"您委托我啊！我可以二十四小时跟踪取证，全部专业手段，向您提供客观真实的第一手信息！您要是怕我影响工作，我可以利用我的全部业余时间，保证两不耽误！而且不跟您要加班费！您……"

戈玲哭笑不得，继而神情严肃起来，"你受什么打击了？还是思想出问题啦？满脑子想什么呢？悬疑小说看多了！"

"是哪个伟人说的——生活本身就是一部悬疑小说！"

"我看是你说的！前几天还好好儿的，怎么突然不着四六了呢？"

袁帅还想游说，戈玲把照片塞给他，连劝带推地到了门口，"行啦行啦，别胡思乱想啦！你先把版面排出来，回头咱们再聊！好啦好啦，先这样儿啊！"说罢，戈玲随手关门，袁帅被挡在了门外。

不光戈玲不以为然，就连团团都拒绝了袁帅。

"……团团，求求你让我再跟踪你老公一回，就一回！"袁帅打电话请求团团。

"一回也不行！我跟我老公刚缓和，你别瞎搅和！"

"你小心他使障眼法！这是缓兵之计，声东击西、欲擒故纵，使你麻痹大意，然后明修栈道，暗度陈仓！"

"你想象力也太丰富了吧？反正我不许你跟踪我老公！"

"那你再好好想想，要不我替你跟踪跟踪其他人，比如你老板？你放心，我义务的！"

"袁袁你还真拿自个儿当007啦？醒醒吧你！"

团团那边挂了电话，袁帅很是沮丧。袁帅一直自认为生不逢时。生在古代，他就是大侠；生在乱世，他就是枭雄；生在战争时期，他就是将军。结果偏偏生在红旗下长在红旗下，一切都太顺，导致他淹没在芸芸众生之中。和平时期，他觉得也就剩当当间谍了，没承想大伙还不给他机会。袁帅愤愤不平，他发现周边都是俗人，都自欺欺人地生活在假象之中。他偏偏就要做那个揭示真相的人，众里寻他千百度，那人却在灯火阑珊处。他认为，及时成全他这一理想的，应是欧小米。

近来，欧小米一直鬼鬼祟祟的，老是背着袁帅打电话，而且语气暧昧。袁帅当机立断，跟踪欧小米。

随着下班人流，欧小米走出写字楼，来到停车场，发动了摩托车。不远处，袁帅躲在车里，密切注视着欧小米的动态。同时，他迅速戴上花白假发，粘上胡须，把自己装扮成一位老者。

欧小米驾驶摩托车离开。袁帅随即开车尾随而去。

欧小米再次走上商业街区的时候，忽然想起什么，紧张地回身张望是否有人跟踪。人群中，化妆成老者的袁帅不远不近地尾随其后。见欧小米回头，袁帅连忙假装浏览路边橱窗。

欧小米没发现异常。这时，有人喊了她一声。闻声望去，只见一个高大、帅气、阳光的背包青年满面春风地向她走来，远远地就张开双臂，显得热情似火。

袁帅也发现了那名青年，目不转睛地盯着，甚至忘了拍照。只见背包青

年快步奔向欧小米，送给她一个卡通玩偶，两人拥抱在一起。袁帅瞪目结舌。他想起这样一个定理——当你不知道自己是不是喜欢一个人的时候，就去看她跟别人亲热，假如你妒火中烧，那就说明你是喜欢她的。他现在发现这个定理真的真的真的很残酷。

接下来的过程更残酷。袁帅注视着背包青年与欧小米的一切亲密无间的举动，还要拍摄存照。直到两人出了咖啡馆，依依惜别。

袁帅嫉妒又慷慨悲壮，他对自己这样说："如果他真心爱她，我祝福他们！如果他企图始乱终弃，我决不答应！凭我这双慧眼，任何癞蛤蟆都别想冒充青蛙王子！"

背包青年拐了两个弯，来到另一条街道。他丝毫没有察觉，袁帅一直尾随在后。前面是一家购物中心，背包青年老远就兴高采烈地冲什么人招手。袁帅顺势望去，只见购物中心门口站着一位妙龄女郎，满脸媚笑地等着。背包青年快步跑来，将同样的一件卡通玩偶递给女郎，而后两人不仅拥抱而且拥吻，其热烈比方才与欧小米有过之无不及。

袁帅强压怒火，举起相机连续拍照取证。

第二天，欧小米心情格外好，一直哼着歌，摆弄那件卡通玩偶。袁帅坐在自己座位上，一直瞄着欧小米这边。

刘向前端着刚沏好的茶走过来，向欧小米打听情况："昨天又有人跟踪你吗？"不等欧小米回答，何潵潵探过身子来："回答是否定的！要不能这么嘻刷刷吗？"

袁帅搭腔了，"大错特错！这恰恰说明对方是一位跟踪高手！高手跟踪是不会让你察觉的！"

欧小米吓一跳，"就好像你是干这出身似的！"

"休得恐吓！"

何潵潵对袁帅的说法不以为然，刘向前附和："就是！和谐社会，光天化日，还反了他们啦！据我分析推理吧，准是谁认错人了！"

"最新版HELLO KITTY！"何潵潵注意到欧小米的玩偶，"网上刚出来就搞到手啦，有料！"

"送的！"欧小米很得意，"国外原版！"

袁帅妒火中烧，"缺乏忧患意识！福之祸所伏，在你沉浸在爱情的幸福之中时，不幸也正悄悄向你袭来……"

欧小米被袁帅说得心里发毛，下意识地躲开一段距离，"乌鸦嘴！你就不能说点儿动听的？挺阳光一人，这几天怎么阴暗起来啦？"

正说着，一名快递员出现在门口，"欧小米快件！"

欧小米应声走过去接收快件。袁帅心里怦怦直跳，表面上尽量保持镇静，静观以待。

欧小米察看着封套上的字迹，有些纳闷，"谁来的这是？"边说边打开封套，取出两张照片，仔细一看，赫然竟是她与背包青年在街上的情景，登时惊愕得瞠目结舌。

对此效果，袁帅很得意，但不能暴露出来，假装跟着咋呼："怎么回事儿？"

刘向前见状凑过来要看个究竟，欧小米忙把照片捂到胸前，缓缓坐下来，脸色发白，两眼直勾勾盯着袁帅，"你不是人！"

袁帅以为暴露，又惊又窘，"我……"

"你是神！"欧小米喃喃地，"料事如神……"翻转照片，背面写有两行字——

我这里有你需要的东西。

七点半，街心咖啡馆。

华灯初上，夜色斑斓而神秘。欧小米独自前来赴约，到了咖啡馆门口，她犹豫了一下，推门走进去。

咖啡馆里灯光幽暗，充斥各色人等。欧小米进得门来，警觉地扫视全场，并未发现接头目标。她缓步向咖啡馆深处走去，路经之处似乎并没人注意她。角落里有空座位，欧小米坐下来，发现这里是观察全场的最佳位置。她点了一杯咖啡。看看表，正好七点半，心神不宁地四处张望起来。

忽然，邻桌有人说话了："你很准时啊！"

欧小米一惊，扭头一望，只见邻桌正在看报，脸被报纸挡着，报纸缓缓放下，露出一张老者的脸。欧小米一时没认出对方。对方微微一笑，摘去假发和胡须，露出本来面目，原来是袁帅。

"帅哥?!"欧小米大吃一惊，"你怎么来啦？"

"我当然要来。"

"我知道你对我不放心……"欧小米紧张地向四周望望，压低了声音，"可是要让008看见你，他就不会跟我接头了！"

"你还挺勇敢，他让你来你就来啦……"

"我就是想弄明白他到底为什么跟踪我！"欧小米张望着，"不会出什么事的！你快走吧帅哥……"

袁帅纠正："008！"

"哪儿呢哪儿呢？"欧小米扭头找。

"远在天边，近在眼前。"

欧小米明白过来，很着急，"哎呀，别闹了！你真不能在这儿！008马上该来了！"

"我就是008！"

"那我就是007！"

袁帅从包里取出相机，调出存档照片，示意欧小米一看究竟。欧小米凑到取景器前一看，正是那些照片存档，不禁大吃一惊。

"你相机里怎么会有……这是你拍的?！你真是……"

"008！"

欧小米难以置信地瞪着袁帅，"我要杀了你！"欧小米咬牙切齿，一字一句。袁帅慌忙步步后退："公共场所，要冷静！冷静！"

欧小米一步步逼近袁帅。她双目喷火，双拳紧握，仿佛听得见骨节咯咯响。袁帅真害怕了。幸亏欧小米醒过神来，变拳为指，气急败坏地指点着袁帅鼻子，"算啦，我佛慈悲，先饶你不死！说，为什么这么干？"

袁帅并不急于辩解，而是又鼓捣一番相机，示意欧小米再看究竟。透过取景器，只见照片上是背包青年与妙龄女郎热烈拥吻的情景。

欧小米又是一副惊愕表情，"你还跟踪他……"

"这是我一番良苦用心！不这样怎么知道他是花心大萝卜？不这样怎么铁证如山？不这样怎么让你悬崖勒马、迷途知返、回头是岸？"

欧小米却不急不恼，表情缓和下来："还成功人士呢，我看是情场老手、采花淫贼！"袁帅义正词严："一个HELLO KITTY就把你俘虏啦，其实他转脸就送别的女孩一个！幸亏我眼里不揉沙子，及时识破此人的真面目，要不然你……后果不堪设想啊！吃一堑长一智，今后这种事你要向我多请示多汇报，让我随时掌握你的思想动态，知己知彼……"

"然后百战不殆，是吧?"

"你别误会我意思，我是出于正义感!"

"那我也给你看张照片!"

欧小米从手机里调出一张翻拍旧照片，上面是儿时的她与玩伴的合影。

"认出来了吗?"欧小米指着那个玩伴，"他……"

"你们还是青梅竹马?"袁帅大惊，"那他就更不应该欺骗你感情啦!"

"什么啊!他是我表弟!刚从国外回来!那女孩是他女朋友!"

跟踪事件虽然是虚惊一场，但欧小米这根筋被逗起来了。她发现这事儿着实刺激好玩儿，可惜还没过瘾就玩儿不下去了，让她意犹未尽，从此总觉得生活里缺了点儿什么，变得跟前些日子的袁帅如出一辙，整天儿坐那儿愣神。

刘向前认为欧小米受到了惊吓，好心地建议："小米你这叫撞蛊!要不找个大仙给收收……"

袁帅早就看在眼里，显得胸有成竹，"我就是大仙……嗨，什么大仙，我是心理医生!刘老师您不了解她病情，把她交给我吧!"

"你好好开导开导她，不行我真去找个大仙!你别不信，这是我们中华传统文化!"

"您就别糟践传统文化这词儿了!放心吧，我保证对症下药、药到病除!"

等刘向前走了，袁帅意味深长地望着欧小米，"是不是觉得日常生活特平淡特没劲?"欧小米如实地点头。

"是不是特想发生点儿传奇故事?"欧小米再次使劲点头。

袁帅显出阅尽沧桑状，"曾经沧海难为水啊!像我们这种有过不凡经历的人，很难再甘于平庸啊!"

"就是!"欧小米深有同感，"被跟踪那几天，紧张归紧张，但是特刺激特兴奋!现在不跟踪了吧，就觉得一点儿意思没有，整天打不起精神……哎，要不你还接着跟踪我得啦!"

"连续剧?弄续集?"

"续呗，多好玩儿啊!"

"你当这是小孩过家家呢?不是实战根本没那种感觉!必须实战!"

"倒想实战呢,哪有目标啊?"

"关键在于发现!你当然发现不了了,就是目标在你眼面前晃,你也认不出来。对我们这种职业高手来说,都有一种本能的嗅觉,茫茫人海,只要真正的目标一出现,立刻就能判断出来!这叫天赋!这就是大虾和菜鸟的区别!"

"那不等于戴着有色眼镜看人啦?"

"太单纯!生活看似平静,其实暗流汹涌,危机四伏。前几天新闻没看?国家安全部门抓获一名间谍,代号'信天翁'……"

"看了看了!是一海归,从国外回来,以咨询公司作掩护,窃取国内的军事和经济情报!"

"这说明什么?说明阶级敌人亡我之心不死!我们不能经济发展了增长保八了,就高枕无忧!一定要提高警惕保卫祖国!"

"海归怎么还干这事儿呢?海外学成归来,应该报效祖国啊,结果胳膊肘往外拐!"

袁帅专家般侃侃而谈:"如今间谍界需要的是高学历高智商复合型人才,海归符合这种要求,又身处花花世界,很容易被洗脑。所以,间谍组织都盯上了这个特殊群体,千方百计在这些人当中发展成员!"

"要这么说,海归成高危人群啦?!"

"不能打击一大片!绝大多数海归是相当热爱祖国的,但是不排除有极少数的害群之马,打着海归的旗号,干着损害国家利益的勾当!"

正说着,安妮神色匆匆进了编辑部,谁也不理睬,径直走向自己办公室。

刘向前连忙起身迎上前去,"Anney总!您可出差回来了!我向您汇报一下过去几天来的工作,开请示一下未来几天……"

安妮脚步不停,"我待会儿还要出去见个重要客户!换个时间吧!"

"那我跟您一块儿去吧!"

"NO!我自己去!"说着,安妮快步走进自己办公室,反身把门关得紧紧的,把刘向前撂在了外面。刘向前颇觉没趣。他走向袁帅、欧小米,小声跟他们嘀咕:"你们发现没有?最近Anney总老是单独行动!按说我属于她直接领导,是她左膀右臂啊,应该不离左右才对!可她出差不带我,谈客户不带我……不会有什么事儿吧?"

袁帅和欧小米彼此交换目光,然后会心地一语不发。

"你们帮我分析分析领导意图！"刘向前请求着，袁帅和欧小米仍是三缄其口。直到刘向前狐疑地离开，他们才继续方才的谈话。

"说曹操曹操就到——"欧小米说，"其实咱们身边就活动着一位海归！谢天谢地，咱们这位海归算是那绝大多数里边的！"

"你真正了解她吗？我真正了解她吗？"袁帅若有所思，"有关她的情况，我们所知道的不过就是——海外求学多年，只身返国，并进入传媒界。其他的呢？我们一无所知。对我们来说，她是一个熟悉的陌生人。"

欧小米也嘀咕了，"要这么说吧，Anney还真是挺神秘的！刘老师一向只对物价反应敏感，连他都察觉出Anney不对劲了！"

袁帅突然想起一个问题，"前几天她出差去什么地方？"

"浦东。"

袁帅眼睛一亮，"'信天翁'就是在浦东被抓获的！据说他本来要跟同伙接头，结果同伙逃跑了。Anney的目的地正是浦东，恰恰也正是在事发那几天时间。难道这仅仅是巧合？"

"你怀疑她是'信天翁'同伙？……"

"我们既不能冤枉一个好人，也不能放走一个坏人。关键要有证据！"

与此同时，安妮正在办公室里接电话，"……Albatross?……I see!……"安妮随手在纸上写下"信天翁"。这时，猛然传来敲门声。安妮吓了一跳，寥寥数语挂断电话，然后正襟危坐。

门一开，袁帅走进来，也不说话，意味深长地盯着安妮。安妮被袁帅看得有点儿不知所措，还以为对方发现她光着脚，暗中用脚把高跟鞋勾过来，悄悄穿上。

"有事儿吗？"

"也没什么事儿……"袁帅神秘兮兮，"就是想跟你聊聊……"

"聊什么？"

袁帅机警地四处打量，一眼瞥见桌上那张纸写有"信天翁"，心里一动。于是，他冷不丁单刀直入："你一定认识'信天翁'吧？"

安妮脸色一变，显然受到了触动。接着，她意识到是那张纸泄露了信息，连忙一把抓起，塞进了抽屉，然后很不自然地笑笑，"我其实无所谓，我一个人习惯了……明白？"

"你是说你一向单独行动？"

"呵呵……也可以这么理解！女人就是应该独立，我现在一个人这样很好！真的！你不信？"

"我不信你永远一个人，你总得跟他们联系啊！比如这个'信天翁'……"

"你怎么知道的？……"安妮很惊讶。

"我什么也不知道！我是说信天翁这种鸟国内不常见，你在国外也许见到过……"

"鸟？噢Yeah，反正飞来飞去的……"

"信天翁一般生活在南半球，而中国在北半球，所以很少有信天翁出现。但最近听说有信天翁光顾中国，所以我开始对它感兴趣。大多数信天翁生活在南半球的深海中，少数生活在北太平洋和赤道地带。人们通常在大海航行时，在海上或石礁岛屿地带才能看到它。信天翁性成熟比较晚，一夫一妻制。"袁帅现趸现卖，把刚从网上查来的东西搬出来，着实令安妮狐疑："没想到你对信天翁有这么多了解！"

"不，其实人们对信天翁了解得并不多。信天翁的属种扑朔迷离，目前还存在争议。所以我有个想法，想多了解一些信天翁的习性，拍点儿片子，肯定有利用价值！"

"OK！我看是个不错的IDEA！"

袁帅微微一笑，转身向外走。安妮忽然叫住他："帅哥！"

袁帅停住脚步，但没有回身。

"你见过信天翁吗？"

"目前还没有。"袁帅意味深长，"但我相信会见到的。"

说罢，袁帅走出去，带上了门。办公室里剩下安妮独自一人，直发愣。

半小时以后，戴着墨镜的安妮匆匆走出写字楼，手里拎着一只旅行箱。

不远处，袁帅和欧小米躲车里监视着。只见安妮在路边招手拦了一辆出租车，上车离去。袁帅急忙驾车尾随，一直上了机场高速。

"她不会要潜逃吧？"欧小米担心，"她以为自己暴露了？是不是你打草惊蛇了？"

"我不过就旁敲侧击试探她一下，没露什么破绽啊！"袁帅说，"当时我一提到'信天翁'，她脸色刷就白了，绝对心里有鬼！"

"好惊险好刺激好兴奋啊!"

"只要跟着哥,无限风光在险峰!"

"哥你好帅啊!"

"注意!从现在起,叫我008!这是纪律!"

"这是你网名?"

"专业点儿好不好?这是超级间谍的代号——邦德007,哥008!"

"那我叫什么?"

欧小米也想有这样一个名字,袁帅略一思忖,"邦德有邦女郎,你跟哥……就叫哥女郎吧!不行,听着不专业!要不叫美女蛇?"

"俗!"欧小米不同意,"而且像频频失身的色情间谍!"

"有了!"袁帅灵机一动,"哥008,你800!"

出租车停在航站楼前,安妮拎着旅行箱下了车,走进航站楼,来到休息区。她四下环顾一番,选择了僻静处的沙发落座。

袁帅、欧小米跟踪而至。两人都戴着墨镜,竖起衣领挡着脸,在附近的酒吧找座位坐下来,从侧后方远远地瞄着安妮。

"她好像在等人。"袁帅分析,"根据我的经验判断,她一定是来和同伙接头的!"

"信天翁不是被抓了吗?"

"抓了信天翁,还有后来人!一个信天翁倒下去,无数个信天翁站起来!"袁帅掏出照相机,"800,掩护我!"

"008,怎么掩护?"

袁帅其实也不清楚,于是两人就地配合演练了几种掩护姿势,完全是摆POSE,不伦不类滑稽可笑。这一切,都被另一个人通过望远镜看得一清二楚,他们却毫无察觉。

袁帅要与欧小米做拥抱状,欧小米连忙一闪,"008,严禁假公济私、趁机揩油!"

"800,这是组织对你的考验!"

"你潜规则!"

最后还是欧小米自己设计了一个动作,在她遮挡下,袁帅举起镜头向安妮所在方向望去,却发现安妮已经无影无踪。

"坏了！目标没了！"

两人连忙分头寻找。袁帅刚刚从洗手间门口快步走过，安妮就拎着旅行箱从里面出来，双方都未发现彼此。

袁帅漫无目标地在大厅里找了一圈，根本没发现安妮的踪影。他从一根柱子前匆匆经过，一名戴着墨镜、帽檐压得很低的神秘男子背对着他，正假装浏览什么。待袁帅从身后走过，男子转过头，暗中注视着袁帅的背影，见欧小米从另一个方向走来，男子立刻闪身回避。

袁帅和欧小米都一无所获，懊恼地坐回原地。

"都赖你刚才非要摆POSE，把她吓跑了！"欧小米埋怨着，袁帅显得很惆怅。

"也许此时她已经逃往某个遥远的地方，这一去或许将成永别，从此天各一方，人海两茫茫，再也无缘相见了！"

"哟，难舍难分啊！"欧小米酸溜溜地从旁挖苦，"008，你这哪是跟踪嫌疑人啊，分明是十里相送！你是不是爱上Anney啦？"

"人非草木孰能无情！长期耳鬓厮磨，就像你爱上哥一样，她爱上哥也是可以理解的，理解万岁嘛！"

"谁跟你耳鬓厮磨啦？我看你不该叫008，还是叫Casanova名副其实——老以为全中国女的都无比热爱你！我知道安妮为什么跑，是不是间谍另说，人家是为了逃脱你魔掌！"

"我万万没想到她会背叛祖国！在大是大非面前，我一定要做到大义灭亲！请祖国母亲考验我吧！"袁帅正慷慨激昂间，欧小米忽然发现了什么，立刻神色紧张："后面！后面！"

袁帅慢慢侧过头一瞥，果然发现安妮就在距离很远的后排角落里坐着，正翻阅杂志。

"狡猾！果然狡猾！"袁帅倒吸凉气，"知道吗？这叫反跟踪！"

在欧小米掩护下，袁帅举起镜头观察。只见安妮翻阅着杂志，显得百无聊赖。这时，她的手机响了，她接听手机，低声应答着什么，似乎并没注意这边。

令袁帅惊愕的是，后景有个可疑男子正举着望远镜向这边瞭望，待到仔细察看时，对方倏地一闪，在视野中消失了。

"难道是灭绝师太？"袁帅怔怔地，"我跟她滴水没露啊！"

"会不会是……国家安全局的?"

欧小米一提醒,袁帅恍然大悟:"冰雪聪明!我也正这么想呢,肯定是安全局也在跟踪安妮,这说明我们跟他们英雄所见略同!"

"那他们不会说咱俩捣乱吧?"

"咱这是帮他们!正好也是切磋交流的好机会!"

不等他们把这事弄个究竟,一位外籍男子出现了。此人西服革履戴墨镜,跟谍战片里的人一个打扮,最显著特征就是头顶有一绺白发,"信天翁"的绰号很恰如其分。

此人刚下飞机,拎着旅行箱径直朝安妮走来。安妮直挺挺地端坐着,直到对方出现在她面前,毫不避讳地仔细打量她,安妮这才猛地想起事先约定的暗号,连忙举起那本杂志。对方也取出一本相同的杂志。

这一切,都被远处的袁帅偷拍下来。

"他们接上头儿了!"袁帅说,"800你别抖,我镜头拿不稳!"

"008是你抖呢!"

袁帅这才发现自己确实在抖,但不承认,"我抖了吗?我怎么会抖呢?"

欧小米却承认:"我紧张!"

"光天化日,他们不会开枪的……"

初次见面,安妮与外籍男子彼此交换第一印象。外籍男子操一口流利的中文,"没想到,你比照片上还要漂亮!"

"我也没想到,你的中文比简历上介绍的还要好!"

"这里太吵,我们可以换个地方吗?"

"当然可以。"

两个人的谈话很自然,但在袁帅和欧小米看来,他们的一举一动就跟悬疑电影中一样,先是用暗号接上头,然后,两人便站起身来,离开了机场。

袁帅驾车尾随来到一个咖啡馆,他和欧小米只顾着监视安妮和外籍男子,却没发现自己也被跟踪了。一辆车尾随而来,悄然停在袁帅的车子后面,暗中监视着这一切。

当晚,编辑部里熄了灯,只有电脑屏幕闪烁光亮。屏幕上正以幻灯方式连续回放安妮在机场和咖啡馆与人接头的照片,袁帅、欧小米进行着分析讨论。

"机场那名男子一定是他们国外总部派来的联络员。信天翁出事，总部带来了新的指令……"

"两个旅行箱里会是什么呢？……"

电脑屏幕上出现互换旅行箱的照片，袁帅一敲键盘，画面定格。

"肯定是情报！"

"情报装旅行箱里？"欧小米表示质疑，"现在都数据传输了，间谍哪能这么OUT？"

"那就是总部给的活动经费！美金！"

"也可能是欧元！"

"你估计有多少？"

"十万？"

"十万？这只是定金！情报是无价之宝，价值连城，只要能换来情报，千八百万美金——就算是欧元——算什么?!"

"这么多钱？怎么花啊……"欧小米啧啧。

"怎么花？先买辆超豪车，007专用坐驾，6.0升发动机，最大马力450匹，绝对拉风！然后再买一豪宅，带游泳池那种！一风和日丽了就开Party，大帮人随便吃随便喝，男的必须穿得好，女的必须长得好，而且你跟她说过头话也一点儿不急，还能讲黄段子给你调节气氛——你还别说这是腐化堕落，间谍工作就这特点，一般人都眼红我知道，眼红没用，我们间谍出生入死那会儿你干什么去啦？这叫吃得苦中苦方有甜上甜！"

袁帅说得唾沫横飞，见欧小米冷冷地瞥着他，方才收住遐想。现在当务之急是确定安妮搞到了什么情报，然后赶紧采取行动。

在采取行动之前，袁帅决定与安妮进行一次谈话，对她进行最后的挽救。说到底，袁帅还是怜香惜玉，让他对安妮痛下杀手，终是于心不忍。

第二天，袁帅推开了安妮办公室的门。当时安妮正趴在桌上打盹，睡得很香。袁帅注视着她的憨态，怜惜地叹了一声。安妮猛醒，睡眼惺忪，尴尬地站起又坐下。

"为什么不敲门？"

"您睡得正香，可倒听得见啊！"

"胡说！我根本没睡着！"

"我都听见你打呼噜了。再使点儿劲儿，连外边都听见了！"袁帅一语双关，"我由衷佩服，你们这种人确实跟一般人不一样，甭管情况多么危急，该吃吃该睡睡，一点儿不耽误！"

安妮很敏感，"我们哪种人？我们哪种人？"

"你知我知，天知地知。"

袁帅不阴不阳，安妮眉毛一拧，正待发作，戈玲进来了，喜气洋洋的。

"安妮、安妮，就上回我跟你说那人……"

戈玲话到一半，觉得袁帅在场有所不便，就向他做个请回避的手势，"男士不宜！闲人免进！"

袁帅不情愿地刚要出去，安妮却拦住他，"别走！我就要你在这儿听着！"安妮故意提高声音，"主编，就上回您说那人吧，我相信一定特优秀特成熟特MAN，可是我现在还不着急考虑这方面问题，所以就避而不见了，所以主编您不用费心了！"

安妮的态度大出戈玲意料，她难以理解地干张着嘴。

"我知道您想说——还不着急？都三十多了，现在是斗战剩佛，转眼就是齐天大剩！"安妮转对袁帅咬牙切齿，"我们这种人……我们这种人怎么啦？我们这种人就是风吹云动我不动，淡定懂不懂？"

"真是皇上不急太监急，算我没说！"

戈玲悻悻地出去了。安妮把脸一撂下，挑衅地看着袁帅，"我要是你，就分秒必争地马上出去！"

"我有重大事宜要跟你严肃认真地谈谈！"袁帅真的很严肃，"我知道上贼船容易下贼船难，可是你必须迷途知返，跟他们一刀两断，不然你很危险！"

"恐吓完了吗？本总监要洗脸装扮了，请回避！"

"我没跟你开玩笑！"

"我像开玩笑吗？"

"看来你是铁了心要执迷不悟了……你这样我很痛心！"

"你一百个放心，再剩也剩不到你手里！"

"不是这事儿！"

"别的更没什么好谈啦！"

安妮不由分说地把袁帅推出去，嘭地关了门。

好不容易等到编辑部其他人都出去了，袁帅和欧小米溜进了安妮的办公室，跟做贼似的到处瞎踅摸，摸摸这翻翻那，不得要领。

"008，瞎踅摸什么呢？咱们不是小偷儿，是来找情报的！"

欧小米点醒了袁帅。

"噢，对对！电脑！"袁帅奔向办公桌，打开了电脑。随着电脑屏幕一亮一亮的，两人既激动又紧张。点击进入文档，但屏幕显示有密码。袁帅噼里啪啦接连输入安妮的生日、身份证号、幸运数字，都无法进入。

欧小米挖苦他："你对安妮的关心真是细致入微，什么都门清！"

"我这是做足功课、有备无患！"袁帅强词夺理。

"可惜你一片苦心，人家怎么没把密码告诉你呢？你倒是破译啊！"

"这不是我长项啊……"

正这时，门口有人搭腔："没关系，这是我长项……"

声音虽轻，但袁帅和欧小米浑身一颤，都僵住了。缓缓转过身，却见站在门口的是何澈澈。

"螳螂捕蝉黄雀在后，你们一举一动我都尽在掌握！"

袁帅这才明白，扑上去双手掐住何澈澈脖子，大有将其置于死地的架势。何澈澈被掐得脸红脖子粗，挣扎着向欧小米求救，"救命啊！他杀人灭口！"

"008你别闹了！"

欧小米劝，袁帅却不肯罢休，"安妮那么宠他，他肯定向着安妮！虽然他是我的好兄弟，但祖国利益高于一切，我不得不忍痛亲手送他上路……"

"我是来帮你们的！"何澈澈赶紧声明，"电脑是我长项！"

"对啊！让澈澈破译密码！"

欧小米使劲拽开袁帅，何澈澈被掐得直咳嗽，"好兄弟，带着投名状来的！"接着，袁帅小声埋怨何澈澈，"你尽在掌握，让哥很没面子！以后注意，下不为例啊！"

何澈澈不愧是电脑高手，只见他双手飞快地敲击键盘，令人目不暇接眼花缭乱，终于成功进入了加密文档。其中一个文件夹署名为"荒漠行动"，袁帅等人如获至宝，迫不及待地打开文件夹，发现这是个档案库，里面都是个人资料，图文并茂，清一色男士，不同国籍不同肤色，按序号排列。

第八号档案同时标注"危险对象"，打开来，出现的是一名中国男子。袁帅觉得有些面熟。

"在哪儿见过？他来过咱编辑部？"

"编辑部他没来过，酒店倒是去过！"

袁帅这才恍然想起，"安全局的！"

不等细想，迅速打开最后一个——第九号档案，出现的正是头顶一绺白发的外籍男子，袁帅、欧小米同时叫出声："信天翁！"

就这时，外面传来清脆的高跟鞋脚步声——安妮回来了。屋里三个人还没来得及回避，安妮便出现在了门口："你们怎么都在这儿？"

三个人尴尬地点头。

"他们俩说你这儿太乱，要帮你收拾收拾，我说不用……"袁帅敷衍着争取时间，何澈澈试图关机，无奈电脑死机，屏幕画面停留在打开页面。安妮脚步不停地走向办公桌，眼看即将露馅，幸好何澈澈用脚尖踩到插座上的开关，及时断电关机，才有惊无险。

初战虽未告捷，但确定了安妮电脑里确实有可疑文件，乃一大收获，并且激发了三个人再入虎穴的热情。

吃一堑长一智，为防止安妮再次突然杀个回马枪，他们放了多重瞭望哨，欧小米守在电梯口，下一哨位的袁帅守在编辑部门口，双双望风。

何澈澈试图进入那个署名"荒漠行动"的可疑文件，但发现该文件重新设置了密码。

"一个坏消息是换了新密码；一个好消息是我正在解。"何澈澈飞快地敲击键盘破译密码，好不容易成功了，他取出随身携带的U盘拷贝文件。由于文件存量过大，拷贝刚完成80%，安妮回来了。

袁帅向何澈澈发出紧急信号之后，眼看安妮到了编辑部门口，他急忙迎上前，"Anney总，今天天气真好！在太平洋暖湿气流作用下，我国华北大部分地区多云间晴，零上10—19度，风力二三级。穿衣指数A，洗车指数B，出行指数C……一般人只知道WTO是国际贸易组织，不知道世界厕所组织——WOrld TOilet OrganizatiOn的英文缩写也是WTO。据世界厕所组织提供的数字，人的一生大约有两年时间耗费在厕所里……"

安妮觉得袁帅莫名其妙，想绕过他去办公室，但她往左，袁帅则往左，她往右，袁帅则往右，无论怎么样，袁帅总是挡住她去路。两人的动作、步伐酷似伦巴，袁帅趁势捉住她两手，跟她跳了起来。最后，安妮只好声东击西，晃得袁帅失去重心，这才一举冲破了阻挠，径直奔向办公室。就在安妮跨进门的刹那间，何澈澈拷贝完文件，拔下了U盘，从容面对。

"Anney总，网上出现了新病毒，要不要我帮你杀杀？"

总算搪塞过去，袁帅、欧小米悬着的心才放下来。

晚上，袁帅、欧小米、何澈澈与灭绝师太进行网上交流。在等待对方回复的时间，三个人守着电脑热切讨论着。"这些人来自世界各地，不同国籍不同肤色，灭绝师太正查他们是不是国际刑警组织通缉的恐怖分子……"袁帅介绍着情况。

"这安妮真是！我们不能眼睁睁看着她走上不归路啊！"

"一定是被洗脑了！"袁帅说，"拯救她的唯一办法就是给她重新洗脑！彻底清洗每一道沟回！"

"你拿脑子当海绵啦，可以来回洗？再说了，间谍组织也不答应啊！"

袁帅怅然若失，"间谍组织要能无理由退换货就好了！"

"荒漠行动……"何澈澈广泛联想着，"大西北？戈壁滩？塔克拉玛干？不会是针对神舟九号吧？"

"灭绝师太怎么还没回音？他们能保证权威吗？"欧小米问袁帅。

"绝对权威！"袁帅很有信心，"她把黑桃A俱乐部的八大金刚都召集齐了，正集体推理呢！"

话音未落，QQ响起笃笃的提示声音。

"来了来了！灭绝师太！"

灭绝师太如此回复："经查，这些人不在国际刑警组织的通缉名单上。但据八大金刚分析，他们很可能是恐怖组织新近招募的有生力量。"

"第八号呢？"

"第八号显然已经对荒漠行动构成威胁，所以被列为危险对象。他很有可能是国家安全局的特工，我们正在设法查实他的身份。一切迹象表明，你已经卷入一起国际反恐战，你的对手是国际恐怖组织或超级间谍。黑桃A俱乐部将派人协助你，接头暗号是——你认识李爹吗？你回答——我坑过他！"

袁帅、欧小米、何潵潵面面相觑，深感责任重大、任务艰巨。

　　这天，安妮戴着墨镜、拎着旅行箱匆匆走出自己的办公室。袁帅、欧小米、何潵潵早就严阵以待，见安妮行动了，他们互相打个暗号，便一个接一个地站起身，鱼贯而出。

　　像上次一样，安妮赶到机场，进了航站楼，走向休息区。袁帅、欧小米、何潵潵悄悄尾随进来，然后分头进行监视，彼此间相互呼应。忽然，何潵潵发现第八号神秘男子出现了，而且一路走来，最后坐在距他不远的座位上。在这个位置，既能监视安妮又能观察袁帅和欧小米的一举一动，但对方却忽略了身边的何潵潵。

　　袁帅的手机嗡嗡振动起来，是何潵潵打来的："别回头！第八号出现，第八号出现，你们已经暴露。"

　　袁帅挂断电话，向欧小米耳语了几句什么，便若无其事地起身向洗手间方向走去。

　　第八号神秘男的注意力集中在安妮和欧小米的身上。忽然，他后心被硬邦邦的东西抵住。袁帅声音低沉地命令："别说话！跟我们走！"

　　第八号神秘男紧张得直哆嗦，想站却站不起来。何潵潵已经走过来，与袁帅一左一右地架起神秘男便走，在外人看来，就像三个好朋友亲密无间。

　　袁帅、何潵潵挟持神秘男来到洗手间，何潵潵把"正在打扫，停止使用"的牌子立在门口，以防有人进入。袁帅把抵着对方后心的手机收起来，一把握住对方的手：

　　"您好同志！我正要跟你们取得联系呢，咱们交流一下情况吧！"

　　神秘男打量着袁帅，"你是第几号?"

　　"我没排号，我……"

　　"那你是加塞儿的?!"神秘男又打量何潵潵，"原来安妮还喜欢这么萌的……"

　　袁帅、何潵潵面面相觑，不明白对方的意思，袁帅灵机一动，试着说出了暗号："荒漠行动……"

　　这一关键词果然激起了对方的反应："荒漠行动！"

　　袁帅再次紧紧握住对方的手："同志！"

　　这时，欧小米急匆匆赶来，"坏了，安妮不见了！"

几个人一听，一齐往外就追，却发现安妮迎面出现在门口。安妮一步步走进来，逼得大家一步步后退。

"大家一直跟踪我，辛苦了！"

神秘男突然单腿跪地，变戏法一样从怀里掏出一束玫瑰，"安妮，跟踪你是因为人家爱你！虽然我们只见过那一次，但人家再也没忘过你！安妮，荒漠行动到此为止了，人家就是你荒漠行动的终结者！"

其他人被弄糊涂了，不知道神秘男使的是哪一计。为了阻止女间谍逞凶，袁帅一个箭步冲上去，本该劈脸一拳，结果化拳为掌，软绵绵地揽住了安妮的腰，"你有权保持沉默，你现在所说的一切都可能成为呈堂证供！转过身！把手举起来！我要搜身！"

袁帅刚要搜身，欧小米一把拦住，"如果不想被女嫌犯控告你性骚扰，我来！"

袁帅只得袖手旁观。欧小米煞有介事地像电影中的女警一样，对安妮进行搜身。从上往下，搜到腰间时，欧小米摸到了什么，惊得往后一蹿。

"有枪！"

袁帅、何澈澈大惊失色。袁帅下意识地模仿警察腰间掏枪的动作，却掏了个空。安妮转过身，手伸向腰间，果然掏出一把手枪。

"别、别开枪！"袁帅哆哆嗦嗦，"有话好、好好说！"

安妮不慌不忙地举起枪，瞄准了袁帅，"你想对我说什么？"

此时，袁帅哭都找不着音了。绝望之余，他豁出去了，努力让自己无所畏惧："人生自古谁无死，留取丹心照汗青！生当作人杰，死亦为鬼雄！还有什么豪言壮语来着？"袁帅一指安妮，"可是你！我曾经一再挽救你，可你一意孤行，竟然走上了背叛祖国背叛人民的死路！"

"都说其人将死其言也善，你怎么死到临头了嘴还这么损呢？"安妮揶揄。

"事到如今，也没什么不好意思的了——"袁帅把心里话掏了出来，"你是喜欢我，我也喜欢你，一度把你列为重点培养目标之一，有朝一日双宿双飞。但是，在祖国利益面前，你我就是敌人。你开枪吧！我们毕竟爱过一场，倒在你的枪口下，我死也瞑目了！"

安妮恼火地逼近一步，黑漆漆的枪口就在袁帅眼前，"那好！就冲你这么善于胡说八道，今天我就成全你！"说罢，安妮扣动扳机，只见一团火焰喷射出来。袁帅眼前一黑，倒了下去。

当袁帅醒来的时候，发现眼前晃动着熟悉的面孔——欧小米、何澈澈。

"咱们是不是在阴间又相会了?"袁帅很痛心，"安妮啊安妮，一点儿也不念旧情，她还真开枪啊?!"

突然，安妮的脸出现在眼前，紧接着把枪口抵在袁帅脑门上，袁帅大吃一惊:"死了不就完了嘛，怎么还不依不饶追这儿来啊?! 你这人……"

"你认识李爹吗?"

"我坑过他!"袁帅猛然意识到这是暗号，"你是……灭绝师太?! 敢情都是你一手操控的!"

安妮把袁帅拽起来，不由分说地再次扣动扳机，只见枪口冒出一团火焰，原来是一只打火机。

众人哈哈大笑。袁帅这才醒过神来，发现戈玲、刘向前也在面前。

"主编你们怎么也来啦?"

戈玲笑了，"刘向前认为你们形迹可疑，所以我们就跟踪过来了!"

原来，误会是由安妮秘密相亲引起的。她命名为"荒漠行动"，一口气相了九个，无一中意。而第八号纠缠不休，玩起了尾随跟踪。偏偏袁帅乱上添乱，安妮只好将计就计，把他们招到一起来个三头对案。

袁帅恍然大悟，立即反唇相讥:"你不自称最淡定吗? 合着是明修栈道暗度陈仓! 出手就是一比九! 第八号呢? 我跟他没完!"

"第八号知道你跟他没完，所以提前逃之夭夭了!

"信天翁呢?"

袁帅不依不饶，安妮才猛地想起来，"哎哟，人家还得赶飞机哪!"

说着，安妮拉着旅行箱就往登机口跑。远远地，就见那名外籍男子正在安检口焦急地张望。安妮赶上前去，把旅行箱交给了对方，礼貌地告别，然后对方拎着旅行箱通过安检，准备登机。

袁帅向安妮小声询问:"箱子里到底是什么?"

"他是个买手，"安妮说，"给我带来的是国际名牌，带走的是中国特产。"

"贼不走空啊!"袁帅终于释然，冲外籍男子挥手高喊:"别了，信天翁!"

四 拜见岳母大人

开工前的短暂时间。安妮还没到，其他人正在议论时事。

戈玲感叹："昨晚上看新闻，现在网络成瘾的网民有几百万，这还是保守数字！"

"怎么判定是不是网瘾啊？"刘向前表示关切，"咱们这工作也天天上网……"

"咱还不够级别！"袁帅门清儿，"网瘾有几种典型表现，比方说按电梯必须双击，看杂志有下划线就点击，倒垃圾非得找回收站——这种人百分百网瘾！"

欧小米睃着何澈澈，"澈澈……"

何澈澈却颇不以为然，"有网瘾那都是菜鸟，本人这种专业级大虾已经跨越初级阶段，到达了高级境界，实现了网络和现实之间无障碍切换！"

"你们分析过为什么这么多网民吗？"欧小米设问，"现实生活里活得太累，谁都管着你，网上就不一样了，网上没人管，骂街也没人管！而且吧，还成千上万人看，万众瞩目的，所以容易上瘾！"

刘向前从厂家赞助的展示柜里取了一盒牛奶，喝得吸溜吸溜响。这才发现，大家都在看着他。戈玲笑着说："你们网游上瘾，刘老师喝牛奶上瘾。发现没有？自打有了赞助的免费牛奶，刘老师改成在编辑部吃早点了……"

刘向前极其认真地辩解："也怪了，我喝这牛奶不闹肚子！"

大家哄笑。

"有证可查！"刘向前举起牛奶包装盒，"你们看，人家这牛奶保质期才七天，新鲜啊！"

"我要向刘老师学习，从现在做起！"说着，何澈澈也从展示柜里取了一盒牛奶喝起来。刘向前松了口气，开始发表关于上网的心得体会。

"我个人体会吧，网络世界能弥补现实世界的缺憾！现实不敢说的话网上敢说，现实不敢做的事网上敢做，我觉得自己在网上换了一种活法，好像那才是真正的我！"

欧小米问："您给自己起的什么网名？"

"一匹来自北方的狼。"

"发现没有？"袁帅感慨，"刘老师绝对属于闷骚型！"

"你怎么说话呢？"刘向前尴尬得满脸涨红，"我准骚吗？"

"您别误会，帅哥这是夸您呢！"欧小米宽慰他，"闷骚是褒义词，英文叫sultry，说明这人很潮很IN！"

戈玲连忙表明自己的与时俱进，"向前你已经彻底out了！潮啊宅啊IN啊，这都是现在通行的网络用语！你就不如我hold住，我问你，你'围脖'了吗？"

"对不起主编，您说的这些，包括微博，都已经out了，现在都飞信了！"

何澈澈实话实说，戈玲不免尴尬，"这也忒快了吧？我刚开一微博，还惦着与时俱进呢，结果又落伍了，总也追不上！"

正说着，桌上电话响了。

"喂，您好！……"刘向前抓起电话，因为听不清而不耐烦，"什么呀？你说慢点儿！……找谁？红红？"

这时，安妮刚好进门，闻听连忙抢过电话，"妈！……俺知道……俺知道俺知道……俺知道俺知道俺知道……"

跟那边聊完，安妮放下电话，也不理睬大家，绷着脸进了自己办公室。一直察言观色的刘向前慌了，向大家解释："我刚才真不知道是Anney总的令堂大人，要不然我哪能……我是无意的！"

"安妮不会是因为这个，"戈玲很了解，"她没这么小心眼儿！"

刘向前却依然难以释怀，"这次事故给我敲响了警钟，看来以后要锻炼听力，保证今后不再出现类似事故！"

大家啼笑皆非。

"刘老师你也别自个儿瞎琢磨了，我进去帮你质问她，要真是这么回事儿，我毫不留情地批评她！"

袁帅自告奋勇，刘向前更慌了，"别介！你这不是害我吗?!"

"也就您信！"欧小米把几张样片递给袁帅，"请示工作就说请示工作，非说为民请愿！"

听袁帅说罢原委，安妮苦笑着解释："跟刘老师有什么关系？是我妈打好几回电话了，非要过来！"

袁帅一听，乐了，"过来就过来呗！你没时间我陪啊！陪吃饭，陪游览，陪逛街——三陪！"

"你不知道！"安妮叫苦，"她生怕我成剩女，成天催我找男朋友，叨叨叨叨叨叨，特烦！"

袁帅心里一喜，"这就怪了，你肯定没把情况告诉她！其实也没什么好隐瞒的，你完全可以跟她直说嘛！"

"我跟她说了！我说我有男朋友了！"

袁帅以为说的是他，得意地整整衣服，"虽然幸福来得稍微突然了一些，不过我还是有一定精神准备的！岳母大人有什么反应？"

"反应很强烈！三番五次来电话要过来亲自考察，刚才是最后通牒，说星期六准到，我怎么也拦不住！这可怎么办？"

"其实我早应该去拜见岳母大人的，结果还让她老人家千里迢迢跑来看我，失礼了！太失礼了！"

袁帅满脸洋溢幸福和得意，安妮这才察觉端倪，"帅哥，真不怪你！因为这事儿压根儿就跟你没关系！"

袁帅还是要抢着上，"怎么跟我没关系？丑媳妇迟早要见公婆，女婿早晚也得见岳母，你甭担心，本人玉树临风的，这信心我有！"

"关键是我没信心！"

"这我就得批评你了——太优柔寡断！是，我一度在你和欧小米之间难以取舍，我这人唯一的缺点就是心太软，其实无论哪一方稍微主动热情地拉拢诱惑一下，我就半推半就过去了。可你们双方吧，都不好意思，我都替你们着急！所以岳母大人的出现是个机会，你应该趁机一举打破僵局，我不就永远属于你了吗?!"

"那欧小米呢？"安妮故意问。

"这你就甭操心了，一切解释权在于本人——谁让她妈妈不来相我呢？

这怪不得别人!"

安妮啼笑皆非,"对你这种强行制造三角关系的行为,有待另案处理!我现在最大的麻烦是——我妈要来见我男朋友,可我没有,怎么办?"

"好办!"袁帅灵机一动,冒出个主意,"不就为了让岳母大人放心吗?!临时找一个,扮演你男朋友,给岳母大人演一出双簧!"

安妮眼睛一亮,"Good idea!"

"还得是我挺身而出替你排忧解难吧?!你放心,我本色出演,绝对真情实感,肯定让岳母大人入戏!"

"你就不用亲自出演了吧?"

"舍我其谁呀?对我来说这不是演戏,相当于汇报工作,让岳母大人看看,本人和她闺女那就是天造的一对地设的一双,正好趁热打铁一锤定音,生米做成熟饭,有岳母大人为证,这事儿就铁案如山了,想翻案都不行!"

"就知道你想假戏真做!……"

这时,戈玲敲门进来,打断了安妮的话。袁帅冲安妮心照不宣地挤挤眼,不等她再说什么,兴冲冲地出去了。刘向前立刻迎上来,"Anney总她说什么?还生我气吗?"

"嗨,跟您没关系!安妮是为我们俩的事儿!"

"你们俩……什么事儿?"

袁帅一副得意状,"这不岳母大人非要来见见我嘛,我跟安妮商量商量有关事宜!"

欧小米不以为然,"还没怎么着呢,就先自封为驸马啦?"

袁帅把欧小米拉到一边,"妹妹,我知道你心里不是滋味!我这么做,也是出于对你们负责任!你呢岁数还小,人生的路还长,将来兴许还能遇上跟我一样优秀的男人!安妮跟你情况不一样,她已经斗·战剩佛了,再等就真成齐天大剩了,我不能见死不救啊!妹妹,我相信你肯定能顾全大局!……"

总监办公室里,听安妮讲完情况,戈玲表示赞同:"只能用这办法了!你们演男一号、女一号,我们演配角跑龙套。安妮不是我说你,挺好的条件,干吗非得剩下?"

"君不见,剩下的都是条件好的?!"

戈玲首先联想到自己，才没反对，"倒也是……在这方面，咱俩谁也别说谁！"

"主编您不是一直否认与我为伍吗？一听剩女皆精英，又改口啦？行，就算您客串！"

"说正事儿！"戈玲嘱咐，"到那天千万别穿帮啊！是不是得提前排练啊？"

"星期六到，今天星期一……"

时间紧迫，戈玲当机立断："不行，马上开会！"

为了假扮男友天衣无缝，需要编辑部全体人员的配合，于是双簧演变成集体演出。编辑部的人都对这事儿充满热情，争相编排情节，比选题会气氛热烈多了。此刻，编辑部不是编辑部，更像话剧团。

戈玲示意大家安静，"下面我先公布一下演职员名单。总导演，由本人担任……从前李冬宝演戏我总去探班，导演最清闲了，就管喊'开始''停'，这事儿我会！另外，在安妮妈妈没到之前，我先扮演。这是我的处女作，希望多多支持！"戈玲等掌声过后，接着宣布："编剧兼剧务兼演员，欧小米！执行导演兼剧务兼演员，何澈澈！"

大家再次鼓掌。

"男女主演。女主角就毫无悬念了，安妮！主要是男主角，男主角戏份最重最关键，这戏成败与否就看他了！那么这一角色交给谁呢？"

戈玲故意卖个关子，停顿了一下。袁帅面露微笑，一副志得意满的样子。

"经女主角亲自推荐和认定，我宣布，男主角是——"戈玲顿了又顿，"刘向前！"

袁帅已经准备起身接受大家的欢呼了，一听这个，完全愣住了。

欧小米、何澈澈倒是欢呼起来。欧小米尤其热烈，故意睃着袁帅，"帅哥，其实我特为你鸣不平，男一号的戏我都是为你量身订做的！"

刘向前的反应同样惊愕。安妮前脚刚进办公室，刘向前后脚紧跟进来，不安地解释："Anney总，苍天在上，我可以发誓，对您我真没有非分之想！您就是我的领导，我跟您是上下级关系，我从来没敢想过跟您有那种关系！请您一定相信我……"

"就是因为我相信你，所以才让你当男一号！嗯哼？"

"我当男一号，演您的男朋友，跟您……这是不是太高攀啦、太不尊重领导啦？"

"恕你无罪！这就是演戏！临时的！"

刘向前还是顾虑重重，"可是我本人这条件跟您……般配吗？"

"般配啊！"安妮鼓励他，"你成熟、稳重，阅历丰富，正是人生的黄金时期，不都说男人四十一枝花嘛！"

刘向前受宠若惊，"那您不觉得我老气横秋的？"

"这叫沧桑！沧桑是男人的最大魅力！男人不能太年轻，浮躁！四十岁男人富有内涵，脚踏实地，更懂得生活，懂得照顾人！"

刘向前开始自得起来，"这确实是我长项！知我者Anney总也！那您真不嫌我貌不出众？"

"才貌双全当然更理想，但现实与理想之间毕竟存在一定的距离。最主要的是，长得帅的男人靠不住，百分百花心，相貌平平的最有安全感！"

"Anney总，真没想到您对我这么有好感！"刘向前不禁激动起来，"我一直没敢往这方面想！您太理解我了，人生得一知己足矣！您说得对，男人不是花瓶，不是长得帅就有理！比如说袁帅吧，老是对您跃跃欲试的，我就一直敢怒不敢言！其实您对他那种类型的根本不感兴趣，您欣赏的是我这种成熟稳重沧桑型的！"

安妮从抽屉里拿出一页稿纸，"我代表了广大中老年妇女的心声！"

"您还年轻美丽着呢！能完全符合您的择偶标准，我感到特别光荣！我都不知道说什么好了……"

"留着当面跟我妈说吧！这不是我的择偶标准，是我妈的择婿标准！"

安妮把稿纸递过来，刘向前凝目一看，稿纸上罗列着若干条，标题果然是《择婿标准》。

与此同时，袁帅正向戈玲大发牢骚："刘老师演男一号，那我呢？"

"你演同事甲！"戈玲回答。

"太雷了吧？！就这形象这气质，男一号非我莫属啊！而且安妮和我的关系路人皆知啊，她剽窃了我创意，又弃用我，这属于单方面毁约！"

"我向安妮推荐你来着，她说不用你是为了避嫌！而且吧，你也不符合她妈的择婿标准，据说她妈妈就喜欢刘向前那样的，一瞅就是过日子人！"

"大意失荆州啊！"袁帅无可奈何，"我在岳母大人面前没有表现机会了……"

"重在参与嘛！"戈玲宽慰他，"再说了，是金子总会发光，你演同事甲照样也能出彩，说不定安妮她妈一眼就相中你了呢！"

戈玲这话给袁帅提了个醒，他拿定主意，没条件创造条件也要上。

接下来的排练里，编辑部众人各司其职。随着执行导演何澈澈喊"开始"，扮演安妮母亲的戈玲出现在门口，安妮立刻扬手打招呼："妈——！"

接下来，安妮本该亲昵地挽着刘向前一同迎上前，可她伸手一挽，刘向前连连缩身，让她挽了个空。

"Anney总您、您先请！"

执行导演何澈澈见状，连忙叫停，"男一号，你躲什么呀？"

"我这不得跟Anney总谦让谦让嘛……"

"这事儿有谦让的吗？"编剧欧小米也着急了，"剧本上，你不是她下级，你是她男朋友！你要跟她一起兴高采烈地迎接丈母娘，你这情绪不对……"

一旁的袁帅很不以为然，"演技太差！"

"总导演给说说戏！"

何澈澈提议着，戈玲走过来，对刘向前循循善诱："向前你别紧张，其实演戏没什么，放松就行！李冬宝演戏就放松！生活中你什么样就怎么演，比如平时你在你岳母面前是怎么表现的？"

"一个女婿半个儿，一般情况下我都能把她哄得团团转！"

"对啊！你就本色出演就行！你怎么搞定你岳母，就怎么搞定我！来，再来一遍！准备，开始——！"

刘向前和安妮并肩站在一起，安妮很自然地挽住刘向前的胳膊，刘向前登时浑身一紧，整个人绷得像根棍，一动不敢动。

"妈——！"安妮挽着刘向前迎上戈玲，刘向前身体僵硬，连怎么走路都不会了，胳膊、腿一顺撇。

"停！"何澈澈喊，"男一号怎么回事儿？一顺撇啦！"

袁帅早就按捺不住了，立刻抢上前来表现，"老是NG，我看着着急！换我的，给你作回示范！"不由分说地挽住安妮，故作放松地昂首阔步来到戈玲面前，不土不洋地深施一礼，一口方言，"岳母大人，欢迎您莅临参观考察！为了表达我的心声，下面我要给您献上一首《明明白白我的心》——明明白白我的心……"

"停！"袁帅刚引颈高歌，就被安妮叫停，"我妈最反对找搞文艺的，你不唱还好点儿，一唱我妈转头就得走！"

这一来，刘向前觉得挽回了些面子，"看了吧？你还不是照样NG？演得还不如我呢！"

随着排练的深入，尤其在安妮软硬兼施下，刘向前渐渐打消了顾虑。一旦突破心理障碍，刘向前很快就进入了角色，并且把角色和现实混为一谈。具体表现为以安妮的男朋友自居，言必称"我们家Anney"，动不动还指手画脚，显然腰杆硬了。

"我们家Anney说，大家要排戏、工作两不误，两手都要抓两手都要硬！澈澈，网站要马上更新，我们家Anney都说好几次了；欧小米，本周明星访谈也要抓紧；还有袁帅……"刘向前把一摞客户资料堆到袁帅面前，"我男一号很忙，你得把我这一摊子工作兼起来，广告拍摄方案抓紧定，拍完了赶紧排版，报给我们家Anney，别拖！……"

欧小米与何澈澈互相做个鬼脸，都没吭声。只有袁帅噌地站起身，与刘向前脸对脸。刘向前吓得把后面的话咽了回去，表面上还要虚张声势，"同事甲你干吗？你又抢戏?!"

"男一号你入戏太深了，我得给你说说戏！"袁帅一副咄咄逼人的架势，暗暗却冲欧小米、何澈澈挤挤眼。

"我现在可是Anney男朋友，对我不敬，就是对她不敬！"刘向前怕袁帅动粗，"我是重点保护对象，要是有个好歹，影响了我们家Anney的计划，你可吃不了兜着走！小米、澈澈！你们得见义勇为啊！"

欧小米、何澈澈会意地互相使个眼色，假装冲上来阻拦袁帅，"帅哥，我知道你冲冠一怒为红颜，一急眼什么事儿都干得出来，杀人是要偿命的，一失足成千古恨啊！"

"哥你出手太重，轻则鼻青脸肿破相，重则出人命！你可千万不能莽撞啊！"

听他们俩这一说，刘向前更慌了，"袁帅你别……"见安妮出来，刘向前连忙求救，"Anney！"

袁帅的拳头都伸出去了，见状变拳为掌，假装给刘向前按摩肩胛，"舒服吧你？"

安妮走过来，觉得可疑，双手抱在胸前，不动声色地看着。在袁帅按摩下，刘向前显得很享受，一边向安妮解释："没事儿没事儿！我们排戏呢……"

这时，戈玲从自己办公室出来，热情洋溢地招呼："来来！咱们说说戏！我发现自己越来越热爱导演工作了，随时随地都想给你们说戏！来……"

几天来，戈玲说戏令大家倒了胃口，一听又要说戏，大家闻言色变，纷纷避之唯恐不及，就连安妮都找借口躲了。转眼间，几个人都消失得无影无踪。只有刘向前站在原地，兴致盎然地等待着："导演，要不您先说我的戏……"

戈玲兴致全无，说话也没好气："你没戏了！"说完，戈玲转身也走了。只剩了刘向前，孤零零站在屋子里发愣。

袁帅必须承认在安妮这里受到了挫败，好在他知道如何疗伤。中午，欧小米正敲电脑，袁帅把一杯热腾腾的咖啡摆到她面前，"妹妹，极品蓝山！"

"都假的！"欧小米神情狡黠，一语双关。

"这绝对真！"袁帅信誓旦旦，"一哥们儿从南非世界杯带回来的！我必须奉献给你！"

"决心不当男一号啦？"

袁帅给自己找台阶，"原来我那是出于革命人道主义，拯救弱女子，谁知道她革命觉悟那么低，拿我好心当驴肝肺！还是妹妹你觉悟高，一直对我翘首以盼的，我绝不能再无视你的存在了，不然我会愧疚终生！"

"攻不下主峰攻侧峰是吧？让我慰藉你受伤的心灵？我不是创可贴，也不是云南白药！你就不怕我乘胜追击，在你伤口上再撒把盐？"欧小米不急不恼，你有来言，我有去语。

"你狠狠批评我吧！我知道你是恨铁不成钢！"

"嘻嘻，苦肉计在我这儿可不灵！"

正说着，安妮推门从自己办公室出来。袁帅一见，故意大声地说给她听："小米！晚上咱们去哪儿消遣？鲍鱼还是法国大餐？随你点！要不咱们先看场秀，然后参加个Party！当然顶级啦，咱是VIP……"

安妮果然停住脚步望向这边。袁帅以为收到效果，愈发起劲儿，"妹妹千万记着提醒我，先去Prada给你选套晚礼服，咱得光彩照人啊！"

安妮终于说话了："小米，晚上你有别的安排？"

"当然啦！"袁帅宣称，"晚上我带她去看秀！"

欧小米矢口否认："他说戏词呢！安妮咱不说好去吃火锅嘛！"

"OK！"安妮转身进了自己办公室。

袁帅自感没趣，呆呆发怔。刘向前却倍加得意，"现在Anney心里只有我！当然，这是和我的努力分不开的，Anney说了，我现在越来越胜任她男朋友了！澈澈，你帮我算算，最近我桃花运怎么这么旺啊？"

"我帮您算过了。"何澈澈正在摆弄扑克牌，"您交的好像不是桃花运……"

"那是什么？"

"桃花劫！"

这天，电梯门一开，刘向前老婆聂卫红沉着脸跨出来，冲向编辑部。聂卫红身穿职业装，挎着皮包，风风火火，一看就像卖保险的，这是她永远不变的行头。

刘向前没在办公室，找地方背词去了。他这两天热情高涨，不断要求加戏，憋足劲儿就等着明天正式演出了。聂卫红没看见刘向前，袁帅热情地迎了上来。

"哎哟，嫂子！您来啦？一定是你们公司又开发了新险种，是不是？"

不料，聂卫红却光张嘴不出音。

"哦，专门给残疾人设计的险种，万一成了哑巴，就……"

聂卫红急得比比划划，但嗓子里只能偶尔咿呀做声，别人还是听不出她在说什么。

"您这是哑巴还是哑剧？"

安妮、戈玲闻声走出来。聂卫红又转向她们两人连比划带啊啊，安妮和戈玲依然不知其所云。

"小聂慢慢说，别着急！"戈玲察觉不对劲儿，"小聂你这是怎么啦？"

话音未落，刘向前捧着剧本跑了进来，一见聂卫红在场，很是着急，"你怎么……有事儿回家说！回家说行吗？"说着就要推聂卫红出去，聂卫红死活不肯，愤怒地斥责着什么，嘴巴动作极其丰富，那架势恨不得一口把刘向前吞下去。

"嫂子到底说什么呢?"袁帅猜不出来,"这要活活郁闷死谁!"

"刘老师,你应该知道你太太想说什么吧?"安妮一问,刘向前很尴尬:"我知道我知道!她嗓子哑了,回头我跟您解释,一定跟您解释!"刘向前又劝聂卫红,"姑奶奶咱别在这儿丢人现眼了,回家行吗?……"

"我们想听你太太的原意!"安妮觉得事有蹊跷,"就现在,当着你太太,要经过她认可!"

刘向前只得放开聂卫红,聂卫红痛心疾首,向大家连比划带咿呀起来。刘向前无奈,只好在一边帮助翻译。

"Anney总!主编!刘向前他……他、他、他、他、他……他、他、他、他、他……他、他有外遇了!"

编辑部众人都一怔。

刘向前话一出口,下意识地去捂嘴。

"不会吧?"安妮怀疑,"要说袁帅这样儿我倒一百个相信,刘老师不会吧?"

"我声明我是被外遇了!"袁帅声辩。

"知人知面难知心,画龙画虎难画骨!我一直以为他刘向前光是有贼心没贼胆,没承想他毅然付诸行动了!"刘向前在配音之余,不忘替自己辩解,"你们别听她一面之词!她这是捕风捉影!"

"我们不会偏听偏信,一切靠证据说话。"安妮问聂卫红,"你掌握了什么证据?"

刘向前接着配音,配成了数来宝:

确凿证据我执掌

听我细细说端详

从前他不修边幅

如今特注意形象

刮胡子　买衣裳

系领带　穿西装

搽鞋油　抹发蜡

喷香水　熏得慌

从头到脚锃锃亮

油头粉面溜溜光

天天要吃大煎饼

说话也是山东腔

种种迹象很可疑

准是外面有情况

再三盘问他不讲

急了就把眼一瞪

说是拜见丈母娘

真相大白之后，安妮、戈玲与刘向前谈话。

"向前你也是!"戈玲埋怨，"怎么不早点儿跟小聂解释呢?"

"我怕解释不通，越描越黑，所以……"

安妮自责："我不该赶鸭子上架，让你扮演力不从心的角色!"

不料，此时的刘向前却极为自信，"Anney您多虑了!我现在是演技派，演技很纯熟，当您男朋友绝对游刃有余!而且我设计了N种演法，您喜欢哪种我就演哪种!另外我正想跟主编说呢，您带我约见一下李冬宝，我想跟他切磋切磋演技……"

"刘老师你入戏太深，都影响家庭和谐了，不和谐不行!我当机立断地决定，男一号换人!"听到安妮的决定，刘向前呆若木鸡。接着，他眼前一黑，颓然倒地。安妮、戈玲慌忙上前掐人中，袁帅、欧小米、何澈澈闻声跑进来，编辑部一时大乱。

换角对刘向前打击之大，相当于理想破灭。编辑部特意给他放假一天，让他软着陆。与此同时，必须马上物色新的男一号。安妮妈妈明天就要到了，火烧眉毛，安妮别无选择，只有招安袁帅。

袁帅驾车刚来到停车场，安妮就出现在车窗外。袁帅降下车窗，故意不动声色。两人一个车里，一个车外。

"别看了!"袁帅开门见山，"有什么事儿求我，说!"

"能不能不这么赤裸裸的?"

"不求我正好，我还怕我不答应呢!"

袁帅作势要推门下车，安妮连忙赔笑脸："我求你!我求你……那你答应吗?"

袁帅完全占据着主动权,存心要折腾安妮,说话故意拉长音:"那要看你怎么求了——虔诚不虔诚,恳切不恳切,着急不着急……"

"我着急啊!明天我妈就来了,能不着急吗?!"

"那就快求我吧!我都等半天啦!"

"其实你都知道了,刘老师演不了了,需要换角,时间这么紧……"

袁帅干脆越俎代庖,"所以你想求我演男一号!"

"Yes!"

"你相当虔诚相当恳求相当着急地求我!如果我不答应,你会相当绝望!"

"Yes!"安妮很高兴,"这么说,你答应啦?哇噻——!"

不料,袁帅却一绷脸,把头一摇:"No!"袁帅推门下车,"曾记否,当初我是怎么求你来着?相当虔诚相当恳求相当着急!结果你说什么——No!"

"那时候我年幼无知,不懂事儿,你就别打击报复了!"

袁帅继续翻旧账,"不行啊!我不符合你择偶标准,也不符合你妈择婿标准啊!"

"符合符合!你跟我年龄相当,我妈肯定觉得特般配!"

"不行啊!男人不能太年轻,浮躁!四十岁男人成熟、稳重,阅历丰富,男人四十一枝花嘛!"

"男人也不能太老,要不老气横秋的!"

"那叫沧桑!沧桑是男人的最大魅力!"

"你不觉得自己很有魅力?你英俊潇洒、风流倜傥、玉树临风,要才有才、要色有色,是复合型人才!"

"不行啊!长得帅的男人靠不住,百分百花心,相貌平平的最有安全感!"

"那都是我妈说的!帅哥,我真的求求你啦!要不然我妈就要在这儿安营扎寨,长期监督我了!"

袁帅动了恻隐之心,但还要再卖卖关子,"要不我就把心一横答应你?"

安妮松了一口气,"我就知道你会帮我!"

"且慢!在我答应你之前,你得先答应我!"袁帅列出条件,"一、你得惯着我,每天替我扫地、擦桌子,吃早点要给我捎一份儿,只许比你的好,不许比你的差!"

安妮忍痛答应："OK！"

"二、你得听我的，我让你上东你不许上西，我让你打狗你不许骂鸡！"

安妮犹豫了一下。

"三、你得配合我演戏，我怎么演你怎么演，我要拥抱就拥抱，我要接吻就接吻，而且戏要真，要以情动人……"

安妮开始咬牙。

"演完还没完，四、你得戏里戏外一视同仁，戏里我是你男朋友，戏外我还是你男朋友，不许丈母娘一走就把我打入冷宫，严禁出现兔死狗烹、卸磨杀驴的现象……"

安妮终于忍无可忍了，"说完啦？"

"再有个七八条就完了，你要是一次性都OK了也成！"

"狐狸尾巴终于露出来了！"安妮气咻咻地，"你以为我会打折促销？你以为真是买方市场？小女我还就捂盘惜售了！我当剩女，你当剩男，咱们同归于尽！"说罢，安妮气鼓鼓地转身就走。没走多远，脚下一崴，高跟鞋掉了。她干脆把另一只鞋也脱了，冲袁帅甩下一句："我光脚不怕穿鞋的！"

安妮手拎着两只高跟鞋，光着脚昂首挺胸扬长而去。进了办公室，安妮还余怒未消。正鼓捣高跟鞋，听见敲门声，她把鞋藏起来，正襟危坐。

进来的是欧小米。她手里拿着所谓剧本，狡黠地对安妮察言观色，"女一号，明天就开戏了，男一号的戏还要不要修改？"

安妮气从中来，"把男一号的戏都删喽！"

"那明天怎么办？"欧小米问，"岳母大人还要相姑爷呢！没有男一号，不成你独角戏啦？"

"我妈肯定跟我没完！可我会告诉她老人家，最靠不住的就是男一号！"

其实，欧小米是替袁帅来探风的。从安妮办公室一出来，袁帅就迫不及待地迎上来："怎么样？"

"你被Pass了！"欧小米回答。

"不可能吧？她会不会是欲擒故纵？"

"还真不是！安妮作出这个决定也是迫不得已，我看她眼圈都红了！"

"真的？为我她还流下了深情的眼泪？！"

"什么为你呀？安妮是为她妈妈！她不想让家人牵肠挂肚，可是又没办法……"欧小米开始同情安妮，"帅哥，我觉得你应该帮她！"

袁帅显然也在这么想，所以他直奔安妮办公室，也没敲门，推门就进。安妮光着脚，手里举着鞋，很是尴尬。

　　"我求求你了，让我演男一号吧！"

　　安妮先是一愣，随即反应过来，"那要看你怎么求了——虔诚不虔诚，恳切不恳切，着急不着急……"

　　"我着急啊！明天岳母大人就来了，能不着急吗?!"

　　"所以你想求我演男一号！"

　　"Yes！"

　　"在我答应你之前，你得先答应我！一、你得惯着我，每天替我扫地、擦桌子，吃早点要给我捎一份儿，只许比你的好，不许比你的差！二、你得听我的，我让你上东你不许上西，我让你打狗你不许骂鸡！三、你得配合我演戏，我怎么演你怎么演，我不要拥抱就不拥抱，我不要接吻就不接吻，而且戏要真，要以情动人……"

　　袁帅一概答应："OK、OK、OK！反正你会永远记着我的好！"

　　"不对！"安妮强调，"四、演完就完了，不许借机纠缠，戏里你是我男朋友，戏外你是我下级，丈母娘一走就把你打入冷宫，卸磨杀驴……"

　　安妮举着高跟鞋在屋里兜圈子，一边滔滔不绝地提要求，袁帅颠颠儿跟在后头，连声诺诺。

　　这一天终于到了。

　　"注意啊！"戈玲叮嘱大家，"今天是正式演出了，不许喊停，出错也得一直往下演！"

　　刘向前格外修饰了一番，西装笔挺。欧小米拿他调侃："刘老师演同事甲，还这么衣着光鲜，这不有备而来憋着抢戏吗?!"

　　"没有没有！"刘向前解释，"红花还得绿叶衬，我这绿叶也不能灰头土脸的啊，是不是总导演？"

　　"对！配角嘛，要配合！"戈玲找不着袁帅，"哎，主角呢？袁帅怎么还不到？"

　　"哎呀，还得去机场呢，再不到就来不及啦！"

　　安妮焦急地一个劲儿看表。这时，一团红云闪现在门口。大家定睛一看，来的正是袁帅。只见他身穿大红袍，头戴峨冠，通身上下红彤彤的，透

着喜庆。袁帅来了个亮相，深施一礼："拜见岳母大人！"

安母六十多岁，着装半土不洋，但神情自信，一副闯过天下的慷慨气概。戈玲等人列队相迎，安妮一一介绍："妈，这是我们同事！戈主编、刘老师、小米、澈澈……"

安母脸上笑开了花，"哟——，你们这么一弄，让我想起老百姓迎候我祖姑奶奶叶赫那拉慈禧的盛况来了——净水泼街、黄土垫道、夹道欢迎啊！"

一听这话，大家无不惊讶。

"慈禧……是您祖姑奶奶？"

"赶紧着啊，"安母催促女儿，"你还没跟大伙儿介绍我呢！"

"还怎么介绍？"安妮不以为然，"您是我妈……"

安母显然不满如此潦草，"我还是自我介绍得啦！本人那菊花，祖上叶赫那拉氏，满族镶黄旗。想当初，我们那家高官厚禄，头戴乌纱身披蟒袍，出门八抬大轿，净水泼街铜锣开道，那也是威风八面！"

"妈您又来了！"安妮打断母亲的话，"这是以讹传讹，不是所有叶赫那拉氏都是高干！"

"什么叫以讹传讹？那我祖姑奶奶慈禧老佛爷不是传说的吧？全世界都知道，我祖姑奶奶一个妇道人家，治理国家四十八年，容易吗?！"

"不就给治理得丧权辱国了吗?！"安妮都臊得慌，"快别提您祖姑奶奶了，这不是什么光彩的事儿！"

"这么说，您是旗人？"戈玲问。

"何止是旗人！"安母很得意，"八旗也分上下高低，我们镶黄旗是上三旗，我那菊花生仕皇族，长仕皇城根儿，有贵族血统！"

袁帅纳闷："那安红怎么生在山东呢？"

"那是一个火红的年代，我响应党的号召，到祖国的四面八方去，接受再教育，于是我奔赴山东大地，扎根在广阔农村，然后就有了她！"

安妮予以补充："我妈退休以后，对北京念念不忘，非得让我回这儿工作，这才算了了她的北京情结！"

大家这才恍然大悟，怪不得安母一口地道的京腔。

"我这回故地重游，一来是看看安红工作战斗的地方，最主要的，考察她的婚姻大事！"

大家的目光都集中到袁帅身上。袁帅当即表态："请您放心！我一定不辜负您的期望，让您乘兴而来、满意而归！"

　　戈玲在旁帮腔："对！袁帅同志是个好同志，毫不利己，专门利人，赢得了领导和同志们的一致称赞。在工作和生活上，他和安妮更是志同道合、互帮互学、比翼齐飞，特别让人羡慕！"

　　安母不置可否，"考察没结束之前，我先不急于下结论。现在有一件事儿最要紧，来之前我跟安红要了你的生辰八字，请高人批过，说你命里缺金，所以你得改名儿！"

　　袁帅啼笑皆非，"您还信这个？"

　　"宁可信其有，不可信其无！你想不想跟安红有美好姻缘？那就得改名儿！"

　　"还真改呀？这也太雷了吧？男子汉大丈夫行不更名、坐不改姓，我这好没影儿地改名儿，尤其跟我爸妈，怎么解释呀？"

　　袁帅为难，安母却不依不饶，"那就看你对安红是不是诚心实意啦！你不会连这点儿牺牲都舍不得吧？"

　　安母这么一说，袁帅无路可退了，"我不是那意思……非改名儿，那您说改什么名儿呀？"

　　"都替你起好了——"安母说，"你不是命里缺金嘛，就叫袁满金！"

　　那菊花甫一亮相就一鸣惊人，不光给袁帅改了名儿，还要给他改换造型，幸好被安妮及时阻止。大家意识到，这老太太绝非等闲。

　　第二天上班，袁帅刚一进门，大家就开始拿他调侃。

　　"满金来啦？"

　　"满金哥早上好！"

　　"大胆！满金也是你们俩叫的？"袁帅懊恼不已，"想我堂堂帅哥，风流倜傥，名满江湖，竟然叫袁满金——听说过有情圣叫这名儿的吗？太囧了！"

　　"丈母娘亲自给你命名，你应该感到无上光荣才对啊！"

　　欧小米笑嘻嘻地。袁帅威胁她和何澈澈："你二人听着，此事不得外传，不然休怪我无情！"说完把一堆客户资料抱过来，不由分说地放到刘向前桌上，幸灾乐祸："现在我是男一号！这堆活儿都你的了！一丝不能苟，然后报我跟我们家红红审批！"

"这叫以我之道还治我之身！"刘向前无奈之余，转念一想又庆幸，"塞翁失马焉知非福，幸亏我没演男一号，不然改叫满金的就是我啦！"

"那要看您生辰八字缺什么了……"何澈澈说，"缺木您就得叫刘森，缺水您就得叫刘淼，又缺水又缺木，您就只能叫水木年华了！"

"那菊花同志一来就给姑爷改了名儿，其实也是给咱们来个下马威！这老太太可不好惹，同志们要多加注意！"戈玲叮嘱大家。正说着，安妮走了进来。大家皆注目其身后，却发现空无一人。

"嗯？老太太呢？"

"在家！"

"她不来考察满金啦？"

"你们不了解我妈，"安妮无可奈何，"她真不愧跟慈禧沾亲带故，特别有控制欲！她要是成天驻扎编辑部，不定又生出什么幺蛾子呢，搅得咱们都没法工作，所以我软硬兼施，把她锁家里啦！"

"这不就是非法软禁吗?!"袁帅说，"岳母大人千里迢迢来看我，怎么能这么对待她老人家呢？虽说给我改名儿有点儿强人所难，可是这恰恰体现了岳母大人对我的关心和爱护！安红你赶紧放人，我还得利用考察期好好表现，赢得岳母大人认可呢！"

安妮把手一挥，"我宣布，由于我成功地对你们双方实施了屏蔽，考察期提前结束，你的任务已经完成了！"

袁帅很有些失落，他本来企图利用考察期，趁热打铁一锤定音的，结果还没完全发挥呢，如意算盘就要落空，不禁慨叹英雄无用武之地。

"把有限的精力投入到无限的为人民服务当中去吧！"安妮如释重负，"OK！下面我们开策划会，然后分头出去采访组稿！"

另几人都出去采访了，编辑部只剩下刘向前、何澈澈，各自在忙工作。

安母出现在门口，目光锐利地扫视着，然后跨步走进编辑部，使劲咳嗽一声，以示提醒。刘向前抬头一望，见是安母，连忙笑容可掬地起身相迎，学着电视剧那样，趋前行了一个满族礼仪："伯母好！晚辈给您请安了！"

安母大悦，"现如今像你这么懂规矩的，越来越少啦！"

"嘿嘿，您多指教！"

何澈澈也站起身来，"您好您好！安总不说把您给……您怎么又……"

"她想阻止我垂帘听政，没门儿！"安母不以为然，"我鼻子底下有嘴，不会打听？他们人呢？"

"都出去办事了！"刘向前说，"也快回来了。您先请坐！"

何潵潵刚给安母拿了一盒牛奶，被刘向前中途截获，抢先递到安母面前，"您来这个！老年人补钙！我知道Anney总是怕您累着，想让您在家多休息休息。不过您大老远来，是有重要使命的，在家哪待得住呀？所以您肯定还得亲临一线！"

"这话我爱听！正好我跟你打听打听，满金这人怎么样？"

刘向前没反应过来："谁？"

"袁满金啊！"

刘向前这才醒悟："哦哦他啊……"

不等刘向前说什么，何潵潵抢先表态："当然没得说啦！一表人才，潇洒帅气……"

不料，安母却不以为然，"长得帅有什么用？天天挂墙上当画儿看？我担心的就是这个！根据我的人生体验，长相好的男人靠不住，十个有九个花心！"

"您老这话真是饱含哲理！"刘向前奉承，"您善于透过现象看本质，一下就抓住了问题的核心！"

"这男人长得一好看，在女人堆里吃得开，外边儿拈花惹草，回到家还翘尾巴！没长相的男人就不！"安母打量刘向前，"就比如你吧，长得是丑……"

"我长得准丑吗？"

"丑！丑人一个！瞧你这五官，组合在一块儿还勉强凑合看，单拎出来哪个都够呛！"安母话锋一转，"所以你才没非分之想，想也没用！在外边儿本本分分，不惹是生非；在家里勤快麻利，洗衣裳做饭看孩子，里里外外一把手，最知道疼人——找就找这样的男人！"

刘向前刚才还自惭形秽呢，听完这话，立刻心花怒放，"就是！您真是慧眼识珠，一开始演男一号的本来是我……"

"演什么？一号？"

何潵潵一个劲儿冲刘向前挤眼，刘向前连忙改口："我是说我这样长相的男人有责任感，踏实可靠，还有这岁数，男人四十一枝花——您给Anney

总的《择婿标准》啊……"

"《择婿标准》六章二十四项，你倒是挺符合！可惜你是有妇之夫了……哎你跟你爱人感情有裂缝儿吗？"

"没有没有！一点儿缝都没有！"刘向前慌忙声明。

袁帅、欧小米采访回来，正走向编辑部。不仅男一号没当成，欧小米还酸溜溜的，弄不好鸡飞蛋打。为避免这种局面，一路上，袁帅都在向欧小米解释。

"……你太不理解哥哥我啦，当着安红她妈那菊花同志，我那就是逢场作戏！"

"我看你一口一个岳母大人，已经跟角色浑然一体了！今年金鸡奖影帝要不是你，我们人民群众绝不答应！"

"你可知道，我表面上强颜欢笑，一想到妹妹你在冷眼旁观，我内心在流血啊！"

"千万别内出血，我负不起这责任！我知道，考察期提前结束，那边儿落空了，你又疯狂反扑向我！告诉你吧，我跟安妮可是同仇敌忾！"

两人一边说一边进了编辑部。袁帅光顾欧小米了，没注意到休息区那边的安母，所以丝毫没收敛。

"你又误会我啦不是！咱不说好了嘛，那就是演戏！再说准确点儿，我那就是见义勇为！其实在我内心深处……啊是不是？"

安母听个满耳，气呼呼地喊："满金！"

袁帅丝毫没反应，欧小米倒是发现了安母，连忙向袁帅使眼色，可是袁帅误会了："我就知道——你的眼睛已经告诉了我——你对我也是一片冰心在玉壶！"

欧小米着急地继续使眼色，何澈澈也一个劲儿咳嗽，袁帅还是没领会："不就是澈澈吗？就得当着他面儿，这相当于对他进行启蒙教育！"

安母目睹此情此景，气急败坏，大喝一声："袁满金——！"

袁帅这才有所反应，循声望见满脸怒容的安母，吓了一跳，"岳母大人您不是……"

"谁是你岳母？你眼里还有我？当着我面儿跟别人眉来眼去、油嘴滑舌！"安母转对刘向前，"我说什么来着？我说什么来着？话音儿没落地呢，狐狸尾巴就露出来了！……"

这时，安妮、戈玲从外面回来了。一见母亲，安妮惊讶又无奈，"妈，我跟您真没法着急……"

"我跟你还没法儿着急呢！"安母气呼呼地，"怪不得不让我亲临现场呢，想瞒着我?！"

"我瞒着您什么啦?"

"你进来！"安母沉着脸走向里间办公室，安妮只得跟进去。

戈玲不解地望望另几个人，"到底怎么啦?"

"完啦！"袁帅跺足，"这回我跳进黄河也洗不清啦……"

听安母说完情况，安妮松了一口气，显得不以为然："我当什么事儿呢，原来就这事儿啊！您甭草木皆兵，袁帅……哦，袁满金他就那样儿！习惯啦！"

"是你习惯啦还是他习惯啦?"

"就算是都习惯了吧！"

"袁满金果然一贯如此！"安母痛心疾首，"打第一面见他，我心里就咯噔一下子，瞅他那头型那打扮那做派，花里胡哨的就不像正经人！我说要来实地考察他，你还推三阻四，怎么样? 让我抓了个现行！这也太欺负我们娘俩啦！妈我给你做主！"说着，安母气冲冲就要往外走，安妮赶忙拉住她。

"妈您干吗去?"

"我扇袁满金个嘴巴子，让他知道知道我们镶黄旗不是好欺负的！"

"妈您消消气！回头我替您扇他！这个袁满金！"

"安红你也是！我给你《择婿标准》六章二十四项里边明文规定，像这种驴粪蛋子外面光的，坚决不能找！"

"妈，其实袁满金这人优点挺多的，你还不了解他……"

"优点我没看见，我就看见他跟别的女的扯不清了！就算他浑身上下都是优点也没用，就这一条——拈花惹草，生活作风问题，这是死罪！"

安妮顺水推舟，"您这么一说，我也来气了——那就干脆跟他吹！女儿我没意见！"

"我倒是发现了一个人，各方面都挺中我意……"

"谁呀?"

"刘向前！"

安妮哭笑不得，"妈您真够无厘头的！"

"怎么啦？"安母很认真，"刘向前老实本分，踏实稳重，又会过日子，跟我特说得来！"

"跟您说得来？又不是给您找对象！"

"怎么说话呢？我还不是想给你找个靠得住的！刘向前保准不惹事儿，会疼人，处处让着你！"

"行啦妈，您就别乱点鸳鸯谱啦！人家刘向前都有孩子了！"

"我知道！我就是这么说说！一过门就给别人孩子当妈，你乐意我还不乐意呢！怎么看得上眼的男的都有主儿了呢？"

"您就别钻牛角尖啦！大不了我就不嫁呗！"

这话触动了安母的敏感神经，"不爱听什么你说什么！我为什么非得来？再不催着你点儿，你就真成剩女啦！前几年你还算剩斗士，我提醒没提醒你？非当耳旁风，结果后来成了必剩客，现在是斗战剩佛，再拖就成齐天大剩，真就剩在家里没人要了！"

"那您还挑三拣四呢，说袁满金这不好那不好，我真要剩下就赖您！"

安母转念一想，不由得松了口，"要不就再考察考察他……"

外面，大家也正在商议如何挽回袁满金的形象。何澈澈啪啪地鼓捣着纸牌，显得胸有成竹，"以其人之道还治其人之身，这事儿好像非我莫属！"

何澈澈前脚刚来到走廊，袁帅后脚就追出来，一脸的讨好，"澈澈你说得对，一物降一物，岳母大人不是迷信嘛，正好用你的占卜卦术克她！兄弟，劳你小驾，救哥哥我于水火吧！"

何澈澈故意绷着，"心诚则灵！你心不诚，卦就不灵，我也没辙啊！"

"我心诚啊！"

"心诚你怎么对大师我一点儿没表示？"

"那你说我怎么贿赂你？"

"阿凡达玩偶一套！"

"请问你几岁？有大师迷阿凡达的吗？"

"心不诚，那就算啦！"

"别别！成交！"

经过编辑部众口一词的渲染，何澈澈被塑造成精通占卜的高人。那菊花当然不能放过这个切磋交流的机会。工作餐接近尾声，大家都知趣地离席而去。袁帅向何澈澈使个眼色，也走了。顷刻间，只剩下何澈澈、安母。

安母主动凑过来，"没想到你小小年纪，还有这么高的道行！"

何澈澈假装不解其意，"您……说什么？"

"别瞒我，我都知道啦！他们说你算得特准……"

何澈澈立刻紧张地环顾四周，"别让人听见，说咱宣扬迷信……"

"他们爱信不信，反正我信！哎你帮我算算，看安红跟袁满金有没有缘分？"

"这不好、这不好！万一说对说错的……"

"你放心，就咱俩人知道，连安红我都不告诉她！你算不算？你要是不算，我可……"

"我算了您可不能不高兴……"

"忒小瞧我了，多大的风浪我都过来了，本老太太挺得住！"

何澈澈这才掐指卜卦，然后煞有介事地娓娓道来："……安总是白羊座，主宰运势的是火星。这个星座的人有进取心、倔强，但是热情坦率，喜怒哀乐都写在脸上……"

"对！"安母连连点头，"安红打小就这样儿，不会装！别说，你这洋卦还挺准！"

"袁满金是射手座。射手座的男人幽默、聪明，特别有正义感、同情心，值得信赖！"

"就没缺点？"

"有！最大缺点就是太博爱，说白了就是太有女人缘，像个花心大萝卜！"

"准！真准！"

"不过吧，这是表面现象，其实他们互相之间也没什么事儿，顶多就是红颜知己。因为射手座崇尚自由，天生不愿被人管着，所以他不能没有朋友，时不时总喜欢找朋友们娱乐娱乐。不过您放心，他心里有杆秤，男女放两旁，义字摆中间。"

"我怎么听着你像给袁满金当说客来啦？"安母开始警觉。

"这不是我说的，是书上说的！"说着，何澈澈真掏出一本有关星相的小册子，"他们把我说得神乎其神，不瞒您说，不是我神，是这上边神，我都是照本宣科，现趸现卖！比如吧，这上边明明白白写着呢，白羊座女的跟射手座男的是绝配。因为在木星吉光照耀下，袁满金好运连连，可是不知道怎么利用。这时候，安总出现了，督促他找准目标，两人取长补短，开疆辟土，运势越来越旺……"

安母拿过小册子，翻着，"这上边真这么说的？"

"白纸黑字！您自己看！"

回去以后，安母还真反复研读了小册子，然后萌生出一个念头：马上订婚。

"订婚？"安妮大吃一惊。

安母把小册子翻得哗哗响，"谁让你们俩命里有缘呢？人不能跟命争！"

"您想一出是一出！"安妮啼笑皆非，"您又不嫌袁满金生活作风有问题啦？"

"袁满金是有这么个毛病，可话又说回来，哪个男人不好色？关键看你怎么管！男人就是小孩儿，不管不行！我是这么盘算的——给你们早点儿把亲订喽，免得夜长梦多。你呢，把严点儿，隔三差五敲打着，让他有贼心没贼胆儿！日子一长，他心就收回来了！再早点儿要个孩子，一天到晚替你缠磨着他，不信他还出去野！"

安妮只好缓兵之计，"妈，回头我想想啊！"

"你甭又打算搪塞我，我都替你想好了，就我在这几天，给你们俩把婚订喽，也算我没白来一趟！"

"哎呀，妈，您就别瞎着急啦！再说了，人家袁满金还不定同意不同意呢！"

"他不同意？我们那家是皇亲国戚，我闺女如花似玉才貌双全，他袁家八辈子烧高香才有这命！我闺女嫁过去，他们袁家门楣生辉，一家子还不得乐疯喽？！"安母转而又惆怅，"我把闺女养这么大，容易吗？女儿是妈的贴身小棉袄，说嫁就嫁了，便宜人家了，我这心里真不是滋味儿……往后常回家看看，娘家永远是你的家……"

安母悲从中来，开始哭天抹泪，安妮头都大了，"妈您……我不是还没嫁呢嘛，您怎么提前哭上啦？"

安母的哭声戛然而止，"那就等出门子那天！"

袁帅听完安母的打算，与安妮的反应如出一辙："订婚？"

"你坐下！"安母误会了，"再高兴也别这样啊！"

"我高兴……这也太突然了吧？"

"有什么突然的？我就是为这事儿来的！"

"您是有备而来，可是我……真缺乏准备……"

"准备也好准备！我正要跟你说这事儿呢！咱就按规矩来，双方亲家提前得见面认识认识，婆家给儿媳妇见面礼，一万一，取个吉利，一心一意，公公婆婆俩人是两万二；然后再给买辆车，大奔跟大发哪个贵？也甭买什么太贵的，大奔就行！"

袁帅不禁一咧嘴，看来裸婚是没门儿啦。

"婚房还没准备吧？趁我在的时候买了，我得找高人看看风水，给你们把把关！怎么也得三室两厅，得有我一间啊，时不时来住住；地点就紫禁城周边附近，我们叶赫那拉氏祖上阴德，能罩着你们！"

"岳母大人，那地方不准开发房地产，咱能换个地儿吗？现在新盘都集中五环外了！"

"五环那还叫北京吗？最远不能出二环！我要求不高，早晨起来推开窗户能望见天安门，这才叫首都！这才叫心脏！"

"就这要求还不高啊？我就当一辈子房奴吧！"

"订婚那天你甭准备别的，送安红一颗钻戒，九克拉的就行，象征长长久久；我可告诉你袁满金，在我们那家，大男子主义吃不开，打我祖姑奶奶就传下妇女解放的家风，安红在单位领导你，回家照样领导你，家里家外一视同仁，你得服从领导，脏活累活抢着干，吃苦在前，享受在后，给领导留个好印象！"

"我晕……"

"最主要的，袁满金你得给我立保证书，保证以后不招惹女的，不许跟陌生女人说话，更不许跟女的打情骂俏！既然跟了安红，你就得从一而终，嫁鸡随鸡嫁狗随狗，不许红杏出墙！……"

找了个僻静处，袁帅向何澈澈诉苦，何澈澈不理解，"你不本来就企图趁热打铁一锤定音吗？现在岳母大人促成你心愿了，你怎么反倒嘀咕起来啦？"

"照她列的这清单，起码得千万身家，我把自个儿卖喽也不够啊！"

"可以砍价啊！跟岳母大人好好说说，打个对折！"

"那也得几百万啊！还不光是钱的事儿，哥哥我要是嫁入那家……"

"您是娶，人家是嫁！"

"现如今倒个儿啦，我是嫁给人家，相当于客场。岳母大人已经立好规矩了，我一过门儿就得低眉顺眼的，三大纪律八项注意，一切行动听指挥，只许老老实实，不许乱说乱动!"

"摊上这么一位岳母大人，也真委屈你了!"何澈澈劝，"也怪我，说你们俩星座匹配，那菊花同志还真就深信不疑!"

"兄弟，解铃还需系铃人，你还得给我们反向说回来!"

受袁帅之托，何澈澈再次游说安母。到了安母跟前，何澈澈突然深施一礼："您恕罪!"

"孩子你这是干什么呀?"

"我有负您的嘱托，辜负了您对我的信任，坏了您的大事!请您千万要原谅我!这个可恶的袁满金，回头我再跟他算账!"

安母晕了，"怎么回事儿?"

"这个狡猾多端的袁满金，骗取了我的信任，把农历生日充当公历生日，冒充射手座，制造与Anney总缘分相投的假象!可是他真正的星座是天蝎!"

"天蝎座和安红有没有缘分?"

"不光没缘分，还是克星!"

这下，安母坐不住了。

本以为这事就这么化解了。这天，安妮迈着轻快的步伐进了编辑部，兴高采烈地向大家宣布："我宣布，考察期正式结束!警报彻底解除!我妈下午就打道回府啦!"

大家在轻松之余，心情有些复杂，尤其是袁帅。

"袁满金让她老人家失望了，以后有机会我一定弥补回来!"

何澈澈双手合十，"我欺骗了她老人家，罪过罪过!"

忽然，门口出现一人。大家定睛一看，竟是安母。戈玲连忙迎上去，"哎呀，伯母，您看您真周到，临走还特意来跟大伙儿告别!"

"我不走啦!"安母指着袁帅，"你生辰八字变了，原先的考察不准，得重新考察!我又请大师批过了，你命里缺水，叫袁满金不行了……"

"那叫什么?"

"叫袁盼海——!"

五 招聘启事

　　安妮的咖啡机本来搁在自己办公室专用，但为了与大家打成一片，就把咖啡机贡献出来，变成了公用。这天，咖啡机出了点儿故障，刘向前对照着说明书鼓鼓捣捣，却不得要领。袁帅、何澈澈端着咖啡杯排队，等得着急。

　　"自打安妮搬来这台咖啡机，好是好，可是本人已经有咖啡因依赖了——一天不喝就没精神，流鼻涕打哈欠，什么都干不下去！"袁帅警觉起来，"安妮别是往里掺冰毒海洛因了吧？本人酷似毒瘾反应！"

　　"你就死了这份心吧！"何澈澈说，"那成本太高，天天这么无偿供着你，Anney总早破产了！"

　　"反正她是借咖啡对我们实施精神控制，而且已然得逞！"袁帅坚持，"我就说嘛，没有免费的午餐，咖啡也一样，这相当于免费给咱们打鸡血，然后玩命儿工作，直到被她榨干！"

　　"咱们喝的是咖啡，挤出来的是血汗！"

　　袁帅开玩笑地催促刘向前："我说刘老师，太阳下山之前还能修好吗？影响我精神抖擞工作你负责啊！"

　　刘向前急得满头大汗，大发牢骚："真不赖我！这是给中国人看的说明书吗？"

　　袁帅、何澈澈凑到近前，接过说明书，翻来覆去找中文内容，"嗯？中文说明呢？"

　　"要有中文，我还用拿英文字典?!"刘向前一肚子气。

　　袁帅、何澈澈这才看见，刘向前手边果然放着一本《牛津高阶英汉双解词典》。

"您这太夸张了吧?"

"一点儿不夸张!"刘向前痛心疾首,"这说明书上,英法德俄美日意奥全齐,除了这八国联军,连蒙古、西班牙、阿拉伯文全有,统共十二种,唯独就是没中文!最可气的就是,我找了半天总算认识几个字——Made in China——中国制造!你要是纯出口也行——压根就没打算卖你中国人——既然在九百六十万平方公里也销售,为什么就不能豁出去添上中文?说小了,这是一个服务意识问题;说中了,这是一个文化意识问题;说大了,这是一个民族自尊问题……"刘向前继续义愤填膺、滔滔不绝地声讨着。刘向前一向给人的印象是中庸之道,存在即是合理。不料,咖啡机说明书触动了他的某根神经,一番慷慨陈辞,使得袁帅、何澈澈像是发现了新大陆,对他刮目相看。

"看来我们对刘老师了解得太片面了,其实他很富有正义感!是个性情中人!"

"而且忧国忧民!"

刘向前顺杆爬,"坦白地说,我这个人平时比较低调!其实我不光热爱生活,更热爱真理!刚才我是不是太激动了……"

"您完全有理由激动!"袁帅赞同,"对这种现象,我们也是深恶痛绝!比方说现在的家电、汽车,那些按钮标识清一色都洋文,就说我还英语四级呢,一开始用都蒙!"

何澈澈揶揄:"这是逼着咱们全体同胞尽快提高外语水平啊!现在不都说跟国际接轨嘛!"

"接轨也不是这么个接法儿啊!"袁帅控诉,"大街上一转,放眼望去,什么托斯卡纳庄园、帕提欧广场、路易皇宫别墅、恺撒大帝酒店、伊丽莎白桑拿房、阿卡迪亚高尔夫,让人怀疑是不是一不留神出了国踏上人家地盘了!过去地主土又傲,可是纯粹!现在的富豪连点儿骄傲感都没了,恨不得把洋人祖宗八辈都捎上,跟人家沾点儿亲带点儿故,出门儿才敢挺着鸡胸脯装贵族——洋奴!"

刘向前说:"人家法兰西是怎么处理这问题的?外文——主要是英文——你可以用,但是字体大小严格规定,必须小于法文!这就叫文化自豪感!"

袁帅和刘向前义愤填膺地大发议论,何澈澈敏锐地发现了其中的问题,

"骂了半天洋奴，结果最后还是推崇人家法兰西……"

袁帅、刘向前颇为困惑，"是啊，说来说去又绕回来了，怎么就绕不过去呢?!"

"是我举例子举错了，不应该举法兰西，应该……"

何澈澈狡黠地接过话头："应该举咱们编辑部——杂志名叫《WWW》，总监名叫Anney，主编名叫Elizabeth，编辑Casanova、Albert、Aurora、阿童木——没有任何中国元素!"

"还真是!"袁帅如梦方醒，"义正词严了半天，敢情咱自个儿就是洋奴!"

刘向前挠着脑袋，"怎么改成自揭自批啦?我脑子有点儿乱……"

何澈澈指出深层原因："我好歹总结一下吧!其实咱们每个人内心深处或多或少都有点儿洋奴意识，只不过大家彼此彼此，都不自觉罢了——从哲学上说，这叫集体无意识!"

此时，安妮悄然出现在身后，袁帅、刘向前毫无察觉，只有何澈澈看得清楚，立刻闭嘴。袁帅继续侃侃而谈："我彻底觉悟了!要从我做起，从现在做起!我这就找安妮说道说道去!"刘向前慌忙阻拦："这不把阶级斗争扩大化了嘛，而且斗争矛头直指Anney总，不好不好!和谐，要和谐!"

何澈澈一个劲儿冲两人使眼色。袁帅一转身，差点儿跟安妮撞个满怀。

"背后议论领导是不是?"安妮故意板着脸，"说我崇洋媚外、没民族气节是不是?"

刘向前抢先为自己开脱："Anney总，我真没说您，我说的是假洋鬼子……不是不是，您不假，您是真的……嗨，我不是这意思!"

"安妮，咱们俩这关系，我不能眼睁睁看着你被西方拉拢过去吧?我不挽救你谁挽救你?!"

袁帅耍贫嘴，安妮啼笑皆非，"省省吧，你就不怕被我拖下水啊?告诉你，这个问题一点儿不新鲜，早就有定论了——毛主席说要洋为中用，鲁迅说要拿来主义，我说既不要草木皆兵，也不要小题大做，要心态平和、等闲视之!"

刘向前赞叹："看，领导就是领导!有水平!有高度!"

袁帅不服气，"这么说，我们爱国主义还错啦?"

"没错!"安妮表示，"但爱国主义不等于国粹主义!我也看不惯那些认准了外国月亮比中国圆的，中西合璧和崇洋媚外就一纸之隔，不过我觉得自己还是不卑不亢恰到好处的!"

背后有人清了清嗓子,大家循声望去,不知何时,戈玲已经站在了编辑部门口,"在这个问题上,我跟安妮一直有不同看法。安妮能不断自省,我特别欣慰! 咱党中央不也提出来了嘛——文化大发展大繁荣,提高文化自觉和文化自信,太高瞻远瞩了! 这其实就是咱们《WWW》的办刊方针!"

"可是这不等于因循守旧!"安妮补充,"党中央还提出来了,要深化文化体制改革,这就是咱们《WWW》的行动纲领!"安妮走过去,只一按某个按钮,咖啡机就正常工作了。

袁帅、何澈澈一见两位领导又起争议,连忙知趣地溜回自己座位。刘向前试图两边讨好,便从中调停:"两位领导说的都是真知灼见,其实是完全一致的!"

安妮与戈玲无意继续争论下去。戈玲开始东张西望地找人,"欧小米! 欧小米! 小米呢?"

刘向前说:"报告主编,欧小米还没到!"

"是不是要出去采稿?"袁帅要打电话,"我传她速来见驾!"

"且慢!"戈玲摆手,"不是这事儿! 我问你们,今天什么日子?"

大家一时没领会戈玲的用意。

"今天什么日子? 立秋? 芒种? 白露? 还是小寒?"

戈玲这才道明:"今天是欧小米在我们编辑部实习的最后一天,明天她就实习期满了!"

大家恍然大悟。

"Oh! that reminds me! 时光荏苒,岁月如梭,小米已经来三个月了! I see,我们需要决定她的去留!"

戈玲点点头,"我就是这意思!"

"当然是留了!"袁帅历数欧小米的优点,"你们看啊,欧小米芳龄二十出头,花样年华,要相貌有相貌、要身材有身材,带出去绝对有面子! 而且冰雪聪明、善解人意,上得厅堂,下得厨房……"

安妮在旁挖苦:"帅哥,我听着你这标准像给自己找girl friend?!"

"我这是一心为公! 现如今容貌和智商匹配的美眉是稀有物种,我们编辑部必须重点保护!"

"你是想囤积居奇占为己有吧?"

"嘿嘿，我是想有备无患，免得供小于求，你趁机捂盘惜售、哄抬价格，像糖高宗、豆你玩、蒜你狠，那我就被动了！"

何澈澈插话："找工作是双向选择，先问问欧小米本人的想法……"

"还双向选择？"刘向前的看法更加从现实出发，"现在就业形势多严峻啊，考研热为什么？大学生找工作难！能有份工作算不错了，还选择？甭问，欧小米肯定巴不得留下来！"

戈玲表示赞同："最近考研热又改成考公务员热了。前一阵中直机关公务员考试，104万人报考，竞争率是93:1，最热门的职位是4224:1！"

安妮提议："欧小米实习期间的表现very good，今天是最后一天了，我们应该对她进行职场测试，说白了就是故意出难题，考验她的心理承受力、团队意识，然后根据她的表现，投票决定去留！OK？"

戈玲担心："这八〇后的孩子都是宠大的，哪受过这个呀？弄不好再急喽！要不还是算了吧……"

"职场如战场，她早晚要过这关。"安妮坚持，"我们是为了让她有刻骨铭心的体验，这是在帮助她成长！"

刘向前忙不迭地表态："我坚决与Anney总保持一致！经历人生沧桑就会领悟到，决定你命运的人不是你自己，而是别人！可惜啊，他们八〇后不会夹起尾巴做人！"

只有袁帅胸有成竹，"你们对她太缺乏了解了！欧小米是何等人也——精灵鬼怪冰雪聪明！别看她平时伶牙俐齿的，损起人来见血封喉，可今天这重要关头，她绝对审时度势，表现得无可挑剔。我敢保证，她一进门肯定不笑不说话，把每个人都哄得滴溜转！"

另几人面面相觑，显然半信半疑。

"难道小米会夸我beautiful？"安妮质疑，"在她眼里，beautiful女人可没几个！嗯哼？"

戈玲也说："在她看来，我肯定是out了，她今天还能夸我huai shen？我还真不敢相信！"

"然后脏活累活抢着干，非要替我拖地？"何澈澈没把握。

刘向前摇头："也不讽刺我了，言必称刘老师老师？可能性小于零！"

"一切皆有可能！"袁帅不改口，"不信咱们打赌！输了，晚上海鲜城！"

"刘老师从来不豪赌，这不符合他每一分钱都做到收益最大化的原则！"

何澈澈有架秧子起哄之嫌，刘向前果然被激起了豪情，"豪赌就豪赌！我也豪一回！"

其他人闻言大愕。安妮小声提醒袁帅："刘向前敢赌，说明百分百的胜券在握！帅哥你现在反悔，不算你不够man！"

袁帅态度强硬，"我是欧小米的蓝颜知己啊！知欧小米者，本人也！你现在需要做的就是选择阶级立场，到底站在谁一边？"

"我希望欧小米能做到，这是理想主义；我同样希望大吃一顿海鲜，这是革命现实主义。在两者之间，我选择——"

安妮跨出一步，站在刘向前一边。刘向前受宠若惊。

"谢谢Anney总的无私鼓励！"

"行！"袁帅咬牙切齿，"在大是大非面前最能考验一个人——你背叛我！"

戈玲随即站到安妮身边，"我声明，我是理想主义者，但我清醒地知道，距离理想实现还有很长一段距离！"

最后只剩下何澈澈，袁帅死死盯着他，以示威胁，"澈澈，哥平时可对你不薄啊……"

"哥，要不我还是少数服从多数吧！"

眼看着何澈澈也站到了那一边，袁帅痛心疾首，"真理往往掌握在少数人手里！欧小米马上就到，咱们拭目以待！"

在等待欧小米的时段里，袁帅不时地看表，明显坐立不安。刘向前瞄着袁帅，暗暗得意。何澈澈凑过来，善意地提醒："哥，弓拉得太满了，输饭是小，输人是大！你是不是也心里没底？"

袁帅故作轻松，夸张地大笑，惹得其他人惊诧地朝这边望，何澈澈连忙向大家解释："没事儿没事儿！冷笑话！巨冷！"

袁帅依然做强硬状，"我心里没底？没底我敢狂笑并且狂赌？！欧小米跟我什么关系？我对她了如指掌！"

"那我就放心了！"何澈澈刚要走，袁帅一把拽住他，哭丧着脸说了实话。

"兄弟，我心里还真没底！"袁帅掏出钱包数钱，"输饭是小输人是大？错！在资金不足的情况下，输饭就等于输人！更严重的是，一旦输了，我跟欧小米心有灵犀一点通的假象就大白于天下，本人作为情圣的一世英名将毁于一旦！这是哥的本金，输不起啊！"

"那怎么办？现在形势对你不利！刚才我想去吓唬吓唬刘老师，让他知难而退得啦，结果他说半年没吃着海鲜了，决不能放过这个占便宜机会！"

袁帅觉得没面子，强说横话："笑话！搞定一个实习生都没把握，本人还是Casanova吗？哥可以不了解天文地理，但对女人，我敢说尽在掌握！欧小米今天一举一动都会照我说的做！"

话音未落，可以望见欧小米驾驶摩托车进入了停车场。事不宜迟，何澈澈冲袁帅使个眼色，大声地让所有人都听见："帅哥，我刚才在楼下看见你车窗没关严，赶紧下去看看吧！"

袁帅领会，"是吗？那我得看看去！"

没等安妮、戈玲反应过来，袁帅就匆匆忙忙往外走。只有刘向前心里起疑，起身要追。何澈澈见状欲拖住他，

"刘老师刘老师！PS我给您做好了，您看看效果！"

"回来，回来再看！"刘向前摆脱何澈澈，向门外追去。

袁帅一出编辑部办公室，撒腿就往电梯方向跑。不料没跑两步，发现刘向前追了出来，连忙装作若无其事地放慢脚步。袁帅慢，刘向前慢；袁帅快，刘向前也快。袁帅猛地站住，缓缓转身，阴沉地盯着刘向前。

刘向前一凛。左右看看，楼道里再没有别人，不禁胆小。

袁帅一步步逼近。刘向前心惊肉跳，为了给自己壮胆并震慑对方，他功夫高手一般摆了几个架势，先是白鹤亮翅，继而仙人指路，然后又拳击。

袁帅站定在刘向前面前，目光如锥。刘向前立刻服软，改为软绵绵的太极，"嘿嘿，没事儿，我就是活动活动……"

不料，袁帅竟也突然软下来，恳求道："我求求你刘老师！别跟着我了！我去厕所！"刘向前收了架势，胆子壮了："嗨，我还以为你要杀人灭口呢！去厕所？嘿嘿正好，我也去！"

袁帅被刘向前紧紧尾随着走向厕所，正琢磨如何脱身，发现欧小米出现在楼道那端，向这里快步走来。袁帅心急如焚，急中生智，冲欧小米大声说歌词，一边挤眉弄眼地暗示："对面的女孩看过来，看过来，看过来，不要被我的样子吓坏，不要对我不理不睬……"

欧小米闻声望来，见袁帅怪模怪样的，以为他又在搞怪，便瞪他一眼，踅进了女卫生间。

袁帅一着急，快步赶过去。到了门口，一狠心要迈步进去，发现刘向前紧跟了来，便沉下脸："我上厕所你也跟着?!"

"这可是女厕所!"

"这首先是公共厕所!"

欧小米闻声回头，见状瞠目结舌，"光天化日，你竟敢勇闯女厕所，也太丧心病狂啦!"

"那我就破天荒见义勇为一回!"刘向前刚要往外拽袁帅，袁帅抬起的脚倏地收回，踩在门槛外，身子却探进去，姿势很奇怪，"我进了吗我? 看，我脚没过线，刘老师你可给我作证!"

欧小米啼笑皆非，"请问您来女厕所到底有何贵干?"

"哦，我就是路过，顺便看看!"袁帅一边说一边暗中向欧小米挤眉弄眼地暗示。欧小米不解其意，所以不以为然："你是不是受风啦? 五官都挪位了!"

刘向前抻脖子一看，当即警告："不按规矩出牌! 第一次警告!"

袁帅只好收敛，改为唱歌暗示欧小米，"远方的客人，请你留下来，留呀留下来，一定要留下来……"

刘向前听出来了，再次警告："第二次警告!"

正这时，一女子从里间出来，见两个大男人堵在门口，惊叫连连。袁帅、刘向前慌忙回避。略事镇定，袁帅才惊愕地发现，欧小米已经出了卫生间，走向编辑部，连忙撒腿去追。

安妮、戈玲、何澈澈正分头忙碌着，欧小米出现在门口。三个人都停下来，拭目以待欧小米的表现。袁帅气喘吁吁诣讨来，已经来不及提醒欧小米，一切只能听天由命。欧小米笑得灿若桃花，亲切地向大家打招呼："Hello! 大家好!"

安妮从自己办公室走出来。欧小米眼睛一亮，夸张地赞叹："哇噻! Anney总今天very very beautiful!"

安妮一怔，"我没听错吧? Pardon?"

欧小米显得发自内心，"Very very beautiful! 这段日子里，从您身上，我发现什么叫国际视野什么叫能力超群什么叫职业素质! 您是一个高尚的人，一个纯粹的人，一个脱离了低级趣味的人，一个……"

安妮被夸得美滋滋的。不等欧小米说完,安妮就迫不及待地表态:"我知道没有最好只有更好,请你放心欧小米,我一定不辜负你的期望,我会更加努力! Yeah—!"

戈玲刚走出自己办公室,欧小米照样一通猛夸,"哇噻!主编您今天好好huai shen哟!"

此前的调侃竟然再次言中,戈玲和大家都惊诧不已。

"不对吧?"戈玲故意地,"我已经out了……"

"一点儿不Out!"欧小米很真诚,"您很与时俱进!您那么热爱自己的工作,那么坚守自己的理想,那么坚持自己的风格,那么那么!通过这几个月的实习,我从您身上学到了很多东西,懂得了很多道理!我将受益终身!"

戈玲激动得热泪盈眶,"虽然我知道你会这么说,可我还是难以抑制内心的激动!"

正在拖地的何澈澈都听得真切,猜测着欧小米对他的表现。只见欧小米放下背包、头盔,主动走上前来,"澈澈每天都你拖地,今天我来我来!"

欧小米不由分说地抢过墩布,卖力地擦地板。何澈澈不免瞠目结舌。见欧小米如此乖巧,袁帅如释重负,悬着的心稍稍踏实下来,冲一旁的刘向前示威:"愿赌服输吧刘老师!要不我替您给海鲜城打电话订位子?"

刘向前白他一眼,上前欲戳穿欧小米:"欧小米,你此时此刻的处境和心情我们完全理解,不过你不用这样……"

欧小米对刘向前的态度很是恭谨,"刘老师,谢谢您的关心!有句心里话我一直想告诉您,其实您是一个好人!热爱生活,心地善良,安分守己,小富即安,知足常乐——和谐社会最需要您这样的公民!"

刘向前倍加感慨,拥有投票权对一个人是多么重要。他感到自己有了尊严。谁说尊严无价?尊严就等于一顿海鲜大餐的价格。不打折。

欧小米埋头擦地,一路向前,擦到了袁帅跟前。袁帅站在原地望着她,对她接下来的反应既充满期待又惴惴不安。他想,该美眉一向古灵精怪,令人捉摸不定。难道今天真会不出所料,柔情似水地叫他一声哥吗?

欧小米抬起头,笑盈盈地望定袁帅。袁帅立刻紧张起来,暗自默念南无阿弥陀佛,提醒自己镇定,久经情场出生入死,岂能乱了方寸!心如止水坐怀不乱,方显情圣风范。

但见欧小米轻启朱唇,燕语莺声:"哥……"

尽管袁帅絮絮叨叨地进行自我心理暗示，但欧小米这一声哥，还是让他心头发颤，脑袋发晕，身体仰后便倒。幸亏何澈澈在后面扶住了袁帅，弄得大家一阵手忙脚乱。

一小时以后，欧小米前脚刚出编辑部，袁帅后脚就跟出来，得意地向欧小米表功。

"Very good！没白费我这一番良苦用心！哥本来想给你打个十全十美的，可是为让你继续努力，先给你打个十全九美！事实证明，虽然刘向前搞破坏，我给你的暗示点拨还是发挥了重要作用，让你得以顺利过关！"

欧小米却不解其意，"什么呀？你暗示点拨什么啦？"

"哦，你不知道……"袁帅很尴尬，但转变得倒也快，"不知道更好，更有力说明了你我心有灵犀一点通，默契到了天衣无缝的程度！知我者，你也！知你者，我也！"

欧小米不置可否，"刚才我刚一张口你就昏过去了，其实我还有很多话没对你说呢！趁现在没人，我最想告诉你的是……"

"稍等！"袁帅忍不住心潮澎湃，扶住墙，以防再次晕倒，"我扶稳了，你说吧！"

"其实你可能已经知道了……"

"那我也想听你亲口对我说出来！"

"那好！我……"

袁帅的心狂跳不止。可是没等欧小米说下去，刘向前追出来，急着冲袁帅嚷嚷："第三次警告！出局！"

欧小米莞尔一笑，闪进女卫生间。袁帅想追不能追，转身对刘向前气急败坏，"你还不承认自己的失败，妄想负隅顽抗?!"

"测试下午六点才结束呢！现在还胜负难料！"

"哈哈哈哈！"袁帅笑得很夸张，"欧小米刚才的表现有目共睹，胜负难道还有悬念吗？"

"在我的极力主张下，Anney总和主编已经同意对欧小米进行加压测试！"

刘向前笑得很狡黠。袁帅一怔，刚放下的心又提了起来。

在接下来的加压测试中，大家有意对欧小米肆意支使，试探她的反应。

"欧小米——，Coffee！"安妮大声喊。

"欧小米——，"戈玲也喊，"我也来一杯！"

"还有我！"刘向前也凑热闹。

欧小米倒是有求必应，颠颠儿地给每个人端上咖啡。不等喘口气，事儿又来了。

"小米——，Coffee洒了，拿墩布来擦擦！"

"小米——，帮我复印一份资料！"

"给我拿几张A4纸！"

……

临近中午，任务又来了。

"小米，"安妮吩咐，"午餐你给大家买便当！"

刘向前点菜："嘿嘿！我吃米饭 + 清炒虾仁 + 炸鸡腿！"

"我要份阳春面！"戈玲要求，"不要辣子，稍微搁点儿醋！"

"咖喱饭！还有韩国泡菜！"

欧小米箭一般出门去，风一般拎着便当回来，挨个端给每个人，又依次收回垃圾，像陀螺一般团团转。

袁帅唯恐欧小米承受不住，惴惴地不时看墙上的挂表，盼望快到下班时间——六点。表针跳跃着——十二点，一点，三点，五点……袁帅凑到欧小米面前，给她鼓励打气，"还有一小时，最后一小时！坚持！坚持就是胜利！"

欧小米心领神会，挥一下拳头，"Yeah—！"

这回轮到刘向前坐不住了。眼看时间将到，必须给欧小米再出难题，以挽回败局。于是，刘向前心生一计："欧小米！"

"哎！刘老师！"

"想麻烦你个事儿……"刘向前故意吞吞吐吐，"嗨，要不还是算了吧！"

袁帅冲欧小米使个眼色，"算了就算了吧！"

欧小米却表现出少有的认真，"刘老师，有什么事儿您就说吧！别客气！"

"那我就说啦？"刘向前顺水推舟，"是这么回事儿——我刚想起来，我电动车电瓶没电了，得拿上来充电，可我现在得等个重要客户的电话，脱不开身，能不能……嘿嘿，麻烦你替我下去一趟……"

安妮、戈玲会意地交换目光。可袁帅一听，登时横眉立目，冲刘向前急了："什么？让个女生下楼扛电瓶?！亏你想得出来！"

"我这也是灵机一动……"刘向前自知理亏，"所以我刚才说算了嘛！我就知道她不行！欧小米，算啦！"

哪知欧小米竟一口答允："怎么不行？闲着也是闲着，我去！"

安妮、戈玲大感意外。欧小米正要往外走，被袁帅拦住，"嘚嘚！谁让我怜香惜玉呢，还是我屈尊亲自下去一趟吧！"

刘向前却千方百计找借口拖住袁帅，袁帅还没等摆脱他，欧小米已经出了门。一见欧小米真去，刘向前慌了神，连忙追出来，"小米！欧小米！"

欧小米驻足等待，刘向前追到近前，"欧小米你还真去呀？我是跟你开玩笑呢！你千万别答应我！"

欧小米半信半疑，"刘老师，是不是帅哥一说，您不好意思啦？没事儿，我只当健身了！"

刘向前沮丧而困惑，"欧小米你今天也太好说话了，这不是你风格啊！你怎么不跟我急呢？"

"平时我总跟您急，今天我无论如何不能再那样了！"

"我求求你了欧小米，你就跟我急吧！"刘向前都快哭了，不惜以利相诱，"你打的票有吗？我给你报喽！求求你行行好，跟我急，翻脸！你放心，我照样投你票……"

欧小米正被刘向前弄得一头雾水，袁帅赶了过来，学着刘向前的语气嚷嚷："不按规矩出牌！第一次警告！"

欧小米笑笑，转身继续前行。刘向前要追，袁帅再次警告："第二次警告！"

刘向前不甘心，袁帅又威胁："第三次警告就出局！"

刘向前只得作罢。两人刚回到办公室，何澈澈进门来，"欧小米怎么下楼啦？"

"学雷锋做好事，帮刘老师下楼搬电瓶！"

听袁帅一说，何澈澈大愕，"噢，我的神！电梯刚坏了，咱这可是十二楼啊！"

大家意识到玩笑开大了。刘向前追悔莫及，"要知道电梯坏了，我就不给她出这难题啦！哪承想她真会答应啊?！"

"看今天这架势，你就是让她杀人她都干！"袁帅说。

戈玲颇感慨，"可见现在大学生就业有多难！都把一女孩儿挤对成这样儿了！"

"这就是职场测试的效果！"安妮说，"有过这次体验，以后她会加倍珍惜这份工作，热爱这份工作！"

"所以就拿人家一娇弱之躯当壮劳力……"何澈澈还是于心不忍。

"我这也是一心为公，选材嘛，就要严格！"刘向前猜测着，"十二楼啊，你们说欧小米挺得住吗？"

袁帅对刘向前的心思一清二楚，"你不就是盼着她爬到六楼就中途放弃嘛！这样儿你就不用破费了！"

"我声明，欧小米就是放弃，我照样投票顶她！"刘向前说，"态度决定一切，她有这种精神就行！不过，海鲜城你是非请不可啦！你也别追求高档，鲍鱼不非得四个头的，龙虾也不非得澳洲的，鱼翅要不就别点了，动物保护嘛！没有买卖就没有杀害！不过大闸蟹得是阳澄湖原产地的，必须的，不然就不叫大闸蟹！我要是你，就赶紧让澈澈上网团购，省不少呢！"

袁帅也预感不妙，暗暗叮嘱何澈澈："兄弟，到时候别忘了找我妈拿存折，到海鲜城赎我！"

挂表指针接近六点。欧小米抱着电瓶出现在门口，累得摇摇晃晃。众人无不大感意外，都怔住了。

安妮惊叹："My god！"

"机不可失失不再来，我趁机非礼一下！"袁帅激动地张开双臂，刚要拥抱欧小米，安妮抢先扑上去，一把抱住欧小米。

"太棒了小米，I love you！"

"快！"欧小米快支持不住了，"电瓶！"

眼看欧小米手里的电瓶摇摇欲坠，袁帅赶紧接过去抱在怀里，"我也就非礼一下这个！"

"谁说八〇后不吃苦耐劳？"戈玲有话说了，"欧小米用实际行动证明，八〇后一样可以革命重担挑在肩！"

何澈澈备受鼓舞，"更有革命后来人——还有我们九〇后呢！"

大家情绪热烈之时，刘向前独自坐在一旁，心事重重。

"刘老师！"袁帅幸灾乐祸，"是不是正琢磨菜谱呢？你也别追求高档，鲍鱼不非得四个头的，龙虾也不非得澳洲的，鱼翅要不就别点了，动物保护嘛！不过大闸蟹得是阳澄湖原产地的，必须的，要不然就不叫大闸蟹！"

刘向前叫苦不迭，"什么叫作茧自缚啊？！"

"向前这我得说你！"戈玲忆起旧事，"你父亲刘书友还是比你稳健——同事那么多年，大伙绞尽脑汁妄想让他请回客，始终就无漏洞可钻！"

"哎，我愧对家父啊！"

袁帅动了恻隐之心，"谁让我这人严以律己宽以待人呢！这么着吧，海鲜必须要吃，不然就是不给刘老师面子，但是菜谱可以宏观调控，比如贴饽饽炒虾酱什么的，海鲜嘛！"

"对对！"刘向前立刻眉开眼笑，"袁帅真懂吃，炒虾酱是他们招牌菜！绝对鲜！其实鲍鱼、龙虾真没什么吃的，也就摆谱儿，忒俗！"

"要不您就让我们俗一回吧，咱还鲍鱼、龙虾得啦……"何澈澈成心。

刘向前批评何澈澈："这点儿你就不如袁帅理解我！他嘴上厉害，其实真不是赶尽杀绝的人！"

"就是！"袁帅吓唬他，"龙虾免了，咱们大闸蟹！"

"啊？"刘向前真给吓着了，"不说……那什么吗？"

"你放心，咱就上一只！"袁帅给刘向前吃了定心丸，"大卸八块，人各有份——女士优先，蟹壳给她们仨，剩下蟹爪咱们分，粗细搭配，实在分赃不均就抓阄！"

大家笑得热烈。安妮拍拍巴掌，言归正传："Ok！It is 5:59！职场测试即将结束，让我们一齐迎接欧小米的重大时刻！"

指针即将指向六点。袁帅带头，大家齐声倒计时，"Five—！Four—！Three—！Two—！One—！噢——！"

指针指向六点的那一刻，大家发自内心地欢呼起来。

"欧小米的实习期结束了，离开或是留下？我们面临选择。"安妮神情郑重，"我想，欧小米实习期间的表现，尤其是这最后一天的表现，大家有目共睹，就不用我多说什么了！欧小米，Good luck！"

"谢谢！在《WWW》实习的这段日子，我永远不会忘！……"欧小米平复一下激动的心情，"今天是我实习期满的日子，我想告诉大家一个……"

"小米等一等！我们大家要先给你一个惊喜！"安妮打断欧小米的话，"Ok，我们举手表决吧！"

"欢迎欧小米留下的，请举手！"随着戈玲的话音，大家争着高举起双手。

"我以《WWW》杂志社CEO的名义宣布，《WWW》正式聘任欧小米为高级编辑！"

"我以《WWW》主编的名义宣布，欧小米全面负责时尚娱乐版编辑工作！"

两位领导宣布完毕，掌声响起。望着一双双热切的眼睛，欧小米惊喜又尴尬："可是我……"

"我最能理解欧小米此时此刻激动的心情——"袁帅自作聪明，"以后就要和她一直仰慕的帅哥正式成为搭档了，这对她具有划时代的历史意义！"

"我是说……我妈妈已经给我找好下家了……"欧小米难为情地道出实情，大家半信半疑。

"Really？"安妮满腹狐疑，"那你今天怎么还忍辱负重的？"

"平时都是你们让着我，今天最后一天，也该我让着你们了！"

欧小米家里要没点儿社会关系，当初也来不了《WWW》。同样还是关系，她又得以离开《WWW》，进入MMM——位列世界前十的IT公司。编辑部刚才还以庇护者自居，转眼间形势急转直下，大家始料不及，紧急磋商对策。只有刘向前因此免于请客，相当于死里逃生，算是意外惊喜。

"欧小米聪明、幽默，智商很高。特别是今天，我发现她情商也很高，很有团队意识！这样的员工离开，是《WWW》的重大损失！"安妮定了调。

"其实我早就发现了，欧小米虽然有时候伶牙俐齿的，可是心地善良！"戈玲表态，"而且她有一个长项——有人缘，自从她负责娱乐版，那些腕儿都上过咱们杂志！欧小米一走，我这个主编等于少了左膀右臂！"

刘向前连忙附和："对！不能放她走！《WWW》不是想来就来想走就走的！要让她知道，《WWW》这道门，进来容易出去难！"

何澈澈笑了，"让您这么一说，咱们编辑部成黑店了！"

刘向前解释："我意思是，咱们要动之以情晓之以理，不惜一切手段，千方百计挽留欧小米！"

"老九不能走！"袁帅态度最为坚决，"不光在工作上，包括在生活中，欧小米已经是咱们一家人！她一走，弄得家不像个家，别人吃不香睡不着，为伊消得人憔悴，衣带渐宽特后悔！"

安妮嘴皮子也不饶人，"如果我没理解错的话，那个别人就是你吧？"

"谁让我情商比较高呢！编辑部本来就是个亲密无间的大家庭，你跟我……"见安妮瞪眼，袁帅改口，"还有大家，都是一家人嘛！"

经过一番热烈讨论，编辑部大家一致决定：群策群力，留住欧小米。

作为领导，安妮、戈玲率先出马，对欧小米进行说服工作。

"小米，为了把你留在《WWW》，下面我要对你进行游说！"安妮像是在宣战。

"还有我！"戈玲也一副坚定的样子。

欧小米坐在对面，看上去很无辜。

"每人时间为三分钟。现在游说开始！"戈玲掐表计时。安妮站起身，来到演讲席，侃侃而谈："Ladies and gentlmen！欧小米选择留下来，貌似有三大理由。一、《WWW》有我这样一位美丽、智慧、国际水准的CEO，足以构成杀伤力和凝聚力；二、我编辑部目前由三男三女组成，阴阳平衡。欧小米一旦离开，生态平衡将遭到破坏；三、欧小米有效牵制了某男的攻势，给我减轻了压力。欧小米的离开，势必使对方集中火力，向我展开丧心病狂的进攻，后果不堪设想！……"

"也不像您说的那么血雨腥风吧？"欧小米狡黠地微笑，"某男是挺不吝惜弹药的，您是怕顶不住吧？"

安妮脸一红，"我严防死守，誓与阵地共存亡！再说了，我丢失阵地是小，影响全局是大！我……"

戈玲一直盯着表，此刻及时提醒："时间到！"说着，戈玲迫不及待地站起身走上来，安妮只好把演讲席让给她。戈玲清清嗓了， 副郑重其事的样子："名利思想是根深蒂固的，下面我就以名和利对欧小米进行拉拢诱惑。我在编辑部这么多年，献了青春献终身，总有退休的一天。为了编辑部的可持续发展，我必须选择一位合格的接班人，从现在开始就重点培养。目前这几个候选人，刘向前资历最深，年富力强，不过他要是当了主编，刊物也就改成《过日子指南》了；袁帅倒是前卫，可我担心他当了主编，编辑部一准每天风花雪月；撤撤毕竟还小，我还不忍心给他压担子。所以选来选去，只有欧小米你最合适！"

欧小米避之唯恐不及，"千万别！我可不是当官的料！每天轻轻松松的，我还成，真要让我肩负重任，我更得赶紧开溜了！"

第二拨说客换作了刘向前与何澈澈。

"受Anney总和主编的委托，我跟澈澈联袂充当说客。"刘向前突出自己，"当然了，我是主说（shuì），他是次说！"

欧小米很给面子，"您说（shuì）吧！"

"欧小米，作为编辑部资深人士和饱经沧桑的过来人，我要奉劝你，在人生道路上，每迈出关键的一步，都要瞻前顾后，三思而后行！"

刘向前语重心长，欧小米认真地倾听。

"所以，对你选择离开《WWW》，去MMM，我完全理解！人往高处走，水往低处流，人家MMM是跨国公司，世界前十，在CBD最高档的写字楼办公，环境一流，待遇优厚，咱编辑部跟人家没法比！更主要的是隔三差五就出国——现在欧洲那边儿正是打折季，一线大品牌三五折甩卖，比国内便宜好几倍！听说过代购吧？你捎带脚当回国际买手，大包小包回来，坐地涨价，疯抢！哎对了小米，出去时候告诉我一声，给我太太代购一LV，国贸卖两万多，抢钱哪？！"

何澈澈对此深表质疑，"抗议！刘老师，您这是劝留呢还是劝走呢？"

刘向前这才意识到说错了，"I am sorry，一不小心跑偏了！总而言之，言而总之，欧小米，我真诚地希望你义无反顾地留下来！"

该何澈澈出面了。他掏出一副扑克牌，哗啦哗啦洗牌。

"该说（shuì）的大家都说了，我就别再啰唆了。谋事在人，成事在天，咱们看看你运势如何！"何澈澈娴熟地捻出扑克牌，刷刷地摊在桌上，吸引了欧小米、刘向前的目光。何澈澈煞有介事地皱紧眉头，口中念念有辞。

"前有鸿运当头，说明你前景看好。不过你命犯桃花，命中注定有桃花劫……"

"桃花劫？"刘向前猜测着，"是不是MMM那边儿潜规则、有人对欧小米性骚扰？"

"可以这么理解！"

欧小米一怔，但随即表现得若无其事，"是福不是祸，是祸躲不过。既然命中注定，那我就顺其自然呗！"

刘向前、何澈澈出师不利，最后出场的是袁帅。

"刚才他们都是联手来忽悠你，只有我单枪匹马！意图很明显，大家都清楚咱俩这关系，就是想给咱俩制造一个单独相处、促着膝谈心的机会！"

"嘻嘻，临别赠言就太落俗套了吧？"

"编辑部所有人都把最后希望寄托在我身上，企图让我发动感情攻势，利用儿女情长，一举缠住你，让你寸步难行！"

"我知道你驰骋情场这么多年，经验丰富。惹不起我躲得起，本闺秀去意已决！"

"我首先应该自我检讨。这段时间，我光顾着为编辑部的未来殚精竭虑了，忽略了你。"

"我晕！幸亏您忽略我了，求求您高抬贵手继续忽略我吧，往后你终于可以集中火力瞄准安妮总了！"

"我就知道！我就知道你因为这个！"袁帅连忙抓住机会，"是，我是跟安妮关系不一般，可我是心太软，不忍伤害一颗善良的心！我承认安妮有不少优点，比如……是吧？要是你没出现，我稍微推辞一下，也就接受她追求了！"

"安妮总听见这段话，不知作何感想……"

"能成为本人的红颜知己，她肯定相当荣幸！这你应该最理解，你不也有同样感受嘛！"

"我感受什么了我？"欧小米啼笑皆非，"我抗议，你这是屈打成招！"

袁帅却很认真，"感情无罪，我希望你们能相互理解，理解万岁嘛！理解则双赢，不理解则两败俱伤！"

"这就是你脚踩两只船的理论基础？！帅哥，在最后一天，我才彻底认清了你的反动本质！谢天谢地，我终于可以摆脱你的魔掌了！"

"老虎不发威，你还真拿我当HELLO KITTY啦？！想走？哪那么容易！"袁帅急了。

"花言巧语不成，气急败坏了吧？"

"你这孩子有没有点儿真的？这可不是儿戏！"

见袁帅真情流露，欧小米也不开玩笑了，"我知道你们都是为我好。在编辑部，你们都让着我、护着我，可我也不能总是长不大啊，我就是想出去见识见识……"

"外面的世界很精彩，外面的世界很无奈，我是对你不放心！"

"那就衷心祝福我吧！"

再三挽留不成，欧小米的离去已成定局，编辑部只得接受现实，决定面向社会招聘新人，填补欧小米留下的空缺。关于招聘标准，却是各执己见，相持不下。

"招聘启事上要有这么一条——海外留学人士优先考虑。"安妮特别强调，"我个人的切身体会，有留学背景的人熟悉国情，又了解世界，有中西文化综合优势。而且视野开阔，思维方式与国际接轨，我们《WWW》要向国际化大刊发展，需要这类国际化人才！"

戈玲不以为然，"编辑部有你这一个国际化的就够了，咱们没必要非得弄成联合国！没听过那句话嘛，越是中国的，越是世界的！"

安妮与戈玲再次出现不同见解的交锋，好比中西女皇，成对峙之势，都用气功发功过招。

"那依您之见呢？"安妮发问。

"我们招的是娱记，将来要跟娱乐圈打交道。娱乐圈多乱啊，娱记要做到出污泥而不染、拒腐蚀永不沾，最最重要的就是思想品质过硬！所以招聘启事第一条应该是——品质良好，作风正派，具有正确的世界观、人生观，能够自觉抵御资产阶级腐朽生活方式的侵蚀，在各种诱惑面前，做到任你群魔乱舞我自岿然不动！"

"您这哪是招娱记，分明是招书记哪！娱记关键是要有娱乐精神和时尚感！"

两人功力相当，难分胜负，开始寻求群众支持。

"帅哥！"安妮点名叫袁帅表态，"招聘来的娱记要和你搭档，你觉得应该什么标准？"

"标准现成啊，欧小米在这儿摆着呢，就照着她这样的招——身材高挑，腿特长，上T台就是Model；五官不说多漂亮，但绝对不俗；聪明是必须的，你说上句她能接下句，而且怎么逗都不急，要不然无法沟通；还得会使唤人，几句好话就能把你绕进去，哄着你把活儿都干了，完事儿还乐颠颠地谢谢她！"

安妮听出端倪，酸溜溜地挖苦："我听出来了，你显然还对欧小米念念不忘贼心不死啊！"

"吃醋了！"袁帅狡黠地指着安妮，"我很欣慰！同志们都知道，对我来说，欧小米和你好比鱼和熊掌，《婚姻法》非不让我兼得，我相当左右为难，生怕对不起你们之中任何一个，被迫与你们保持三角关系。现在欧小米退出，鱼走了，那我毫不犹豫，就熊掌你啦！"

"Shut up！"安妮恼羞成怒，"你才熊掌呢！"

"你放心——我今天当众海誓山盟——欧小米离开也好，往后我就能心无旁骛专攻你了！"

"My god！我最怕的就是这个！主编，你们不能见死不救啊！"

"甭担心！"戈玲宽慰安妮，"语言大于行动是他长项！说是心无旁骛，还不是紧着往编辑部招美眉?!"

袁帅赶紧申辩："本人严正声明，这完全出于工作需要——男女搭配，干活不累，我们得尊重客观规律啊！其实我的要求很简单，做我的搭档，只要赏心悦目就行！"

戈玲予以纠正，"你弄个赏心悦目的，是采访绯闻还是制造绯闻？反正对道德品质要高标准严要求，要不然容易出乱子！"

"我认为Anney总和主编的意见都非常具有指导意义！"刘向前发表自己的意见，"我个人只有一点补充，就是招聘来的这人一定要尊重资深人士，谦虚谨慎，戒骄戒躁！"

"资深人士?"何澈澈一语道破，"您就直接说尊重您不得了嘛！"

"这是不是过于直白了?"刘向前担心，"Anney总和主编千万别误会啊，我说的尊重我是在尊重领导之余！领导是第一位的！"

"要是能来一个比我小的就好了，让我也倚老卖老一回……"何澈澈畅想着。

"那不可能！"戈玲否决，"雇佣童工非法！"

"我估计也没戏！"何澈澈说，"那就在招聘启事上加一条——越宅越好，魔兽打到70级的破格录用，往后我组战队就不愁找不着队员了！"

招聘工作正式开始，应聘函件堆成了小山，编辑部全体动员，埋头拆分归纳整理，忙得不亦乐乎。

"我们招聘名额就一个，招聘启事一发出去，求职函来了两千多封，太恐怖了！"安妮感叹。

何澈澈正在电脑前忙碌着，闻言补充："网上应聘的还源源不断呢，三个Q群都爆满，网站弄不好都得瘫痪！这还不包括帅哥那儿热线咨询的呢！"

袁帅正在接电话热线，"……《WWW》真诚欢迎您电话应聘！年龄三十五岁以上者请挂机，以下者请按0；本科以上者请按1；要求月薪一万元以下者请按2；人工服务请按3。谢谢！"

放下电话，袁帅舌头都酸了，"招聘热线都打爆了！可怜我这三寸不烂之舌啊！"

戈玲由此感慨："这说明两点。一、我们这个职业社会认知度确实很高；二、找工作确实很难。"

刘向前叫苦不迭，"都说百里挑一，咱们是两千里挑一，工作量也太大了！"

安妮神情认真，"有公司遇到这种情况，会把二分之一的求职信直接扔进废纸篓。可是我们不。求职者心情很迫切，机会均等，我们要尊重每一封求职函！"

"千里马常有，伯乐不常有。"袁帅响应，"我豁出去加班了，不信挑不出一匹女千里马！"

刘向前挑出几份简历，举给大家看，"我发现有同时投六份简历的！就这个！估计就是怕给扔废纸篓里，所以才大量备份，有备无患，跟咱们玩儿概率！"

"真是无奇不有！"戈玲也有新奇发现，"看这个——姓名一栏填的是'屋顶上的猫'；户口所在地，中国。"

"这儿有一位更雷，薪资要求是每斤十八元。这往后发工资还得先过秤，但愿此人不是超级巨胖！"

"我们特别设置了一栏，要求填与父母年龄和生日，目的是考察应聘者的情商，结果好多人填的是'年龄五十左右，生日不详'……"

"你们说这是社会进步还是退步？像这样填简历的，直接就Pass掉，绝对不会有冤假错案！"

大家纷纷议论着。电话铃响了，袁帅按下免提键，"您好！这里是《WWW》招聘热线！……"

电话里传出一名女子清脆的声音："听说你们这儿召娱妓？"

"对！欢迎您应聘！请问您有工作经验吗？"

"经验肯定丰富！"

"那好啊！有时间可以来参加面试！"

"我问一下，娱妓跟一般的……有什么不一样？"

"娱记主要以娱乐为主！"

"是不是跟艺妓差不多，只卖艺不卖身？"

众人大愕。

袁帅先是张口结舌，而后气急败坏，"既不卖艺也不卖身！什么都不卖！"

"那你们说召妓？小心我告你们骚扰！"

对方啪地挂断了电话。编辑部大家面面相觑，几乎同时笑喷。

"地下工作者也正忙着找组织呢！"

"看来我们的社会认知度亟待提高！"

"我有个不祥的预感……"安妮忧心忡忡，"这次招聘可能会很雷人，八方神圣、各路鸟人将纷至沓来，我们要做好充分的思想准备！"

编辑部经过严格筛选，层层把关，最终产生了参加面试的若干人选。面试这天，编辑部的人比求职者还煞有介事，抛头露面的机会不多，每个人都穿得很隆重，弄得跟选秀评委似的，然后鱼贯进入评委席，坐定。

评委席对面摆着一把椅子，虚位以待。

第一位坐到椅子上的，是略显紧张的眼镜男子，"我姓金，金子的金，叫我小金就可以。小金我的人生格言是——是金子总要发光！"

"小金，"安妮尽量和颜悦色，"在发光以前，请你先做一下自我介绍！"

"小金我今年大学本科毕业，社会学学士，二十七岁。小金我知道你们会质疑我的年龄，是这样的，小金我六岁上学，学龄二十一年。我知道你们会质疑我的学龄，是这样的，小金我小学八年级毕业，初中比较顺利，初四就毕业了……"

小金一边伸出手指，但十个手指很快不够用了。安妮见状连忙伸出自己的手指，帮对方计数。

"谢谢！"小金继续算，"高中多上两年，高五毕业。万没想到大学生涯最顺利，就四年……"

安妮手指也数不过来了，袁帅只好把自己的手指也加上。小金认真地数着林立的手指。

"1、2、3、4、5……"

袁帅啼笑皆非，"上山打老虎！行啦别数了，共等于二十一！"

评委席上，编辑部几个人夸张地把脑袋凑到一处，交换意见。

"二十一年？有期徒刑最高才二十年！"

"小金的事迹证明勤能补拙！"

"起码说明小金很诚实！"

五只脑袋刷地散开。小金继续讲述："这二十一年，小金我遨游在知识的海洋里，渴望抵达遥远的彼岸。书山有路勤为径，学海无涯苦作舟。我游啊游，天苍苍海茫茫，我游啊游……"

"对不起别游了，回头是岸！"袁帅忍不住打断小金的絮叨，"今天面试的比较多，咱们简短截说，小金你直接话说上岸以后吧！"

小金倒是很听话，"话说小金我上了岸……上了岸我忽然发现，我失去了人生目标！没上岸之前，我目标很明确——上小学的时候目标是上初中，上初中目标是上高中，上高中目标是上大学，没任何问题，想都不用想！可接下来的目标是什么？问题就大了，麻烦的是答案太多，ABCDEFG，要我做选择题——小金我最不擅长做选择题啦！"

安妮希望能帮对方理清思路，"Ok！小金，请你谈谈自己对这份工作的理解，也许你可以从中发现目标，嗯哼？"

小金显然有所准备，"小金我认为这是政府主管市场监管和行政执法的工作部门，其主要职责是，一、……"

"Stop—！"安妮急忙叫停，"Sorry，请问你说的是什么工作？"

"工商局，工商行政管理啊……不对吗？"

编辑部的人啼笑皆非，"还税务局呢！"

不料，小金却很认真，"税务局？税务局我也报了！税务局的职能主要是……"

刘向前再次打断小金："我特别想知道，小金你到底报了多少个局啊？"

小金皱眉回想着，习惯性地伸出手指计数。很快十个手指就不够用了，安妮和袁帅再次伸出手指帮忙，计数停在二十一。

"又二十一！"袁帅惊叹，"这就是传说中的海投、面霸！"

"这是我的吉祥数字！"小金不好意思了，"对不起请问，贵单位到底是哪个局？"

"我们不是局，是部！"

"部级单位?"小金一脸困惑,使劲回忆,"小金我好像没敢报啊……我就报了二十一个局、十六家高校、八家央企、三十三家其他!社会学理论告诉我们,要广种薄收,撒大网捕鱼,有枣没枣打一竿子!我之所以这么做,还有一个更主要原因就是——"

编辑部五个人抢过话头,异口同声地指出:"没有人生目标!"

接下来,一名五官清秀的女研究生坐在椅子上,比小金强势了很多。

"请各位提问吧,我有问必答!"

戈玲看看简历,又看看对方,"你是研究生?"

女研究生表现得极其敏感,"您对研究生有偏见!"

"此话从何说起?我对研究生有什么偏见呀?"

"您肯定认为现在研究生泛滥,一抓一大把,含金量降低!可是我要声明,我在学期间品学兼优,绝对物有所值!"

"我没这意思!我倒想上研究生呢,我们那会儿考研的特别少,不像现在考研热!"

"您还是有偏见!您认为现在一窝蜂考研都是为了找工作,都是迫不得已跟风,可是我要声明,我考研动机很单纯,就是为了进一步深造!"

刘向前插话:"这我们相信!看得出来,你很好强!"

不料,女研究生立刻掉转矛头对准了刘向前,"您偏见更深!尤其对我们女研究生!您认为女研究生个个都是女强人,除了啃书本、搞事业,别的什么都不会,兴趣单调,枯燥乏味,不懂生活!"

刘向前赶紧声明:"我可没这么说!"

"为了消除您的偏见,我要用出色表现来证明自己,让您在铁的事实面前哑口无言!"

女研究生起身离座,脱去外衣,打开手机音乐,节奏感强烈的舞曲立时响起,只见她随着音乐舞动起来,竟是流行街舞。

安妮、袁帅、何澈澈受到感染,情不自禁地站起来,随着节奏摇摆。

音乐停止,女研究生戛然收住舞步,穿上衣服,依然正襟危坐、不苟言笑。

袁帅两眼发亮,像是发现了新大陆,"社会上那绝对是偏见!女研究生怎么啦?像你似的,有学历有素质,外表又美丽大方,而且还有文艺细胞,简直是完美无缺！我问一个涉及隐私的问题——你有男朋友了吗？"

袁帅本想套近乎并知己知彼，不料女研究生又想偏了，"我听出来你弦外之音了，不就是讽刺我是三Z女人嘛——有姿色、有知识、有资本，男生都知难而退，所以高处不胜寒，一定是剩女！"

"又来个剩女？……"刘向前脱口而出，方知不妥。果然，戈玲、安妮一左一右正对他怒目而视，正所谓当着矬子别说矮话。

"在此我宣布一个消息，"女研究生提高了声音，"我已经把找对象作为一项科研课题，课题名称为《人类二十一世纪两性情感交往方法论初探》！科学嘛，神舟八号都上天了，还有什么解决不了的课题？帅哥，愿意跟我一块儿搞科研吗？"

女研究生望向袁帅，袁帅吓一跳，赶紧一指安妮，"跟您一块儿搞科研，我最缺乏的就是献身精神！不过，你们俩倒是可以互相切磋！安妮，别顽抗到底啦，让人家给你指条明路！"

安妮冲袁帅咬牙切齿，"人在阵地在！你别得意，胜利还不定属于谁呢，大不了跟你同归于尽！"

果然被安妮不幸言中，接下来的应聘者五花八门。

一男子简历上贴的分明是女孩照片，安妮问："看到你简历上贴了一张女孩照片，我们都很好奇。坦率地说，我们一致同意你参加面试，就是想当面问问你真正的原因。Sorry……"

想不到，男子平静地一笑，"真正原因就是为了让你们好奇，这样才能确保得到面试机会！"

而一位面容姣好的女生甲述说起自己的求职遭遇来，忿忿不平，"……我也不想整容，整容是要花钱的！可是不整容找不着工作，整容以后的第一份简历，也就是总第8669份简历终于收到了面试通知！这不仅对我个人意义重大，而且具有示范作用。现在，就在我接受面试的此时此刻，我们宿舍其他五个女生正在同一家医院步我的后尘……"

与女生甲相比，女生乙相貌平平，但是自信满满。编辑部五个人都埋头端详简历照片，又齐刷刷抬头对照真人，无不面露狐疑。

"照片跟真人差距有点儿大……照片比真人可丑多了！"

女生乙很得意，"照片用电脑修过，我在论坛里挂的就是这一版，反响超热烈！"

"你们这些孩子我是真弄不明白——"戈玲大惑不解，"有玩命儿整容的，怎么还有故意扮丑的？"

女生乙振振有辞："审美已经OUT了！现在是审丑时代，审丑最IN！所以芙蓉姐姐火了，凤姐也火了！所以要想火，就要具有一种令人讨厌的魅力！我自信是具有这种魅力的！我能在众多应聘美眉中脱颖而出，已经说明了一切！"

编辑部众人无不咋舌。

女生乙莞尔一笑，"《WWW》邀我加盟，说明你们很有品位很Fashion啊！"

"加盟？我们还没决定呢！"安妮赶紧声明。

"这说明你们还不清楚我的价值！"女生乙很不以为然，"不怪你们，我大火特火还要一半天以后！"

女生乙掏出名片，一一发给编辑部五个人。名片上印着：准网络红人——丑妹妹。登录丑妹妹空间，丑妹妹最新活动信息一网打尽，欢迎点击。

"丑妹妹是继芙蓉姐姐、凤姐、小玥玥、HOLD住姐之后崛起的娱乐先锋，拥有丑妹妹，就等于拥有了网络人气！赢得点击率！不再三挽留住我，你们会后悔终生的！现在已经有N家公司向我挥动橄榄枝，所以不是你们选择我，而是我选择你们！对不起，我的档期很满，Bye-bye！"女生乙装腔作势地向编辑部众人挥手作别，其实欲走还留。见大家都不表态，她绷不住了："你们真的真的真的不再三挽留我?!"

"我们真的真的真的宁肯后悔终生！"

"咱们网上见！"女生乙气咻咻地一跺脚，扬长而去。

一位面容疲惫的中年男子更雷人。编辑部几个人埋头翻找此人的简历，找来找去找不着。

"你们不用找了，"中年男子说，"我没投简历！"

见大家面面相觑，中年男子解释说："我今年四十，你们要求三十五岁以下，我连面试机会都没有！所以我直接来了！"

编辑部几个人交换一番目光。

"Ok! 既来之则安之!"安妮很宽容,"不速之客,请你首先自我介绍一下吧!"

中年男子情绪激动起来,不停地做着手势,"我来就是想当面质问你们,为什么要求必须三十五岁以下? 以上怎么就不行? 男人是晚熟动物,三十五岁以上正是成熟期,正是阅历丰富、经验老到、精力旺盛、可以大有作为的时候,你们为什么把我们排除在外? 无知! 愚昧! 粗暴! 可笑! ……"

中年男子说着说着,激愤转为无力,泣不成声:"为什么? 你们为什么都不要我? 我不老! 我能干! 我还老骥伏枥志在千里呢……"

编辑部几个人默然不语,心里都不是滋味。

当面对一对五十岁左右的中年夫妇时,编辑部的人就只有无可奈何的份儿了。大家解释说,虽然编辑部已经把年龄放宽到了四十岁,不过他们的年龄恐怕还是超标了。

"您误会了!"男士解释,"不是我们应聘,我们是替孩子来应聘!"

女士补充道:"我儿子特别喜欢这个工作!"

编辑部几人感到匪夷所思,"您孩子多大了?"

"二十五! 属虎!"

戈玲忍不住挖苦:"是属兔吧?"

中年夫妇俩互相瞅瞅,好像拿不准,仔细算了算,"八六年的,是属虎! 八七年的属兔!"

"这胆儿可不像属虎的!"戈玲不以为然,"属虎应该是生龙活虎、虎虎生威啊,怎么自己躲起来倒让父母来啦?"

"他自己来,我们不放心!"中年夫妇自有一番解释,"从小到大,凡事都是我们把着。找工作这么大的事儿,他一没社会阅历,二没工作经验,我们更得替他把关了!"

"那你们不可能完全替代他啊! 我们要考查他专业知识,你们会吗?"

中年夫妇抖擞精神,一问一答起来。

男士说:"请出题!"

女士便出题,"请听题——Mj的猫咪最近一次腹泻是什么时候? 什么原因?"

"3月20号下午3:33分。原因是Mj忙于和经纪公司毁约,没空照顾猫咪。

请放心，粉丝团已经在第一时间包专机，给猫咪空运了英国皇室指定特供宠物食品！"

"回答正确，加十分！请听题——ToTo在首尔演唱会上一共有几次随地吐痰？"

"十六次！"

"回答正确，再加十分！请听题——Twins……"

编辑部众人哭笑不得，实在听不下去，连忙打断了夫妇二人的默契配合。

戈玲说："真实水平已经充分暴露了——原来您二位是粉丝啊?!"

男士纠正道："职业粉丝！"女士补充："尤其是我儿子，在粉丝界相当名闻遐迩！我们两口子这样无比热爱艺术，就是受他熏陶的！"

"连我们都这么了解娱乐界，何况我儿子乎?! 他绝对能胜任这工作！"

安妮直言："如果连找工作都要父母代劳，那我们有理由对他本人能力表示怀疑……"

"他相当有能力！"中年夫妇连忙从随身包里拿出一个笔记本，"这是他成功搜集的明星大腕的家庭住址、通讯方式、车牌号码、出行规律，出入明星住宅的路线图和最佳偷窥角度，共有三百六十五人，排名不分先后，按姓氏笔画为序……"

编辑部众人吓了一跳。

"你们一定是搞错了——我们招娱记，不招中情局跟联邦特工！"

安妮和戈玲都紧张了，"斗胆问一句，他到底想干什么？"

那两口子很不解，"你们不是招娱记吗，职业粉丝转娱记，相当于业余转专业，水到渠成啊！"

安妮赶紧解释："你们还是搞错了——娱记不等于狗仔队！"

中年夫妇一副心照不宣的模样，"这我们懂！官方名称叫娱记，这是大号；民间称呼狗仔队，相当于小名！"

"No！"安妮急了，"娱记跟狗仔队根本不是这种关系！"

夫妇二人很困惑，"不是这种关系？那是什么关系？"

不光安妮，编辑部所有人都被这个问题问住了。

美国哥伦比亚大学心理学硕士，宅女，血型AB型，天秤座，最喜欢的动物，鸭；最喜欢的食物，烤鸭；最喜欢的颜色，红蓝白。

这是编辑部收到的一份简历，刘向前啧啧赞叹，但袁帅不以为然。

"以我的经验，美丽与学历成反比，学历越高，美丽度越低，至于留学海归，相貌基本就可以忽略不计了……"发现安妮正怒目而视，袁帅连忙往回拽，"历史上也有唯一的例外，就是我们的安妮，才色俱佳！"

"袁帅，我就是立志要给你招个恐龙，让你得瑟！"

话音刚落，留学女就来了，戴副眼镜，很夸张地冲里面人打招呼："Hi—！Hello！"

编辑部众人立刻正襟危坐，袁帅小声评价："色勉强及格！"

安妮受留学女带动，也拿腔捏调，互相English起来。其他人都听得吃力，袁帅忍不住叫停，"Sorry！既然都是Chinese，何不就用Chinese？"

"在国外待得久了，思维都外文化了！"安妮自嘲，"接下来我们开门见山，请问你认为心理学在从事传媒工作方面有何优势？"

留学女回答："心理学心理学，看人能看到心里。一句话，看人比较准。比如刚才咱俩的问候语，其实不光是咱俩，人类都这样，都是言不由衷的善意谎言，心理学叫做集体无意识。真相是可怕的，何必要说破呢？"

"让她这么一分析，我怎么觉得自己这么阴暗呢？"安妮嘀咕，"我……我不至于吧？"

"其实每个人都有阴暗的一面。回答我一个问题——当你觉得极度没安全感的时候，你会不自觉地做出以下哪种动作？A，用手托腮；B，抓耳挠腮；C，用指尖搓嘴唇；D，双手交叉放在胸前；E，咬指甲。"

安妮与编辑部众人面面相觑。

"我应该是A……"何澈澈说。

"双手托腮，表明你最不懂得伪装，基本算是表里如一的人，你不会隐藏自己的感情，这就是你的个性。如果要说隐藏，只能说你最爱躲在家里当宅男，过宅到爆的生活。"

对方一番分析，何澈澈瞠目结舌，"哇噻！被她说中了！她比我还半仙！"

刘向前被勾起了好奇心，"我选D——双手交叉放在胸前……"

"你有很强的防御意识，极力保护你想要隐藏的那一面。表面看来你是个老好人，但你的内心一定有不为人知的黑暗面。这样下去，你有可能会精神分裂。"

134

刘向前很尴尬。留学女还要继续分析下去，戈玲突然意识到不对劲。

"打住打住！不对吧，这到底是谁面试谁呀？"

N轮面试下来，应试者如过江之鲫，编辑部的人眼睛都瞪酸了，也没发现一个让他们眼前一亮的。以前光知道找工作难，现在才知道工作找人难上加难。

戈玲大为感慨："我结婚时候属于大龄青年了，跟李冬宝基本属于下嫁，因为找对象难——现在我发现找合适员工比找对象更难！"

刘向前附和着："确实！招员工跟找对象有一点相似，就是要有缘！"

"怎么就没有入我法眼的呢？"安妮困惑，"是我们招聘条件太高了？"

何澈澈总结道："是因为咱们心里有个欧小米，拿她当衡量标准了，总拿别人跟她比，结果是哪个都不如她！"

"我越来越深切感到，放走欧小米是个错误！"安妮此话立刻引起大家的共鸣。

"我总觉得欧小米没走，好像还在我们中间！"何澈澈幽幽地。

"我对欧小米的回忆定格在她在编辑部的最后一天，一口一个刘老师，感人肺腑啊！"

戈玲也深有感触："欧小米在的时候，我不觉得什么，现在她一走，我才发现把娱乐版搞得既Fashion又品位不俗是件挺不容易的事儿！以后我这个主编有累受了！"

"欧小米不光工作得力，还是流行时尚风向标。有她在，我们就永远不会落伍！失去了才懂得珍惜，虽然我知道人各有志，虽然我知道强扭的瓜不甜，但我还是想……"安妮摇摇头，"请允许我长叹一声，唉——！"

此时，袁帅正坐在车里怔怔出神。等他终于下了决心，拨了欧小米的号码，不料却已停机。袁帅怅然若失地走进编辑部，何澈澈正兴奋地指着电脑向大家报告他的新发现，"重大发现！这份求职函一小时以前发过来的——新闻学专业硕士，有娱乐记者从业经验，有人脉，极度热爱该项工作——哪儿哪儿都符合条件，就跟量身订做似的！"

大家闻声围拢上来。

"叫什么名字？"

"好马专吃回头草！"

"马上给她打电话约面试！"

何澈澈开始给对方拨电话，拨了两次都没拨通。

大家都异常关注，热情被重新调动起来，只有袁帅表现得很闷。刘向前注意到了，"袁帅，我们也都怀念欧小米，可是不能止步不前啊……我比你年长几岁，劝你一句——放下包袱，轻装前进！"

安妮半信半疑，"他要是这么痴情，那他就不是Casanova了！"

"我刚才想给欧小米打个电话，想告诉她招不来人，劝她再想想，结果她号码换了！我感到欧小米确实永远离开我们了……"

袁帅不像开玩笑，编辑部众人均黯然。

这时，何澈澈终于拨通了电话，"您好！请问您是好马专吃回头草吗？我是《WWW》编辑部……您好您好，我们对您的简历很感兴趣，请问您什么时候有时间来面试一下……啊您已经来了？我们地址是……啊您已经到了？我们是A座……啊您已经到门口了？"

编辑部众人连忙望去，只见欧小米手举电话出现在门口，笑意盈盈。

"和新工作相比，我还是更热爱我在这里的工作！自我介绍一下，我是好马专吃回头草，前来接受面试。请问，可以开始了吗？"

六 向前！向前！向前！

刘向前人到中年，开始转换角色——从这个月开始，他独立负责部分广告版，名片上印的头衔是"广告执行总监"。名儿好听了，积极性高了，刘向前也累了。春寒料峭，他骑着电动车往返奔波，头盔、手套、护膝全副武装。但偏偏生不逢时，当前全球经济形势低迷，直接波及影响编辑部广告收入，不容乐观。

"欧债危机严重性远远超过想象。"安妮说，"希腊、意大利连总理都辞职了，不光欧元区，整个世界经济都受波及。一般公司都会大幅消减广告开支，我们杂志广告额肯定受影响，八成会吃不饱……"

戈玲被触痛心事，忧心忡忡，"现在纸媒的日子都不好过啊……"

安妮调整情绪，显出信心百倍的样子，"我有信心！Hold得住！"

"你Hold得住，刘向前Hold得住吗？当初你调他跑广告，我就反对，看他现在怎么过这关！"

她们两人在里面讨论着，刘向前风尘仆仆地进了外间，疲惫而兴奋。袁帅一见，故意毕恭毕敬地起身打招呼："刘总监……"

刘向前认真地予以纠正："执行总监！执行！别让Anney总误会……"

欧小米和何澈澈凑过来，"执行，您这些天神龙见首不见尾，想被您会见很困难！""执行日理万机，根本没时间！"

"为了《WWW》的发展，责无旁贷啊！"刘向前神情郑重，"你们可能也听说了，下半年的广告形势很严峻，我身为广告执行总监，肩上的担子很重啊！"

"执行，"袁帅问，"那大伙的粮饷会不会吃紧？"

"千万别！如今国力增强，连离退休人员的工资都在稳步增长，咱们不能倒行逆施啊！"欧小米着急。

何澈澈示意："先别急，执行还有后话！"

刘向前果然沉吟不语，显得胸有成竹。何澈澈飞快地搬过来一把椅子。

"执行，您坐！"

欧小米连忙冲了一杯咖啡袁帅迫不及待地接过来，双手递给刘向前。

"执行，咖啡！"

刘向前很享受这种空前的待遇。他大模大样地坐在椅子上，接过香浓的咖啡，很是踌躇满志，"绝非耸人听闻——形势很严峻，任务很艰巨，后果很严重。《WWW》面临历史性转折关头，必须有人站出来力挽狂澜……"

袁帅急等着听下文，"我们知道历史选择了您！您快说您跑来广告没有？"

刘向前突然挺身站起，把咖啡交给袁帅端着，然后啪地甩头一个亮相，目光炯炯，俨然革命样板戏中的英雄人物。

> 明知征途有艰险，
> 越是艰险越向前。
> 任凭风云多变幻，
> 革命的智慧能胜天！

刘向前的几句唱有腔有调，同时配合做革命英雄状。

"刘向前同志！"安妮、戈玲闻声走出来，与样板戏中英雄执行任务归来、受到首长接见如出一辙，双方激动地快步上前，彼此满怀深厚的无产阶级感情用力握手，久久说不出一句话来。

"Cut——！戏过了！"袁帅及时叫停，安妮、刘向前、戈玲才恢复正常状态，安妮连忙询问："刘老师，广告有进展吗？"

"我正要向您汇报呢——大有进展！近期有望签个大单！"

不光安妮，在场所有人都大为惊喜。"向前骑着电动车风里来雨里去的，还真没白受累！"戈玲转而教育袁帅等人："你们应该向他好好学习，学习他的工作精神，把自己版面搞上去！"

"刘老师您这一进步，显出我们落后来了！"袁帅笑嘻嘻地，刘向前却认真："如果说我取得了一点点成绩，那应该归功于领导的鼓励和支持！"

"刘老师您都执行了，交通工具也该跟着升级了吧？"欧小米建议，"哪怕是经济型的呢，您也得开辆车啊！"

刘向前却自有一番理论，"买车很容易，这财力我有！但是买车就等于买了一堆麻烦——先说交通，天天堵车吧？还有停车难，出门停车难，回家停车更难；更重要的是，环境污染导致全球变暖、厄尔尼诺、莫拉克台风、哥本哈根会议，不开车是一种生活方式，这叫低碳！"

"我还是更喜欢听刘老师算经济账……"欧小米知道刘向前接下来准算账。

"要算经济账，买车更划不来——"刘向前开始了，"汽油价格号称跟国际接轨，但落价不接轨，涨价接轨；还有保险费、保养费，不被坑蒙拐骗算是侥幸了，就这一年也得五六千；再加上油钱，小两万！有这钱我天天打车都够了！"

众人频频点头，刘向前更来劲了，"再者，天将降大任于斯人也，必将劳其筋骨、苦其心志、饿其体肤、空乏其身！男人，就要对自己狠一点！同志们，等待我胜利的消息吧！"

众人群情激动，一齐鼓掌，袁帅带头唱起了军歌《我们的队伍向太阳》。在激昂的歌声中，刘向前骑着电动车，迎风穿过城市街道，满怀豪情地奔向前方。

一段时间过后，先是三个小字辈忽然意识到久已未见刘向前，不禁猜测起来。

"一晃又N天没看见执行了，他现在是编辑部最神出鬼没的人！哎，他说的那大单到底能不能签下来？"

"昨天我还真跟他打了个照面，问他来着——他支支吾吾急着走了！你们发现没有？执行这些天神神秘秘的，有时候一天见不着影儿，偶尔来一趟，来也匆匆去也匆匆，点个卯就走……"

"而且执行已经N次缺席超市打折了，这很不正常！"

正说着，有人敲门。三个人扭头一望，只见聂卫红站在门口。袁帅连忙起身迎上去，"哎哟，嫂子，您来啦！您是来查岗还是走访客户？3W这一窝，有一个算一个，都入你们保险了！"

聂卫红从包里掏出保险公司的赠送纪念品，挨个发，"见面有礼！我们公司回馈客户的！我得给你们介绍几个新险种，保证性价比突出！不过这事儿回头再聊——"她想起来意，脸色陡然一变，"刘向前呢？"

聂卫红长驱直入，四下寻望，一副兴师问罪的架势。袁帅、欧小米、何澈澈面面相觑。安妮、戈玲闻声从各自办公室出来，一见聂卫红这副架势，也知来者不善。

关于刘向前的家庭地位，有很多传说。其中一个最富有时代感的版本是——内事不决问卫红，外事不决问Google。充分说明刘向前对内对外基本都丧失了自主权。但听他老婆聂卫红——历数刘向前种种可疑表现，大家立刻意识到要出事儿。

聂卫红人如其名，身上依稀还带有当年红卫兵英姿飒爽的影子，即便揭发控诉自己的丈夫，也要和政治挂钩。

"……刘向前升任《WWW》广告执行总监，是组织对他的信任！我一再谆谆告诫他，今后要戒骄戒躁，在政治上和业务上更加严格要求自己，百尺竿头，更进一步，把'执行'两个字去了！"

编辑部大家面面相觑，"嫂子，您分明是鼓励他篡党夺权啊……"

"你这是政治不成熟的表现！"聂卫红斩钉截铁，"刘向前要追求进步，但水大漫不过船，Anney总和主编永远是他的领导！"

"刘老师还是很优秀的！"安妮连忙表态，"态度决定一切，他态度好！"

戈玲也安抚说："卫红，向前很努力！每天在外边跑广告，我都好几天没见着他了！"

提到这个，聂卫红痛心疾首，"不瞒你们说，连我都好些天见不着他！我们这个家，已经不像家了！"

编辑部众人都很惊讶。

"嫂子，难道……他是离家出走？还是夜不归宿？"

"那性质就更恶劣了！他就是有这心也没这胆儿！回来倒是回来，可是早出晚归！每天晚上我睡着了他才进门，每天早晨我还没醒呢他又出门，两头儿不打照面，双休日都不在家，我们家跟没他这人差不多！当执行总监一星期，整个人瘦了一圈儿！"

"Why？"安妮不解，"为什么要这样？他做执行总监披星戴月，那我和主编是不是要二十四小时不睡觉？"

"我就是这么质问他的！他振振有辞，说执行总监执行总监，总监的事他都执行了，所以总监也就没事了！"聂卫红不忘解释，"Anney总您别误会，他对您还是忠心耿耿的！"

安妮神情严肃，"事业心、忠心和野心是三胞胎，很容易搞错！刘老师这种反常现象，存在两种可能，一是他这个执行总监不称职，妄想勤能补拙。嗯哼？……"

一听这个，聂卫红立刻声明："不是一，他称职，肯定称职，以后组织上可以继续对他大胆提拔使用！您说二！"

"二，刘老师在暗地干着执行总监职责以外的事！"

"是二！"聂卫红当即予以佐证，"我说什么来着，男人职务升了，心就花了，一定在外面干什么见不得人的事呢！疑点如下，一、他晚上回家，甭管多晚也必须洗澡，这不就是销毁罪证嘛；二、老公再狡猾，也逃不过老婆的眼睛，势必会露出蛛丝马迹，我就发现他衣服上粘了好多头发！"

聂卫红掏出一个手帕，打开来，里面是收集起来的头发。戈玲一见头发是白的，吃了一惊。

"啊？都白发苍苍啦？比我还……向前不会吧……"

欧小米分析："现在最In就是把头发染成白的，这说明对方很Fashion！"

"不过这老兄也太麻痹大意了！"袁帅替刘向前着急，"不能留证据啊！"

安妮挖苦袁帅："这说明刘老师是初犯，不像你都是老手了！"

聂卫红义愤填膺，"好啊刘向前，胆敢兴风作浪！我让你尝尝无产阶级妇女的铁拳，直拳、摆拳、左勾拳、右勾拳，把你狠狠打倒在地！然后再踏上一只四十三号的脚，让你永世不得翻身！"

安妮赶紧劝："No！要文斗不要武斗！根据西方心理学理论，人的潜意识里都有罪恶的冲动。心理学是我留学时候的必修课，我完全可以用心理学解决他的心理问题！"

"还是要抓革命促生产啊，思想政治工作这个法宝不能丢！"戈玲又转向了安妮，"我就一直强调，你们不能光追求效益，还得两手都要抓两手都要硬！"

聂卫红想了想，似乎决定给两个领导面子，"那我就先把他交给组织，万一他执迷不悟，在错误的泥沼里越陷越深，我再动用震天撼地飞扬跋扈聂氏七十二家法！"

此后的情况发展可想而知，出于对刘向前的关心，大家决定分头对他进行帮助。安妮选择的方式是心理治疗。她让刘向前静静地躺在长沙发上，轻柔舒缓的音乐在屋里弥漫开来，安妮开始循循善诱："……二十一世纪的第一个十年已然过去，社会发展愈发迅猛，竞争愈发激烈。在这种形势下，人们面临的压力越来越大——工作压力、生活压力、学习压力、经济压力、就业压力、家庭压力、未来压力——可以说不堪重负。嗯哼？"

　　疲惫的刘向前躺在松软的沙发上，有了睡意，闻言强打精神。

　　"现代西方心理学认为，当人们遇到巨大压力的时候，会产生寻求发泄的心理要求。任何事物都有正反两方面。从积极方面来说，这是自我减压的途径；从消极方面来说，这会产生破坏作用……嗯哼？"

　　在音乐和安妮照本宣科的双重作用下，刘向前昏昏欲睡。

　　"嗯……"

　　"Relax！Relax！心理治疗就是要Relax！"

　　刘向前果然放松下来，以最快速度进入梦乡。而安妮还在喋喋不休，"这本来是你的隐私，他人无权过问。所以你要知道，现在我是以心理医生的身份，而不是你的boss的身份，与你对话。Ok？"

　　刘向前很安静。

　　"Ok！Relax！要知道，有时候人是会产生突变的，比如你会突然喜欢女人把头发染成白的……Ok？"

　　见刘向前很安静，安妮继续循循善诱，"那么，你和那位白发……Sorry，这么称呼容易产生年龄上的误解！那我怎么称呼她？Miss白？Mrs白？……"

　　刘向前一声不响。

　　"Ok，我知道你还没完全Relax！深呼吸，Relax，深呼吸……"

　　直到刘向前发出鼾声，安妮才意识到不对："刘老师？！"

　　刘向前鼾声愈发高亢。

　　安妮心理治疗无果，戈玲决定一试身手，"我就说嘛，还得思想政治工作，一抓就灵！下边换我来……"

　　戈玲正跃跃欲试地要进去，只见刘向前平伸双臂，梦游一般走出来。袁帅连忙嘘了一声，示意大家不要惊醒他。只见刘向前旁若无人地在屋里兜开了圈子，口中念念有辞。大家蹑手蹑脚地尾随其后。

"刘老师，"袁帅轻声细语，"最近你干了对不起嫂子的事儿，是吗？"

刘向前梦呓："是……我对不起她！"

对这意外收获，大家不知是惊是喜。

"刘老师，那个Miss白……"

"Miss白，呵呵……很漂亮……"

大家闻言大惊。安妮刚要继续追问，刘向前胳膊碰倒了一摞书，哗啦掉落在地，他被惊醒，环顾周围，极力要弄清此时的状况。

"我刚才好像做了个梦，梦见Anney总在办公室找我谈话，让我Relax……"

大家哑然失笑。

"执行，这好像不是梦……要不您再接着睡会儿？"

刘向前猛然想起什么，一看表，连忙慌慌张张拔腿朝外走，

"坏了坏了！误点了！Anney总，我……啊我出去一趟，见客户！"

不等大家反应过来，刘向前已经匆匆出了门。大家无不神情严峻。安妮和戈玲相互会意地点点头，下了决心。

"实施二号方案！"

刘向前先奔了超市，挑选了一堆食品罐头之类的东西，放进购物篮。隔着货架，袁帅、欧小米悄悄监视着他的一举一动。

"这老兄做一手好菜，都说拴住男人的心要先拴住男人的胃，我认为反之亦然！"

对袁帅的说法，欧小米疑窦丛生，"难道他每次约会还得先做一桌子菜？"

"这叫先美食，后美色！"

接下来的跟踪并不费劲。刘向前骑着电动车，奔驰在公路上。袁帅和欧小米驾车尾随，往两旁张望。这里是郊区，两旁不见了市中心的高楼大厦，满是一望无际的田野。刘向前全然不知身后有人跟踪，骑着电动车一路向前，拐进了一座别墅区。这一下，不光欧小米，连袁帅都纳闷了。

"难道他在这儿还有外宅不成？不大可能啊，这是北京最有钱人住的地方，刘老师就是一夜暴富乘以2也不够啊！"

他们两人想方设法说通小区保安，开车进了大门，正不知道刘向前进的哪栋别墅，就见刘向前正从一栋别墅里出来，腰上系着一个围裙。他先是倒了垃圾，然后搬来一只梯子，开始登梯爬高地擦玻璃。

见此情景，袁帅和欧小米更加费解。

"你看这架势，分明就是男主人啊……女主人怎么不见露面呢？就那Ms白……"

袁帅颇痛惜，"这哪是幽会啊，分明是干家务来啦！"

擦完玻璃，刘向前已是气喘吁吁。但他丝毫没有停工的意思，转身拿起剪刀、喷壶，给院里的花花草草又是剪枝又是浇水，忙得不亦乐乎。

袁帅一边举相机拍照，一边唏嘘感叹："这老兄在东宫是模范丈夫，到了西宫还是模范丈夫，本色不改，真不容易！"

"所以Mrs白看中的就是刘老师这点！别以为女人最在乎的是男人的财力，勤劳才是我们中华民族源远流长的优秀品质！"

一经提醒，袁帅恍然大悟，"我突然明白了！我们需要逆向思维——不是刘老师找了个小蜜，而是刘老师傍了个富婆！"

这时，刘向前牵了一只大白狗出来。说是遛狗，但大白狗体型巨大，刘向前反被它拽着一路小跑，累得上气不接下气。

袁帅和欧小米实在不忍再看下去。两人以最快速度返回编辑部，用幻灯播放刚刚拍摄的照片，目睹刘向前在别墅的所作所为，安妮和戈玲神情严峻。

"真没想到刘向前会这样！"戈玲痛心疾首，"必须进行严肃的批评教育！"

"根据现代西方心理学理论……"安妮想分析心理根源，被戈玲打断："昨天你西方一回了，收效甚微。今天我要东方一回——演一出三堂会审，西方不亮东方亮嘛！"

于是，办公室布置成了法庭的格局。安妮像法官一般居中而坐，戈玲居于公诉人的位置，被告当然是刘向前。

"当年你父亲刘书友虽说不是完人，但生活作风严谨，从来没在这方面出过问题。你现在的所作所为是自甘堕落！"

戈玲情绪激动，安妮敲敲桌子，以示提醒，"请不要使用侮辱性的字眼！继续——！"

戈玲想不起再说什么，"还是让他自己先交代吧！"

面对这阵势，刘向前不免尴尬，"我本来想以后再告诉你们的……"

"你以为瞒得住？欲盖弥彰！"戈玲又急了，"我党的政策一向是坦白从宽、抗拒从严！"

安妮再次敲桌子提醒："请注意措辞！"

戈玲平静了一下，"说吧，你和Mrs白到底怎么回事？"

"我就是每天去照顾照顾！"刘向前说。

"说得简单！向前，你们年龄差距不小吧？"

"年龄？我还真没想过这问题……"刘向前掰指头算算，"嗯，差三十多岁！"

戈玲和安妮同时大惊失色，"差三十多岁？向前你……你们能有共同语言吗？"

刘向前笑了，"您真幽默！当然没有共同语言了！再说这也不重要！"

"那什么才重要？"戈玲逼问。

"Money！"

刘向前如此直言不讳，安妮瞠目结舌，"刘向前，你是我回国以后遇到的最坦率的人！坦率到了令人发指的程度！"

绕脖子话说了一大堆，直到戈玲愤慨地出示刘向前遛狗的照片，事情才总算绕明白。原来Mrs白是这只大白狗，主人姓白，是刘向前一心要签的广告大客户。白总一家去欧洲旅游，看家遛狗的差事就落在了刘向前身上。

"……白总还养着花鸟鱼虫呢！"刘向前倒背如流，"花有菊花、桂花、兰花、茶花、玫瑰花、月季花、水仙花、茉莉花、常青藤、美人蕉、万年青、一品红；鸟有鹦鹉、黄雀、金翅、蜡嘴、百灵、相思、画眉、八哥、红点颏、蓝点颏、十姐妹、蓝鹏、绣眼；鱼有黑玛丽、白玛丽、红斑马、蓝斑马、帝王灯、三角灯、宝莲灯；虫有蟋蟀、蝈蝈儿、扎嘴儿、纺织娘，光蟋蟀就有金吉蛉、梨吉蛉、虎甲吉蛉、银川油葫芦、南方油葫芦、北京油葫芦、黄褐油葫芦；狗总算就Mrs白一只，结果上星期还下了一窝小狗崽！"如同相声贯口一般，刘向前一气说下来，憋得脸红脖子粗。好不容易等他说完，大家才长出一口气。

"白总这不是家，是植物园＋动物园＋水族馆！"袁帅感叹。

"刘老师，你是和白总谈广告，不是给他家当保安＋保洁＋饲养员！"安妮不得不这样提醒，但刘向前自有苦衷。

"Anney总，我这不是舍生取义嘛！现在找白总谈广告的不只咱《WWW》一家，像《HHH》、《AAA》、《BBB》、《CCC》、《DDD》都盯着呢！可谓强手如林、虎视眈眈！要想突出重围，必须出奇制胜。所以，别人正面强攻，我就侧面迂回，深入敌后，等待时机！"

欧小米不禁啧啧："您这是玩儿潜伏呢?!"

"不入虎穴，焉得虎子嘛！"

袁帅替刘向前抱打不平，"老白他们一家子去欧洲玩儿，让你给他们看家护院，披星戴月的！有钱人怎么啦？就算有钱人不是人，也不能这么不是人啊！"

"从另一个角度理解，这充分说明甲方对刘老师很信任！"

何澈澈的话刘向前爱听，如遇知音，"还是澈澈最善解人意！甲方肯把家交给我，这是一种托付！那么多乙方呢，甲方谁都不用，唯独用我，这说明我已经脱颖而出，取得了阶段性胜利！"

戈玲大为感慨："这胜利来之不易啊！向前我们真都没想到……你怎么也不说呢？"

刘向前尴尬地支支吾吾："我现在身为堂堂执行总监，去给人家当保安＋保洁＋饲养员，再怎么也好说不好听不是？签下大单，往大伙儿面前一亮，必须貌似轻松，这叫能力！"

安妮提醒刘向前："你太太对你有误解，你要向她解释清楚……"

刘向前无可奈何，"也难怪她多想，白总别墅在郊区，我骑电动车光来回就四个钟头！累点儿不怕，这有钱人吧，忌讳事儿特别多——白总说虽然他们不在家，但不能空巢，所以每天晚上必须保证灯火通明，灯不能比别人家亮得晚，不能比别人家黑得早。这倒好，我每天晚上得等别人家黑了灯再黑灯，然后才能往家赶，可到家都后半夜了嘛！"

大家都替刘向前累得慌，鸣不平。

"这也太疲劳战啦！"

"刘老师，咱能不能不惯着有钱人啊？"

刘向前摇头，"我向人家白总承诺了，保证做到窗明几净、一尘不染、花鸟鱼虫一个不能少！咱要做到以诚实守信为荣，以见利忘义为耻！"

"白总出去玩多长时间？"

"一个月！现在过去一星期了！坚持就是胜利！"刘向前很有信心。

"但愿白总别在那儿定居！"袁帅调侃着，安妮白他一眼："这就是你们跟刘老师之间的差距！他披星戴月是为工作，你们披星戴月是为偷菜，天壤之别！今年评先进工作者，谁也甭争了，非刘老师莫属！"

"对！"戈玲赞同，"咱们编辑部应该进一步掀起向刘向前同志学习的热潮！"

"Anney总！主编！不能这样！"刘向前尴尬起来，"我不是谦虚，我……没坚持到最后胜利！"

刘向前不是那种一条道跑到黑的人。他推崇的是苦干加巧干。苦干了四分之一，剩下的四分之三他要巧干。解决方案是，找个房客，把白总的别墅租出去。租客是黑总。

"黑总是煤业公司的大老板，"刘向前介绍说，"最近过来出差，不愿住酒店，正好看见我在网上发的帖子，到别墅一看，很满意，于是OK！"

戈玲担心，"万一黑总把白总家住得乱七八糟怎么办？"

"我考虑到了。人家黑总是大老板，随行的有秘书、助理、保镖、厨师，一切都是超五星标准，绝对保证安全卫生、环境一流！而且二十四小时有人住着吧，房子里还有人气儿！"

"那些花鸟鱼虫呢？"袁帅提出问题，"黑总不会也带着饲养员吧？"

"Yes！黑总本人最喜欢花鸟鱼虫，正是因为看到别墅里有这么多宠物，黑总才特别愿意住这儿！人家比我都专业！黑总说了，少一赔十！反正我综合考评过了，租出去与我在那儿驻守相比，既省时省力，效果又好！"

如此说来，这似乎是个两全其美的办法，虽然听上去很雷。

"目前有一个问题我还没想好——"刘向前实话实说，"两万块钱的房租怎么处理？等白总回来如数上缴？怕他误会；那就不声不响私吞？我唾弃！"

"那你就天天请他吃饭！"欧小米出主意，"两万块，每次五百块标准……那也得长达二十天呢！"

袁帅不以为然，"还二十天？你把两万块给我，我点鱼翅、鲍鱼，一顿就花了，弄不好还不够！"

安妮也帮着出点子，"广告费里给他减两万？可是平白无故的，没出处啊！"

"既然各方都不便处理这笔钱，那就慈善了！"

何澈澈一句话给刘向前提了醒，"对啊！以白总名义捐赠慈善事业！反正白总那么大的老板，不在乎这点儿钱，做慈善是积德的事，他肯定没意见！"

"有意见也这么办！"袁帅说，"让他慢慢提高觉悟去吧！Anney总，你说呢？"

安妮一耸肩，"难道还有什么更好的idea吗？"

但情况发展却出乎所有人预料。第二天，刘向前接到了白总的越洋电话，立刻面无人色。原来，白总在欧洲待了一个星期，新鲜劲儿就过了。在国内，晚上正是撒欢的时候，欧洲也没什么夜生活，玩儿着没劲，所以白总决定，后天就回来。这一下，刘向前麻烦来了——目前当务之急是，赶在白总回来之前，让黑总离开。请神容易送神难，就怕对方不配合。

事到如今，刘向前只能硬着头皮上。他骑着电动车去了又回，头上多了绷带，脸上添了沮丧。

大家围上来关切地询问原因，袁帅打抱不平，"还用问吗？他们打的！还真欺负咱《WWW》没人是不是？先礼后兵他懂不懂？敬酒不吃吃罚酒，他这是逼我出手啊！"

袁帅撸胳膊挽袖子，啪啪啪演练了一套架势，分明却是广播体操。

刘向前赶紧解释："这不是他们打的，是我心里着急，昨天回来路上掉沟里了！"

袁帅趁机收了架势，"那就算啦！"

安妮连忙问刘向前："你沟通了吗？"

"沟了，但是没通！"刘向前回答，"黑总很生气，后果很严重——他决心住满三个星期！"

戈玲着急，"那白总明天回来住哪儿？黑总这不是反客为主、鸠占鹊巢嘛！"

"我有必要亲自出面，代表《WWW》与黑总进行官方对话！"安妮这么说，戈玲也来了斗志："我们都去，集团作战优势多！"

"不战而屈人之兵，此为上上策！"安妮表示，"我们又不是去找他打架，人多势众有什么用？"

"那我们不进去，在外边成立前敌指挥所，给你观敌瞭阵！万一有什么突发情况，随时可以商量啊！"

对话似乎并不顺畅。安妮和刘向前已经进去多时，另几人坐在车里，等得心焦，望眼欲穿。

"工夫不短了，该出来啦……"

"对啊！正常情况下，不管谈成谈崩、包括挨完打，这会儿都该出来啦……"

"不正常情况……难道被扣留当人质了？"

"理论上有这种可能。对方要求以劳务方式偿还他们的损失，安总当清洁工、刘老师当厨师……"

大家七嘴八舌地猜测着，戈玲意识到情况严重，"问题严重了……立即给前线打电话！"

戈玲还没拨通电话，就见刘向前搀着安妮趔趄地走出别墅区。见此情景，袁帅、欧小米、何澈澈连忙下车，跑步迎上前去，七手八脚地把安妮架上了车。

"别管俺！干！干！"安妮还意犹未尽，大家闻到她浑身酒气。刘向前说明情况："黑总假贵族，有事没事老端杯红酒，Anney总为了调剂气氛就喝了点儿……"

"就她还喝?!"袁帅摇头，"不喝正好，一喝就多！"

"黑总也多了。结果跟Anney总还真投缘，一个山西，一个山东，俩人对上山歌了，就是正事儿一句没提……"

大家啼笑皆非。袁帅脱去外套，露出一身黑衣，然后戴上墨镜，俨然职业打手，"看来我非下山不可了！澈澈，随师兄下山！"袁帅吩咐何澈澈，"师弟，拿我兵器来！"

"您说的是青龙偃月、丈八蛇矛、方天画戟还是龙泉宝剑？"

"是不是都特沉？"

"都特Out！"何澈澈低声提醒，"现在都用AK47！"

戈玲及时阻止了袁帅的胡来，却想不出好办法。最后还是欧小米灵机一动，提出个建议，"我倒想起个办法，就是得麻烦主编！"

"什么办法你说！"戈玲催促。

"我也就是灵机一动——"欧小米转着眼珠儿，"李大腕要能出面给说说，也许……"

戈玲一怔。刘向前和大家却反应热烈,"真是!怎么把李大腕忘了呢?名人效应啊!他那张脸妇孺皆知,一般人都给面子!"刘向前请求着,"戈姨……"

戈玲故意端着,"那是在很久很久以前,你曾经亲切地称呼戈姨……"

"您在我心中是永远的戈姨!"刘向前可怜巴巴,"戈姨,您得救我于水火啊!只要您给李大腕打个电话,他肯定答应!"

戈玲终于还是给李冬宝打了电话。李冬宝一口答应,也确实前往别墅试图斡旋,力图在白总返回之前搞定黑总。无奈过于惹人注目,一下车就被路人认出并包围,在袁帅奋不顾身掩护下,李冬宝一行才突出重围,狼狈撤退。也真够冤的,李冬宝根本就没见着黑总,辱了使命,还惹了一身绯闻,当天的八卦新闻就出来了——《李大腕别墅现身,金屋藏娇》。

"李大腕能去,就已经充分说明此人德艺双馨了!"欧小米评价说。

戈玲点头,"也就这一点还让我挺欣慰的!"

眼看墙上的表针指向了中午十二点,白总业已抵达,黑白相会,一切无可补救。

"我已经咨询过律师……"刘向前心情沉痛,"擅自出租他人房屋涉嫌违法,我已经做好了坐牢的准备。我今天来,一是向大家告别,二是请求组织,能不能保留我《WWW》广告执行总监的职位,允许我停薪留职。在监狱我一定洗心革面、脱胎换骨,希望你们能给我一个重新做人的机会!"

刘向前与大家一一握手道别,气氛悲怆。欧小米忍不住背过身去抹眼泪。最后,刘向前仿佛戴着手铐脚镣,一步一步挪向门口。到了门口,刘向前转过身来。"同志们,永别了!"他烈士般振臂高呼,"《WWW》万岁!"

大家注视着刘向前大义凛然而去,感慨万千。

"我们一定不能袖手旁观!要为刘老师请最好的律师!"

"我们都去法庭为他作证!"

"这一刻,我觉得刘老师的形象突然高大起来!命运真不公平,爱岗敬业的刘老师进了监狱,而我们却逍遥法外!"

"刘老师是个多么善良的中年男子啊!我决定每星期都去探监,给他带很多好吃的和超市促销海报,让他始终对生活充满希望!"

"叫上我!"

这时，电话铃急促地响起。袁帅拿起电话，惊诧地连声啊啊，随即放下电话，呆呆发怔。大家被弄蒙了。

戈玲很紧张，"是公安局吗?"

"快说!"欧小米急得不行。

袁帅还是难以置信，"黑白二总刚才说，他们互相闻名已久，正巴不得找机会相互认识相互合作呢，这回多亏刘老师无心插柳柳成荫，为了酬谢，黑白二总说要把广告都给咱们! 同志们，两个大单啊!"

大家面面相觑，好半天才缓过神，惊喜自不必说。猛然间，他们想起刚走不久的刘向前，连忙一齐向外追。

"刘老师——!"

七 男儿本色

　　戈玲有了危机感。如今这小年轻的个顶个儿地心存高远，还说话齁狂，谁都不在话下。眼看有被新生事物甩下的危险，戈玲不甘心。她心想自己就是从前卫派过来的，不就互联网嘛，不就E时代嘛，前卫谁不会呀！要想领导好这帮人，就得打成一片。戈玲使劲演，可老也拿不好那股劲儿，不是不到位就是戏过了，一不留神就弄成了无厘头。

　　这天一早，袁帅一边打呵欠一边进来，"昨晚上没睡好……"

　　戈玲有意表现自己不落伍，当即断言："肯定是偷菜了！"

　　几个年轻人面面相觑，均无语。

　　戈玲以为新词汇收到了效果，很得意，"这有什么意外的？网络世界是你们的，也是我的，年龄不代表OUT还是IN！你们别老拿我当牛大姐！"

　　"主编，我不能再让您蒙在鼓里了——"袁帅实话实说，"您不提偷菜别人还不知道，一提反倒OUT了！不瞒您说，现在连愤怒的小鸟都没人玩儿了！"

　　戈玲大为诧异，"不会吧？"

　　欧小米与何澈澈一齐做无奈状，"事实很残酷！现在都玩iphone人机对话啦……"

　　见戈玲尴尬的样子，欧小米于心不忍，连忙宽慰："其实这没什么，别说您了，连我们都追不上！"

　　"追不上咱不追了！"袁帅转换了话题，"听我接着说——话说当时是凌晨一点半，万籁俱寂。突然……一阵急促的电话铃声把我从睡梦中惊醒。接完这个电话，我再也没睡着！"

　　"试问谁能让帅哥辗转难眠？"欧小米笑得狡黠，"答：美眉！"

"一个陌生美眉，寒夜里对我嘘寒问暖——"袁帅模仿对方语气，"月有阴晴圆缺，人有旦夕祸福，此事古难全。灾祸无情人有情，全保保险公司为您提供各类保险，保您有惊无险！"

大家这才听出端倪。

"同样是推销保险的，差距怎么就这么大呢?!"刘向前很自豪，"看我们家聂董，能熟练运用顾客心理学，想客户之所想，急客户之所急……"

"人在午夜时分情感最为脆弱，最容易产生危机感，所以卖保险的专门选这时候下手，据说成功率很高！让我睡不着的倒不是这个，是这美眉对我的底细了如指掌——姓名、年龄、职业、身份证号、住址、收入状况，甚至银行账号！简直太恐怖了！"

听袁帅讲罢，欧小米眼睛瞪得很大，"原来是《午夜凶铃》！"

"隐私泄露！当前一大社会问题！"戈玲深有同感，"我也经常接这种电话，有售楼的、有卖车的、有推销基金的，说不清被哪儿出卖了——物业公司有我个人资料，电话局有，汽车4S店有，银行有，医院有，买东西图便宜填会员卡，连蛋糕店都有！"

说到这个话题，大家立刻感同身受。

"现在市面上和网上有专门做这生意的，分门别类，有政府官员、厂长经理、楼盘业主，一网打尽，比派出所还详尽准确，公开打包出售！"

"咱们这不成了暴露的靶子吗？推销电话顶多算骚扰，万一心术不正的人有机可乘，那才可怕呢！"

正说着，安妮举着手机惊呼着进来，"Terrible！太可怕了！"

刘向前抄起扫帚，"Anney总，是不是有色狼？"

"No!"安妮惊魂未定，"我一朋友今天飞广州，半小时前我接到一个电话，说朋友在广州出车祸了，住院抢救需要钱，让我汇款过去！"

袁帅连忙提醒："千万别汇！你没看电视上警方提示嘛——遇有陌生短信、电话要求转账、汇款，不接听、不轻信，并立即拨打110！"

"可万一是朋友真出事了呢？"

"你向他本人亲自核实！"戈玲有经验。

"我打他电话打不通啊！他出了车祸，手机肯定撞坏了！"

"对方说车祸在广州，那位朋友确实是去广州了……"欧小米发现了疑点，"而且时间也对得上……"

"救人十万火急，我第一时间赶到银行，刚准备汇款，突然，又来了一个电话……你们猜是谁打来的?"安妮一副见鬼的样子，"我朋友!"

大家一怔。

"我说什么来着? 骗子!"袁帅分析，"趁你朋友上飞机关机的时候给你打电话，谎报险情，你跟朋友又联系不上，一着急把钱汇过去，骗子就得手了!"

"可怕的还不只这个!"安妮不解，"骗子怎么会这么清楚我朋友的出行时间? 甚至准确到分钟——朋友刚刚起飞，骗子的电话就到了。这说明对方通过某种途径提前获知了我朋友出行的准确信息，比如乘坐班次、起飞时间……"

大家越想越恐怖。

"难道是航空公司?!"

"又是泄露隐私!"

"Terrible! 太可怕了! 我感觉这会儿说不定在哪个阴暗角落里，正有一伙人研究着我的个人资料，密谋对我下手呢……"

"为什么那么多人中招儿? 骗子知己知彼，能不百战百胜吗?! 那些出卖公众个人信息的，当以同谋罪论处!"

此时，桌上的电话响了。刘向前走过去，按下免提键，传出对方焦急的声音："是《WWW》编辑部吗? 何澈澈是你们这儿的吧? 他出车祸了，现在在我们医院抢救呢……"

这个电话仿佛就是为了给大家讨论的话题举例说明，编辑部众人不禁义愤填膺。不等对方说完，刘向前就开始嘲弄："他出车祸了，在你们那儿抢救呢，所以赶快给你汇钱，是不是? 行，你们等着啊!"他啪地挂断电话，"想得美! 等着去吧! 骗子!"

大家感慨万千，正所谓话音未落呢，骗子就找上门来了。很快，电话又响了。一看来电显示，还是刚才那个号码。袁帅抢步上前拿起电话，没等说话，传出对方恼火的质问："你们怎么回事儿? 怎么把电话挂啦?"

"你还挺理直气壮?!"袁帅气不打一处来，"你哪儿的?"

"我……我人民医院的!"

"我还人民法院的呢! 专门判你们这种人!"

"你什么意思呀?"

"什么意思？有本事别躲在耗子洞里，有朝一日让我抓着，给你们灌辣椒水、坐老虎凳！扒你皮、吃你肉、喝你血！你们这些人渣！"袁帅愤愤地挂断电话。环顾四周，发现大家都退出数米开外，怯怯地望着他，都说他刚才凶相毕露，特像《暮光之城》里那吸血鬼。

"对敌人就是要像严冬般冷酷！"袁帅话音刚落，电话又响起来。

"嘿！太嚣张了！我这回……"袁帅一看来电显示，"哎，澈澈！"

袁帅刚按下免提键，安妮等人就围拢上来，七嘴八舌地调侃："Hello！澈澈，听说你出车祸啦？"

"在人民医院抢救呢！"

"刚才有人打电话拿你骗我们，被我们机智地识破了！哈哈哈……"

不料，电话那端不是澈澈，仍然是刚才那名男子气恼的声音："谁跟你们逗闷子啊？你们编辑部人是不是都神经病啊？我再告诉你们一遍——何澈澈在我们这儿急救室呢，你们爱来不来！"说罢，对方不耐烦地挂断了电话。

这回，编辑部大家慌了神，"Why？澈澈手机怎么会在骗子手里？"

"准是被他们绑架了！"

"澈澈命悬一线、危在旦夕……赶紧报警吧！"

安妮猛然意识到不对劲，"Stop！请注意，对方并没有索要赎金……"

袁帅也意识到问题，"而且没要求转账……而且接头地点是人民医院急救室……"

大家面面相觑，同时反应过来——澈澈真出车祸了。

原来，今天上班途中，何澈澈横穿马路，因为戴着耳塞听音乐，没注意到一辆汽车从斜刺里驶来。待到发现时，双方已躲避不及，司机虽然采取了急刹车，何澈澈还是被撞晕过去。

躺在病床上的何澈澈睁开眼睛，对周围的一切都感到陌生。此时，编辑部几个人都围在床头，正关切地望着他。见何澈澈醒来，大家连忙凑上来。像往常一样，安妮、戈玲亲切地抚摸何澈澈的头、脸。

"澈澈醒了！"安妮宽慰着，"Don't worry！医生说了，就是轻微脑震荡，别的都没事儿！"

"也没毁容，什么事儿也没有！你还跟以前一样是英俊少年！"

不料，一向性情温顺的何澈澈却反感地拨拉开两人，一下儿坐起来，

"别动手动脚的！你们谁呀？"

编辑部的人都愣了。

"澈澈你不认识我啦？"安妮感到匪夷所思，"我是Anney啊！"

"Anney？"何澈澈似乎对这个名字很陌生，"我们很熟吗？不可能啊，中国人起一洋名儿，我朋友里没你这样的假洋鬼子！"

安妮无地自容。

戈玲赶紧提醒何澈澈："澈澈我是主编……"戈玲亲切地再次伸出手来，却被何澈澈厉声喝止："哎，小心告你性骚扰啊！主编？我怀疑，现在都Web2.0时代了，还有您这么老的主编——那杂志得多OUT啊！"

见安妮和戈玲都被弄个大窝脖，刘向前赶紧给她们找台阶。

"二位领导你们别在意，他这可能是短暂失忆！"刘向前提醒何澈澈，"澈澈你不能这么对领导说话，领导一向对你很关心！你看这水果、营养品，都是二位领导让买的，赶紧谢谢领导吧！"

"我一点儿也想不起来，你让我谢她们什么呀？那我不太虚伪了吗？你一口一个领导领导的，拜托别拿小市民这一套教育我，好不好？"

刘向前被窝得更惨。欧小米笑眯眯地凑到何澈澈跟前，显得很有把握。

"澈澈，你不认识他们，总该认识我吧？咱俩可是死党！"

何澈澈上下打量欧小米，"死党？你跟我？我没猜错的话，你八〇后吧？"

"对啊！我八〇后，你九〇后！"欧小米得意地冲大家使个眼色，"怎么样？……"

哪承想，何澈澈却断然否认："现在是九〇当道，八〇后已经OUT了，我找你做死党，太雷人了吧？"

欧小米很没面子，一个劲儿运气。

最后，就剩袁帅了。他面沉似水，居高临下地站到何澈澈面前，一副教训的口吻："兄弟，你说话很没规矩，大哥我很生气！后果很严重！可是看在你被车撞了的份儿上，大哥我先不跟你计较！等你养好了，挨个儿向他们几位赔罪，要不然大家该笑话我这当大哥的教导无方了！"

何澈澈勃然大怒，"别大哥大哥的！你充什么老大？！"

"嚯——！要造反啊这是！"袁帅刚把眼一瞪，何澈澈已翻身下床，毫不示弱地与袁帅面对面对峙。他曲弯胳膊，显示并不存在的肌肉，然后缓缓攥紧双拳，只听骨节咔咔直响。此时此刻，何澈澈俨然一名向对手示威的大力士："别逼我出手！"

据医生说，何澈澈是脑震荡造成暂时性失忆，按照一般情况，休息几天就可好转。大家这才放心，暂时把这事放到了一边。

这天，编辑部正忙忙碌碌，一名男子出现在门口。只见此人身穿美式作战服，头顶牛仔宽檐帽，脚蹬陆战靴，戴一副墨镜，昂首挺胸地往门口一站，阳刚气十足。

袁帅端着咖啡迎上前去，打量对方，"请问您……"

对方先不答话，而是掏出一支巨大的雪茄，叼在嘴上。然后捏住一根火柴，模仿西部牛仔往裤子上擦，可惜直到把火柴杆擦断了都没见火星。

袁帅实在看不下去，掏出打火机啪地打着，凑过去替对方点燃雪茄，然后啪地将打火机合拢。这几下干脆利落，倒把对方看傻了。

"说实话，你这打火机很MAN！"对方声音低沉。

"说实话，您比打火机更MAN！请问您是……"

对方做豪爽状地沉着嗓子哈哈大笑，啪地一拍袁帅肩膀。袁帅身子一晃，咖啡洒了一半。对方一边跨步进门，一边缓缓摘下墨镜——赫然竟是何澈澈。

"澈澈你出院啦？"安妮跑上来，"怎么这造型？不符合你风格啊！"

何澈澈不以为然，"我什么风格？"

"你风格就是中性美啊！看现在选秀，女生比男生还酷，男生比女生还美，Fashion！"

戈玲补充："沉鱼落雁之容，闭月羞花之貌，谦谦君子，玉树临风——这就是我们眼中的澈澈！我们永远顶你！

何澈澈却斩钉截铁地予以驳斥："中性？No！我是男性！纯爷们儿！你们看，这是什么？"何澈澈昂起下巴，大家凑近仔细看，光溜溜的没发现什么，于是冲他茫然地摇头。何澈澈掏出一个放大镜，往下巴上一贴，映出几根勉强露头的胡碴。

"从今天起，我要蓄须明志，向世人表明我是个男人！"何澈澈宣布，"我要和以前的我说声Bye-bye，还自己男儿本色！拿盆来——！"

"盆？"

"我要金盆洗手，寓意告别过去、重新开始！"

"那得去洗手间！"刘向前提醒，"洗手间有盆！"

何澈澈只好作罢，"噢，那就算啦，刚才方便时候我已经洗过了！拿刀来——！"

"你要刀干吗？"

"跟过去一刀两断！"

"水果刀行吗？"欧小米回身想去拿，被安妮使眼色制止。安妮试图启发何澈澈："你说断就断啦？就算你能断，断了以后呢？"

"我要脱胎换骨重新做人！做男人！男人不抽烟，枉在人世间，男人不喝酒，枉在世上走！"

何澈澈做出慷慨豪迈的大男人状，深吸一口雪茄，立刻被呛得连声咳嗽。面对何澈澈的异常表现，大家甚是狐疑。

"澈澈，你脑震荡……真痊愈啦？"安妮试探着，"那你认识我吗——Who am I？"

"喊！你不就是总监嘛——"何澈澈不以为然，"本名安红，现名安妮，迫于你的淫威，大伙都叫你Anney总！所谓海归！就你平时那做派，不中不西不伦不类，其实大家很有意见，只是敢怒不敢言。今天我代表大家提出来，希望你能虚心接受！"

见安妮张口结舌，刘向前连忙冲何澈澈使眼色，"澈澈你怎么口无遮拦呢？！你冷静冷静……"

"我冷静得很！我知道刘老师你胆小，平时生怕得罪领导，老唯唯诺诺的，其实没必要！男人嘛，要挺直腰杆做人，怕什么？刘老师，有句心里话我一直想跟你说——你活得太累！"

"澈澈毕竟年轻，说几句过头话，也不足为怪！"戈玲倒是表现得很善解人意，"畅所欲言嘛！开展批评与自我批评，这本来就是咱们编辑部的优良传统！澈澈，对我有什么意见，也可以大胆提！"

"主编是元老，从《人间指南》到《WWW》，是承前启后的人物！她热爱我们的杂志，把全副身心都投入在工作上……"

何澈澈这几句话说得戈玲飘飘然，内心得意，嘴上谦虚："其实我做得还很不够……"不料，何澈澈话锋陡转："但是，主编您毕竟年岁大了，岁月不饶人，很多观念意识稍不留神就out了。可是您偏不认头，还老惦着与时俱进，拿自己当潮人。咱就说您这发型吧，还披肩还长发飘飘呢，我一直就想跟您说，您已经不是纯情少女了，改改吧！别让人家说咱装嫩！"

戈玲的脸涨红得像茄子。欧小米连忙打圆场，"澈澈就这么一说，未必对，有则改之，无则加勉。就当他还没治好呢，咱不跟他一般见识！"

何澈澈却把眼一瞪，矛头转向了欧小米，"谁没治好呢？谁没治好呢？就你脑子没病！你一贯自认为冰雪聪明，智商天下第一。可情商呢？知道为什么到现在你都没boyfriend吗？就是情商太低，还老装酷！我发自肺腑地提醒你——做女人，要低调！"

欧小米气急败坏，"你怎么不知好歹呢？我不是在替你打圆场嘛……"

"不用！男人就是不能太圆滑！原来我就是太温和太乖巧了，从今天起我要脱胎换骨，我要MAN！"

大家无不瞠目结舌。袁帅早已火起，跨步上前威吓："好你何澈澈！在医院你信口开河也就罢了，现如今出了院你倒愈演愈烈了！是可忍孰不可忍，今天我……"

何澈澈啪地甩过头来，目光如炬，袁帅倒被吓得一怔。

"忍无可忍的是我！你一向以老大自居，动辄对我发号施令、指手画脚。我庄严宣布，这样的日子一去不复返了！"何澈澈一步步进逼，袁帅一步步后退。

"你、你要干什么？"

"我要给你一个忠告！你自以为是情圣再世，遍地都是你的红颜知己，实际上哪个也没真正搞定！"

袁帅无地自容。他凑到近前，看似咬牙切齿，实则低声请求："俗话说打人不打脸骂人不揭短，你要给我留个面子，不然我往后还怎么在江湖上混啊……"

"好说好说！只要你痛改前非，大哥我肯定放你一马！"何澈澈豪爽地拍着袁帅肩膀，仰天狂笑。

何澈澈的性情大变，编辑部每个人都始料未及。医生的说法也模棱两可，认为这是脑震荡后遗症所致，但症状很特殊。更令大家惶惑的是，谁也说不准这是暂时的还是永久的。而从种种迹象来看，何澈澈的异化分明有日趋严重之势。

这天，袁帅和欧小米、刘向前一进编辑部，就见一根绳子从屋顶垂下，底端拴有一个沙袋。何澈澈戴着拳击手套，正奋力击打沙袋，嘴里一边嘿哈做声。环顾室内，何澈澈座位周围贴满了拳击手和硬汉一类的海报，充满阳刚味。见此情景，三人呆呆发怔。袁帅使个眼色，欧小米小心翼翼地凑上前去。

"澈澈……你干吗呢?"

"拳击!"何澈澈继续奋力挥拳。

"你还拳击? 准备跟泰森打一场是怎么着?"袁帅实在忍不住，刚一说风凉话，何澈澈就恶狠狠地盯向他，双拳一碰，嘭嘭作响，以此示威。

袁帅慌忙解释:"我是说你这身子骨吧，还真不适合拳击! 那得身高臂长、体壮如牛，要不然吃亏!"

何澈澈摘了拳击手套，抓起地上的哑铃，连着举了几下。然后撸起袖子，曲起胳膊，展示肌肉:"我练好几天哑铃了，看看看看，看我肱二头肌!"

袁帅仔细地看，然后摇头，"我还真没看见……"

正这时，安妮、戈玲一齐进门，不禁目瞪口呆。

"My god!"安妮惊呼，"编辑部改健身房和拳击场啦?! 澈澈，你别伤着自己!"

刘向前赶紧汇报:"Anney总、主编，我们正给澈澈做工作呢!"

何澈澈看看表，把行头收拾起来，放进自己柜子里。

"我一不影响工作，二不影响环境，有什么大惊小怪的?"

安妮拿过何澈澈桌上的一瓶药:"吃药!"何澈澈却置之不理:"还有十五分钟到上班时间，我下去洗个澡!"

看着何澈澈大摇大摆出去，大家反应各异。

"你说澈澈原本文文气气一孩子，怎么成这样儿啦? 莫非还真走火入魔啦?"

"澈澈这样，我看谁也不赖，就赖你们!"袁帅控诉，"全是你们给惯的! 老对他呵护有加的，关爱、疼爱加溺爱，把他给宠坏了! 这回行了——他变本加厉改武疯子了! 我看你们怎么办?"

"作为领导，我们不能推卸责任，可是又无能为力。现在社会上放眼望去，都是澈澈这种男孩，乖乖的，可人疼。可是认真想一想，将来他们能不能像男子汉一样承担，还真挺让人担心的!"戈玲这么说，安妮更是从心里替何澈澈着急:"澈澈啊，你啥时候才能长大啊?"

欧小米产生了怀疑，"你们说澈澈会不会是装病? 借机任性胡来……"

162

"哎呀，我怎么没想到呢？绝对是装病！"刘向前断言，"你们发现没有？他脑子清楚得很，一点儿也不糊涂，数落人句句都直戳软肋！这能是脑子有病？"

"倒也是。"戈玲也觉得有问题，"他不呆不傻，吃喝拉撒睡完全自理，工作也照样能胜任，唯独就是性格变了……"

"所以嘛，这一切都是他蓄意设计的！他知道咱们拿他当病人，肯定都同情他让着他，不跟他计较，所以气焰才如此嚣张！这回他玩儿出圈了，我这当大哥的得管！待会儿你们都别拦着，看我怎么治病救人！"

袁帅撸胳膊挽袖子，找出何澈澈的拳套戴上，煞有介事地比划起来。戈玲连忙制止。

"不许动武！有澈澈一个尚武精神已经够呛了，你就别再火上浇油了！"

安妮也提醒袁帅："你分析得是有道理，可连医生都不敢确诊，咱们更不能断然下结论！要有凭有据！"

"事到如今你们还罩着他?！好，不是要证据嘛，我就证明给你们看！"

为了证明何澈澈是装的，袁帅绞尽脑汁想出一计。

这天，何澈澈独自抽着雪茄，使得办公室里烟雾弥漫，加上门窗紧闭，窗帘遮得严严实实，几乎对面不见人。两个身材结实的青年出现在门口。他们穿黑衣戴墨镜，一副打手模样，气势汹汹地跨步进门，立刻陷入浓雾包围之中，呛得咳嗽起来。何澈澈敏锐地听出声音陌生，厉声盘问："什么人?"

两个青年只闻其声，不见其人，于是鬼子探雷般摸索着深入。何澈澈从座位上站起，如出一辙地摸索着接近对方。其他人都躲在安妮办公室里，挤在百叶窗前向外窥视，无奈外面雾蒙蒙地看不清。袁帅戴上红外线夜视镜瞭望，效果也不明显。"情况不明！"袁帅通报，"不过你们放心，他们是专业武打演员，戏肯定没问题！"

这两个人确实是袁帅从片场雇来的武打替身，袁帅再三强调只为试探虚实，千万不要真打。替身保证说："帅哥你放心！我们是干什么的？职业替身！周润发、李连杰、甄子丹、章子怡、《英雄》、《叶问》、《十月围城》、《龙门飞甲》，咱统统替过，假打是咱强项啊！要3D吗？"

"3D就省了！"袁帅说，"注意，戏也不能太假！"

替身又保证说："帅哥你放心！我们当替身的一直替别人演戏，现在总算轮到自己主演了，绝对投入！"

在编辑部的浓雾中，两名替身演员恍然置身拍摄现场，摸索前行了一段，直起腰来咋呼："导演！烟火太浓了！给点儿风！"

袁帅应声跑出来，打开门窗。顿时，一阵清风呼地穿堂而入，眨眼间，穿堂风将烟雾席卷一空，办公室立时清爽明亮。

何澈澈与两名替身这才发现，彼此原来近在咫尺，几乎鼻息相闻。双方同时闪身撤后，成对峙之势。替身打量何澈澈，"你就是那个……何达人吧？"

"何大人？你才和珅呢！"何澈澈不满。

"不是何大人，是姓何的达人！"

"与其称我为达人，不如称我为男人。你们是谁？"

"凡是出来混的，无人不知无人不晓！"

两名替身分别自报家门为打手甲、打手乙，然后演练了几个武打招式。二人动作整齐划一，不像搏击，更像健身操。大家躲在屋里，目不转睛地注视着，吃不准事态将如何发展。

"他们不会假戏真做，把澈澈给打了吧？"

"放心吧，"袁帅十拿九稳，"不等开打，他就吓跑啦！"

"万一澈澈跟他们硬碰硬呢？……"

为了表明自己有绝对把握，袁帅提出个建议："这么着，咱们押赌，我坐庄——澈澈投降，赔率1:10；澈澈抗战，赔率1:50……不，1:100！"

刘向前动心了，"回报率很高啊……保本吗？"

"银行理财从来都只说最高，不说最低，因为最低显而易见，是零。"欧小米掏出一张百元钞票，"我知道我百分百押错了，但我还是不愿押澈澈投降！"

安妮坚定地押上一张百元钞票，"我虽然love peace——热爱和平，但我支持正义的战争！"

戈玲跟着押，"如果澈澈英勇负伤，这一百块钱就当是给他治伤的！"

"感情用事是理财投资的大忌。"刘向前掏出二十块钱，"我押他投降，十倍的回报率，高于任何基金和股票收益，评定系数为五颗星！"

大家押注的时候，何澈澈已经准备开打。

"原来这就是传说中的黑社会！那我就来个现实版的打黑！"说着，何澈澈从座位底下拎出一个枪匣，嘭地蹾在桌上。两名替身认得这武器，大吃一惊:"AK47?!"

枪匣打开来,里面不是枪,整齐地摆着一溜儿药瓶,分门别类地贴着标签。何澈澈拿出一瓶"中华鳖精",仰头喝光。接着又取出两粒"大力丸",一一吞服。众目睽睽之下,何澈澈最后拿起一个药瓶,标签上赫然写有"兴奋剂"。

安妮看得分明,大声疾呼:"奥运会坚决抵制兴奋剂!"

安妮冲出门去。袁帅阻拦不及,连忙去追,其他人也都一窝蜂跟出去。何澈澈举着药瓶发愣的当口,安妮风风火火冲上来,一把抢过药瓶,转而冲到两名替身跟前:"你们要保证他的人身安全!人身……"

两名替身目光惊异。安妮顺着对方目光一看,才发现自己刚才忘了穿鞋,笔挺的职业装下面暴露着一双赤脚。安妮大窘,两只脚来回捣腾,苦于一时无处可藏。幸亏袁帅及时赶到,把她挡在身后。

袁帅假装劝架,一口气滔滔不绝:"人在江湖身不由己大路朝天各走两边山不转水转低头不见抬头见相逢一笑泯恩仇!两位好汉,给我个面子,有话好好说!"

两名替身由衷赞叹:"戏真好!"

袁帅压低声音提醒:"武戏就看你们了!"

"导演,要不吊威亚?"替身自告奋勇,"飞来飞去是咱强项!"

袁帅摇头,"威亚就免了,成本太高!"

这时,何澈澈脱去外衣,在头上箍了一根红布条,跟《第一滴血》中的史泰龙同样造型。然后他戴上拳套,目光坚定,准备应战。

袁帅低声叮嘱替身:"千万别碰他脸!吹弹可破,碰不得!要不然——看见没?一个师太一个师姐——跟你们玩命!"

只见安妮、戈玲分别紧握着拖把、扫帚,准备随时保护何澈澈。

按照拍戏习惯,替身首先套招。二人你来我往地比划了若干回合,假装飞身出击或凌空栽倒,伴着音效,都是花拳绣腿,俨然双人舞表演。终于,两人站定,等袁帅喊开始。何澈澈却突然左右开弓,两名替身分别挨了一拳,栽倒在地。

"One—!Two—!Three—!Four—!……"安妮兴奋地计数,欧小米加入进来:"Five—!Six—!Seven、Eight、Nine、Ten—!哇噻——!"

何澈澈高高扬起手臂,欢呼胜利,随即目露凶光,亢奋地冲向倒在地上的对手，试图痛殴之。安妮、戈玲、欧小米拼命拽住他。

"我的投资啊！"刘向前追悔莫及。袁帅俯下身，沮丧地盯着躺在地上的替身："知道不知道？因为你们俩，一分钟以前我破产了！"

替身困惑地质问："导演你为什么不喊开机？……"

医院终于给何澈澈确诊了。诊断书是这么写的：车祸导致前脑额叶损伤，大脑皮层与皮层下相互之间的功能紊乱，或脑血液循环发生障碍。中医称为脉络壅阻，气血运行不畅，髓海失养所致。症状多见为情绪不稳，并伴有暴力倾向。

编辑部大家意识到情况很严峻。且不说这场武戏是否证明了何澈澈的实力，但无疑证明了他的暴力倾向。这让编辑部的人一致确认——何澈澈真的发生了基因突变。经过集体讨论，他们决定轮番对何澈澈循循善诱，帮助其心理康复。

最先上场的是安妮，"澈澈你要做个男人这没错，嗯哼……问题是什么才是真正的男人——What is man？嗯哼……关于男人，古今中外各有不同的认识。作为我——出生在神州大地，求学在西方欧洲，发展在千年古都，融古今智慧于一体，集中西学识之大成，多少男人如过江之鲫嗖嗖从眼前掠过，可谓阅男人无数——我认为，男人首先应该是gentleman！……"

"举例说明！"何澈澈漫不经心。

"不胜枚举啊！比如古代，经典男人——关羽关云长，赵云赵子龙，周瑜周公瑾——一个个都是……"安妮意识到不对，"怎么都是武将？……"

何澈澈逮着理了，"所以嘛，人生就是沙场，男人就要战斗！Man就是man，不是gentle + man！"

安妮的受挫丝毫没有影响戈玲的胸有成竹，她认为思想政治工作要晓之以理动之以情："……现在是和谐社会，你跟人打架这还和谐吗？澈澈你们九〇后还年轻，严格地说，你们还不是男人，还是男孩儿！什么才是男人？外表并不重要，男人重在内涵。一个四肢发达头脑简单的男人，哪怕他是猛男，也绝对没有魅力！"

何澈澈比划着拳击动作，并不反驳。戈玲以为初见成效，进一步语重心长："我这绝不是说教，都是自己的切身体会！对男人的理解，我经历了一个由肤浅到深刻的过程。豆蔻年华时，我只注重男人的外在，但是现在我更懂得欣赏男人的内涵，哪怕他看上去其貌不扬，甚至丑陋……"

何澈澈停住动作，语气不乏嘲弄："主编，您说的是李冬宝吧？"

第三个出场的是袁帅。何澈澈在举哑铃，袁帅绕着他游说："榜样的力量是无穷的，看来非得我现身说法不行了！作为一个深受广大女性追捧的精品男人，哥的心得体会是，男人的魅力在于情商！以前也怪我，光注重自我完善了，忽略了对你的言传身教，今后哥一定多熏陶你。想当男人还不容易？跟着哥！哥是No.1，你是No.2！"

"我知道，"何澈澈讥讽，"你说的是光棍排名！"

"……做男人容易吗？上有老，下有小，中间有老婆，还要有型有款有地位有银子有面子！肌肉发达那是猛男，不是成功男人，成功男人的魅力在于沧桑！没有大粪臭，哪有五谷香？不经历风雨，怎么见彩虹？女人四十豆腐渣，男人四十一枝花，这就叫沧桑！……"对刘向前的人生体验，何澈澈颇不屑："刘向前同志，大多数时候，沧桑就是市侩的代名词。"

最后一个出场的是欧小米。她站在门口，看着何澈澈一丝不苟举哑铃的背影，心里一个劲儿发虚。何澈澈发现了她，便放下哑铃，面对她缓缓坐下。他腰板笔直，不苟言笑："该你了。说吧！"

"我、我……我看就别说了我！"欧小米自觉没趣，灰溜溜地放弃了。

一星期过去，何澈澈的异常表现没有丝毫收敛，令大家忧心如焚。很快，事实证明大家的担忧并非多余，欧小米的一个偶然发现表明，危机迫在眉睫。欧小米发现的是何澈澈纸篓里一张皱巴巴的草稿——

东门铁血：

　　别来无恙！自幼儿园、学前班至初中，你我皆为同窗。但你飞扬跋扈，恃强凌弱。尤其对本人，更是极尽欺侮之能事。除了无缘无故地找茬，当众奚落欺负我，你还给我起了一个耻辱的外号——樱桃小丸子。至今回忆起你的种种恶行，我仍怒火满腔。君子报仇，十年不晚，只有洗清耻辱，方为七尺男儿。特下此战书，于明日午时与尔等决斗，一决雌雄。

　　　　　　　　　　　　　　　　　　何澈澈

落款处按有血迹斑斑的手印，令人触目惊心。

"这得拦住他啊！他不是加州州长，还真拿自己当终结者啦?!"戈玲急得不行。

"都赖你！"安妮理怨袁帅，"你弄来那俩功夫高手不堪一击，让澈澈以为自己天下无敌了呢！东门铁血，听这名儿就杀人不眨眼！"

袁帅思忖着，"他不明日午时嘛，还有时间，咱百般阻挠他！"

正说着，何澈澈从外面回来了。他大踏步来到自己座位旁，把背包往桌上一扔，掏出一支雪茄叼上。袁帅手疾眼快地凑上去，啪地打燃打火机，替何澈澈点烟，趁机搭讪："贤弟，愚兄有句话……不知当讲不当讲?"

何澈澈豪气冲天，"但说无妨！"

"既然如此，愚兄就开门见山了！那个东门铁血……"袁帅焦急起来，"哥们儿咱不惹丫行吗?"

何澈澈一怔，"你怎么知道的?"

欧小米默默展示出那份草稿，何澈澈明白了，"我本来以为早把这些事忘了，现在才知道根本没忘，只是埋在我心底最深处！"

戈玲紧着劝："冤家宜解不宜结。澈澈，别办傻事！"

"这是我心里一个情结，到了必须了结的时候了！"何澈澈很坚决，"我要复仇！"

"你要是打不过他呢?"欧小米十分担心。何澈澈冷笑一声，目光狠辣，狂笑着挥舞双拳。

"我现在是男人！东门铁血，我要让你匍匐在我脚下！哈哈哈……"

目睹其疯狂状，大家意识到劝说无效，必须想别的办法，无论如何也要阻止他。于是，趁何澈澈出去的空当，欧小米负责望风，袁帅踩着凳子，把墙上的时钟向后倒拨了一个小时，又拿起何澈澈放在桌上的手机，把时间设置也改了。

好在何澈澈未察觉。当时针指向十一点的时候，何澈澈站起身来，把拳套、护肘、护膝一一放进背包，重新系紧鞋带，然后背起背包，准备外出。

大家一直暗中瞄着何澈澈的一举一动，此时再也绷不住了，除了集体劝阻之外，安妮干脆下了最后通牒："澈澈，我以《WWW》CEO的身份命令你，立即放弃行动！如若不然，你要对一切后果负责！"

"砍头不要紧，只要主义真！都闪开！"何澈澈大义凛然，脚步坚定地往外走。

"你跟对方定的午时，你看看现在几点了？"袁帅提醒着，何澈澈看看墙上挂表，不觉得有何问题。袁帅得意地狞笑着，"呵呵……我们把表拨慢了一小时，现在已经到午时，你来不及了！"

何澈澈半信半疑。袁帅拿起桌上的座机，拨通了信息台。听到准确报时为十二点，何澈澈脸色大变，拨开大家，拔腿就向外跑。

众人反应过来，随后便追。

车水马龙，川流不息。何澈澈在前面疾疾地跑，编辑部大家在后面紧紧地追。何澈澈跑到路边，打算穿越马路，无奈人行道亮起了红灯。见大家越追越近，不等绿灯亮起，何澈澈便急不可耐地横穿马路。一辆汽车疾驶而来，双方躲闪不及，随着刺耳的刹车声和编辑部大家的惊呼，何澈澈被撞倒在地。背包飞出很远，拳击手套、护肘撒落在马路中央。

经过抢救，何澈澈醒了过来。还像上次那样，编辑部大家都聚集在床头。每个人心里都忐忑不安，担心何澈澈二次被撞，情况将愈发糟糕。

"澈澈，我知道你现在不认识我们……"安妮强抑悲痛，"不要说话，先好好休养，我相信……你一定会好起来的！"

何澈澈却笑了，一双美目顾盼有神。"Anney总您真幽默！我怎么会不认识你们呢？"他环顾周围，"主编、帅哥、欧小米，还有敬爱的刘老师！"

何澈澈貌似清醒正常，大家反倒狐疑。

"我好像做了个梦，梦见我变得胡子拉碴的，天天练健美练拳击，还非要找我小时候同学决斗……"

听何澈澈这么一说，大家又惊又喜。

"My god！他……醒啦？！"

"阿弥陀佛！真醒啦！"

"好像又变回来啦！好啊好啊！樱桃小丸子……"

何澈澈很惊讶，"哥你怎么知道我这外号？是不是超可爱？"

"超可恨！"袁帅开始翻旧账，"我可不是你哥，我一向以老大自居，动辄对你发号施令、指手画脚，这样的日子一去不复返了！"

何澈澈向安妮求援："帅哥欺负我，Anney总你可不能坐视不管！"

"Anney？我们很熟吗？不可能啊，中国人起一洋名儿，你朋友里可没我这样的假洋鬼子!"

安妮故意冷着脸,何澈澈只好转向戈玲,"主编您一向关心爱护我……"

"主编?"戈玲模仿何澈澈的口气,"我怀疑,现在都Web2.0时代了,还有我这么老的主编——那得多Out啊!"

"欧小米咱们可是死党……"何澈澈跟欧小米套近乎,欧小米一撇嘴:"现在是九〇当道,八〇后已经Out了,你找我做死党,太雷人了吧?"

何澈澈可怜巴巴地望着刘向前,"刘老师,我知道您饱经沧桑,最宽以待人了……"

"不。何澈澈同志,大多数时候,沧桑就是市侩的代名词。"

在遭遇意外的同时,何澈澈倒是有了意外收获。他不再纠结于所谓男性化还是中性化,用他的最新宣言来说就是——

"做男人,首先做自己! 必须的!"

八 二雁来了

除了工作，戈玲感情的处女地还一直荒着。李冬宝已经今非昔比，两人偶尔还联系一下，李冬宝在喝大了的情况下也会对过去的事流露点儿惆怅之感，但戈玲很清醒，毕竟物是人非，过去的都过去了。

戈玲对感情的事儿本来都没什么想法了，但是树欲静而风不止，突然来了个男人，对戈玲展开了锲而不舍的追求。

戈玲开的是两厢车，每天早上八点半准时到达写字楼停车场，这里有她的固定车位。但是今天，她发现车位被一辆大奔占了。摁摁喇叭，对方没反应。戈玲拉起手刹，推门下车。

奔驰车膜色深，戈玲贴着车窗也看不清里头有没有人。

"什么呀？把车捯饬得跟暗房似的，洗胶卷都富余！老土！"正嘟囔，后座车窗刷地降下，冒出一张脸，差点儿跟戈玲脸贴上。耿二雁五十出头，一口东北腔："干啥你？"

戈玲赶紧客气："老师傅对不起，这是……"

"老师傅？叫我呢？我有那么老吗？我比你老吗？"

戈玲最不爱听这个，"您不老，您风华正茂着呢，我比您老行吗？"

"不行！你也不老啊！"

对方软硬不吃，戈玲无可奈何地摇摇头，"我求您就让我倚老卖老一回——这是我车位，您受累给挪挪，就当您尊老敬老了！"

"呵呵！你这妇女，嘴荏子厉害！"耿二雁推门下车，叉腰瞅瞅，"你车位啊？这事儿整的……非得挪？那咋挪呀？"

"怎么开进来的您就怎么挪。"戈玲烦这人，开始没好气。

"怎么开进来的？我咋知道怎么开进来的？要不你来！"

"我可不碰你车，碰坏了算谁的呀？"

耿二雁坐上驾驶座，东摸摸西看看。戈玲着急，便催促："您倒是挪啊！"

"开关呢？这是开关？"

"开关？还阀门呢！您这车瞅着也不像偷来的呀……"

"你这妇女！"瞎猫碰死耗子，耿二雁把车发动着了，"下边呢？"

戈玲以为对方是故意的，"您是不是以为您这样儿特幽默？您这车是不错，那也不至于显摆成这样啊！噢您把我问倒了就显着您这车特高级啦？"

耿二雁扳变速杆，使出吃奶劲，"嚯这玩意儿咋这皴巴？！"

"戏过了吧？"

"哪是油门哪是闸？"耿二雁不得要领，"拿右脚踩？"

"您要非拿左脚踩我也不拦着！"

戈玲懒得理他，站到车尾指挥，"倒吧！……倒——！"

耿二雁鼓捣一番，一脚踩到油门上，车子呼地冲向戈玲。戈玲吓得哇呀一声，双手捂脸。接下来没动静。战兢兢一看，车屁股离腿几毫米。

戈玲腿一软，咆哮里带着哭音："你想撞死我啊你？"

这时，小金跑过来，手里托着两套煎饼，"怎么啦怎么啦？"

小金没戴眼镜，戈玲一时没认出他来。见他头发梳得油光水滑，很体面的样子，误以为他是经理。

"您是经理？我真佩服您敢用这种人当司机！可光您胆大不行，这种人就不能撒出来，上马路就是杀手！"

小金顾不上回答戈玲，先去关照耿二雁，"耿总您怎么亲自开车呢？您从来不摸车啊……"

戈玲吃一惊："耿总？"

小金从另一侧车门钻进去，把变速杆归位，熄了火。耿二雁下车，轻描淡写地说："也没咋的！她非要教我开车！教得不咋的！"

"我教你？"戈玲啼笑皆非，"这人真莫名其妙！刚才我就该打110，举报你无照驾驶！"

小金绕过车身，直着眼冲戈玲走过来，仔细打量她："小金我看您面熟啊……"一听这标志性的"小金我"，戈玲认出了对方："是小金你啊！你来应聘时候戴眼镜，摘了眼镜认不出来了！"

"隐形日抛！您是哪个单位来着？……"小金回忆着，"小金我知道了，畜牧局！"戈玲啼笑皆非，也懒得澄清，"畜牧局就畜牧局吧！你现在……"

耿二雁只听个大概，便从中插话："我的总经理助理啊！你们就没我这眼光！我是伯乐啊，是金子总要发光，小金到我这儿发光来了！"

"那小金你好好发光吧！"说罢，戈玲挥手作别。她穿大堂，等电梯，一回身，见耿二雁碎步跟了来，手里托着煎饼："早点没吃吧？吃！压压惊！"

"吃什么吃？早让你给气饱啦！"戈玲还余怒未消，耿二雁却笑嘻嘻地："跟你说，刚才把我也吓够呛！你摸我手——冰凉——你摸摸！"

"你这人……"戈玲甩开他的手，"愿摸自个儿摸去！"

电梯下来了，戈玲跨进去，耿二雁紧跟着。

"你老跟着我干什么？"

"谁跟着你啦？我还说你跟着我呢！我是来视察的！"

"视察？"戈玲不以为然，"那我可得告诉你，这楼里没乡镇企业！都是文化单位！"

"对啊，我视察的就是文化单位！你们文化人咋都迟到呢？都八点多啦不来上班，害我在车里等！我那员工没敢这样儿的！"

"你当我们这儿是车间呢八点上班？文化单位都九点！"

"你们文化人吧啥都好，就是不如劳动人民勤快！"

"哎哎哎，谁说我们文化人就不是劳动人民啦？脑力劳动！一心想跟我们劳动人民划清界限的是你们这些老板！地球上都快搁不下你们啦！当老板就有理啦？"

"你这妇女！我说不过你！"耿二雁咬口煎饼，戈玲立刻被葱花味儿熏得捂鼻子，"您这煎饼买得真值，是不是把人煎饼摊那葱都给搁上啦？"

"哎呀，还真是！"耿二雁埋怨，"这小金！跟他说别搁葱别搁葱，待会儿视察都葱味儿……要不说员工这素质亟待提高！"

戈玲挖苦："我倒觉得吧，员工素质千万别太高喽，要不然跟老板不在一水平线上，显着您多低啊！您要非好心让人家提高，那您这当老板的就得身先士卒起模范带头作用，要不然往后谁领导谁呀？"

"我听出来了，你这不是好话！我素质不够高是吗？"

"高不高那就看用什么标准啦！就您一口一个妇女妇女的，明摆着就是刚从妇道人家改的口儿，基本上属于解放初期某山村的标准！"

"拉倒吧！村里有这么文明？我们村儿谁叫妇女啊？都直接管你叫老娘们儿！"

戈玲气得翻白眼。好在丁零一声，电梯到了楼层。戈玲逃也似的出来，耿二雁也出来，东张西望："那什么W在哪边儿？"

"您还吃着呢就去？"

"啊，咋啦？"

戈玲窃笑："我知道啦这是您习惯！一直走，右首！"

戈玲往左。耿二雁往右，抬头见是厕所，回头冲戈玲嚷嚷："啥玩意儿！这不厕所吗?!"

"对啊，你不就WC吗？"

"啥玩意儿啊！我找那编辑部！W、W、W——仨W！"

戈玲这才知道，敢情此人是安妮约请来的广告客户。耿二雁，威虎山山珍集团公司董事长兼总经理兼CEO。名片上头衔一大堆，诸如威虎山地区工商联副主席，威虎山形象大使之一，山货协会秘书长，《实话瞎说》栏目特邀嘉宾，括号第三十八期。

编辑部众人啼笑皆非——这威虎山上下来的，不知是杨子荣还是座山雕。只有刘向前很重视，"他可是Anney总请来的广告客户！咱们还真别拿村长不当干部，炒瓜子的怎么啦？现在什么都流行炒，股票要炒明星要炒房地产也要炒！"

"这么说不冤枉人嘛！"袁帅鼓捣着相机，"人耿总不是炒瓜子，是炒松子！比炒瓜子贵多啦！再说人家是集团公司，集团知道吗？榛子栗子核桃山药野蘑菇黑木耳外带黄花菜，一样不能少！这叫集团！"

外面的大办公间里议论得欢，总监办公室里，安妮、戈玲正与耿二雁进行官方会晤。耿二雁盯着戈玲，一边打量一边乐："你是仨W主编，仨W你主编，好好！"

戈玲无奈，看安妮，安妮笑，"我要知道还有这么个念法儿，打死我也不起这名儿！"戈玲趁机发牢骚："还有呢，一不留神就跟卫生间同名了！"

"不对！"耿二雁非要插话，"卫生间一个W，你们仨W！"

安妮啼笑皆非，"耿总你别刺激我行吗？求求你念3W成吗？"

"是啊，我念的就是仨W啊！"

"仁W就仁W吧！"安妮没辙，"孔子是怎么曰的来着——朋友大老远来不亦乐乎！"

戈玲很严肃，"耿总，我们仁W的……我们3W的办刊风格您了解吧？"

"了解啊！了解——不就跟你一风格嘛！"耿二雁快人快语，戈玲跟安妮面面相觑。

"我什么风格呀？"

"你瞅这人，自己啥风格不知道！"耿二雁说，"你不就是有文化嘛！说话有水平，骂人不带脏字儿！"

戈玲鼻子都快气歪了，赶紧把安妮拉到一边，"我觉得吧咱们也得选择一下，像那种跟刊物不合拍的就不能合作！"

"我们要的是广告客户，又不是选老公，不存在合拍不合拍！"

"可是我们也不能来者不拒啊！"

"亲爱的主编，您知道现在纸媒拉个广告多不容易啊！"

"那也不能片面追求广告效益啊！作为主编，我要对刊物品格负责！"

"又回到老问题上来了！我知道咱们两手都要抓，两手都要硬！我这手抓效益，您那手抓品格，这不挺好吗？"

耿二雁听出些端倪，凑了过来，"啥意思啊？威虎山山珍配不上你们仁W啊？瞧不上我们农民企业啊？跟你们说，我是以威虎山为根据地，农村包围城市，现在我占领北京啦，接下来全国都是我的！"

"你还是先把我们这儿解放了吧！"安妮赶紧一锤定音，"咱就这么定了，封二封底全给你！合作愉快！军民一家亲！"

耿二雁先与安妮握手，然后戈玲。戈玲犹豫，耿二雁一把攥住她手，使劲握。咔嚓一响，画面定格，是袁帅在门口摁了快门。

接下来，众人热议广告创意。

"耿总，我准备给您这么弄——"袁帅敢想，"找一特豪华的场景，一看就是皇上老出来进去的地儿；再找一模特儿，漂亮那是没的说，身高起码一米八O以上，不是超模冠军就是世界小姐，最次也得是环球佳丽，还必须得是中国三亚比出来的，不然不算！然后造型，怎么炫怎么弄，只见她手举一半裸的核桃，轻启朱唇口吐幽兰，摆个最性感的POSE，说白了就是挑逗，意思是我专门就馋你来的！我啪啪啪——绝对大片！"

欧小米质疑:"我怎么听着像《花花公子》拍封面呢?"

袁帅声明:"咱绝不暴露,咱玩儿东方式的欲语还休!谁要真给勾起什么来了,还就只能检讨自个儿畜牲的一面儿!"

"我倒觉得蛮有创意的!就是搞不好很费钱!"何澈澈说。

刘向前认为这不是钱不钱的问题,而是宣扬什么和反对什么的问题,上级部门会有看法。刘向前期待戈玲的支持,但戈玲表现得却很开通:

"策划会嘛,咱们先畅所欲言集思广益!要不向前说说你的创意!"

"我认为广告要量身订做体裁衣。山珍之所以叫山珍,是因为有保健作用,所以要围绕这点做广告!"刘向前一想一边说,安妮鼓励他:"开始靠谱儿了!你说细点儿!"

受到鼓励,刘向前自信来了,"比如广告语吧,可以这么说——自从吃了威虎山牌山珍,我腰也不酸了,腿也不疼了,就连爬楼梯都不费劲儿了!威虎山牌山珍,不贵,还实惠……哎不对,怎么这么耳熟呢?"

大家笑了,"不光您耳熟,全国人民都耳熟!"

"你这哪是卖山珍呢,你这是卖药呢!"耿二雁对此不太满意,安妮连忙安抚:"老哥你别着急,下边咱不卖药了卖山珍!"

袁帅脑筋转得快,"好广告不一定费钱!一句简洁上口的广告语就够啦!可不可以这样——威虎山山珍,够威!够虎!"

一旁,何澈澈评点说:"哥,你这还是卖药,药劲还挺大,属于伟哥一级别的!"

耿二雁着急了,"你们开药铺的?咋进药铺出不来了呢?广告这事儿有啥难的?用啥模特啊,印我个相片,把我们威虎山山货摆上,一盘盘的,我看就挺好!"

戈玲趁机挖苦他:"噢,中间搁您相片,前头摆几盘核桃松子,再点几根香——知道的是做广告,不知道的还当把您供起来了呢!"

众人哄笑。耿二雁啧啧地:"你们仨W这主编,惹不得!"

"再想想再想想!山货山货,山里的东西咱得往山里靠!"安妮启发大家,刘向前赶紧附和:"还是Anney总说得对,这是重点!"

欧小米想出个点子,"要不这样儿——找个腕儿,拉到威虎山,实景实物,全有了!只要耿总肯掏腰包,七位数啊!"

耿二雁咋舌:"啥腕儿这么贵?"

"大腕儿!"欧小米比划着,"就是老演那种大过年起哄的贺岁片还老在电视上卖手机卡那个……"耿二雁立刻知道是谁了:"就他啊?不叫李冬宝嘛!三角眼招风耳啪嗒鼻子鸡屁股嘴,一枣核脑袋还秃着!长得真砢碜!"

众人都瞥戈玲。刘向前唯恐戈姨不高兴,自作聪明抱打不平,"耿总你不能这么说!每个人审美标准不同,不能按你个人的标准衡量美丑!您说是不是主编?"

除了恼刘向前挑事儿,戈玲能说什么!耿二雁拒不改口,"啥标准呀?啥标准也不能拿狗尾巴草当喇叭花啊!他也就混出名了得啦,要不保准一辈子打光棍!谁们家闺女能看上他呀?除非瞎眼了,要不就我们村二丫头那样儿的!"

大家很好奇,"你们村二丫头怎么啦?"

"花痴嘛!"

众人爆笑。袁帅笑得喘不过气来,"都说我嘴损,跟您比我是小巫见大巫!这样很不好!"

戈玲脸色巨难看。众人把欢乐强咽回去,憋得喘粗气。

戈玲横眉冷对耿二雁,"耿二雁同志,你是不是觉得自己特英俊潇洒啊?别真拿自个儿当杨子荣了吧?有你这模样的杨子荣吗?还看不上这个看不上那个,动不动就打击一大片,你看人那眼光,也就跟你们村二丫头不相上下!"

耿二雁不明就里,"哎,我说李冬宝你咋不高兴了呢?我要跟二丫头不相上下,咋瞅你就挺顺眼呢?你也不算好看啊!"

戈玲对耿二雁怒目而视,想象着左右开弓抽他嘴巴,把他打得摇摇晃晃,这样都不能解心头之恨。安妮紧着打圆场:"没您这么夸人的!除了我,见女的一律叫美女,没人跟您急!您那么说李冬宝,别说我们主编,连我都坚决不答应!"

大家齐声说:"我们也不答应!"

耿二雁纳闷:"李冬宝是你们亲人啊这么护着他?"

"他比亲人还要亲——!"安妮唱了一句现代京剧,"李冬宝同志是我们编辑部培养灌溉出来输送到娱乐圈的有生力量,你问他在哪儿发的芽在哪儿浇的水?我们编辑部!那把脸儿怎么啦?全国人民喜欢!知道那把脸儿养活多少中国电影人吗?中国电影就全靠那把脸托着呢!"

"这首先是审美品位的问题！"刘向前总结，"说到底还是几位数的问题！"

耿二雁一发狠，"几位数不是问题！只要广告做得好，用就用他！"

戈玲情绪稍稍平复下来，赶紧提醒大家："刚才咱们分明是跑题了，现在言归正传接着说创意！"

欧小米还是觉得李冬宝合适，"要用李大腕儿就好办啦，让他站一松树底下，手托一篮刚刚采摘的松子，面露他那全国人民都特熟悉的狞笑，广告语是——威虎山山珍，珍行！"

"欧小米这么一说，我脑海中立刻浮现出狼牙山五壮士宁死不屈的光辉形象！换成李冬宝，上级会不会说咱们拿红色经典搞笑？"刘向前有点儿担心。

"还行……"戈玲琢磨着，"就是吧，有点儿没用足，既然用他就用足了，要不然可惜！"

"对啊！用一半和用足了收费是一样的，不用足我们划不来！"刘向前又算起了经济账。

"那就往狠了用！"袁帅又提出一个创意，"这样儿——咱别让李大腕儿在树底下站着啦，咱让他上树！先得造型，扮成一猿猴，全身上下不能有现代文明，全裸着……"

"李大腕儿脱了衣服可白！"说者无心，听者有意。戈玲警觉起来。欧小米赶紧解释："嘿嘿你们别多想，他不拍过裸戏嘛，正赶上我去现场采访，雪白雪白的，比女的都白！"

袁帅出了个主意，"好办，涂成棕黄色！除了肚皮，全身覆盖毛发，然后爬到最高那树杈上，伸出毛茸茸的前臂摘下一粒松子，眼神里充满对未来的憧憬与渴望，信誓旦旦地说——只要天天吃威虎山山珍，我总有一天会变成人！"

"这好这好！"耿二雁终于兴奋起来，"就这么整！你们文化人肚子里还是有玩意儿！"刘向前又有担心："光咱们说好不行啊，人李冬宝肯定不答应！这不自毁形象吗?！"

"那倒未必。"袁帅分析着，"他光头形象打天下，心里一定有个情结，现在我们让他重新长出毛发，相当于圆他一个梦！"

"就是！超赞！"何澈澈赞同，欧小米不敢过于乐观："难说。腕儿越大脾气越大，除非能拿得住他！"

众人目光再次投向戈玲。戈玲赶紧声明："哎哎哎，你们都瞅我干什么呀？我可没那么大面子！"耿二雁刚看出门道："咋的？你跟李冬宝熟啊？"

"不光是熟，李冬宝唯一景仰的女性就是主编！"欧小米加以佐证，"李大腕儿一般人还真搞不定！耿总别看你有钱，人家不一定买账！要说我不为钱我是为艺术的，那是小腕儿；大腕儿一般这么说——我不缺钱我是为心情。"

耿二雁认准了戈玲，"那这事儿还就得你了！"

安妮说话直，态度明确，"非你莫属！我倒是豁得出去呢，可惜交情不够！"

戈玲意识到推脱不成，"听你们这意思是拿我当糖衣炮弹使啦？"

"怕就怕人家把糖吃了把炮弹吐出来，那就彻底划不来啦！"何澈澈替戈玲担心，耿二雁不明就里，以戈玲保护者自居："他敢！哪就轮着他啦？他要对你那什么，就那小山猴子，我掐死他！"

安妮心里有底，"用不着！李大腕儿那点儿小辫子都在主编手里捏着呢，对付他还不手到擒来？！这叫一物降一物！再说了，李大腕儿是从咱编辑部走出去的，也不能危难之时袖手旁观啊！"

袁帅也撺掇："主编，天降大任于斯人也，这事儿我还真没法儿帮您！"

众望所归，戈玲知道非出马不可了。

平心而论，戈玲这回真是舍己为公了，要不然说什么也不能卖这面子。好在李冬宝没怎么推脱就应了，这说明李冬宝还是念旧的。

广告拍摄异常顺利，袁帅对拍摄效果沾沾自喜，"我给李大腕儿拍的这哪是广告啊，绝对是他从影以来最拿得出手的艺术照！搁封面都富余！你们见他这么水灵过吗？"

刘向前最关心杂志销量，"这期发行量噌噌看涨！这说明什么？说明我们广告发行人员工作到位！昨天我去超市，进门是威虎山导购，抬头是威虎山彩旗，货架上都是威虎山山珍，这下搞大啦！早知道这样，当时应该让耿总发我们每人一张金卡，作为威虎山山珍终身用户，第一个十年免费使用，第二个十年五折消费，第……"

欧小米及时截住，"基本用不着第三个十年了，到时候您那牙口早磕不动威虎山松子啦！"

袁帅赞叹："这耿二雁还真有魄力！当时就觉得这人怪二的，没拿他当回事儿，一不留神还真做大啦！"

几个人正议论着，安妮进了办公室，从包里掏出特鲜艳的请柬晃晃。

"耿总下请柬啦！"

几人喜笑颜开，"哎哟喂！敢情人耿总是知恩图报之人，牢记着咱们呢！"袁帅感叹着，刘向前则开始选餐馆："去哪儿吃？南风还是天一阁？宴宾楼就是中档的啦，不会海天吧？它那儿海鲜真好，赶巧了打九折，还允许自带酒水，而且不收开瓶费，很划算的！Anney总在国外吃惯西餐了，讲究营养搭配又有情调，要不还是吃西餐！"

欧小米对吃饭不感冒，"能不能不吃饭啊？一商量去哪儿吃吃什么我就上愁——什么越南日本泰国巴西土耳其这料理那料理，凡是跟中国建交的差不离都吃过来了，一细咂摸都川菜味儿，还不正宗！"

安妮摆摆手，"你们都替别人瞎操心——请柬就一份儿！人耿总单请一人！"

"也应该也应该！您是头功，请客也要抓主要矛盾嘛！"刘向前谄媚，安妮还是摆手，"我可不能越姐代庖！人请的是咱主编！"

众人愕然。袁帅翻开请柬，诵读："送呈戈玲主编台启，谨定于即日晚七时假座宴宾饭店牡丹厅设宴，谨请光临。耿二雁。哎，还加盖一印章……"

大家定睛细看，果然落款一方大红印——慕白。

英雄配美女，耿二雁丧偶数年，主动送上门来的美女不少，可耿二雁脾气倔眼光高，一心就想找个文化人当老婆。因为公司做广告的事，耿二雁偶然来到编辑部，认识了戈玲，一眼相中，从此就认准了，一门心思要把女主编娶回家光宗耀祖。

夜色旖旎。戈玲如约来到宴宾饭店，上看下看里看外看左右看，地方一准儿是没错，就是不见熟人。

此时，牡丹厅的卫生间里，衣冠楚楚的耿二雁正对着镜子练习微笑致意和绅士状，"戈同志你好！戈玲同志……"耿二雁觉得称谓不够亲切，"戈小姐……戈主编……"耿二雁反复演练，光笑容就有假笑、奸笑、狞笑、媚笑、淫笑，难拿捏个中分寸，容易弄混。

小金西装革履地在门口戳着，等候戈玲到来。耿二雁出了卫生间，保持僵笑，直奔小金而来。到了跟前，不敢张嘴说话，怕笑模样散了。看他这副做派，小金直发毛。

"这表情咋样？亲切不？和蔼不？风度翩翩不？特别真诚不？"耿二雁询问着，小金不敢说。

"说真话！要不扣你这月奖金！"

小金实在无话可说，"耿总要不您还是扣我得啦！"

耿二雁着实泄气，"也邪门，咋不会亲切微笑呢？这玩儿还真挺难演，要说演员吧还真不是谁都能来！"

外边敲门，不多不少三下。

耿二雁急忙跑向沙发，落座做潇洒状，这才示意小金开门。门一开，服务员陪戈玲出现。小金深深一躬，险些到地，吓着戈玲了。

耿二雁这才起身，紧急调换几种笑容，"噢，你……你来啦？你好！那什么……你别紧张！"

"我紧张什么呀？"戈玲奇怪，"我倒是瞅您怪紧张的！"

耿二雁不承认，"我不紧张！我紧张啥呀？你好那什么……美女！"

"我求求您千万别这么叫，我听不惯！"

"安总不说嘛，见女的一律叫美女！咋啦？没人这么叫你？"

"还真没。您是头一个！"

"那就对啦！说明他们都没眼光！"

"那我就豁出去了轻信一回，只当您是拼命鼓励我呢……不过吧，往后您还是受累改改口，省得我反应不过来不知道您喊谁呢，那多不合适啊！"

"那跟你叫啥？我还真寻思半天，你说叫啥？同志、小姐……"

戈玲急忙摆手，"千万别！尤其当着警察，容易说不清！"

耿二雁一拍大腿，"小戈！叫你小戈！"

"我还小啊我？！"

"小！你小！在我瞅着你还小呢！小戈！"

戈玲不愿再争，"是，客户就是上帝，可也没听说上帝给人乱起名儿的啊！哎，对啦，我得问问您，今儿到底谁请客？是您还是那叫慕白的？"

"我就是慕白，慕白就是我。"

戈玲瞪目，"哟您改名儿啦？不叫二雁啦？"

"爹妈起的名儿，说改就改？我到死也叫二雁！慕白是我的号，我名二雁，号慕白。"

乍听慕白这名字，戈玲脑海中由不得出现羽扇纶巾、长衫飘飘的形象，迎风而立，一派古代文人雅士的风范，没想到主人公竟是这位耿二雁。戈玲不禁挖苦："看来您是准备成为文人骚客啊……"

耿二雁听不出来，还顺杆爬，"没事儿我倒也写写诗啥的，哪天你给雅正雅正！"戈玲差点儿没笑出来："还真没看出来，敢情您也是一骚人！其实我们都觉着吧，二雁这名儿跟您特般配，特别名如其人！"

"我哥儿四个，大雁二雁三雁四雁。"

"三英战吕布，您这还富余一个。"

"你也爱看《三国》？一吕二赵三典韦，四关五马六张飞，那都是英雄！跟你说，我们哥几个都个顶个儿——我哥大雁是老干部，我们村当多少年村长；三雁打过仗立过功，战斗英雄；四雁在俄罗斯，干得挺大；我吧更不用说了，威虎山山珍从小作坊干到集团公司，到北京戳摊子，我那英雄事迹都写进我们村小学教材了！"

"那您真不该叫慕白，应该叫耿英雄！"

"小戈我问你个事儿——你不去找李冬宝了嘛，广告他不也做了嘛，他对你……那什么没有？"

戈玲没听明白，"那什么呀？"

耿二雁倒直白，"他调戏你没有？"

"什么呀？有你这么说话的吗?!"戈玲恼了，"我看你倒像调戏我呢！"

"你正面回答我！他到底调戏你没有？"耿二雁非得要个正式回答不可。

"人李冬宝是那种人吗？就算是，人家调戏女粉丝还忙不过来呢，也顾不上调戏我啊！"

"那我就放心了！小戈入席！"

"我怎么还觉得您喊别人呢！"戈玲看看表，"再等等啊，都还没到呢。"

"等谁？就咱俩！"戈玲这才明白，敢情她跟耿二雁是单独会晤。

餐桌是长的，耿二雁、戈玲分坐两端。戈玲在吃，耿二雁在看。

戈玲别扭，"您也吃啊……"

"你吃你吃！我不饿！"

戈玲索性一推盘子，放下了筷子，"本来吧，我是打算什么也不说什么也不问，吃完了一抹嘴走人，可谁让咱修炼不到家呢，我瞅您怪难受的，所以我还是受累问一句吧——您是不是有什么想法？"

"你都看出来啦？"

"我又不呆不傻！有话您就说吧！"

"我没看错！我就喜欢你爽快！"耿二雁一招手，小金颠颠儿凑上来，手托几页文稿。

"那就和盘托出啦！"

"您托出吧！"戈玲不以为然，"不就想在我们杂志发篇报告文学嘛，特深情地吹捧您，把您刻画成一个栩栩如生的弄潮儿形象——跟您说吧，这套已经过时了！"

"庸俗！我在你眼里那么庸俗吗？小金，你那什么……开始！"耿二雁一声令下，小金捧读，是封信："戈玲同志你好！……"

耿二雁立刻纠正："小戈！"

小金重新读："小戈同志你好！近来一切还好吧？我怀着无比激动的心情给你写这封信。事情还要从咱们第一回见面说起。那是在十天前的一个早晨，那一天，和煦的阳光洒满了大地，几片云彩飘浮在蔚蓝色的天空上，你就那样出现在了我的面前，从此给我留下了深刻的印象……"

"停！停！"戈玲连忙制止，"我怎么听着不对呢……"

"往下听就对了！小金就你那发音也不标准啊，你得跟赵忠祥似的！"

小金调整声音，尽量深情凝重，"……深刻的印象，正像俗话所说的，不打不相识，我和你就这样相识了。为了做好广告，你深入发动群众，积极献计献策。更令我感动的是，为了支持帮助我，你竟然不惜冒着牺牲自己的危险前去与李冬宝周旋。从此我深深感到，你就是那个志同道合的伴侣……"

"什么什么？"

戈玲挺身而起。耿二雁示意她坐下："你坐下你别客气，不用站着！"

"我这是客气吗我？！"戈玲质问，"你这唱的哪一出啊？写的什么啊这是？！"

耿二雁很坦然，"写的都是事实啊！我口述小金执笔！"

"那怎么出来伴侣啦？这词儿能随随便便用吗？你这是用词不当！"

"小金我就说你，查查词典啥的！"耿二雁先批评小金，又问戈玲："那应该咋用词儿？对象儿？"

戈玲已经义愤填膺，"告诉你耿二雁同志耿慕白——你这么做令我很气愤！"戈玲真急了，拎包要走。耿二雁拦着，埋怨小金："我跟你说啥？心里话就用嘴说，一写纸上准走味儿！你出去吧，我用嘴说！"

小金溜出去，关了门。耿二雁请戈玲重新落座："小戈你坐下你别拘束，我这人没架子挺平易近人的，有啥问题你问，我答！请出题！"

戈玲语气严肃："我问你，你拿我当什么啦？你是不是一贯拈花惹草啊？"

耿二雁反而认为戈玲的说法莫名其妙，"你是啥花啥草呀？跟你说，我这功成名就了，跟前花花草草多啦，晃眼！"

"我一点儿也不奇怪！那您就弄个后花园都给养起来，小心把篱笆扎结实喽，别墙里开花墙外香！一防小白脸二防大老婆！"

耿二雁还生气了，"你拿我当啥人啦？我老婆十年前就死了！脑溢血！"

"哦，对不起……"戈玲深吸一口气，"那您就更名正言顺啦！派出所都管不着！"

耿二雁不绕弯子，"我都看不上！我就看上你啦！"戈玲并不当真，"不对吧？你年纪轻轻怎么就老眼昏花了呢？就算我曾经是朵花，花期也早过了，该谢了……"

"我就稀罕你这样文化人！我们家吧，英雄啥的都不缺，就缺文化人！我一直就想聘个文化人……"

"你爱跟谁姘跟谁姘去！对你这种行为我就不加评论了！"

"你啥情况安总都跟我说啦，我英雄好汉你知书达理，咱俩绝配！"

"谁跟你绝配啊？耿二雁同志我很严肃地告诉你，这事儿很荒唐，请你自重！"戈玲不想与之纠缠下去，站起来要走。耿二雁却自有他的理解。

"你瞅你瞅，我猜得一点儿没错！我懂你们文化人——心里同意嘴上说不行。文化人就得这样，文化人就得口是心非！反正你跟我咱俩人心里明白就行，从今往后咱俩就不是一般同志关系了！"

不管戈玲什么态度，耿二雁就这么一厢情愿地认定了他与戈玲的情缘，弄得戈玲欲辩无词欲哭无泪。

关于这次会晤，众编辑众说纷纭。第二天一早儿，大家聚在一起热议，主题就是主编昨晚赴宴的事儿。

"主编从来都是头一个上班，雷打不动，今儿到这会儿了还没来……"欧小米说，"别出什么事儿了吧？"袁帅不以为然："能出什么事儿？就算耿二雁设的是鸿门宴，能出什么事儿？主编是从大风大浪走过来的，李冬宝都没能把主编搞定，耿二雁又能翻出几朵浪花？!"

"戈姨那么正派，跟耿二雁没共同语言！"刘向前坚持该观点，袁帅狡黠地笑了："不懂女人！女人无所谓正派，正派是因为受到的引诱不够！"

何澈澈做苦思冥想状，"我一直苦思索一问题，主编哪点儿招惹耿二雁啦？咱主编特有姿色？"袁帅同样感觉狐疑，"耿二雁这动机是值得研究——他到底为什么找咱主编？聊胜于无、烂梨也能解渴？刘老师你先别瞪眼，这么说你戈姨打我这儿就先过不去！"

刘向前适时发挥专业特长，"从经济学角度分析，当合伙的预期收益超过保持独身或继续寻找配偶所担负成本，个人便会选择结婚！"

袁帅睃着欧小米，"咱编辑部三朵鲜花，一朵插在了土粪上，一朵可能要插在洋粪上，不管怎么说也算找到了归宿。欧小米你真一点儿不惭愧不着急？"

欧小米一笑，"本花还要继续怒放呢，不劳您惦记着！"袁帅不放过，"按自然界规律吧，被蝴蝶蜜蜂最先搞残废的，往往都是最鲜艳的花朵！"欧小米抄起水杯作势要泼，袁帅赶紧躲，"别别！君子动口不动手！中午请你水煮鱼！"

门刷一开，戈玲裹着风进来，黑着脸没话，直奔安妮办公室。大伙面面相觑，知道没好事。

一进门，戈玲就对安妮急赤白脸，"找的什么客尸啊你？耿二雁就是一老不正经！"

听过原委，安妮乐了，"是够二的！赶明儿跟他叫二总！"

"我剥皮剜眼那么损他，也不知道他是真听不出来还是装听不出来，真没见过这样人！"

"二总不是一般人！"

"你告诉他，他在《WWW》编辑部是不受欢迎的人，往后禁止他出现！"

"那怎么禁止啊？我不能立一牌子写上'耿二雁与狗禁止入内'吧？"

"那你也得照会他，让他有充分思想准备，免得到时候说歧视他！"

"真异常气愤啦？"安妮劝戈玲，"那我就不明白了，有人追你你该特美才正常啊！"

"瞅追我那人！我正常得了吗？！"

"怎么啦？二总是二了点儿，可是透明啊！这点儿挺像美国男的，先宣后战玩儿明的。不像有的中国男的，蔫拱，到后来弄得你想说不行都不好意思张嘴！我不是说美国男的就比中国男的好，其实他们有时候挺孙子的！"

"我跟他也不是一类人啊！这事儿压根儿就不靠谱儿！"

"我觉着这事儿是这样——你有坚决不同意的权利，人家有追求你的权利！"

"江湖太险恶了！就算我是一枚糖衣炮弹，也得瞄向一像模像样的目标吧？没成功腐蚀李冬宝同志，倒便宜威虎山下来的活土匪了！"

"我反对！我知道你特热爱编辑事业，时刻准备着为此而献身，可献身跟卖身这俩事儿容易弄混了，这劲儿不好拿！人家实心实意看上你了，这是挺过瘾的事儿，要是我，就是不想跟他也先不告诉他，过足了瘾再说！"

"那你计划让我献身还是卖身？"

"我计划让你……这耿二雁真是辜负了我的殷切期望！"

"果然不出我所料，都是你一手组织策划的！"

"我还不是急于把你从剩女队伍中赶出去！哎，同命相怜啊！"

"我郑重声明我不是剩女！"

"这儿就你、我，自己人，何必客气呢？"

"我这是客气？就算我们是同一个队伍里的革命战友，你斗战剩佛还不着急呢，我急什么呀？"

"谁说我不着急？……"安妮差点儿说走嘴，赶忙掩饰，"当然了，我自己是不着急，我急什么呀？可是我急人所急，你第二个春天老是不来，我替你着急啊！"

戈玲气急败坏，"敢情耿二雁就是我第二个春天？"

外屋一阵乱糟糟，两个女人的谈话被打断。几名送货员鱼贯而入，每人吭哧吭哧搬一盆花，都一人多高，往编辑部里一摆，立刻遮天蔽日。几个编辑不知道怎么回事。

"这花……谁让你们送的?"

"我!"话到人到,耿二雁迈步进门,"广告很成功,我谢你们的!"

百叶窗扒开一道缝,戈玲、安妮往外瞅。只见小金抱进红彤彤一大抱玫瑰,耿二雁一摆手,几名送货员齐刷刷站好,在耿二雁指挥下,直着脖子合唱,把一首流行歌曲唱成了军歌。

　　我早已为你种下
　　九百九十九朵玫瑰
　　……

袁帅冲欧小米一挤眼,欧小米假装上前接玫瑰,"耿总您看您想得多周到啊!那我就不客气啦!"耿二雁赶忙抱着玫瑰躲,"哎,孩子这不是给你的!你要稀罕我让小金哪天给你送来!"

"那是给谁的呀?"袁帅明知故问。

"小戈呢?"耿二雁抻着脖子找,戈玲吓得一缩脖,百叶窗那道缝刷合上了。

好在袁帅几个人机灵,互相配合替戈玲打掩护,"我们主编多忙啊,一大早就飞了,上海有一会议!"袁帅冲刘向前挤眼,刘向前赶紧大声证明:"对飞啦!好几天飞不回来!"

耿二雁极失落,"噢……这小戈,飞了咋也不告诉我一声呢?"

"耿总,等她飞回来我替您批评她!要不这花,我替她先收着?"欧小米想接过玫瑰,耿二雁不放心,"那她回来,这花还能盛开着吗?"

"能不能盛开着不好说,不过您放心,我们主编绝对不会埋怨您的!"

耿二雁这才把花移交欧小米,"小戈回来你跟她说——就说我说的——祝愿她仿佛这花一般美丽鲜艳!"

众人咋舌,"耿总您用词够火辣的啊!"

耿二雁并不讳言,"初恋嘛!"

"不对吧耿总?"刘向前质疑,"这么说您还是一名处男?"

耿二雁一晃脑袋,"儿子都成家立业了还处男!我当年结婚吧是包办婚姻,老婆人挺好,就是把恋爱这环节省略了。那你说我现在是不是算初恋?"

"那耿总您觉得您这爱情能结出累累硕果吗?"袁帅试探耿二雁的信心,

耿二雁胜券在握，"那还用说！已经落停啦，和牌是肯定的了！"

众编辑面面相觑。

刘向前实在难以接受，"戈姨不一定……"耿二雁不爱听，"你老戈姨戈姨的，我咋瞅你比小戈还老呢？"刘向前憋得脸通红，"你……我就说你和不了牌！"

"分分钟的事儿！"耿二雁很豪气，"不过吧，我不想这么快就和！我不说了嘛，这是我的初恋，初恋是美好的，那就恋呗，恋长点儿时间！哎我正想问问你们呢，现在一般都恋多长时间呀？"

欧小米思忖着，"多长时间不好说，这么跟您说吧，现在流行闪婚，就是一闪！"

"闪？谁闪谁呀？"耿二雁显然头一回听到这词儿。

"不是谁闪谁，"欧小米解释，"是说一闪的工夫就结婚啦！"

耿二雁摆手，"那还是别了，容易闪着！我是这么计划的——先恋仨月，仨月不够再恋仨月，俩仨月这就半年了吧，然后结婚！"

刘向前不满，"耿总您不能一厢情愿，总得给戈姨时间考虑考虑吧！"

"那啥时候结婚？"耿二雁说，"不能再拖了！小戈岁数也不小了，再拖该绝经啦，咋生孩子呀？"

耿二雁出现得太突然了，戈玲一开始根本没拿着当回事儿，她觉得这个愣头愣脑的农民老板太不着四六，两人差距这么大，怎么可能呢？不料，耿二雁是认真的，而且这人执迷不悔，他认为自己跟戈玲是英雄配才女，属于绝配之一种，从此还就矢志不渝了。

耿二雁追戈玲，无章无法，文的土的一块儿上。除了老家的山货，花是必献的，别人都是一束，耿二雁是一大盆一大盆的，遮天蔽日，要不是戈玲及时制止，编辑部准得弄成花房。除了献花，耿二雁还献诗。耿二雁崇拜毛主席，也想文武双全，所以随时随地赋诗，抒情言志，绝对原创，隔三差五就弄一首，体裁多样，五言七律朦胧诗顺口溜，逮什么是什么，最后连老家二人转的唱词都上了。"耿二雁"这名儿文化含量偏低，但他喜欢自己这名儿，而且引以为傲，后来他想了个折中办法，给自己起了一号——慕白，以供大伙儿改口。为了随时随地合理合法地出入编辑部，他还争取了个编辑部"名誉编辑"，就此成了编辑部的编外人员。

底下编辑们众目睽睽，说什么的都有，大伙瞅耿二雁怪"二儿"的，干脆叫他"二总"。耿二雁弄这么一水，让戈玲在编辑部挺尴尬。戈玲觉着耿二雁就是"嘚"，有钱烧的，自己出洋相不说，还拉上她垫背，就恼羞成怒，有心把耿二雁轰得远远儿的；可安妮不干——耿二雁是广告大户，编辑部的摇钱树，开罪不得。安妮软硬兼施地让戈玲顾全大局，暂且跟耿二雁周旋着。

戈玲没想到，耿二雁追求她的事连牛大姐都惊动了。这天，她刚回到编辑部，发现鸦雀无声，欧小米、刘向前各自埋首鼓鼓捣捣，迎门桌上那丛玫瑰气势夺人，就见牛大姐正弓腰嗅。

"哎哟，牛大姐！您来啦！"戈玲笑容可掬地走上前，牛大姐却神情严峻："戈玲我一直等你呢！"

"找我有事儿啊您？要不去我办公室……"

"我看就在这儿当着大家说吧，也好澄清事实以正视听，还你个清白！"

戈玲一怔，"什么事儿啊牛大姐？这么严重……"

"我听说有一个叫耿二雁的人，竟然……竟然在光天化日之下来到咱们编辑部公然调戏你！我……"

"哎哎，牛大姐您误会啦！不是这么回事儿！"

"怎么不是？戈玲你就是刀子嘴豆腐心，当初你年轻时候，李冬宝和余得利就老调戏你，我就看不惯，现在你老了老了，又冒出来个耿二雁继续调戏你！戈玲你不用忍辱偷生，我给你做主！"

"牛大姐您……我怎么跟您说呢？！咱能不提这事儿吗？"

"回避不是解决问题的办法！戈玲你这种态度只会让坏分子得寸进尺！这点你就不如我们老同志有对敌斗争的经验，你看耿二雁这种人为什么不敢调戏我呢？！"

大家差点儿笑喷。袁帅忍不住插话："是他调戏您还是您调戏他呀？容易误会！"

"你们这些八〇后，一点儿是非观念都没有！"牛大姐瞪着袁帅，"看你们现在，搞破鞋不叫搞破鞋，叫同居；耍流氓不叫耍流氓，叫放电！社会环境都让你们给污染了！"

欧小米拱火："牛大姐您就得恶狠狠批评他！他是装嫩混入我们八〇后队伍的，一再给我们这支队伍抹黑！我忍他不是一天两天了！"

牛大姐叹了一声："戈玲，发生这件事儿，我也有很大责任。当初我退休，不说功成身退吧，也是光荣退休，就有两件事儿放不下，一是咱们编辑部的未来，二就是你的个人问题！现在咱们编辑部优良传统后继有人了，可你的个人问题还迟迟没解决，主要是我关心不够！"

"牛大姐您这么一说，我觉得特惭愧！我自个儿问题迟迟不解决，敢情最对不起的是您！"

"还有社会呢！社会是由家庭组成的，你老不成家就是社会不稳定因素，那还怎么建设和谐社会呀？比如现在吧，你要是成了家的人，就不会发生这种事儿。俗话说得好，苍蝇不叮……噢噢这么形容不准确，反正就是说吧，戈玲你的个人问题迫在眉睫，到了非解决不可的时候了！"

"牛大姐您以前也给我介绍过，这事儿不是我想解决就能解决，关键得有合适的……"

"再怎么样也比那个耿二雁合适吧？！我就是随手在街上抓一个就比他强！"

戈玲听着不顺耳，"耿二雁不至于就那么差吧？"

"还要怎么差？一没文化二没觉悟！戈玲你也不想想，一个正经人会一眼看上你追你吗？"

这话分明把戈玲捎上了，戈玲当然不爱听，"牛大姐，我怎么啦？怎么正经人就不能一眼看上我呢？照您这么说，正经人都看不上我，我就那么没欣赏价值？"

"戈玲你别误会呀，我是说那耿二雁看上你不太正常！"

牛大姐越这么说，戈玲越不爱听，"怎么不正常啦？他怎么就不能看上我呢？我不至于就那么一无是处吧？只能说人家耿二雁慧眼识珠，在我身上发现了别人发现不了的闪光点！"

"戈玲你怎么也没是非观念了呢？耿二雁是正经人吗？"

"牛大姐您这么说我还真不同意。耿二雁把一个乡镇企业从小到大发展起来，做成了集团公司，是成功人士，是CEO，怎么就不是正经人呢？再说了，我们又没干什么见不得人的事儿，他正大光明追求我，有什么不正经的啦？"

"哎，戈玲你怎么替他说话呢？这么说，他追你你同意啦？这花就是他送的吧？你也敢收？！"

"同意不同意那是后话，我突然觉得安妮同志说得对——我有不同意的权利，人家有追求我的权利！这花又没毒，怎么不能收啊？"戈玲抱起玫瑰，大步走向自己办公室。戈玲本来已经把耿二雁这事儿当成过去时了，但树欲静而风不止，牛大姐这一来一问反让这事儿出现峰回路转。那抱玫瑰摆在窗台上，眼瞅着一天天凋谢。对耿二雁的久未露面，戈玲心里竟也生出一丝惆怅来。

在这事上，戈玲的太极功夫丝毫不减当年，真真假假虚虚实实，外加伶牙俐齿杀人不见血的一张嘴，绝对够耿二雁忙活的，当年李冬宝落荒而逃就能充分说明戈玲的战斗力。

耿二雁不是李冬宝，耿二雁的风格就是超常自信。他认为自己追戈玲是手拿把攥，他觉得戈玲不痛快答应就对了，文化人都这样，文化人就得口是心非。耿二雁长到这岁数还没像模像样谈过恋爱，戈玲这么一弄，让他一下儿找着恋爱感觉了，所以他也不着急，耿二雁心想多恋会儿正好，等恋得差不多了，再把戈玲拿下，反正就是随时随地的事儿。

时间还真能改变一切。戈玲怎么也没想到，一来二去的，她对耿二雁也不那么烦了。被人追求总比没人搭理强，说明戈玲还有魅力，省得底下人老认为戈玲不可爱。戈玲多年没沾这种事儿了，把被人追求的感觉都忘了，现在一重温，把瘾又勾起来了。这种事儿有个好处，就是能让人返老还童，戈玲感觉自己确实年轻了不少，同事们也都这么说。戈玲一扫在众人心目中刻板的老处女形象，时尚魅力指数直线上升。事实上，编辑部的男的一个个都挺面的，耿二雁的做派确实让人耳目一新。就连八〇后编辑对他的看法都来了个一百八十度大转弯，说别看这老家伙愣头愣脑傻狂傻狂的，还真透出股与时俱进的飒劲儿来！

"二总一星期没来了！他用的什么战略战术？怎么一去不复返了呢？"

"二总不说恋三个月就结婚嘛，不会是三个月一回来就把咱主编给娶了吧？"

"也许是知难而退了！"刘向前这样希望。

"要说也怪，二总老不来吧，还真挺怀念他！没他咱仨W不热闹！"袁帅道出了大家的共同感受，他随即压低了声音："你们发现没有？这几天主编有点儿打蔫儿……"

玫瑰凋败得就剩秆儿了。人花相对。戈玲发了会儿呆，从瓶里拿出残花。外面电话响，只听见袁帅接了。戈玲刚要把残花扔进篓子，外面袁帅叫："主编电话——!"

戈玲抱着残花走出来的时候，袁帅正跟对方聊着，"……您从那岛国回来时候吧给我们捎点儿鸟粪，听说是那国家特产，养花特好……哎，您等着，主编来啦!"

戈玲猜不出对方是谁，袁帅指着电话听筒，声音特大，相当于向全世界宣布："慕白——!"

九 火眼金睛

有人说人分三种，一种是行骗的，一种是被骗的，还有一种是即将被骗的。对这种说法，牛大姐一向嗤之以鼻。但她没想到，自己有一天也会被不幸言中。这是牛大姐生命中最黑暗的一天。牛大姐自诩有觉悟水平高，一向老笑话别人的主儿，无数波谲诡异的政治斗争都闯过来了，结果在小骗子手里栽了。

当时牛大姐替社区小超市的钱大妈看店，两个骗子进来买烟，一唱一和偷梁换柱，结果牛大姐不光没收钱，还倒找对方九十多块钱，牛大姐好心办坏事，那叫一堵心。从此以后，牛大姐见谁跟谁叨叨："我革命工作一辈子，风风雨雨，如履薄冰，档案上没留下丝毫污点，谁不说我牛大姐政治水平高?! 一世英名啊，毁于一旦！可我就百思不解，都说人老糊涂，可凭我打下的底子，睁一眼闭一眼也能识破骗子的雕虫小技啊！他们顶多也就骗骗小市民，没承想我也会受骗上当！破财是小，名誉是大，晚节不保使我在张大妈王大妈李大妈赵大妈钱大妈心目中的高大形象一落千丈！更严重的是，在我工作战斗过的编辑部，这事儿也传为反面教材了……"

编辑部得知这一情况已是后来。戈玲、刘向前去医院探望牛大姐回来，获悉了不少情况。

"他们小区共计三十二名老年妇女，共上当受骗五十一人次，只有牛大姐独善其身保持清白。可是现在，这一纪录已被打破。晚节不保，这对牛大姐是多大打击啊！"戈玲愤愤地说。

连欧小米都表示无可奈何，"现在这骗术花样翻新层出不穷，充分体现了诈骗分子的高超智慧和不断创新精神。不要说广大中老年妇女，就连我们这些花样年华也屡屡中招儿！前一阵那著名的'你猜我是谁？'，骗的就是大学毕业的，我们一同学就损失了几千块大洋！"

"注意，这种骗术已经升级换代了——"何澈澈说，"当你接到一个可疑的借钱电话，来电显示又确实是你同学或朋友的号码，你怎么办？"

"防不胜防啊！"刘向前痛心疾首，"那回我爸爸去银行取钱，自动取款机上贴一通知说机器有故障，让按照提示操作。这是我爸爸毕生积攒的小金库啊，结果都汇给骗子了！"

戈玲颇愤怒，"骗子真不是东西！骗谁也不应该骗老刘，老刘为钱宁死不屈，你还不如直接要他命呢！"

安妮也回想起来，"你们这么一说，我也想起一件事来。前几天我收到一封邮件，说我E-mail号码中了大奖……"

不等安妮说完，袁帅就抢过了话头，"让你先把税款汇过去，一般是奖品价值的30%，对不对？这都是上个世纪的骗术了，也就拿你这海外游子热热身练练手！你远离祖国这几年，我们的骗术日新月异，已冲出亚洲走向世界，提前达到并超过国际先进水平！跟广大骗子相比，中国足球应该感到无比惭愧！"

"这太不可思议了！我本来是打算汇款的，可是这几天太忙，还没来得及……"安妮不禁后怕。

"Anney，我越来越发现你其实很单纯！这不行，这不适合中国国情啊！我有必要给你补补课，要不这样吧，我每天牺牲全部业余时间对你进行单独辅导，课目就是《二十一世纪骗术大全》！"

欧小米在旁挖苦："帅哥你这分明是要进行实战啊！如此明目张胆，不禁令人发指！Anney难道还不该及早警醒吗？被骗子骗财是小事，被某人骗色可就追悔莫及了！"

"我个人的安危是小事，但是广大群众的利益绝不容侵犯！骗子也太嚣张了，我们《WWW》是不是也该做点儿什么啊？比如我们可以搞个活动，发动读者揭发各种骗术并征集防骗高招儿……"

对安妮的提议，戈玲立刻表示支持，"对！广泛发动群众，打一场人民战争，把骗子淹没在人民战争的汪洋大海之中！"

大家也都摩拳擦掌。何澈澈立刻行动，"顶！我马上在网站发帖子！发动帖友灌水！"

刘向前也干劲十足，"还可以让群众提供线索，帮助公安机关缉拿诈骗犯——说不定我爸那小金库还能追回来呢！"

《WWW》振臂一呼，应者如云。虽然不能报仇雪恨，但有地方公开发牢骚，这就算是为民解忧了。接连数日，编辑部几个人埋头于拆分整理信函，可谓触目惊心。

"都是斑斑血泪啊！这有一个，十天之内被连骗三次，这也忒悲惨啦！"

"骗子固然可恶，挨骗的也要反思。一般来说，骗子就是抓住了有些人贪小便宜或者投机取巧的心理，结果屡试不爽，某种程度上助长了骗子的反动气焰！不是有句话嘛，可怜之人必有可恨之处！"

何澈澈赞同欧小米的意见，"顶！还有句话，苍蝇不叮无缝的蛋！"

刘向前显然有不同意见，"作为被骗者家属，我有不同意见。就算我爸爸比较善于发现和利用性价比最优的原理，造成犯罪分子有机可乘，那牛大姐呢？牛大姐可是作风端正思想敏锐，还不照样挨骗了？"

戈玲神情严峻，"这说明犯罪分子已经无孔不入！人民群众多不容易啊，我们无权再责备他们了！"

安妮启发大家打开思路，"我认为我们发起这次活动的意义不仅在于控诉骗术，更在于怎么对付骗术！见招拆招，魔高一尺道高一丈，让人人都成为防骗高手！亡羊补牢为时未晚！"

袁帅举起一封来信，"这位读者洋洋洒洒写了三页纸，中心思想就是要加强学习，树立正确的人生观和世界观，不断提高自身修养和辨别是非的能力——哎我怎么觉得这么像牛大姐的语气呢？该不会是牛大姐在病榻上用血泪写成的吧？"

安妮也挑出一封读者来信，"这封读者来信是这么写的——世事无常人心险恶，社会很复杂。为了避免受骗上当，不要出门，不要上网，不要使用手机和银行卡，不要相信任何人，尤其不要和陌生人说话！"

"这不是自绝于人民嘛！这不行！"欧小米说，"这儿有一读者建议留怪异点儿的发型，他说这样儿显得倍儿横，骗子见了都得躲着走，也就不会挨骗了……"

欧小米又挑出一封读者来信，"一计不成再生一计！这位读者是这么建议的——《孙子兵法》曰，不战而降人之兵，上上谋也。对付骗子就要采取震慑战术，可随身佩戴一臂章，上书'人不骗我我不骗人，人若骗我我必骗人'……"

袁帅不以为然，"这哪叫震慑啊，纯粹是招猫逗狗！"欧小米摇摇头，"是透着一股色厉内荏！还不如跟新手开车似的勇敢自曝短处呢，写上'别骗我，我刚被骗不久'！"

"还别说，这兴许真管用！"袁帅狡黠地，"看你楚楚可怜的，谁说骗子就不懂怜香惜玉啦？不过吧，骗财是免了，骗色是必须的了！"

欧小米瞪他一眼，"你以为骗子都跟你一个思路？！"

何澈澈在贴吧中浏览着，忽然有新奇发现，"晕！职业骗子也响应号召来灌水了！"

众人一听，都好奇地围拢来，猜测对方或许要痛改前非。

刘向前赶紧催促着："澈澈你帮我问问，我爸爸那小金库是不是他干的？他哪怕退我一半儿呢！"何澈澈说："此人确实是骗子，而且确实不想提前退休。他说——我之所以骗别人，是因为不想被别人骗，所以变被动为主动先下手为强后下手遭殃！"

众人正聊得热烈，身后有人敲门。闻声望去，只见一中年妇女站在门口，警惕地向里观察。刘向前热情地迎上前去，"您好！请进！"

中年妇女却保持警觉，"你们这是什么单位？"

"《WWW》编辑部啊！您……"

"怎么证明？"

"我就是证明啊！您可能不认识我本人，但是我的名字您一定很熟悉——刘向前刘老师，你们的生活导师，我的著作《过日子指南》……"

"这又怎么证明？"

刘向前张口结舌。

"莫名其妙，你到底要我们证明什么？"安妮很不解，指着墙上的《经营许可证》之类的证照，"你要的证明别就是这个吧？"

中年妇女走过去，盯着那些证照仔细察验过后，才稍稍放松。

"看来你们这里确实是《WWW》！这么说那个有奖征集被骗防骗的活动不是假的？"

戈玲迎上前来，"瞧您说的！我们目的就是打击骗子，怎么会弄个假活动骗人呢？！"

"这我就放心了！我就是来参加这个活动的！"

"哦，那欢迎欢迎！其实您写信、发邮件或者打电话都行，省得您大老远地往这儿跑！"

"那不行啊，万一你们要是骗子呢？不入虎穴焉得虎子，我必须亲自来一趟！"

编辑部众人面面相觑。欧小米忍不住地说："阿姨您提高警惕我们赞成，但是我们不赞成您草木皆兵。"

"不是我草木皆兵，而是你们太麻痹大意！名言说得好，人的一生只做三件事——骗人，骗自己，被人骗。不提高警惕行吗？打早晨起来一睁眼就得提防挨骗——吃肉怕激素，吃素怕农药，吃油条怕地沟油，吃馒头怕滑石粉，喝豆浆怕兑水，喝牛奶怕掺毒，来回打车怕绕远，自己开车怕碰瓷，进公司防忽悠，进商场防导购，陌生电话不敢接，垃圾短信不敢回——还要我继续一一列举吗？"

欧小米赶紧拦住，"您已经够一一的了！我突然认识到，我能在这种险恶环境里九死一生长这么大，真是个奇迹！"

"阿姨您这是散布恐慌情绪啊！"袁帅故意很严肃，"我们安总说了，关键还是怎么防骗！"

"对！您深受骗术之害，一定有很多防骗高招！"

安妮一提醒，中年妇女愈发亢奋，"俗话说久病成医，防骗的绝招儿我有啊！要对付骗子，首先要知己知彼百战不殆。骗子不是专找爱贪便宜的下手嘛，我偏就不贪便宜，便宜就是当，见便宜躲着走，钱包掉脚底下都不捡，便宜东西一律不买，就买贵的！骗子利用人们图省事的心理不是吗？我偏不省事，我就不嫌麻烦，我怎么麻烦怎么来，怎么绕远怎么来！遇事一定要瞻前顾后、前思后想、前怕狼后怕虎，三思而后行！骗子不是利用人的善良吗？我偏就不善良，我谁也不同情！就这么严防死守，我不信治不了骗子！"

戈玲笑着说："我觉得吧您这是矫枉过正！与其这么痛苦地生活，还不如干脆让骗子给骗了呢！"

一段时间下来，大家发现，读者热情挺高涨，建议也是五花八门，但基本不具推广价值。

袁帅举例说："这位读者的建议已经不可以条计了，整个就是泱泱巨著——光怎么辨别假冒伪劣就分为食品饮料篇、服装鞋帽篇、钟表电器篇、综合杂项篇共十七节二百二十八项累计七万六千三百二十二字，要想通读并掌握，不上四年大学本科肯定是没戏！"

何澈澈习惯性地转动着圆珠笔，"莫不如拜金庸为师研习《葵花宝典》，一朝练成东方不败，何惧大小骗子！"

袁帅乐了，"欲练神功，引刀自宫——太不人道主义了！"

几人正议论，一中一青两男子出现在门口。一看就是一主一仆，都穿黑西装、戴大号墨镜，表情酷酷的。青年男子闪到一旁，毕恭毕敬地介绍中年男子："几位，这是我们老大！"说着，中年男子很江湖地向屋里人一抱拳。

欧小米紧张地小声询问："你们谁在外边招惹人家黑社会啦？"刘向前连忙猫腰躲避。袁帅当然要显示自己不含糊，于是站起身来，也向对方一抱拳："兄弟不才，江湖上都尊我一声帅哥。敢问二位是哪个山头的？"

"鄙人复姓令狐，单字锋。"

刚才说东方不败，现在令狐大侠就到了。编辑部几个人嘀咕起来。袁帅壮起胆子，"敢问您跟令狐冲是什么关系？"

"不才，我们之间是偶像和粉丝的关系！"令狐锋迅速掏出名片，递给袁帅。

"《WWW》跟你们华山派也没什么江湖恩怨啊！"袁帅看着名片，"法沃科技发明有限责任公司……"

令狐锋踌躇满志地解释："法沃是英文FIVE的译音，第五的意思。中国不是有四大发明嘛，这寓意着第五大发明必将诞生在我们法沃公司！"令狐锋一挥手，青年男子立刻挥臂高呼口号："法沃法沃！我不骗你你不骗我！"

令狐锋再一挥手，青年男子戛然而止，"这就是我们法沃精神！"

刘向前这会儿才放松下来，大模大样迎上前，把袁帅挡在后面，"原来也是知识分子啊！这我就放心了！跟我说吧，你们什么事儿？"

"对不起，这是商业合作，我要找你们老板谈！"令狐锋似乎没把刘向前看在眼里，刘向前感觉很没面子，"啊，老……我是编辑部老人儿，元老，德高望重……"

刚说到这儿，响起几声嘟嘟的警报声。编辑部几人四下环顾，不知声源何处。安妮、戈玲闻声从各自办公室跑出来，"怎么啦怎么啦？哪儿着火啦？"

"测验成功！"令狐锋兴奋地与青年男子击掌庆贺，眼花缭乱的像玩你拍一我拍一。安妮和戈玲这才注意令狐锋。

令狐锋凑近安妮，大墨镜几乎贴到安妮鼻子尖，上下左右前前后后，把安妮看毛了。袁帅赶紧提醒："哎哎，令狐大侠甭看那么仔细，我保证她确实不是你们华山派的！"

"真的！她是真的！"令狐锋断言，然后一指刘向前，"他是假的！"

编辑部众人齐刷刷望定刘向前，刘向前大为不满，质问令狐锋："你什么意思？我假的？难道我是鬼影儿？"

令狐锋陷入自我陶醉，"世间万象，一切皆如雾里看花，只有我的火眼金睛洞若观火，能识破真真假假虚虚实实，世人皆醉唯我独醒！"

令狐锋又是一挥手，青年男子大声背诵《雾里看花》的歌词，"借我借我一双慧眼吧，让我把这纷扰看个清清楚楚明明白白真真切切……"

看这二人耍宝，安妮及时叫停："Stop！令狐先生您搞错了，我们杂志社不刊登歌词！"

"是您搞错了！我是来展示我的火眼金睛的！"

令狐锋摘下大墨镜，一双小眯缝眼暴露无遗。编辑部众人无不失望。

"敢情这就是您的火眼金睛？"戈玲毫不掩饰自己的怀疑，"我们还以为得多目光如炬炯炯有神呢！"

青年男子当即予以澄清："火眼金睛不是我们老大的眼睛，火眼金睛是我们老大的眼镜！"

众人目光齐刷刷锁定那副大墨镜。令狐锋手举墨镜，口若悬河，酷似拙劣的电视直销，"朋友，你可知道中国四大发明？举世闻名人人皆知，那就是造纸、火药、印刷术、指南针。但是朋友，你可知道中国第五大发明？你知我知天知地知，它就是法沃公司发明的火眼金睛。戴上它，在人生道路上你不会迷失方向；戴上它，大千世界你能辨别真假；戴上它，茫茫人海中你可以寻找另一半的她。还犹豫什么？不要犹豫，赶快拿起您的电话，快快拨打12345678……"

袁帅厉声喝止："停！停就是Stop的意思！我们正研究怎么对付骗子呢，你就前来充当活生生的典型！哎——，看你往哪里走！"袁帅欲令狐锋不客气，令狐锋却一脸正色："我就是得知你们《WWW》正搞防骗活动，所以特地慕名前来！"

"你倒是明知山有虎偏向虎山行，也太小瞧我们防骗实力了吧？澈澈，查查他这骗术属于哪门哪派？"欧小米也认定对方是骗子，何澈澈紧急翻阅《骗术大全》："应该是综合杂项篇第三节第十七项！"

"我是来跟你们精诚合作的！"令狐锋解释，"你们不是征集怎么防骗嘛，我发明的火眼金睛专门甄别骗子，戴上它，就能一眼识破骗术！所以咱们联手合作，火眼金睛可以借这次活动隆重推向市场，同时你们的活动也取得了圆满成功！"

编辑部众人觉得匪夷所思。只有安妮表现得相当兴奋，"Really？"

令狐锋听不懂，犯愣。何澈澈英译汉："真的？"令狐锋使劲点头。

"Very Good！"安妮表态。何澈澈及时翻译："非常好！"

令狐锋大喜，一挥手，与青年男子眼花缭乱地击掌庆贺。袁帅连忙偷着一拽安妮，低声提醒："我深知在你强势的外表下藏着掖着一颗单纯而善良的心，但是……"

安妮心里一热，"没想到你这么理解我……要不然我就继续深藏不露？"

"咱们当场试验！"令狐锋拉开了架势，"如果对方有诈，火眼金睛就可以发出警报。其实刚才已经小试牛刀，警报一回了！"

刘向前仍然耿耿于怀："刚才我怎么了它就警报？"何澈澈点醒他："您说您在编辑部德高望重……"

令狐锋重又戴上大墨镜，充当测试对象的青年男子声称："我是比尔克林顿！我起誓，我和莱温斯基没有任何关系……"

大墨镜果然发出几声嘟嘟警报。

青年男子又说："大象和蚂蚁交配，生出来的是螳螂！"

大墨镜嘟嘟警报声又起。

编辑部众人啧啧称奇，同时又疑窦丛生。

"这还真挺神的！可是太神了吧反而可疑……"

"你们不会是提前设计好程序然后人为操控吧？"

刘向前趁机反攻："对啊！这是巫术！你说说根据的什么原理？有什么科学依据？"

令狐锋成竹在胸，"这不是一副普通的墨镜，它内置了超感应系统，可以遥感监测人体的呼吸速率、脉搏波以及皮电活性——也就是皮肤电流阻抗

GSR的指标变化，并转化为电信号。骗子在说谎行骗时，处于某种心理压力之下，生理图谱呈现特定变化，据此可以一目了然地作出判断！"

实践是检验真理的唯一标准。编辑部决定对火眼金睛进行实战检验，鉴于中老年妇女对骗子的巨大吸引力，这项光荣任务最终落在了戈玲身上。

戈玲戴着火眼金睛大墨镜独自走在马路上，对每个路人都保持警惕，时不时鬼鬼祟祟地躲到树后，通过耳麦与后方联系："长江长江！我是黄河！……"

袁帅驾车若即若离地尾随着戈玲，安妮坐在副驾驶席上，通过步话机遥控戈玲。

"黄河黄河，我是长江！我们就在你身后不远，有事请讲！"

戈玲这才心神略定，"黄河没事儿！"

袁帅哑然失笑："黄河肯定紧张够呛，一会儿工夫呼唤好几回长江了！"

安妮倒是很能理解戈玲，"换成我也紧张——要是真把骗子给招惹来了，到时候火眼金睛又不管用，那不成羊入虎口了嘛！"

试验地点选定在诈骗高发地——银行。戈玲在银行门外逡巡着，每过来一个人，她都异常紧张地提防着，但总是虚惊一场。相反，来来往往的人都觉得戈玲举止古怪，无不侧目。戈玲有些沮丧，焦急地对着话筒低声抱怨："长江长江，我是黄河！没发现骗子出没，可有人已经把我当骗子了！"

汽车里的安妮给戈玲打气："黄河黄河，我是长江！沉住气，坚持到最后一分钟，坚持就是胜利！"袁帅着急了："骗子也是！平时老低头不见抬头见的，用着他们的时候怎么一个也不见了呢？关键时刻掉链子！"

"黄河黄河，我是长江！利用这段时间再温习一下骗子的常用骗术，骗术一，短信诈骗；骗术二，银行门口，故意装作捡到钱包或贵重物品……"

安妮话音未落，一名男子出了银行，从戈玲面前走过，胳膊下夹的塑料袋子正好掉落在戈玲脚下。假设成真，戈玲吓得哇呀一声蹦起来。男子被戈玲的反应吓了一跳，怔在了那儿。戈玲怦怦心跳，装作兴奋地大喊："啊！啊！包儿！包儿！"

戈玲这一惊一乍，男子很不适应。戈玲瞟着他，"里边也许是钱或者什么价值连城的宝贝！那么，是谁丢在这里的呢？"男子觉得戈玲莫名其妙，咕哝着弯腰去捡。这一情况不符合骗术常规，戈玲发一声喊，又把对方吓了一跳。

"慢着！应该你捡还是我捡？"

男子瞪她一眼，把包儿捡起来。

"不对吧？"戈玲很困惑，"怎么没我事儿呢？我可看见了！"

男子觉得戈玲莫名其妙，戈玲同样觉得对方不按常规出牌，"你们不说看见就人人有份儿嘛？！我确实是一个热爱贪小便宜的中老年妇女，接下来，你大概会带我到一个没人的地方，然后……"

男子大愕，转身要走。戈玲更奇怪了，"不对吧？你就这么走了？"

男子懒得理她，拔腿就走。戈玲鼓足勇气追上两步，"打开天窗说亮话吧——你为什么不骗我？"

男子怔怔看她半晌，憋出几个字来，"老花痴！"说完打开塑料袋和层层包装纸，露出一个大面包，狠狠咬一口，扬长而去。

第一次试验无功而返，戈玲很懊恼。回到车上，三个人苦苦思索着，袁帅埋头翻阅黄历。

"难道我们打草惊蛇了？"安妮思忖着，"所以骗子们都闻风丧胆望风而逃？或者就是你露了什么破绽……噢I know，一定是火眼金睛引起了他们的怀疑！他们胆大心细机智灵活英勇善战，不放过任何蛛丝马迹，任凭对方再狡猾，一丝一毫的可疑迹象也休想逃过他们敏锐的眼睛！"

戈玲不满地白了安妮一眼，"你这是说骗子吗？倒像是说我军侦察兵呢！"

"我意思是说，咱们警惕骗子，骗子肯定也警惕咱们！事实证明，骗子比咱们更警惕！"

袁帅合上黄历，"都甭猜了！刚查完黄历，上边明白写着呢，今天这日子不宜开张纳财，广大骗子肯定是公休了！"

戈玲半信半疑，"骗子还信这个？"

"这您就不懂了，骗子才最信呢！就因为他们什么都不相信，所以只能相信这个了！"

就在这一组出师不利的同时，由欧小米、刘向前、何澈澈组成的另一组却比较顺利地完成了试验任务。

"我们第二小组强烈要求为刘老师记一等功！"欧小米提议着，"是刘老师勇闯魔窟，跟骗子短兵相接的！"

刘向前自我感觉良好，开始作报告："这是我应该做的！他们俩毕竟年轻，毕竟缺乏对敌斗争经验，所以当时我并没有多想，只有一个念头，那就是一定要完成任务！说实话，刚进去的时候我还有点儿紧张，但我很快就镇定下来，警觉地注视着对方的一举一动。那人果然居心不良，被我当场识破，我厉声说道——不对！分量不对！……"

听到这里，安妮、袁帅、戈玲面面相觑，"分量不对？听这意思，你好像进菜市场了……"

"对啊！"刘向前点头，"我就是进的菜市场！对那儿我熟啊！"

欧小米补充："刘老师说了，那是咱主场！"

"火眼金睛灵不灵？"

安妮急于知道结果如何，刘向前由衷叹服："要说还真灵！话说菜市场某小贩给我约了一斤茴香，哪知我的眼就是秤，一瞅就不够一斤，几乎同时，火眼金睛就嘟嘟响警报！高科技这东西就是厉害，跟我的肉眼难分高下！"

何澈澈补充："买完缺斤短两的茴香，我们乘胜追击，买了注水肉、冒牌大闸蟹和催生的土鸡蛋，一一揭穿了小贩们的骗局，一举震动了菜市场！"

安妮大为欣喜，"Very very good！火眼金睛的初步测试结果非常OK，我很看好！除了把火眼金睛推向中国社会，我还准备和我的导师贝克汉姆勋爵联系，请他利用自己的影响力向西方推荐火眼金睛！"

戈玲也来了神，"如果火眼金睛确实名副其实，这还真是功德无量的事儿，是社会效益和经济效益的双丰收！但前提是必须经过科学论证和反复试验，要不然我们就成伪科学帮凶了！"

安妮作出了决定："下一步，我们要进一步扩大测试范围，让法沃公司给我们编辑部每人配发一副火眼金睛，二十四小时全天候监测！"

这天，袁帅和欧小米前来采访时装秀。霓裳乐舞，扑朔迷离。T台边，袁帅噼里啪啦一通猛拍。欧小米在一旁百无聊赖。难怪，这种秀一星期能有三百多场，一场比一场奢华，一场比一场没内容，每次她都发愁，回去没的可写。好在袁帅多拍片子，文字少图片凑，两人配合日渐默契，认为彼此是好搭档。

从秀场一出来，金主编热情洋溢地直奔而来，远远就扬着胳膊打招呼。

袁帅装作无奈，实则向欧小米炫耀："非要挖我过去！没见过这么诚心诚意的！"袁帅同样扬着胳膊迎着金主编走上去，不料对方对他视而不见，越过他径直奔向了欧小米："欧小米！著名娱记！我早就看上你了，在《WWW》都亏才，出来跟我干吧！我就不用自我介绍了吧？圈儿里人还没认识我的！"欧小米狡黠一笑："对不起，我孤陋寡闻，您还真得自我介绍一下！"

金主编在各个口袋里一通摸，动作令人眼花缭乱，也没找着名片，"片子呢？……"他这才想起袁帅来，"袁帅，上回我给你那片子呢？"袁帅损他："您就别'骗'啦！我隆重介绍一下，这位是金主编，俗称金牌主编，曾主编并搞垮多家杂志……"

金主编连忙打断袁帅的话，"他喜欢恶搞！不过我可是很郑重地向你发出邀请！我保证让你发挥所长……"

"等等！"欧小米想起了火眼金睛，迅速掏出来戴上。袁帅会意，效仿地也戴上。

透过火眼金睛，金主编立刻现了原形——色眯眯地，心里边正盘算着鬼主意。

摆脱了金主编，欧小米快步走向停车场，袁帅快步追上来，急赤白脸地埋怨："你怎么真答应他啦？"

"只许人家挖你，就不许挖我？这说明我比你有才！"

"那老金是一色狼！你要去他那儿，不等于自投罗网嘛？！以前我知道老金色，但没想到这么色！戴上火眼金睛这么一看，敢情整个一西门庆转基因！"

"不对啊！我也戴着呢，怎么看老金怎么像白马王子！"

袁帅一怔，拿过欧小米的火眼金睛反复察看，气急败坏，"这什么破玩意儿——有老金那样儿白马王子吗？！回头我找令狐锋去，质问他这是火眼金睛还是障眼法？到底是为我们服务还是为敌人服务？"袁帅越说越着急，"我告诉你，你可千万不能去老金那儿，他潜规则你，一失足成千古恨啊！不行，我找他去！"

袁帅转身就要返回秀场，欧小米连忙一把拽住他，"哎哎你找他干吗？"

"我威胁他！"袁帅决定，"威胁不成我就请求，让他高抬贵手放你一马！实在不成就走马换将，拿我换你，豁出去当狗仔了！"

欧小米感动地望着袁帅，"你真愿意为我作这么大牺牲？"

袁帅一副慷慨赴死的架势："我牺牲得值得！"他摘下照相机，"如果我没有回来，一定替我把这个转交给组织！另外千万别告诉我妈，如果她老人家来电话，就说我去了很远很远的地方……"

欧小米脸上漾出笑来，"你有这动机我就满足了，你真牺牲，我还赔不起呢！你真以为我不知道老金怎么回事儿？我只不过把警报声关了，以免敌人察觉！"

袁帅这才明白欧小米是开玩笑，松了一口气，立刻恢复了油嘴滑舌，"果然名师出高徒，在我言传身教下，你已经越来越狡猾了！哎你不去老金那儿干吗还答应他？"

"许他骗咱，就不许咱骗他？让他翘首以盼去吧！这叫骗中骗！"

不光袁帅、欧小米初尝火眼金睛的甜头，编辑部另几人也都有了收获。大家凑到一块儿，争相汇报战果。刘向前津津乐道："上星期我不是谈了个广告客户嘛，那人说得天花乱坠！今天去签合同，拿火眼金睛一看，那人满嘴跑火车，根本不靠谱！幸亏这第五大发明了！你们还记得吧——我有幸成为它第一个试验品，看来冥冥之中我跟它有缘啊！"

"在火眼金睛的帮助下，我侦查出老爸存了一笔巨款，而且是以我的名义！"何澈澈财大气粗地招呼欧小米，"下周飞拉斯韦加斯，我请！"

袁帅首先反对，"慢着！澈澈你这不害我嘛——你把她赌瘾培养出来啦，往后我还怎么接手？"欧小米笑了，"就知道你不是真心真意，一点儿也不惯着我！"

由他们的调侃，戈玲生发出感慨："年轻就是好！回想我年轻那会儿，不知道珍惜……" 刘向前立刻表示知冷知热，"主编您想必是忆往昔峥嵘岁月稠，有感而发！"

戈玲就势说开来，"你们也都知道，当年李冬宝追求我，他吧就老玩世不恭那样儿的，什么都拿来调侃，我就怀疑他对我三心二意，就一直考察他，可一直也没考察出结果，累了是真的，那么就结婚了。然后生了李子果，直到最后离了，我也没弄清李冬宝对我是不是真感情……"

袁帅、欧小米、何澈澈面面相觑。

刘向前算是知情人，"听我爸说，表面上看你们俩嘻嘻哈哈的，其实是一场绝世苦恋！"

戈玲的情绪忽然由阴转晴，"不过现在好了，我终于知道答案了——咱有火眼金睛啊！昨晚上李冬宝吧想表达父爱，带李子果去吃饭，我作陪——结果你们猜怎么着？"

另几人猜测着，"李大腕儿戏过了……"

戈玲使劲点头，"拙劣的表演！他嘴上说现在过得挺滋润，稿费不用讨价还价了，耍大牌发脾气基本可以不看人下菜碟，也不后怕了。可实际上他过得一点儿也不好，他觉得越来越没劲儿，他就怀念跟我们娘俩在一块儿的日子！"

欧小米不禁啧啧："李大腕儿的演技可说是无人能出其右，居然都逃不过火眼金睛！"

"火眼金睛不仅能识别骗子，更能帮助我们发现生活中的美好！主编这事儿就是例证！"

对袁帅的话，戈玲深以为是，"是火眼金睛让我相信曾经沧海难为水！是火眼金睛打开了我的心结！"

正说着，安妮带令狐锋走进了编辑部，令狐锋一边打着电话，"……你马上跟瑞典皇家科学院诺贝尔奖评委会联系，把我手提电话、E-MAIL、IC、QQ、IQ统统告诉他密码！我的简介一定要这样描述——敝人Mr令狐锋，另一个响亮的名字是CHINESE，中国人！"

编辑部众人面面相觑，"令狐大侠这是要申请诺贝尔奖啊！"

令狐锋挂断手机，"土生土长的中国人还从来没得过诺贝尔奖，如今就要由我改写这个历史！古有四大发明，今有我第五大；外有瓦特发明蒸汽机爱迪生发明电灯泡，中有我令狐锋发明火眼金睛！授予我诺贝尔发明奖，这是历史的必然选择！……"

安妮立刻指出问题："你还是没跟国际接轨——诺贝尔根本不设发明奖！"令狐锋小眼睛瞪得溜圆，"为什么？奥巴马能得和平奖，我为什么不能得发明奖？"

"那您得质问奥巴马去！"袁帅提醒。

"奥巴马的烦恼比他多。他没得奖我一个人就能解释，可奥巴马得了奖全世界都不能解释！"安妮调侃着。令狐锋转念一想，倒也释然："算啦，得饶人处且饶人，我就不跟他们计较了！诺贝尔奖不颁给我是他们一大损失！再说我已经向联合国教科文组织提出来了，准备申报物质文化遗产！跟小学教材编审组也打招呼了，中国四大发明的提法应当改改，加上我的火眼金睛，改成五大发明！'影响历史的一百人'评委会第一时间跟我取得联系，把我跟希特勒、墨索里尼并列为候选人！"

编辑部几人相视一笑，"实事求是地说，令狐总虽然有点儿飒，但有民族自豪感！"

令狐锋一听，愈发精神抖擞，"这是必须的！现在外国公司要跟我合作，被我严词拒绝了——这是国家机密，不能流失给他们！我正给火眼金睛升级换代，将来可以用在军事国防上，有间谍卫星什么的，火眼金睛抬头一看，一目了然！这能教给外国人吗？顶多就是供应他们民用，还不能把功能给配齐喽，怎么就许他们出口中国的东西偷工减料呢？咱就不能让他们跟咱同胞一个待遇！"

安妮有感慨："其实对中国抱有敌意的只是少数，越是这样，我们越要展示泱泱大国的风范。比如我在国外，就非常注意自己的形象，我的一举手一投足代表的都是五千年文明！"

安妮兴致勃勃加以演示，婀娜多姿地款款而行，不小心差点儿崴脚，袁帅赶紧伸手相扶，"这不怨你，是苏格兰路况不好！"

"言归正传，"安妮宣布，"经过严格测试，火眼金睛效果显著。我们《WWW》决定与法沃公司合作，对火眼金睛进行大力宣传推广，让它造福社会！"

"火眼金睛"一经推向市场，反应异常热烈，很快就断货。许多人买不着，就找到了《WWW》编辑部，编辑部电话成了订购热线，法沃公司紧急调拨了一批，但数量有限，供不应求。编辑部门口排出一条长龙，很像当年抢购副食品的盛况再现，戈玲带领袁帅、欧小米、刘向前、何澈澈忙于维持秩序。

"不要挤！大家不要挤！火眼金睛缺货只是暂时的，如果不是急需，就请不要在这儿排队了！再等几天，面包会有的！一切都会有的！"

一个房姓中年男子闻言痛心疾首，"别跟我提等，提这个我犯心脏病！几年前我就憋着买房，一直等，可房价不等啊，噌噌往上涨，眼瞅着翻了好几番——就让等闹的！我老婆说赖我姓这姓——姓房，命中注定一辈子跟房较劲！"

袁帅如遇知音，上前与房先生紧紧握手，"房先生，你并不孤独，我也等着呢！等着房价落下来就买房娶妻，结果等到花儿都谢了，我还孤家寡人呢！"

"兄弟你也甭害怕，再买不起房，老婆跟我一离，我也孤家寡人了！"

"咱要有信心！人民政府爱人民，这一轮调控够给力！"

"2008年出手一调控，房价还真拉开架势要落，可事儿就坏在美国人身上，非得爆发信贷危机！我就纳闷，怎么好事不漂洋过海，坏事都不远万里来到中国呢？美国人寅吃卯粮败家子儿，我凭什么跟他吃挂落？"

安妮挤进来，一边答腔："这就叫全球化！地球村！我的导师贝克汉姆勋爵说，不管你喜不喜欢，这是大趋势！"

房先生一肚子的懊恼和困惑，"反正这房市我越来越看不懂了——这个说还得涨，那个说准得降，他说他是代言人民，他说他是真理化身，电视上说量价齐升，报纸上说市场低迷，开发商说供不应求，内部人说捂盘惜售，专家说该出手时就出手，学者说绷住了再等等——我见过这么耍猴的，可没见过这么耍人的！所以一听说你们这儿有火眼金睛，我中午饭都没吃就来了，就为弄个明白，到底谁睁着俩眼说瞎话呢！"

安妮劝他："您的心情我们理解，可是数量有限，您看这队排得……"

"排队我不怕！"房先生不以为然，"楼盘排号见过吗？提前一个月就去，二十四小时坚守，有一人他爸死了，要说死的也真不是时候，这人化悲痛为力量，愣是没去奔丧，就这么最后也没排着号儿！看见没有——帐篷我都带来了，不行就在你们这儿安营扎寨，我就不信，再难还难得过买房？！"

编辑部几人大为感慨。

袁帅格外同情，"我这位难兄难弟不容易，广大买房人不容易，我做主了，卖他一副卖他一副！"

不等安妮和戈玲表态，袁帅取出一副火眼金睛递给房先生，对方如获至宝。这一来，其他人眼红了，纷纷往前挤，争相表白。其中一名股民振臂疾呼："他们买房不容易，我们股民更不容易！股市跟抽风似的，昨天还涨停呢，今天就跌破了；一会儿配股增发，一会儿大小非解禁；这家基金经理老鼠仓，那家内部人士搞交易；最倒霉的就我们股民，俩眼一抹黑，牛市来了踏空，熊市来了割肉！有顺口溜为证——笑着进去，哭着出来；老板进去，打工出来；聪明进去，糊涂出来；西服进去，三点出来；姚明进去，潘长江出来；人模人样进去，不三不四出来！所以，我们股民更需要火眼金睛！"

总监办公室里，一名大款模样的男子正踱来踱去。门一开，刘向前陪着安妮走进来，为双方作介绍："这位是我们《WWW》总监安妮小姐！这位是二十一世纪环球国际集团公司董事长兼CEO兼……胡不任先生！"

胡不任点点头，"简称胡董！"

安妮表现得很矜持，"按照国际惯例，我还是称呼您Mr胡吧！您叫我Anney好啦！"

刘向前连忙向胡不任解释："胡董，我们Anney总海外留学多年，刚归来！"

胡不任两眼一亮，"我知道，海归！一看就知道，除了长得跟外国人不像，别的都像！雇不起外国人，我就雇海归！不瞒你们说，我公司连保洁都是海归，倍儿有面儿！"

安妮自觉没趣。刘向前介绍说："胡董先坐游艇后乘专机，专程来购买火眼金睛的……"

"不是购买，是买断！你们这儿有多少？我都要了！"胡不任撕一张空白支票，"多少钱你们随便填！"安妮看不惯对方的自以为是，"Sorry！我很遗憾地告诉您，火眼金睛断货！"

胡不任狡黠地笑了，"我懂，这叫囤积居奇，这事儿我们都干过！不就抬价嘛，安总你说，多少钱？"

"不是钱的问题。"安妮不卑不亢，"在我们这里，没有特权！我们采取按需供应，首要条件是确实急需！"

胡不任立刻改换了态度，转为恳求，"我急需！我确实急需！我比他们都急需！"

见安妮半信半疑，胡不任更加急切，"真的！再不赶紧着，孩子一生出来，我就被动了！"刘向前自作聪明，"您想提前知道胎儿性别？可是胡董，火眼金睛不是B超，测不出男女！"

"就是测得出来也不行！"安妮还是反对，"你第一涉嫌性别歧视，第二违反计划生育政策！"胡不任解释说："嗨，你们弄拧了——我不是想知道胎儿性别，我是想知道胎儿姓氏！"

安妮和刘向前更糊涂了，"您不是姓胡吗？"

"我姓胡没错，可胎儿不一定姓胡！我怎么跟您说呢，它这事儿……您还不明白？你们海归哪样儿都好，就是不熟悉国情！"

安妮困惑地摇头。刘向前连忙向安妮进行科普："我这么跟您说吧，超市卖那色拉油，名义上是大豆的，其实不是大豆的，它转基因了。胡董这胎儿有可能就是转基因！"

胡不任不禁大加赞赏，"含蓄！深入浅出！通俗易懂！"安妮狡黠地一笑，"真当我不懂？如果我没猜错的话，孩儿他妈不是您的明媒正娶吧？"

胡不任赞叹："您就是火眼金睛！那我就全招了吧——是我们家小二儿。话说这女子，有沉鱼落雁之容，闭月羞花之貌，有诗为证——眉似初春柳叶，常含着雨恨云愁；脸如三月桃花，暗藏着风情月意。纤腰袅娜，拘束的燕懒莺慵；檀口轻盈，勾引得蜂狂蝶乱。玉貌妖娆花解语，芳容窈窕玉生香！"

刘向前赶忙提醒对方："据我所知，这是《水浒传》里头描写潘金莲的，还是慎用为好，容易误会！"胡不任不以为然："误会什么？告我抄袭？哦，就许潘金莲长成这样儿，我们小二儿就不行？法制社会，凭什么啊？"

安妮啼笑皆非，"没人反对您家小二儿长成潘金莲，大伙不是替您担心那西门庆嘛！言归正传，您知道胎儿转的谁的基因吗？"

胡不任叹口气，"一切都是谜！"

"既然没有真凭实据，您也没必要疑神疑鬼！"

安妮劝胡不任，对方却坚持己见，"那不行！我有钱啊，有钱人就得怀疑一切！不怀疑行吗——我知道她是爱我还是爱我的钱？我知道她是相伴永远还是暂时潜伏？我知道这孩子是正版还是盗版？火眼金睛可以给我答案！"

"其实您可以去测……"

不等刘向前把话说完，胡不任就摆手，"测NBA？我想过，那玩意儿不行！"

安妮哭笑不得，"NBA是篮球！测DNA！"

"行，DNA！"胡不任还是摆手，"那不得等孩子生下来？再说了，DNA就千真万确？DNA就不能造假？毫不谦虚地说，本人就是造假起家！我说过假话，卖过假货，用过假钞，作过假账——什么都可以假，但儿子不能假，我是一个有底线的人！"

安妮很是感慨，"作为一个人，一个男人，一个有钱的男人，这个要求真的不高!"

　　胡不任的事还没聊透,外面传来一阵骚乱。十几名如狼似虎的保镖将人群挡在身后,开出一条通道,大有如临大敌之势。安妮、刘向前从会议室出来,与戈玲、袁帅、欧小米、何澈澈会合。

　　"怎么啦这是?"

　　"奥巴马访华,没听说要来咱们这儿啊!"

　　在保镖前呼后拥之下,戴大墨镜的某女出现,低头快步穿过人群。人们不知道来者何人,争相观瞧,现场秩序有些混乱。一名助理突出重围,来到编辑部众人面前,很颐指气使:"VIP有吗?红红要用!"

　　大家面面相觑,"红红是谁?"

　　助理很不满,"红红这么红你们都不认识?还大刊呢,真OUT!"

　　袁帅使劲儿想,"这圈儿里大大小小的腕儿,红的、黑的、红得发紫的、半红不黑的,这红红我还真不熟!"

　　欧小米也想不起来,"我当娱记虽说时间不长,可冲这规格这排场,数得过来几个人,没有个红红啊……要不就谁又改名啦?如今娱乐圈兴这个!"

　　"红红昨晚上十点半就红了,你们到现在还不知道,太不现场了!"随着助理的话音,红红摘下大墨镜,转过身来面对众人,相当矜持。

　　"你们不认识我啦?去年你们登过我一篇报道,还配发了我一张特写照片,蛮有审美,我对你们印象蛮好的!"

　　袁帅和欧小米满脸困惑,还是想不起来。红红只好提醒:"就那《草样年华》,女一号那脚其实是我的……"

　　大家恍然大悟。

　　"哦,原来是你啊!当时女一号脚长鸡眼了,你的脚就当了替身,专业叫什么来着——足替!"

　　"这么一说就对了!那特写拍得是脚不是脸,怪不得我们没认出来你!说实话,你的脚确实漂亮,称它为脚都委屈它,应该叫玉足!难道从那次,你就走上了艺术道路?"

　　"对!"红红自鸣得意,"导演发现我的脚……我的玉足蛮有艺术表现力!"

　　袁帅故意模仿对方的语气,"要这么说,咱们也算蛮有渊源啊!既然从昨晚开始你已经火了,那你想必听说过帅哥这个名字吧?"

"当然了，这个圈儿里你可以不知道周润发，但不可以不知道帅哥，不然就太OUT了！帅哥不是谁都给拍，他有个习惯，男明星不拍，女明星不漂亮不性感不拍！"红红此言一出，欧小米和安妮受到震动，均崇拜地望向袁帅。袁帅极度得意与兴奋，痴痴发怔，已然魂飞天外。何澈澈连忙扳住他的脸，拍打几下，将他唤醒。

袁帅无比陶醉地感叹："被捧杀的感觉，真好！"

红红继续说："著名女星都跟帅哥有合作，帅哥给她们拍的走光照、绯闻照，家喻户晓！二线拍完成一线，一线拍完进军荷里活！"

欧小米和安妮瞠目结舌。袁帅大惊，慌忙阻拦红红，"你说的这都是商业摄影，属于来料加工急人所急，不反映帅哥的真正实力！"红红瞪着袁帅，"你凭什么诋毁帅哥？我的助理正与帅哥约时间，为我量身订做一组偷拍照，我蛮期待的！"

面对安妮和欧小米，袁帅无地自容，"没你这么毁人不倦的！"

何澈澈这才提醒红红："被你深情捧杀的那个人远在天边近在眼前！"

"噢，帅哥——！"红红望定袁帅，大为惊喜。众目睽睽之下，她夸张地张开双臂扑向袁帅，欲与之热烈拥抱。袁帅大惊，慌忙闪躲。红红一扑不成，又是一扑，如是几次，都被袁帅躲过，连连扑空。最后一次，红红志在必得，猛扑上来，袁帅一闪，红红将刘向前抱了个满怀。两人站立不稳，倒在地上，刘向前压在红红身上。

刘向前慌忙要起身，手却按在红红双峰，刘向前热血沸腾，几欲昏倒。助理和保镖冲上来，把刘向前从红红身上拖起来。红红对助理喊着："明天通稿给媒体——《红红被疯狂粉丝袭胸》！"

袁帅、何澈澈搀扶住晕乎乎的刘向前，连声呼唤。刘向前回过神来，连忙掩饰，"我、我坐怀没乱！"袁帅、何澈澈相视一笑，"我们知道柳下惠为什么坐怀不乱了，他根本就是激动得昏过去了！"

红红已经站起身，上前拉住了袁帅，"帅哥，我决定，以后我的绯闻和八卦都优先通知《WWW》！我的走光照、偷拍照、牵手照、湿身照、大骂记者照都交给你，你就是我的指定摄影师！但我有条件——你们要给我一副火眼金睛！"

袁帅和编辑部大家莫名其妙，不懂红红要火眼金睛有何用。

红红说："用处蛮大的！举例说明，昨晚十点半我刚火，十点四十就有大款打电话约我吃夜宵！"

戈玲连忙好心提醒："你可千万别去！他们都居心不良，去了可是鸿门宴！"

"大款不去，要是富豪呢？"红红貌似天真。

"当然也不去！"

"要是福布斯排行榜上的富豪呢？"

戈玲一怔，不像刚才那么坚决了。编辑部众人也面面相觑。红红这才坚定表示："不入虎穴焉得虎子？舍不得孩子套不着狼，何况还有出场费呢，我去！到时候我戴上火眼金睛，他们是何居心就一目了然！"

袁帅总结："无外乎三种，一是收为正室，二外宅，三始乱终弃。第一种是修成正果，第二种是革命尚未成功同志仍需努力，第三种是一场游戏一场梦。"

"除了富豪，还有导演。"红红说，"哪个导演想潜规则我，我用火眼金睛提前识破，然后将计就计，反潜他！娱乐圈嘛，就是斗智斗勇，蛮有趣的！"

助理提醒说："还有广告！"

"对，广告！以后会蛮多广告商请我做代言人的，我当然要用火眼金睛认真审核！看他们哪个名副其实哪个名不副实，然后区别对待！"

戈玲对此大加赞赏，"我们刚才还说呢，名人代言太不负责任了！你做得对，就是要对消费者负责，不能随便代言！"

红红心里有数，"这是必须的！绝不能随便！如果名副其实，广告费就按市场价；如果名不副实，就要在后面加个零——明知道是劣质产品，还要声情并茂，表演难度蛮大，当然要多多收费啦！"

连续多日，安妮都忙得不亦乐乎。这天，由于从家里出来得匆忙，没来得及修饰形象，开车到了停车场，她抓紧时间对着车里的镜子化妆。袁帅驾车过来，停在旁边的车位。他熄火下车，走到车边，不出声地注视着车里的安妮。安妮只顾着忙活，根本没注意。袁帅敲敲车窗，安妮这才发现他，赶忙狼狈地收起化妆盒，推门下车。

袁帅夸赞："你今天分外漂亮！真的！"

话音未落，一辆摩托车飞驰而至，擦过两人身边，停在十几米开外。欧小米摘下摩托头盔，一头长发飘洒而下。袁帅直勾勾盯着，眼睛发亮，心里暗想："今儿也不选美啊，怎么一个比一个漂亮?!"

安妮看在眼里，有些酸溜溜的，"火眼金睛告诉我，你认为欧小米今天更漂亮！"

袁帅这才注意到安妮戴着火眼金睛，刚要解释，安妮却扬长而去。袁帅讨个没趣，笑嘻嘻地转身走向欧小米，夸张地竖起大拇指，"酷毙了！真的！"

不料欧小米并不领情，毫不客气地戳穿他："到底哪个是真的？我刚才可都听见了——你今天分外漂亮！真的！"

袁帅自是尴尬，连忙解释："我那是礼貌！人家外国男的一见女的都说这话！"欧小米摘下火眼金睛晃晃，"这可是火眼金睛！"

不等袁帅再说什么，欧小米拎着包径自进了楼门。袁帅孤零零站在原地，很是没趣。他看着自己那副火眼金睛，狠狠吹了一口气，"就你闹的！"

袁帅走进编辑部的时候，桌上的电话正响，欧小米接了起来，"喂，你好！……李冬宝老师？哎呀您好您好！"

编辑部众人一听是李冬宝的电话，都立起耳朵听。就连安妮都闻声从自己办公室跑出来，脚上还趿拉着拖鞋。唯独戈玲没露面，而且屋门紧闭。

欧小米继续寒暄着，"哎呀李老师，能亲耳听到您的声音我万分激动！您的声音是这么的既熟悉又陌生，这么的既亲切又冰冷，这么的既……您千万别谦虚，您越谦虚我们越觉得您无比高大！我一直想约时间采访您，给您发了一百〇八条短信，精诚所至金石为开，您终于亲自回电话了，那我们……哦您今天不是为这事儿？……哦我们主编……"

何澈澈正要去敲门，戈玲拉门走出来，一脸严肃，"说我不在！"

"李冬宝老师，我们主编……哦您都听见她声音啦？您说她的声音是这么的既熟悉又陌生，这么的既亲切又冰冷，这么的既……"

戈玲抢步上前，从欧小米手里抓过电话，厉声怒斥："李冬宝！你这个国际著名大骗子！"然后，戈玲啪地挂断电话，呼哧呼哧喘粗气。编辑部众人面面相觑，不敢吱声。须臾，戈玲长叹一声："我本来不想跟你们说的……"戈玲愤慨地，"李冬宝，他！他、他、他、他、他——！"

如革命样板戏般，其他人聚集到戈玲周围，做义愤填膺众志成城状，"他把你怎么啦？"

戈玲却忽然松弛下来，"他也没把我怎么……"

编辑部众人随即泄了气，纷纷落座。戈玲述说原委，"上回李冬宝不是特怀旧嘛，这回再用火眼金睛定睛一看——你们猜怎么着？"

另几人猜测着："李大腕儿戏又过了……"

戈玲痛心疾首，"更加拙劣的表演！怀旧是因为他岁数大了，根本不是留恋我！我一直以为他挺洁身自好的，跟女明星也没绯闻，敢情他心里特想那样儿，就是天生胆小！包括那时候他追我，不是因为对我多中意，是因为他对自己那副长相没自信，怕追别人追不上，追我完全是出于破罐破摔！"

安妮和欧小米不约而同地把目光投向袁帅，一同加入了批斗的行列。

"男人就是善于用花言巧语骗取女人的信任！在这一点上，东方男人和西方男人惊人地相似！"

"男人就是朝三暮四用情不专！在这一点上，现在的男人比当年的男人青出于蓝而胜于蓝！"

袁帅孤立无援，只能感慨："连李大腕儿的演技都瞒不了火眼金睛，我不算栽！不过人家李冬宝老师是罪有应得，我就刚动一点儿邪念，属于量刑过重！"

刘向前忽然一声叹息，显然被勾起了心事，"做男人，真难！"

大家立刻把注意力集中到刘向前身上，戈玲问："我控诉李冬宝呢，刘向前你发什么感慨呀？"

刘向前连连摇头叹息，"家家有本难念的经。不瞒您说，自从把火眼金睛带回家，我就再没消停过！"

欧小米很惊讶，"刘老师，难道您也勇敢地拈花惹草啦？"

"不对！"戈玲觉得不对劲儿，"凭我对刘氏家风的了解，向前就是出问题也不会是作风问题，只能是经济问题！"

刘向前深为感动，"还是主编最了解我——小金库被我们家卫红侦查出来了！火眼金睛不是紧俏嘛，我近水楼台给了她一副，本来是让她对外使用，没承想她攘外必先安内，掉转枪口对准了我！"

正说着，聂卫红来势汹汹地出现在门口，戴着一副大号的火眼金睛。刘向前一见，吓得连忙往袁帅身后躲。但聂卫红已经发现了刘向前，直奔他而来："你躲！躲得过初一躲不过十五！"

袁帅连忙劝架："要文斗不要武斗！嫂子，有话好好说！"

聂卫红声明："我不是来找他打架的，我是来向组织反映问题、解决问题的！戈姨您是他的老领导，安总您是他的新领导，你们一定要为我做主啊！"

安妮、戈玲一个劝慰聂卫红，一个提醒刘向前，刘向前当即表态："我在哪儿跌倒从哪儿爬起来，看我今后的行动吧！"

聂卫红的情绪这才稍稍和缓下来，"俗话说，每一个成家的男人背后都站着一个女人。在我的监管下，刘向前被迫养成了不抽烟不喝酒不嫖娼不赌博的良好习惯。俗话说百密终有一疏，由于我忽略了对他进行全家一盘棋、大河没水小河干的教育，导致他铤而走险建立了小金库。俗话又说法网恢恢疏而不漏，借助火眼金睛，我一举识破并粉碎了他的非法活动！俗话还说亡羊补牢为时未晚，今后将采取狠抓源头、严控支流、杜绝跑冒滴漏的措施，所以在此郑重要求编辑部，今后每月要给刘向前开具薪资证明，并加盖公章，以防再犯！"

编辑部众人不禁咋舌。

安妮说："加强管理是对的，我们一定积极配合！顺便问一句，刘老师到底攒了多少小金库？"

"五百三十九块七毛六！"聂卫红此言一出，众皆愕然。本以为刘向前私自窝藏巨资，哪知道才这么点儿钱。袁帅揶揄："刘老师我真没想到，你的小金库竟有如此规模！"

刘向前扼腕长叹："功夫不负有心人！这是我持之以恒集腋成裘积攒的！我防火防盗防耗子，就是没防住这火眼金睛！"

一波未平一波又起。编辑部接到牛大姐家人打来的电话，意外得知牛大姐要离家出走。大家慌了，火速前去劝阻。

驾车赶到小区门口，正遇上牛大姐出来，背着旅行包一步一回头，看得出内心极为挣扎。大家连忙下车拦住去路。从编辑部出来得急，安妮没来得及换鞋，脚上还趿拉着拖鞋，刚走两步就掉了一只，赶紧回身去捡，很是狼狈。

"牛大姐！您又不是九〇后，赶什么时尚还离家出走?!"戈玲劝她，随后赶上来的安妮上下打量牛大姐，有意轻松调侃："夸张了吧？哪是什么离家出走？我看牛大姐倒像去旅游啊！老年人外出旅行，这在国外很时尚的！"

牛大姐幽怨地长叹一声，"可怜，可悲，可叹！这几十年来，我的生活居然是一个巨大的骗局！"

众人扶着牛大姐在花园长椅落座，这才弄清原委。按牛大姐的话说，她和老伴是在革命工作中相识、相知、相恋并最终结合在一起的，旧社会讲究相敬如宾举案齐眉，而新社会提倡新型的夫妻关系，既是生活伴侣又是革命同志，在工作和生活中，互相帮助，积极开展批评与自我批评，在革命道路上共同前进。岂知风云突变，牛大姐忽然发现老伴不忠实。

"你们不是送我一副火眼金睛嘛，我想这下好了，一切坏分子哪怕伪装得再巧妙，都再也逃不过我的眼睛，我誓与他们斗争到底！可我万万没想到，第一个原形毕露的坏分子竟然是我老伴！"

此话说来就长了。牛大姐老伴参加革命前，在农村订过亲，后来在反对封建包办婚姻的潮流下，冲破阻挠参加了革命。其实他并没有真正跟过去决裂，三年自然灾害时期偷偷接济过女方，改革开放以后，他潜回农村，还接受了女方送他的信物——一双千层底的布鞋。

大家啼笑皆非，劝慰牛大姐说事情没那么严重，但牛大姐却难以释怀。

"还不严重？我们伉俪二人在单位、在小区都被视为模范夫妻，这回让我怎么见人？更为严重的是，我的精神支柱倒塌了，我内心极度迷茫，看不到未来看不到希望，不知道路在何方……"

牛大姐出走风波虽然暂时平复，但编辑部大家却很有感触，连戈玲都有点儿惆怅起来。

"牛大姐革命意志是何等坚定，竟然也会迷茫！哎，你们发现没有，自从有了火眼金睛，好像闹得鸡飞狗跳的！"

袁帅立刻表示赞同："我正想说呢，就是火眼金睛闹的！你们想啊，牛大姐老伴那点儿事儿原本不叫事儿，瞒着牛大姐是怕她多想，这叫善意的谎言！结果一有了火眼金睛，倒是一切都大白于天下了，老两口也闹起来了！"

"就是！"刘向前有切肤之痛，"夫妻间就应该有秘密，夫妻间也有隐私权！拿我这事儿来说吧，其实我那小金库也没乱花，无非就是偷着给我妈买点儿东西什么的，还能避免家庭矛盾，天下太平！就赖火眼金睛，闹得我夫妻不和！"

欧小米说："我总结一下啊——火眼金睛虽然能发现问题，但副作用也很明显，那就是把小问题放大了，所以引发了大矛盾！"

只有安妮不大认同，"不好这么武断吧，火眼金睛可是一项伟大发明，不能因为这些偶然现象就一概否定啊！"

何澈澈手里飞快地转着圆珠笔，眼神却直直地，"你们没发现吗？自从有了火眼金睛，咱们编辑部也有点儿不对劲儿……"

何澈澈说得没错。他今天一身新潮装扮走进门，迎面正遇见刘向前，刘向前用异样的眼光上下打量他，满脸都是笑，"澈澈这身儿真潮……"

何澈澈一戴上火眼金睛，刘向前的内心潜台词立刻暴露无遗，"什么呀这是?! 男不男女不女的！以丑为美以怪为美！还自我感觉良好呢，我就看不上这个！"

戈玲拿着一份稿子快步走出办公室，来到欧小米面前，"小米，这稿子我看了，别的都没问题，就是网络用语太大量了！咱们杂志还是要追求品位，多用书面语。你再斟酌斟酌！"欧小米频频点头，表现得谦虚谨慎，"哦、哦、哦……好的主编，我再弄弄！"

但在何澈澈透过火眼金睛看来，欧小米完全是另一种心理活动，她心里暗想："真OUT！现在最流行的就是网络语言，阅读快感懂不懂？没法沟通，懒得跟你们理论，哪天我们当家做主了再说！……"

戈玲却不知情。她满意地转身走开，路过安妮门口，被正好走出来的安妮叫住，"哎主编！这是我从国外杂志上摘录的资料，还有我个人对办刊风格的一些想法。您看一下，然后我们沟通！"

戈玲接过安妮递过来的文案，翻看着，表现得很感兴趣，"好的，我马上就看！肯定很有价值！……"

何澈澈透过火眼金睛，却见戈玲满腹牢骚，"张口闭口就国外国外的，国外必须结合国内！我办杂志这么多年，跟我比，你充其量就是个实习生！不是我不放手，我是不放心！"

袁帅背着摄影器材从外面回来，安妮一见，立刻冲他一摆手，"袁帅！我知道你自己有个工作室，但前提是首先保障完成编辑部的工作！不然我们就要进行一次认真谈话了！"

"您放心，我最善于统筹安排，科学利用时间，既创作艺术又保障工作！……"

袁帅表面上态度良好，潜台词却是："小女子，还跟我充领导?! 哪天我一生气，把你娶回家！就怕这边这个不乐意……一夫一妻制就这点儿不好，鱼与熊掌不可兼得，这不逼着我这情圣犯错误吗?!"

安妮向袁帅竖起大拇指表示赞扬，然后回身进了自己办公室。袁帅窃笑，得意地一回头，却发现身后的何澈澈正不怀好意地笑。袁帅赶紧也戴上火眼金睛，立刻看出端倪，脸色人变："大胆！竟敢偷窥我?!"

从这以后，几乎不约而同地，编辑部每个人都争先恐后地戴上了火眼金睛。但如此一来，大家彼此闪躲着目光，互相不敢正视，很不自然。编辑部里鸦雀无声，空气一下子变得令人窒息，人人自危、互相提防。

这天，红红把自己包裹得严严实实，只身来到编辑部。大家发现红红身后没有保镖，全不像上次那般兴师动众，颇感奇怪。

"那是公司策划的。"红红俨然以大腕自居，"刚起来的小腕儿都那么干，生怕公众不注意，像我这种到哪儿都万众瞩目的，当然就需要低调啦！"

大家想起来，红红最近是挺火的，广告很多，不过都是那种卖野药之类的广告，有助纣为虐之嫌。何澈澈立刻拿腔拿调地模仿广告语，"三分钟无痛人流！上午做手术，下午就上班！……"

"澈澈这是少儿不宜！……澈澈你不许学坏！"安妮、戈玲加以制止，红红自鸣得意："果然已经男女老少妇孺皆知、争相传诵！我来就是特意向你们《WWW》表示感谢的！"

安妮立刻正色，"我声明，《WWW》跟这广告没有任何关系！"

"有关系啊！没有你们给我的火眼金睛，我是绝不会做这种广告的！"

安妮认为红红说得不对，"你弄反了！应该说如果有火眼金睛，你是绝不会做这种广告的！因为火眼金睛能识别出这是虚假广告！"

"对啊！所以他们瞒不了我，我毫不客气，让他们在酬金后面再加个零，他们乖乖答应！所以我专做这种代言，专在酬金后面加个零！火眼金睛蛮好用的！"

火眼金睛成了助纣为虐的得力工具，编辑部众人倍感懊恼。这时，两名警察出现在门口，"《WWW》编辑部吗？"

编辑部众人一看警察找上门来，以为是红红的违禁广告出了事儿，无不惊慌失措。刘向前忙不迭地为自己开脱："警察同志，这事儿不赖我！我不是主谋！"安妮则主动迎上前去，"警察先生，我是主谋！"

袁帅来了豪气，挺身而出，"责任不全在她，我是同谋！"

欧小米也站了出来，"我怎么也算了从犯！"

警察被他们弄得莫名其妙，"什么乱七八糟的？你们这是万圣节提前啦？

有俩自杀的点名要见你们，去现场帮我们做做工作！"

自杀者是那位房先生和胡不任。编辑部众人乘车抵达一个售楼处，只见人头攒动，警车、救护车在现场待命。房先生和胡不任并排坐在楼顶，双脚悬空，岌岌可危。两人情绪激动起来，争相大喊大叫。

"我控诉！"

"我也控诉！"

"我本来对房价对婚姻还有希望，可拿他们那火眼金睛一看，我老婆已经等烦了，坚决要跟我离婚！他们给我火眼金睛，等于给了我绝望！我不活了我！"

"我本来自我感觉挺幸福的——女人崇拜我，员工敬重我，社会尊敬我，谁见了不得跟我叫老板?！可自打有了火眼金睛，我发现全是假的！我崩溃了！我也不活了我！"

"我们两口子看这么清清楚楚干吗？我老婆早知道我是个窝囊废，可你们非让火眼金睛把这事儿挑明了，这不让我老婆下不来台吗?！没你们这样儿的！"

房先生涕泪俱下，胡不任万念俱灰，"女人怀的孩子是我的，可心是别人的！员工领了薪水，脸上笑着，心里骂着，我是冤大头！感情是假的，同床异梦；友情是假的，酒肉朋友面和心不和；生意是假的，尔虞我诈你争我夺！"

安妮听在耳中，急在心里，从警察手里抢过喇叭，焦急加紧张，说的都是英语。袁帅一提醒，安妮才改成中文："我是《WWW》的Anney！请你们下来！我愿意与你们沟通！"

"她让咱们下去……"房先生和胡不任互相瞅瞅，同时纵身跳下。安妮仰头望见两人直坠而下，正朝自己头顶砸来，吓得失声惊叫，结果把自己吓醒了，这才意识到方才是一场梦魇。

袁帅宽慰她说："他们俩跳是没跳，警察把他们送医院了，这会儿正接受精神治疗呢！"

安妮仍惊魂未定，"我们宣传火眼金睛是好心，不承想好心办了坏事儿！"

戈玲也反思："火眼金睛是有正面作用，但负面作用也同样明显，甚至已经到了破坏社会和谐的地步，这可不是危言耸听！"

"我的人生体会是，生活有时候需要模糊一点儿，朦胧美嘛，古人还提倡难得糊涂呢，这叫生活的艺术！火眼金睛的问题就在于它太清楚了，清楚到了赤裸裸的程度，把人都扒光了，那就不美了！"

刘向前同意袁帅的观点，"跟显微镜似的，把我那一点点可爱的缺点给放大了无数倍，就变成了可恨！"

大家试图将此总结为水至清则无鱼，关乎生态问题，认识到火眼金睛破坏了生态平衡，其实是反科学的。非要上升到人生哲学高度，似乎还有难得糊涂的古训作支撑。于是，他们纷纷转而持批判态度，扯下来火眼金睛，顿感轻松，再不互相躲躲闪闪了。接着，大家意识到，当务之急是马上督促令狐锋召回火眼金睛。

不等袁帅打电话，令狐锋一步跨进来，"袁贤弟，多日不见，别来无恙乎？愚兄正有江湖大事前来协商，还望贤弟通报安总、戈主编二位掌门……"

令狐锋正煞有介事地说着，袁帅气不打一处来，把令狐锋按到椅子上，"关于火眼金睛的善后问题处理，讨论开始！"

安妮特意换了皮鞋，然后端着架子走出来，正襟危坐，"Mr令狐，我代表《WWW》向你正式提出，鉴于火眼金睛出现了一系列始料未及的情况，我方要求……"

令狐锋误以为是别的事，忙不迭地打断了安妮的话，"你们都知道啦？看来喜讯不胫而走，即将传遍神州大地！那好，借此机会，我大声宣布，火眼金睛升级换代产品隆重问世了！"

令狐锋抬手在小眼睛上鼓捣了一番，然后小心翼翼地指尖托起什么。编辑部众人引颈观瞧，指尖上似有一微型镜片。

"为了使火眼金睛更加防不胜防，我发明了火眼金睛第二代——隐形日抛形！"

这时，几名精神病院工作人员冲进来，不由分说地控制住了令狐锋。

"终于逮着你啦！"

精神病医生拿出医院证明信，向大家解释："我们是精神病院的，这患者是妄想狂，两个月以前偷跑出来的，我们一直找他哪！"

眼看着令狐锋被带出门去，一切顿时都有了合理解释，大家迫不及待地想把这事抛到脑后。只有何澈澈打了个问号。据说他曾独自前往精神病院探望令狐锋，但院方的回答却是从未有过这样一个病人。

十 女人都是高科技

春暖花开。

《WWW》摄影棚内，袁帅调试灯光，一位女星正对着镜子描眉画眼。一切停当，准备拍照，女星习惯性地搔首弄姿。袁帅立刻予以纠正："注意啊，咱这是证件照，不是艺术照！你不能太艺术！"

"我都艺术惯了。"女星嗲嗲地，"那怎么才能不艺术呢？"

"证件照和艺术照的区别就是一个是真相、一个是假象。现在咱要真相，你得把真相暴露出来啊！"

"真相多可怕啊？！"

"这样儿——你别摆POSE了，就老老实实坐着，正襟危坐会吧？"

女星试了试，还是免不了媚态频出。

袁帅实在看不下去，"给你规定一情境，现在你面前是人民警察，正追查你利用不正当手段成名的内幕……"

这一招立竿见影，女星立刻笑容全无，规规矩矩。袁帅趁机按下快门，咔嚓一响，"O了！"

袁帅送女星出摄影棚，经过编辑部门口，大家侧目。众目睽睽之下，女星给袁帅一个告别的拥抱，"以后不许这么坏！"

安妮、欧小米看得真切，表情都意味深长。袁帅瞥着她们俩，暗自叫苦。

"帅哥，Bye！"女星终于袅娜地走了。袁帅赶紧踅进编辑部，装作厌烦的样子，"没办法，对我太痴情！她当年还大龙套呢就找我拍，现如今准一线了，还非我不找，这种从一而终的精神值得你们俩学习！"

"怪不得你刚才那么投入呢……"安妮揶揄。

欧小米也紧跟着挤对："你投入没关系，也用不着当众演示啊，我们可还是未婚青年呢！"

"我很无辜啊！你们没瞅见？我都没敢抱她！倒不是洁身自好，我是怕把她哪个零件抱坏喽——人家花巨资刚整的！"

大家对此倍感兴趣。

"整的哪个部位？前边、后边、上边、下边？"刘向前顿时来了兴趣。

"刘老师您真细致入微——咱能不问那么清楚吗？"何澈澈插话。

安妮恍然大悟，"我说呢，漂亮得都假了！"

"在圈儿里，人造美女已经不是新闻了，没整过的倒是新闻！"欧小米一副见怪不怪的样子，"那不前段时间一女星去韩国整完容回来，在机场给拦下了，说她跟护照相片不是一个人！"

"所以刚才这个来拍一寸免冠照嘛，就为了重新办证件，免得有这类麻烦！"袁帅连忙顺坡下，"你说我一摄影大师，接这活儿不屈才嘛！"

正说着，一女子袅袅婷婷地走进来。只见她五官俏丽，装扮得酷似明星，眼睛一眨一眨地放电。

"美女，您什么事儿？"袁帅第一个搭讪。

"找你拍照啊！"

袁帅一摊手，"看，又来一位！我可声明啊，本人只接拍艺术照！要是拍快照，麻烦您出门右拐，第二个胡同口进去，八块钱一位，立等可取！"

"谁拍快照？我拍写真！袁袁，你当真不认识我啦？哇噻——，我好冲动哦！"

"你先别冲动！你谁呀？怎么知道我小名儿？"

"我是团团啊！"

此言一出，袁帅和编辑部众人都大跌眼镜，脑海中立刻闪现出当初团团来到编辑部的情景。

戈玲闻声出来，上下打量团团，"你是团团？就那个肉乎乎的团团？她上我们这儿来过，我们都认识啊，你……"

"你要是团团，"何澈澈走到女子面前，"那我就是袁袁！"

"你们这么说，我一点儿不生气，反而万分高兴！……这说明医生没忽悠我，他说他保证让我变得面目全非，保证连我最亲近的人都认不出我。看来，我的理想实现了!"

编辑部大家似乎明白了。

"你整容了?!"刘向前再次兴致勃勃,"整的哪个部位? 前边、后边、上边、下边?"

"我自豪地告诉你们,我从头到脚都整过,全方位、立体化,可以这么说,我全身上下都是高科技! 医生在我身体上——施行了额部自体脂肪填充术、颧骨磨削术、大耳缩小术、隆颏术、隆胸术、隆鼻术、双侧上臂吸脂术、双侧下肢吸脂术、二氧化锆全瓷牙置换术、微粒子除皱术、提臀术、重睑术——即刺双眼皮……"

配合团团的介绍,编辑部人等浮想联翩,他们彷佛看到了面无表情的医生用刀剪在相应部位上比比划划,眼花缭乱地频频更换手术器械,剪不时与托盘碰撞发出凛然之声,令人毛骨悚然。

团团扫视众人,"特别介绍的是隆鼻术,一般都以固体硅胶作为填充物,而我不一般,我用的是自体组织,即我自己的肋软骨。主治医生慢慢举起了锋利的刀子,在第七肋骨表面刷地割开一条三厘米长的切口,只见骨膜露了出来,他换了一把更加锋利的刀子,一点点剥开骨膜,吱吱吱……接着,他抄起一把钢锯,吱啦吱啦吱啦……锯下一截四厘米长的肋软骨。然后,噗捅进我鼻腔,缝褥子似的拿针缝吧缝吧,齐活! 不是我瞎说,医学术语就叫褥式缝合!"

编辑部大家不寒而栗。

"手术终于完成了! 据不完全统计,主治医生共挥舞了一千零一十六刀……"

"你这不成换千刀了吗?!"袁帅问道。

"古人有舍得一身剐,要把皇帝拉下马,今有我宁可千刀与万剐,也要变成大美女!"

"你这不押韵啊!"安妮纠正。

"那我不管,反正我已经脱胎换骨,重新做人!"团团骄傲地走到大家这一侧,旋转了一圈,展示自己,"你们看我像不像奥黛丽·赫本?"

众人一齐摇头。

"本来是想整成奥黛丽·赫本的,结果医生超常发挥,把我整成了玛丽莲·梦露! 看我像不像梦露?"

袁帅急切地要解开心中的疑惑，"你像不像她们我不关心，我关心的是你跟团团到底怎么回事儿？"

　　"我就是团团变的啊！"

　　"你又不是孙悟空，说变就变？你就是整容，也不可能一点儿团团的影子都没有吧？连声音都变了！"

　　"过去的团团已经彻底不存在了！袁袁，通俗点儿跟你说吧，如果说团团是蛹，那我就是蚕；如果说团团是丑小鸭，那我就是白天鹅；如果说团团是扑棱蛾子，那我就是大花蝴蝶！"

　　袁帅还是难以相信眼前这个陌生女人就是团团，"扑棱蛾子能变成大花蝴蝶，这我信；可是团团变成你这样儿，我还真不信！我知道了，你是团团的闺密，找我来拍艺术写真，想打折……"

　　团团摇头。

　　"那就是团团派你来侦查我！麻烦你回去给她带个话儿，就说我身边现在花团锦簇美女如云的，让她放心……"

　　"袁袁你这不是让我放心，是让我伤心！难道在你心中，我就永远是那个脂肪含量超标的团团？难道我就不能美丽动你？"

　　"动人也好动我也好，我得先弄清你是不是团团啊！"

　　团团掏出身份证，"验明正身！《中华人民共和国居民身份证》！"

　　安妮抢先接过身份证，与团团对照着，"没证儿还好点儿，拿证儿一对，更觉得你不是了！"

　　"那就老办法——对暗号！你说上句，我答下句，保证对答如流！袁袁你先说。"

　　"在天愿作比翼鸟……"

　　"在地愿为连理枝！"

　　"天涯海角永相随……"

　　"海枯石烂心不变！"

　　"我的学号——"

　　"三十二！"

　　"你的学号——"

　　"二十三！"

　　"我给你写的纸条呢？不要落在班主任手里！"

"放心，已经嚼烂了，咽在肚里，记在心里！"

"在实验楼拐弯的地方等我！"

"知道，因为那里最黑！"

袁帅与团团热烈握手。

"同志！可找到你啦！"

"袁袁，这回相信我是团团了吧？"

袁帅立刻把手松开，"还是不行！我怎么感觉瘆得慌呢……"

安妮帮助对团团进行鉴别，"假设你就是团团，那我来问你——你原来形象虽然算不上多漂亮，可是挺生动的啊，干吗非得千刀万剐整成这样儿呢？"

一句话勾起了团团的伤心事，"唉——当今社会竞争多激烈啊，不努力就要被PK掉！我老公说了，他永远站在胜出者一方。那女的不就比我身材好点儿、比我五官合理点儿吗？有什么了不起的？我再也忍无可忍了！于是……"

"对！就是应该维护我们女性的尊严，于是你就走进了法院……"戈玲接住团团的话茬。团团点点头："我走进了整容医院！女为悦己者容，我要让自己变成世界第一大美女，试看天下谁能敌？！我老公不是好色吗？我就秀色可餐了，我撑死他，不信他还去餐别人！"

这位自称团团的神秘女子的出现，在编辑部引发了余震。大家纷纷猜测，说法五花八门。这一天，编辑部里少有地安静，大家在各自工作。袁帅突然站起来，"我知道了——坏了！团团肯定已经被害了！"

大家都吃惊非小。

"别瞎说啊！我们可胆小！"安妮觉得袁帅有点儿反常。

袁帅陷入在自己的推理之中，"事情肯定是这样的——团团老公有了小三儿，可是团团坚守阵地誓死不放弃，于是她老公和小三儿起了杀心，合谋将团团杀害，然后小三儿对外谎称是整过容的团团，取而代之！"

"我提问——如果是她杀害了团团，她为什么还要来主动找你呢？她就不怕暴露？"欧小米表示疑惑。

"这正是罪犯的狡猾之处！她采取主动，意在占据心理优势，一旦连我都承认她是团团，她就更可以堂而皇之了！"

"可我还是半信半疑……"欧小米坚持。

"你起码还半信呢，我是整个不信！"安妮看着袁帅，"他是科恩兄弟的影迷，动不动就悬疑惊悚！你不知道圈里人都整容嘛，有什么大惊小怪的？"

"圈里人也没谁整得面目全非啊！团团这么大魄力？我严重怀疑！她肯定是出事儿了！"

"草木皆兵了吧？"戈玲发表看法，"现在和谐社会，哪来这么多坏分子？"

"我跟你们一样，感性上不接受，可是理性不得不接受！"袁帅显得很沉痛，"那么一个活蹦乱跳、童心未泯、四肢发达头脑简单的团团，就这么消失了……"

"团团的尸体呢？一定是被毁尸灭迹了！"刘向前接着分析，"需要的作案工具有消防斧、板斧、钢锯、刀、绳子、橡胶手套、塑料布或面积足够大的毯子。第一步，先用消防斧将尸体剁成数段，长度不等，具有解剖学知识将使你事半功倍；第二步……"

欧小米不敢再听下去，"住手！刘老师，我们有点儿怕您！我怎么感觉您就是凶手本人呢？"

"科恩兄弟应该找您演杀人狂，"何澈澈到刘向前面前，战战兢兢地把一面镜子递给他，"本色出演，不用说戏！"

刘向前接过来一照，镜子里那张脸把他自己也吓了一跳，"哎哟！是挺狰狞的！"

"我一定要为团团报仇！"袁帅有点儿决绝，"刘老师，把您斧子借我！"

"那斧子不是我的！"

"帅哥，冲动是魔鬼！你还没搞清真相呢，就怒杀二人，他们不成冤死鬼了嘛！"安妮连忙安抚。"再说了，就算你推理正确，"戈玲接着强调，"也要通过法律途径解决，应该先报警！"

"报警也要有根有据啊，不然人民警察也为难！"欧小米说。

"帅哥您还是别制造恐慌了，我们很理解。"安妮发表总结，"你了如指掌的团团变得一点儿不认识了，你那么怀旧一人，肯定接受不了！不过等时间一长，你从怀旧变成喜新厌旧，也就没事儿了！"

袁帅思忖着："此事干系重大，我一定要查个水落石出！法网恢恢，疏而不漏，等我掌握了证据，定让那对狗男女受到法律的严惩！"

对于团团可能遇害这事儿，编辑部的反应是以性别划分的，男性偏向惊悚派，女性偏向实用派。就在袁帅奔忙于寻找证据时，女人们已经在试水了。

这一天，安妮、戈玲、欧小米三人一齐闪现在编辑部门口，摆出一个集体造型。三人虽形象各异，但无一不夸张惊艳。安妮足蹬长筒皮靴，身材曲线毕现，凹凸有致，努力呈现S形；戈玲也套着一双长筒靴，眼睫毛忽闪忽闪的，嘴唇涂抹得像一颗要烂的草莓；欧小米则染了一头红发，眼晕活像音乐剧《猫》的造型。

屋里的刘向前、何澈澈被吓了一跳，望着三个女人呆呆发怔。她们娉婷地长驱直入，俨然模特走秀。

刘向前紧张地对何澈澈小声耳语："赶紧把袁帅叫回来，就说编辑部出事儿了！"

何澈澈迅速地溜出门去。

三个女人站定了，面对着刘向前，"男同胞，评价一下吧！"

刘向前被她们晃得睁不开眼，更是不知说什么好，"啊哦……我肚子怎么这么疼？不行不行……"刘向前假装捂着肚子溜出门去。屋里成了女人世界。

"是不是吓着他们啦？"戈玲问道，"咱们好像比团团更雷人！"

"要的就这效果！"安妮振振有词，"编辑部娘子军一直低调来着，咱们老是在杂志里吆喝美，反倒把自己美不美忽略了！要说吧，还得感谢团团，她原先那样儿，如今这样儿，太震撼了！"

"就是！"欧小米赞同，"论先天条件，我底子比她好多了，需要的是魄力！"

安妮勘察欧小米的变化之处，"头发是等离子烫！唇膏裸色，眼线是青铜，眼周打底香槟金，眼晕是铁灰，内眼角点染金铜！"

欧小米点头称是，反观安妮周身上下，一一道来："速效瘦身内衣！神奇翘臀裤！丰乳贴！"

两人会意地击掌，然后一齐转向戈玲。

戈玲有些不好意思，"其实我就化化妆，别的什么也没弄……"

安妮勘察着，"粉底霜……"

"精华素……"欧小米补充。

"收缩水……"安妮继续公布新发现,"魔幻睫毛是画龙点睛之笔,顿时让您的眼睛既朦朦胧胧又顾盼生辉!"

"牌子都不错!"欧小米附和。

戈玲兴奋起来,"真的?我就想达到这目的!李子果总说我目光深邃有余,灵动不足,早就让我用魔幻睫毛膏,我一直不好意思——也是团团给我触动了!就是吧,眼皮上粘这么多东西,眨眼有点儿累得慌!"

"我觉得您可以一步到位——嫁接睫毛,这就一劳永逸了!"安妮建议。

"嫁接?怎么嫁接?就好比往柿子树上嫁接大鸭梨?"

"高科技!从耳朵后面发际线一厘米处取头皮毛二十至四十根,移植到睫毛部位,移植的毛囊属于永久不脱落毛囊,成活后不会掉。不过有个问题,会像头发那样长啊长,你得定期修剪!"

"这要是不修剪,眼睫毛能长成披肩发——"欧小米捂住嘴,"太恐怖了!"

"就算它接上了,那不也是假的吗?"戈玲很不解。

"假牙还是假的呢,"安妮反问,"那就不镶牙啦?美就行呗!你换个角度想,把它想成你身体的一部分就OK了!我宣布,本人打算去隆胸!"

"我也这么打算呢,就是胆儿小,"欧小米说出顾虑,"听说要往里打硅胶……"

"那不行!"戈玲很坚定,"好多出问题的!"

"找正规医院啊!"安妮坚持,"那种非法小诊所当然不行啦,那不是整容,是毁容!"

"你跟我一块儿去,"欧小米有了勇气,"有壮胆儿的就成!"

"我还想顺便吸吸脂,我腿太粗了!"安妮说着,"你们看团团原先真像团子,吸完脂身材多好!"

欧小米摸着下颏,"我想把这儿锉锉,脸太大,光打瘦脸针不行,就得把骨头锉窄点儿!好多主持人都这么锉的,上镜!"

安妮也不居后,"我鼻头有点儿厚,要不然也去去薄——在这儿咔啦开,把里边软组织咔咔切了,磨磨,这边儿也咔啦开,最后刷刷缝上。

戈玲听得毛骨悚然,"这动作是不是有点儿大啦?我觉得吧,面膜啊醋疗啊蒸汽啊,再化化妆、刷巴刷巴、穿穿塑身衣什么的,就差不多了!别动刀子，白刀子进去红刀子出来，万一有个闪失不是好玩儿的！再说了，把自个儿弄得哪儿哪儿都是加工过的，心理也有障碍啊！反正我是接受不了！"

"我想通了，"安妮豁出去了，"上帝创造我们的时候用的是大写意，该有的地方都有了，但是你非要求像工笔，人家上帝不管售后服务，分包给整容医院了，他们负责二次加工！主编，您起码应该做个拉皮儿——从这儿咔啦一刀，把脸皮嗯嗯一拽……"

戈玲怕了，"饶了我吧！我这脸皮还要呢！"

这时间，袁帅匆匆走出电梯，早已等在这里的刘向前、何澈澈赶忙迎上去。

"出什么事儿啦？"袁帅忙问。

"你快瞅瞅去吧，闹妖呢！"

袁帅与刘向前、何澈澈一进编辑部，眼前的三个女人就把袁帅惊住了。

"你们三位这是……想武装起义啊？"

"你这种反应早在我们意料之中！"

袁帅绕着她们转了一圈，一一品评，指着安妮："不瞒你说，刚才看见这靴子吓我一跳，第一感觉是你套了一假肢！"又打量着欧小米，"把自个儿弄得跟音乐剧《猫》似的，真叫一风尘！"轮到戈玲了，袁帅嗖嗖嗓子，"主编，她们俩肯定要挟您来着，要不然您不会这么自暴自弃！口红是挺鲜艳欲滴的，跟草莓熟过火了似的；我最纳闷您这眼皮，扛这么多假睫毛，眨巴眼就相当于举重，累不累啊？"

"是有点儿累……袁帅你觉得我们焕然一新不好是吗？那她们俩还惦着去全方位整容呢！"

"到时候别说我不让你们进门，在门口立一牌子——假人免进！有一个团团就够让我闹心的啦，你们还跟着裹乱！"

话题又转到团团的问题上。

"你到底找着证据没有？"欧小米问。

"刚去整容医院了，我想查查团团是不是确实在那儿整过容。人家说了，不能泄露顾客资料，要保护隐私！"

"你就是神经过敏！"安妮表态，"根本不存在什么小三儿、谋杀，是你惊悚片看多了！"

袁帅拿出为团团拍摄的写真，"我也想说服自个儿，说这女的就是团团，可心里就是过不去！"

正说着，门口出现两名警察："我们是刑警队的，来调查个案子！"

编辑部的人立刻紧张起来。

"是不是查团团？"袁帅很紧张，"我说什么来着，团团肯定出事儿了！"

警察取出一张照片，"这个人你们认识吗？有人说看见她来过你们编辑部……"

编辑部大家一看照片上的女人，立刻认出是团团。袁帅把团团的写真与警察提供的照片一比较，分明就是同一个女人。

"这不就是团团……哦不，假团团嘛！她终于落入法网啦？"

"她涉嫌和情夫谋杀了自己丈夫，现在潜逃了。团团是谁？怎么回事儿？"

"还是我亲自来说吧！那我就不绘声绘色了，直接进入——"袁帅摆出大侦探波洛的做派，显得很权威，"这个女人——以下简称该女——与团团，即我同学的丈夫由不正当关系发展成忠贞不渝的爱情，为达到双宿双飞的目的，遂合谋将团团以及该女的亲夫杀害。为掩人耳目，该女谎称是整容后的团团，妄想瞒天过海。但善有善报恶有恶报，不是不报，时辰未到，雕虫小技，岂能瞒过我的眼睛？终于……"

警察连忙制止，"停、停！谁让你定案啦？那是我们的事，你只要给我们说清楚跟这女的什么关系就行啦！"

"破案我真不管啦？那你们就多受累吧！以下我简明扼要地追述一下本人与团团的关系。我们两个人的关系源远流长，这要从我们的学生时代说起……"

警察不耐烦地打断了袁帅的话，"好啦好啦！等你说完，我们也老了！"

"当时你在场吗？"警察转向刘向前。

"我在！我亲眼目睹！"

"那好，你说说当时的情况！"

刘向前替下袁帅，煞有介事地介绍起来。警察拿着本子，准备记录。

"情况是这样的。那是二十三日，星期一，农历初八，晴间多云，东南风转东北风三到四级，最高气温二十六度……"

"天气预报就免了，跟案情没关系！直接说那女的进来！"

"好好，说那女的进来！突然，"刘向前一惊一乍，"门口有个人影一闪，我抬头一看，说时迟那时快，那女的已经进来——进来了吧?"

"接着说下边!"

"下边——"刘向前朗读课文一般，"只见她水汪汪的大眼睛东瞧瞧西看看，仿佛藏着什么不可告人的秘密似的。那女的，身材像维纳斯一般婀娜，容颜像美女蛇一般妖艳。顿时，我心里展开了激烈的思想斗争——要不要主动上前打招呼，问她是谁、来这里干什么? Can I help you? 如果我这样做了，大家会不会认为我很轻浮，在向她献殷勤?如果我不这样做，领导会不会认为我工作不热情主动?于是，我陷入了痛苦的抉择当中……"

"你比他还啰唆呢!说最主要的，那女的来你们这儿干什么?"

"拍照!显然是拍照!我们《WWW》编辑部下属摄影室，承揽广告摄影、人像摄影、艺术写真，具有国际先进的摄影器材和同行业领先的专业技术，热诚为各界朋友提供至臻完美的服务，欢迎……"

"别插播广告!说那女的，她拍什么照片?"

"艺术写真!我们这儿价格合理，皇室版一套是8888，豪华版是6666，精英版5888，那女的拍时尚版3886，非要打八折，我跟袁帅说这不行，顶多打个九五折，九五折是3691块7，7就给她抹了算啦……"

警察甲气得站了起来，"不像话!你这是介绍案情呢还是揽业务呢?"

何澈澈连忙上前，"警察同志您别着急，那天的情况我最清楚!"

"那你说说，那女的有没有什么异常?"

"有!"

"怎么异常?"

"异常性感!"

大家忍俊不禁。

"还有呢?"

"还有，异常喜羊羊!"

"喜羊羊?"

"《喜羊羊与灰太郎》啊!您不看?哦，您看的是《黑猫警长》!"

"我们说案子呢，没动画片什么事儿!你九〇后吧?"

"我们九〇后也有社会责任感，我不是打酱油的，也不俯卧撑，做人不能CNN啊!要不这样吧，我人肉一把，保证灌水!"

警察听得云里雾里，再也按捺不住，发起脾气来:"你这小小年纪，满嘴黑话！我就纳闷了，你们编辑部人一个个怎么都这么不着调呢?！"

安妮赶紧上前表态："警察同志，我们有义务协助你们调查案情，是这样……"

警察怀疑地打量安妮和戈玲、欧小米，更没好气，"你干什么的？你们三个，打一进来我瞅你们就不像正经人！"

欧小米自我打量，"我们这么惊世骇俗吗?"

安妮忙解释："警察同志您误会了！"

"哪儿来的？干什么职业？办暂住证了吗?"

戈玲一边狠狠擦去浓艳的口红，一边急切地申辩："我保证我们都是良家妇女！"

朝阳升起，编辑部又迎来新的一天。

上班前，袁帅、刘向前、何澈澈正整理办公室，戈玲来了。只见她已经褪去浓妆，恢复了从前的保守装扮。

"主编您怎么又改回来啦?"何澈澈看着戈玲，"这不历史倒退吗?"

"戈姨，其实您昨天那样儿挺好的，特别青春逼人！"刘向前言不由衷。

戈玲连连摆手，"饶了我吧，警察都拿我当老鸨了，我还是老老实实做人吧，省得出门被联防队截着查证！"

"主编，我反对的不是美容，是过度美容！"袁帅说，"您用点儿紧肤水、精华素，就算眼睫毛梦幻了点儿，顶多就算修饰，不过分，观众同志们都能接受！您好不容易迈出历史性的一步，结果又缩回去了，改革成果毁于一旦，特可惜！"

这时，欧小米跨进门来，她仍然保持着昨天的夸张造型。

"瞅人家小米，还坚持这雷人造型呢，"袁帅挖苦着，"知错就是不改！"

"凭什么警察说了我就得改呀？我又没违法犯罪，警察管不着人民怎么整容！"

"这可不一定！"刘向前插话，"整得跟身份证都不一样了，你看警察管不管?"

"我还真想这么整来着，要不是我昨晚感冒，今天就跟Anney一块儿出现在整容医院了！"

袁帅大吃一惊，"你是说安红去整容啦?"

欧小米看看表，"这会儿估计正做术前准备呢！"

"不行！是不是就韩国烧烤边儿上那家医院？我得让她悬崖勒马！"袁帅匆匆往门外走，却被迎面的来人逼得退了回来。对方出现在门口，大家惊愕地发现来得竟是团团。

"你、你还敢回来？"

团团似乎很镇定，径直进了编辑部，"我有什么不敢的？不就是所有人都不接受我嘛，我就要横眉冷对千夫指，走自己的独木桥，让别人去说吧！"

戈玲有点儿慌，"你、你到底想干什么？"

"取照片啊！"

编辑部几个人呼啦凑到一起，窃窃私语地紧急磋商对策。

"杀人犯就在眼前，怎么办？"戈玲握紧拳头，"我们一不做二不休……"

"杀了她？！"何澈澈问。

"稳住她！同时报警！"

"这任务交给我了！"袁帅自告奋勇。

"她可是背着两条人命啊……"刘向前神情凝重，"她身上一定带着凶器！她会不会是来杀我们灭口的？外边八成有同伙接应……"

团团有些等不及，"袁袁，快给我拿照片啊！"

袁帅强作笑脸，心里紧张得不行，"团团……"

"袁袁你终于承认我是团团了？！"

团团兴奋地冲向袁帅，吓得袁帅如临大敌，准备自卫，"站住！别过来！你想干什么？"

团团站在原地，颇委屈，"我是高兴！你就不能让我欣喜若狂一下？你知道吗？整容以后，我本以为老公会眼前一亮，谁知他把脸一黑，干脆跟我分居了！"

"为什么？"

"他说我是纸里包火，不敢碰，一碰说不定哪个部件就会碎！"

戈玲趁机悄悄溜进自己的办公室，回身把门关紧，然后赶紧拨电话报警，"公安局吗？你们快来，我们这儿有个杀人犯！……"

外面的办公间里，团团继续诉说着自己的苦恼，"……我父母也不站在我这边，他们一生气非说我不是他们女儿，不让我进娘家门！"

237

"你本来就不是人家女儿嘛……"刘向前小声嘟囔。

团团凑近袁帅,"就在我孤独无助的时候,袁袁你认可了我……"

"别别,我从来没认可你!"

"你怕什么?让别人去说三道四吧,来,别怕!"

团团又要接近袁帅,袁帅慌忙躲闪,"我、我真怕!我警告你别轻举妄动!"

团团正莫名其妙,戈玲从里间赶出来,试图稳住团团,"团团你请坐!澈澈,给团团冲咖啡啊!"何澈澈正好端着咖啡过来:"冲好了!请!"

"谢谢了!我没时间了,外面还有人等我呢,必须马上走,不然就来不及啦!"

刘向前紧张地嘀咕:"我说什么来着?外边有同伙接应!"

"决不能放她走!"袁帅斩钉截铁,"一定要拖住她,给团团报仇雪恨的机会到了!"

团团再次催促:"袁袁,快把照片给我吧!"

"啊,照片……照片是吗?……照片是我拍的,但版权是你的,现在你来取,事实基本就是这样。当然了,但是不过而且……"袁帅一边找托辞,一边暗中向欧小米等人使眼色求援。

欧小米灵机一动,"你听我说,我们刚推出'拍照片,赢大奖'活动,三道智力问答题,顾客都答对了,就能赢取超值礼品一份!你不试试运气?"

刘向前连忙策应:"对对,你绝对应该试试!"

不料,团团对此却不以为然,"我懂,买的不如卖的精,你们这是忽悠呢,说是超值礼品,其实拿回家根本没用!袁袁赶紧把照片给我,我得走了!"

"团团你不要礼品,可以破例给你现金啊!"袁帅咬牙。

"现金……多少钱?"

"少了也稳不住你……9999!"

戈玲等人大吃一惊,暗暗担心。

团团顿时眉飞色舞,"那行!请出题!"

欧小米忙不迭:"第一题——一头公牛加一头母牛,打三个字。"

"三个字……"刘向前小卖弄,"我知道这是脑筋急转弯!"

团团脱口而出:"两头牛!"

大家一怔，随即会意。

"对啊！两头牛！"

"还真蒙对了……不过还有两道呢！"袁帅提醒，"难度大点儿啊！"

何澈澈自告奋勇，"请听第二题——一头公牛加一头母牛，打五个字。"

"五个字？难度比第一题高了一个等量级！"戈玲连连点头。

团团稍事思索，"还是两头牛！"

"错！"刘向前打断，"明明说了打五个字，你怎么还是两头牛啊？"袁帅看着刘向前："还是两头牛——五个字！"刘向前这才明白，很是无地自容。

团团接连答对了两道题，编辑部的人开始慌了，团团却斗志高涨，"快快！第三题！"

编辑部大家互相望着，谁也没有把握出题。

戈玲点兵："向前！"

刘向前连连摆手，"不行不行！9999，豪赌啊，我可担不起这责任！"

袁帅一拍桌子，"我就不信了！请听第三题——从一到九，哪个数最懒？哪个……"没等袁帅说完题目，团团就抢着接话茬："哪个数最勤快？答——一最懒，二最勤快，因为一不做二不休！"

袁帅脑袋嗡一声，身体一晃，差点儿栽倒，何澈澈连忙扶住他。

"9999！我赢啦！"

"团团你听我说，"戈玲圆场，"这奖吧事出有因，不是我们不给你，是你……"

"你们耍赖？！你们……"

正这时，警察甲乙走进编辑部。团团立刻迎上去告状，"警察同志，你们来得正好——他们欺骗消费者！"

"谁报的警？"

"我！"戈玲指着团团，"警察同志，就是她！"

警察拿出照片，与团团对照，不禁吃惊，"长得一模一样……"

"当然一模一样啦，"袁帅也指着团团，"她就是你们要找的那杀人犯！她杀了自己丈夫，又杀了团团！今天撞到我手上，让你知道我智勇双全的厉害！"

"谁杀我啦？袁袁你咒我？！"

"犯罪分子的气焰何其嚣张！都这会儿了，还拒不认罪呢！警察同志，你们别站着啊，受累逮捕她吧！"

警察笑了，"那个女杀人犯已经在外地落网，对犯罪事实供认不讳。这位小姐因为相貌与那人酷似，所以才引起我们怀疑。经过调查，现在搞清楚了，她们曾经先后在同一家医院整过容，所以才这么相像！"

编辑部大家这才恍然大悟，"这么说，你真是团团！可团团你整了半天，怎么整成了杀人犯的模样?！"

"我哪儿知道啊！"

"要都像你们这么整容，"警察很严肃，"我们还怎么识别犯罪分子啊？这社会就乱了！"

"还真是！"戈玲赞同，"看来什么事儿都要有个度！"

袁帅猛然想起一件事，"坏啦！安红……"刚要往外跑，安妮一步跨进来："哟，这么热闹？"

大家上上下下打量安妮，尤其袁帅，凑到面前仔细甄别，"这么快就整完啦？鼻子还是眼睛……那什么隆啦？也没见显著变化啊！"

安妮显得很轻松，"我根本就没整！"

"你看，"戈玲笑了，"你也怕别人说吧！"

"那倒不是！我本来都决定了今天去，可是昨晚上做了个梦，醒过来我就改主意了……"

"您说说，我会解梦！"何澈澈兴致勃勃。

"这梦不用解！我梦见自己老了，一脸褶子，特难过，忽然天上射下来一道神光，光照到我胳膊上，胳膊上的皮肤立刻变光滑了。然后光照遍我全身，还有一个声音问我——你想成为世界上最漂亮的女人吗？我当然想了，我想跟伊丽莎白·泰勒似的那么漂亮，结果我真一下儿变成了泰勒！然后我兴冲冲跑到大街上，我以为自己是最漂亮的女人了，结果你们猜我看到了什么？"

大家一时都猜不出。

"满大街女的竟然都是伊丽莎白·泰勒！"

"那我们男的有艳福啦！"袁帅贫嘴。

"你别高兴得太早，你们男的清一色都是格里高利·派克！放眼望去，每个人都一模一样，侉侉侉，那么走……"

众人不禁咋舌。

"按说大家都如愿以偿变成了最漂亮的女人、最帅的男人，该满足了吧？可是你们说这世界真就变美了吗？"安妮问大家。

　　欧小米丧气地坐下，"我怎么觉得人都成标准件了呢……"

　　"就是！我当时就给吓醒了，现在想着那情景还特恐怖呢！我顿悟，决定拒绝整容，做一个虽然不十全十美，但绝对独一无二的自己！"

　　袁帅竖起拇指，"顶你！"

　　戈玲一拍手，"生物具有多样性、差异性，所以这世界才丰富才美丽——下期的选题有了，就谈整容！"

　　众人释然。团团挤上前来，紧盯袁帅，"袁袁，快给我！"

　　"噢，照片是吧？好好……"

　　"不是——9999！"

十一　幸福指数

正是早晨上班时间。欧小米背着包一进门，就和袁帅调侃："楼下停辆迈巴赫，帅哥你什么时候又换车啦？"

"这你就OUT了！"何澈澈不知从哪儿冒了出来，"帅哥要换就直接换成飞机，次点儿也得弄艘游艇开着！"

"有钱人就是没个性！"袁帅嗤之以鼻，"我要买就买公交车，在公交专线上跑，在公交站一停，有人要想买票上车，我就说对不起，这是私家车！"

刘向前立刻拿出一份数据，"有钱人是真有钱！这儿有份数据，《世界奢侈品协会官方报告》称，中国奢侈品消费额九十四亿美元，占全球27.5%，位居世界第二，并将于2015年跃居世界第一——奢侈品啊同志们！什么是奢侈？咱们穿衣服刚知道追品牌，人家已经不要牌子了，因为都是在巴黎皇后区订制的，这就是奢侈！"

安妮从自己办公室出来，接了一杯咖啡，也加入了讨论，"我在欧洲有切身体会。我这张面孔出现在香榭丽舍大街，享受最高级别的关门服务，以前法国人一定会用英语问——Are you Japanese？现在会说——您一定是中国人！——请注意，标准普通话！环球退税公司有统计，今年中国人在法国购买免税品1.58亿欧元，全球第一。"

"我们娱记也跟着沾光！"欧小米补充，"以前欧洲顶级秀从不邀请中国媒体，现在把秀场最好的位置K区和L区给中国记者留着，为的是利用咱们忽悠同胞一掷千金！"

戈玲拿着一份稿子走出自己办公室，发表不同意见："我觉得我们可以深入讨论讨论，搞这么一个选题！中国毕竟还是发展中国家，目标是2020年才实现全面小康,现在就这么烧包,特没文化,一看就知道是暴发户!"

"一听就知道您没钱!要是您现在就有一个亿,准不这么说!"袁帅说道。

"我要有一个亿该上愁了,上愁怎么花!"

"愁什么呀?我要有一个亿,先买房,CBD最核心,九十平米以下经济适用房,怎么也得四百万吧?"欧小米畅想着,"然后买一跑车,三百万;然后周游世界,欧洲美洲、普吉岛、大堡礁,不跟团儿,自己去,踏实住着,玩儿透喽;然后……这多少钱啦?"

刘向前一直用纸笔计算着,"八百万!"

"然后还得分给亲戚!"欧小米接着畅想,"小时候我大姑对我特好,分给她一百万,然后还有我小姨、我叔叔、我二姑、我表妹……一人五十万!"

袁帅打碎了欧小米的白日梦,"就这也才一千一百万!有钱不会花,冲这你就当不了有钱人!对有钱人来说,花钱没什么特别的,无非就是吃、喝、嫖……"

注意到安妮、欧小米的目光,袁帅连忙改口,"嫖万万不可,主要是赌!君不见,咱们已经被赌场层层包围了,北有俄罗斯,南有海上赌场和金三角,连拉斯韦加斯都高挂巨幅中文布标——'恭喜发财'!"

刘向前艳羡不已,"当有钱人的感觉真好!"

这时,聂卫红风风火火赶进来,一边从包里掏出一部手机,一边埋怨刘向前:"自己手机不想着,我还得专程给你送一趟!"

刘向前这才意识到没带手机,连忙迎上前,却见袁帅已经顺手接了过去,"嚯!新买的?"

"你问他舍得吗?"聂卫红冷笑一声,"是我们公司奖励我的,便宜给他了!"

"业绩第一名!"刘向前从袁帅手里接过手机,得意地向大家夸赞妻子,又转身对老婆说道:"坐下歇会儿!"聂卫红一看表,赶紧就往外走,"哎呀,我跟人家客户约好了,不能迟到!我走了啊!"就像来时一样,聂卫红风风火火地走了。编辑部大家不由感叹:"要说敬业精神,卫红值得咱们学习!"

话音未落,有人敲门。大家扭头一望,只见一位衣冠楚楚的中年男子站在门口。刘向前一点头:"您好!"

"这儿是原先的《人间指南》编辑部吧?我找知心姐姐!"

大家一怔。戈玲分外热情地迎上前去,"一听您就是《人间指南》老读者！您请进请进！"

"您是知心姐姐吧？一看就是！姐，我……"

"哎，先别冒认！是这样，现在《人间指南》刊名改成《WWW》，《知心姐姐》这个栏目呢，取消了……"

"怎么……"中年男子煞是失望，"我是看《人间指南》长大的，是它教会我人世间的道理，指给我人生的方向！尤其是知心姐姐，总是用她循循善诱的语言开启我的心扉！最近我很郁闷，看了几个心理医生都不见效，所以想到了知心姐姐！你们怎么能让我姐下岗呢？"

袁帅站了出来，"既然您这么信赖知心姐姐，那我们就让她重操旧业一回。不过如果我说我就是知心姐姐，您信吗？"

中年男子狐疑地打量袁帅。

"不瞒您说，他确实是您知心姐姐！"欧小米真诚地说。

"目前《WWW》虽然没有专设的知心姐姐，但对您来说，我们都是知心姐姐！嗯哼？"安妮顺水推舟。

"对，我们都是！"戈玲附和着，"有什么需要倾诉的，您尽管敞开心扉吧！"

中年男子被大家的热诚弄得有点儿晕，但仍决定尝试一番，便掏出了名片。

"噢，搞房地产的……"戈玲接过中年男子的名片看着，往下看，她大吃一惊，"啊？！你就是那谁？！"

其他人凑过去一看，同样都很吃惊。

"地王！几十个亿拍地皮！"

"楼下那辆迈巴赫是你的！"

地产商一一点头承认。

"你都地王都迈巴赫了，有钱人里的有钱人，"刘向前大惑不解，"还郁闷什么？"地产商激动地拍案而起，"别人这么说也就罢了，你们知心姐姐怎么也这么说呢？我确实郁闷！"

戈玲连忙安抚："您别激动！我知道，虽然您是地产大鳄，亿万身家，能呼风唤雨，风光无限，但那只是表面，内心深处，您肯定也有他人难以理解的郁闷……"

地产商紧紧握住戈玲的手，"姐啊姐！"

"可我还是不理解，您到底郁闷什么呢？"

地产商沮丧地甩开戈玲的手，慨然长叹："我什么都郁闷！我花几十个亿当地王，使中国一线城市地价一举跨入世界前列，可全国人民骂我是奸商是公敌，我郁闷；我想方设法捂盘惜售、哄抬房价，我容易吗？我郁闷；我是赚了，可俗话说做人要低调，所以我得宣称房地产是微利行业，可人民不信，我郁闷；我……"

"我听明白了，"袁帅打断地产商的话，"您是挺郁闷的！知心姐姐给您开个方子——行善积德，保准就不郁闷了！"

"我行善积德啊！我见佛必拜，见庙必捐，而且我还是佛门俗家弟子，法号空悟！"地产商双手合十，"南无阿弥陀佛！"

众人面面相觑。

安妮以情动人："空悟，既然你郁闷成这样，那知心姐姐劝你还是迷途知返、弃暗投明、金盆洗手，转行干别的吧！"

"转哪行？"地产商一脸无奈，"我身边都是有钱人，哪行哪业的都有，抄起来都上亿身家，一律郁闷。开煤窑的，利润比地产高，名声比地产臭，郁闷；投教育的，前些年吃香，现如今人民觉悟了，越来越不好糊弄了，郁闷；办医院的，人民眼睛更是雪亮，草菅人命难度增加了，郁闷；干脆什么都不干的，那明摆着就是不劳而获、为富不仁，郁闷不郁闷？只要当老板，说白了就是个高级公关，见人说人话，见鬼说鬼话，照样郁闷——我总结了，有钱人除了有钱没别的，三个字——"

大家都目不转睛地盯着地产商。

"不、幸、福！"

地产商离去之后，编辑部众人热烈地讨论着。地王的苦恼没有引起同情，但关于幸福的命题却引发了热议。

你幸福吗？

当这个问题摆在面前，每个人才发现，这确实是个问题。

"我刚还羡慕有钱人呢，结果空悟说他不幸福！这不得便宜卖乖吗？！"刘向前神情激动，"要连地王都不幸福，那我们呢？我可是房奴，三十年按揭！按揭是什么？按揭就是把你按在地上，一层层揭皮！三十年啊，在这三十年里，我每个月领了工资，第一就是跑到银行还月供，然后再物业费、水电费、电话费、交通费、交际费、医药费、孩子学费、大人保险费，还有柴米油盐——不精打细算行吗？就在日复一日的精打细算中，三十年过去了，按揭总算还清了，我也从中年步入了老年，离死不远了……"

安妮深表疑惑："刘老师你一向挺热爱生活挺幸福的，怎么突然消极啦？"

"我幸福？我那是被幸福了！我跟澈澈他们不一样，他们……"

"刘老师咱们彼此彼此！"何澈澈连忙解释，"中国人分两种，一种是房奴，另一种是即将成为房奴！"

"你们毕竟还没结婚呢！像我们已婚男人，上有老下有小，中间有老婆，多大压力？！"

"未婚男人压力才大呢！"袁帅不干了，"您那时候结婚成本低啊，靠甜言蜜语就能把一好端端的姑娘娶回家。现在行吗？现在要靠实力，讲究'有车有房，没爹没娘'，这一条就把多少好男儿打入了光棍行列！别提裸婚，那相当于耍流氓！就算你碰上个心慈手软的，网开一面允许咱爹娘活着，但有车有房是必须的。三环就甭想了——五环，七十平也得一百多万吧？这还是毛坯房。装修好了，摆上家具、家电，又得十多万；车怎么也得十几万的，要不这姑娘也太不二十一世纪了；婚宴咱不讲排场，就一千六一桌的；度蜜月也不去瑞士，就在澳大利亚凑合了——又七八万！"

刘向前掐指一算，"一百三十万了！"

袁帅接着诉苦："这还没算恋爱阶段呢！要讨得欢心，你要投资吧？吃饭、喝咖啡、唱歌、逛街、旅游、节日礼物，每月平均支出四千元，以恋爱期两年计，共九万六千元！"

"一百四十万了！"刘向前惊呼。

"就算有二十万存款、年薪八万，也要不吃不喝攒十五年！"

"所以现在有人只恋爱不结婚，号称'不结婚主义'，不是不想结婚，是结不起！"何澈澈一脸无奈。

"这么一算，"刘向前说道，"还是当女人幸福，起码没负担……"

安妮和欧小米立刻提出异议。

"NO！谁说女人没负担？据社会学调查，现代女人要扮演多重角色，是负担最重的群体！"安妮义愤填膺。

"就是！"欧小米也深有感触，"女人除了要做贤妻良母，还要当职业女性。太顾家了，男人说你传统依赖，不自立自强；太能干了，男人说你女强人，没女人味儿；如果不穿衣打扮，男人说你不性感；如果性感了，男人又说你不安全！"

"For example me，"安妮指着自己，"典型的三Z女人——有姿色、有知识、有资本，但结果怎么样？No happy！"

"怎么啦这是？我听着怎么一个比一个不幸福呢?!"戈玲匪夷所思。

"主编，您是过来人，总算是超脱了！所以要说起来吧，咱们编辑部也就您有资格号称自己是幸福的！"袁帅说道。

"谁说我就幸福啦？"不料，戈玲却自有苦衷，"我单身妇女带一孩子，这么多年怎么过来的，你们知道吗？"

袁帅等人怔怔地摇头。

"越是婚姻失败的人，越要证明自己在其他方面的成功。做主编，我要出色；做母亲，我要称职。为了不让李子果有单亲子女那种自卑感，我必须处处保障她比别人强——别的同学电脑是台式机，我给她配笔记本；别人旅游去东南亚，我带她去欧洲；有同学报考香港大学，我供她去美国常青藤。总之，别人的父母做到八分，我必须做到十分。我累不累？"

"累！"众人齐声回答。

"你们说，我能幸福吗？"

大家互相望望，一时无语。

讨论结果出乎意料，面对幸福与否的问题，编辑部大家竟集体失语。由此他们萌生出一个想法，决定发起一项有关幸福的社会调查。

袁帅一进门，就迫不及待地向大家宣布："咱们社会调查不是缺少关键词嘛，刚才我在路上突然想到一个词——幸福指数！现在流行各种各样的指数，物价指数、消费指数、人气指数、洗车指数，咱们来个幸福指数！怎么样？"

"Good idea！"安妮闻声走出办公室，大加肯定，"GDP是衡量国富的指数，GNP是衡量民富的指数，Gross National Happiness，简称GNH，就是衡量幸福的指数。《WWW》要把幸福指数打造成一个品牌，就像Forbes——福布斯排行榜，它关注财富，我们关注幸福，每年定期发布，制造热点！广告商自然会闻风而至，到那时候，幸福指数会成为《WWW》新的经济增长点！更重要的是，幸福指数将见证社会走向幸福的每个瞬间，成为历史的记录者！"

刘向前立刻表态拥护："Anney总太有前瞻性了！昨晚上我给同学打电话了，他是中科院数学博士，我让他替咱们设计一个数学公式，一定要精确到小数点后两位，命名为幸福公式。以后谁想知道自己幸福指数是多少，就用幸福公式加减乘除一算，一清二楚！"

大家都很踊跃。何澈澈噼里啪啦地敲击着电脑键盘，屏幕上刷新着富有冲击力的页面。"官方网站即将投入使用！可以第一时间发布权威信息、发放调查问卷、互动交流——我知道我肩上的担子很重啊！"

"不光要发布总体幸福指数，还要发布最幸福个人、最幸福行业TOP10，玩儿排名。然后举办年度幸福盛典，请娱乐明星到场，搞成一个超级大Party！幸福嘛，就要High！"欧小米很是兴奋。

何澈澈补充着："还要发布最不幸福个人、最不幸福行业TOP10！"

"这不行，这引发争议！"刘向前断然否定。

"争议好啊！就怕没争议！一争议，幸福指数火了！"

"然后咱们就趁势把蛋糕做大！立足神州，面向世界，发布全球幸福指数！甭管你什么肤色、什么意识形态、有没有夜生活，统统幸福指数衡量……哎，结果万一是美国人最不幸福，白宫发言人会不会站出来说话？"袁帅说道。

戈玲深思熟虑着，"结果并不是最重要的。咱们发布幸福指数的初衷是什么？是呼吁社会关注幸福感受。GDP增加了，人们的幸福感是不是增加了？不一定。所以，听说萨科齐就主张把幸福感纳入GDP……"

"有这事儿！"女妮急忙说道，"不过Sarkozy（萨科齐）有自己的小算盘，法国GDP落后美国十几个点，如果把幸福感纳入GDP，就会缩小差距，有利于他的政治利益！所以，Sarkozy是在拿幸福说事儿！"

"总之，我们的调查要做到设计严谨、数据翔实、结果客观公正，这样才具有权威性和公信力！"

"《WWW》幸福指数一经推出，将立刻成为风向标和社会话题！我很期待耶！"安妮信心满满。

大家热情洋溢地互相击掌，以示决心。

编辑部里一派忙碌景象。大家埋头统计整理调查问卷，安妮往来穿梭，协调总体进展。

"真雷人！"欧小米忍俊不禁，"姓名一栏，你们猜填的什么？寂寞哥——哥吸的不是烟，是寂寞！"

"太不严肃了！……"大家闻声望去，只见牛大姐跨进门来。

"还寂寞？我看就是思想空虚、信仰危机！我们年轻时候，都热火朝天地投身社会主义建设，哪会寂寞呢？现在的年轻人就知道沉迷网络，物质丰富了，精神贫乏了！"

戈玲赶紧迎上前来，热情问候："牛大姐您今天这么闲在？"

"听说编辑部要搞社会调查，我过来看看！万一你们在政策导向上有什么把握不准的，我可以提些建设性意见……当然了，谨供你们参考！"

"老年人也是调查的一部分，正好您来了，可以代表老年人发表一下意见！"安妮走了过来。

"我还是先从总体谈一下。我认为，幸福指数的调查很及时很必要。就拿那些年轻人来说，他们物质条件是好了，可是他们幸福吗？他们……"

"牛大姐，他们幸福不幸福，最好由他们自己说，嗯哼？"安妮打断道，"现在咱们就说老年人，比如您……"

"调查开始——"袁帅及时宣布。

"姓名……牛大姐。"

"年龄……六十五。"

"居住地……"

"我不幸福！"

牛大姐如此直截了当，让大家面面相觑。

"牛大姐，您不应该不幸福啊——您跟老伴退休金都不少，除了日常生活，每年还能出去旅游，生活质量不低，女儿又在国外，您安享晚年，幸福指数应该很高啊……"戈玲感到诧异。

牛大姐显然很纠结，"我也知道，这些年经济腾飞、国富民强，在发展经济的同时，还注重民生，努力建设和谐社会。这一切，全靠党和政府的英明领导。按我的思想觉悟，本应该欢欣鼓舞才对啊，可要不怎么，我就是心里空落落的……"

"空落落的……"刘向前恍然大悟，"我知道了牛大姐，您女儿在国外，您跟老伴身边没子女，是空巢老人，享受不到天伦之乐，所以您感觉不幸福！"

"空巢老人在国外已经是一个社会问题。我国社会正在步入老龄化，这个问题也会越来越突出。"

"原来我总是不服老，现在看来真是老了……"

"牛大姐您不老！"袁帅好言宽慰，"革命人永远是年轻，他好比大松树冬夏常青！将来我到您这岁数，肯定不如您这精气神！"

牛大姐立刻来了精神："这倒是！我们这代人是经过革命大熔炉百炼成钢的，当年意气风发战天斗地，我觉得那时候最幸福！我们这代人的幸福观就是跟你们不一样，当时有首歌《幸福在哪里》，歌词是这样的——幸福在哪里，朋友啊告诉你，它不在柳阴下，也不在温室里，它在辛勤的工作中，它在艰苦的劳动里，啊幸福，就在你晶莹的汗水里！"

这天清晨，一名挎着LV包的妙龄女郎最先下了电梯，左右张望着，显然拿不准向左走还是向右走。袁帅、欧小米随后出来，袁帅见状刚要主动搭讪，欧小米酸溜溜地出语相讥："够热情主动的啊，美女经济就靠你们拉动呢！"

袁帅只得放弃念头，和欧小米一齐走向编辑部。

"咱不是雷锋嘛！"

"我看你是雷人！"

"哎，帅哥！"身后，妙龄女郎突然燕语莺声地喊了一声。

袁帅浑身一震，停下脚步看着欧小米，"本人知名度竟然到了妇孺皆知的程度……"

"真自恋！她跟所有男的都叫帅哥，不信？下边她该叫我美女了……"

"美女！"话音未落，妙龄女郎果然叫了一声。

袁帅自觉没趣。欧小米笑盈盈地转过身，"Can I help you？"

原来，妙龄女郎是《WWW》的忠实读者，主动前来参加幸福指数问卷调查的。编辑部众人鼓掌欢迎。

"请坐请坐！咖啡还是茶？"刘向前急忙献殷勤。

"咖啡我只喝蓝山，茶我只喝大红袍。"

刘向前刚拿起的杯子又放下了。

"我们有矿泉水！"

"是法国依云吗？"

刘向前很尴尬，其他人相互交换目光，显然都对该女子不满。

"真对不起，看来水您是喝不上了，我们这儿的空气您肯定也吸不惯，主要成分就$O_2 + CO_2$，没品牌！"欧小米冷嘲热讽，"您就凑合少吸几口吧！"

"我是个注重生活品质的人，我认为像我这类人最应该参加幸福指数调查。可是我很不理解，你们为什么把我们拒之门外呢？"

"你误会了！"安妮解释道，"我们欢迎每个人踊跃参加，幸福指数调查是公开透明的！……"

妙龄女郎从安妮手里拿过调查问卷，指点着，"看你们这职业划分，有工、农、商、学、兵、公务员、工程师、文艺工作者，连农民工都有，怎么唯独就没我们呢？我们这个群体比中国足球更早实现职业化了！"

"也许是我们疏漏了……请问您什么职业？"

"当代知青，插队落户。"

编辑部大家莫名其妙。

"知青插队落户是老三届，我这岁数都没赶上，你怎么……没听说中央又实行这政策啊！"戈玲一头雾水。

"版本升级了！那时候知识青年顶多是高中毕业，当代知青起码是大本；原来知青插队落户是去农村，去最艰苦的地方，我们现在插队落户是去富人家，去最富有现代文明的地方！"

袁帅最先恍然大悟，"合着你是第三者插足！小三儿啊！"

"别说这么难听啊！我知道社会舆论谴责我们插足界，可再怎么说我们也是弱势群体，人们应该富有同情心啊！"

大家这才明白过来，群起而攻之。

"我们有同情心，可我们同情的是那被插足的！"

"被插足要怪她自己！谁让她不用心经营爱情呢？不要以为爱情是不动产，一次性投资，一劳永逸还能增值——爱情是消耗品，要维护保养，打蜡抛光，不然一折旧就所剩无几了！"

"秩序懂不懂？说好听的，你这是夺人所爱；说不好听的，你这是入室抢劫！"

"大家公平竞争嘛！爱情不是跑马圈地，不分先来后到！再说了，好比投资买股，她当初低价买入潜力股，现在大幅升值成了绩优股，她抛盘套现，赚得盆满钵满。我是下家，高价位接盘买入，投资成本高，万一将来只跌不涨，我只能自认倒霉。你们大家说，谁更值得同情？"

"投资都是追涨杀跌！这要看你做长线还是做短线啦……"

"当然做长线！我爱他！"

"有个问题我特别想知道答案，"刘向前很认真，"就是像你们这种情况，你是爱他这个人呢，还……"

"还是爱他钱？超幼稚的问题！男人和钱就好比鱼儿和水，分得开吗？没钱那叫男人吗？"

"哎，你别打击一大片啊！"袁帅赶忙为自己说话，"说到爱情，根据本人长期以来的实践经验，真正的男人赢得女人芳心，不是靠金钱铜臭，而是情商是男性魅力！问世间情为何物，直教人生死相许……"

"帅哥你又OUT了！你们古人是有情人终成眷属，现在是有钱人终成眷属！"欧小米一脸不屑。安妮雪上加霜："帅哥，你比我更不了解中国国情！"

"我知道这不是你们的心里话！"袁帅执迷不悟，"爱情绝不是一个传说！"

"其实，最有资格谈爱情的是我们小三儿一族！我们是爱情至上主义者！也是爱情殉难者！为了爱情，我们付出青春，付出一切，把血本都押上了，满仓操作！所以我们根本输不起！"

"既然知道，为什么非得当小三儿呢？"戈玲感到纳闷，"你们有知识有文化——当代知识青年——干点儿什么不好啊……"

"现在就业找工作多难啊！求爷爷告奶奶，就算有个工作，薪水不多，弄不好还得被老板性骚扰。与其这样，还不如主动出击，插队落户！我们这也算自主创业，不给政府增加负担嘛！成功的路不止一条，既然选择了，就无怨无悔地走下去！"

"可是路漫漫其修远兮，小三儿吃的是青春饭，将来怎么办？"刘向前提出疑惑。

"还是你比较理解我们！所以当小三儿要居安思危，最怕的就是安于现状！告诉你们一个胜利的消息——他和我已经正式登记结婚！本人由小三儿升任正房了！"

大家情绪有些复杂。

"既然你已经革命成功，如愿以偿扶正了，就要好好珍惜。我们还能说什么呢？祝你幸福！"

不料，妙龄女郎却黯然神伤，"关键就是我不幸福！"

"这我就彻底搞不懂了！"袁帅先开口，"经过长期颠覆活动，你一举夺取了政权，当家做主了，还不行？是不是还想宜将剩勇追穷寇啊？做人要厚道，不能赶尽杀绝！"

"我也这么劝自己，我现在得人得财得势，应该满足了，可我就是高兴不起来，每天吃不香睡不着，半夜起来一照镜子，又多一道皱纹！照这么下去，过不多久我就成黄脸婆了！"

"你养尊处优的，能有什么烦心事儿呀？"

"我发现我老公最近很可疑！他从不早出晚归，从不私设小金库，从不背着我打电话，从不跟女人单独约会，从不对我冷言冷语，从不忘记我的生日……"

"你老公比我情商还高！除了这一点，我认为别的都很正常！"袁帅说道。

"就是因为太正常了，所以才可疑！我们都是有前科的人，高手过招，就是要反其道而行之，难道不是吗？"

大家瞠目结舌。

"My god！你是怀疑他……又找小三儿了？！"安妮猜测。

"害人之心不可有，防人之心不可无。我必须吸取前任的教训，提高警惕，严防死守，不给小三儿以丝毫可乘之机，以免重蹈覆辙！如今的胜利成果来之不易，绝不能付之东流！"

"己所不欲，勿施于人。"戈玲说道，"你现在知道被小三儿插足的滋味了吧？"

"所谓打江山容易，坐江山难啊！"何澈澈感叹道。

"所以我郑重要求你们《WWW》能反映我们的心声！都以为我们坐享其成，我们的苦辣酸甜谁知道？其实我们挺不容易的，一点儿也不幸福！"

妙龄女郎走后，编辑部大家进行小结。

"你们发现没有——到现在为止，还没一个人宣称自己幸福呢，哪怕是假称幸福呢……My god！"安妮很是担忧，"我们的幸福指数不会出现一边倒吧？"

袁帅抱着一摞刚收到的邮件进门来，"都是调查问卷！这还有小学生的……咱们调查问卷以学校为单位回收，他们怎么自己寄来了？热情很高啊！"

"对啦，少年儿童——他们可都是泡蜜罐里长大的，他们最幸福！"欧小米想当然道。

刘向前却连连摇头："他们自己可不这么认为！我儿子今年上六年级，天天愁眉不展、牢骚满腹，就差痛不欲生了！为什么？学习压力大！每天晚上做作业、复习、预习，十一点多才睡，早晨五点多又起了，睡眠严重不足。在学校上完一天课，还有校外补习班呢。周六周日也不能闲着，奥数和剑桥英语！"

"我听着快赶上头悬梁、锥刺股了！"欧小米一身冷汗，"现在不都提倡减负吗？"

"也就是空喊！到时候凭考试成绩凭升学率说话，学校不愿减，老师不愿减，家长不愿减，减负？减得下来吗？越减负担越重！"

"那最后受罪的还是孩子，你们当家长的也太残忍了！"

刘向前无可奈何："咱不能让孩子输在起跑线上啊！马上该小升初了，决战的时刻到了，胜败在此一举！这不光是考学生，也是考家长。为了迎考，我们全家总动员，孩子闻鸡起舞，我们披星戴月。我们一家的口号是，流血流汗不流泪，掉皮掉肉不掉队，两眼一睁，开始竞争！"

"虐童兼自虐！"袁帅边说边拆邮件，"看看小学生自己是怎么说的……"

袁帅浏览来信，越看越眉头紧锁。

欧小米见状愈发好奇，"写的什么？"

袁帅举着信说："他们怕被班主任和学校集体封口或统一口径，没法说真话，所以才偷着把调查问卷寄过来——他们自己管这叫匿名信，咱们这祖国花朵能心理健康吗?！……"

欧小米迫不及待地拿过信看个究竟，何潋潋也凑过来。

"数学——优、语文——优、英语——优……幸福——不及格！"

"除了吃饭、睡觉，其他时间都用来学习。爸爸希望我学奥数、英语，妈妈希望我学钢琴、绘画，他们争执不下，所以我现在周六学奥数、英语，周日学钢琴、绘画……"

"还有这个——为了让我上重点小学，我们家一直都在搬家。第一次是从郊区搬进了市区，第二次是搬到了区重点小学所属地区，第三次是搬到了市重点小学所属地区。我爸说还要继续搬，搬到我上重点中学、重点大学为止……"

"所以现在学区房都是天价。"戈玲总结道，"古有孟母择邻，今有孩子择校！可孟子那是主动学习，如今孩子们是被动学习，天壤之别！"

"我说什么来着？都大同小异！孩子们都学傻了，根本没快乐可言！"刘向前说道，"我儿子特别羡慕我的童年，穷是穷，天真烂漫啊！快乐啊！"

"连小学生幸福指数都这么低——我无语！"这结果出乎安妮预料。

大家正情绪低落，门口有两个人往里张望。

"请问这儿是幸福指数编委会吧？"

"你们也是来参加调查的？"

"可以这么说！"一人说道，"我来介绍一下，这是我们集团公司办公室庄主任！"

庄主任热情地与编辑部每个人一一握手、呈上名片。趁这工夫，安妮连忙趿拉着拖鞋跑进自己办公室，迅速换上高跟鞋，匆匆照下镜子，然后仪态万方地款款而出。

"庄主任，这是我们Anney总！"刘向前连忙介绍。

庄主任眼前一亮："噢……安总！"

"Anney！"安妮纠正。

"安……你！"庄主任觉着绕口，"安你你们请坐，我和白秘书要给各位细说端详！"

于是，编辑部大家落座。庄主任和白秘书一左一右站立，拉开架势，俨然一对说相声的。

"相声讲究说学逗唱，其他工作也要有这基本功。今天我们初来贵地，站在这儿，就要原原本本说上一段！"

"对，算是汇报工作！"

"说得好，您给鼓鼓掌，说得不好，您多提宝贵意见！"

"那咱给各位说点儿什么呢？"

"还是先从来意说起！"

庄主任取出介绍信，上面醒目地盖有公章，"兹有我他二人，来到贵单位，是受本集团公司领导委派和广大员工嘱托，前来商洽幸福指数排名的！"

编辑部大家不免有些担心。

刘向前试探道："二位我插一句——您不会也宣称你们那儿不幸福吧？"

庄主任立刻警惕起来："谁说的？是谁揭发检举的？你把匿名信给我，我一定把这人查出来，从严从重处理！"

"打翻在地，狠狠踏上一只脚，让他永世不得翻身！"白秘书附和着。

"你们别如临大敌好不好？"戈玲说道，"没人写匿名信。我们希望你们那儿幸福，希望所有人都幸福，这是我们搞幸福指数的最终目的！"

庄主任这才松了一口气。袁帅站起来，拉庄主任落座，"您二位也别说相声了，我怕我不好意思乐！我们大概听明白了，你们是为企业幸福指数来的！"

白秘书举着一份文件，庄主任歪着脑袋摘要诵读。两人仍然一唱一和，一捧一逗。

"我们公司领导班子对幸福指数排名相当重视……"

"相当！"

"第一时间召开专题会议，认为幸福指数是衡量企业工作的标尺，是评估公司领导业绩的硬指标。所以一致决定，一定要不遗余力地把这项工作抓好抓实，务必使本公司一跃进入最幸福企业TOP10行列！"

庄主任一口气读完，白秘书长出了一口气。编辑部大家受到鼓舞，情绪高涨起来。

袁帅说道："庄主任，既然你们志在必得，那不用说，你们公司软硬件一定都很达标……"

"绝对达标！我们公司招待所是按五星级标准建造的，现代豪华。可以自豪地说，哪怕是一颗钉子，也是从国外进口的！"

"这说明我们领导的决策有前瞻性！"

二人又说起了相声。

"除了硬件过硬，我们的软件也毫不逊色。法餐、意餐、俄餐、日餐、墨西哥餐、土耳其餐、韩餐、泰餐、中餐、越南餐，都是从本国高薪聘来的厨师，目标就是要把世界上欧洲、亚洲、非洲、大洋洲、拉丁美洲的美味佳肴一网打尽！"

"食文化嘛！"

"你们去到那儿，就是本公司的贵宾，衣食住行统统我来打理，包你们满意。专车接送，清一色大奔！"

"必须的！"

袁帅连忙打断对方的话："我们说的软硬件不是这个，是指你们公司经济指标、企业文化、员工福利这些方面！"

庄主任和白秘书面面相觑。

"这个……很重要吗？"

"这是评选依据啊！幸福指数排名进TOP10，您总得给我们晒晒家底吧？"

"你们不是幸福指数编委会吗？又不是评委会……"

编辑部大家一时莫名其妙。

安妮问："请问这有什么区别吗？"

"评委会要评，编委会不是编编就行吗？！"

编辑部大家啼笑皆非。安妮听出些端倪，警觉起来，"汉文字真是奥妙无穷……你好像弦外有音！"

不等庄主任解释，一直在鼓捣电脑的何澈澈有所发现，指着屏幕说话了："查着了——他们公司经营不善，靠的是银行贷款，但是他们善于虚假宣传，好几家企业受蒙蔽，正跟他们打官司呢！"

编辑部众人大为惊愕，纷纷质问庄主任、白秘书。

"就这个，你们也敢竞争最幸福企业？！别看你们经营落后，曲艺倒挺发达，郭德纲竟然不是从你们那儿走出来的，真天理难容！"

"刚才他就话里有话，原来想弄虚作假进入TOP10！先生，我来纠偏——编委会是编辑委员会，不是编造委员会！嗯哼？"

"公司效益上不去，招待所星级倒上去了，这就是你们领导的前瞻性？！有这决策能力，用在企业发展上！"

"就是！太不像话！"

大家你一言我一语地，庄主任却很沉得住气。

"你们说完没有？你们凭什么认定我们那儿不幸福？经济指标低是低了点儿……"

"可谁说经济指标跟幸福指数一定成正比？"白秘书再一次捧起哏来。

"现代社会一大弊端就是——"

"经济指标上去了，幸福感下来了！"

"我们公司员工是不富裕……"

"可谁说富人就一定比穷人幸福？"

"拿你们调查统计看看，有钱人不幸福的，多啦！"

编辑部大家却无可反驳。

"如果空悟在这儿，"安妮说道，"一定拿他们当知音！"

"我们不是来给你们出难题，我们是经过充分调研和全盘考虑的！要是评最强企业，我们没有规模；评最创新企业，我们没有产品；评最诚信企业，我们没有良心——让你们编，一时半会儿也编不出来。可是最幸福企业就不一样啦……"

"因为幸福没有统一标准！"白秘书应和道。

"对！所以就给了你们充分的编造空间！你们可以堂而皇之地把我们编入最幸福企业TOP10，甚至NO.1！幸福指数上去了，公司形象就树立起来了，领导高兴了，贷款就有了，幸福就无比了——良性循环嘛！"

"别人有意见可以忽略不计，我的幸福我做主！"

编辑部大家无不气愤。袁帅干脆将两人往外轰，"走！走！庄主任，你妈叫你回家吃饭呢！"

"什么叫欺世盗名？回去告诉你们领导，玩火者必自焚！"欧小米也难掩气愤，"虽然本人饱经沧桑、见多识广，也没见过你们这么明目张胆的！"

庄主任却不甘心："你们不要这么草率！合作讲求友好协商、互惠互利，我们先投石问路，一旦你们默契配合，我们会投桃报李！"

"我就知道他们有政策！"刘向前算得精明，"说说什么回报？"

"如果我公司进入最幸福企业TOP10，将赞助此次活动全部费用，名次每提升一位，追加一百万人民币！另外，我公司愿买断活动冠名和所有广告，广告费另计！"

编辑部众人似乎内心蠢蠢欲动。

刘向前欢呼："那我全年广告任务就宣告提前完成啦！"

何澈澈摩拳擦掌，"我装备终于可以升级了——CPU换成英特尔黑盒的，内存海盗船三通道装……"

袁帅更笑得合不拢嘴："来得早不如来得巧，蔡司正好又出了新型号！"

大家不约而同地把目光集中向了安妮。安妮款款地踱步思考，高跟鞋笃笃做声。

庄主任紧随其后游说，"安、安……"庄主任忘了读法。

"Anney!"

"对，安你！安你你是女中豪杰，巾帼不让须眉，机不可失时不再来，当断不断必有后患——你就下决心说Yes吧！"

"如果下决心说Yes了……"

"我们指数就幸福了！"

"你们幸福了……"

"你们也就幸福了！"

安妮左脚一崴，她索性脱下那只高跟鞋拿在手里，挖苦地说："For your happiness！"

"什么？"

"祝你幸福！"何澈澈翻译道。

庄主任惊喜地看着安妮："你同意我们幸福啦?！你说Yes啦?！"

安妮右脚又崴了一下，她干脆把那只鞋也拿到手里，赤着双脚，气呼呼地双手挥舞着高跟鞋。

"NO！你们是幸福了，可我不幸福，所以我说——NO！"

一辆豪华奔驰轿车戛然停在楼下。

助理小金下车拉开后排车门，耿二雁下了车，仰头望望，忽然问了小金一个问题："小金你幸福吗？"小金搞不清耿二雁的用意，一时拿不准该怎么回答，眨巴眼睛思考着："小金我是幸福呢还是幸福呢还是……"

"不着急，你慢慢想着吧！"说罢，耿二雁整整衣服，踌躇满志地向里走去。

办公室里，安妮正在与广告客户通电话，戈玲和大家在一旁关切地注视着。

"Hello, Tom！I am Anney！……OK，OK，Tom，你在开会——开你的狗屁会吧！Bye！……"

安妮啪地挂断电话，发现戈玲和刘向前都惊愕地望着她，只有袁帅冲她竖起了大拇指。"老外在中国待几年，把那点儿家教全忘光了，学得比中国人还滑头！"

戈玲很担心："那咱们赞助怎么办呀？"

"我来办呗！我包办！"耿二雁一边大嗓门嚷嚷着一边跨进门来。

"什么你就包办?"

"赞助幸福指数不是嘛! 我就为这事儿来的!"

安妮和袁帅等人大为惊喜。

"My god! 二总, I love you!"

"我知道你love的是人民币!"袁帅直截了当,"二总, 关键时刻还得咱中华同胞!"

欧小米暗示戈玲:"主编您是不是应该不失时机地鼓励一下?"

戈玲却将信将疑,"耿慕白, 我建议你考虑好了再说, 别脑袋一热就放大炮!"

"小戈你打击我积极性! 你们不是正愁找不着赞助商吗? 我这不来了吗?! 噢, 嫌我跟你不般配, 不跟我联姻是吗?"

"耿慕白, 你把赞助的事儿和你我的事儿分开说行吗?"

"我说的就是赞助的事儿! 赞助不就是双方合作嘛, 合作不就是联姻嘛!"

"这种叫法比较Fashion!"何澈澈插了一句。

"我们现在这个活动是调查幸福指数, 跟你们威虎山山珍离得有点儿远吧?"

耿二雁很不以为然,"幸福有多远? 幸福没多远, 紧跑两步就赶上了! 这我体会最深, 可以毫不谦虚地说, 本人幸福指数最高, 是最幸福的人, 是当之无愧支持幸福指数的人!"

编辑部大家情绪为之一振。

"耿总, 到现在为止, 您是唯一号称幸福的人!"

"您跟我们说说您理解的幸福!"

"幸福很简单嘛! 我看有个电影里头说得挺对, 啥是幸福? 急着上公共厕所, 正好有个茅坑, 这就是幸福! 具体到我个人, 就更一目了然啦——恋爱中的男人, 幸福!"

袁帅带头鼓掌,"精辟啊!"

"我追你们主编, 追着幸福跑嘛, 幸福!"

戈玲听不下去了,"我还是请求回避吧!"刚要走, 却被安妮拦住:"主编主编, 我倒觉得Mr耿的幸福观值得我们学习!"

何澈澈接着问:"那您说我们一个个怎么都不幸福呢?"

"你们不幸福? 幸福像花儿一样 幸福之花处处开遍, 你们咋就不幸福呢？你九〇后吧？我们村老李头儿，八〇后，整天还乐乐呵呵幸福着呢！"

"八〇后怎么还老李头儿？"何澈澈一脸费解。

"八十二了，八〇后嘛！"

众人笑。耿二雁却很严肃，对在场人一一评点："你们就是身在福中不知福！"指着何澈澈、欧小米，"就说你们，生得不早不晚，正是时候，赶上好时代了！可以打着滚、撒着欢地活，什么新新人类、SOHO族、乐活族、悦活族，不都是你们吗?!"

欧小米、何澈澈相视一笑，"耿总很Fashion啊！"

"与时俱进嘛！我是眼瞅着你们一节一节蹿起来的，就你们那点儿事儿，我还不清楚？独生子女，打小喝牛奶、吃细粮，你们是太阳，所有人都围着你们转。现如今长大了，核心地位不变，自己挣的钱，月光，父母挣的钱，啃老，几代人都为你们活着，你们是爷！那叫滋润！还说不幸福?!"

"您别着急，"何澈澈连忙安抚，"我们幸福我们幸福！"

刘向前来劲儿了，"我早就说，要跟我比，你们幸福多了！"

耿二雁话锋一转，质问刘向前："你有啥不幸福的？老婆孩子热炕头，小康了，日子正红红火火！"

"您不知道，我是房奴！有贷款！"

"我还有贷款呢！有压力才有动力，才能往前奔！现在是和谐社会，和谐就幸福！你不挺和谐的嘛，家庭美满，老婆、孩子都满意，你这相当于给和谐社会作贡献！"

"主编，让耿总这么一说，我都不好意思不幸福了！"

"小戈你也不幸福？这就是你的不对了！他们说自个儿不幸福，兴许还有人信。你要说你不幸福，天理难容！"

"我怎么就必须得幸福呢？"

"有我这样的成功人士追求你，你不可能不幸福！这是铁打的事实，是任何人都推翻不了的！"

戈玲气急败坏，哭笑不得，"耿慕白，我可提醒你……"

"我醒着呢！为了通俗易懂，小戈我这么跟你说吧——你，一个寡妇……"

戈玲恼羞成怒："耿慕白我跟你拼了！"

安妮、袁帅等人连忙从中斡旋。

"耿总你这样说很不好，Mr李冬宝目前还健在……"

"而且日益活跃！"

"中学课本不有首诗嘛——有的人活着，可是已经死了；有的人死了，可是还活着！"

欧小米帮着圆场："耿总的意思可能是说吧，李冬宝虽然还在，但跟主编已经没任何关系了，就跟这人压根儿不存在差不多。耿总对吗？"

"这孩子就是聪明，善于领会领导意图！"耿二雁啧啧称赞，"小戈，我这么接着跟你说吧——你，一个寡……离异妇女，年老色衰，容颜不再，除了剩点儿文化就啥也不剩了……"

戈玲脸色越来越难看。

"可是萝卜白菜各有所爱，我就是相上你了！我就是瞅你顺眼！"

耿二雁这句话终于使戈玲脸色由阴转晴，不自禁地感动。

"这是咱俩的第二个春天！春天来了，你不幸福？必须幸福！"

"Mr耿，您这是搞摊派呢！"安妮听明白了。

耿二雁转向了安妮，"安总，你知道你为啥不幸福？来得太容易！"

"嗯哼？"

"你本来出生在小地方，想上大学就上了，想留学就留了，想回来就回了，太容易！以前行吗？越境多难啊，那叫偷渡、叛逃！"

"我可是合法手续出国的！"

"所以嘛，你想出去就出去，回来公安局也不处理你，还拿你当香饽饽，跟你们叫海归叫精英，一回来就是'总'！我赤手空拳打拼多少年才'总'啊？你得知足！"

袁帅狐假虎威："你得知足！"

"还没说你呢，"这次轮着袁帅了，耿二雁也没放过他，"你最应当知足！"

"我可没占着什么便宜！"袁帅声明。

"还没占便宜？要搁从前，像你这样的职业情种，动不动对女的放电，那就是耍流氓，早判你了！现在对你这么宽大处理，监外执行，由着你驰骋情场，你当然得知足了！"

安妮说道："《国富论》的作者亚当·斯密是市场经济奠基人，但他发现经济发展没能带给人们绝对的幸福，所以他晚年转而研究《伦理学》，认为幸福来自于内心感受，某种程度上就是Mr耿说的知足常乐！"

电话铃响了，戈玲拿起电话："喂您好……牛大姐！……噢，噢……"

戈玲示意大家安静，按了免提键，电话里传来牛大姐兴奋的声音："……我女儿给我打国际长途了，让我和老伴春节去美国过年，一家人团聚！哎呀，高兴得我啊……那天我还说我不幸福呢，现在我一下子觉得特别特别幸福！我有个体会，幸福其实挺简单的……"

　　袁帅带头唱了起来："如果感到幸福你就拍拍手……"大家随之一齐拍手："如果感到幸福你就跺跺脚……"

　　如果感到幸福……

　　你感到幸福吗？

十二 花儿为什么这样红

安妮瑟缩着一进门，冷热变化，连打了两个喷嚏。大家一打量，只见她早早换上了夏装——连衣裙，薄丝袜，高跟凉鞋，相比之下，大家还长衣长裤，完全两个季节。

"天气预报说今天气温升高八至十度，结果一出来，给我冻得……"

她又忍不住打个喷嚏，大家会心地哄笑。

"安总你不了解国情——不要迷恋天气预报，那只是一个传说！"

刘向前深有体会："天气预报的精确度小于或等于日常经验的精确度！比如我爸关节一疼，准是要变天，哪怕天气预报说明天万里无云，出门也得带伞！自打我爸一去世，我经常挨淋！"

"我理解气象台！"袁帅调侃，"他们又没得到老天爷正式授权，所以对老天爷的作息规律并不了如指掌。可是人民群众强人所难非要知道，怎么办？只能捕风捉影！"

安妮不肯苟同，"NO！气象学是科学，是根据风向、云团的活动规律，怎么是捕风捉影呢？"

"对啊，风、云，这不就捕风捉影嘛！严格说来，气象预报只能算小道消息！这倒没什么，关键是不该广为散布，这性质就有点儿恶劣了！所以我建议吧，以后再预报时候，底下加条字幕——纯属个人观点，请勿盲目轻信。"

袁帅挖苦着，几个人大笑。

"玩笑归玩笑，客观地说，工农林牧渔生产都离不了气象预报，规避自然灾害，最大程度减少损失，气象预报功劳大大的！"戈玲给气象预报正名。

"还有战争!"何澈澈补充,"赤壁之战,诸葛亮借东风不就是凭气象预报嘛,诸葛亮是中国首席预报员!"

安妮进自己办公室添加衣服,刘向前则夹着皮包出去跑客户了。这时,传真机吱呀吱呀地输出一张带图片的新闻稿。欧小米一边喝着咖啡,一边拿起传真,"影视歌三栖巨星花无双复出新闻发布会,请届时光临……从哪儿又冒出来一巨星?我就知道江湖上有个花无缺!"

"现如今是个人就叫巨星,一不用注册二不用审批三不怕重名,叫呗!往后这种事儿少通知咱们!还新闻发布会,没一点儿新闻价值!娱乐圈嘛,本来就是自娱自乐!"

袁帅刚要把传真扔进废纸篓,戈玲瞥见传真照片,一怔。

"这不双双吗?!"

戈玲说的双双就是当年在歌舞厅唱歌的双胞胎姐妹之一,在编辑部热心帮助下,成了歌星。追根溯源,这三栖巨星还是编辑部一手捧起来的,可见当年编辑部影响力之巨大。提起这个,戈玲很是得意。细看照片,只见花无双已变得风情万种。

"双双跟原来不一样了……原来她特别清纯!现在吧……"戈玲摇摇头,袁帅替她说出了心里话:"现在装纯!最近娱乐圈流行复出。两天没见,再露头就叫复出!一年能复出好几回,贫不贫?!"

正说着,一阵香风扑面袭来,编辑部里的几个人被熏得站立不稳,几欲摇晃栽倒。紧接着,只见一名妖艳女子出现在门口,超大号墨镜遮住了半张脸。她也不跟里面人打招呼,长驱直入,旁若无人地在编辑部里兜了一圈。袁帅等四人一拉溜儿尾随其后,跟着转圈。

那神秘女子猛然驻足,触景生情地唱起童安格那首《忘不了》:"为何一瞬间,时光飞逝如电,看不清的岁月,抹不去的从前……"

编辑部大家被此人弄得莫名其妙,"敢问你是何人?"

神秘女子仍以歌作答:"别问我是谁,请与我面对,看看我的眼角流下的泪……"

袁帅问:"那么,客从何来?"

神秘女子又朗诵起《橄榄树》:"不要问我从哪里来,我的故乡在远方,为什么流浪?流浪远方,流浪……"

编辑部大家面面相觑,"怎么弄得跟当代刘三姐似的!"

"合着您拿我们这儿当量贩KTV啦?"戈玲揣摩着,"听这行腔韵调,高于KTV水平!而且吧,似曾相识……"

那女子兴奋地摘下大墨镜,露出本来面目,正是花无双,"我的粉丝果然遍天下!一听就知道我比KTV水平高!我好欣慰哦!"

大家这才知道来人就是花无双。

欧小米小声嘀咕:"我看还是叫花大姐比较合适!"

花无双上下打量戈玲,"难道你就是当年那个风华正茂、闭月羞花的戈玲姐姐?"戈玲颇得意:"是我是我!我长得其实也就那么回事儿!"

"唉——!果然岁月无情,如今戈姐姐已然年老色衰、面目全非!"

戈玲听得气馁,自是很不乐意,"我有那么老吗?双双你……"

"双双已经属于过去,现在站在你面前的是花无双。我的粉丝叫花粉。"花无双拿出签字笔,"来花粉,我给你签个名儿!"戈玲连忙婉拒:"我花粉过敏!咱不忙签名,先说说你现在的情况——听说你要复出?"

"我派助理和各家媒体打个招呼,让他们知道,啊……"花无双又要引颈高歌,袁帅连忙拦住她:"咱不唱咱说!说得比唱得好听!"

花无双于是作罢,改唱为说。欧小米及时地把话筒举到她面前。

"想当初,谁人占据歌坛半边天?谁人红遍大江南北长城内外?来自祖国四面八方的求爱信又是向谁人飞来?是我是我就是我!可是今天……待会儿再说今天,咱们先说昨天。昨天太不像话了,我出门上街,竟然没造成众人围观、交通拥堵、秩序混乱!我也没戴墨镜啊,我心想肯定是老百姓都不好意思,作为巨星咱应该平易近人,所以我就主动跟他们打招呼说嗨,我是花无双!"

"然后呢?"

"然后巡警来了,巡警说有人报警有女疯子!"花无双摇摇头,"作为一名巨星,我最不能忍受的就是出门没人认识!"

"巨星们不都抱怨到哪儿都有人认识、没私生活了吗?"

戈玲不理解,袁帅冲她挤挤眼:"主编您太实在了,人家这叫得便宜卖乖!要不您跟巨星们商量商量,让他们少曝点儿光保护点儿私生活,他们准跟您急!"然后,袁帅提醒花无双:"接下来您该说今天了……"

"今天歌坛莺歌燕舞、气象万千,满园春色关不住一枝红杏出墙来。我重返歌坛,就是要做一枝出墙的红杏!……"花无双附庸风雅,反倒露怯,大家啼笑皆非。欧小米就势引导话题："有人说您复出是耐不住寂寞……"

"所以我一定要从墙里出来！所以我才来找你们！当初走上歌唱道路，是你们推了我一把；现在我要从墙里出来，你们要拉我一把！咱们再续前缘！"

"巨星，您先说准喽，您到底是复出还是出墙？这两件事儿工序不一样！"

袁帅话里有话，花无双没反应过来，欧小米会心地笑。只有戈玲面露难色："当年你脱颖而出，《人间指南》确实是幕后推手，那是因为《人间指南》在全国都有影响力！可是此一时彼一时，现在……"不等戈玲说完，传来安妮的声音："现在怎么样？难道主编怀疑我们自己的实力？"

众人闻声一望，只见安妮从自己办公室走出来，"过去《人间指南》能做到的，现在《WWW》照样可以做到！"

花无双一见安妮，立刻眼睛一亮，迎上前去，"你就是……红评委?！"

安妮心中得意，还要装作不好意思，"您认识我？我只不过当了几回评委、在电视上频频露了几回面、展示了几回自我……"

"你可是大红特红啦！"

"没有没有，也就是浅红！"

"你是一夜蹿红的最成功案例！我是专程来找你的！就是想让你如法炮制，让我跟你一样一夜蹿红——我不要浅红，我要大红！"花无双抓起传真稿晃晃，"光是新闻发布会是远远不够的，我要快！越快越好！"

"过去我们帮助你是出于爱才，可现在你要的是蓄意炒作，这是性质完全不同的！"戈玲存在质疑，安妮却不以为然："主编，《WWW》是现代传媒，理应有现代意识。坦率地说，如果炒作成功，《WWW》同样会声名远扬！嗯哼?"

安妮与戈玲各持己见，观点成对峙之势。

"我反对！教育人们树立正确的人生观世界观，是我们杂志的优良传统。我们怎么能不分是非、助长这种低俗行为呢？"

"主编您不要上纲上线，娱乐而已嘛！"

"我反对的就是娱乐至上！我反对！"

"您换个角度想，我们用我们的创意，把一件滞销品成功地推广出去，既造福了他人，又锻炼了队伍，这不是一件很有挑战性、创造性、有百利而无一害的事业吗？"

戈玲的反对势单力薄。于是，花无双和《WWW》一拍即合。安妮之所以有底气，还有一个原因，那就是成功地把袁帅争取过来了。

袁帅大放豪言，"士为知己者死！既然红红你知道帅哥我在娱乐圈的分量，知道没我不行，力邀我出任首席策划，那我就毫不客气了！策划是我长项啊，娱乐圈那点儿事儿都在我眼里装着呢，那些腕儿怎么从蛾子成的蝴蝶、老鸹成的凤凰，我都门儿清！"

安妮问："那你准备怎么策划？"

袁帅摆出专业人士的姿态，显得成竹在胸，"第一步要改头换面，娱乐圈跟这叫转型！少女早熟叫转型，少妇装嫩叫转型，男的不男叫转型，女的不女也叫转型！你不服没用，这叫IN！"

花无双一听，立刻欣喜若狂，"真专业！我也是这么想的！我原先是清纯少女，现在要转成性感少妇，俗称熟妇；原先以唱为主，现在要劲歌热舞；原先曲风单一，现在要包罗万象，什么嘻哈、街头、蓝调、摇滚、RAP，全都一网打尽！"

当花无双特地来到编辑部展示转型效果时，众编辑着实被雷到了。花无双一身火辣装扮，头戴彩色假发，边唱边舞，外加喋喋不休的饶舌，果然是各种风格的大杂烩。一曲《花儿为什么这样红》唱罢，包括袁帅和安妮在内，编辑部大家一时没醒过神来。

花无双气喘吁吁，自鸣得意，"不认识我了吧？这说明我脱胎换骨、转型成功啦！"戈玲本来就不同意这事儿，如今更是大泼冷水。

"敢情这就是转型！我还真没觉出有什么必要来！原来观众喜欢你是喜欢你清纯，现在你非转型转成四不像，何苦呢？"

欧小米瞥着袁帅，"这就是你的策划成果？还别说，兴许能火，因为大伙没见过这么胡来的！"袁帅尴尬不已，变得没信心，转而奉劝花无双："花大姐……哦不，花小姐！咱们说的转型不是这么转，你这样容易把人吓着！"

安妮也嘀咕起来："对！这有点儿像大杂烩！"

花无双却不以为然，"保守！太保守！我这叫混搭，今年最流行的就是混搭！"

"你别忘了还有一批戈姐姐这样的观众，对你过去的美好形象念念不忘！"

戈玲兀自苦笑，"实话实说，她这么一混搭吧，过去什么形象我还真给忘了！"

花无双更加振振有辞："转型是什么？转型就是跟过去的我彻底告别！要不还转型干什么？保守！太保守！你们不就是觉得我不再年轻美丽花容月貌了嘛！没关系，我还有第二步——整容！"

袁帅会意，"你这是想一举两得！除了焕发青春，还能制造话题！那谁不就是成功先例嘛，就那谁！"

大家都心照不宣，"知道，不就那谁嘛！我在国外都听说了，她矢口否认整过容！"

"结果引得人们都想从她脸上找出刀口来，结果怎么样？这把脸儿火了！"

花无双摇头，"现在矢口否认不灵了，都改主动承认了！到时候《WWW》就搞个有奖竞猜，全国人民谁猜出我哪个部位整过容，我就奖他一个亲笔签名儿！"

戈玲已经很有些气恼，"我再次声明，我对你们如此低俗包装持保留意见，并密切关注进一步的动态。一旦形势需要，本主编将毫不犹豫地坚决抵制！"

尽管戈玲百般阻挠，花无双还是义无反顾。于是，在安妮、袁帅的陪同下，戴着大墨镜的花无双来到了整容医院。整容医生一阵风似的迎上前来，却误把安妮当成了目标，煞有介事地盯着她的脸研究起来。袁帅连忙打断对方，"且慢且慢！这里！你们是不是瞅谁都需要整容？"

整容医生并不讳言，"不管多么漂亮的一张脸，在我们整容医生看来都充满瑕疵。所以我们的口号是，没有最美，只有更美！比如这张脸……"

安妮连忙将整容医生的手推转方向，指向花无双，"是这张脸！"

整容医生这才知道弄错了，"哦，原来是您！"花无双误以为对方认出了自己，很是得意，"哇噻！你认出我来啦？没想到这里都有我的粉丝！"

整容医生却很茫然。花无双把大墨镜摘了，整张脸呈现给对方。

"没办法，到哪儿都要戴墨镜，就是怕你们这些花粉情绪激动！花粉，一定要替我保密哦！"

整容医生如实回答："您尽可以放心，因为我根本就不知道您是谁……"

花无双很没面子，有些气急败坏，"连我这样的巨星都不认识，你们也太不专业了！"整容医生大不以为然，"本医院是亚洲设备最先进、技术力量最强大的专业整容医院之一，已先后为七十六名歌星、八十六名影星、九十六名主持人做过整容。所以可以这样说，是我们改变了中国娱乐界的面貌，提升了中国娱乐界的形象！……"

花无双顿悟："跟我同一年出道的那几个人长得越来越怪，我都不认识他们了，估计都是从你这儿出去的！"

"这并不难。都说上帝造人，我们和上帝有分工，上帝造的是普通人，我们造的是明星！"整容医生随手打开一个塑料盒子，只见里面堆满了各式各样的塑料鼻梁，令人毛骨悚然，"这是我从他们鼻腔里取出来的支架。来我这里之前，他们做过整容，结果是失败的。"

花无双一听，紧张万分，"您这儿的手术不会失败吧？"

整容医生信心百倍，"当然不会！不然他们就不会最后来找我！我可以这么跟你们说，如果迈克尔·杰克逊没有不幸去世的话，他最后也会来找我，他整容手术的收官之作将是由我来完成的！"

袁帅和安妮互相瞅了瞅，"那真是太遗憾了！不过，您不会把Michael Jackson整成亚洲人模样吧？"整容医生愣了一下，眼睛一亮，"这我倒没考虑过，不过倒是很有创意！"

袁帅和安妮本是挖苦，没想到对方当真，哭笑不得。

花无双感觉自己受了冷落，生气地打断整容医生的自说自话，"迈克尔·杰克逊是巨星，我就不是巨星？你光想着他，我还急着拯救中国歌坛呢！"

"对不起对不起，我们马上开始！"整容医生这才转入正题，"首先请问，您希望得到哪种效果——第一种，你变漂亮了，但你的亲人还能认识你；第二种，你变得特别漂亮了，亲人都不再认识你，但全世界的人开始认识你，因为你不再是你，而是某个国际巨星的翻版。"

花无双几乎毫不犹豫地脱口而出："第二种！"

袁帅和安妮连忙提醒："NO、NO！你这样做等于丧失了自己！……你这是给别人做活体广告！"

"可是我终于火了啊！"

袁帅和安妮终于明白，花无双已经接近丧心病狂。

"不着急，我先看看基础怎么样……"整容医生研究起花无双的脸来，

"这张脸充满了问题，同时也充满了可能性。把这里切一刀，植入支架，鼻梁垫高；这里刺一刀，嘴唇削薄；这里、这里刺两刀，眼睛变大；这里、这里、这里刺N刀，皮肤拉紧……"

袁帅和安妮不禁咋舌，"这不成千刀万剐了嘛……"

接着，整容医生的注意力从花无双的脸转移到躯干。

"下面是躯干部分。肩部要削一点儿，削成美人肩；胸部要挺一点儿，做女人挺好；腰部要细一点儿，俗话叫作小腰精；尤其臀部要翘一点儿，我知道每个女人都想成为詹妮弗·洛佩兹……"

安妮看着花无双，面露揶揄，"看来你真要脱胎换骨、重新做人了！"

整容医生忽然又有了新的发现，兴奋地一拍巴掌，"有了！我发现你骨架大，身材比例结构很像男性。要不这样吧，变咱就变个彻底，我直接给你变性得了！"

整容医生的变性提议终于吓退了花无双，整容计划得以暂时搁置。但复出计划一如既往。一计不成再生一计，花无双决定抛出"偷拍事件"。

所谓偷拍，其实是摆拍，摄影师自然非袁帅莫属。伴着镁光灯的频频闪烁和按动快门的声音，衣着裸露的花无双在镜头前搔首弄姿。袁帅显然认为花无双忸怩作态，但又无可奈何。不管怎么说，这是人家花大姐的原创，绝对自编自导自演。

洗印好的几张样片一拿出来，立刻引得大家争相围睹。欧小米最先看到，立刻故作惊讶，"哎哟喂，够香艳的啊！澈澈你就别看了，严重少儿不宜！"

"对对，澈澈你不像我抵御能力这么强！"刘向前说着，抻着脖子争睹，欧小米照样拦他："刘老师吧德高望重的，更不适合啦！"

安妮从自己办公室出来，一一审看照片，"偷拍更衣间、浴室、后台……尺度有点儿大吧？"

刘向前被勾得愈发好奇，终于看到照片，立刻大失所望，"我还以为拍成什么样呢——你看那些网上偷拍，那才叫大胆暴露呢……"

袁帅一直没说话，此时自揭短处，"你们都没发现最大的问题——这根本就不像偷拍，一看就是摆好了拍的！我提示没用，花大姐就要这效果，拍难看了她不干！还别说，花大姐镜头感真强！"经袁帅一提醒，大家也都发现了，"还真是！看这张，花大姐还冲镜头抛媚眼呢！"

这时，身后传来压抑着的低吼。大家转身一看，戈玲正沉着脸站在那儿运气，"我已经忍无可忍了！咱们编辑部也是享誉全国的，坚决不能刊登这种低俗的东西！否则我对不起党和人民的嘱托，对不起老同志对我的信任，对不起……"

安妮连忙表态："主编您不用说了，我坚决站在您一边，否则我对不起您！"戈玲略感欣慰，同时又狐疑："你真的被我统一战线啦？"

安妮跨到戈玲身边，与她并肩而立，"我不反对炒作，但是我反对低俗的炒作！我也是生在红旗下，这点儿觉悟还是有的！"

"帅哥我在摄影圈儿也有一号，一不注意就成大师的主儿，现如今倒拍起这种东西来了——历史的倒退啊！我一世英名说不定就毁在这儿了！"就连袁帅都旗帜鲜明，站到了安妮身边。

欧小米与何澈澈什么都没说，自觉站到了戈玲身旁。对面就剩下刘向前一个人，他忙不迭地跟着与大家站成一排，"俩领导难得统一立场，我必须保持一致！"

戈玲总算赢一局，胜利来之不易。随后，安妮、袁帅代表编辑部试图说服花无双，但沟通却很不顺畅。

"这怎么叫低俗呢？"花无双情绪激动，"普通人拍这个叫低俗，我拍这个叫为艺术献身！"

"我知道巨星都不拿自个儿当普通人！您是惦着为艺术献身来着，可是别人不一定这么看，还以为您勾搭艺术呢！"

对袁帅的提醒，花无双很不以为然，"没办法，老百姓太没有艺术细胞！他们根本不懂肉体艺术！"

安妮和袁帅又被雷到了，"我只听说过人体艺术，没听说过肉体艺术。"

"咱不说肉体了，咱说精神！您为艺术献身精神可嘉，但方式欠妥。咱们换个方式献身行吗？"袁帅建议。花无双却不以为然，"我已经下定决心，为艺术就是要不怕牺牲！不管好名还是恶名，出名就行！俗话说得好，笑贫不笑娼！当然了，我们为艺术献身不算是娼，但道理是大同小异的，就是都要豁出去！那谁不就是例子嘛，还有那谁、那谁谁、那谁谁谁，都是这么为艺术献身的，结果都火了！"

袁帅只有苦笑，"这艺术也是，引诱了多少良家女子！"

"那我们《WWW》是什么？好像有拉皮条之嫌啊！"安妮愈发觉得不妥。

"咱们不是有言在先嘛，你们《WWW》和我是合作方——到时候，你们把这些偷拍照一登，我立马就召开新闻发布会说要告你们，赔偿一定是巨额，起码八位数，还一定要表示捐给慈善事业……"

袁帅挖苦地顺着花无双的思路说下去："人们好奇心刚给吊起来，你紧接着就宣布不告了，至于什么原因打死也不说，就得一会儿这么着一会儿那么着，反正怎么扑朔迷离怎么跌宕起伏怎么来！"

花无双很兴奋，"对对，就是这思路！最后，我火了，你们《WWW》也火了，皆大欢喜！"

"火？我可得提醒您，弄不好就是玩火自焚！"

花无双惊讶地打量安妮，"你不是海归吗？怎么一点儿不跟国际接轨呢？"袁帅替安妮回答："我就奇怪了，好东西咱不接，专门接这些乱七八糟的！"

花无双很失望，"我原本希望和你们再续前缘，无奈你们……如果你们现在反悔还来得及！"

安妮和袁帅交换目光，"要不我们还是不反悔了，您就把这个机会让给别家吧！我也提醒您一句，如果您现在反悔也还来得及！"

花无双的回答是《执迷不悔》："这一次我执著面对，任性地沉醉。我不在乎这是错还是对。就算是深陷，我不顾一切；就算是执迷，我也执迷不悔……"

被《WWW》拒绝的偷拍照很快出现在网络和其他媒体上，但并没有像花无双预期的那样引起轩然大波。编辑部就此进行了热议，大家一致认为，炒作越来越有难度了，弄不好就等于搬起石头砸自己脚。

"这种炒作手段人家都用滥了，花大姐这叫拾人牙慧，当然没反响啦！现在人们都给弄成条件反射了，娱乐圈一有点儿什么事儿，大家头一个反应就是——又炒作！"

何澈澈赞同欧小米的看法，"大小腕儿都抱怨炒作环境越来越恶劣了！"

"这倒是可以激发潜能！"刘向前说，"中国娱乐界炒作水平已经处于国际领先地位，在这种形势下，我认为炒作必须出新，不然广大群众根本不陪你玩儿！"

袁帅看着刊登出来的照片，显得既得意又忧心忡忡，"但愿同行们别认出来是我拍的，那我可丢大人啦！可这光、这构图，一看就是我的手法儿，一般人他拍不出来啊！"欧小米故意表示同情："你是不是特遗憾这底下没给你署名啊？要不咱找他们去！"

"挤对我！"袁帅辩解，"我这可是冒着遗臭万年的危险，还不是为咱编辑部！"

总结回顾，戈玲愈发觉得自己做法英明正确："一开始我就态度很明确，就是要坚决抵制！"她对安妮表示满意，"最后关头，你能转变立场，跟我保持一致，我特别欣慰！"

安妮却自有话说："我的立场一直没变啊，我的态度也很明确——我反对低俗，但我不反对炒作……"安妮还没说完，就面向门口方向怔住了。编辑部大家扭头望去，只见花无双出现在编辑部门口。

花无双没被初步炒作失利吓倒，她坚信吃一堑长一智、失败是成功之母、精诚所至金石为开。这回她有点儿急了，决心运用传说中的潜规则，不信制造不出绯闻。

"以其人之道还治其人之身！他们不是想潜我吗？正好被我反潜！"

安妮倍感困惑，"娱乐圈怎么总是这些桃色新闻呢？"

"娱乐圈的'娱'字怎么写？'女'字旁。要没有'女'字旁，不成无（吴）乐圈了吗?!"花无双解字说意，表明一切皆有出处。安妮无语。

"娱乐圈可能是比较乱，但也有出淤泥而不染的，比如本人。我混迹娱乐圈多年，仍然洁身自好、纯洁无瑕！"袁帅想把自己择出来，安妮睨斜着他："我听过这样的说法——娱乐圈要是没你们这些娱记，也就不会这么乌烟瘴气……"

"欲加之罪何患无辞！"袁帅颇感无辜、气愤，"是我们揭露了娱乐圈的种种内幕，所以有人怀恨在心！既然他们不仁，就休怪我无义，我还非得帮着花大姐揭露揭露他们丑恶面目不行，让他们在铁的事实面前哑口无言！"

袁帅一怒之下表示支持，花无双大为兴奋："对！我们联袂！"

"光咱联袂不行啊，还缺一个呢！你准备让谁潜你？"

花无双满怀憧憬，"在我心里，他应该是这样的人——身高一米八〇以上，年龄四十五岁以下，相貌英俊，风度翩翩，学识渊博，有房有车，离异或丧偶，要求无子女……"

袁帅、安妮越听越不对，连忙打断她："Stop！我怎么听着像征婚的呢？严重跑偏！你要搞清楚，你不是去相亲的！潜规则知道吗？"

袁帅补充："反潜！"

花无双醒过神来，"你们放心，逢场作戏是我强项！演戏要有对手，只要对手选准了，怎么演怎么有！在我心里，他应该是这样的人——著名大导演，无人不知无人不晓，波及范围包括七岁以上七十岁以下，踩踩脚娱乐圈颤三颤，所有女演员都以被潜为荣。还有一个条件是必须的，没有口臭。"

"有具体目标了吗？"

"这人你们应该都认识……"

花无双掏出一张照片，安妮、袁帅接过来一看，竟是斯皮尔伯格。

"朋友们都叫他Allan。"花无双很认真，"我准备邀请Allan来中国潜我。也只有他有这个资格。Allan将乘坐私人专机，由位于荷里活大道的别墅起飞，十三个小时后抵达中国；他还可以驾驶他的豪华游艇，横穿太平洋抵达中国海岸线。一旦Allan与我约会，我立刻就会成为全球瞩目的巨星！荷里活和奥斯卡的座上宾！"

安妮、袁帅啼笑皆非，"你肯定Allan能来吗？"

"只要我写封亲笔信，然后附上我的玉照，Allan一定会欣然赴约的！"

花无双拿出照片，正是袁帅给她拍的半裸照，袁帅连忙阻拦，"求求您千万别！这是我有史以来最不专业的作品，我本来还有望给Allan当摄影师呢，他一看这个，我就没戏了！"

安妮耐着性子劝说："Allan能来当然好，不过据我所知，Allan最近很忙，又当导演又当老板，实在抽不出身到中国来潜你！我建议你还是忍痛割爱，就在神州大地寻找目标吧！"花无双十分惆怅："看来我和Allan真是有缘无分啊！也罢，那就找一位本土导演吧，俗话说，肥水不流外人田！"

筛来选去，最后还是袁帅提名了一个导演——阿K。此人近年来风头正劲，但从未传出过绯闻。

"那些成天让绯闻泡着的导演再有绯闻也见怪不怪了，没人在乎。正因为阿K从来没绯闻，所以一出绯闻绝对引人关注！"袁帅解释说，"这叫出奇制胜！我就不信了，混迹娱乐圈这么多年，他阿K还能跟我似的洁身自好？"

霓虹闪烁，夜色迷离，潜伏着无穷的诱惑。透过长焦镜头望去，只见花

无双独自一人，正对着小镜子精心地描口红。

这里是茶楼对面的一处制高点，袁帅通过架在三脚架上的长焦镜头密切监视情况。镜头一摇，对准了茶楼门口。只见一辆汽车停在门口，一个穿风衣的男人下了车，正是阿K。

袁帅连忙拨通了花无双的手机，"目标出现！"

花无双最后照照镜子，迅速起身迎出去。

阿K一路往里走，目光被一名窈窕女郎吸引，一直到人家走远了，他还在回头遥望，结果一不小心撞在一个人身上。

对方正是花无双。她顺着阿K的目光望去，会心一笑，"您的品味不错嘛，独具慧眼，目光如炬……"

"职业习惯！这是导演的目光！"阿K一本正经地解释，花无双不置可否。

进了单间，花无双体贴地想帮阿K脱风衣，对方慌忙躲闪，就那么鼓鼓囊囊地落了座。花无双兀自脱去一层衣服，愈发性感。她款款地转动腰肢，展示给阿K看，"导演，您看我这形象还上镜吗？您给提点儿指导性意见……"

阿K看也不是，不看也不是，"上镜上镜！我没意见没意见！"

茶已经上来了。花无双妩媚地瞟着阿K："这是一个特别的夜晚，一个有纪念意义的夜晚，一个我永远不会忘记的夜晚！就在今晚，我决定把自己的一切献给导演……"

阿K很是尴尬，"千万别一切！我实在是受之有愧！"

"您别激动！我先以茶代酒，敬您一杯，献给您一首歌！"说罢，花无双深情演唱起邓丽君的《何日君再来》："好花不常开，好景不常在……"

阿K苦笑着自嘲："这靡靡之音就是厉害，喝的不是酒，我已经晕了！"花无双以为对方上钩，暗自得意，还要继续唱，阿K连忙单刀直入，"别介，我看咱还是先说吧！你约我来有什么事儿吧？"

花无双这才道出想法，阿K不置可否，一味开导她："江山代有才人出各领风骚数百年。你应该看淡看透！虽然你曾经沧海难为水，但平平淡淡才是真！"花无双以为阿K借机要条件，"导演我知道，有付出才有回报！您应该给我复出的机会啊……"说着，花无双凑到阿K身边，再次要脱他风衣，"我看着您就浑身发热！脱了……"

阿K一躲一闪，风衣反被花无双拽下，赫然露出套在里面的铠甲般的防护服。阿K狡黠而得意地大笑，"不出我所料，果然是反潜！"

"原来你早有准备?!"

"如今娱乐圈江湖险恶，不得不防啊！正是因为有了这，所以我才常在河边走就是不湿鞋！"阿K介绍这件特殊外罩，"柳下惠牌男性防护服，由高科技太空纳米材料制成，能有效隔绝异性磁场，抑制荷尔蒙分泌，并对前列腺疾病有保健作用。柳下惠牌防护服，家庭的保护神，社会的稳定剂。柳下惠牌防护服，男性导演必备，最新上市，实行三包，但不优惠！"

袁帅本来是拍反面教材去的，结果拍到了一出闹剧。编辑部大家深有感触，展开了热烈讨论。

"起码说明娱乐圈并不像人们说的那么乌烟瘴气！人家阿K不就拒腐蚀永不沾嘛！"

"这倒使我加深了对娱乐圈的认识——水很深啊！"

"看来炒作是把双刃剑，弄不好就会害人害己！作为媒体，我们更要冷静……"安妮有所反思，戈玲很高兴："你能转变认识，我感到由衷的欣慰！现在一些媒体就喜欢架秧子起哄，跟苍蝇似的哪儿脏往哪儿扎！我们还是要坚持弘扬正气，亡羊补牢，为时未晚，这几张照片要发！一定要发！但愿双双能从中吸取教训，别再想入非非了！"

"花大姐恐怕是不撞南墙不回头了……"袁帅摇头，"花大姐打算孤注一掷破釜沉舟——吸毒！"

戈玲大愕："那咱得挽救她啊！"袁帅解释道："她也不是真吸，就想装装样子，然后让我们报警，盼望多家媒体闻风而来，一现场直播，花大姐不就出名了吗?!"

"出名也是臭名昭著啊！"戈玲担心，"你们答应她啦?"

"哪能呢！被我们义正词严地拒绝了！花大姐先是企图制造新闻，然后是绯闻，最后直奔丑闻了！"

这时，何澈澈在电脑上发现了有关花大姐的新闻，大家涌到电脑前，只见正在播放视频新闻："今日凌晨一点三十分，中年妇女花某拨打110，谎称自己在家中吸食毒品，已构成扰乱和妨碍公务，被带往派出所接受处罚……"

只见一名神情沮丧的妇女被警察带上了警车，正是花无双。

编辑部大家面面相觑，"花大姐终于上电视了！"

十三 我要上市

戈玲正在批阅稿件，袁帅敲门进来。戈玲拿起桌上的样片，进行点评，"这几张片子我看不错——有格调！我们杂志就是不能流俗媚俗，现在很多东西打着娱乐的幌子，兜售低级情趣，我真忍无可忍！"

"咱不能像他们那么没品位！咱是谁呀？《人间指南》那么多年的底蕴，稍微拿出来点儿就够用！"

"这话我爱听！哎，安妮出去考察，该回来了吧？"

"今天就来上班！"话音刚落，安妮快步走进编辑部，显得容光焕发，一进门就跟大家打招呼："Hi——！我胜利归来啦！"

刘向前热情洋溢地说："Anney总，我们一直盼望着您回来，带给我们新的指导精神啊！"

"所以我归心似箭、日夜兼程，毅然返回了编辑部！小米同志，你是不是也对我翘首以盼啊？"

欧小米递上来一份文书和签字笔，"嘿嘿，我是盼您回来给我签字！"安妮右手接过笔，在欧小米平举着的文书上刷刷签字。

何澈澈眼尖，发现安妮手里还拎着一个笼子，里面有一只荷兰猪，立刻凑上去，"荷兰猪?!"

戈玲、袁帅也闻声从里面出来，大家围上来，争睹那只憨态可掬的宠物猪。

"猪？安妮，你想当养猪户？"戈玲调侃。

"主编，这您就OUT了吧？这是豚鼠，宠物！我从宠物市场刚买的！"

戈玲仔细端详，半信半疑，"我怎么瞅着它就是猪呢……"

"它长得跟猪有点儿像，"何澈澈知道荷兰猪，"所以俗名荷兰猪，其实不是猪，永远长不大，顶多就两三斤重。"欧小米接着进行补充："荷兰猪挺乖的！它排最后，就算咱编辑部小七儿！"

"收养小七儿这件事，充分说明Anney总不光是职场达人，而且还富有爱心！"刘向前嘴甜。

大家对荷兰猪都表现出极大热情，唯独戈玲不以为然，"我不是反对养宠物，我是反对滥养！就说我们家那小区，男女老少不是抱只猫就是牵条狗，随地大小便不说，还猫狗大战。本来挺好的邻里关系，因为宠物打架，两家主人也跟着打起来了！和谐社会出现了不和谐音！"

"丢弃宠物的最可恨！"欧小米气愤，"那么多流浪猫流浪狗，看着真可怜，而且都成社会问题了！"

袁帅很喜欢这个憨头憨脑的小家伙，但对安妮表示怀疑，"听见了吧？你连自个儿生活都照顾不好，还养宠物，典型的自不量力！这样吧，转让给我，我当它养父！"

"后爹心黑手辣，自个儿孩子自个儿养！"说着，安妮拎着荷兰猪款款地走向自己办公室。走到一半，她转过身来，向大家宣布："三分钟以后，全体开会！"

会上，听罢安妮的决定，大家的反应都是瞠目结舌。

"上市？"

安妮表现得胸有成竹，"上市！必须上市！这次我出去考察，深有体会。同志们，现在已经进入资本运作时代！阿基米德说过，只要给他一个支点，就可以撬动整个地球——这就是杠杆的力量！而现在，资本就是杠杆！《WWW》要想做大做强，必须运用资本杠杆！资本怎么来？上市！上市！还是上市！……"安妮挥舞着胳膊，越说越激动。

上市本不新奇，但是却不乏新奇故事。人们正是被这些故事激励着，争先恐后地上市，前仆则后继。而安妮，也是被故事击中的人之一。

大家听得似懂非懂，一开始反应并不积极。

"上市公司倒是知道不少，"戈玲率先发问，"盖楼的、开店的、挖煤的、做药的，就连腌咸菜的都上市了。咱编辑部有必要跟风赶时髦吗？"

"这不是时髦，这是趋势！大家都知道，如今传统纸媒面临着严峻挑战，甚至生存考验。网络、新媒体来势汹汹，向我们张开了血盆大口，妄图一口把我们吞掉！"安妮试图做到声情并茂，也张口做凶恶状。

袁帅啼笑皆非，"你这不是血盆大口，是樱桃小口！我倒想被一口吞掉哪！安红同志，竞争对手如狼似虎我们知道，我们一定努力拼搏，团结进取，进一步搞好各项工作，行了吗？你也犯不着拿上市吓唬我们啊！"

"你们以为我在危言耸听？请你们往周围看看，人家已经对我们实施了全面包围，我们必须杀开一条血路！"

大家下意识地环顾四周。袁帅仍然不以为然，"你这面目狰狞杀杀的，我可告诉你，现在正坚决打击恐怖主义哪！你还杀，往哪儿杀呀？我们工作努力、衣食无忧，没人跟你揭竿而起！"

安妮痛心疾首，"可怕！袁帅这种小富即安的思想很可怕！我知道，你最伟大的理想就是当个地主！"

"当地主怎么啦？当地主接地气！资本家住城里就贵族啦？本地主就向往田园风光，低碳环保，不像你们资本家，就会生产二氧化碳，污染环境！"

一提到低碳，刘向前有话可说，"你们地主也不低碳！过去都是有机的，现在都是化肥农药，污染土壤！要说低碳，本人的生活方式最低碳！不开车、不浪费，就是对环保的最大贡献！"

"不开车低碳我能理解，不浪费也低碳？"何澈澈反问。

"当然啦！我回收咱编辑部的旧报纸，你们以为是为卖钱？大错特错！这是为了保护森林！每棵树能吸收一百千克的二氧化碳，我回收旧报纸相当于少伐多少棵树，得吸收多少二氧化碳啊！"

"那得封您个低碳标兵什么的，"欧小米接着话头，"要不您多无名英雄啊！"

说到环保，戈玲也有同感，"还有一次性筷子！你们知道北京、上海一年消耗多少？直径三十厘米的大树，得砍伐三千棵！"

"这不市长开会了嘛，"欧小米补充，"要求关注PM2.5！"

大家撇开上市，就环境问题七嘴八舌。安妮连忙制止："严重跑题！我们现在讨论的不是环境问题，是《WWW》上市的问题！"大家这才停止了议论，安静下来。

"请继续上市！"袁帅做请状。

安妮想继续动员，却已经被搅得没了情绪，"我看我也别说了！我知道凭我的三寸不烂之舌说不通你们，所以我将这项重任交给了别人。下面，我向大家隆重推出上市咨询的权威专家石成金先生！有请！"

石成金应声出现。他只穿一件汗衫，袒露着一身白花花的赘肉，拎一只旅行箱，昂首阔步。如此装扮令编辑部所有人瞠目结舌，欧小米禁不住小声嘀咕："够雷！难道财经人士也开始搏出位啦？"

何澈澈摇着头，"达人啊！"

安妮没想到石成金如此形象出场，慌忙冲上去阻拦，"您别是吃人参了吧？怎么把您给热成这样儿？您受累把衣服穿上，他们没见过世面，胆儿小！"

"鄙人自有安排！"石成金不顾安妮阻拦，站到了众人面前。对于众人如此反应，石成金显然早就心中有数。"《WWW》各位同仁，你们好！此时此刻，鄙人知道各位在想什么——你们怀疑鄙人的水平和实力！"

编辑部大家以沉默表示赞同。石成金不慌不忙，哧啦一声拉开旅行箱拉链，先后拿出衬衣、领带、西装，当众穿衣，片刻后便改头换面为西装革履、油头粉面，再次令编辑部众人惊讶。

"这是变的什么戏法儿？"戈玲忍不住问。

"出来得太急，没来得及穿行头！"袁帅回答。

石成金把一副金丝眼镜稳稳地架在鼻梁上，"此时此刻，鄙人知道各位又在想什么——你们开始怀疑你们刚才的怀疑了！人靠衣裳马靠鞍，这就是包装的惊人效果！鄙人通过这个小小的实验，是想形象地告诉各位，我们上市咨询的核心工作是什么——就是包装！通过鄙人的包装，你们《WWW》就会像鄙人的名字一样——点石成金！"

安妮领会了石成金的用意，这才松了一口气。

刘向前情不自禁地站起来，鼓掌表示钦佩，"太精彩了！我出去谈广告怎么就没想到呢？广告的精髓同样也是包装啊，以后我准备也给客户做这个实验！"

"对不起，鄙人已经注册了知识产权，本创意受法律保护，如有剽窃，将追究其一切责任！"刘向前顿时气馁。"不过，目前已有多家机构和个人对本创意产生浓厚兴趣，先后与我接洽购买转让事宜。如果你能出价到一千万以上，我将优先考虑给你！"

"您还是优先别人吧！"刘向前沮丧地坐下了。

石成金继续抖擞精神。他打开幻灯,播放有关股市的一系列图片,同时口若悬河,侃侃而谈,"鄙人石成金,为中国快速成长企业提供上市一体化咨询服务,包括国内主板创业板中小板和香港、纽约、伦敦、新加坡、澳大利亚等等等等海外上市。本人拥有国内外上市大量成功案例,获得一千五百家全球领导企业的认可,将为您提供可靠、高效、权威的上市咨询!通过鄙人点石成金,将使《WWW》成为中国的默多克王国!"

在幻灯光的映射下,石成金显得亢奋疯狂。

编辑部众人似懂非懂,戈玲率先提出问题:"先不讨论上市必要不必要,首先说上市要有股本金,资金从哪儿来?再者,选择哪种上市途径?"戈玲虽然是提问者,但还是令大家刮目相看。

"主编这一开口就是半个行家啊!"袁帅赞叹,"我们想问都不知道问什么,这就是差距啊同志们!"

戈玲不无得意,"我也就是学习了学习现代经济学、资本市场学、证券管理学,全都是皮毛!"

"惭愧惭愧!这些应该都是我的必修课,没想到主编都潜心修炼过了。"安妮谦虚,"我更得提高功力才是啊!下面,请石成金先生答疑解惑!"

石成金点头致意,"资金好办,现在热钱有的是,最不缺的就是钱!风险投资拿着大把钱,满世界找项目,只要项目有卖点,钱一窝蜂来找你!鄙人打个形象点儿的比喻,你们上市就好比一块臭肉,风险投资就好比苍蝇,闻着味儿就来了!"

编辑部众人对石成金如此比喻啼笑皆非。

"您这比喻也过于形象点儿了,"欧小米笑着,"把我们都形象恶心了!"

"就算他们都嗡嗡地来了,钱也来了,我们稍微客气客气也都要了,可是欠债还钱啊,往后人家要追着屁股要债怎么办?"袁帅担忧。

刘向前使劲点头,"我最担心的就是这个!"

石成金不以为然,"不用担心,有人替你们还!"

"谁这么活雷锋啊?"

"股民啊!为什么要上市?一般人光知道上市就有资金了,那银行贷款也能解决资金啊,但是银行贷款到期是要还的,而股民的钱却不需要还!"

石成金点破奥秘所在,编辑部众人面面相觑。

经过数日来的上市辅导，编辑部众人已然被调动起了热情，开始了热烈讨论。安妮正在发言，"家人说话耳旁风，外人说话金字经。这回你们豪情万丈了吧？当然了，我要声明，咨询公司所说的，我们也不能照单全收！比如说套股民钱，我们绝不这么干！相反，我们一定要好好经营文化产业，给股民最好的回报！"

"石成金说一旦上市，咱《WWW》的规模就将以几何数量级地增长！"刘向前第一个发问，"到那会儿我就不是单枪匹马了，下边应该成立个广告部了吧？"

"太保守！"安妮摇摇头，"还广告部？那会儿咱们《WWW》成集团公司了，下边N个子公司，出版、传媒、网络、娱乐、影视全方位出击。广告部经理级别太低，你起码总监级——CMO！"

"CMO？"刘向前听不懂。

"市场总监！"安妮翻译。

刘向前激动得满脸通红，"超出预期啊！只怕本人才疏学浅，不过也要担当大任！"

"这就对了！小米也不再是娱乐记者，大材小用，让她当娱乐传媒CEO！向娱乐业、唱片业、演艺界进军，看看哪家唱片公司啊娱乐公司的还不错，巨资收购，一举兼并，兼并了重组，重组了再兼并，重组兼并，兼并重组，周而复始，无穷尽焉！我说的可不限于国内，要立足中国，放眼世界，欧债危机造成许多国际公司经营不善，我们可以发扬国际主义精神，冲出去抄底嘛！"

对于未来的辉煌，欧小米甚至不敢想象，"那往后我再约哪个艺人采访，就没人敢给我脸色啦？！"

"小米你得转换角色，"安妮启发，"你现在是娱乐传媒的CEO！"

"对啦，我掌管着娱乐传媒，而且还是全世界的，那我就是那女魔头啦……"

何澈澈转着手里的笔，"可以不穿PRADA！"

欧小米继续神往，"瞅哪个艺人不顺眼就数落，顶嘴就开除！我忍他们不是一天两天啦！"说来说去，欧小米还是绕不过去。袁帅早已心痒难耐，于是把话题扯向自己。

"说了半天，小米你还是当娱记的命！上市公司什么概念？人家石成金不说了嘛，上市就等于你不再是你，至于你是谁？那就看你想象力了！拼的就是这个，人有多大胆，地有多大产！就说本人吧，那肯定就是国际影视大鳄——手下掌管着N个国内国外的影视公司，打造影视业的航空母舰，真正的世界级！不像现在，甭管什么片子，动不动就号称全球首映，让人觉着纽约、伦敦都排队等着再映似的，其实应该叫全球绝映！现在中国电影票房一年一百多个亿吧，已经很不错了，将来看我的，乘以N倍！安妮，那咱就赶紧着吧！"

安妮却故意对袁帅冷着脸，"鉴于刚才你对上市冷嘲热讽，现在又热情过度，表现很值得怀疑，所以本人决定暂缓考虑对你的使用，留待观察！"

"本人确曾对上市认识不够深刻，一听有这么多好处，所以幡然悔悟，弃暗投明。你不积极鼓励，反倒打击报复，还中国默多克呢，人家默多克准不这样儿！"

安妮对袁帅的牢骚不理不睬，继续宣布她的宏伟蓝图，"除了帅哥，我觉得编辑部其他人都堪当大任！比如澈澈，将来就是《WWW》网络科技公司CEO的不二人选！"

"您是说等我长大以后？"

"你已经长大了！在我看来，你比帅哥心智成熟！"

"我抗议！主编，我只有期望您挺身而出替我主持公道了！"袁帅向戈玲求救。戈玲却努力保持矜持，不想表现得像其他人那般激动："根据我学习现代经济学的体会，我正在思考这样一个问题——咱们编辑部好比一个小分队，精兵简政挺好的。上市就相当于搞成集团军，规模是壮大升级了，可是船大难掉头啊！"

"主编，我理解您的顾虑！坦率地说，一开始我也顾虑重重，做杂志的能发展成出版集团就到头了，上市？想都没想过！可是考察了这一圈，我发现咱们OUT了，人家都在热火朝天忙上市呢，咱们再不跟上节奏，结局只有两种，或者被别人吞掉，或者彻底出局！"

"我就不信了，咱们编辑部从《人间指南》到《WWW》，都二十多年了，在业界有口皆碑，就落得个如此下场？"

"主编，上市也没有那么可怕吧？到时候您出任集团公司COO……"

刘向前赶忙打听："COO比我那CMO大半级吧？"

"COO是首席营运官，除了首席执行官CEO，比谁都大！"

戈玲听这话顺耳，"不敢说水平，反正资历是够深了！"

"无论资历、水平，您都当之无愧！只主编一本《WWW》，还不能尽其所能，所以您怎么也得指挥一个集团军！"

戈玲开始有几分得意起来。刘向前见状连忙附和："就是！Anney总跟您一个司令一个政委，我们呢，也弄个师长旅长的干干！"

"当年老同志们创建的《人间指南》虽说全国闻名，但再怎么说也就是本杂志，咱编辑部就像接力跑，现在到了我这一棒，《WWW》一上市，真是不可同日而语！"戈玲顺杆爬，"嗯，还算我跑得不错，没辜负老同志的殷切期望！"

大家聊得热火朝天，袁帅黯然失落，悄悄走出了总监办公室。

"上市公司啊！"欧小米热情高涨，"咱们坐一块儿喝茶，聊的都是国民经济、GDP、CPI、纳斯达克，运筹帷幄。咱们要是打个喷嚏，全体股民都得感冒！"

"没工夫喝茶，那会儿咱世界各地飞着，互相见个面都难！"何澈澈发飘，"我的网络科技公司首选合作伙伴就是苹果，乔布斯是不在了，我能帮就帮他们一把！"

"我这个CMO就更忙了！咱们的市场遍及世界，我的足迹就要遍及地球每个角落。"刘向前看着大家，"哎，那会儿公司给我配什么车？迈腾还是奥迪？"

"刘CMO，"安妮很严肃，"我不得不批评你欠缺想象力！上市公司什么概念？还迈腾，迈腾能带你漂洋过海？空客A380，常年给你预留贵宾舱，那就相当于你的专机！"

"听说过，"刘向前激动，"我得体验体验！经常坐估计还能折上折！"

戈玲对刘向前的斤斤计较不以为然，"向前我也得批评你——都什么身份了，还惦记着打折！上市意味着什么？意味着咱们每个人都是上市公司股东，假如公司市值一百个亿，就算咱每人占1%，那就是一个亿……"

说到这儿，戈玲自己都被这个数字震惊住了。再看别人，也莫不如此。一时间，编辑部里鸦雀无声，每个人都在掰着手指头数数儿。

欧小米嘟囔着："我从小数学就不好，一个亿已经超出我的计算能力了……"

何澈澈心驰神往，"亿万俱乐部成员里头，我应该是第一个九〇后吧？"

戈玲继续："咱们都有原始股，一上市就噌噌噌涨好多倍，到高点咱就抛出，低点就买入，哇塞……那就不是一个亿啦！"

"光说数字，大家都没概念。一具体化，就比较清楚了——开游艇住豪宅这是肯定的了，就连家里保姆买菜都给配辆奔驰，这基本就是亿万富豪了！"安妮的具体化使大家受到了启发。

何澈澈兴奋，"那将来我用的苹果都是给我专门订制的，机身上有我名字，全世界独此一例！"

欧小米激动，"巴黎、米兰、纽约的秀，都争着请我去，不然就称不上是国际级！"

刘向前变横，"我在家再也不是二等公民了，聂卫红要退居二线，董事长该换我当了！"

大家展开遐想。兴奋之余，戈玲还是有些忧心忡忡，"我老觉得上市真就跟头回坐飞机似的，兴奋是兴奋，可是紧张、不踏实，就怕万一掉下来……"戈玲这话似乎很不吉利，大家面面相觑。安妮连忙挽回："我们的COO同志刚才是口误，应该说腾空而起、一飞冲天！"

外面热火朝天，袁帅一个人在总监室里，正给荷兰猪喂食，借此排遣郁闷，"小七儿，听他们这得瑟！得瑟也是瞎得瑟，没我这王牌师，他们就是杂牌军，成不了气候！"

这时候，安妮推门进来。袁帅故意不睬，安妮笑吟吟地走到近前，"我说帅哥怎么不见了呢，原来跟小七儿谈心哪，看来还是跟小七儿更有共同语言！"

"小七儿起码知道感恩，不像你卸磨杀驴！当初你初来乍到，是谁跟你不打不相识？是谁鼎力相助你站稳脚跟、打开局面？又是谁义无反顾跟你保持暧昧关系？每一个成功女人背后都有一个大名鼎鼎的男人！没有天哪有地，没有我哪有你，做女人要厚道！"袁帅貌似愤愤不平。

安妮却不动声色，"愤怒啦？这说明你还是很热爱我们这支队伍的！"

"别把我惹急了！信不信我上山打游击，当游击司令去！"

"那还不是早晚被我招安！"

"那就看你给我什么高官厚禄当诱饵了！"

"我知道你的宏伟志向，不过就是领导几家影视公司，旗下美女如云，花团锦簇，任凭你召之即来挥之即去的！这都小\case，我之所以最后跟你单聊，这不很明确嘛——本人最倚重的就是你！"

袁帅立刻高兴起来，表面上还得端着，"如此说来，你决定礼贤下士啦？"

安妮又听到了忌讳的字眼，立刻纠正，"不是下士！上市！"

"还没怎么着哪，忌讳就多起来了！那接下来我就稍微客气客气，然后就出山，走马上任！我就说嘛，我不帮你谁帮你！"

"影视产业现在是块大蛋糕，谁都想分一块，你这个CEO不好当！"

袁帅却不以为然，对未来踌躇满志，"不就是影视剧嘛！我早就替他们影视公司着急了，要不就婆媳，要不就谍战，要不就古装，全都一窝蜂，就没点儿新鲜的！行了，您说您没创意，就会跟风，这也不算违法，那就老老实实拍吧，还偏不！就说古装剧，非把万恶的封建宫廷弄得跟青春大舞台似的，以皇帝为首，见天组织一批皇妃、宫女三角恋，皇上一个个都是情圣，必须得是年轻小帅哥，比贾宝玉还贾宝玉，弄得粉丝们都恨不得穿越回去当宫女！这不误导良家妇女嘛！"

"就是！不带这么歪曲历史的！可是你拍古装剧惦着还原真实、鞭挞那个吃人的旧社会？说不定粉丝们还坚决不答应哪！"

"现在影视公司也是良莠不齐，什么挖矿的、做鞋的、炒股的、卖地的，还有来路不明的，都想玩玩儿影视，岂不知影视一点儿不好玩儿，基本都被影视给玩了！你想啊，一年播出量统共就几千集，拍摄两万多集，绝大部分只能自个儿留着当内部资料片了！纯属烧钱！"

袁帅当即向安妮表决心："中国默多克你放心！影视公司之所以乱象丛生，那是我一直袖手旁观来着！现如今我一出手，把他们大大小小都收喽！新官上任三把火，这第一把我打算先烧……"

"且慢！锅还没支好呢，先不忙着烧火！目前重中之重是筹备上市，要引进战略投资，包装重组，一系列大事要事！帅哥你要做的，就是做好我的贤内助！"

"贤内助？贤内助听起来不好听，但是咱可以理解成垂帘听政，级别立刻就不一样了！"

一旁，安妮来逗荷兰猪，发现荷兰猪正啃半截香肠，登时大叫起来，"你给小七儿吃的什么？"袁帅吓一跳，"吃的什么……吃的好吃的啊，我吃什么它吃什么，一视同仁啊！"

"小七儿跟你一样吗？你是肉食动物，没肉不吃饭，小七儿荤腥不沾！绝不能吃肉！"安妮气急败坏地一嚷嚷，欧小米和何澈澈跑进来，一齐数落袁帅。

"帅哥你真行！小七儿吃草和种子，是绝对的素食主义者！"

大家一说，袁帅也紧张起来。可是仔细瞅瞅笼子里的荷兰猪，香肠吃得津津有味，袁帅很不服气，"谁说小七儿不吃肉？它也知道肉比草香，你们瞅它那馋样儿！"

几个人凑近了一看，也觉得奇怪。"对啊，小七儿明明不吃肉啊！"安妮看着袁帅，"你肯定给小七儿下药了！说，冰毒还是摇头丸？"

"我没钱给它买这零食！哎，你们发现没有？在我不精心地喂养下，小七儿飞快地长大了！"

"还真是！好像长得有点儿快吧？"欧小米也觉得不对劲儿。

戈玲闻声走进来，皱起了眉头，"安妮我得跟你谈谈！养宠物是你的自由，但是我反对在办公室养，招得他们几个心里长草似的，都影响工作了！"

"我接受您的意见！明天我就把小七儿自己留家里！"

可是，欧小米、何澈澈担心起来，"小七儿自己在家，吃饭怎么办？"

一听这个，戈玲心软了，"那就等它长大点儿，追上你们九〇后再说。不过，小米、澈澈你们不许老来找它玩儿！"

欧小米拍着荷兰猪，"小七儿，还不谢谢主编大人恩典！"

安妮与欧小米、何澈澈相视一笑，都松了一口气。

安妮是个说干就干的人，她崇尚速度与激情，于是开足马力进行上市所需的准备工作。她开始马不停蹄地考察证券公司交易大厅，向各方人士介绍情况，在餐桌上与合作方推杯换盏，累并不快乐着。

这一天，何澈澈正在完善《WWW》网络版。另一边，欧小米正在复印资料。安妮外出归来，疲惫加酒意，一进门就把高跟鞋脱了，光脚走起路来仍然摇摇晃晃。欧小米见状，赶紧迎上去搀扶住她，闻到浓烈的酒气。

"您喝酒啦？"

"喝！"此时的安妮已还原成安红，满口家乡腔，"男人不喝酒，枉在世上走；女人不喝酒，事事办不成！要想上市成功，必须酒场牺牲！"安妮挥动公文包，还沉浸在激动的情景还原里。欧小米扶她坐下，何澈澈倒了一杯水端给她，安妮摆手不喝，何澈澈灵机一动，说起了劝酒令。

"激动的心，颤抖的手，我给总监倒杯酒，总监不喝我不走！"

安妮这才接过杯子。欧小米端着一杯水过来，与安妮碰杯，"交情深，一口闷；交情浅，舔一舔；交情厚，喝不够！"

安妮陡生豪情，将杯中水一饮而尽，并亮亮杯底，表示已经喝干。欧小米使个眼色，何澈澈迅速地又倒了一杯水，端给安妮，"危难之处显身手，再敬总监一杯酒！"

"路见不平一声吼，你不喝酒谁喝酒！"

安妮举杯与何澈澈、欧小米一碰，再次把水喝光。

戈玲闻声从自己办公室出来，见安妮喝成这样，于心不忍，"安妮，这些天跑上市，我知道你方方面面都得应酬，可是喝这么多酒，多伤身体啊！"

安妮显得无可奈何，"没办法！我说——万水千山总是情，少喝一杯行不行？答：不行！人家说了，一喝九两，重点培养；只喝饮料，朋友别交；一喝就倒，关系不牢；全程领跑，未来看好！"

"那你就全程领跑啦？"

"必须的！为了上市，死也得喝！我豁出去了，必须喝倒一大片，咱三W上市才能办！"

"酒场除了培养酒量，敢情还陶冶文采，这段时间熏陶的，安妮出口就是打油诗，合辙押韵！小米，扶安妮去办公室休息吧！"

安妮却好强地摆手拒绝，"不用扶！朝辞白帝彩云间，半斤八两只等闲！"说完夹着公文包，摇摇晃晃地走向自己办公室。戈玲冲欧小米使个眼色，欧小米赶紧跟在安红身后。到了总监办公室门口，只听袁帅正在里面大声唱《忐忑》，怪腔怪调的。

袁帅的听众是荷兰猪。他面对荷兰猪，唱得一丝不苟。一曲唱罢，荷兰猪无动于衷，身后却响起零落的掌声。袁帅回头一看，安妮和欧小米站在门口，表情困惑。

"帅哥，你跟小七儿到底谁通灵？"欧小米看看袁帅，又看看猪，"你唱神曲，也不怕吓着它？跟念咒似的，反正我们是让你吓着了！"

安妮果然感觉比刚才清醒了许多，"咦，我还真醒酒了！往后我再喝酒回来，帅哥你就给我唱神曲，比醒酒药见效！"

"小七儿不吃东西，我是让它给急的！不说荷兰奶牛一听音乐就增加产奶量嘛，我寻思荷兰猪音乐素养可能也不低，所以才给它高歌一曲！"

"小七儿是让你喂香肠喂的，"欧小米爱惜地抚摸着荷兰猪，"再喂草就不吃了！"

戈玲、何澈澈也进来了。戈玲仔细端详荷兰猪，突然像是有所发现，"不对啊！你们不说小七儿最大也就两三斤吗？瞧这个头儿，二三十斤都有了，都成小猪崽啦！"

其他人也不得不承认这一点，同时努力为小七儿寻找解释。首先是安妮，"成长得是有点儿茁壮！荷兰猪开发新品种啦？可是我买的时候，那人也没说啊……"

"我去网上搜搜！"说罢，何澈澈转身出去了。欧小米似有所悟："帅哥你是不是喂什么转基因食品啦？导致小七儿基因突变，就成这样了！"

袁帅拿过几罐宠物食品，包装都很精美，"不瞒你们说，我还真偷着尝了尝小七儿的口粮，味道还真不错，至于里边有什么添加物，那我就不清楚了！不过，我跟小七儿同样都吃，我怎么没基因突变呢？"

"你别着急，小七儿变完就该你变啦！"

"我倒希望能突变成两米以上身高哪，姚明退了，我好赶紧补上去啊！"

戈玲挠着眉头，"反正我觉得不对劲儿！你们听小七儿吭哧吭哧这音儿，养猪场我去过，就这动静！"

"怎么可能呢？我可是从宠物市场买的，没去养猪场，不可能买个猪崽儿回来啊！主编您不能歧视小七儿！"安妮愿相信。

这时，何澈澈回来了，显得表情深沉。欧小米连忙问他："澈澈查到什么了？"

"经过外调，小七儿的出身成分和历史问题基本搞清了——它不是荷兰猪，而是乌克兰猪。"

"乌克兰……"安妮没缓过神，"别管什么兰，只要是宠物就行！"

"您没听明白，"何澈澈进一步解释，"乌克兰猪不是宠物，说白了它就是猪，能长到三百多斤。要非说它是宠物也行，它倒是深受养猪专业户的宠爱！"

众人一听，皆愕然。只见笼子里的小七儿仿佛倏然变作了一只肥硕庞大的乌克兰猪，还呜噜呜噜哼叫了两声，像在嘲笑他们。

经查证，小七儿确系乌克兰猪无疑。安妮不忍遗弃，便带回住处饲养。与此同时，《WWW》上市继续紧锣密鼓地推进，编辑部众人热望依旧。袁帅、欧小米、何澈澈都在各自忙碌着。袁帅拿着一份资料来到欧小米近前，"这里有国内所有一线女星成名前后的照片，浓缩了她们的成长史。哥哥我无偿支援给你，你们娱乐经纪公司用得着！"

"投桃报李，往后你那影视航母需要哪个演员，我们经纪公司全力支持！"

这时，刘向前雄赳赳跨进门来，聂卫红怯怯地跟在后面，全无平日里的张扬。见此情景，袁帅、欧小米、何澈澈都面带狐疑之色。只见刘向前放下公文包，一屁股坐到椅子上。不等吩咐，聂卫红主动拿起杯子，端了水回来，双手呈给丈夫。刘向前只管喝，并不理睬她。

袁帅等人更觉得匪夷所思，"士别三日，当刮目相看。嫂子，个把月没见，您怎么变成这样啦？"

聂卫红低头不语。袁帅更奇怪了，转而询问刘向前："刘老师，怎么啦？"

刘向前只是黑着脸摇头。再看聂卫红，垂首而立，仿佛做了什么错事。

这时，戈玲拿着一份稿子走出来，"澈澈，这份东西可以发在网站上，试试效果！哟，卫红来啦？"

聂卫红一反平时的热烈，只是讷讷地点头。戈玲发现不对劲儿，便走了过来，"怎么啦卫红？我瞅你不对劲儿啊……"戈玲关切地询问，使得聂卫红如遇亲人，不禁悲从中来，眼眶潮湿。见此情景，戈玲连忙拉住聂卫红，同时叫上刘向前，进了里面的办公室。

"卫红你说，到底出什么事啦？"戈玲倒了一杯水，递给聂卫红。聂卫红睃着刘向前，欲言又止。刘向前黑着脸，一副得理不饶人的架势。

"向前你是不是欺负卫红啦？不大可能啊，按照正常规律，应该卫红欺负你的可能性比较大啊……我知道了！咱们《WWW》正在上市，你要当CMO了，今非昔比了，自我膨胀，开始要作威作福了，是不是？"

刘向前这才开腔："实事求是地说，作为上市公司的高管，我们管着这么大的上市公司，我知道我不再是原来的我，不再是一般老百姓了！所以，对家属就更要高标准、严要求，做到无后顾之忧，这样才能日理万机啊！戈姨COO您说是不是？"

袁帅、欧小米、何澈澈躲在门外，听到这里，袁帅下了断语："不用说，传统套路——刘CMO一朝得势，抛妻弃子，又一个现代版陈世美！"

刘向前虽然并没有听到外面的议论，却突然提高了声音："可是，我刘某不是陈世美！虽然我跻身成功人士之列，身家过亿，飞黄腾达了，但是我绝不薄情寡义、抛弃发妻！恰恰相反，是她背叛了我！"

戈玲半信半疑，望向聂卫红。聂卫红愧疚难当，"戈姨，我出轨了……"

袁帅、欧小米、何潵潵大愕。

戈姨惊愕之余，一时难以理解，"卫红你怎么……不会吧？"

"怎么不会？我亲耳所听、亲眼所见！就公然在我身边发生的！"刘向前愤愤然，由不得戈玲不信，"那卫红就是你的不对了，你这就太过分了！"聂卫红愧疚难当，"我也没想出轨，我自己根本不知道，一点儿也没意识到……"

"不对！"刘向前依然气愤，"我看你当时可是挺幸福的，还说梦话哪！我那么摇晃你，你都不愿醒！"

戈玲越听越不对，"等等！难道是卫红做了个梦？"

"对啊，她做梦跟别人……反正出轨了！"

戈玲这才知道怎么回事，啼笑皆非。

"戈姨，我做梦出轨我不对，可我确实不认识那人，没等跟他怎么着就让向前摇晃醒了……戈姨您得给我做主啊！"聂卫红委屈。

戈玲忍住笑，"卫红，他现在成上市公司CMO了，只怕我说话他也未必能听得进去啊！"

刘向前对聂卫红黑着脸发号施令："为了惩前毖后，你要作出深刻反省，写份检查，抄十遍！"

听到这儿，袁帅、欧小米、何潵潵蹑足离开。回到大办公室，憋不住地笑。

"都是上市闹的！"袁帅边笑边说，"只听说上市公司财务公示，没听说媳妇做梦都得公示！"

"我真想声援聂董，人类有做梦的权利！做梦无罪！"欧小米振臂。

"还没上市呢，刘老师就已经这样儿了，"何潵潵感慨，"等真上了市，他得什么样儿？"

"不光刘老师，各位CEO，这是我们每个人都要面对的问题……"欧小米提醒大家。

这时，安妮夹着公文包风风火火地从外面回来，进门就召集大家："影视公司CEO、娱乐传媒CEO、网络科技CEO、市场总监CMO……"随着安妮的点名，袁帅、欧小米、何澈澈接连喊"到！"，刘向前也闻声跑出来。很快，编辑部全体人员齐聚会议室，安妮介绍了上市运作的情况，最后进行总结："总而言之，《WWW》即将引入战略投资，前途是光明的，道路是曲折的，我们一定要团结一致，努力拼搏，为《WWW》的上市而奋斗！"

安妮率先鼓掌，紧接着，大家掌声热烈。稍后，安妮举手示意，掌声戛然而止，"还有一件事，请各位高管出谋划策！"说着，安妮打开幻灯，画面出现一只体型肥硕的猪，"这就是现在的小七儿！"

全场哗然。

"小七儿？"袁帅张大嘴巴，"我看应该叫老七儿！日新月异、叹为观止啊！"

"你感叹的这工夫，说不定它又长了二斤，赶紧商量商量怎么办吧！"

"还能怎么办？送屠宰场啊！"袁帅的提议遭到安妮断然拒绝："NO！那我们不成刽子手啦？坚决NO！"

"那你就跟它继续同居呗！"

"讨厌！我那儿都成猪圈了，而且我买不着猪饲料，就从超市买宠物粮喂它，那真是茉莉花喂牛，多少钱也不够啊！"

欧小米忍不住插话："那就把它送人！"

"送谁呢？"安妮显然没合适人选。

"送谁谁也不要！"戈玲很笃定。

"不要钱！"安妮赶忙说。"说的就是不要钱！要钱就更没人要了！"戈玲强调。

刘向前认真思考着，"这得找富豪！富豪住别墅，有院子，能挖猪圈！"

"有嗜好养猪的富豪吗？"何澈澈有疑问，"除非当初是养猪致富的，老有这么一情结！"

一句话提醒了安妮，她立刻有了主意，"我想起来了！老家安贵叔就是开养猪场的，让他把小七儿运回去，颐养天年！"

又是新的一天。编辑部每个人都身着正装，一大早就忙碌起来，各自进行着最后的资料准备。戈玲拿着一份资料匆匆走出来。她穿一件旗袍，看得出是精心准备的。戈玲把资料交给何澈澈，"还不错！需要修改的地方我做了标记，你再整理一下！一小时以后，两家风投公司的人就来实地考察了，希望大家有良好表现！"

这时，安妮急匆匆地跨进门。她虽然也穿着一身高级套装，但却弄得皱巴巴的，很是狼狈。戈玲正要跟她打招呼，只见两名搬运工抬着猪笼紧随其后进了编辑部。而猪笼里，正是肥硕的小七儿。

安妮主动向大家解释："对不起对不起！邻居投诉小七儿扰民，派出所去我那儿了，我只好先把它带这儿来啦！"

"风投的人一小时后就到！"戈玲着急，"一看咱编辑部养猪，这成何体统？"

"大家放心，安贵叔马上就到，直接来这儿把小七儿拉走！行行好吧，实在没办法，小七儿和咱们共用一个地球，咱不管它谁管它！"

安妮一个劲儿求情，戈玲不好意思再说什么。袁帅暗中冲安妮使个眼色，安妮连忙招呼搬运工："师傅快！搬里边去！"

在戈玲、袁帅等人目送下，安妮带路，两名搬运工抬着猪笼走向总监办公室。

这时，耿二雁西装革履地跨进门，亮起了大嗓门："小戈！小戈你不够意思！你狗眼看人低！"戈玲正窝火，对他便没好气："你才狗眼哪！"

"又抠字眼！"耿二雁看着戈玲，"我是说你们文化人傲，看不起我们山上下来的！"

"我们又哪点儿照顾不周啦，动不动就挑理！"

"你们仨W上市，咋不找我？注资，我给你们注！"耿二雁这一说，众人大喜过望。

"主编，"袁帅望向戈玲，"咱有耿总这么重要的资源，老给闲置着，极大浪费！"

欧小米紧跟着附和："简直是暴殄天物！"

"你真注资？你们威虎山集团主营业务跟我们编辑部不搭界啊！"说到这儿，戈玲顿时警觉起来，"你别是想一举吞并了三W，让我们几个文化人给你采蘑菇去吧？"

"小戈，要不我咋批评你看人低呢？你太低估我的战略眼光了！谁说我们威虎山就不能跟文化混搭？现在不流行跨界嘛！我一直对你们文化界虎视

297

眈眈，一直想找机会下手，现在机会终于来了！我给你们投资，当你们股东，给文化产业出把子力气！"

不等戈玲表态，身后响起了掌声。只见安妮换了一身衣服从里面出来，鼓掌对耿二雁的提议表示欢迎，"热烈欢迎耿总跨入文化界！"

安妮一表态，戈玲笑了，但又担心起别的来，"待会儿还有两家风投公司的要来哪……"

安妮胸有成竹，"咱们来个优中选优呗！"

考察洽谈会正在进行。出席会议的除了编辑部全体人员，还有耿二雁和两家风投公司的代表。

安妮发言已近尾声，"以上是我们《WWW》全体同仁就上市发展的一些规划和设想。下面请风投公司的尚老板和夏老板，以及威虎山集团的耿总，分别谈谈他们的想法！有请！"

尚老板起身，颔首示意，"作为风投公司，我们选择投资某个项目，前提以及核心都是为了回报。刚才各位的阐述都很精彩，但是我认为还可以打开思路。比如上市以后，你们不一定只干文化，还可以搞地产嘛！"

"对！借文化之名，搞地产之实！绑架国民经济嘛，不然怎么做大？"一旁的夏老板附和。

戈玲忍不住，"这不是挂羊头卖狗肉吗？"

"这是通俗的说法！"尚老板看戈玲，"专业讲这叫盈利模式！"

"上市途径也有很多种，比如曲线IPO、借壳，都可以操作！石成金肯定已经忽悠过你们了，我就不再重复忽悠了！"夏老板紧跟着补充。

耿二雁听得不耐烦，但还要表现自己的素养，逐举着木子站起来，"慕白作了一首小诗，《七律——贺仨W上市》，寄托情思——

> 仨W要上市，
> 上市不能当儿戏。
> 团结起来心要齐，
> 我出钱来你出力。
> 可是风投来投资，
> 一心只追求利益。

改头换面上了市，

上市又有啥意义?"

　　耿二雁念完诗，道声谢，便坐下了。编辑部众人觉得耿二雁言之有理，一时面面相觑。这时，忽然传来猪的哼叫，编辑部大家暗暗叫苦，三位来宾果然被引起了注意。

　　"什么声音?"尚老板寻找着声音来源。

　　"像是某种动物!"夏老板猜测。

　　"还某种——就是猪!"耿二雁一语道破真谛。

　　话音未落，猪叫声愈发响了。三位来宾一起闯进总监室。只见小七儿正在猪笼里不安分地扭动，同时哼叫不已。目睹此情景，三位来宾不禁瞠目，尚老板和夏老板还捏住了鼻子。安妮冲过去，照着小七儿狂喷香水。编辑部众人怕引发进一步的误会，争相解释。

　　"您三位别误会! 我们编辑部真没有养猪业务，而且它也绝不代表我们的智商!"

　　"准确地说，它只是一名过客，来也匆匆，去也匆匆，很快就走!"

　　"它对我们上市的影响基本可以忽略不计!"

　　尚老板和夏老板盯着小七儿，眼睛放亮。尚老板突然高举手臂，编辑部众人立刻噤声。

　　"众里寻他千百度，蓦然回首，那猪却在三W编辑部!"

　　"踏破铁鞋无觅处，得来全不费功夫!"夏老板凑近小七儿，"Pig，我找你很久了!"

　　编辑部众人不明所以。

　　"二十一世纪，还能有这样自然成长的pig，实属不易，绝对属于珍稀动物!"夏老板仔细研究着小七儿，"你们出个价，我要了!"

　　"现在放眼望去，都是健美猪，像这么不健美的猪打着灯笼难找! 所以我相信它没吃瘦肉精，绝对绿色。"尚老板拍拍手，"不管多少钱，我志在必得!"

　　话音未落，夏老板一举手，"我出五万!"尚老板也一举手，"我十万!"

　　两位老板竞相出价。安妮受到感染，不知不觉地扮演起了拍卖师的角色，"他出十万，十万!"

夏老板举手，"二十万！"

尚老板举手，"三十万！"

"三十万！现在出价三十万！"

"五十万！"

"五十万！看来夏老板志在必得，已经出到五十万！"

"一百五十万！"尚老板急了。

但话音未落，耿二雁大喊一声："二百五十万！不出音还当我是哑巴！"

众人一阵惊呼。连尚老板和夏老板都吃惊非小。

"二百五十万！二百五！耿总出价二百五！二百五有没有？二百五一遍……二百五两遍……二百五三遍！"安妮果断落槌。袁帅等人试图阻止，已经来不及了。

"二百五十万！不卖！"安妮意外宣布。编辑部众人松了一口气，三位来宾不知其意。

"小七儿落到你们手里，你们扒它皮吃它肉，是可忍孰不可忍！"安妮稍显激动，"你们不说它是珍稀动物嘛，所以还是国家一级保护吧！"

这时，安贵风尘仆仆地带人赶来。安贵西装革履，一身农民企业家打扮。安妮急忙迎上前，"安贵叔你来得正好！身价二百五十万的小七儿，正式移交给你了！"

"放心！俺那养猪场说话就上市，亏待不了它！"

两位风投老板一听，立刻来了精神，"你们养猪场也要上市？"

"上市！必须上市！俺那养猪场一上市，就是畜业养殖集团！集团啊！人多力量大，猪多也力量大啊！现在猪肉价格都上新闻联播了，猪肉价格直接关系千家万户，直接关系CPI！所以说，人儿离不开猪，猪儿离不开人！"提起上市，安贵竟也情绪激昂。

编辑部众人感觉匪夷所思。

"安贵叔，难道你们养猪场上了市，CPI就能降下来？"安妮不解。

"CPI降不降下来俺不敢说，反正俺养猪场肯定升上去！俺现在是养猪专业户，尊称养猪场场长，到时候俺就升级了！"

"升级CEO！"袁帅调侃。

"你咋知道？"安贵面露惊喜。

"很惭愧，"袁帅指着刘向前等，"我们这儿好几位CEO哪！"

"还有CMO！"刘向前补充。袁帅、戈玲、欧小米等人相互面露愧色。安贵浑然不觉，继续陶醉在上市梦里："你们不知道，现在正是俺养猪场上市好时机！原先养猪的不如养牛的，现在牛奶不是出事了嘛，一档事接一档事，吓得好多人都断奶了，我寻思猪奶的春天该来了！"

"嗯，你这个概念蛮诱人的！可以包装！"夏老板很认同。

"必须包装，咱不能卖散的！为了打开猪奶知名度，花钱打广告，雇人往电线杆上贴，贴遍了！让猪奶一举替代牛奶，挽回乳业界的信誉危机！"

安贵一番话，引发了两位风投老板浓厚兴趣。两人与安贵互换名片，"我们对你的上市计划很感兴趣，可以考虑合作！要不我们去你那儿实地考察一下？"

安贵大喜，"好啊！说走咱就走，你有我有全都有啊！"安贵一挥手，几个员工抬了猪笼，带着两位风投老板，出了编辑部，扬长而去。

事态急转直下，编辑部众人一时反应不过来。刘向前蒙了，"就这完啦？"袁帅自言自语："风投风投，就像一阵风，来无影去无踪！"

戈玲很认真地总结："养猪场都上市，是不是应该引起咱们的认真反思啊？真有跟风上市的必要吗？"

耿二雁事后诸葛亮，"我七律里就说嘛——改头换面上了市，上市又有啥意义？"

安妮也在反省，"我本来是想借着文化大繁荣的东风，让咱们编辑部更上一层楼！可是既然有文化产业的好政策，上市不上市并不是最重要的，重要的是加强核心竞争力！"

"需要资金的话，我给你们注！"耿二雁很干脆。

"行！我记住你这话！"戈玲看看耿二雁。

欧小米一甩手，一身轻松的样子，"我也不当CEO了，怪累的！"

何澈澈转着手里的笔，"跟苹果合作也不着急，将来让他们主动来找我！"

大家以自嘲来消解，只有刘向前忧心忡忡。袁帅看在眼里，忍不住揶揄："刘老师，人要能上能下。您从市场总监的高位上下来，往后还要安心本职工作啊！"

刘向前一脸苦相，"CMO可以不当，我就怕聂董那儿，我刚翻身做主人，这一下又回到解放前啦！"

十四 安二爷鉴宝

安二爷出现在编辑部那天风尘仆仆，怀里紧抱着一个破旧提兜。他站在门口没进来，使劲干咳清嗓子，只为引起大家注意，替代敲门的功能。

“老大爷您有事儿？”

安二爷倔倔的，一张口是不伦不类带口音的普通话，“没事俺大老远来这做啥？二女子在不？”

编辑部几个人面面相觑，“二女子？您老找错地方了，我们这儿没这人！”

安二爷半信半疑，把手里捏着的一张纸递过来，“俺按这找过来的，还错得了？”

“朝阳大街129号《WWW》编辑部……还真是咱这儿！”刘向前接过纸念着，又打量安二爷，“地方是没错，可我们这儿确实没叫二女子的！”

“你进去给俺找找，万一有呢……”

“还万一，一万也没有啊！我们编辑部数得过来这几个人，没有就是没有！”

“且慢！”袁帅忽然心里一动，“老爷子这口音‘俺’‘俺’的，你们听着不耳熟？安妮啊！安妮老家啊！”

“那Anney总也不可能叫二女子啊！Anney总是海归，能叫这名儿？”刘向前不信，“我们这儿是文化单位，您还是去别地儿找找吧！登寻人启事去报社！”

安二爷不甘心，索性抻着脖子叫起来：“二女子！二女子！……”

“哎哎，办公重地，严禁喧哗！”刘向前急忙阻止。

安妮和戈玲都闻声出来张望，安二爷一见，连忙指着安妮嚷嚷：“那不二女子吗？二女子，是俺！"安妮发现了，惊喜地奔过来："二爷！您咋来哩？"

"无事不登三宝殿，找你来哩！"

"这是我本家二爷，从老家来的。"见大家惊讶的样子，安妮解释，又介绍道："二爷，他们都是我同事！"

安二爷瞥瞥大家，尤其对刘向前最是不满，"他们硬说你不在！就他！"

"这事儿也不怨刘老师，老爷子'二女子'、'二女子'的，我们不知道你有这外号，所以……"袁帅好心帮衬。"外号？"老爷子不干了，"二女子在家排行老二，人人都这么叫，咋是外号？"

安妮更加尴尬，连忙打圆场："可能您说话他们没听懂……"

"不能啊，俺特意说的标准普通话！"

袁帅凑近安妮小声套近乎，"你还没跟咱二爷介绍我呢……"

"介绍了，同事啊！别咱咱的，你应该单论，叫——安二爷！"

安二爷在老家就是出名的犟头外加铁算盘，这回千里迢迢过来，照他的话说就是费钱搭工夫，一定是有正事的。

"俺带了样东西！"安二爷语气神秘。他把那个破提兜小心翼翼地放到桌上，轻轻拉开拉链，双手捧出一个裹得严严实实的庞大的器物，小心地摆到桌上。这时，除了安妮在场，其他人都凑了过来，就连戈玲也跟进来看热闹。安二爷先解去最外边的麻绳，然后就是里三层外三层的包裹物，没完没了地剥。编辑部大家等得无比心焦。

"安二爷您这是包了多少层？"

"七七四十九层！"

众人愕然。眼瞅着庞然大物被剥得越来越小，最后终于露出实质内容，是一个陶瓷器皿——古旧斑驳，很不起眼。

"什么呀这是？"说着，袁帅刚想拿过来看个究竟，安二爷脸色大变。

"别动！碰坏了你赔不起！"

"什么值钱东西，还赔不起？！"袁帅不以为然。

刘向前首先反应过来，眼睛一亮，"古董！安二爷，准是古董对不对？"

"有识货的，呵呵！"

刘向前受到鼓励，进一步发挥，其中不乏讨好安二爷的成分，"您那边历来出文物，古城墙、古都、古墓，遍地都是宝！"

安妮一听，立刻警觉起来，"二爷，听说咱老家净是盗墓的，可不敢是盗墓来的！"

"二女子你说啥呢？咋是盗墓来的？明明是祖传来的！"

"我怎么没听说咱家族还有祖传文物呢？"

"原先不识货，没人拿它当值钱宝贝！前一阵有贩子去收文物，一眼看上，出价一千，倒给我提了醒，才知道是值钱物件！"

大家反复端详，猜不出这是个什么东西。

"这到底是干什么使的？茶壶？瓦罐？四不像啊……"

"都不懂了吧？夜壶！"安二爷得意地宣布。大家一听，下意识地捂着鼻子躲得远远的。

"合着您大老远拿一尿壶来！"

"这不是一般的尿壶，是大清乾隆皇帝用过的！"

编辑部大家吃了一惊。

"真的？"何澈澈好奇，"不过，乾隆用过它也是尿壶啊！"

"不光乾隆用过，传给他儿子也用过……他儿子是谁？"

"乾隆的儿子是嘉庆，嘉庆的儿子是道光，道光的……"刘向前眨巴眼一一历数着。"嘉庆！就是嘉庆！"安二爷断定。

"嘉庆的夜壶怎么会在您这儿呢？"

"嘉庆忘在俺这儿的！"

"啊？"戈玲觉得荒唐，"嘉庆可是二百多年前的人，还能把东西忘您这儿？"

"是忘俺祖上那里的！听俺祖上说，当年嘉庆皇帝出京巡游，半路下雨，下雨吧就到俺祖上屋里避雨，避雨吧俺祖上沏茶款待，皇上喝茶喝得尿急，外头又下着大雨出不去，咋办？你们说咋办？"

编辑部大家都被安二爷问得张口结舌。

"还能咋办？活人不能让尿憋死！皇上也是人啊！嘉庆皇上一声令下，大太监李莲英就……"

"安二爷，李莲英是慈禧的太监，跟嘉庆差着两辈儿呢！"刘向前小声提醒。

"反正就是个大太监！只见他取出一个缎子面儿的包袱皮，解开以后，里头还裹着一层包袱皮儿，再解开以后，里头还一层包袱皮儿，再……"

"安二爷您得快点儿了，要不皇上该憋不住了！"袁帅催促。

"话说总共有七七四十九层包袱皮儿，最后露出一件东西——就是这只夜壶！"

"然后呢?"刘向前问。

"然后皇上就尿了呗！"何澈澈不假思索。

"皇上尿了。皇上尿了呢雨就停了，雨停了呢皇上说赶路，说赶路呢就匆忙，匆忙呢就把夜壶忘下了！俺祖上见是皇上的东西，不敢扔，就留着。一辈传一辈，就传到俺这了！口说无凭，有字为证！"安二爷双手拿稳了夜壶，翻转过来，只见壶底写有"大清乾隆年制"的款。

"大清乾隆年制！"编辑部众人连声啧啧。刘向前态度鲜明，借机显示自己知识渊博，"我说什么来着——这还不是一般的古董，皇上亲自用过的物件！而且最重要的一点我还没说——你们可能不太懂——这就是传说中的青花瓷！"

一听青花瓷，编辑部大家大多肃然起敬。安妮打消了疑虑，兴奋起来，"二爷，要是青花瓷，真就是宝贝了！我在国外时候就听说，我们一件青花在伦敦佳士得拍卖上千万英镑……"

"二十三个亿！"刘向前卖弄道，"元青花，《鬼谷下山》，就一罐儿！"

编辑部众人不禁咋舌。

"老祖宗真奢侈！吃饭随便用的盘子、碗拿到现在就价值连城，他们当初要知道这个，说什么也舍不得用它们盛稀饭咸菜啊！"戈玲感叹。

"我们家老祖宗也是，怎么就不记着给我留个盘子、碗的呢?"欧小米很遗憾，"要不然我这辈子都花不完，剩余的还能做点儿慈善事业！"

"这你们又不懂了。"刘向前接着卖弄，"经济学管这叫物以稀为贵。老祖宗都多个心眼儿，都把青花埋起来留着，弄得现在家家都一摞一摞的——青花也就不值钱了！"

"要说古人确实比现代人有情趣、有品位。现代夜壶都是塑料的，人家古人烧制成陶瓷的，还画着画，愣给弄成艺术品了！"

大家都以为是。只有袁帅还存有疑问，"先别忙着高兴，现在古董市场鱼龙混杂，真假莫辨，咱首先得确定这东西是真是假！"

安二爷一听就急了，"假? 俺祖上传下来的东西，能有假? 你这个小伙儿……"

"安二爷您别着急，他不懂！"刘向前连忙劝慰，"瞅这胎质、这工艺、这画工，绝对是官窑，现代仿品没这水平！"

"就是嘛！二女子你说呢？"

"是真是假我说了不算，你们说了也不算，专家说了才算！"安妮倒很客观，"二爷，您先住下，我帮您请专家给鉴定一下！"

"真的假不了，假的真不了！咱找专家！就找那个《天下收藏》！"

"安二爷您还知道《天下收藏》？"

"咋不知道？北京卫视每周五晚上9:35，敬请收看！不瞒你们说，俺这趟过来，就是奔《天下收藏》来的，俺要让专家当着家乡人跟天下人，尤其当着俺三个娃的面儿，告诉他们这是值钱宝贝，给老汉俺撑腰！"

不要说编辑部大家，就连安妮都没听明白，"二爷，您那三个孩子，也就是我三个叔，咋啦？""咋啦？不孝！"安二爷被勾起心事，"都说养儿防老，俺把三个娃养大了，老了，该三个娃养俺了，没一个养！"

安妮很气愤，"他们怎么能这样呢？我那三个叔不是挺孝顺的吗？二爷您别伤心，回家我帮您做他们工作！"

"俺不伤心！俺有夜壶俺不伤心，俺让他们知道夜壶是无价宝，不信他们不求着俺！"

一听安二爷是个苦命人，大家都被唤起同情心，争着对他热情备至，令安二爷在编辑部感到春天般的温暖。经过安妮积极联系，安二爷携夜壶现身《天下收藏》一事，很快就敲定下来。

"《天下收藏》邀请俺去？"安二爷又惊又喜。

"刚开始节目组也有争议，有人认为夜壶不宜参选，有人认为正因为夜壶从没在节目里出现过，肯定会吸引观众，所以应该上。最后还是后一种意见占了上风。这不，节目组通知二爷明天参加节目录制！"

安二爷喜笑颜开，"这就对了！俺携夜壶前去给他们撑门面！"

"安二爷这次携夜壶亮相《天下收藏》，说不定就此掀起夜壶收藏热呢！"刘向前从旁附和。

"《天下收藏》的理念是'去伪存真'。听说他们有一规矩，凡是参加节目的，提前签生死文书，真的留下，假的当场砸毁！"袁帅说道。

"对！王刚举一护宝锤，说砸不砸的，在那儿吊胃口，让他煽乎得特紧张刺激！"戈玲描述着，"每回看到那儿吧，我心脏都受不了！"

安妮提醒安二爷："二爷听了吧？您可得有思想准备。夜壶是真的当然好，万一是假的……"

"万一它也假不了！"安二爷自信满满，"二女子你就放心，这回俺要让夜壶闻名全国、走向世界！你说的那个《鬼谷子下山》拍卖两个多亿，俺这夜壶卖个零头就行！"

"那也三千万呢！"刘向前惊呼。

正在这时，有人敲门。众人闻声一望，只见三名男子风尘仆仆地站在了门口。

"请问你们找谁？"

为首的安富一指屋里的安二爷："找俺爹！"安二爷气哼哼地搭腔了："用你们找俺?!"其他人还莫名其妙，安妮认出了门口那三个男子，迎了上去。

"安富叔！安贵叔！安财叔！是你们啊？"立刻换为严肃表情，"你们来得正是时候，我正想找你们呢！"

接下来，编辑部召开了听证会。

安妮陪同安二爷居于上首，安富、安贵、安财在下首正襟危坐。安妮本意是要召开一次家庭会议，对安二爷的三个娃进行批评教育，以促其幡然悔悟痛改前非，使安二爷老有所依老有所养。不承想，三个"逆子"却情绪激动，联合对安二爷进行反控诉，使形势急转直下。

首先，安富腾地站起来，像戏曲人物那般疾步兜了一个圈，然后站定，一指安二爷，显得痛心疾首，"爹啊爹！你、你、你！爹，千不该万不该，你不该颠倒是非与黑白……"

大家闻听里屋动静不对，都好奇地凑到安妮门口侧耳谛听。

"怎么唱上啦？"

"这梆子，端的是慷慨激昂、响遏行云！"

安妮见此情景，觉得其中定有蹊跷，连忙劝阻："安富叔！安贵叔!! 安财叔!!! 三位叔，有话咱慢慢说，行吗？安富叔，您先说！"

安富首先开始控诉："说俺们弟兄不孝顺，冤啊！冤有头债有主，祸根就是这夜壶！没夜壶这事以前，俺爹在我们三家轮着住，住完这家住那家，住完那家住这家，愿住哪家住哪家，好好的。自从知道夜壶值大钱，俺爹就变了个人，哪家都不合他意哩！"

安贵立刻予以佐证，"俺爹原先爱住俺们家，俺们家有养猪场，吃肉管够，俺爹可高兴了！自从有了夜壶这事，俺爹忒讲究了，家养的猪肉不稀罕，要吃野味，逼着俺上山打野猪。"

安妮难以置信地看看安二爷。安二爷很尴尬，不满地瞪安贵，"你去了吗？你不是没去吗？！"

"这是要命的事啊，俺媳妇拦着不让去，爹就说俺怕婆子、不孝顺，死活不在我这儿住，非要搬到老三家去！"

老三安财接着往下说，普通话不大标准，"我们家在县城，电灯电话，楼上楼下，吃的是精细粮，喝的是纯净水，白天逛公园，晚上遛马路，烦了找人聊聊天，腻了跟人打打牌，多么美好的晚年生活啊！可自从我爹带着夜壶住到我家，就出现一个奇怪现象——我儿子变得讲吃讲喝，学习成绩一路下滑。后来一打听，原来我爹教育小孙子读书无用论，说只要继承了他这夜壶，几辈子吃喝不愁，比考状元都强！"

安妮愈发吃惊。安二爷不服气地嘟囔："本来就是这么回事！"

"你看俺爹，这会儿还振振有辞！你说他几句，他揣起夜壶就走，照他的话说就是……还是让爹自己说吧！"

安二爷一梗脖子，青筋暴露，"此处不养爷，自有养爷处！"

大家在门外听得真真切切，不禁相视而笑。

"这老爷子，咱还真把他当孤寡老人了，赚取我多少同情的眼泪啊！"

"我真羡慕安二爷，作威作福的，比我在家待遇高多了！"刘向前酸溜溜的。

至此，安妮已经明白了八九分。她转到安二爷面前，朝他款款一揖，"太上皇，请受小女一拜！"

"你这是跟二爷做啥？"安二爷一时摸不着头脑。

"二爷，我知道怎么回事了，您在家里就好比太上皇！什么叫永不满足？您这就叫永不满足！我看我跟安富叔、安贵叔、安财叔没什么可谈的了，我倒是应该跟您好好谈谈！"安二爷担心一件事："二女子，你不会不让俺参加《天下收藏》了吧？"

"都跟人家节目组说好了，当然要参加了！"

安二爷立刻踏实了，"只要能参加《天下收藏》，让俺跟夜壶出名，啥都好办！"

这日，安二爷在三个儿子和编辑部众人的陪同下前来参加《天下收藏》。节目进行到夜壶环节，主持人王刚介绍着情况。

"对三号展品青花云纹竹影大夜壶，两种观点针锋相对。肯定的一方说这夜壶是大清乾隆年间的官窑无疑；否定的一方就俩字——不真。古玩行不说假，说不真……"不等王刚说完，安二爷在旁边坐不住了，噌地站起来："这咋能不真？俺这么大岁数能拿假的糊弄你们？"

"老爷子别着急！"王刚不慌不忙地示意安二爷落座，"待会儿我把专家评委的鉴定意见一公布，真还是不真，就都一清二楚了！"

"行！那你赶紧着！"

"老爷子迫不及待了！"王刚缓和气氛，"不过，我还要重申一下，一旦签了生死文书，如果展品鉴定为现代仿品，可就当场砸毁……"

安二爷一凛。

"老爷子您如果心里没底，现在退出还来得及……"

安二爷往台下一瞥，只见编辑部众人和安富三兄弟都眼巴巴望着自己。众目睽睽之下，安二爷一梗脖子，放了狠话："不退！"

王刚大喊一声："有请护宝锤——！"

伴随着撼人心魄的音乐，一只镏金锤被请上台，交到了王刚手中。王刚手举护宝锤，直奔大夜壶而来。安二爷的心不禁提了起来。

"刚才这护宝锤已经砸了两件展品……那么这件青花云纹竹影大夜壶会是什么命运呢？"王刚一边说一边比划，手中的护宝锤几次堪堪碰到大夜壶，引得人们惊呼连连。安二爷更是紧张万分，目不转睛地盯着那只护宝锤的一举一动，忍不住提醒王刚："你别碰着夜壶！"

"碰不着！您看，离得远着呢！"王刚故意显得满不在乎，再三举锤冲夜壶比比划划。安二爷吓得再次离座，几乎跟王刚翻脸："你、你咋回事?！"

"老爷子是不是心里没底啦？我再给您一次机会，退不退？"

安二爷本来信心满满，到了这时候，还真有点儿底气不足。不等安二爷表态，观众分成两派，冲台上大声喊起来。

"退！退！……"

"不退！不退！……"

观众席里，袁帅大声劝告安二爷："您还是退了吧，退了还能留着自个儿用！"

刘向前讨好地向安妮发表意见："安二爷这夜壶肯定是真的！Anney总您说呢？"安妮转向安富、安贵、安财，只见哥仨忧心忡忡。

"三位叔，你们说呢？"

"是真的好啊，真的值钱啊！"

"俺就担心啊，万一这夜壶真是宝贝，爹就更烧包啦！"

"是福不是祸，是祸躲不过。等王刚一锤定音吧！"

三兄弟你一言我一语。在现场观众的哄嚷声中，台上的安二爷有些慌神，凑近王刚小声嘀咕："你要不砸，我就不退！你要真砸，我就退！你说你准备砸还是不砸？"

"我准备……"说到半截，王刚意识到险些失口，"老爷子您套我话！我只能告诉您，这得您自己拿主意！退还是不退？"

全场气氛到了最紧张也是最高潮的时刻，两派观众互不相让。

安二爷被弄得一时没了主意。

与此同时，王刚有意制造惊险刺激，手举护宝锤频频向夜壶比划。安二爷更是不眨眼地盯着，紧张得喘不过气来。此时，别的声音都消失了，耳边只剩自己心脏狂跳的声音——咚咚，咚咚，敲击着他的神经。

编辑部大家和安二爷的三个儿子也都屏息凝神。戈玲紧张得不行，赶紧掏出心脏药，吞了几粒。

王刚进一步推波助澜，气氛更加紧张，眼瞅着护宝锤似落非落。

就在这千钧一发的时刻，安二爷再也承受不住强烈刺激，心脏咚咚狂跳的声音戛然而止，晕厥过去。见此情景，编辑部大家和安二爷三个儿子急忙冲向台上，节目组人员也都赶上前来。现场一片大乱。

娱乐追求的就是效果。安二爷中途晕倒，节目正好有了噱头，一经播出就引发热议。

安二爷身体底子好，又惦记着青花云纹竹影大夜壶，在医院住了没两天就出院了。在三个儿子搀扶下，安二爷进了编辑部，怀里仍然紧紧抱着那只大夜壶。众人一见，都热情地围上来。

"二爷，您完全康复啦？"

"俺爹惦记夜壶的事，急着出院！"安富说。

"俺还惦记一个人……"

"Who?"安妮问。

安二爷听成"壶"了，"除了壶，俺还惦记一个人！"

"Who?"

"除了壶……"

"'Who'就是'谁'的意思。您还惦记谁?"何澈澈总能及时充当翻译的角色。

安二爷咬牙切齿："惦记和珅！"

众人都感到莫名其妙。

"您跟他还有交情?"

"您甭惦记了，和珅几百年前就让嘉庆皇帝给杀了！"戈玲安慰。

还是欧小米反应快，知道此和珅非彼和珅，"安二爷说的是演和珅的演员——王刚！对不对安二爷?"

"这女子聪明！"安二爷看着欧小米赞叹，"俺说的就是那个王刚！他比和珅还罪大恶极！说起他，俺气从心头起，怒向胆边生！"

编辑部众人面面相觑。

"二爷，您为什么这么恨王刚?"

"要不是他故弄玄虚，举着大锤比划来比划去，俺能犯心脏病?俺长这么大岁数，心脏从来没罢过工，这回罢工了，全是王刚闹的！"

说起这个，大家倒是都有同感。

"王刚举着护宝锤比比划划那会儿，连我都紧张得心怦怦跳，赶紧吃药顶着！甭说安二爷了！"戈玲心有余悸。

"就是！没他这么吓唬人的！"刘向前附和，"关键还有，到最后他也没给个说法，青花云纹竹影大夜壶到底是真还是不真?"

大家这么一说，安二爷更加气势汹汹："俺不能跟他善罢甘休，得让他给俺报销医药费、补助费、看护费、交通费、误工费、精神损失费！"安妮连忙劝慰："二爷，这就显得咱得理不饶人了，让我说这就先不提了！还是先把夜壶的真伪搞清楚，这是主要的！"

"对，俺得跟他要个说法！二女子，你把王刚叫来，俺非得跟他要个说法！"

话音刚落，王刚一步跨进门来，"老爷子，不用麻烦，我不请自来！"

编辑部大家与王刚客套寒暄过后，请他落座。

王刚坐定，看着安二爷："老爷子，您身体好啦？"安二爷气哼哼地说："身体的伤容易好，心里头的伤不易好！"

"老爷子，您在现场这一晕晕得好，我们这期节目创了最高收视率！"

"听你这说法，俺晕倒起不来才更好呢，你安的什么心？"

"老爷子今天说话可都是火药味，别是找对我吧？"王刚听出安二爷语气不对。

安妮连忙打圆场："王刚老师，二爷就是迫不及待想知道，专家评委说夜壶到底是真是伪？"

"这我可以告诉你们。我就是担心老爷子别再晕倒一回，那我可担不起这责任！"王刚又卖关子。

大家觉得不可掉以轻心。

"等等！先别说！"戈玲想了一招，转身跑回自己办公室。不一会儿，拿了一瓶药回来，"二爷您含嘴里备着！……"

安二爷不敢大意，依言将药丸含到嘴里。安富、安贵、安财一齐搀扶住安二爷。刘向前守在电话旁，严阵以待，一旦有情况以便及时拨打120。

一切布置就绪，安妮像现场导演一般倒计时："准备！5、4、3、2、1，开始！"王刚习惯性地立刻进入主持节目的状态："观众朋友你们好！这里是《天下收藏》节目现场，我是王刚……"忽然反应过来，"哎不对啊！我怎么主持上啦？这事儿闹得！"

安二爷含着药丸，说话含糊不清，"俺挺得住，你就说吧，青花大夜壶到底真不真？"

"那我可就宣布了——青花云纹竹影大夜壶……"王刚环顾全场，所有人都屏息静气地等待着。

"不真。"王刚淡淡道出。

全场鸦雀无声，大家的目光不约而同地看向安二爷。只见安二爷愣怔了半晌，忽然挣脱三个儿子，伸手怒指王刚："和珅！你这个恶人！"

王刚被安二爷骂得一愣。

"想当年，乾隆爷对你不薄，你富可敌国还不知足，还想把乾隆爷的夜壶占为己有。乾隆爷没给你，传给了嘉庆，你就老大不乐意。后来又想方设法想从嘉庆手里把夜壶抢过来，嘉庆一生气就把你杀了，从此你怀恨在心，直到现在还小心眼，愣说嘉庆这夜壶不值钱！"

编辑部大家无不愕然。

"安二爷真高！清朝那点儿事儿，用一夜壶就都给串起来了！"袁帅说道。

王刚啼笑皆非，"喊，这是哪儿跟哪儿呀？和珅是和珅，我是我，两码事儿！"

"你这张脸全国人民都认识，谁不知道你就是和珅?！到哪儿你也瞒不住！"

"我只不过是扮演和珅！"

"那咋就你演得好？你要不跟和珅一个鼻子眼儿出气，能演这么活灵活现？和珅坏，你得比和珅更坏，要不咋能演得像?！"

"我跟您说不清！咱不说和珅了，咱接着说这夜壶。"王刚试图转移话题，"该夜壶胎质疏松，釉面稀薄，画工粗糙，不可能是皇家用品……"

"住口！你这个奸臣，就会把黑的说成白的、白的说成黑的，你的话根本不能信！"

"简直是莫名其妙！"王刚被安二爷弄得下不来台，气恼地站起身要走。

"王刚老师，请您别生气！"安妮连忙劝阻，"二爷他一时着急，犯糊涂了……"

"俺不糊涂！他和珅脑子才让猪油糊上了，他心术不正！"

安二爷不依不饶，王刚拿他没辙，只有一走了之。

王刚前脚刚走，后脚就来了一位中年人——东方夜壶文化研究中心的胡研究员。此人举着放大镜仔仔细细察看大夜壶，周身上下，不放过每一个细节。编辑部里鸦雀无声。大家伫立在旁，密切关注着。安二爷更是目不转睛，屏息以待。胡研究员一番考察过后，直起腰来，动作缓慢地收起放大镜和其他工具，一副若有所思状。大家都等待着结果，见他如此缓慢，便愈发焦急。

冷不丁地，胡研究员大喝一声："好！"

众人被吓了一跳。安二爷下意识地捂住心脏。安妮和戈玲手疾眼快，一个掰嘴一个塞药，让安二爷含上几粒药丸，以防万一。

胡研究员诗兴大发，"众里寻他千百度，蓦然回首，却在灯火阑珊处！"

众人愈发一头雾水。

"胡研究员，我听出来了，您对夜壶钟情已久了……"

"是夜壶文化！多年来，我呕心沥血孜孜以求的，就是要把夜壶文化研究推向新高潮！"

"胡研究员，您研究了这么久，这个夜壶到底是真是伪，能告诉我们结论吗？"

胡研究员侃侃而谈："知道结论不难，难的是知道结论背后的文化！这就要从源远流长的夜壶文化说起。话说夜壶起源于中国北方，因为北方冬天非常寒冷，尤其到了晚上，滴水成冰——假设一男子尿频尿急，不得不从热乎乎的被窝里出来，到天寒地冻的外面小便，从人体排出的温热液体遇冷空气突然凝结……你们可以想象一下那种情景……"

"胡研究员，我们就不想象了，我们已经一致认识到夜壶的重要性了！"袁帅打断道。

"这里必须明确一个概念，夜壶不完全等同于尿壶，只有男人的尿壶才能称作夜壶，而女人的尿壶一般称作尿鳖子，有句俗语——老太太的尿鳖子，挨呲没够——就是这个意思。所以说，夜壶其实很MAN！"

众人面面相觑。

"进入明朝，夜壶文化出现了一个光辉灿烂的高峰。当时，夜壶风靡全国，男性均以使用夜壶为荣，各种材料、样式的夜壶也如雨后春笋般涌现出来……"

刘向前不禁感慨："这从另一个方面说明，明朝那时候男的也犯前列腺！"

"明朝推崇夜壶以永乐大帝为杰出代表，他用的夜壶是金的，大臣用银的，依此类推，府衙级用铜的，县衙级用铁的，农民用陶。可见，夜壶折射出了中国封建官本位文化的缩影。"

安二爷听得云里雾里，忍不住打断他的话，"哎，胡研！"

"胡研究员！"安妮连忙纠正。

"胡研究员！你说了半天金的银的，俺这个夜壶可是瓷的！"

"时光如梭，弹指一挥间，话说到了清朝，乾隆皇帝更加追求生活品质，对夜壶也精益求精，摒弃金银，选择青花瓷，这恰恰反映出乾隆很有艺术品味！"

"这么说这夜壶真是乾隆的？"

"当然!"

安二爷惊喜交加,安妮怕他犯病,连忙提醒:"淡定!"

"那专家评委咋说不真呢?"

胡研究员早有打算,显出一副江湖嘴脸,"正好,我正要向专家开战呢,这回可让我找着茬儿了!我还专拣个儿大的,把他灭了我就成老大了!上来就拼命,甭假客气,招招直奔死穴,怎么狠怎么来,语不惊人死不休!不信引不起轰动效应!不成功便成仁,你们放心,我保证让夜壶跟我一夜成名!"

胡研究员走后,安二爷激动的心情久久难以平静,得意地在屋里转磨磨。除了安家父子,安妮也在场。

"胡研究说了,夜壶是真的!夜壶是真的!"

"是真的、是真的……"安富哄劝,"爹,您在这不回家,俺们哥仨名声不好听!咱回家吧!"

"胡研究还说了,夜壶最少值上千万!上千万啊,这得买多少亩水浇地啊!"

"爹,买地也得回家买,咱回吧!"

"买地剩下钱咋花?打着滚也花不完啊!"

"爹,有钱回家花。咱回吧!"

"回去行,俺有条件!"安二爷趾高气扬地看着三个儿子。

"爹您说!"

"俺要吃香的,喝辣的!"

"吃喝不算事!"

"俺叫你们上东,你们不能上西;俺叫你们打狗,你们不能骂鸡!"

三个儿子面露难色,"爹,俺们好歹在各自家也是一家之主啊……"

"胡研究说了,嘉庆是皇上,可乾隆是太上皇,皇上听太上皇的!你们在各自家好比嘉庆,俺好比乾隆。你们答应不答应?"

"答应!"哥仨无奈,咬牙答应。

"俺还有最后一个条件……你们娘死得早,俺又当爹又当娘,一把屎一把尿养活大你们,俺没享过福……懂了吧?"

"懂!俺们仨好好孝顺您,让您享福!"

"你们仨不行!烦了给我宽心话,冷了我焐被窝,没白没黑陪着俺——你们仨哪行？"

三个儿子一时没明白，还是安妮最先反应过来，"二爷想找个老伴儿！"

三个儿子齐刷刷望向父亲。安二爷干咳两声，表示默认。

三个儿子有些尴尬。"爹，您都这么大岁数了……"

"岁数大咋啦？夕阳红嘛！你们不答应，俺就不回去！"安二爷打定了主意。

"三位叔，老年人也需要感情归宿，如今这不是什么丢人的事儿！"安妮劝解。

这时，戈玲、袁帅、欧小米、刘向前、何澈澈闻声进来。

"从二爷来编辑部到现在，我认为这是唯一一项正当要求！"袁帅说道。

众人连声附和。见此情景，三个儿子只好暂且应允。

"行！只要爹您回家，我们帮您找！"

"俺有条件！"安二爷环顾编辑部几个人，"对方学历要二女子以上，年龄要戈主编以下……"

"我准有那么老吗？太伤自尊了！"戈玲不大高兴。

接着，安二爷一一列出具体条件——身高要何澈澈以上，体重欧小米以下，长得杨贵妃以上，脾气刘向前以下。而袁帅，则被摒弃在各项条件之外。总之，安二爷的话把大家都得罪了，众人纷纷侧目。

太上皇选妃尚未议决，又来了一位不速之客。此人身穿中式对襟褂子，头发一丝不苟。

"您也是研究夜壶文化的？"

"别拿文化找乐了，还夜壶文化?！本人不谈文化，只谈价钱！"男子掏出一张名片，刘向前伸手去接，对方却没给，"谁是主家？"一眼发现安二爷，"嘿老爷子，让我一番好找！自我介绍一下，本人是著名古玩家，业内人称三只眼。大家都知道，第三只眼是慧眼，以此形容本人对古玩独具慧眼！"

安二爷此时正高兴，"这么说，你也断定俺这夜壶是真的？"

三只眼却直言不讳："真的？别说我三只眼，就是两只眼一瞅也知道不真！甭看款写的是'大清乾隆年制'，其实是嘉庆年间的东西。因为乾隆当时是太上皇，所以官窑烧出来的东西题款还得是乾隆爷。行里都知道，嘉道的东西本来就不值钱，您这连嘉道官窑的东西都不是，连正儿八经的民窑都算不上，充其量是村里土造儿！"

安二爷一听，立刻把眼珠子瞪起来了，"俺祖上亲口说是嘉庆皇上用过的，还能有假？"

"老爷子，这行里最忌讳说故事！也许嘉庆确实在您祖上家里歇过脚，也确实用这只夜壶小便过，但不能说明夜壶就是嘉庆的——万一这夜壶是您祖上借给嘉庆用的呢？"

不光安二爷哑口无言，就连编辑部大家都觉得不无道理。

"胡研究都说这是真的！"安二爷不甘心。

"研究那是理论，空的！这行里讲实战！三只眼绝非浪得虚名，不是吹，经我三只眼过目的东西何止千千万万，还从没打过眼！"

安二爷不禁心里发空。

"老爷子甭着急！我大老远来一趟，光告诉您东西不真，这不纯给您添堵来的嘛，咱不干这事儿！实话跟您说，我是来跟您谈合作的！"

"你不说这夜壶不真嘛，还合作啥？"

三只眼掰开嘴，让安二爷看其中一颗金光闪闪的假牙，"瞅见了吧？这颗金牙不真，比真的值钱！"

众人不知道他到底要说什么。

"夜壶是不真，可是一旦交给我，经我一包装，就能让它赚钱！而且是赚大钱！"三只眼秘而不宣地说，"假亦真来真亦假，这里头学问大啦……"

三只眼走后，安二爷愁云满面。夜壶的事波诡云谲，编辑部众人也放不下。

"三只眼说的包装，其实就是作假！古玩行里作假太普遍了，而且买家只能自认倒霉。别的商品都打击假冒伪劣，就古玩，这叫玩儿得高！"

"二爷，您打算跟三只眼合作吗？"

在这点上，安二爷态度鲜明，"什么假亦真来真亦假?！真的就是真的，假的就是假的！俺不干那以假乱真的事！"

袁帅带头鼓掌，对安二爷表示赞许："这才是安二爷的本色！"安二爷却高兴不起来，"可是，这夜壶到底真还是不真？"

"爹，管它哩！不真就不真，咱还照样过日子！"

"就是！更消停！"

这时，随着一阵脚步声，两个风尘仆仆干部模样的人出现在编辑部门口。只消一打量，他们就认出个八九不离十。

"你就是安老汉吧？你们是安老汉的儿子？电视上瞅见你们了！"

"你们也是捣腾古玩的？"

"听乡音还没听出来——我们是县旅游局的！这是我们局长！"

双方寒暄过后，安二爷不解地发问："旅游局找我干甚？"

"你不是有祖传青花大夜壶嘛，这是咱们县文物考古的重大发现！电视播出当晚，县里连夜组织专门会议进行研究，认为这是一个良好契机。我们一定要紧紧抓住这个契机，一举提高我县知名度，大力发展我县旅游，拉动全县经济！"

"夜壶能有这么大用处？"

"县领导指出，一定不能低估夜壶的作用，并围绕夜壶大做文章，夜壶搭台，经济唱戏！根据县领导的指示，我们旅游局迅速采取了几项重大举措。一、将安家旧居列为重点文物保护单位，并翻新改建为'嘉庆皇帝行营'纪念馆，供游人参观游览；二、在嘉庆皇帝当年小解处竖碑纪念，以使这段历史永远铭刻在后人心中；三、建立夜壶博物馆。除了突出展览这只云纹竹影青花大夜壶之外，还要搜集各种各样的夜壶，集夜壶之大成，使之成为具有浓郁地方特色的博物馆！"

众人不禁瞠目结舌。

"这么说，安家真要光宗耀祖啦？"

"局长，有个问题，就是关于夜壶的真伪，专家们还存有争议……"安妮很谨慎。

"怎么不是真的？不是真的，我们县还怎么开发旅游？不是真的，我们县还怎么拉动经济？就是真的！说不真的那些人都是别有用心！总之，我们坚决要以夜壶为切入点，盘活全县经济！走自己的路，让别人去说吧！"

当初安二爷揣着夜壶来北京，本就想来撞大运，没承想事情会变得这么复杂，夜壶真伪越来越说不清。一切都如雾里看花。安二爷犟脾气上来，非得要拨云见日，"俺这趟北京不能白来，非得弄个心明眼亮！"

"二爷，《天下收藏》咱也去了，胡研究员、三只眼他们也来了，说什么的都有，您信谁的？"

"俺谁也不信！他们说话不够分量！俺要找个有分量的！"

"那您说谁有分量？"

"就老在电视上嘚嘚嘚、嘚嘚嘚那个人！他有分量！"

大家猜测着。

"现在是个人就在电视上嘚嘚嘚、嘚嘚嘚！您说的哪个？"

"就那个——专门说文物的，号称高保真！"

大家不约而同想到一个人："甄专家！"

甄专家还就真给请来了。

安二爷把夜壶抱出来，轻轻放在甄专家面前的桌子上，然后小心翼翼地一层层去除包裹层。甄专家悠闲地品着茶，对面前的东西似乎不感兴趣，不等安二爷剥完，就站起身溜达开去，一边与戈玲闲扯。

"现在你们编辑部鸟枪换炮啦！"

"变化是不小。您变化也挺大的，我记得您当年跟我们也算是同行，哪承想现在成了著名收藏家啦?！这不，连安二爷都是您的粉丝，那么多专家说的他都不信，非得请您亲自掌掌眼！"

此时，安二爷已经把夜壶剥出来了，请甄专家过去看，"俺就信你！你说它真它就真，你说它不真它就不真！俺再不找别人！"

甄专家对桌上的夜壶却看也不看，"收藏是好事儿，但是要有一颗平常心！"

"俺这件东西确实不一般……"

"都么说！现在是收藏热，我看是热过头，都发高烧了！上周三有个人拿来件东西请我看，说是乾隆的，我说你这不是乾隆的，是前天的——明明就在超市里有卖的！"

"俺这夜壶超市没卖的！"

"老爷子还挺逗！"甄专家被逗乐了。

"俺要有你这两下子多好！见天跟这些宝贝打交道，有福啊！"

"刚开始那时候确实！腰包里钱虽然不多，可想方设法淘换件东西，那种幸福！现在，再好的东西，那种幸福没了，不幸福了！"

"嗯，每天过眼的东西太多了，严重审美疲劳！"安妮理解。

"所以，我现在对给人看东西这事儿，不光是没兴趣，简直是恐惧！"

"那您整天忙什么呢?"安妮问。

"上电视啊!"

"老看见您,侃侃而谈的!"

"那都不算什么了,前段时间我主要是当嘉宾、当评委,什么电视服装设计大赛、电视模特大赛、电视什么什么赛,巨忙!目前呢,我正准备向娱乐圈发展!"

众人大感意外。

"我天天跑娱乐新闻,还真没听说!您进军娱乐圈,打算是唱歌还是演戏?……"欧小米很好奇。

"评书啊!"

众人更是大愕。

"您说评书?"

"不信?这么着吧,我现场来一段,你们听听!"甄专家来了兴致,绕到桌子后面,挺身站立,拿个东西当惊堂木,啪地一拍,模仿单田芳道:"虎落平阳被犬欺,英雄也有落魄时!话说秦琼秦叔宝囊中羞涩,被迫要卖宝马良驹。这一天,秦琼……"

安二爷早已面沉似水,此时再也按捺不住,气冲冲抱起夜壶就走。

"二爷您去哪儿?"

"回家!"

"夜壶到底怎么回事儿,还没说法呢……"

"还说法儿呢,都说上秦琼卖马啦!一个比一个不着调!俺谁也不问了,俺把夜壶带回去,传给儿子,儿子传给孙子,子子孙孙无穷尽也。"安二爷信心百倍,"一千年以后,俺不信它不是文物!"

十五 未来的主人翁

太阳每天都是新的，如今戈玲刚刚对这句话有了切身感悟，因为明天，女儿李子果就要留学归来。对她们母女来说，生活即将掀开崭新的一页。

戈玲站在办公区，兀自向大家津津乐道，话题中心当然是李子果。

"……李子果小时候特懂事儿，每回带她坐车，临下车总提醒你一句——拿着咱东西，别丢喽！给她两块钱下楼买零食，食品店老板跟我说，别人家孩子就买一样儿，你们家李子果捡便宜的，各种各样能买一堆。看这孩子，从小就有心！"

"戈姨您真有福气！"刘向前说道，"不用问，李子果出去留学肯定也知道精打细算，得给您省多少钱啊！"戈玲迟疑了一下，"哦……还行吧，除了我所有存款，李冬宝又赞助了一部分……"

大家面面相觑。安妮从自己办公室出来，刘向前见状迎上前去，把一份客户资料交给安妮。安妮点点头，接戈玲的话茬："那可花不少啊！我出去留学，一开始花家里钱，后来就全靠自己打工了！当然啊，也有不少同学，尤其富二代，花钱如流水，在那儿租高级公寓，买好车，开Party，不像留学去的，像是比富去的！"

戈玲表情有些尴尬。袁帅见状，善意地打圆场："李子果跟他们不一样，她这钱肯定是花在刀刃上，如饥似渴地汲取知识，知识是什么？知识就是财富，财富就是钱！她得买书、听讲座、去图书馆、上补习班……哎不对，这好像也花不了那么多钱啊……"

"我也觉得呢！她一来信就是要钱，一开始我觉得那边儿花销贵，可后来隔三差五总要汇钱，最后我实在吃不消了，她就瞒着我跟李冬宝要！这孩子小时候不这么大手大脚的!"戈玲一边说着,一边走到欧小米旁边,在她递上来的一份稿子上签字。

"应该这么理解,这是教育投资,大投入才能有高产出!主编投完资了,明天李子果学成归来,然后学以致用,后边就等着丰厚回报啦!"

"小米说得对!"刘向前说道,"种瓜得瓜,种豆得豆,戈姨和李大腕儿都这么优秀,再加上优质教育,李子果肯定青出于蓝胜于蓝!"

"主编,李子果准备去什么单位?"何澈澈一句话令戈玲重新情绪高昂起来,"我本来给她联系了几个单位,有国企有学校,李冬宝也有安排,都不错,可是李子果都看不上,她基本意向就是微软啊苹果啊宝洁、杜邦什么的,其中之一吧,去哪个还没最终确定,再比较比较!"

欧小米很羡慕,"哇噻,都是世界五百强啊!"

"反正就在这里边挑呗!她不学的管理嘛,照她自己的话说——找个跟国际接轨的平台,才能施展拳脚,所以吧,要管理就管理世界五百强,别的小公司都不正规,管理着没意思!"

安妮不禁啧啧:"比我有气魄多啦!我不过就管理一个编辑部,她直接就管理世界五百强,可以气吞山河了!"

"我也劝她,咱越是学成归来,越要低调!坚决不能像有的海归似的,看什么都不顺眼,新官上任三把火,打着接轨的旗号,什么都得颠覆都得改!"

安妮狡黠地盯着戈玲,"主编,我觉得您肯定不是说我呢……"戈玲意识到说走嘴了,连忙往回收:"我是说李子果吧,进了五百强以后,先学习先熟悉情况,不忙着管理!可是李子果说我OUT了,国外不兴谦虚谨慎这套!"

"您就让她尽情发挥吧,所谓长江后浪推前浪、一代更比一代强,您得放手!"刘向前劝慰着。

"我们的口号是——我的地盘我做主!"何澈澈高举手臂喊道。

"也是!李子果已经是海归了,翅膀硬了,我就别事必躬亲啦,受累不讨好!要不我也学着省省心,净等着收获胜利果实吧!"

"主编,您让李子果赶紧挑一个世界五百强管理着,"袁帅耍贫嘴,"我说不准哪天就弃暗投明投奔她去呢!"

"明天我跟李冬宝去机场接她,先休整半个月,然后选一家五百强,报到！"

三个月以后。墙上的挂钟指向了中午十二点。戈玲背着包从自己办公室匆匆出来，刘向前见状连忙询问："戈姨您干吗去？"

"哦……我出去有点儿事儿！"

"中午刘老师请客——刘老师请客百年不遇——您不参加?！"袁帅急忙挽留。

"刘老师广告提成一拿，是咱编辑部首富，改天再请一回，我们也没意见！"欧小米笑着说道。

"还是聚齐了一块儿，戈姨哪能不在呢？要不然咱改明天中午！"

"不用，明天中午我也有事儿！你们去吧，别等我！哎哟我得走了，两点以前还得赶回来呢……"戈玲一边说着，一边匆匆出门而去。

吃饭时候，编辑部大家围坐在一起，唯独其中一个座位空着，缺了戈玲。

刘向前一直苦苦思忖着："我请客，戈姨不参加，别是对我有看法吧？我改成广告编辑，由戈姨领导变成Anney总领导，戈姨会不会嫌我对她不忠心？"

"主编才不这么小肚鸡肠呢！"安妮不以为然，"你们发现没有？主编最近天天中午往外跑，也不说什么事儿，神神秘秘的！"

"女儿的事儿？"何澈澈敲着筷子，"可是主编说李子果已经上班了，环境好、职位好、收入好，一切均好！"

"李大腕儿那边儿有事儿？"欧小米也猜测着，"不对啊，前两天我约采访，李大腕儿在国外没回来呢！"

袁帅忽然心里一动，显得很有把握，"我知道了！你们说主编能有什么事儿？——自己工作顺利，女儿呢学成归来，现在也白骨精了，没什么可操心的事儿！但是，请注意但是，唯一的美中不足就是个人感情问题！"

"你是说戈姨和二总……"刘向前推推眼镜，"不可能吧？"

"完全可能！"安妮十分肯定，"当初主编就说等女儿自立了再考虑，现在李子果工作了，主编没后顾之忧了，该是考虑这问题的时候了！"

"那也不应该是跟二总啊……"刘向前半信半疑。

"二总怎么啦？"欧小米看不惯，"主编跟二总性格互补，挺搭调的！"

何澈澈拥护道："偶支持二总！等待他传来胜利的消息！"

"指日可待!"袁帅煞有介事地分析着,"就冲主编这个忙活劲儿,准是取得突破了,而且据我判断,很可能已经进入谈婚论嫁阶段!主编天天中午出去干吗?说不准正装修新房呢,她得回去监工啊!"

编辑部大家半信半疑。

"没这么神速吧?不过也没准儿,瞅主编神神秘秘的,像!"

"一切皆有可能!"

安妮举起杯来,"让我们为主编和二总祝福吧!"

大家响应,一齐碰杯。

大家吃饭回来,正要开门进编辑部,只见耿二雁快步赶来,老远就笑呵呵地打招呼:"来得早不如来得巧啊!呵呵,正好你们回来!"刘向前很是惊喜:"嘿——,说曹操曹操到!"耿二雁随着大家走进来,"小戈又回家啦?这阵儿给她累够呛!"

"二总这就是您不对啦,应该您多分担点儿,别让我们主编这么累!"安妮责怪道。

"我也这么说她,我说你就尽管放手,她非不听啊!"

"到底进展到什么程度啦?"刘向前笑得狡猾。

"我这不来送这个嘛,顺便也跟你们沟通沟通……"

耿二雁从包里取出两份请柬样的东西。袁帅眼睛一亮,"我说什么来着!怎么样?请柬都送来了!日子定的哪天?"

"这星期六!"

所有人都大吃一惊。

"啊?!我预计保守啦,您这比动车提速还快呢!"

"雷厉风行,这符合二总的风格!"

"您一点儿没给我们预留思想准备的时间啊!"何澈澈飞速地掐算了一番,"嗯!星期六是个良辰吉日!"

刘向前却直接想到了最实际的问题,凑近安妮小声请示:"Anney总,您说咱随多少合适?"

"这就别组织决定啦,可以自作主张!"

"不妥吧……礼钱多少象征关系远近,如果都比着多随,容易造成恶性竞争,不利于安定团结!所以吧,我建议还是领导出面平衡一下!"

"OK！"安妮冲耿二雁一笑，"二总您稍等，我们开个小会！"

大家进到安妮办公室紧急磋商随份子问题，七嘴八舌终于有了个定论。耿二雁在外早已等得不耐烦，见大家出来，立刻嚷嚷："你们再不散会，我该走啦！我说你们文化人吧就是文山会海，多点儿事儿啊，开会开会！"

安妮双手捧着一个红包，递给耿二雁，"有情人终成眷属！我们编辑部的一点儿心意，请笑纳！""每个人具体多少，这上面都列着呢！"刘向前呈上一份清单，又取出一张五十元面值的钞票，"另外，受我父亲刘书友的委托，替他随一份儿！"

耿二雁完全蒙了，"干啥这是？这是干啥？"

"二总您就别客气啦！我父亲他们一直惦记着戈姨再婚的事儿，去世前特意把这五十块钱交给我，嘱咐到时候一定别忘了替他随上！"

耿二雁越听越糊涂，"咋回事儿？小戈再婚？跟谁再婚呀？"

"当然跟您啦！您这不结婚请柬都送来了吗？！"

"大喜日子也都定了——这星期六！"

耿二雁这才听出端倪，连忙解释："嗨！驴唇不对马嘴！谁说结婚啦？这哪是结婚请柬啊，这是星期六演唱会门票！让小戈带李子果去散散心！"耿二雁从大红信封里抽出来的，果然是演唱会门票。这回，轮到编辑部大家傻眼了。

"我就说嘛，怎么可能呢？！这快赶上闪婚了！"刘向前甩甩手。

"敢情是诈和！"何澈澈觉得没趣儿。

耿二雁立刻补充声明："不过你们别着急，喜酒早晚请！要不是这阵子李子果的事儿让小戈闹心，我还真就送交结婚提案了！"

人家有点儿纳闷。

"李子果……有什么可闹心的？"

"那么大一闺女，成天在家待着，照你们话说叫宅女，小戈能不闹心嘛！"

"不对啊！"袁帅疑惑，"李子果不是上班了吗？世界五百强在家办公？"

"她是想进没进去！"耿二雁说明情况，"没进去没关系，咱去别的公司应聘试试，她不，两家跨国公司没录用，这孩子就往家一待，还哪儿也不去了！你说急人不急人？"

安妮对此有所体会，"留学生求职一开始都有心理落差，先是志存高远，其实是好高骛远，让她调整一段时间就好了！"

"小戈开始也这么想，待一阵儿就待一阵儿，可发现不这么回事儿——李子果大门不出二门不迈，衣来伸手饭来张口，瞅这架势就准备宅下去啦！小戈为啥天天中午往出跑？回家给李子果做饭去！"

大家至此才恍然大悟。

"我说主编怎么神神秘秘的呢，敢情是自有苦衷！"

"她是怕你们笑话呗！其实这有啥？别一个人憋在心里，跟大伙唠唠，还能一块儿出出主意呢！"

"我们大学同学，有到现在还没上班的，一开始是没找着理想的工作，到后来干脆就对工作没兴趣啦，有工作也不做，就是在家宅着！"欧小米举例子。

"那谁养活他？"刘向前问。

"父母呗！这叫啃老族！"

何澈澈已经迅速从网上查到词源出处，念道："啃老族也叫尼特族，这个词最早出现于英国，意指具有谋生能力但主动放弃工作机会，赋闲在家，衣食住行全靠父母，并且花销不菲的年轻人。有人是这样形容啃老族的——一直无业，二老啃光，三餐饱食，四肢无力，五官端正，六亲不认，七分任性，八方逍遥，久坐不动，十分无用。"

大家意识到问题的严重，"真够主编挠头的！咱得帮她想想办法啊！"

耿二雁嘱咐："小戈好面子，你们可千万别说是我……"话音刚落，戈玲就出现在门口，屋里立时鸦雀无声。戈玲扫视着大家，忽然叹了口气。

"我都听见你们刚才说的啦……"

耿二雁唯恐戈玲怪罪，"小戈，我这是替你着急，可不算泄密啊！"

"耿慕白，我暂不追究你责任！"

耿二雁呵呵乐了，把门票递给戈玲，"带李子果去听听演唱会！场地票，老贵啦！"

"场地票？人家自个儿订的贵宾票，四千八百八十八！"

众人咋舌。

"真敢出手啊！"欧小米感叹。何澈澈也惊着了："比我还月光呢！"

"都多大了还花家里钱？"耿二雁听着生气，"早该给她断奶啦！让我说小戈，都是你惯着的！"戈玲一肚子委屈、郁闷，"我哪儿惯着啦？当初我非要女儿抚养权，就是怕李冬宝惯着她，养尊处优地成了富二代，孩子不就废了嘛！现在倒好，没成富二代，成啃老族了！早知道这个，当初我何必节衣缩食培养她出国留学呢?！"

"啃老不是个别现象，"刘向前说道，"现在30%年轻人靠啃老，65%的家庭有啃老现象，关键是其中一部分家庭并不富裕！"

"给李子果一些时间，相信她能调整过来！"安妮安慰道。

"我都快急死啦！一开始找工作，统统瞄准世界五百强，就这还挑三拣四呢！"

"小戈你也别光赖孩子，你也没起啥好作用！"耿二雁单刀直入，"要没你煽风点火，李子果能尾巴翘上天?"

"我也没说逃避责任啊！是，一开始我没起到正确引导作用，我不该跟她一块儿好高骛远，可后来发现情况不对，我就及时幡然悔悟啦！我给她重新定位，我说咱别放眼世界了，还是立足中国吧，好不容易托关系找了一家国企，李子果去了没两天就再不去了，说是侮辱她智商！"

"也许她确实不适合那工作呢……"欧小米小心说着。

"那你适合哪个工作你说！我们给你找！我追着问，李冬宝也追着问，实在搪塞不过去，李子果说了——工作没劲儿，不想工作！她还真说到做到，从那以后，闭口不提工作的事儿，就在家一猫，除了睡觉就上网！"

"说白了就是高不成低不就！"耿二雁更生气了，"要是我亲生闺女这样儿，我就不管她饭，饿她三天三夜，不信治不了她！"

"就这我还怕她出点儿什么事儿呢！每天中午要是不回去看看吧，这一天都提心吊胆的！我开始以为她整天宅着，不出去工作起码也不出去花钱啊，哪知道这姑奶奶根本没闲着，网上购物，卡上钱哗哗地，不到一个月就光了！"

正说着，一名送货员出现在门口，手里托着一个盒子问："您好！请问哪位是戈玲?"戈玲一看是送快递的，狐疑起来："我没订东西啊……"

安妮反应很快，当即联想到了李子果："别是李子果给您订的吧？什么东西?"

"连衣裙。"

戈玲恍然大悟："准是她！她昨天说我这裙子OUT……不对啊，她支付宝上没钱了啊！"

"您这是货到付款。两千二。"

328

戈玲眼睛都瞪圆了，"两千二?"

"李子果一片孝心啊!"刘向前点点头。

"我用她?! 就是胡作!"

"您别着急，"安妮安抚道，"要是真不想要，他们可以无理由退货!"

"真的?"

"您在这儿签个字就行!"送货员态度挺好。

"谢谢! 谢谢!"

送货员走了以后，戈玲又发感慨:"我这是上辈子做什么孽了，老天爷这么惩罚我?!"

一直没说话的袁帅忽然有了个主意，"主编，这事儿不能操之过急，要分几步走。第一步是先让李子果走出家门，融入社会。所以吧，您想法儿把她弄到咱编辑部来，体验体验职场是怎么回事儿，我们再一块儿帮您做工作，兴许能成!"

"Very good!"安妮很是赞同，"关键是帮她重新树立信心，焕发激情!再说了，这样儿每天在眼面前，省得您惦记着，就不用天天往回跑啦!"

"我看行! 死马当活马医呗!"耿二雁也同意。

"耿慕白!"戈玲冲耿二雁一瞪眼，转而又思忖着，"要不就……试试?"

为了动员李子果来编辑部体验生活，戈玲磨破了嘴皮，李子果总算答应了。按她的理解，此行是到《WWW》参观指导。

在热烈的掌声中，戈玲陪同李子果出现在编辑部。编辑部大家列队欢迎，袁帅煞有介事地举着相机啪啪拍照，弄得气氛相当热烈。

"李子果，我给你介绍一下……"

李子果本来恹恹的，见此情景也来了精神，"不用介绍，我都认识!嗨——，你们好! 我的中文名字叫李子果，叫我果儿就行!"

"这孩子挺本色的啊!"袁帅眼前一亮，对安妮说，"人家也是海归，就不像你中英文乱炖一锅出!"

"你们中国不是英文不普及嘛，还得亲自给你们翻译，太累!"

听李子果这么说，众人皆无言以对。

"听主编说你天天在家待着，多没劲儿呀?出来走走看看，这几年变化挺大的!"欧小米循循善诱。

"有什么意思啊？一出门儿，乌泱乌泱全是人！你们中国就这点儿特别不好，环境太差！还有空气、水！"

"对不住啊，我们中国让您水土不服了！"袁帅心里不太对味儿，改夸安妮，"你还真没'你们中国'，多么可贵啊！"

安妮岔开话题："我携编辑部全体同仁，欢迎你的到来！"

"其实不用这么隆重，我也就是来给你们介绍介绍国际动态、指导指导工作、让你们跟国际接接轨！这是我应该做的！"

戈玲连忙对女儿使眼色提醒："李子果……"

"Mom您放心，我保证做到三无——无私无偿无保留！只要我发现你们的管理弊端，我会知无不言、言无不尽的！"

编辑部大家不置可否，只有刘向前跟李子果搭讪："你确实早就应该来！你从国外学那么多东西，可谓国际精英，不人尽其才多可惜啊！"李子果如遇知音，感慨起来："唉——，还是向前叔叔理解我……"

"别叔叔啊，我跟你妈妈叫戈姨，咱俩平辈儿，叫我哥哥就行！"

"向前哥哥……我叫着怎么这么别扭呢？"

"我们听着更别扭！"袁帅干笑。

"果儿，待会儿再跟你向前哥哥深谈，我先带你参观一下我们编辑部！"

在安妮等人陪同下，李子果四下里转着看，一边发表评论。

"Mom老说《WWW》是大刊，敢情就这么点儿规模？！太让我失望了！就这办公环境，怎么跟国际接轨？《TIMES》我去过，人家那编辑部，哇噻，酷毙啦！Mom，让Dad给你们拉点儿赞助，整层楼包租！"

众人无不咋舌。

"哎呀，太好啦！赶紧请李大腕儿发挥一下影响力！"

"是发挥想象力！谨供想象！"

"你们这形象跟国际也不接轨！这不行！"李子果又指出问题。

"古老的东方有一条龙，我们都是龙的传人，黑头发黑眼睛黄皮肤，果儿咱就不接轨了行吗？"袁帅哀求。

"五官不好接轨，着装可以接轨啊！做媒体都应该是时尚达人！帅哥哥你这衣服太不搭了！要穿品牌，品牌即品质！"李子果瞥一眼欧小米，又打量着安妮，"这牌子前几年算一线，现在已经OUT了，赶紧换！"

李子果停在何澈澈面前时，总算点了点头，"你还算潮，再接再厉吧！

对向前哥，我就不忍评论了……"

见大家都很尴尬，戈玲只得再次提醒女儿："李子果你别下车伊始就咿里哇啦，我是让你来学习的，别动不动就指手画脚！"李子果颇不服气："我又不是实习生！你们要是不需要我提供咨询指导，那我回家！Bye—！"说完转身就往外走。安妮连忙劝阻："果儿别走别走！去我办公室，我有好多问题得咨询你哪！"

安妮暗暗向众人使个眼色，拉着李子果进了总监办公室。戈玲气恼而无奈，"看见了吧？真拿她没辙！"

"您放心，我们软硬兼施，一定把果儿留住！"袁帅倒是信心百倍。

李子果来到安妮办公室，大模大样坐在沙发上，等着安妮咨询。

"Anney姐姐你倒是赶紧咨询啊，我这满腹经纶都迫不及待啦！"

安妮搜肠刮肚使劲儿想："我跟你咨询点儿什么呢？……哎有了——请问，这沙发坐着舒服吗？"

"还行！您就咨询这个？太简单了吧?！哦我知道了，这是心理测试，现在国外特流行——如果回答舒服，那就是小富即安；如果回答不舒服，那就是挑三拣四！"

"没这么复杂，有人说这沙发坐着不舒服，我想知道到底舒服不舒服，好决定是不是换沙发！"

"先易后难，继续！你接着咨询！"

"好，我接着咨询……那你说我接着咨询什么？"

"就是关于你们编辑部大政方针什么的！"

"大政方针党中央十八大都制定好了，就不麻烦你了！这一时半会儿还真想不起咨询什么，我看这样吧，这段时间你就每天来编辑部，我遇到问题可以随时随地向你咨询，你看如何？"

不等李子果说什么，袁帅推门进来，"我看Very good！果儿你必须得来！我知道你是管理世界五百强的水平，可我们编辑部也亟须提高管理水平啊！管理它们之前，你先受累管理管理我们，我看好你！"

"我不惦着去管理它们了，没劲儿！"

"你得去啊！你不管它们不乱了嘛！再者我早说过，等你管理世界五百强了，我还得前去投奔你呢！你不管它们啦，我投奔谁去？"

"要不为了你，我将来就去管理管理它们？"

"必须的！反正咱也不急，你正好利用这段时间考察考察本人！"袁帅大功告成。

这时，欧小米、何澈澈一齐进门来。

"你们咨询完了吗？我还得咨询呢！果儿，我们娱记跟明星大腕儿打交道，特累！你就不一样啦，有李大腕儿罩着，他们都得给你面子！"

李子果把手一挥，"这好办，我跟他打招呼，帮你打通通道！"

"太好啦！所以说缺你不行！还有，我觉得你刚才说得句句在理，要穿品牌，要不你给我推荐几个！"

"千里之行，始于足下，要从脚开始。告诉我，你穿多大码的鞋？"

"三十七！"

"OK！回头我找你！"

"果儿你不能走！"何澈澈煽风点火，"我在编辑部年龄最小，一直苦于无人沟通。现在终于出现了你这样的同龄人，咱们九〇后力量空前壮大，眼看就要成为咱们的天下，你哪能走呢？"

面对众人的盛情挽留，李子果自然动心，"也就是说，你们都需要我？"

"需要！"众人一齐。

"你们都离了我不行？"

众人一齐："不行！"

"还是群众觉悟高，既然这样，那我还是顺从民意吧！"此时，戈玲、刘向前迫不及待地推门进来。

"都别慌！"刘向前大手一挥，"我来做她思想工作，动之以情晓之以理！果儿，你不能走啊……"

"向前哥哥，果儿已经决定留仕了！"

"真的？你们怎么说服她的？真不简单！谢谢谢谢！"

戈玲很惊喜，刘向前很遗憾，"我这唇枪舌剑还没来得及发挥呢……"

对戈玲来说，女儿走出家门不宅了，这就是初步胜利。不料，编辑部有了李子果，局势有点儿乱。

这天，李子果踌躇满志地向大家宣布："为了不辜负你们对我的期盼，我决定小试牛刀，给《WWW》起草一份《五年发展纲要》！"说罢，李子果大模大样坐在沙发上，拿出笔记本电脑，忽然发现桌子上有灰尘，"Mom！

擦擦这儿!"

戈玲习惯性地答应一声,颠颠儿要去拿抹布,忽然想起不对劲,"怎么还跟在家一样啊?"

"过渡!过渡阶段!"刘向前善解人意,主动拿来抹布,吭吭哧哧地擦桌子,"果儿你看行了吗?"

"这儿!这儿!"李子果检查得很仔细,不放过一丝瑕疵。等刘向前返工过后,李子果才点头认可,"OK!谢谢向前哥哥!"

随后,李子果打开电脑,又吩咐:"Coffee—!"话音刚落,袁帅已经端着一杯咖啡过来。他打着领结、系着围裙、肩搭餐布,俨然一西餐厅服务员。"来啦——!"咖啡放到李子果面前,"请问您还需要什么服务?"李子果赞赏道:"看人家帅哥哥,就是绅士!要不然Anney和小米姐姐都喜欢你呢!"

"果儿妹妹,这话我爱听!"袁帅心花怒放,从围裙口袋里掏出中午工作餐菜谱,"咱爱吃什么点什么!加一果盘,哥哥我请你!"

李子果漫不经心地瞥着菜单,忽然变得一本正经起来,"你们怎么都是食肉族啊?!太OUT了!现在素食最IN,我早就素食啦!"

"你也动物保护?"安妮问道。

"这是其一。其二,拯救地球!你们知道吗?美国宇航局卫星资料显示,北极冰层厚度在急剧减少,有可能在两年后完全融化,还有南极呢,还有冰川冻土呢,都化了,海平面哗哗上升六米,纽约、孟买、上海立刻消失!同时全球变暖,暴雨、暴雪、洪水、飓风、干旱、酷热、酷寒……"

"这跟中午工作餐吃不吃肉有什么关系呀?"刘向前搞不懂。

"低碳生活啊!地球为什么变暖?碳排放!目前全球二氧化碳浓度是380ppm,逼近警戒线。生产一公斤牛肉,产生36.4克二氧化碳;做一个汉堡,相当于砍掉厨房那么大一片热带雨林;吃一块牛排,对地球变暖的影响,相当于一辆汽车行驶两英里!"

众人不禁动容。

"这么一说,吃肉基本等于犯罪!"安妮惊呼。

"那像我这天天吃肉的,都二十多年的惯犯了。"欧小米自我谴责,"我、我也太罪恶滔天啦!"

何澈澈真切问道:"现在立功赎罪还来得及吗?"

"那就像我一样当素食者，素食者耗费资源只是肉食者的二十分之一！从今天开始，都不许吃肉！"李子果提议。

"说这么热闹，你自己吃素才多长时间?"戈玲不以为然。

"都二十多天啦！"

袁帅、安妮、欧小米等人哑然失笑。

"果儿，在环保意识方面，咱们俩已经走在了他们前头！"刘向前很得意，"为了低碳环保，我就是不开汽车，坚持骑电动车，累计行程五万公里，相当于保护了多大面积的森林? 回头我得好好算算！"

李子果愈发兴致勃勃："我也不过就是个先行者，我会帮助你们提高环保意识的！像什么碳排放、新能源、厄尔尼诺、莫拉克台风、哥本哈根会议、京都议定书，趁我在这儿的时间，什么不懂赶紧问，我不吝赐教！"

午餐时间，编辑部大家围坐在一起边吃边聊。远远地，李子果正在打电话。戈玲心事重重，无心吃饭，"这孩子就是眼高手低，拯救地球热情挺高，怎么不想着拯救拯救自个儿呢? 可愁死我了！"安妮好言劝慰："虽然有好高骛远之嫌，但起码说明她并没丧失激情，关键要让她感兴趣！而且她富有公益心，这得肯定！"

袁帅同意："对！在低碳环保方面，果儿值得我们学习！"刘向前赶忙邀功："我是最早提出这个倡议的！"

"她这是赶时髦！"戈玲无可奈何，"张口低碳闭口低碳，她说这叫Fashion！"

"环保和时尚结合起来，也没什么不好啊！""我认为是good idea！这样儿我们接受起来没障碍！"欧小米与何澈澈也赞同李子果的做法。

"你们就顺着她吧，她尾巴更得翘上天啦！"

戈玲发愁地看着李子果打完电话，雀跃着过来，"小米姐姐，冬宝李的最新消息你要吗?"

"我是无比敬业的当代娱记啊！"

李子果凑到欧小米耳边，低语了几句。见欧小米惊讶得圆睁双眼，袁帅连忙打听："李大腕儿德艺双馨从没绯闻，这回是不是也破了金身啦?"

"去！下周果儿生日，人家李大腕儿要送她一辆阿斯顿马丁！"

众人都啧啧惊叹，戈玲却生气了，"我怎么给你规定的? 不许跟你爸要钱要物！"

"不拿群众一针一线，您以为三大纪律八项注意呢？"李子果不以为然，"他是我Dad！十六岁那年我在英国上学呢，你们没给我举办成人礼，现在Dad说给我补上！"

"那就非得买豪车？"

"什么就豪车呀？不就代步工具嘛！"

"它当代步工具有点儿冤！"袁帅咋舌。

"你不口口声声低碳吗？"戈玲质问，"真低碳人家压根儿不开车！"

"真OUT！一个骑脚踏车的肉食者不比一个开吉普的素食者更环保！"

"你强词夺理！我说不过你，我找冬宝李去！"

饭后，袁帅殷勤地把一杯咖啡端到李子果面前，"果儿，Coffee！"

"谢谢帅哥哥！"

"跟我还客气什么？想想还有什么要帮忙的，现在就跟哥哥说！你想想……"袁帅暗示。

"没想起来什么……"

"你再想想！……"

李子果绞尽脑汁，"真想不起来……"

"那我就被迫不再含蓄了——"袁帅直话直说，"话说阿斯顿马丁不日到货，But你有驾照吗？"

"我有英国驾照，右舵的。"

"对啊，就是祖国交警不管，你自己也不敢上路啊！"

"考中国驾照一时半会儿也来不及……这怎么办呀？"

"关键时刻哥哥挺身而出，"袁帅施计成功，"把阿斯顿马丁交给我，我给你当司机！"

李子果还没说什么，欧小米出现了，"交给他，果儿你坐着放心吗？为了保障人车安全，我决定舍命陪君子！有陪酒的、陪嫁的、陪读的，我就陪坐啦！"何澈澈也凑了过来，"为了进一步提高安全系数，还需要一名副驾驶兼保镖，舍我其谁?!"

"那车好像是二人座的……"李子果有点儿为难。

"那你得让李大腕儿照会厂家，订制一四人座的！"袁帅赶忙说。

"还有我呢！"刘向前来迟一步。

"实在对不住刘老师，您低碳，骑电动车尽量跟，跟得上就跟，跟不上也别勉强！"袁帅说道。"唉……还是现在孩子们条件好。"刘向前感叹，"当年我爸爸要是腰缠万贯，我也富二代我也啃老族！总而言之，时代进步了！"

此时，安妮、戈玲并肩站在门里，目睹这番情景，互相交换目光。

"我发现近来编辑部风气有点儿不对啊……"安妮意味深长。

"都是让李子果闹的！本来是让大家帮助教育她的，没承想反被她给拐带坏了！刚才我给李冬宝打电话，他还满不在乎，我跟他急了！"

"可见当前各种诱惑之多，诱惑力之强，也就不难理解李子果们为什么甘当啃老族了！"

"好在邪不压正，我们要相信群众，把握好导向，弘扬正气！"戈玲挥舞着手臂，给自己打气。

话是这么说，可是戈玲心里也没底。正苦于无从下手，峰回路转，出现了一个契机。这日编辑部正在开会，电视里播放着地震灾区的相关报道，大家神情严峻。

"要不是看到最近的报道，我们大家可能已经忘了那场大地震。地震过去好几年了，但是灾区重建仍然任务艰巨，灾区人民仍然承受着不幸。"安妮很感伤。

"昨晚上看报道，我心里特别难受，擦眼泪用了一盒纸巾……我提议咱们大家给灾区捐款！"戈玲提议。

"响应！"袁帅掏出钱包里所有钱连整带零，一分不剩。

"我捐两份儿！连李子果的！这孩子，我还说让她来受受教育呢，结果一早儿就没影儿了！"

这时，电视里的报道引起了大家的注意，"……我现在是在红十字会为您进行报道。一方有难，八方支援。今天一早，红十字会收到了一笔捐款，金额是十万元，特别值得说明的是，捐款人是一名九〇后……"

编辑部大家啧啧赞叹。

"看人家孩子，也是九〇后，多有社会责任感多有爱心！"戈玲羡慕。

"一捐就十万，跟人家一比，我这也忒寒酸啦！"袁帅自觉惭愧。

"咱已经力所能及了，不在金额多少，关键是心意！"刘向前说道，"哎，一九〇后哪来这么多钱？一准是富二代！"

"那也是榜样级的富二代！富二代要都能这么有爱心，幸甚！"

"终于给我们九〇后正名了！"何澈澈大呼痛快。

大家一边讨论，一边关注着报道，"……这位捐款人很低调，婉言谢绝了我们的采访……"只见电视画面上，记者追着捐款人要采访，对方回过头，摆手谢绝。就在她回头的瞬间，编辑部大家惊愕地认出是李子果。

惊愕之下，戈玲一口气没上来，差点儿噎着。刘向前连忙替她捶背顺气，欧小米急忙端来一杯水。戈玲幽幽地吐出一口长气。"十万啊，谁不心疼啊？戈姨攒这点儿钱不易啊！"刘向前觉得心疼。

"果儿真可爱！"欧小米夸奖道，"好多人即便有这十万块，也留着自个儿消费，才不会捐出来呢！"

"果儿奉献爱心值得肯定，但最好是跟父母商量一下，量力而行！毕竟这还不是她自己的钱……"安妮评价道。

"说不心疼是假的，毕竟是工薪阶层，收入有限。"戈玲顿了顿，"不过我也挺欣慰的，原来我总认为他们九〇后自私、冷漠，现在看来这是偏见！"

话音未落，李子果走进了编辑部，出现在大家面前。对于捐款的事，她显然并不觉得有什么大不了的。

"Mom您放心，这钱我跟Dad说，记我账上，从成人礼花费里边扣除！"

接下来，编辑部派人赶赴灾区深入采访，李子果要求一同前往。戈玲怕她去了添乱，但又拗不过，只好答应。一周后，安妮、袁帅风尘仆仆地回来了，却不见李子果。"李子果呢？她没回来？"戈玲问。

袁帅、安妮笑而不答。

"她去别地儿旅游啦？"戈玲猜测，"我知道她就是几分钟热情，怎么样？还抗震救灾呢，捐父母钱大手大脚，真要自己拿出实际行动来，就指望不上啦！"

安妮拨通了一个电话，"果儿，还是你自己跟Mom说吧！"安妮按了免提，示意戈玲接电话。

"果儿你跑哪儿玩儿去啦？明天就你成人礼了，你赶紧给我回来！"

"Mom，我会回去的，不过不是现在，我决定暂时留在灾区，因为这里需要我！我现在很忙，回头再给您打电话……噢还有，我已经通知Dad取消成人礼了，不是取消，是改在了这儿，这儿才是最适宜举办我成人礼的地方！哦我得去忙了！Mom，我爱你！"不等戈玲说什么，李子果那边就匆匆挂断了电话。戈玲呆呆发怔。

"灾区之行对果儿触动很大，她几乎变了个人！那边儿搭建的临时学校缺英语老师，所以果儿决定留下！"袁帅解释。

"我有话跟她说！"戈玲催促袁帅拨电话。安妮急忙劝说："主编您还是应该尊重她的决定……"

"不是，我要告诉她——好女儿，我也爱你！"

"我们也想这么告诉她！"欧小米兴奋地说。

这时，袁帅已经再次拨通了电话，传出李子果的声音："喂？"

编辑部大家凑过来，一齐高喊："果儿，我们爱你——！"

十六 再过二十年，我们来相会

"年轻的朋友们，今天来相会，荡起小船儿，暖风轻轻吹……"早晨上班时间，刘向前哼着歌进了编辑部。大家见状，与刘向前打趣，"刘老师今天这么高兴，别是体育彩票中了五百万吧?"

"不会的! 要那样刘老师不会这反应，肯定被馅饼砸晕，直接送医院了!"

刘向前心情颇佳，"是我们大学同学要聚会! 毕业二十年了，五湖四海，天各一方，如今重又聚首，我怎能不心潮澎湃? 怎能抑制住内心的激动?!"

由此，大家的讨论话题从婚礼转向了同学聚会。欧小米很感慨，"我们毕业刚一年，有的同学就不怎么联系了。还是你们二十年前好，同窗之情好像特别浓!"戈玲走出来，把一份清样交给何澈澈，"毕业二十年了，同学们还能聚到一块儿，真挺难得的!"

刘向前陷入深情回忆: "当年毕业，正是桃红柳绿的季节，风华正茂的莘莘学子，在奔赴祖国四面八方之前，依依惜别，唱的就是这首《年轻的朋友来相会》! 我们发了毒誓，再过二十年，一定来相会! 那时候觉得二十年非常非常遥远，哪承想一转眼就到了! 什么叫时光荏苒、岁月如梭啊? 澈澈、欧小米你们不懂，说了你们也不信，等你们信了，也就到我这岁数了……"

"澈澈……太恐怖了!"

"您还是把表拨慢点儿，让我们多年轻几年吧!"

"我也年轻过，不是说你们，我们那时候比你们现在狂! 那是八十年代，正是风起云涌激情燃烧的岁月——"说着，刘向前朗诵起来，"恰同学少年，风华正茂; 书生意气，挥斥方遒。指点江山，激扬文字，粪土当年万户侯。曾记否，到中流击水，浪遏飞舟?"

戈玲表示赞同，"八十年代年轻人有那么一股劲儿，让你们现在说就是囤！可我们理解是纯粹！"

安妮从自己办公室出来，把客户资料交给刘向前，一边上下打量他，"你们发现没有？刘老师今天精神状态跟平时不一样，说话嗓门粗了，眼神也亮了，气宇轩昂的！让澈澈给算算，肯定运势正旺，赶紧一鼓作气，把这单广告签喽！"

刘向前接过客户资料，向安妮表决心，"您放心，绝对搞定！"袁帅笑看着刘向前，"看这派头，当年刘老师肯定是校园达人啊！"

刘向前得意之情溢于言表，"在事实面前，我不得不承认，确实如此！大学期间，本人五讲四美三热爱，德智体全面发展，得到了老师和同学们一致赞扬。在他们强烈要求下，我先后担任了副小组长、小组长、生活委员、副班长、常务副班长、代理班长，最后青云直上，终于成为班长！"

"真是一步一个脚印！原来您也有官运亨通的光荣历史，以前怎么一点儿没透露呢？"

"低调，做人要低调！"

"这我们得埋怨您，您潜伏得太深了，我们眼睛这么雪亮，愣被您蒙蔽住了！"欧小米一贯的口吻，"您低调不要紧，失去了向您学习的机会，尤其我们青年人坚决不答应！"

刘向前谦虚，"互相学习！互相学习！"

何澈澈走上前来，抓住刘向前的手，仔细研究他的掌纹，"您的早期情感线挺乱的，说明您有过剪不断理还乱的情史——我算得准不准？"

袁帅搭腔了，"这还用算嘛，刘老师那么出类拔萃，肯定跟我有同样的遭遇，遭到大批女生穷追不舍！是不是刘老师？"

刘向前愈发得意，"八九不离十吧！当年我收到的情书，总计十二万六千三百六十五字，重八斤一两——其实是八斤二两半，收废品的故意缺斤短两，我爸爸后来知道上当受骗了，一怒之下才添置了一个弹簧秤。"

"八斤二两半，"欧小米比画着八字，"多么沉甸甸的爱情啊！"

"这得多少女生多少封情书才能凑够分量啊？"安妮搭讪，"刘老师，这里面肯定有聂卫红的作品吧？"

"没有没有，她根本不是我们班的！这些情书基本都出自同一个花季少女之手，我还记得她芳名叫作美艳……"

"那绝对是个才女！"戈玲感叹，"十二万多字，洋洋洒洒，够一部长篇巨著了！"

安妮怀疑起来，"刘老师，如此一位才貌双全的女子，对你又一往情深，可你偏偏没跟她终成眷属——不用问，你肯定是对人家始乱终弃！"

刘向前急忙解释，"Anney总，我没乱她！真没乱！我们那时候多纯洁啊，顶多就是眉目传情一下、脸红心跳一下，哪像现在人啊，你不乱说明你不正常！其实我特后悔，思想太不解放了，还不如就……"

发现三个女人都对自己怒目而视，刘向前把后边话咽下去了，"我是说我这人在生活作风上经得起考验，青春期都没犯错误，以后基本也就没有犯错误的机会了！"

戈玲点头称是，"这点我相信向前！这方面他随他父亲刘书友，胆儿小！"

何澈澈很淘气，"主编，您是说刘老师有贼心没贼胆吗？"

"这孩子，日益学坏了啊！就让袁帅给带的！"

袁帅没理会，"我先不鸣冤叫屈，我现在最着急想知道的是，刘老师您怎么放着绝代佳人美艳不娶，娶了聂卫红我嫂子呢？"

刘向前很是感慨，"初恋时，我们不懂爱情。一毕业，劳燕分飞，美艳分配到南方，我在北方，活活地棒打鸳鸯散！再后来，一个叫聂卫红的花季少女出现了，并捷足先登，一举占有了我！"忽然，刘向前变得紧张起来，"刚说的这些情况仅限于内部参考，注意保密，严禁外传！尤其不能让聂卫红同志耳闻！Anney总，为了引起大家重视，要不您当作一条纪律宣布一下？"

"你放心，这点儿思想觉悟大家还是有的！再说了，聂卫红同志也不至于这么小肚鸡肠，除非你想旧情复燃……"

刘向前坚决摆手，"没有没有！那不过是一段美好的回忆，将永远珍藏在我心灵的某个角落！一个人不可能第二次蹚进同一条河流。我是蹚过女人河的男人，刚上了岸，不想再蹚回去啦！"

戈玲感慨，"物是人非啊！二十年了，变化多大啊，说不定你们老同学见面都不认识了！"刘向前认真思忖着，"你们说，我应该以什么形象出现在老同学面前？"

"什么形象？老同学聚会，又不是走秀，你是什么形象就什么形象呗，要再改头换面，他们更认不出你啦！"

刘向前却摇头，"不行，说不是秀也是秀，我是焦点人物啊，老同学们对我的出场都很期待，包装还是很有必要的！"

安妮对此表示赞同，"顶你！讲究仪表也是对他人的尊重嘛！刘老师你想怎么包装？"

"具体怎么包装我没想好，但是主题比较明确，就是要折射出本人二十年来的发展成果——二十年过去了，本人与时俱进，已经摇身一变成为时代弄潮儿！要把这个折射出来！"

"这个挺好折射的！"何澈澈抬起头，"如今的时代弄潮儿都是腕子上戴金劳、脖子上挂金链、胳肢窝夹手包，小富即安的标准行头！"

刘向前点头，"倒是挺像成功人士的！"

"那是暴发户！"安妮一挥手，"我们是Media——媒体人，站在文化与时尚最前沿，我们本身就是潮人，要把我们的风采展示出来！其实很简单，我建议你选一套西装，搭配白衬衣、黑皮鞋，永不过时的经典，OK了！"

"我就说嘛，包装不是伪装！"戈玲发表看法，"不过我觉得中国人还是适合穿唐装，正好当年你是一班之长，这样儿显得成熟稳重，有领导风范！"

见袁帅在一旁故作矜持，欧小米提醒大家，"专业造型师有话要说！袁大师请——！"

"不就是一场秀吗？不就是打造吗？我给刘老师弄一精包装，让你们看看什么叫专业造型！什么叫艳压群芳！"

袁帅把刘向前带到摄影棚进行包装，大家堵在门口，等着一睹刘向前的新造型。安妮看看表，"差不多了，该弄好了吧？"话音刚落，屋门一开，袁帅出现在门口，"请——！"

大家争先恐后地蜂拥而入。袁帅啪啪地击掌两下，顶灯随即熄灭，只有几盏射灯营造出秀场气氛。随即，刘向前从屏风后闪了出来，只见刘向前装束前卫搞怪，类似混搭风格，头发抓得极凌乱，眼神酷酷的。

见大家瞠目结舌，袁帅颇为得意，打了个响指，向刘向前示意，刘向前如同男模走秀一般，直眉瞪眼地径直冲大家走来。

大家吓得发一声喊，转身就逃。

关于刘向前的造型，大家集思广益了半天，最终刘向前还是要回家等聂卫红最后拍板。聚会的日子马上就快到了，刘向前到底将以何种形象出现，大家巴不得快点儿揭晓。一早上班，大家就议论刘向前的事。

"听刘老师说，聂董祖上开过裁缝铺，"何澈澈对安妮说，"所以她在这方面超自信！"

"我的My God！"袁帅在胸前画了个十字，"她不会用祖传缝纫机给刘老师砸一褂子吧？"

"量体裁衣，我看也没什么不好！"欧小米看了一眼袁帅。

这时，门口突然出现一名男子。此人身穿黑色束腰皮半大衣，戴黑皮手套，一副墨镜，黑色礼帽帽檐压得很低，酷似德国盖世太保。他表情严峻，一语不发地站在门口。编辑部大家互相瞅瞅，显然都不认识来人。袁帅警觉地迎上前去，询问对方来意，"您好！请问您……有事儿？"

来人也不回答，而是迈步长驱直入。大家摸不清来人意图，都很紧张。安妮迎上去，"先生！您到底有什么事儿？"袁帅补充，"要是有什么误会，咱们有话好好说……"

对方不苟言笑，缓缓摘下礼帽和墨镜，露出本来面目，原来是刘向前，大家一阵惊呼。

"向前你！"戈玲笑了，"你再晚点儿我就打110了！"

"我说呢，盖世太保来我们编辑部干吗？"袁帅耍贫，"咱这儿也没犹太人啊！"欧小米嚷嚷："您再次把我们雪亮的眼睛蒙蔽住了！哎，这真是嫂子用缝纫机给您……"

刘向前很满足很得意，掏出手机拨号，"稍等稍等！汇报一下！喂，聂董，我小刘！效果达到了！就是你奋力追求的效果！……啊……啊……所以遗传这东西是厉害，谁让你天生就有服装设计基因呢？着实让人十分嫉妒……"

编辑部大家面面相觑，不置可否。刘向前挂了电话，"我发现卫红原来相当有魄力！在家把情况一汇总，卫红当即就明确了指导方针——那就是在这事儿上不能心疼钱，为了人前显贵，就得一掷千金！就得挥霍！"

戈玲重重点头，"这确实改变了你们刘家的家风！当年刘书友同志那副套袖，让全国人民都刻骨铭心！"

"改革嘛！应该说，在这项改革上，卫红走在了我前头！在她带领下，我们连夜深入各大商场，花钱如流水，终于让我从头到脚焕然一新！"

何澈澈适时地提出问题，"您也跟我们似的'月光'啦？"

"光倒没光，我毕竟比你们有底蕴。不过这件皮衣花了我一千多，这是有史以来我在服装上的最大投资！"

"这说明你改革还不够Completely，"安妮指着自己，"我这件小开衫还一千多呢！"

对刘向前这身装扮，袁帅感到匪夷所思，"现在都什么季节了，您还皮衣，惦着捂痱子？"

袁帅这么一说，刘向前显然也觉得热，立刻拿起纸板扇凉，"是有点儿热……这里面还有棉衬呢，我卸下去了。这皮衣多值啊，除了夏天，春秋冬能穿三季，划算！买一套西装，像样的得上万，平时又穿不着，不像皮衣，我上下班骑车，挡风啊！比较来比较去，这件皮衣性价比最高！"

欧小米接着问，"除了实用，您刚才说聂董追求什么效果来着？"

"要达到这样的效果——明天聚会，本人一出场，老同学们第一反应是眼前一亮，第二反应是自惭形秽！"

何澈澈开玩笑，"眼前一亮不敢保证，眼前一黑应该没问题！"

"我们的指导思想就是要出其不意、攻其不备！现在男的不是西装就是夹克，要不就是唐装，太普通，显不出我与众不同来！Anney总说得正确，我们Media是潮人，"说着，刘向前戴上墨镜、礼帽，"我这样是不是很潮？"

众人无语。

星期一的早晨，袁帅和欧小米几乎同时抵达停车场。两人熄火，下车。欧小米摘下摩托帽，"星期一堵得厉害，你可从来没这么早过！"袁帅斜睨着欧小米，"你不也一样?！一大早赶场，想知道刘老师参加同学聚会的下落……"

二人快步走进编辑部，发现只有何澈澈一人，"哎，澈澈……"不等袁帅说完，何澈澈抢先说出他后面的问话，"刘老师还没来？——今天每个人一进门，都问这句话！"

安妮、戈玲分别从各自办公室走出来。安妮看看表，"还差三分钟。我分析，昨天聚会刘老师一兴奋，喝多了酒，今天起晚了！"

戈玲拿不准，"向前倒是从来不迟到，偶尔迟到这一回，情有可原！"

话音刚落，刘向前就走了进来。戈玲很高兴，"你们看，就是今天向前都不迟到！这一点值得我们所有人学习！"

可是刘向前却没吱声。只见他还是平时那副打扮，进门就直奔自己座位，显得情绪低落，大家无不感到意外。欧小米很关切，"刘老师，您昨天聚会了吗？"刘向前点头。

何澈澈试探，"您酒逢知己千杯少，累啦？"刘向前摇头。

戈玲走到刘向前身边，"同学们都好吧？"刘向前点头。

袁帅探着身子，"肯定是最想见的那人没来，还无比惆怅呢！比如美艳？"刘向前摇头。

安妮忍不住了，"刘老师你就别点头Yes摇头No啦！我知道了，你想先抑后扬，Yes？"不料，刘向前却长叹一声，"唉——！NO！"

大家更加摸不着头脑。安妮纳闷，"怎么参加完同学聚会，变得惜字如金啦？"刘向前这才开始怨天尤人，"唉，你们有所不知，我失落啊！本以为我一出场，会艳压群芳呢，结果我错误地估计了形势——我一到那儿，立刻眼前一亮，只见那些老同学，男的衣冠楚楚，女的花枝招展，一个个都比我光鲜亮丽！我这身行头在人堆里一走，就跟前来刺探情报的特务似的！雪上加霜的是，皮衣实在捂得慌，我一身大汗，跟在澡堂子差不多。可气的是，所有同学都问我热不热，我热也说不热，就是不脱，结果差点儿没休克！自惭形秽啊！"

欧小米一边笑着，"第一反应眼前一亮，第二反应自惭形秽——聂董追求的效果达到了啊！"何澈澈强调，"是被效果了！"

袁帅事后诸葛亮，"我不是幸灾乐祸，这是在我意料之中的！不相信专业人士的眼光，结果怎么样？不过没关系，刘老师你转达我对聂董的问候——人贵在有追求！"

戈玲安慰着，"虽然没展现出我们媒体人的风采，但也不要这么妄自菲薄嘛，外表不是最重要的！"

刘向前继续，"要比实力，我就更不如人家啦！真没想到同学们变化这么大，有升官的，有发财的，有著书立说的，有成名成家的，基本上都事业有成。就连'绿豆芽'现在都当老板了，身家几千万！"

大家啧啧不已。"士别三日，还当刮目相看呢，"袁帅感慨，"二十年就更天翻地覆慨而慷了！"

"真是十年河东十年河西，想当年'绿豆芽'对我须仰视才见，他仕途坎坷，我飞黄腾达当班长，他还是一般同学，所以他改走商道，现如今也成功人士了！"

欧小米想起了重要话题，"美艳还那么美艳吗？"

"昨日依旧在，几度夕阳红！美艳几年前移民澳洲，这次是特意赶回来的。聚会上，她对'绿豆芽'万分热情，想当年'绿豆芽'在情场上是我手下败将，世态炎凉啊！"

安妮纠正刘向前，"刘老师你跑偏了！当前社会是比较势利，可是老同学之间就不一样了，同窗之谊，情同手足啊！"

这时，桌上的电话响了，安妮拿起电话，"Hello！《WWW》编辑部！……您找刘总监？哪个刘……"刘向前脸色一变，慌忙跑上前，从安妮手里接过电话，"喂！……啊啊我是！'绿豆芽'——噢不是——窦总啊？……"

一听对方称"刘总监"，大家狐疑地交换目光。

刘向前继续打电话，"真的？哎呀好啊！……没问题！包我身上！……别来别来，真来别来！……哦……哦……"

刘向前放下电话，发现众目睽睽盯着自己。

安妮狡黠地看着刘向前，"刘总监……"

"Anney总您别误会，我不是那意思，我就是出于一时义愤，他们都这个长那个总的，我不能甘居人后啊，就随口那么一说，算善意的谎言，谁承想'绿豆芽'会当真啊……"

"要在过去，您这罪过就大啦——篡位谋反啊，满门抄斩，还得株连九族！"袁帅解围，"不过谁让咱Anney总是明君呢，恕你无罪！"

"谁没点儿非分之想啊？"安妮很大度，"不想当将军的士兵不是好士兵，本总表示理解！"

对安妮的宽宏大度，刘向前很感动，"谢万岁！万岁万岁万万岁！不过歪打正着，'绿豆芽'刚电话说打算在咱们杂志发广告，而且是全年的！"

安妮立刻兴奋起来，"Really？Very very good！这下我们广告额就有绝对保证了！刘向前同志，你不光无罪，而且有功！"

"你看，"戈玲说，"刚才还说世态炎凉呢，现在老同学就来帮你了！"

刘向前得意之余，不免尴尬，"'绿豆芽'说下午要来编辑部看看……"

安妮爽快，"来吧！欢迎啊！"

刘向前嗫嚅着，"他来，那我……我怎么办？"

安妮还没回过味儿来，"什么怎么办？"

刘向前吞吞吐吐，欧小米最先反应过来，"噢，刘老师是说他在老同学面前都自称总监了，现在人家来了，他不能丢这面子，是不是？刘总监！"

刘向前连连点头称是，并加以解释补充，"我这么做真不是为自己，主要是为咱编辑部！你们想啊，'绿豆芽'投广告是念在同学情谊上，是奔我来的，要知道我不是总监，笑话我是小，说不定广告就不投了，这是大啊！"

大家想想，觉得刘向前所言有理。"所以吧，事到如今，为了编辑部，我就顾全大局一回！还得麻烦各位呢，积极配合我，将错就错！"

"绿豆芽"要来访。袁帅、欧小米站在写字楼大堂里，迎候来宾。袁帅手中有一牌子，上面写有"欢迎窦总"的字样，大堂里人来人往，眼前不时有身材瘦削的中年男人走过，袁帅举着牌子主动上前搭讪，问候词依次发生着改变。

"窦总！"

"窦总？"

"窦总吗？"

"不是窦总吧？"

结果，无一例外遭白眼，情形颇尴尬。这时，一名体形壮硕的男子出现在他们面前，"你们好！"

袁帅狐疑地打量对方，"您……"

对方指指牌子。袁帅、欧小米上下打量对方，见这位"绿豆芽"胖得像水桶，实在难以置信。"窦总？！"

编辑部办公室里，安妮正替刘向前打领带，大家在一旁参谋着，刘向前很有些受宠若惊，"领导这么平易近人，亲自给我打造形象，真是   我只有用努力扮演好总监来回报！"

"记住，我是您的助理！"安妮打好了领带，"OK！"

何澈澈毕恭毕敬地把一盒崭新的名片递给刘向前，"刘老师……哦不，刘总监！您的名片印好了！"

戈玲站在一旁督战，"费这么大劲儿，可一定得把广告拿下来！"

这时，袁帅、欧小米陪同"绿豆芽"走进来。刘向前一见，连忙热情地迎上前去，与"绿豆芽"热烈握手，"'绿豆芽'……窦总！嗨，你看我叫顺嘴儿了！"

"就叫'绿豆芽',亲切!""绿豆芽"看着大家,"我跟你们刘总关系可不一般!得知他现在成了传媒界巨擘,不穿PRADA的时尚男魔头,横跨传媒界、文化界、企业界、时尚界、演艺界并进军国际无国界的多栖人物,作为他的同窗,我在高兴之余,必须承认这世界变化快,人变化更快!"

当着编辑部大家的面,刘向前极尴尬。

"您变化也够快的!"袁帅实话实说,"刚才在大堂第一眼看见您,我第一印象就是您名不副实!"

戈玲纠正,"袁帅你怎么说话呢?万一窦总再误会了……"

"我不误会!我知道自己现在这体形,芽儿没了,纯是豆儿!"

大家笑,感觉"绿豆芽"还算可爱。

安妮对刘向前说:"给大家介绍一下吧!"

"哦哦您说得对!我介绍一下啊,这位是海外归来、在我们编辑部首屈一指的安妮安……"

"Anney!刘总的助理!窦总您好!"眼看刘向前就要说漏嘴,安妮连忙打断他的话,对"绿豆芽"微笑,并提醒刘向前,"您和窦总坐下谈吧!"

"哦哦,您说得对!坐下谈、坐下谈!"刘向前习惯性地就要坐到原来的座位上,安妮赶紧提醒:"刘总,您和窦总还是去您总监办公室吧!"

"哦哦,对!"刘向前颇不自然地陪同"绿豆芽"走向总监办公室。进了这里,刘向前习惯性地要坐到下首。安妮见状,赶紧示意刘向前应该坐到老板椅上,"刘总……"

刘向前不免犹豫,"您别客气,我还是坐这儿吧……"

安妮着急,压低声音,"现在你是总监!"

刘向前这才大着胆子走到大班台后,半边屁股坐到老板椅上,椅子往后一仰,刘向前差点儿摔着,很是露怯。忽然,他发现桌上摆着安妮的照片,慌忙扣倒。

"绿豆芽"连连吸着鼻子,"你这办公室够香的啊!"刘向前张口结舌,安妮赶忙一边解释一边开窗子,"噢……可能是哪天不小心把香水碰洒了……"

"绿豆芽"不置可否。这转转,那看看,参观刘向前的办公室。

安妮的外套还挂在衣架上,她连忙取下来,此地无银地向"绿豆芽"解释:"一早儿进来做卫生,顺手把衣服挂这儿啦……"安妮取下衣服,露出衣架上的女包,取下包,不小心又扯出一双长筒袜。见"绿豆芽"目瞪口呆，安妮尴尬地把长筒袜胡乱塞进包里。接着，她瞥见自己的拖鞋就在大班台附近，趁"绿豆芽"不注意，赶紧踢进了沙发底下，一时手忙脚乱。

"绿豆芽"坐到沙发上，"不错不错！"

安妮把一杯咖啡端到"绿豆芽"面前，"窦总，情况他都跟我汇报……介绍过了，多谢您对《WWW》的垂青和眷顾！"

"绿豆芽"却摆手，"别谢我，应该谢你们刘总！没有他，就没有我的今天！"不光安妮，就连刘向前也不明其意，"这从何说起啊？"

"你忘了，我可没忘。咱俩什么关系？既是同学又是情敌！我那么追美艳，创作了总计二十万字的甜言蜜语，可她却无动于衷，造成我们之间巨额贸易顺差！为什么？就是因为你！""绿豆芽"激动地站起来，两眼炯炯发光，刘向前以为"绿豆芽"来者不善，吓得直往椅背上缩，"绿豆芽你别冲动！冤家宜解不宜结，咱俩相逢一笑泯恩仇……"

"绿豆芽"却兀自沉浸在往事里，"还有，美艳无动于衷也就罢了，可她却从我那二十万字里整理提炼，转口贸易给你了！总计十二万六千三百六十五字，重达八斤一两……"

"是八斤二两半！"

"这是盗版！你们侵犯了我的知识产权！"

"我说怎么感觉那语气像男的不像女的呢！'绿豆芽'要不是你今天告诉我这个惊天秘密，我还一直把美艳奉为情书圣手呢！真对不起，不过我是无辜的，我跟美艳是贸易逆差啊！"

"你怎么证明你没有从中受益？当时你不也没提出反倾销吗？！"

"我就知道，情场如战场，红颜祸水，报应来了！'绿豆芽'，你冲冠一怒为红颜，准备怎么报复我？"

安妮连忙劝阻，"窦总……你可别乱来！"

"在情场上，我是你手下败将，可我不服！痛定思痛，根源在于我不够优秀。我知耻而后勇，奋发图强，终于在商界打拼成功！所以说，要没有你当年对我的刺激，就没有我的今天，当然要感谢你啦！"

刘向前和安妮这才恍然大悟，同时松了一口气。

"那现在你跟美艳……"

"绿豆芽"的说法和刘向前如出一辙，"那不过是一段美好的回忆，将永远珍藏在我心灵的某个角落！我今天来，就是要给这件事画上一个圆满句号，还要用实际行动表示对你的感谢和支持——在你这儿投广告！"

当安妮把拟好的广告合同递给"绿豆芽"时，"绿豆芽"大笔一挥，刷刷签字，然后把合同交给刘向前。刘向前本该签字，却睃着安妮。

"Anney总……助理，该我们签字啦……"

"签吧！"

"我签？"

"当然！您是总监啊！"安妮一个劲儿使眼色，刘向前这才拿起笔，小心翼翼地签上自己的名字。安妮提醒，"盖章！章在抽屉里！"

刘向前一拉抽屉，见里面全是女人化妆品，吓得忙又关上。安妮亲自走过来，拉开另一个抽屉，取出公章递过来。刘向前在合同上盖完章，把章交还安妮。双方皆大欢喜。

安妮很得体，"合作愉快！窦总您先坐，我去给您换杯咖啡！"安妮一出门，"绿豆芽"就冲刘向前心照不宣地笑了，"你这个助理不简单……"

"那当然！留学回来的，海归！"

"不是这意思！你们之间，啊，不简单……一进门我就瞅出来了，你们不是一般关系！"

"我们之间……也就是上下级关系！"

"跟我还不撂实话？上下级关系，你事事都看她脸色？谁是CEO谁是助理啊？我看倒个个儿差不多！老总怕秘书，相当于惧内，正常！"

"不是……我……"

"什么都别说，我懂！现在不都这个嘛，红颜知己！不过作为老同学我得劝你，外面彩旗飘飘，家里红旗不倒，累！"

送走了"绿豆芽"，编辑部人们都松了口气。欧小米笑嘻嘻地，"刘老师，您这算不算因祸得福？客串一把总监，还签了一大单！"

袁帅也问："客串总监的感觉怎么样？"

刘向前总结着，"欣慰与遗憾参半。欣慰的是，按我这资历，早该'总'了，如今总算体验了一回；遗憾的是，因为没有经验，没来得及充分发挥。"

何澈澈明白了，"听您这意思，希望再客串几次……"

"是有些意犹未尽。等以后有机会吧！"

话音刚落，一名女子就出现在门口。她奇丑无比，偏偏喜欢搞怪，一身澳洲土著打扮，很是刺眼。

"向前！"女子深情地呼唤。刘向前闻声回头，登时愣住了，好半天才醒过神来，慌忙上前，"美艳你怎么来啦？"

大家一听来人是美艳，顿时瞠目结舌，窃窃私语。

"就这还美艳呢？"

"又一名不副实的！"

美艳大模大样地进来，四下打量着编辑部，"'绿豆芽'能来，我就不能来？我要亲自来看看你工作和战斗的地方，你就是在这里功成名就、叱咤传媒界的，嗯，跟我梦见的差不多！"

"你怎么还梦见过？"

"我的肉体虽然在澳洲，但我的灵魂却在这里，时常午夜梦回，飘浮在有你存在的地方……向前你就从来没感觉到？"

刘向前不寒而栗，"没有没有！"

"看你，还是那么胆小！当年，你连亲人家一下的胆量都没有，嘻嘻……"

刘向前那叫尴尬，"美艳，那都是过去的事儿啦，过去的就让它过去吧！"

"不行！忘记过去就意味着背叛！向前，我已经离婚多年，在澳洲孑然一人，陪伴我的只有过去粉红色的回忆。想当年，我和你花前月下，海誓山盟，卿卿我我……"

刘向前慌忙澄清，"美艳你可千万别乱说！我们俩当初就是朦朦胧胧的，根本没海誓山盟、卿卿我我！"

"怕我让你负责任？早知今日，何必当初啊！"

刘向前叫苦不迭，"我、我怎么啦就当初？……美艳，我们都人到中年了，开不起这种玩笑！"

"谁跟你开玩笑啦？我不远万里来到你们中国，追昔抚今，没想到你功成名就，于是我灵机一动，你我二人何不鸳梦重温？你有钱有势，我美艳如初，郎才女貌，千古绝配啊！"

此时，安妮正在办公室里打电话。安妮刚放下电话，袁帅就闯了进来。

"外面怎么啦？"

"美艳来啦！"

"是不是特Beautiful？我得去看看……哎呀且慢，跟她一比，我是不是特Ugly？"

安妮趿拉着拖鞋，迫不及待地将百叶窗掀开一条缝，向外窥望，一见美艳如此外貌，立时目瞪口呆，"My God！"

"更可怕的，美艳是来向刘老师逼婚的！咱不能见死不救啊！"

"救！怎么救？"

"以毒攻毒！……"

办公室里，美艳正追着刘向前满屋跑。

"……你现在有名望、有财富、有文化，正是我心目中成功男人的典范！可惜当年我没死心塌地，要不然再努努力，也就把你追到手了，宜将剩勇追穷寇，看你这回往哪儿跑？！"

"你误会了，我不是总监，我就是一普通编辑！要不你问他们！"

"别骗我！想让我放过你？绝不可能！"

这时，只听身后传来嗲里嗲气的声音，"刘总，你们在干什么？"

闻声望去，只见安妮出现在门口，袁帅紧随其后。安妮衣着艳丽，化着浓妆，脚蹬高跟鞋，款款地走出来。

美艳充满敌意地打量安妮，质问刘向前："她就是'绿豆芽'说的那个助理？我还以为'绿豆芽'瞎说呢，看来果不其然……"

"Hi——，我就是Anney！"不等刘向前解释，安妮上前与美艳打招呼，与刘向前越凑越近，"既然都是你的红颜知己，就给我们互相介绍一下呗！"

"您误会了！您……"

与安妮鼻息相闻，刘向前诚惶诚恐地要躲，被安妮一把挽住，"Darling，不要！"刘向前受宠若惊，激动加紧张，一阵晕眩，身体摇摇欲坠。安妮、袁帅急忙一左一右架住他，欧小米、何潵潵也上来帮忙，编辑部立时乱了。

目睹此情景，美艳伤心欲绝，"其实我这次来，不是要逼你跟我怎么样，我就是想看看你过得怎么样——只要你过得比我好，什么事都难不倒！我会带着一份美好的回忆回到澳洲！可惜落花有意，流水无情，我万万没想到，你变了！你不再是当年那个纯情羞涩、有贼心没贼胆的你了，现在你色胆包天，竟然……我太失望了！那句话真精辟——相见不如怀念！别了，我的初恋！别了，我的情书！别了，我的八斤二两半！"

说罢，美艳很夸张地一转身，大踏步地扬长而去。

"绿豆芽"和美艳的先后到来，算是一喜一悲，弄得刘向前身心疲惫。好在相聚是短暂的，生活似乎很快回到了原来的轨迹。但刘向前没想到，一切并没有结束。

　　这天，袁帅、欧小米、何澈澈、戈玲正在谈工作，聂卫红突然驾到。她今天特别捯饬了一番，虽然穿着那身永远不换的西装制服，但把所有首饰都戴齐了，周身上下珠光宝气、金光闪闪。

　　袁帅赶忙打招呼，"嫂子！聂董！"

　　"你们刘总监呢？在他办公室？"

　　"我们刘……"

　　没等大家反应过来，聂卫红已径直走向总监办公室，并一把推开门。安妮正坐在大班台后面想问题，冷不丁闯进来个人，吓得她啊呀叫了一声。聂卫红见屋里就安妮一个人，有些奇怪，"你怎么还在这儿？你们刘总监呢？"

　　安妮被她问愣了，"我们刘总监……"

　　这时，袁帅、戈玲等人随后也进来了。欧小米连忙问，"总监这事儿，这么快就传您耳朵里啦？"

　　聂卫红得意地拿出一盒崭新的名片，正是前几天刚给刘向前印制的，"我也是刚知道！今早上收拾屋子发现的，他还瞒着我！"

　　戈玲见状忙解释，"倒不是瞒着你，是不知道怎么跟你说！"

　　"你们刘总监这人就是嘀嘀咕咕的！下星期是我们俩结婚纪念日，他准是想到那天再告诉我，给我一个惊喜！"

　　编辑部大家面面相觑，都不忍道破真相。

　　聂卫红还沉浸在欣喜里，"我感到无比欣慰，我的心血没有白费！都说每一个成功的男人背后，都站着一个有分量的女人，然也。这些年，我严字当头，在精神上、肉体上对他进行残酷的魔鬼训练，他都顽强地挺了过来。吃得苦中苦，方有甜上甜，正因为我对他的锤炼，他才脱胎换骨，成为你们的刘总！"

　　欧小米揶揄，"那我们还得感谢您，替我们编辑部悉心培养出一个总监！"何澈澈敲边鼓，"您跟刘老师，一个董事长，一个总监，夫唱妇随，齐了！"

　　聂卫红一挥手，"让你们刘总再接再厉吧！带领你们从一个胜利走向另一个胜利！"安妮试着向聂卫红解释，"聂董，这里边可能有点儿误会……"

　　聂卫红忙打断，"小安你别说了，我理解，你被取而代之了，肯定心里

355

不是滋味。我劝你还是想开点儿，能上能下嘛！别怨天尤人，多在自己身上找找原因——原来我就听你们刘总反映过，说你搞土不土洋不洋那一套，还说是中西合璧，碰壁还差不多！海归怎么啦？水土不服，就是不好使！小安你也别悲观丧气，以后多跟你们刘总学习学习管理，我很看好你！"

戈玲想制止，"卫红你先等等！你望夫成龙我们都理解，可也不能操之过急……"

聂卫红继续端着，"戈姨，虽然您现在跟你们刘总是上下级关系了，我还是叫您一声戈姨！您对我们家情况最了解，当年我公公就在编辑部干了一辈子，你们刘总子承父业，俗话说长江后浪推前浪，上一辈默默无闻，这一辈不能再默默了，不鸣则已一鸣惊人，一万年太久只争朝夕！"

袁帅提醒，"嫂子您还是先跟刘老师谈谈，有些情况吧，还是让他亲自跟您说！"

聂卫红走到大班台后，大模大样地往靠背椅里一仰，很陶醉的样子，"我会跟他谈的！他当领导毕竟还缺乏经验，我还得给他多把关，扶上马送一程！以后你们要有什么委屈，只管跟我说，我给你们做主！"

正这时，刘向前从外面回来了。他一进门，恭谨地向安妮、戈玲报到："Anney总、主编，我回来了！"

大家都一语不发。刘向前这才发现居于首位的聂卫红，慌忙跑过去拽她，"你怎么来啦？哎呀，这是你坐的地方吗？赶紧起来！"

聂卫红大胖身子，刘向前拽不起来，"自不量力！拽得动吗？刚当总监就本位主义了，给你坐！"聂卫红一起身，差点儿把刘向前晃倒。

"你先回家！回家我再跟你说……"

"别的事儿回家说，有件事儿必须在这儿说，我好三头对案！你说，小金库有多少钱！我要审计风暴！"

"我哪来的小金库啊？"

"不铁证如山，你不会老实交代！"

刘向前和大家都不知聂卫红所指，只见聂卫红从包里掏出一张工资单，"没小金库？你都升总监了，这工资怎么一分没涨？！"

众人哑然。

十七 都是小三儿惹的祸

　　能在编辑部待上这么长时间，说明欧小米还是比较热爱本职工作的。她负责娱乐版，老得出入娱乐圈，跟大小腕儿们打交道，这活儿不好干，她干得还不赖，甭管那些腕儿多不是脾气，她也能哥啊姐的叫着，老能挖到新闻。社会上都对八〇后有看法，戈玲也对他们打问号，欧小米这么聪明能干出乎她预料，让她对八〇后刮目相看。但她认为他们还是有不少这样那样的毛病，反正跟自己年轻时候不一样。

　　夏天如期而至。编辑部忙碌依旧，故事继续发生。

　　大早晨，安妮一进门就嚷嚷，"刘老师！昨晚上你怎么关机啦？那个广东佬要买一年的封底，怎么也联系不上你！"

　　刘向前吓了一跳，"那……他找别家啦？哎呀，这么长时间我白盯啦?！我……"

　　"幸好他给我打了电话，要是转头去找别人，这单广告不就跑了吗?！做客户就要二十四小时开机，这是常识啊！"

　　刘向前松了口气的同时，显得无可奈何，"Anney总，我本来是二十四小时开机，可最近老有垃圾短信，还专门在深更半夜时候！我睡不好倒是小事儿，关键是我们家聂卫红起了疑心，怀疑我在外面有人，为了证明自己的清白，我这才被迫关机的！"

　　编辑部大家显然都有同样遭遇。

　　欧小米翻阅手机短信，"垃圾短信啊？我这儿还有一条呢——发放低息小额贷款，无需担保，手续简便，雪中送炭，解您燃眉之急……"

　　袁帅举着手机，"专业办理各种证件，代开发票，技术先进，以假乱真，助您迈上成功之路……我有一事不明——刘老师，这种短信都是不法之徒群发的，聂董有什么可怀疑的？"

"我也是这么跟她解释的，可她非说这里边有密码！"

"都是谍战剧看多了，拿你当间谍了！"

"现在短信成灾，不光不法之徒，连咱们自己人都成帮凶了——"安妮有同感，"我一天收十多条短信，不是朋友转发的段子，就是坊间的流言蜚语！我也一条没糟践，全转发出去了！"

"对短信吧，都是又爱又恨欲罢不能！"袁帅说，"我有一哥们儿，为戒烟，成天鼓捣手机玩儿，好占着手。现在烟瘾是戒了，短信成瘾了，一天不收发百十条短信，就五饥六瘦的！一闲下来就掏出手机狂按，跟谁说话大拇指还一动一动的，满脑子都是拼音字母！"

"拇指英雄！"欧小米嚷嚷，"澈澈从外地学习回来推荐给他，让他们俩交流交流！"

安妮耸耸肩，"澈澈昨天发短信，说他在那儿吃得好、睡得好、玩得好，学习好不好没提！"

正说着，戈玲到了，也是一进门就询问，"昨晚你们没人给我打电话吧？我关机了！"

编辑部大家会心一笑，"垃圾短信？！"

戈玲却摆手，"比那还讨厌——有人大半夜跟我手机配对儿！"

大家一时没明白怎么回事。

"凌晨三点多，手机响了，是一外地男孩儿，说他在网站注册邮箱的时候，有免费给手机号码配对的服务，结果跟我的号码配上了，叫有缘千里来相配！"

"典型的恋母情结！"

"我当他外祖母都行了！"戈玲哭笑不得。

正这时，叮咚一响，欧小米的手机收到短信，引发大家纷纷猜测。

"准是卖楼的！"

"有点儿早……可能是基金理财！"

"有回我收到一条短信，是卖军火的！枪支弹药全有，特恐怖！"

"那一般都是晚上，现在这点儿，应该是卖钢筋、瓷砖、水泥的！"

"有奖竞猜啊！噔噔噔噔——，谜底揭晓……"欧小米打开短信看着，脸上的笑容消失了。

这一来，愈发激起了大家的好奇心。

"到底卖什么的?"袁帅迫不及待地从欧小米手中拿过手机，阅读短信，"你这个不要脸的女人，胆敢勾引我们家DD! 等着瞧! ……"

袁帅愣了，狐疑地看着欧小米，"谁呀这是? 你跟DD怎么啦?"

编辑部大家的目光都集中到欧小米身上。

"DD是谁?"戈玲不认识这人。刘向前凑在戈玲耳边回答她的问题，戈玲更加惊愕，"他啊?! 影视歌三栖，最近特火! 欧小米你跟他怎么啦?"

欧小米一脸无辜，"我跟他怎么也没怎么! 前一阵不是想采访他嘛，约了无数次，也不知道他真忙假忙，反正就是摆谱儿，老说没档期。到现在我连他本人面儿都没见过，能跟他怎么着?"

"那这短信怎么回事儿?"袁帅急于知道答案，"还穷凶极恶的!"

"我哪知道怎么回事儿啊?!"

"八成是发错了，"安妮说，"要不就是搞怪，甭理她!"

话音未落，又是叮咚一声，第二条短信接踵而至。

袁帅翻阅，"你故意不理不睬，以为我拿你没办法是吗? 我就是挖地三尺，也要找你算账!"

这年头的怪人怪事如雨后春笋般层出不穷，已经让人见怪不怪。威胁短信让大家七嘴八舌热议过一番，热情也就淡了。没想到，这事儿还真是个事儿。袁帅和欧小米外出回来，刚把汽车停在楼下，欧小米的手机就叮咚一响，收到了短信。袁帅顿时警觉起来，"不会又是那谁吧? 我都条件反射了!"

"是Anney总!"欧小米继续翻阅着，"发短信的女人找上门来了，你先别回来! 切切!"袁帅吃了一惊，狐疑地盯着欧小米:"欧小米，你跟我说实话，到底……"

欧小米把脸一沉，推门下车，径直就朝楼里走。袁帅急忙下车追上去，"哎哎，安妮不说让你躲躲吗?"

"我躲什么躲? 我心里又没鬼! 来了正好，当面锣对面鼓说清楚，省得你们老怀疑我是小三儿界的!"

欧小米一阵风似的进了编辑部，袁帅紧随其后。一进门就发现一个陌生女人坐在中央，一个秘书笔直地立在身后。该女四十多岁，珠光宝气，徐娘半老。一见欧小米回来了，安妮、戈玲连忙迎上去，低声埋怨：“不说让你别回来吗?！你先回避，这儿有我们呢！”

富婆已经站起身来，上下打量欧小米，“你就是那谁吧？最近老打DD的主意，我告诉你，我们家DD不喜欢你这种青苹果！”欧小米义正词严，“我郑重声明，我根本不认识他！”

“不认识？我查过他通讯记录，有几个号码跟他联系频繁，你是其中之一！”

“那是我打电话约采访！我们只是工作关系！”

富婆不以为然，“都这么说！DD那么帅那么优秀，哪个女孩不想对他下手？我平时对DD是管得严了点儿，你们无机可乘，当然只有以工作之名、借工作之便！”

“阿姨您误会了！”安妮连忙声援欧小米，“确实只是工作！是我指派的！就算您儿子很优秀，是万人迷，我们也不至于蜂拥而上啊……”

不料，富婆陡然作色，“你说谁儿子？”

“当然是您儿子啦，这谁也不能跟您争！”

“DD不是我儿子，是我男朋友！”

编辑部众人大跌眼镜。

富婆做出理直气壮的姿态，“你们不就是说我和DD不般配嘛！哦，就许老男人娶小媳妇，就不许我们女人嫁小女婿？现在二十一世纪了，男女平等，老牛吃嫩草，谁说一定是公牛不能是母牛啦？”

“我由衷佩服您，”戈玲揶揄，“勇敢冲破了封建礼教和世俗偏见的重重阻挠！”富婆有几分得意，并撺掇戈玲：“女人不容易，尤其是我们中国女人更不容易，光勤劳不勇敢！其实你也可以向我学习，人老心不老，你不知道，现在有些年轻帅哥不喜欢淑女，喜欢熟女！”

“谢谢您的鼓励，我已经熟过头了！”

“不过！熟得正好！我们懂生活，懂情调，懂男人。姿色虽然逊了，可我们有资金啊！比如我吧，斥巨资包装打造DD，一手把他捧红，推上一线位置，他当然离不开我啦！”富婆转向欧小米，“你以为DD会为了你放弃我吗？那就等于放弃了他现在的一切——演出、光环、收入！实话告诉你，DD不只你一个小三儿，可我严防死守、固若金汤，他N次企图红杏出墙，都被我扼杀在摇篮里！DD是我的，谁也甭想当小三儿！"

不等欧小米反驳什么，袁帅挺身而出，啪地一拍惊堂木，"嘟——！请您说话放尊重点儿，别一口一个小三儿小三儿的！谁是小三儿？此欧姓女子是袁某人的正牌女友，在不久的将来就要八抬大轿明媒正娶，哪来的小三儿？袁某人未婚妻欧氏——以下简称袁欧氏——冰清玉洁，白璧无瑕，岂容尔等捕风捉影、妄加诋毁?！"

编辑部众人加以配合，神情庄严肃穆地一齐应声，"不容！"

欧小米望着袁帅，心里热乎乎的，"帅哥，关键时刻还是你挺身而出！这回她就哑口无言了！"

"说实话我也有私心——"袁帅压低声音，"不能这么让人戴绿帽子啊！袁欧氏……"

"暂时我就不追究你滥用冠名权了！"

袁帅直视富婆，"我义正词严地要求你，一周之内，在各大报刊媒体的显著版面刊登道歉声明，澄清事实，还袁欧氏清白！如若不然，我定叫你倾家荡产、家破人亡……"不等袁帅说完，安妮连忙小声提醒，"闹大了吧？弄清事实，对方不再来闹就行啦！"

戈玲表示赞同，"对！这毕竟还属于人民内部矛盾！"

欧小米也在旁劝解，"谁让咱们宽宏大量呢？得饶人处且饶人！"

不料，富婆却一点儿不生气，还对袁帅充满欣赏，"没关系的啦！你们别拦着他，我好好喜欢他这样子——对女人忠心不二，为女人两肋插刀！哪像DD，朝三暮四拈花惹草，净让我伤心！"

富婆这么一说，袁帅泄了劲儿，"既然都这么说了，那就宽大处理吧！阿姨，其实……"

"靓仔，不许叫我阿姨！叫我梅梅好啦！DD就是这么叫我的！"

袁帅和编辑部大家都哑然失笑。

"梅梅？他干脆叫你美眉得啦！"

"也OK啊！"富婆一装嗲，袁帅浑身鸡皮疙瘩："梅梅……美眉……还真叫不出口，不信你试试！"

袁帅号称欧小米男朋友是出于英雄救美，梅梅果然消除了对欧小米的怀疑，但却把火力转向了袁帅，这令所有人始料未及。好不容易把梅梅对付走了，编辑部开始进行总结。富婆已经离去。大家议论的中心渐渐集中到袁帅身上。

"袁帅今天的表现可圈可点！"戈玲提出表扬，"要不是他站出来辟谣，那个梅梅可能还没完没了呢！"

欧小米款款施礼，"袁欧氏这厢有礼了！小女子感谢英雄救美，我是转危为安了，可我担心您引火烧身了……"

刘向前不无嫉羡，"梅梅说要像当初包装DD那样包装袁帅，不是随便说说吧？"

安妮狡黠地睃着袁帅，"还没看出来——梅梅对帅哥一见钟情！以前我对袁帅同志的了解还不够全面，通过这件事，我发现该同志是名副其实的师奶杀手……"

面对大家的调侃，袁帅自有一番感慨，"这只能说明人家梅梅比你们有审美眼光！发现了我独具的美！DD是万人迷吧，梅梅说了，我豪华包装推上市，比他火！"

"八月十五还早呢！现在禁止月饼过度包装，规定包装层数不得超过三层，每盒月饼包装总成本不得超过零售价的20%！"

"我知道你们现在心情很复杂！明明身边有块璞玉，结果被你们当成石头冷落着，现如今别人慧眼识珠，你们追悔莫及是不是？那只能怨你们自个儿！"

"这么说你真打算舍生取义啦？"欧小米问袁帅。

"爱情诚可贵，自由价更高，若为走红故，二者皆可抛！到那时候，我就是超级巨星！去哪儿都有人围观，人山人海的，你们想挤进去看我一眼都不容易，更别提叙旧了！晚上出门也必须戴墨镜，你爱看惯看不惯，照顾别人情绪的日子一去不复返了！"

刘向前艳羡得不行，同时很不服气，嘟嘟囔囔，"都说男人好色，我看女人比男人更好色！梅梅自称熟女，那我这熟男比袁帅熟得透啊，怎么就相中他了呢？五官比我长得更合理吗？"

这时，欧小米举着电话煞有介事地招呼袁帅，"梅梅——！"袁帅登时脸色煞白，慌忙摆手，"说我不在！WC！"

欧小米、安妮忽然爆笑，显然电话是假，袁帅这才反应过来，"好你个袁欧氏！胆敢戏弄夫君？！"

"你不说要追随梅梅吗？"安妮笑得开心，"我就知道你没这种大无畏的牺牲精神！"

"我Casanova驰骋情场，有两戒——一不欺负小的，二不招惹老的。像梅梅这种超期服役的老战士，咱惹不起躲得起！我一世清白，不能就此断送啊！"众人大笑。

袁帅刚走去卫生间，有一人出现在编辑部门口。只见此人衣着时尚，乍看像女，细看是男，先在门口站成丁字步来了个亮相，然后款款地长驱直入。一进门就反复打量欧小米和安妮，在二人之间进行选择。

此人说话细声细气："你？还是你？"他显然把女人当作同类，安妮的一身名牌引起了他的嫉妒，他一眼一眼地剜着安妮，"都是一线大品牌——BOTTEGA VENETA，Christian Dior，GUCCI……"

安妮很得意地，"嗯哼……"

不料，来人话锋一转，挖苦起来，"小姐，一身名牌已经OUT了，知道现在国际最IN的是什么？Co-Design——同设计！我要找的显然不是你，DD已经有一位阿姨了，绝不会再找一位姐姐！"

对于这位不速之客的冒犯，安妮很气恼，"搞什么搞？Who are you？"

刘向前连忙翻译，"你是谁？"

经纪人傲慢地拿出名片，刘向前接过来一看，吃了一惊，"DD的经纪人?！欧小米，找你的！"

欧小米气不打一处来，"找谁啊？还找您的呢！"

经纪人对欧小米倒是很友好，"肯定是你！你青春焕发，正是假清纯的时候！"

"干吗假清纯啊？我就是清纯！"

经纪人不以为然，"没听说过吗？女人分两种，一种是假装清纯，一种是假装不清纯。你愿意当哪种？"

"我、我哪种也不愿意！我十分严肃地正告你，本女子跟DD没有任何正当或不正当关系，严禁你们一再骚扰！"

一见欧小米急了，经纪人连忙安抚解释，"美眉你误会了！我不是来追究你责任的，我是来邀请你配合我们炒作的！"

不光欧小米，编辑部大家都没明白什么意思，"炒作？炒作什么？"

"炒作她和DD绯闻啊！就算他们没有，可以无中生有啊！牵手门、劈腿门、车震门、泼墨门、艳照门……艳照门现在不灵了，门槛过低，是个人就敢艳照！我呼吁要严格行业标准，不能脱了衣服就叫艳照，那顶多算裸照，艳照必须要艳！"

欧小米急了，"你去找那艳的吧！我是中间色，不艳！"

"关键看气质！女子可以不美，但不可以不媚。李渔说，女子一有媚态，三四分姿色，便可抵过七分！"

戈玲对经纪人的说法很是反感，"你们这也太低俗了吧?!"

"哪有那么多先进事迹啊？而且从传播学上讲，好事不出门，坏事传千里，为了达到最佳传播效果，我们就是要勇于自我揭丑！"

"你们这叫不择手段！"

"姐姐，我们容易吗？为了给人民群众提供丰富的精神食粮，我们和狗仔队密切合作，不断提高炒作水平，可是人民群众的口味越来越刁，逼着我们花样翻新、粗粮细做，招儿都用绝了，就这样，人民群众还不满意！"

安妮不解，"DD不挺火的嘛，用得着这么恶炒吗？"

"必须的！这叫眼球经济！艺人首先要保证曝光率，定期上通告，每年有动作，每月有新闻，每周有花絮，只要观众还没看腻，那张脸老得晃悠着。甭管多大的腕儿，仨月不露脸试试，立马被挤出一线！"

编辑部大家啧啧不已。

"要说艺人也挺不容易的，竞争特残酷！可是那也不能拉着良家妇女给你们当垫背啊！"经纪人嗔怪地推了戈玲一下，更显女气："瞧姐姐您说的！这是互利互惠，双赢！多少女孩儿都巴不得我们用她呢——跟DD有绯闻，这什么概念？这意味着一夜蹿红，从此可能大火特火！哪个少女不怀春哪个少女不想红！不瞒你们说，都主动对我投怀送抱，想跟我潜规则，讨厌，人家不喜欢！"

编辑部大家浑身起鸡皮疙瘩。经纪人转向欧小米，"美眉，我觉得你和DD很配，很适合制造绯闻，你要有自信哦！看你皮肤多棒啊，这么好的皮肤扑点儿粉底就OK了……像那种皮肤很差的人才要化浓妆呢，OUT死了！"

经纪人夸赞着欧小米，捎带挖苦安妮。然后，他拿出随身的化妆包，"哎，我向你推荐一个睫毛膏的牌子——街头女孩儿！特自然，你看我刷的效果……"经纪人毫不避嫌地凑到欧小米近前，仰着脸让她看自己的睫毛，那亲热劲儿就像姐妹俩。袁帅正好从卫生间回来，见此情景，立即干涉：

"哎哎你怎么回事儿？男女授受不亲！"

刘向前把经纪人的名片递给袁帅，很小声，"他都这样了，你还吃醋？"袁帅这才知道对方的身份，"那不也是单立人的'他'嘛！"说着，袁帅走到经纪人面前，严正声明："本人是她男朋友，负责处理她的对外关系，有什么事儿跟我说吧！"

经纪人一见袁帅，眼睛一亮，"我的My God！好帅哦！好好靓仔哦！"袁帅狐疑，"我本来坚信这一点，可经你一夸吧，我反倒怀疑了……"

"你不是传统意义上的靓仔，但是你很有味道！"

袁帅故意低头嗅着自己，编辑部大家会意地交换目光。安妮掩着嘴，"帅哥再次引火烧身！"

经纪人撇下欧小米，兴趣全部转向了袁帅，"靓仔，要不要我来做你？"

"做……你找错目标了！"

"我是专业做艺人的，我做过的艺人像阿明、阿英、阿冰、阿怡、阿俐，都在一线，他们都佩服我眼光特贼，一眼就知道谁能不能红。我现在一眼相中你了，你比DD更有潜质，如果我来做你，包你红！我很看好你哟！"

袁帅故作镇定，"本人也是圈里人，跟阿明、阿英、阿冰、阿怡、阿俐这些阿字辈的都熟，你甭忽悠我，我都懂！"

经纪人真着急了，"你不相信我？你跟圈里人打听打听，我这人说一不二，纯爷们儿！要不我给阿冰打个电话，验明正身……"经纪人这就要拨电话，袁帅赶紧拦着，"不用不用，您免检了行吗？我们都看出来了，你绝对纯！"

"这还差不多！你知道人家纯就行！"

经纪人嗔怨地看着袁帅，袁帅不禁浑身发冷，"要不咱们就到此为止，下边儿散会？"

"别介啊！人家说正经的呢，靓仔你必须认真答复我！"

"我也没有不正经啊，我告诉你我不是那块料！"

经纪人有些生气，"你太辜负人家对你的一片真情了！不行，不能就这么算了，今天你必须给我个说法！"袁帅叫苦不迭，"我冤不冤啊！我怎么你了就必须给你个说法？"

见对方如此纠缠，编辑部众人唯恐袁帅惹麻烦，都替他解围。

安妮强笑着，"大人不记小人过，这孩子不会说话……"

"讨厌！不许你这么说他！"

欧小米凑上前，"事情因我而起，跟他没关系，求求您还是冲我来吧！"

袁帅火了，"你们都别管！我就不信了，他能把我怎么着?！帅哥我hold住！"

"心有灵犀一点通，我等你！"经纪人冲袁帅莞尔一笑，迈着轻快的步伐扬长而去。袁帅一头雾水："他等我?"

新的一天。安妮、欧小米说笑着来到编辑部门口，发现袁帅正对着书柜上的玻璃自我欣赏，两个人偷偷地驻足观看。袁帅正各个角度摆酷，忽然听到有人故意咳嗽，只见安妮、欧小米嗤嗤笑着走进来。

"你们偷窥?！"袁帅指着二人。

"这不正中你下怀吗?"安妮调侃。

"超级自恋！"欧小米做鬼脸。

袁帅大发感慨，"我这是在重新审视自我！"

"每日三省吾身，Good！又发现自己什么缺点啦?"

"正好相反！我发现自己原来这么有魅力，一直以来，本人遭受着种种不公正待遇，市盈率被严重低估，目前是一块价值洼地！"

欧小米和安妮相视一笑，"都赖我把那俩人招来，先后对他进行肆无忌惮的忽悠，他们是走了，把后遗症留给帅哥了！"

袁帅立刻反驳，"人家那是忽悠吗? 人家对我都是一腔真情！准确地说，他们都是慧眼识英雄！跟人家的鉴赏力相比，你们俩应该充分认识到差距，并奋起直追！"

"已经有他们俩围追堵截了，我们俩就别添乱了吧?"

"对！"安妮说，"作为你的领导，我强烈要求你抓紧考虑一下，在他们俩当中任选其一，要不然咱编辑部将永无宁日！"

正说着，一妖娆女子闯进编辑部，一眼就盯上欧小米，像舞台表演般一步步逼上前来，"就是你！你、你、你！"

"我怎么啦?"

"你想借DD绯闻出位！你、你夹塞儿！"

欧小米、安妮、袁帅一听又是DD的事，暗自叫苦。戈玲、刘向前闻声从里间出来。

"怎么又是DD？我们招他惹他啦？"安妮声色俱厉，"作为《WWW》总监，我警告你们，再无理取闹，我们保留追究法律责任的权利！"

欧小米躲闪着，"他女朋友来过了，经纪人也来过了，你又是他什么人？"

女子矜持地做了个亮相，"我就是传说中的D女郎！"

编辑部众人显然没听说过。

"你们太不热爱艺术了！上个月那大片没看过？女一号就是我！"

欧小米质疑，"大片我看了，女一号不是阿莲吗？"

D女郎很有些愤愤不平，"都以为是阿莲！其实她无非就是在镜头前面晃一晃露个脸儿，她那张脸又能卖多少钱？真正提高票房的是我！"

安妮很肯定，"我也看了，真没发现你！"

"分量最重的一场戏是我演的！第八十九场，幽柔的灯光下，DD似乎正在等待着什么。终于，传来了轻轻的敲门声，笃笃、笃笃……"D女郎开始入戏，边描述边表演，"DD打开房门，出现在面前的是他期盼已久的女人。此时无声胜有声，二人猛地拥抱在一起，不顾一切地亲吻着对方……然后同时扑倒在那张2米×1.8米的大床上……"

刘向前被D女郎逼真的表演吸引得血脉贲张，眼看D女郎就要躺到桌子上，戈玲连忙及时叫停，"Cut——！"

D女郎收住表演，"导演怎么啦？戏不好？"

戈玲摆手，"是戏太好了，再不停要出问题！我明白了，敢情你演的是床上戏？！"

"激情戏好不好！你们是不是不相信？那我就让你们验明正身……"

说着，D女郎就要脱衣服展示裸体，刘向前兴奋又紧张，想看又不敢看。欧小米干脆把袁帅眼捂上。与此同时，安妮、戈玲扑上去阻止D女郎。

"DD不在，用不着这样！"

"我们相信！我们相信你为艺术献了身！"

D女郎表现得很是骄矜，"票房大卖三个亿，靠的就是这场戏！你们给评评理，脸戏份重还是身体戏份重？谁是真正女一号？"

编辑部众人面面相觑，这个问题把他们难住了。

"按说是身体戏份重，"刘向前说，"这场戏基本不用脸……"

"所以嘛，我才是名副其实的D女郎！和DD擦出火花的是我，传出绯闻的是我是我还是我！"她逼近欧小米，"你凭什么想捷足先登啊？没有绯闻就没有关注度，就上不了娱乐头条，我要将绯闻进行到底！决不容许别人插足！"

欧小米啼笑皆非，"没想到绯闻还成人人争抢的香饽饽了！不过吧，小女子暂时还没这爱好！"袁帅震唬D女郎，"你们一而再再而三地骚扰我女朋友，是可忍孰不可忍！本人作为娱乐圈举足轻重的人物，如果不对你们严肃处理，娱乐圈圈将不圈！"

D女郎果然有所忌惮，"您……也是圈里的？"

大家一看这招管用，连忙纷纷给袁帅帮腔，"提起帅哥，圈里无人不知无人不晓啦！请他拍片，要提前半年预约的啦！"安妮数着手指头，"现在刚排到大左、大右、大为、大盛这些大字辈的，像阿明、阿英、阿冰、阿怡、阿俐这些阿字辈的，还都在后头排着呢！"

袁帅立刻做出傲慢状。

戈玲连忙补充，"阿英要回家给孩子喂奶，想夹个塞儿，被帅哥严词拒绝了！"

刘向前夸张点头，"连我说情都不行！"

袁帅果断甩头，"那绝对不行！"

安妮继续，"他就是这样一个纯粹的人，一个脱离了低级趣味的人，毫不利人，专门利己，人若烦他，他必烦人！"

袁帅点头，"必须的！"

D女郎对袁帅刮目相看，"大师！"

袁帅故作姿态，"请不要这样！谦虚使人进步，骄傲使人落后。在艺术的道路上，我只是万里长征刚走了第一步！"

"真正的大师都是这么低调！我想起来了，阿莲拍过一套写真，备受争议……"D女郎两眼放光。

"你说的是《沐浴图》。"

"对对！就是出自您的手笔！大师，我想请您如法炮制，也给我拍一组这样的片子！"

"艺术最忌讳雷同。我已经从澡堂子出来了，不想再进去了。"

D女郎却极力游说，"大师，求您再进去一回！这次您跟我合作，尽管大胆突破尺度，阿莲半遮半掩，我毫不遮掩，阿莲露一点，我露两点！不信引不起争议，吸引不了眼球！"

"你理解有误！摄影不是艳照，摄影是艺术，我是艺术家！"

"对啊！所以嘛，我要奋不顾身献身艺术，包括献身艺术家！"D女郎饿虎扑食般扑向袁帅，袁帅哇呀一声慌忙逃避。

几个回合下来，不光欧小米，编辑部所有人都已经不堪其扰。大家一致认为，与其被动防守，不如主动出击，与DD进行正式会晤，彻底解决问题。袁帅自告奋勇，陪同欧小米前往。

"通过这件事儿，你有什么深刻体会没有？"袁帅睃着欧小米。

"有！娱乐圈太复杂！"

"我是问关于我的……"

"你们娱乐圈太复杂！"

"非得让我赤裸裸地提示！路遥知马力日久见人心，是谁对你不离不弃？又是谁对你舍命相随？"

欧小米明白了袁帅的意思，狡黠地笑了，"谁让你是帅哥呢！"

"你发现没有？连安妮都深受感动了！"

"那我倒没注意。我就知道她跟我说你精神可嘉，效果不敢恭维，完全可能越掺和越乱。嘿嘿……"

袁帅无可奈何，"要说以前在和平时期，你们俩没机会发现我的真正价值，还可以原谅。可是最近这段峥嵘岁月，连阶级敌人都对我生发仰慕之情了，充分证明我的魅力无处不在，你们俩竟然还无动于衷，我准备要愤怒了！"

"路漫漫其修远兮，我们得考验你到底是采花大盗还是护花使者啊！"

"人无完人，你们不能让我速度、耐力都拔尖儿！刘翔栏上飞人吧，那是110米，你让他一万米跨栏试试，还飞得起来吗？"

"两朵鲜花一左一右映衬着你，你还有什么怨言？"

"光让我眼巴巴瞅着，你们这胜过满清十大酷刑！不给驴吃的光让驴拉磨，狗急了还跳墙呢！一着急我真找梅梅去！"欧小米嘿嘿乐。

在一幢别墅附近，袁帅把车熄了火。欧小米发愁，"你说我见着他说什么呀？"

"别来无恙乎？"

"说正经的呢！我就觉得吧，都是没影儿的事儿，会不会越描越黑啊？"

"其实我有一特正的主意……"

"说！"

"我把你明媒正娶喽，所有谣言都不攻自破！"

"住口！"

袁帅正乐，发现有人从楼里出来，直冲他们而来。定睛一看，来的是经纪人。"不是冤家不碰头！"袁帅一边嘀咕一边下了车，经纪人眉飞色舞地向他打招呼。

"Hi——，帅哥！"

"Hi……"

"你怎么才来？人家一直等你！"

"不是不是！我们找DD！"

经纪人显然不信，瞟着袁帅，"找人家就找人家嘛，偏说找DD……"

欧小米连忙证实，"我们确实找DD，把最近发生的事情跟他谈清楚，免得再有误会！"经纪人不以为然，"事情已经搞清楚了，你们放心，不会再有误会了！我代表DD，向美眉道歉！"

欧小米如释重负，"真的？终于告一段落了！"

"如果说还有什么事儿没完，那就是我和帅哥的私事了……"

袁帅立刻警觉起来，"我们有什么私事儿？"

"明知故问，讨厌！没事儿你干吗来找人家？走，我们进屋单独谈！"

经纪人上前来拉袁帅，袁帅吓得往后一缩，慌忙上车，催促欧小米，"快快！"欧小米迅速上车，袁帅迫不及待地一踩油门，车轰地蹿了出去。

直到汽车停在编辑部楼下，袁帅和欧小米还有些惊魂未定。欧小米捂着胸口，"虎口脱险啊！"袁帅解开安全带，"我有预感，你的麻烦结束了，我的才刚开始！"

二人走进编辑部，安妮、戈玲、刘向前正聚在一张巨幅海报前议论着。这张海报上，一辆豪华跑车熠熠生辉。一见海报上的跑车，袁帅两眼放光。

"哇噻——！Zenvo ST1！全球只有十五辆，7.0V8发动机，搭配机械增压和涡轮增压，复合式进排气系统，极限功率1104马力，最高时速375公里，风阻系数只有0.27啊，同志们！"

安妮、戈玲、刘向前交换目光。"我说什么来着？他肯定动心！怎

么样?"

"我早就说,咱们登就登这种广告!绝对牛×!谁搞定的?Anney?刘老师?"大家都意味深长地望着袁帅。安妮耸耸肩,"要不是广告呢?"袁帅一时没明白,"敢情就是一画儿?!"戈玲望着袁帅,"梅梅让你先挑色儿,实物随后到!"

"啊?她……"

刘向前羡慕嫉妒恨,"梅梅说了,本来是准备送给DD的,现在送你,只要你喜欢!"

袁帅始料未及,完全蒙了,瞬间产生了幻觉:阳光灿烂,他驾驶着豪华敞篷跑车,沿宽阔平坦的柏油路兜风。路旁,时有美女掠过,投来爱慕的目光。袁帅愈发潇洒得意。恍惚中,似乎有人在喊他……

编辑部大家一声声呼唤着神情恍惚的袁帅,安妮使劲拍打他的脸,"天神神,地神神,我家孩子快还魂!……"袁帅这才从幻想中醒过神来,"啊啊……我没事儿吧?"

"没事儿,"欧小米说,"就是灵魂出窍了!"

"你还算承受力超强的!"刘向前拍拍袁帅,"一般人遇到这种情况,昏过去就醒不过来了!"

"我生在新中国、长在红旗下,知道应该坚决抵御资产阶级生活方式的腐蚀,可这是超级跑车啊!我梦寐以求的最高理想!"袁帅望着大家,"要不我就动摇动摇犹豫犹豫?"

刘向前把袁帅拉到一边套近乎,"咱哥俩平时关系可不错,你比我有福,天上掉馅饼砸着你了没砸着我,可你吃肉我也得喝口汤啊,是不是?反正咱俩上下班也顺路,往后你开车捎着我就行!"

袁帅显得很慷慨仗义,"小Case!我飞黄腾达了,不能忘了你们还水深火热呢!咱们大秤分金,小秤分银,大块吃肉,大碗喝酒!不过呢,你们得顺着我、溜着我、捧着我,谁跟我关系最好,我瞅谁最顺眼,就最偏向谁……"

刘向前连忙拿把扇子给袁帅扇凉,状极殷勤,"谁跟谁好,这不一目了然吗?!"

安妮见状挖苦,"马上可就立冬了……"

欧小米话带讽刺,"他这是烧的!"

戈玲警示袁帅，"袁帅，咱编辑部培养你这么多年，我还希望你接我的班呢，不能半途而废啊！"

"主编您还不了解我吗？我这人就是不爱忘本！等跟梅梅那么了，我就立马注资咱编辑部！迁址CBD，包一写字楼，摩天的，就咱《WWW》一家在里办公，用不了没关系，咱就在顶层，底下都闲着——就烦早晨上班别的公司人跟我一块儿挤电梯！"

戈玲不禁心动，"退休之前，带领编辑部走向辉煌，这是我最大的心愿！没想到就要梦想成真了！袁帅我懂了，你这是忍辱负重、曲线救国！"

"安妮、小米你们也别伤心绝望，我这是打入敌人内部，一旦时机成熟，咱们就里应外合。但是革命需要耐心，你们得等！等啊等，等啊等……"

安妮和欧小米不以为然。

"我就知道他水性杨花——对女的不问老幼，对人民币只看薄厚，他已经无可救药了！"

袁帅摆出一副主宰者的架势，"事到如今你们还对我冤假错案?！那就别怪本人痛定思痛、快刀斩乱麻了！作为《WWW》注资人，我觉得班子要调整，娱记要换，总监要换。刘老师！"

"在！"

"你也别老执行了，把执行俩字去喽——总监！"

刘向前大喜过望，同时对安妮讪讪地，"对不起啊Anney总，不是我篡权，是注资人非……我不能辜负他对我的期望不是？"

袁帅继续夸海口，"你都总监了，不能再电动自行车了，有损《WWW》形象，给你配辆车！说，喜欢什么车?"

刘向前一咬牙，壮着胆子往大了说，"我……卡罗拉！您要觉得超标了就……"

"一使劲儿才卡罗拉！丰田召回刚完事儿，咱别给人家添乱！奥迪吧，我嫡系啊！我知道公务车标准排量1.8，18万以内，没关系，超出部分记我个人账上！"

刘向前简直不敢相信，"原先部级领导才这标准啊……"

"车也就一代步工具嘛！我这人就是喜新厌旧，这辆跑车开不几天，新鲜劲儿一过，你开走玩儿去！"

刘向前激动得不行，"那我这就给梅梅打电话，还等信儿呢！赤橙黄绿青蓝紫，咱挑个什么色儿?"

见刘向前迫不及待地抄起电话，袁帅连忙跑上来给按住了，"还要弄假成真是吗？我这就犹豫犹豫，正站在罪恶的深渊边上，你不说及时挽救我!"

大家这才明白袁帅方才只是说笑，安妮、欧小米松了一口气。

"我一把给你推下去得啦!"

"事实再次证明，帅哥永远是语言大于行动!"

"像我这样拒腐蚀永不沾，试问天下谁人能?"袁帅怅然，"遗憾啊，要是梅梅换成你们俩其中之一，我不就人财兼得了嘛!……"

电话铃急促地响起来，刘向前接起电话，"喂您……"

放下电话，刘向前脸色苍白，紧张得直结巴，"帅、帅、帅……赶紧躲躲!"戈玲猜测，"准是梅梅……"

刘向前摇头，"是DD! 他正带人往这儿来，说找小三儿算总账!"

编辑部众人紧张起来。欧小米嚷嚷，"还没完没了啦？我又不是小三儿……"

"不找你! 点名道姓找他——"刘向前指着袁帅，"他是小三儿!"

十八 你敢测DNA吗?

　　一个锅里吃饭，哪有马勺不碰锅沿的。安妮跟戈玲都不是没原则的人，老得有针锋相对的时候。这天，戈玲拿着一篇稿子从自己办公室出来，黑着脸来到刘向前座位前，"向前，这篇稿子不能发!"刘向前登时紧张起来，"戈姨，我都跟客户承诺过了……"

　　"那也不行!我早就说过，我们是有思想的杂志，不是购物指南!这篇稿子通篇围绕企业家写，有软广告之嫌，这种稿子一律不登，这是我一贯原则，你不是不知道啊!"

　　"戈姨，这可是个大客户，往后广告还指着人家哪!"

　　戈玲有些不高兴了，"向前你这段时间没白受安妮领导，思维也变成市场经济了!"刘向前不知如何解释。这时，安妮闻声走出了自己办公室，与戈玲开玩笑，"主编，您又背地里夸我呢?"

　　"安妮，我不是不支持你经济创收。说心里话，自从你上任以后，编辑部经费宽裕多了，这都是你的功劳，大家有目共睹!"戈玲边说向另几人征询意见，"大家说是不是?"

　　袁帅点头称是，"功不可没!主编下边是不是还有但是……"

　　"但是——"戈玲紧接着，"我们杂志不能为了创收放弃原则!"

　　安妮模仿戈玲，"但是——我认为这篇稿子不存在广告嫌疑!"

　　两人争议再起。你来我往，相持不下。戈玲抖抖稿子，"写企业家的，还不是广告?"安妮反驳，"它不是一味吹捧!是拿这个企业家当标本，进行剖析，分析了很多社会现象!"

　　"这只能说它做得很巧妙!这是欲盖弥彰!"

"请您相信我也是有原则的！"

"那咱们听听大家意见！屁股决定大脑！向前不用说，肯定是站在安妮那边儿的！袁帅！"

袁帅耍滑头，"考虑我跟红红的特殊关系，还是回避吧！"

欧小米很纠结，"澈澈要在就好了，我这一票就不至于生死攸关了……"

话音未落，何澈澈神色紧张地跑进来，"有人找我就说我不在！"

不等大家问个究竟，何澈澈就躲进安妮办公室，反锁上房门。随即，一位中年妇女接踵而至。她衣着打扮体面入时，保养得不错，一看就是家境殷实的主妇。她一进门就东张西望，发现何澈澈不见了，连忙打听。

"您好！请问刚才那孩子去哪儿啦？"

袁帅明知故问，"哪个孩子？"

中年主妇在自己脸上比画着，"就那长得……皮肤白白的，眼睛细细的，眉毛弯弯的……"

"女孩儿？"

"男孩儿！不过比女孩儿还俊呢！"

安妮和戈玲双双挺身而出，挡在中年主妇面前。

"Sorry！"安妮先说话，"您找他有事吗？"

"嗯，有事儿！"

"Sorry！"戈玲和安妮如出一辙，"什么事儿？"

"我就看看他！"

安妮、戈玲愈发警觉，"看看他？看他什么？……他有什么好看的？"

中年主妇显得很不高兴，"当然好看！谁说他不好看？"说着，她摆出了说评书的架势，"却见他，眉清目秀齿白唇红，天庭饱满地阁方圆，目似朗星眉似弯月，玉树临风气宇不凡，可谓有沉鱼落雁之容、闭月羞花之貌，恰如潘安再世宋玉重生……"

对何澈澈路遇女粉丝，大家已然见怪不怪。其中有玉女，也不乏玉婆。有本人对他怜爱有加的，有越俎代庖替女儿找寻如意郎君。遭遇地点多是地铁，一般尾随几站也就含恨放弃了，今天这个属于执著型的，一直在楼门口蹲守，何澈澈一露面就紧追不舍，直至追进编辑部。

刘向前跟袁帅、欧小米小声嘀咕，"又一花痴！澈澈也是，怎么总招收广大中年妇女当粉丝呢？！"欧小米长叹，"自古红颜多薄命！可怜澈澈花容月貌，悲剧！"

中年主妇颇急切，"他人呢？我要马上与他相见！我很急！"袁帅挡驾，"毛主席他老人家说，中国的事情急不得，要慢慢来。更何况这是两个人的事，光您一个人急没用！"中年主妇上下打量袁帅，"你是谁？"

"不才，在下袁帅，江湖诨号Casanova，澈澈他哥。俗话说长兄如父，他的终身大事你跟我说就行，我替他做主！"

"来龙去脉你都不知道，你怎么做主？"

"我不知道？这种故事版本都大同小异，就是您跟他偶然相遇，仿佛前生有缘，令您怦然心动，心底激起了一圈又一圈的涟漪……"

"那还不让我赶紧见他？这有关他一辈子的幸福！"

安妮撇撇嘴，"可是您也不想想，他得管您叫阿姨啦……"

中年主妇纠正，"叫姑姑！"

袁帅一拍手，"还不一回事儿——您跟他差一辈儿呢！他不是杨过，您也不是小龙女，这根本不可能！"

中年主妇开始着急，"什么乱七八糟的！我跟你们一句两句说不清，快让他来！踏破铁鞋无觅处，得来全不费功夫！众里寻他千百度，蓦然回首，那人却在灯火阑珊处！这回我再也不能失去他了！"

安妮和戈玲都沉下脸来。安妮不客气地说，"Sorry，作为他的义务监护人，我有必要提醒您，您这种做法相当令人不快！坦率地说，您已经对我的被监护人构成了骚扰！"戈玲更是义正词严，"Sorry，作为另一义务监护人，我的意见和上一位监护人保持一致！更坦率地说，请你出去！"

中年主妇有些气愤，"这么多年，我一直在苦苦寻找，今天老天有眼，终于让我遇见他了！我不过就想确认一下他到底是不是戴维，你们怎么这么不近人情？！"

欧小米走上前，"戴维？阿姨，现在就能确认——他是澈澈，不是戴维！"中年主妇从贴身口袋里掏出一张旧照片，情绪激动，"他不是戴维是谁？你们仔细瞅瞅！"

编辑部大家好奇地凑过来看，只见照片上是一个襁褓中的婴儿。大家不解其意。安妮口无遮拦，"谁们家孩子这是？长这么难看！"中年主妇不愿意了，"不许这么说我们家戴维！瞅他多漂亮啊！这是戴维刚出生时候，我给他照的。哪承想，从此我们戴家就骨肉分离，这一别就是二十年！茫茫人海，或许有许多次擦肩而过，相逢但却不相识！……"

兜了一大圈，大家这才知道，该戴姓女子不是来找感情，而是来找侄子的。几个月前，因为输血，戴家人偶然发现戴维不是戴家骨血。因为产院疏忽导致抱错孩子的事，屡屡见诸媒体，于是戴家便寻找同年同日同病房出生的婴儿，一一排查，结果是假戴维回到了亲生父母身边，而今排查到何澈澈，戴姓女子认定真正的戴维非他莫属。

何澈澈侧耳谛听着外面的谈话，心有所动。

听过戴姑姑的叙说，安妮明白了，"My God！澈澈是你侄子?！"

"亲侄子！有照片为证！"

端详照片上的男婴，大家愈发困惑。

"澈澈小时候长这样儿？太不可思议了！"

"女大十八变，男孩儿倒是也变，可是一跃成为澈澈这样儿，难度大点儿！"

刘向前仔细端详着，"不过瞅这眉眼吧，跟澈澈倒也有点儿像……"袁帅不以为然，"这眉眼还没睁开呢，哪儿瞅得出来呀？你说这是我小时候，照样有人信！"

戴姑姑当真，绕着圈地端详袁帅，"那你什么血型？"袁帅被看得发毛，"您饶了我吧，我什么血型也是袁家的后代！我是劝您别急于下结论，别一口一个戴维戴维的，告诉您，我的兄弟叫澈澈！"

"你们没发现他跟我长得很像吗？"

话音未落，房门一开，何澈澈出现在安妮办公室门口。戴姑姑一见何澈澈，眼睛一亮。"戴维——！"戴姑姑激动地踮起脚尖张开双臂，摆个Pose，冲何澈澈扑过来。何澈澈慌忙一闪，戴姑姑扑个空，转身再扑，又被何澈澈闪过。两人一招一式俨然老鹰捉小鸡。

袁帅突然有所发现，一把抓住何澈澈，"别动别动！"

袁帅端详完澈澈，又端详戴姑姑，"别说，还真有点儿像！"

其他人也发现了这点。

"好像是挺像的……"

"像！尤其是鼻子！"

戴姑姑连忙佐证，"我们戴家人都长这样鼻子——高出面部1.5公分以上，与眉骨处于同一平面，占脸部面积8.9%——这是我们家族特征！"

袁帅看着戴姑姑，"回头我借个卡尺给他好好量量！"

戴姑姑直盯着何澈澈，"戴维，你真不认识我啦？你仔细看看，我是你亲姑姑啊！"戈玲打断，"您甭让他认了，刚生下来就认识您，那他成神童了！"

何澈澈满腹疑团，"如果是医院抱错了，那我父母……"戴姑姑敏感地予以纠正，"是养父养母！"

"他们怎么从来没跟我说过呢？"

"也许是他们根本不知道，也许是他们故意瞒着你。那是1991年10月12号上午9点28分31秒，晴间多云，气温15摄氏度，风力3到4级。在第一妇产科医院二楼203产房，一个小生命呱呱坠地，体重3.15千克，那就是你，戴维！当时值班护士李红，护士长李玉兰！"

听着戴姑姑娓娓道来，何澈澈和大家不免半信半疑。

"您知道我什么血型？"

"你爸爸也就是我哥哥是O型，你妈妈也就是我嫂子是O型，你也就是我侄子必定是O型！"

大家的目光齐刷刷集中到何澈澈身上，等他表态。何澈澈显得很惊讶，嘴巴呈O形。安妮催促，"Yes or no？"

"Yes……O型。"大家愕然，嘴巴也齐齐呈O形。

转天早晨，何澈澈还没来，编辑部大家议论起昨天戴姑姑寻亲的事，猜测着何澈澈回家问询的结果。刘向前觉得这事儿不靠谱儿，"戴姑姑神神道道的，十有八九是神经病！噢，一生下来就抱错了，二十年后又找着了——世上哪有这么巧的事儿啊？都成电视剧了！"

欧小米接着话茬儿，"不过也难说，有时候生活里的事儿比电视剧都离奇！我看过一个报道，说这家有俩儿子，小儿子跟父母长得一点儿不像，父亲就怀疑妻子不忠，耿耿于怀了二十年，最终离婚了。大儿子为这事儿特别扭，有一回在外边吃饭，瞅着邻桌一个小伙子吧跟自己长得特别特别像，心里一动，忍不住就凑过去打听人家身世，反正费了一番周折吧——最后你们猜怎么着？"大家都盯着她。

袁帅猜测，"那人是他亲弟弟……"

"你也看那报道啦？"

"你不说离奇嘛，怎么离奇我就怎么猜呗！"

"这可是真事儿！就因为当年产房护士把两家孩子抱错了，导致人家妻离子散！"

"这种事儿不会降临在澈澈身上！上帝造人，大部分都承包出去，澈澈属于上帝亲手造的，所以肯定偏向他，好事儿才找他呢！"安妮一边说一边从自己办公室出来，太阳穴上贴着黄瓜片。

袁帅和安妮斗嘴，"现在世界上最著名的不是上帝制造，是中国制造！Made in China照样出精品，本人就是鲜活的例子！"

安妮挖苦，"那要看什么标准了！"

"你们海归不就善于采用中西合璧的标准嘛！精品到哪儿都是精品，放之四海而皆准，hold住！"

"Sorry！要按照我的高标准严要求，那你应该返工！"

袁帅不以为然，"你这是贸易保护！双重标准！算啦，国货当自强，还是以国标为准吧！"说着，转向欧小米，"美眉，不用我说，你一定识货……"

不料，欧小米也不买账，"欧债危机，你出口受挫，就转内销拉动内需来啦？向你透露一个内幕消息，偶从来不买打折商品！"

袁帅两边都碰了一鼻子灰，自讨没趣，"两个女人一旦联手，那就是军民团结如一人，试看天下谁能敌！吃一堑长一智，以后我的战术采用各个击破！"

安妮、欧小米会心地相视一笑。

正这时，何澈澈迈进门。只见他一语不发地走到自己座位坐下来，习惯性地转动着圆珠笔，兀自想心事。刚才还喧闹的编辑部立刻安静下来。

戈玲试探地向何澈澈询问情况，"澈澈，没事儿吧？"

"其实有事儿。"

戈玲一怔，"你问你爸妈啦？戴姑姑是不是瞎说八道？"

"1991年10月12号上午9点左右，第一妇产科医院二楼203产房，体重3.15千克，值班护士李红，护士长李玉兰——跟戴姑姑的口供完全一致！我爸妈说，同产房确实有一家姓戴，也生的男婴，一家子都是搞文艺的，特别爱唱歌，所以他们印象特别深！"

大家呼啦围上来。

"我说什么来着？无奇不有！"

"这能说明什么？只能说明戴家、何家同时同地住同一间产房！怎么啦？噢，住一块儿就得狸猫换太子？那真成故事了！"

"对啊，也许只是巧合！澈澈你别当真就行了！"

何澈澈却轻松不起来，圆珠笔始终转着，"我是没当真，可是我爸妈当真了！"戈玲走到何澈澈身边，"你别是没说清楚，把他们吓着了吧？"

"我就当笑话跟他们随口一提，外加旁敲侧击。可是没想到他们会是那种反应……"

"他们什么反应？"

"相当紧张＋相当吞吞吐吐＋相当寝食不安！"

何澈澈不像是开玩笑，大家开始觉得事情复杂了。

"令堂大人也太经不住吓唬了！自己儿子就是自己儿子，谁也抢不走，除非……莫非你真不是他们亲生的？"

"看他们这么草木皆兵，恐怕其中必有隐情！"何澈澈神情严峻，"反正小时候吧，邻居们就说我不是爸妈亲生的，我只当他们逗我。后来大了，有人还这么说，说我跟爸妈长得一点儿不随……"

袁帅深深点头以示赞同，"这我有体会！我见过你爸妈，他们长得比较劳动人民，你呢白白净净细皮嫩肉的，一副公子哥样儿，差得是比较远……"欧小米也想起来，"你原来还说过，你跟你爸妈吃饭口味不一样，他们吃咸，你吃淡，他们爱吃辣，你就一点儿辣也不吃……"

"我超爱吃鱼，尤其是海鱼，可我爸妈怕腥，一口不沾！"

刘向前判断，"这说明你跟他们的肠胃构造有根本区别！"

安妮疑惑得五官挪位，黄瓜片噼里啪啦往下掉，"My God！难道你不是何澈澈，而是戴维？"袁帅冲何澈澈吆喝，"嗨，你不是半仙儿嘛，给自己占一卦不就清楚啦？！"刘向前抖机灵，"这你就不懂了，卦师只能替别人算，自个儿给自个儿算，不准！"

就在编辑部大家陷入困惑之际，一对中年夫妇出现在门口。只见他们造型新潮时尚，一看便知是搞文艺的。两人的目光很快锁定了何澈澈，显得激动万分，太太一阵晕眩，先生连忙扶住她。

太太深情注视着何澈澈，像歌剧般以唱抒怀。先是太太："亲爱的，看啊，看他的眉毛、他的睫毛、他的眼珠、他的眼白、他的鼻梁、他的鼻孔、他的嘴唇、他的牙齿，多么像年轻时的你啊！"

先生回应："是啊，看他的皮肤，那么白、那么细、那么嫩、那么滑，多么像年轻时的你啊……"

太太紧接着："看他的眼神、他的微笑、他的……"

夫妇两人很是动情，无奈毫无旋律美感，实在絮叨乏味。袁帅连忙及时打断他们的抒情，但不自觉地也被对方带过去，唱起来，"好啦好啦，看得差不多啦……我怎么也歌剧啦？！请问，您二位是……"

"罗密欧！"

"朱丽叶！"

安妮望着二人，"Romeo？Juliet？这么多年过去了，难道他们还没分手吗？"太太很高贵，"我们不仅在舞台上是情侣，在生活中也是伉俪，并有了爱情的结晶！"

戈玲明白了端倪，"我懂了——你们是来认子寻亲的！"

中年夫妇很是欣慰，"谁说歌剧没有知音？这儿就有！"

"我还真不是知音，所以还是请你们委屈一下，改唱为说得啦……"

欧小米自作聪明，"情况显然是这样的——昨天戴姑姑是打前站的，回去大加渲染，然后今天他们就闻风而至！"安妮也明白了，"那么您一定是戴先生、您一定是戴太太啦？"

刘向前连忙从中介绍，"我来介绍一下，这位是《WWW》总监Anney安总，这位是《WWW》主编Elizabeth戈姨！本人是《WWW》广告执行总监Albert刘向前！"刘向前不中不洋的混乱介绍让戴氏夫妇一时不得要领，但双方还是一番寒暄。只有何澈澈不免尴尬，不知该打个招呼还是保持距离。袁帅从旁小声宽慰："兵来将挡，水来土屯！放心，有哥呢！"

戴先生颇有绅士风度，"作为戴维的生身父亲，我代表我和我太太对你们表示衷心感谢！感谢你们对戴维的关爱与呵护！"

安妮寒暄："Not at all！这是我们应该做的！戴维他……"戈玲连忙暗暗捅她一下以示提醒。安妮反应过来，立刻改口，"噢No！No！Sorry，目前他还是澈澈，何澈澈！而不是戴维！嗯哼？"

戴太太却显得胸有成竹，"他当然是我们的戴维！我第一眼看见他，就特别特别亲切，特别特别喜欢，特别特别想宠爱……"袁帅打断戴太太的话，"不瞒您说，凡是见到他的阿婶阿姨，99.16%都这么特别特别！"

"她们只是阿婶阿姨，而我是他的妈妈！"戴太太掷地有声，大家面面相觑，一时间，编辑部里异常安静。

戴先生深情回忆："怀胎十月，我太太时时刻刻都感受着他，每天为他唱《摇篮曲》……"戴太太唱起来："睡吧睡吧 我亲爱的宝贝……"

这时，一直默不作声的何澈澈突然情不自禁地随着哼唱起来。虽然没有歌词，但旋律很准确。戴太太眼睛一亮，"听见吗？戴维还没忘！当年怀孕时候，我每天都给他唱这首《摇篮曲》！"

编辑部众人也为之疑惑。

欧小米纳闷地看着何澈澈，"你可是著名的五音不全啊，唱歌从来不在调上，唱这歌怎么就一点儿不跑调呢？"何澈澈也纳闷儿，"我也不知道。以前我也没唱过这歌啊，可是好像顺口就唱出来了……"

戴先生看着戴太太，"这就是当年你对他胎教的成效！多棒的音准啊，他遗传了我们的音乐基因！"何澈澈一惊，手指间旋转着的圆珠笔啪地掉落在地，戴先生俯身拾起，也让圆珠笔在手指间旋转起来，动作之娴熟与何澈澈不相上下。

编辑部众人见状，无不瞠目结舌。

戴太太愈发激动："看！就连这些习惯动作他们父子都惊人地酷似！"她走上前，分别拉过何澈澈和戴先生的手，仔细端详比较，"看！多么酷似的两只hand啊——一样的白皙、一样的修长、一样地富有艺术气质！"

袁帅似感叹似调侃，"假如你们早点儿来，他这双hand敲击的就不是电脑键盘，而是钢琴琴键了！"

"如果我们没有失散，戴维完全可能成为一名钢琴王子！"

欧小米忽然想起什么，询问戴氏夫妇，"有个关于饮食习惯的问题——你们吃咸吃淡还是不咸不淡？"

"我们吃淡！很清淡！"

"你们吃辣吗？"

"职业原因，为了保护嗓子，从来不吃辣，包括其他刺激性食物！"

"可是你们超爱吃鱼，尤其是海鱼，对吗？"

"你怎么知道？那是我们的最爱！"

欧小米莞尔一笑，"我的问题完了！"

编辑部众人的目光都投向何澈澈。戴氏夫妇明白了，扑上前来，一左一右地将何澈澈夹在中间，何澈澈不知所措。

安妮提醒戴氏夫妇，"Sorry！I think，虽然有这些动人的细节，但还不足以确认你们之间的血缘关系。嗯哼？"戈玲觉得有道理，"对！你们必须还要提供其他证据！"

"我们有！"戴氏夫妇显然是有备而来。只见戴先生从随身挎包里一一取出几样东西，逐一展示。戴太太在旁进行解说，"这是戴维的胎毛，我们一直珍藏着！"

这是一绺微微发黄的婴儿胎毛。袁帅已经备好了相机，咔嚓咔嚓地拍下几张照片留作备案，弄得气氛愈显煞有介事。编辑部众人瞅瞅那绺胎毛，再看看何澈澈头发，辨别不出所以然。

"这是戴维的出生证！这上面是他的脚印！"

编辑部众人瞅着出生证上小小的脚印，面面相觑。

戈玲有了新发现，"你们发现没有？这孩子小脚趾有个特征——特靠下！"

戴太太立刻赞同："完全正确！我先生小脚趾就长这样儿——特靠下！耳听为虚，眼见为实……"她转身对戴先生说，"脱鞋让他们看看遗传学的奇迹！"戴先生果真脱掉皮鞋、袜子，露出青筋暴露的大脚。

编辑部众人无不愕然，看也不是，不看也不是。

袁帅拽了一把何澈澈，"赶紧吧！人家都赤脚大仙了，你也得脱啊！"

众人鸡一嘴鸭一嘴，把何澈澈弄得心乱如麻，突然爆发出一声高叫，一不留神堪比海豚音，"啊——！"

众人顿感耳膜剧痛，纷纷捂住耳朵。啪啪两声，桌上的两个玻璃杯接连被震碎。何澈澈收声，众人这才战战兢兢地松开耳朵。安妮余悸未消，"My God！维塔斯海豚音原来是你教的?！"戈玲猜测，"弄不好这也是遗传！"

刘向前收拾着碎玻璃，无比痛惜，"啧啧，这杯子打八折还十六一个呢！"

何澈澈望着戴氏夫妇，心情复杂，一字一句地表态，"要证明我们是不是有血缘关系，很简单——测DNA！"

夜深人静，何澈澈独自坐在办公室里，怔怔地想着心事。他凝视着桌上一张照片，那是他与现任父母的合影，一家三口其乐融融，很温馨。

何澈澈默默地把照片翻转过去，然后站起身向外走去。

灯熄了，人去屋空。

接连数日，大家热议的话题中心一直是何澈澈与DNA。

"DNA检测结果还得过段时间出来，"戈玲叹气，"也不知道澈澈的身世之谜到底会怎么样……"

"其实谜底都已经猜个八九不离十了，测DNA也就是走个程序——"欧小米很笃定，"澈澈肯定是戴家的孩子，从相貌到气质到饮食到习惯，也太相似了！"

"何家父母还挺配合，让测就测，这说明什么？"袁帅自问自答，"说明不是空穴来风！他们知道这一天早晚会来！"

欧小米冲袁帅撇撇嘴，"你不说这是电视剧吗？怎么也信以为真啦？"

袁帅懒洋洋，"不是有这么句话嘛——生活才是编织故事的大师！"

"我要是何家就不测DNA，据说检测费挺高的呢，花那冤枉钱干吗？"刘向前从经济角度加以分析，"除非这钱都由戴家出！最重要的，抚养费一定要说清楚！这里边包括成本费、含辛茹苦费、精神补偿费等等等等，何家倒是可以借机有一大笔收入！"

戈玲听着别扭，"让你这么一说，好像何家把澈澈卖给戴家似的！"刘向前忙解释，"我意思是说，人家替他们把孩子养这么大，戴家应该有所表示！光说谢谢肯定是不够的，最终还是要用经济方式解决——市场经济嘛！"

欧小米挖苦，"幸亏您不是何家人，要不然澈澈一准被拉到市场上拍卖喽！此时此刻，澈澈肯定很纠结，一边儿是有养育之恩的养父养母，一边儿是血浓于水的生父生母……"

安妮一直怔怔出神，听到欧小米这么说，不禁黯然神伤，小声抽泣起来。大家见状都摸不着头脑。袁帅出洋相，"阿弥陀佛！安红果然宅心仁厚，看不得别人受苦。可你对我怎么就那么铁石心肠呢？我都为伊消得人憔悴了，你也不说大发慈悲让我逗一回！"欧小米搭腔，"那安总不成助纣为虐了嘛！"

刘向前连忙端来纸巾盒，"Anney总就是善良！太善良！她是觉得澈澈可怜……"安妮一边用纸巾撸鼻涕，一边解释，"其实我是可怜我自己！澈澈起码知道自己身世了，可我呢，到现在还蒙在鼓里……"

戈玲闻言大惊失色，"安妮你也有身世之谜呀？"

安妮陷入回忆，"多年前我就开始怀疑自己的身世。我从小跟着奶奶长大，六岁才回到父母身边，觉着他们只对哥哥好，对我一点儿也不亲。小朋友们都笑话我是后妈后爸，因为这个我常跟他们打架。"

戈玲忙劝慰，"那时候兄弟姐妹争宠，嫌爸妈偏向，这谁都有！"

"不是这么简单。我亲生父母来找过我！那是一个夏天的午后，骄阳似火，我在路口遇到一对夫妇，我觉得跟他们似曾相识，特别亲切。他们领着我走出不远，安家人追了来，把我抢了回去……"

大家无不错愕。袁帅眉头紧锁，"我这思路一时半会儿还真转不过来！你是说你是被安家领养的?!"

"英雄所见略同！"

"谁跟你略同啦？这也太雷人了！叶赫那拉氏的那菊花同志敢情不是我亲岳母?……"

欧小米打断袁帅，"行啦帅哥，这里边好像没有你吧?"

安妮接着往下，"我是综合了种种可疑迹象，经过严密逻辑推理，得出这一结论的！要不然，为什么从那以后我们就频频搬家？今年青岛，明年济南，后年烟台，显而易见是为了摆脱我亲生父母的追踪！"

戈玲表示怀疑，"我有个问题——既然亲生父母把你送给别人收养了，为什么又往回抢你?"

"这也正是我想要弄明白的！也许当初不是他们心甘情愿的？也许我是被拐卖到安家的?"

袁帅又忍不住，"那这么多年你也没弄清楚？上回咱后妈那菊花同志来，我还真发现你们长得不像！"

安妮越说越玄，"迷雾重重，疑云密布，谈何容易？有时候我也试图说服自己忘掉这一切，可澈澈的事又把这些往事勾起来了。我从哪里来？我是谁？这是个问题……"

大家免不了一番欷歔感叹。

"这些蹊跷事怎么都让咱们编辑部赶上了?!"

"我突然觉得特可怕……看完《手机》发现老公不可靠，看完《色·戒》发现女人不可靠，看完《投名状》发现兄弟不可靠，现在我发现，父母也不可靠！"安妮显得神神秘秘，"关于自己的身世，我们都是道听途说来的，谁敢保证它的真实性？谁敢说真正了解自己呢?"

刘向前两眼发直，"这么一说，我想起来了，我可能也不是我爸亲生的!"大家又是一惊。

袁帅提醒,"情况已经很错综复杂了,刘老师你就别跟着凑热闹了!"

"我能拿这事儿开玩笑吗?我现在心情很沉重,我说真的呢!"

戈玲制止,"向前你别瞎说八道!你要是领养的,我跟你爸同事这么多年,怎么从来没听他说过?"

"这是我爸心中的隐痛!我爸妈一吵架,我爸就说我妈对不起他,我也对不起他,我们娘俩跟他不一条心——这言外之意不是很明显吗?!后来我按着我生日一倒,我妈怀孕应该是在前一年6月中旬,可当时我爸正在外地出差!"大家瞠目结舌。

戈玲拿不准了,"不会吧?你怎么可能不是老刘亲生的呢?你们爷俩太像了——抠门儿,爱算计,占小便宜,有贼心没贼胆——你要不是他亲生的才怪呢!"刘向前显得心事重重,"戈姨您别安慰我了,我知道您是好心,可是我必须面对现实!"

袁帅发现欧小米表情不对劲儿,"欧小米……欧小米!"欧小米醒过神来,慌忙声明,"啊啊……我是我爸妈亲生的!绝对亲生的!"

大家的目光齐刷刷地集中向了欧小米,她意识到自己犯了低级错误。

袁帅一拍桌子,"此地无银三百两!还不从实招来?!"安妮在旁撺掇,"欧小米,勇敢说出来!"

欧小米道出心里的疑惑,"我妈姐妹四个,她排行老三,我大姨、二姨、小姨都不生育,唯独我妈生了我……"

安妮很夸张,"有问题!肯定有问题!"

"也就是说,我可能是我妈抱养的?"

刘向前模仿电视广告,"一切皆有可能!"

戈玲极力抗拒,"我发现吧,越是年轻人越疑神疑鬼!人家袁帅就跟你们不一样,别看他平时搞怪,在大是大非面前比你们有思想水平!"

袁帅倒是直言不讳,"主编您先别表扬我,让他们这么一闹吧,我心里也没底了!要不我请个假,现在就回家盘问我养母去!"

第二天一早,袁帅驾车驶到编辑部楼下的停车场,刚把车停好,只见旁边开来一辆崭新的跑车,很是酷炫。袁帅的目光被牢牢吸引住了。不料,车门一开,下车的竟是何澈澈。只见何澈澈一身名牌西装,神采奕奕,举手投足间充满了自信，俨然一公子哥。袁帅惊讶不已，推门下车冲何澈澈喊："嗨！澈澈你……"

何澈澈不慌不忙地摘下墨镜，侧过脸来纠正："戴维——！"

编辑部里，安妮与戈玲正拿着刚出炉的杂志，相谈甚欢。

"写企业家这篇稿子反响这么好，我都始料未及！多亏主编画龙点睛，给提升了高度！"

戈玲不无得意，"我就是在选题角度上给纠偏了一下，在社会性上给广泛了一下，在思想性上给深化了一下。也多亏你当初的坚持，要不然挺好一个选题就给Pass掉了！"刘向前如释重负，"为什么说我愿意接受双重领导？不是我脚踩两只船，就因为两位领导的意见相加之和，就约等于真理！"

欧小米插话，"就刘老师的站队艺术，我得向您学一辈子！"

这时，袁帅来到门口，恭恭敬敬地往旁边一闪，侧身而立，何澈澈出现在大家面前。安妮等人先是一怔，接着呼啦迎上前来。

"My God！澈澈?！"

"澈澈你好酷好炫好Fashion啊！"

袁帅像打手一样抢前一步拦住大家，把何澈澈挡在身后，"请注意，澈澈已经是过去时了！现在，他是戴维——！"

大家面面相觑。戈玲忙问，"DNA检测结果出来啦？"

何澈澈点头，"明天出报告。"

袁帅一把摘下墨镜，恢复了平时调侃的状态，"那都不重要了！戴家已经迫不及待地让戴维认祖归宗了，七大姑八大姨也都纷纷认亲了，从前的何澈澈摇身一变成了现在的戴维——戴氏传人！其效应各位正在亲眼目睹——这身西装是阿玛尼旗舰店本周最新到货，价值两万六千八百元人民币；皮鞋，意大利顶级作坊手工缝制；眼镜，范思哲限量版——这都是戴家亲戚们送的见面礼。戴氏夫妇出手就更大方了，轿跑，楼下停着呢。这还不算什么，戴维的舅舅的小姨子的大伯子是美国一大学的校董，属于常青藤名校，已经给戴维办好了入学手续，后天就飞过去读研！"

大家惊讶又羡慕，啧啧不已。

"澈澈——哦不，戴维——我真替你高兴！当初我留学就想去常青藤，可惜我舅舅的小姨子的大伯子不是校董，所以转道去了苏格兰。上帝保佑，"安妮画个十字，"我现在照样是精英！"

刘向前倍加惆怅，"咱们还争先恐后同情人家戴维呢，结果人家飞黄腾达了！我怎么就没这好命呢？"袁帅笑了，"那您得尽快找到您的亲生父亲！昨天回去盘问老太太没？"

"这必须的！我动之以情晓之以理旁敲侧击欲擒故纵，结果……"

戈玲忙打探，"你妈承认了？"

"结果演变成了对我爸的追思会！我发现我妈对我爸那真叫敝帚自珍，按说我爸缺点不少吧，可在我妈眼里都一分为二成了优点。就冲这个，我妈绝不可能背叛我爸！我彻底绝望了！"

"绝望？你应该自豪！他们这代人的爱情观就是坚贞不渝！"

欧小米很失落，"我也没机会跳槽进入豪门了，我昨天仔细勘察了，我妈肚子上还有剖腹产刀口呢！"袁帅忙贫，"那你入豪门的唯一途径只能是嫁入了！现在赶紧跟我培养感情，兴许还来得及！"欧小米反问袁帅，"那你找到亲生父母啦？是快餐大王还是钢铁大亨？"

"亲生父母是没指望了！昨天回家，一进门接了一个电话，我叔叔打来的，张口管我叫哥，说我声音跟我爸一模一样。还有什么可说的？我生是袁家人，死是袁家鬼！打死不能当叛徒！"

戈玲不免怅然，"你们都能找个人问问，我父母都去世了，查无对证，所以我的身世成了悬案。不过，我坚信我的历史是清白的！"刘向前不忘恭维安妮，"Anney总，我们的身世都太平平淡淡了。您就不一样了，肯定不同凡响，肯定相当传奇！"

大家似乎也都希望安妮爆出些故事来。袁帅凑近安妮，"你从哪里来？你是谁？如果你决定千里寻亲、追根溯源，本人舍命陪君子！说实话，这也是为我自己——对真正的岳父岳母大人，我充满了好奇！"

不料，安妮却嘻嘻笑了，"不必烦劳大驾，我已经找到亲生父母了！"

袁帅颇感意外，"在哪儿找着他们的？"

"就在我家。昨天他们坐火车过来的，没提前告诉我，就是想给我一个惊喜！"

戈玲忍不住，"那你怎么确认他们就是你亲生父母？"

"因为他们养育了我，把一切都奉献给了我。我长大成人，而他们却日渐苍老。他们是我伟大的Father and Mother！……"

欧小米第一个反应过来，"你说的就是你现在的父母？！"

"Yes！"

袁帅质疑，"你不说自己见过亲生父母吗？在一个骄阳似火的午后，他们来找过你……"

"Sorry，其实他们是人贩子！如果不是我父母追上，人贩子就把我拐跑了，那我就真有养父养母了！"

"真雷！咱们闹哄了半天，合着都是虚张声势，没一个敢于跟旧家庭彻底决裂的！也就人家戴维，勇敢地迈出了这一步！"

何澈澈却自有一番感悟，"不是决裂！安总说得对，养育之恩，恩重如山。何爸爸何妈妈把我养这么大，不管到什么时候，他们永远都是我的爸爸妈妈！我一定会报答他们的！"

袁帅深为赞同："看见没有？我兄弟没白受我熏陶，就是义薄云天！"他边说边与何澈澈热烈握手，"兄弟，我的好兄弟，哥平时对你薄不薄？"

"不薄！挺厚的！"

"记着哥的好处！苟富贵，勿相忘！"

欧小米安慰何澈澈，"别难过，你后天走了也好，要不然老受他熏陶，你后半生就毁了！"戈玲有些舍不得，"澈澈——噢戴维，还真叫不惯——你后天真要走了？"

"机票都订好了。我今天就是来跟大家告别的……"

编辑部众人无不感到怅然若失。尤其是三个女人，眼圈都红了。气氛一时有些沉重，袁帅便打趣："戴维，其实他们特想哭，就是拉不下脸，不好意思！"

袁帅这么一说，安妮等人忍俊不禁，哭笑不得，气氛立刻轻松了许多。

太阳照常升起。

编辑部众人一齐走出电梯，闲聊着走向编辑部。袁帅走在前面，发现编辑部大门洞开，立刻警觉地站住了。随后的几个人也发现情况不对。

"门怎么开着呢？失窃了！"

"啊！赶紧报911！"

"你们海归别身在曹营心在汉啊，中华人民共和国报警请拨110！"

袁帅听到屋里窸窸窣窣有动静，连忙示意大家噤声。他顺手抄起一根木棒，蹑足摸进门。刘向前吓得不敢进去，安妮急得推开他，脱下高跟鞋当武器，跟在袁帅身后摸进去。只见一人俯身鼓捣着什么，袁帅和安妮悄悄摸到对方身后，刚要给其致命一击，对方闻声回身，却是何澈澈。何澈澈穿着朴素，看样子正在打扫卫生。袁帅和安妮大吃一惊。袁帅愣了，"我是老眼昏花啦？还是在做梦呢？安妮你掐我！"安妮狠狠掐他一把，袁帅疼得嗷一声。戈玲等人闻声进来，见状也都瞠目结舌。

"戴维?！你不飞了吗?！"

何澈澈显得很平静，继续打扫卫生，"我回来上班，你们不欢迎?"

大家莫名其妙。"戴维……"

"NO！我不是戴维!"大家揣测着，"DNA结果出来了?"

何澈澈把他与父母的合影重新摆到桌上，舒了一口气，冲大家笑了。

"我不是戴维。我是何澈澈。"

"那谁是戴维?"

这暂时是个无法回答的问题。但在最新一期的《WWW》上，刊出了附有何澈澈近照的一则寻人启事：

寻戴维，生于1991年10月12号上午9点28分31秒，第一妇产科医院二楼203产房。特征与此人相像。有知情者请告知《WWW》编辑部，必有重谢!

十九 非诚勿扰

欧小米长得不能说多标致，可是有神，属于比较打眼那种。她是八〇后，从里到外都是后现代，乐活族月光族宅女什么的这些时髦的毛病，她身上都多少沾点儿。性格属于混搭多变型，成熟起来比谁都成熟，幼稚起来比谁都幼稚，一会儿阳光，一会儿颓废。可能还在生长发育期，没最后长成呢。别看她岁数不大，这小女子精灵古怪，属于小坏水时不时总冒着，细水长流，毒丝不断，挺难拿的一种劲儿。戈玲这等精明刁钻的人物，一不小心都能让她给绕进去。

这天，欧小米又来新鲜的，冷不丁宣布："我昨天爱上了一个人！"

大家都瞪起眼睛来。

"在当众宣布之前，你应该首先通知本人……"袁帅喜不自禁。

"我也想。可惜联系不上他。"

"我二十四小时开机啊！"

"我声明，此事真与你无关！"

安妮和戈玲兴冲冲地跑出来，迫不及待地打听，"小米，谁是你的白马王子？"

"不是白马是黑马！想夹塞儿是吧？先问问我这双铁拳答不答应！"袁帅摩拳擦掌。

"其实你们都知道他。他说过这样的话——这只是工作。草在长着，鸟在飞着，波浪拍打着沙滩，而我痛打着别人。"

大家恍然大悟，异口同声地说出那人的名字："拳王阿里?！"

袁帅握紧的拳头赶紧松开了，"那要不拳头就算了吧，咱泱泱大国不靠拳头说话!"

"我觉得他很酷!他才是真正的明星!现在这些人都想学他,又学不像!"

"还好!此人常年在神殿里关禁闭呢,对本人构不成实质性威胁!"袁帅窃喜。

安妮发表点评:"这就是娱乐——山不转水转,周而复始,循环往复,几十年前的流行说不定哪天又刮回来了!作为娱乐记者,咱们的小米成熟了!"

"谢谢当众表扬!主编,那这个选题就定了啊!"

"定!不过眼下最要紧的还不是这事儿,我跟安妮刚商量了,安妮有个好想法!"

"今天什么日子?"安妮神神秘秘地扫视大家。

冷不丁一问,大家有点儿发愣。

"8月9号,星期四,农历六月二十二!"刘向前抢先回答。

"这算什么特别日子啊?"袁帅不以为然。

"两周后呢——七夕,牛郎织女鹊桥会,中国情人节!我们《WWW》有征婚版,我想趁着七夕,跟婚介公司联办一场鹊桥会,一定很High!"

"嗨,说了半天——保媒拉纤啊!"袁帅大失所望。

"解决大龄男女婚姻问题,也是为和谐社会作贡献嘛!"

欧小米、何澈澈相视一笑:"那我们就不发表意见了!"

"我最惊喜的是,这回Anney总跟主编没有分歧!"刘向前说道。

"我听出来了,"袁帅起哄,"刘老师意思是说,在这件事儿上,安红跟主编有共同利益——她们在造福他人的同时,也能造福自己!再通俗点儿说,近水楼台,有好的目个儿先留卜!"

"胡说八道!"戈玲尴尬。

"主编您老是不好意思,我就顺水推舟地承认,我还就是这么想的。"安妮直言不讳,"我凭什么要后天下之乐而乐啊?咱中国地大物博,只要撒大网,找个跟我般配的应该不难,就此一举粉碎某人的不良企图!"

"在这点上,安红你应该老老实实向主编学习,学习她对二总忠贞不二的精神!"袁帅立刻阻止。

"我再次严正声明,我跟耿二雁没有那种关系!"戈玲始终不肯承认这一点。

鉴于征婚群体鱼龙混杂，为严防不良分子钻空子，编辑部决定要把好关，报名参加者先要过遍筛子，遴选合格者方可入内。江湖帖发出去，一呼百应，应者如云，其反响远超预期。编辑部大家一边整理来函，一边议论。

"我还担心这鹊桥会搞不起来呢，没承想报名的乌泱乌泱的，看来现在这剩男剩女还真成社会问题了！"戈玲说。

"主编，这我就得给您提意见了——在咱们编辑部，不能提'剩'字，有人多心……"袁帅一边说，一边睃着安妮。安妮立刻反唇相讥："就是！号称情场高手，万花丛中如入无人之境，结果偏偏成了剩男。主编您不能哪壶不开提哪壶！"

"非得以牙还牙，不厚道！你看人家小米，特吃话，从来对我都是笑脸相迎！"

欧小米龇牙一乐，"请您擦亮眼睛，我那分明是冷笑！"

"我发现一个现象——"刘向前发表高见，"有的别看没结婚，可不是感情空白，说不定情感经历比结婚的还丰富呢！现在结婚跟不结婚没什么区别，单身的过着已婚生活，已婚的过着单身生活，颠倒错位！"

安妮面沉似水，刘向前一见，连忙解释："Anney总我不是说您……"

"那就是说我啦?"袁帅阴阳怪气。

"我谁都不说了行吗?"刘向前心想：剩下还有理啦?!

"男人不是不想结婚，是不敢结婚！跟一个好女人结婚，是在暴风雨中找到了避风港，这算走运；跟一个坏女人结婚，是在港中遇到了暴风雨，基本就沉了！"袁帅解释。安妮立刻针锋相对："男人就是打着这种旗号公然消耗女人青春的，而且拒绝负责任！你们不是说嘛，跟情人结婚，就好比房子本来可以白住，结果你非得花钱买了过户！嗯哼?"

"错了，其实最后受伤的往往是我们男人！"袁帅不甘示弱，"有句话特精辟——男人的谎言可以骗女人一夜，女人的谎言可以骗男人一生！"欧小米不以为然："这问题有什么可争的? 喜欢就结，不喜欢就离，很简单嘛！"戈玲很是感慨："现在年轻人都这么想，所以才这么多闪婚闪离的！我们那时候不一样，不管结婚离婚，都经过长期的思想斗争，不像现在这么不负责任！"

"主编您得这么想，"欧小米说道，"要是一张结婚证定终生，嫁鸡随鸡嫁狗随狗，那谁还敢结婚？除非像你们那代人，有大无畏革命精神！就是因为现在社会进步了离婚容易了，所以人们才前赴后继结婚的！"

何澈澈正从网上调资料，"逆向思维！这儿有个数据，今年领结婚证的人比去年同期增加17%，与此成正比的是，离婚率二十年增加二十倍。"

"五十年代离婚，多为包办婚姻；六十年代离婚，多为阶级成分；七十年代离婚，多为路线原因；八十年代离婚，因为搞不清结婚原因；二十一世纪离婚，基本就没有原因。"安妮分析。

"说得头头是道！没有实践就没有发言权！"袁帅攻击。

"没吃过猪肉还没见过猪跑啊！"

刘向前对此有一番高论："从经济学角度看，离婚只是想改变和生活的交易方式。婚姻市场的资产重组频率正在加快，虽然共有家庭可以获得规模经济，但爱情跟房价似的越来越高不可攀，婚姻风险比股票还大，更多人考虑在被套牢之前赶紧平仓。所以说，离婚相当于对不良资产的剥离。"

何澈澈一边飞快地敲击着键盘，"在离婚问题上，穷人比有钱人诚实勇敢，因为有钱人离婚成本太高。默多克离婚付出十四亿欧元，萨伯斯十亿美金，卡舒吉七亿欧元。"

袁帅接过话茬："离婚成本最低的是沙特，连说三声'离婚离婚离婚'，这婚就离了；尼泊尔是在枕头底下放两颗槟榔；乌干达那么穷，还得杀头牛呢！中国从2003年10月以后，带齐了身份证、户口本、结婚证，不超过二十分钟！"

"Stop！"安妮发现不对，及时叫停，"我们说征婚呢，怎么跑到离婚上去啦？"大家都笑了。"征婚征婚！继续！"

话音未落，一名男子（D男）出现在门口。他其貌不扬，西装单履得一丝不苟，系着领结，但一看就是劣质品。

"Hi——！"

"Hi——！"D男模仿安妮，"咱们这儿是组织征婚吗？"

"Yes! Come in！"安妮彬彬有礼。

D男想迈步进来，又想表示自己礼貌："用不用脱鞋？"

"免了，反正您又不上炕！"袁帅大手一挥。

D男进了编辑部，有些激动，"确实跟一般婚介公司不一样——说外语！就是素质高！"

"先生您误会了！她一看见系领结的，就当是外宾！"

D男听不出来袁帅挖苦他，还挺得意，"真的？我真像外国人？您别是奉承我吧？"编辑部大家啼笑皆非。

"说您像外国人是奉承您，合着我要说您像中国人就是贬低您了是吗？"

D男眨巴眨巴眼睛，"反正我挺有自知之明的！"

"咱们言归正传，我们那份统一表格您填了吧？"戈玲问。

D男双手递出一份填好的表格：身高一米六八；体重六十公斤；血型B；无遗传病史；中专学历；公司会计；最喜欢的书——《新华字典》；最珍爱的物品——计算器；自我评价——D男。

"什么叫D男？又是网络词汇？！"戈玲不解其意。

"要是网络词汇，我字典上应该有啊！"何澈澈也没听过。

D男向编辑部大家解释，"人有三教九流，也分三六九等。如果按ABCD来划分的话，我认为自己属于D类，也就是D男。"

"你对自己评价挺客观的，应该不难找到合适的伴侣！"

"对！我们发现了，大部分征婚者都自我定位不准确！你心态这么平和，征婚已经成功了一半！"

这话触动了D男的心思，他感慨地长叹一声：

"可是天不遂人愿，我征婚都N次了，总以失败告终！"

刘向前深表同情，"那些D女也是，还惦着找白马王子？一点儿不切实际！"不料，D男却立刻声明："我不找D女，我找A女！"

编辑部大家大感意外。

"敢情是你不切实际啊？！"刘向前改了口。

"我就是从实际出发，所以才这样选择的！"

大家愈发困惑了。D男却自有一番理论，"从理论上讲，男人都有控制欲，在寻找伴侣的时候都会选择比自己略差的，也就是A男配B女，B男配C女，C男配D女，而A女、D男轮空。这就造成了一种局面，D男没人要，A女没人敢要。"大家开始被D男的分析吸引住了。

"D男反正也没人要，追不追A女都不会有损失，置之死地而后生，D男只有追A女这华山一条路。如果A女不是铁了心宁缺毋滥，那就只有让我们D男如愿以偿！"大家瞠目结舌。

"这不就是常说的赖汉娶娇妻吗？！"

"也叫鲜花插在牛粪上!"

征婚的人纷至沓来。一位女子把厚厚一摞稿子递上来。她留着那种清汤挂面的长发,一脸琼瑶式的哀怨。安妮想伸手接,一看稿子的厚度,又顿住,一脸的狐疑,"这是什么?"

"这是我的征婚启事。"

编辑部的人无不惊愕。

"My God!征婚启事简明扼要就行,没必要这么长!……"

"可是我和他的故事只有这样娓娓道来才说得清啊!"

"您说的他,是……"袁帅好奇。

"是男的。"

"这我知道。您再说具体点儿……"

"他穿一件卡其布风衣,竖着衣领,里面是黑色毛衣……"

"何方人士?姓甚名谁?"

"我和他只是擦肩而过,一面之缘,茫茫人海,从此各自飘零。"长发女子怅然摇头。

编辑部大家似乎听出些端倪。

"我明白了,你和他其实不认识,只是某一次不期而遇,从此在你心底埋下了相思的种子!"

长发女子如遇知音,"你也爱好文学?!我原来最喜欢的作家是琼瑶!"

欧小米对袁帅小声地,"现在改张爱玲了……"

"现在是张爱玲!"果不其然。长发女子翻开稿子,读着:"独坐幽篁里,弹琴复长啸。深林人不知,明月来相照。春梦觉来心自警,往事般般应。2012年的第一场雪,比以往时候来得更晚一些,停靠在八楼的2路汽车,带走了最后一片飘落的黄叶……"

袁帅赶紧打断女子的抒情,"那人莫不是叫刀郎吧?"

"他叫什么名字并不重要,重要的是他跨上2路公共汽车的那一刻起,我就爱上他了。真正的爱情都是一见钟情式的。我特意买了月票,天天坐2路,但再也没有与他相遇……"

戈玲感慨:"琼瑶跟张爱玲真害人不浅,世间这些痴情女子啊……"

"所以我要把我们的相遇写下来,我相信他如果看到了,一定会想起我,想起2路公共汽车……"

编辑部大家面面相觑，不知该鼓励还是劝阻。

"我明白了，你这不是征婚启事，是寻人启事！"

"……如果我是喜儿，那么我的征婚对象肯定首选黄世仁！"一名女大学生一语惊人，"我认为这是喜儿脱离苦海的捷径！喜儿如果选择大春，吃不饱穿不暖，只有一块儿吃苦受罪，根本无幸福可言；如果嫁给黄世仁，喜儿起码能衣食无忧。你们一定会痛斥我这是在出卖尊严，可是请问，一个人连温饱问题都解决不了，还谈何尊严?！所以，嫁给成功的中年男人，这就是我的成功！"

而一名大腹便便的中年男子说到征婚条件也理直气壮："……说了半天，别的都是其次，最主要的就是——我要找年轻的，没结过婚的！"

"你自己多大岁数了？你不也是离婚的吗?！凭什么就得要求女的年轻未婚？"戈玲面露愠色。

"女人跟男人不一样！"

"怎么不一样？男女平等！"安妮也有些不快。

"说是这么说。没结过婚的女人是一手女人，离婚的是二手女人，这女人好比汽车，你就是再名贵，二手的也贬值；男人好比房子，不怕二手，换手率越高，升值越快！"

一份征婚启事则是这样写的："……对方要帅，有车，有豪华的房子，身边有很多很多钱，长得酷，还不花心，而且特别有安全感……"

欧小米抬起头看着大家，茫然地问："这样的人存在吗？"

"百度一下！"何澈澈劈里啪啦地敲击键盘，然后指着电脑屏幕，哭笑不得的样子。大家呼啦围上来，只见搜索结果显示为：奥特曼在银行下象棋。

这并不是最雷的，安妮发现了一份更匪夷所思的征婚启事。

"……本人非常漂亮，是那种超凡脱俗赏心悦目的漂亮，用国色天香、倾国倾城、艳若桃李、美若天仙、凹凸有致、魔鬼身材来形容也毫不为过。欲诚觅年薪百万以上成功人士为终身伴侣。令我百思不解的是，很多成功嫁给富翁的女子看上去相貌平平，而相貌出众的我却不能如愿，希望你们能解答我的困惑！"

对这类问题，刘向前了然于胸，立刻就给出了答案，"其实很简单，这是一笔财、貌交易。甲方提供美貌，乙方出钱，公平交易，童叟无欺。但问题在于，甲方的美貌会随着时间消逝，而乙方的钱不会无缘无故地减少，甚至还可能逐年递增，而甲方不可能一年比一年更漂亮。从经济学角度看，乙方是增值资产，甲方是贬值资产！"

女人暗自心惊，袁帅则扬眉吐气。

"而且是加速贬值！"袁帅对安妮、欧小米说，"就算你们现在貌美如花，未来五年里还能凑合，过十年，基本就不忍再看了！所以我诚恳奉劝你们，早点儿被我收了吧，何必非等到年老色衰再抛售呢？到时候本人可不一定接盘！"

安妮、欧小米对袁帅瞋目，异口同声："机会主义分子没有好下场！"

"我还没说完。"刘向前接着前文，"每笔交易都有一个仓位，对一件加速贬值的物资，明智选择是租赁，而不是购入，更不宜长期持有。年薪百万以上的都不是傻瓜，所以和美女，他们会和你交往，但不会结婚！"

征婚者就像涓涓细流，来自四面八方，一开始不显眼，但最后汇成汪洋大海，蔚为壮观。编辑部的人站在岸边观海，也不免惊心动魄。谁也不敢说事不关己，说不定一个浪头过来，就把谁卷下海了。

"称得上征婚启事大全，有煽情版的，搞笑版的，悲伤版的，绝望版的，应有尽有！将来择偶是世纪难题，征婚启事应该算基本写作，人人都得会。潺潺，好好预习啊！"欧小米赞叹着。

何潺潺态度最为超然，"在这个问题上，偶是三不男！"戈玲又听不懂，"天天都有新名词——怎么个'三不'？"

"不主动，不拒绝，不承诺。"

戈玲显然不认同，"自古以来都是雄性追求雌性，现在倒好，男的都三不了，那女的怎么办？"

"女的也三不——不善良，不等待，不言败。"欧小米紧接着说。

"整个儿阴阳颠倒！真搞不懂你们新新人类！"

有人敲门。大家闻声望去，只见一对满头银发的夫妇站在门口。

"请问你们是中介吗？"老先生问。老太太显得不耐烦，兀自跨步进门："哎呀，什么中介？婚介！"

屋里的人一时弄不清他们的来意。"您二位是……"

"我姓铁!"老先生一指老太太,"她是我老伴儿!"

"我还是你老伴儿吗?什么都不听我的!"

"你还不听我的呢!跟你过一辈子了,什么时候听过我的?!"

"合着你还有怨气是吧?过一辈子怎么啦?不想过别过!"

"无理取闹嘛!不过就不过!"

老两口进门就吵。安妮闻声从自己办公室跑出来,拖鞋都甩掉了一只。大家首先劝架。"老二位先别吵,有话好好说!"

"你们想分手?现在老年人观念也很前卫!不过,我们这儿是鹊桥,不是廊桥,你们离婚应该去……"安妮好心提醒。

不料,老两口立刻掉转枪口一致对外,都冲安妮来了。

"谁说我们离婚?您什么意思?"

"你们婚介是当红娘,没听说还外带鼓动离婚的!"

"我跟老伴儿还得继续牵手呢,谁也休想拆散我们!"

刘向前赶紧替安妮解释:"我们Anney总真没想拆散你们!我们是不太明白,您二位来我们这儿有何贵干?"

"还能干什么?鹊桥会,相对象呗!"

编辑部的人更纳闷了:"你们这么大岁数还鹊桥……会谁呀?"

"会姑爷!"

"我们是替女儿来相亲!"

大家这才恍然大悟:"您女儿自己怎么不来呢?"

不等老夫妇回答,戈玲深有体会,"现在这孩子,没辙!我们家李子果不也是嘛,什么都得我亲力亲为,社会能力退化了!"

"敢情您家里也有这么一姑奶奶?!"老夫妇终于遇到了知音,"我这女儿,三十五了,也没个对象,把我们老两口愁得!"

"我们俩怄气,全都因为她!"

"我们着急吧,她自个儿倒不急!她越不急,我们就越急!"

"刚三十那会儿她着急,天天闹心要把自个儿嫁出去!现在眼瞅奔四十了,反倒不提这事儿了,我们一问吧,还跟我们不耐烦!"

编辑部大家宽慰老两口。

"您别着急,您看我就不着急!"安妮一脸轻松。

"你当然不急啦!孩子几岁啦?"

"瞅您说的！我们Anney总未婚！"刘向前忙说。

老两口很惊讶，"你们这儿找对象近水楼台啊！"

安妮赶紧岔开话题，"就算我先人后己吧！鹊桥会大龄男女挺多的，您女儿喜欢什么样的？"

老先生从包里掏出一张人像画："就这样的！"

"我女儿喜欢画画，这是我们从她屋里偷偷翻出来的，一定是她心目中男朋友的形象！"

编辑部大家仔细端详画中人。

"怎么瞅这人面熟呢？"

"我也觉得似曾相识！"

"是呢……"

正这时，袁帅挎着相机意气风发地从外面回来了，"同志们好！"

何澈澈眼睛一亮，立刻指定袁帅，"帅哥！"何澈澈一语道破，大家都深以为是，不约而同发出惊叹之声。袁帅不知怎么回事，赶紧检查自己周身上下，"怎么啦？我哪儿不对？"

那对老夫妇喜出望外，激动地把画举到袁帅眼前。袁帅定睛一看，愣了，"谁给我画的？还挺像！"

老夫妇一左一右紧紧攥住袁帅，"踏破铁鞋无觅处，得来全不费功夫！我们找你找得好苦哇！看你这回还往哪儿跑？！"

袁帅被艳遇了。安妮、欧小米岂能放过这机会，两人一唱一和，拿他调侃。

"　　名牌大学毕业，留校任教，知书达理，还喜欢美术、音乐！"

"而且长得特清纯，披肩长发，是帅哥一见倾心的那种！"

"铁姑娘各方面条件真不错，而且她父母对你那么主动热情，就是铁石心肠也早被感化了！我觉得帅哥你应该认真考虑考虑！"

"还有什么可考虑的？！帅哥能遇上这么一人，是祖上积德！这么大一漏儿，偏偏让他捡着了！"

"你驰骋情场这么久了，也该有个归宿了！"

"往后洗心革面，好好对人家，踏踏实实过日子！"

袁帅立刻反攻，"我知道此时此刻你们俩心情十分复杂，嘴上越这么说，

越说明你们对我恋恋不舍！谁让你们拿村长不当干部拿豆包不当干粮的？现在才知道我是紧俏商品，悔之晚矣！本人决定满足铁家人的心愿，把铁姑娘娶了！"

安妮、欧小米半信半疑。

"这么有魄力？"

"你跟铁姑娘总得见面谈谈吧？"

"也就是走个程序！她画的意中人是我，这仅仅是巧合吗？NO，这是天意！冥冥之中，我们的缘分早已注定！"袁帅故意照镜子，"哎，你们说我磁场怎么那么强？辐射那么广？竟然让一素未谋面的女子痴恋于我！"

安妮突然把脸一沉，拔腿就往自己办公室走。到了门口，站定转身，盯着袁帅下命令："进来！向我汇报工作！"

袁帅进了门，安妮端坐在办公桌后，绷着脸："关门！"

袁帅关好门，不知道安妮意欲何为，"安红……"

"请注意称谓！我们是上下级关系，要学会尊重领导！"

见安妮真沉了脸，袁帅立刻改口叫"安总"，不料安妮还是不高兴。

"叫得挺顺口啊！我就知道你从来没把我当成最最亲近的朋友，刻意跟我保持距离！"

"叫'安红'不行，叫'安总'也不行，近了不是，远了也不是，你让小生我如何是好？"

安妮一拍桌子，开始审问，"我问你，你是不是真打算跟铁姑娘发展外交关系？"袁帅这才明白安妮的用意所在，便故意装傻充愣，"既然这是你们的衷心希望，那我就替你们实现了呗！人家姑娘又那么好，我再鸡蛋里挑骨头，不合适！"

安妮咬牙切齿，"这么说，你以前都是虚情假意、逢场作戏?！我就知道你是这种人！幸亏我旁敲侧击、察言观色、长期考察，屡次扼杀了自己的冲动，要不然险些被你始乱终弃，一失足成千古恨！""我终于听到了你的心声！"袁帅狡黠地笑着，安妮意识到失态，赶忙掩饰，"我没说我，我……说欧小米呢！你考虑过她的感受吗？对她，你就没有一点儿不安和愧疚吗？"

"小米还年轻，我最放不下的主要还是你！上回咱妈那菊花都钦定我当驸马了，谁让你不抓住机会顺水推舟的！"安妮又羞又恼，正要有所动作，外面电话响了。来电话的是铁姑娘她爸，袁帅连忙跑出来连连比画，示意欧小米假说他不在。

"铁伯伯，袁帅他……不在……啊，您一会儿过来？……噢，没事儿……
Bye！"欧小米挂断电话，袁帅叫苦不迭："别让他来啊！"

"人家来找女婿，我能拦着不让吗？"欧小米说，"肯定是让你跟铁姑娘
见面！"

只听外面电梯叮咚一响，脚步声越来越近。袁帅以为铁先生来了，吓得
脸色大变，"坏了，真来了！"袁帅赶紧找地方躲藏，但桌子底下藏不住人。

"你躲什么呀？"

"这人口是心非！"

袁帅往安妮办公室里扎，一边冲安妮、欧小米作揖，"替我挡着！千万
千万！"袁帅刚躲进安妮办公室，果然有人进了编辑部。但来人不是铁先生，
而是一位身穿苏格兰裙、怀抱鲜花的老外——安德鲁。

安妮一见此人，花容失色，慌忙想转身回避，而对方一眼就发现了她。

"Anney！"

安妮只得强作笑脸，"Hi，Andrew！Why did you come？"

"不是七夕鹊桥会吗？来得早不如来得巧，我要报名参加！"

听到安德鲁一口京腔，不光欧小米，连安妮都非常吃惊，"Andrew，你
中文进步这么快？"

"说来话长！在苏格兰你蔫溜了，我追到北京来满世界找你，时间一长，
中文当然溜儿啦！"

"我说怎么跟小沈阳一样也跑偏呢？敢情是苏格兰原产！"何澈澈来上一
句。欧小米听出些眉目："原来你是她男朋友？！"

"不才，哥们儿正是！"安德鲁殷勤地向安妮献花，安妮左右为难，欧小
米抢前替她接过花，"我先替她收着！"

这时，刘向前从外面回来了，正好目睹这一幕。安妮连忙解释："都别
听他瞎说，他是我在苏格兰的同学！Andrew，你到底怎么找到我的？"

"嗨，甭提啦！也算是瞎猫碰死耗子吧，总算找着你了，牛郎织女相
会了！"

"你从哪儿学的一口京片子啊？"

"我在北京一帮哥们儿呢！"安德鲁很是得意，"Anney，到中国我发现，
我不只喜欢你，中国的一切我都喜欢！……"

袁帅躲在门里听得真切，立刻警觉起来。

编辑部人一多，安德鲁兴致高涨，"Anney以后不要叫我Andrew，我中文名字叫安子文！"

"真是中国通啊！"刘向前赞叹。

"我热爱中国文化！要不我给你们说段绕口令——说从南面来了个哑巴，腰里别着个喇叭，从北面来了个喇嘛，手里拎着半斤鳎目。这哑巴……"

"行啦，我们知道你会绕了！"安妮打断。

"我还会京剧！驸马爷近前看端详，上写着秦香莲三十二岁，状告当朝驸马郎……"

"好！京腔京韵，地道！"刘向前夸张地叫好，"安子文同志，你就是传播中国文化的使者！"

"刘老师您搂着点儿，安子文同志实在人，受不了您这么捧杀！"欧小米提醒。"千万别夸他，他人来疯！"安妮嘱咐。

但为时已晚，安德鲁果然愈发来劲了，"我还会中国功夫！"说罢，安德鲁拉开架势，煞有介事地打起了太极拳。

突然，袁帅拉门出来，径直来到安德鲁对面，目光咄咄逼人。袁帅脑中浮想联翩，想象着自己与安德鲁各持一把长剑，相距数米对峙，准备决斗。编辑部其他人在旁观战，神情紧张。袁帅奋不顾身地挥剑冲向对方，安德鲁挥剑相迎，两把剑啪地撞出火花。

袁帅醒醒神，啪地摆出一个白鹤晾翅的架势，与安德鲁针锋相对。安德鲁的太极动作顿在中途。袁帅忽而把招式变成仙人指路，忽而又黑虎掏心，把安德鲁看得两眼发直，认真而机械地模仿。袁帅一看达到了效果，立刻收势，显得很不以为然。

"你以为会说段绕口令、唱段京剧、比画几招花拳绣腿，就算中国文化啦？NO！中国文化博大精深，连我都不敢说学到了九牛一毛，何况尔乎?!"

好不容易把安德鲁对付走了，袁帅身心俱疲。

"安子文感觉出来了，你是想给他个下马威！"欧小米对袁帅说。

"我刚才惦着提醒你，在外国友人面前，我们要表现出高风亮节，注意国际影响！"刘向前说。

"那就更不能误读中国文化了！"袁帅振振有辞，"大老远跑来学习中国文化，咱欢迎，可是学要学精髓，要不然人家真以为咱泱泱大国就这么点儿家底儿呢!"

"安子文要不是安总男朋友,你是不是就倾囊而授啦?"

"那安子文更得学成脏口儿了!"何澈澈抢先说。

袁帅并不认同,"咱首先澄清一概念——谁说那安德鲁是安妮男朋友啦?他们就是纯洁无瑕的同学关系,顶多就是剃头挑子一头热!再说俩人都姓安,说不定还是近亲呢,能有那关系吗?"

正说着,安妮从里间出来。袁帅立刻迎上去,"安妮,面对绯闻,你不能再沉默了!作为你的发言人,我随时准备站出来辟谣,还你清白!"

安妮故意显得若无其事,"绯闻怎么啦?哪个明星没绯闻?绯闻说明我有魅力!"

"我知道我选择铁姑娘让你倍感失落,所以你用这种方式跟我赌气!我这不把你给害了吗?!要不我跟铁姑娘好好谈谈,让她把我让给你得啦,说不准她一时糊涂能答应呢……"

如今,安妮终于有了还击袁帅的机会,"千万别!你放心你害不了我!Andrew在苏格兰就一直追我,又追到了北京,马上要正式向我求婚——这份感情惊天地泣鬼神,我有什么理由拒绝呢?嗯哼?"

"我就说嘛,你不可能没有历史问题,果不其然有前科,而且还涉及国际关系,情史极其错综复杂!"

这时,戈玲从外面回来了,一进门就嚷嚷,"鹊桥会压轴好戏——有人来求婚了!"

"真来啦?"安妮吓了一跳。

"这么大一钻戒,人马上就到!哎哎,他向谁求婚啊?"

安妮顾不得解释,慌忙就往自己办公室躲,"就说我不在!"袁帅见安妮躲进办公室,顿感欣慰,不禁摩拳擦掌,"说曹操曹操到!我今儿就来个不战而屈人之兵!"

一男子出现在编辑部门口。此人相貌虽平平,但目光炯炯,手里果然捏着一枚熠熠闪光的钻戒。欧小米显然认识来人,惊讶地迎上前去。"马总?!怎么是您啊?"

一看来人不是安德鲁,袁帅刚放松,见欧小米这样,立刻又警觉起来,"马总?哪个马总?"

刘向前此时也认出了来人,反应很夸张:"是您啊?!"对大家说,"就那马总——前年想收购微软，去年想收购苹果，今年想收购好莱坞，福布斯年年榜上有名——就那马总啊！"

编辑部大家恍然大悟。

"我说瞅着面熟呢！想起来了，欧小米做过他一个专访！"何澈澈立刻警觉起来，"不会是来收购咱编辑部的吧？"

马总走到欧小米跟前，举起那枚钻戒，首先向全场进行展示。钻石光芒四射，引起一阵惊叹。马总抓起欧小米的手，就要往上戴钻戒。欧小米连忙抽回手，"您这是干吗？"

"我爱你！"这一回，轮着欧小米目瞪口呆了。

欧小米对马总有过一次采访，采访也没什么特别的，至于对方为什么找上门来求婚，大家集思广益，分析产生了N个理由，哪个都说得通，又哪个都勉强。也许，求婚根本不需要理由。

安妮、袁帅、戈玲、欧小米紧急磋商对策。戈玲透过百叶窗，只见马总坐在外间，刘向前、何澈澈正设法稳住他。

"没这样儿的，欧小米都拒绝他了，他非说理由不充分！还在外头坐等呢，咱们得赶紧想办法说服他！"安妮着急起来，"不都说亿万富翁特别忙吗？我看他挺闲的，惦着跟咱耗了？！我算算啊，就算他能活到80岁，80乘以365，然后除一个亿，等于3424块6毛5，这就是他一天的成本！"

"看了吧？这起码说明人家是真心付出！"欧小米冲袁帅撇嘴。

"大错特错！对你来说这是钱，对他来说这就是数字，没任何意义！"

"一个亿啊！要是Andrew拿这么大钻戒向我求婚，我会不会当场就答应了？"安妮与欧小米一唱一和，半真半假的，弄得袁帅有点儿紧张："我看出来了，夜长梦多！我还是出去给他最后通牒吧，三分钟之内消失，不然就打110！"袁帅起身就要往外走，欧小米拦住他："别别！不合适！人家是来向我求婚，又不是耍流氓！"

"马总再怎么也算个社会名流啊！既是财经人物，又是话题明星，当今最流行这种跨界——Armani跟三星合作出手机，Asus跟兰博基尼出笔记本电脑，都跨界！"安妮故意渲染。

袁帅心里不是味儿，忍不住挖苦，"我就知道，所谓视金钱如粪土，那是因为钱还不够多！对万元户，女人就哼一声；对百万年薪的，瞥一眼；对千万富翁，笑一笑；对亿万富豪，那就投怀送抱了！"

"你要这么说，我还就面对金钱犹豫不决了！凭什么非要求我们跟钱过不去啊？要不我就考虑考虑马总的求婚？"

袁帅有点儿慌，"又一个跟我赌气的！其实我也没说娶谁不娶谁，跟安红你们俩友好协商一下，毕竟属于人民内部矛盾嘛！总而言之不能鹬蚌相争，让马总得利！"

"我们俩商量过了，一致决定让你鸡飞蛋打！"

"终身大事，三思而后行！切切！"

"男怕入错行，女怕嫁错郎！严肃对待，别儿戏啊！"戈玲提醒。

"还是让上帝决定吧！"欧小米掏出一枚硬币，"正面儿答应，反面儿不答应！"欧小米抛出硬币，硬币在桌面上打了几个旋，倒了——正面儿。

"正面儿……你答应他？"袁帅神情紧张。

其实欧小米并不想这样做。

"这回试试，不算！重新来！"欧小米再次抛出硬币，这回是背面儿。

袁帅乐了："背面儿背面儿！让他走人！"

欧小米似乎又有些遗憾。"三局两胜！"欧小米又抛出硬币。

硬币在半空中划出一道抛物线，然后自由落体，在桌面上旋个不停，把大家心都揪起来了。就在此刻，外面忽然大乱。几名穿白大褂的医护人员和马总下属冲进编辑部，对马总实施围追堵截。

"抓住他！抓住他！千万别让他再跑喽！"

马总左冲右突，最后还是被七手八脚地抓住。刘向前、何澈澈以及闻声出来的安妮、欧小米等人，都被眼前的情景弄糊涂了。

"你们哪儿的？怎么随便抓人？"

"精神病院的！他是我们那儿病人，偷跑出来的！"

欧小米大吃一惊，"他精神病？"

"我要收购美国！收购欧洲！收购世界！"马总声调亢奋。

"看了吧？又犯病了——妄想狂！是不是又向谁求婚啦？"

"我爱你！"

"第八个了！您答应了吗？"

"没有！我们这儿的女子岂是金钱可以收买的?!"不等欧小米回答，袁帅立刻矢口否认。

大夫竖起了大拇指表示赞叹，"难得！不瞒你们说，前边那七个全魔怔了，现在有俩还闹死闹活要嫁他呢！这不坑人吗?!"

一行人强行拽着马总出门远去。编辑部大家感慨万千。

"真庆幸！欧小米真要答应了他求婚，这事儿不成笑话了嘛！"

"我知道欧小米没想答应他！一个亿啊，这么大一馅饼砸下来，愣没折腰，欧小米挺让我佩服的！甭看我痛斥拜金主义时候义正词严的，真要有一亿万富婆这么考验我，我还真不敢保证不失身！"袁帅道出了心里话。

"算你说实话！"安妮说道。

"其实我内心经过了激烈的思想斗争！没这么考验人的！"

"小米这儿是一场虚惊，安妮，袁帅，你们俩打算怎么办?"戈玲抛出问题。

袁帅和安妮这才想起来，同时看表。

"一小时以前Andrew就说来，怎么还没到啊?"

"铁家人也早该到了啊！"

"你打算跟铁姑娘怎么说?"安妮问。

"实话实说，我会建议她清醒认识她和我之间的差距。女人如果不性感，就要感性；如果不感性，就要理性；如果没有理性，就要有自知之明；如果连这都没有，她就只有不幸！我好事做到底，负责帮她在鹊桥会找一门当户对的！"

"我也劝过Andrew，可他说他就喜欢东方就喜欢中国！"

"叶公好龙！你给他摊个山东大煎饼，看他吃得下去吗？通过长期观察，我发现一规律，跟老外出双入对的咱们女同胞，基本都恐龙级的！开始我百思不解，后来恍然大悟，老外眼里的东方美跟咱们理解的完全两码事儿！咱们是'被东方'了！"

话音刚落，安德鲁出现在门口。

"Andrew！"

安德鲁纠正："子文！"

"子文——叫着这么别扭呢——我们应该好好谈谈！"安妮尽量诚恳。

"没错儿！我们是该小肚子上弦——谈谈心！我想通了，是我的就是我的，不是我的终归不是我的，强扭的瓜不甜、上赶着不是买卖、剃头挑子一头热、背着抱着一般沉……"安德鲁把学到的俗语全用上了，把大家说晕了。

"哥们儿你到底想说什么？"袁帅不耐烦了。

"我想说，Anney不是我的！"

安妮明白安德鲁的意思，内心很感动。

"你是一Gentleman！"袁帅说道。

安德鲁纠正："是爷们儿！"

大家都开心大笑。

"君子一言驷马难追，子文你婚姻大事包我身上，一准儿帮你找个真正东方美的中国媳妇！"

"哥们儿你已经帮我找着了！"安德鲁走到门口，领进来一位女子。只见该女子美丽无比，落落大方。编辑部大家都惊为天人。

"我介绍一下，这是我女朋友——铁姑娘！"

大家无不意外，袁帅更是瞠目结舌："铁姑娘？你画的不是……"

安德鲁拿出一摞画，画中人形形色色，不只袁帅一个。其实，那幅画只是铁姑娘父母良苦用心制造的噱头。征婚活动中热心工作的袁帅给二老留下良好印象，就让不知实情的女儿画了这么一副肖像，然后刻意制造了一开始那场千里有缘来相会的浪漫偶遇。可惜受挫，并遇上了同样受挫的安德鲁。相同遭遇让他们一见如故，于是故事就这样发生了。

"同是天涯沦落人，相逢何必曾相识！"安德鲁的借用还算贴切。

编辑部大家恍然大悟，这就叫有意栽花花不成，无心插柳柳成荫。

"Andrew……噢子文，祝福你们！"安妮由衷地说。

袁帅则懊悔不迭，咬牙切齿地小声嘟囔："铁姑娘也是，不上相，要知道真人长这样儿，打死我也不能拱手相送啊！"

"男人胸怀要宽广，向雷锋叔叔学习，助人为乐嘛！"欧小米拍拍袁帅。

铁姑娘一直面带微笑，与安德鲁并肩站在一起。

"要不是你们举办鹊桥会，要不是你们先人后己，我和铁姑娘就无缘相会！所以我们特意送上一面锦旗，向你们表示感谢！"

在大家簇拥下，安德鲁和铁姑娘共同展开一面锦旗，上书——

为人民服务

二十 身未动，心已远

《WWW》逆势上扬，日益红火，当然归功于众位编辑的付出。大家日复一日伏案工作，如果问谁有什么最大企图，回答都是企图外出旅游，借机喘口气。但也都明白，无非就这么一说。可是这一天，袁帅的一个意外所得真把大家压抑已久的念头勾起来了。

"我有一官方消息要发布——本人上回不是给旅行社帮忙拍一广告嘛，他们要赠我一次双飞五日游，线路任选，本月有效！"

袁帅此言一出，编辑部的人都抬起头来，煞是羡慕嫉妒恨。

"凭什么呀？我们怎么就没这好事儿呢？"欧小米愤愤不平。

"这旅行社也是，我这当领导的不赠，反倒赠下属，这不成心逼我心理不平衡嘛！"安妮板着脸，"万一我仗势欺人，不批你假怎么办？"

"我还没发布完呢！补充如下——可带同行者一名！"

袁帅话音刚落，每个人都眼睛放亮，纷纷争取。

"嗨，你怎么不早说呢？"安妮换了脸色，"编辑部员工单独外出，我作为领导也不放心啊，正好我最近几天有空，可以和你一起去，亲自监督你的一言一行！"

"我也有空！"欧小米高举起手，"我年休假还一直没休呢，列宁同志说，不会旅游的人就不会工作，请给我一个学习旅游的机会吧！"

"帅哥，我知道你很需要一个我这样的人给你拎行李！"何澈澈套近乎。

"我长年累月就是编辑部、菜市场、家，三点一线，太需要出去调整调整了！"刘向前提高嗓门，"旅游回来，我保证以崭新的亢奋状态投入工作！"

戈玲也当仁不让，"你们不总说我保守嘛，我突然也意识到这问题了，我迫切需要出去考察考察外面的世界，回来好与时俱进啊！"

袁帅掌握着主动权，显得居高临下，"大家热情很高涨，积极主动地要与我同行，这种精神值得肯定，对此我提出表扬！但是，旅行社只给了一个名额，怎么办？毫无疑问，按照女士优先的国际惯例，刘老师和澈澈两位男士主动选择了退出。对他们这种绅士风度，我们表示崇高的敬意！"

袁帅一带头，安妮、欧小米、戈玲都跟着鼓掌。

刘向前立即矢口否认："我声明，我没退出啊！新社会男女平等，你这不是歧视男性嘛！"

"刘老师您多年以前不就旅游结婚嘛，该去的地方都去过了！"

袁帅劝退，刘向前不退，"不瞒你们说，当年我们旅游结婚是假，逃脱办婚宴是真，一切为了省钱，哪儿也没去，就在聂董她二姨家躲了半个月！这次，我绝不能再放过这个机会了！"

"刘老师您没明白，旅行社让我带的是家属，您是家属吗？"

"家属也没说男家属女家属啊！"

"那还用说嘛！人家提供的是双人游，双人游懂吗？双宿双飞！您跟我，咱怎么双宿双飞呀？"

安妮、欧小米互相望望，彼此会意。

"我好像明白了，这趟旅游是要冒风险的！"

"我也有所察觉！"

何澈澈顺水推舟，"帅哥我想问问，你是纯绅士，是不是跟我们一块儿退出啊？"

"对啊，你退出，光剩我们三位女士就好办了，安全系数大大提高！"欧小米乘胜追击。

"我看行！"安妮立刻支持。

"你们这不喧宾夺主嘛！"袁帅自然不干，"我不能退，我退了，你们给谁当家属啊？"

眼看要争执不下，最后，戈玲发表意见，"我看这样吧，本着人人平等、公平竞争的原则，咱们编辑部搞个PK，也算活跃文化生活了，优胜者跟袁帅双人游！"

最近人们动不动就PK，编辑部也不能免俗。袁帅知道应该怎么当评委，为了不失控，提前运筹帷幄。

欧小米快步走进咖啡馆，袁帅正在这里等她，面授机宜。

"准备好了吗？"袁帅神秘地问。

"从来不打无准备之仗！"

"有信心就好，我还怕你紧张呢！跟你说，像主编啊、刘老师、澈澈他们仨，其实就是陪太子读书，走走过场！主要就是你和安妮，我的旅伴将从你们两人中产生，明白吧？"

"我能PK过她吧？"

"你们俩旗鼓相当，各有所长。你豆蔻年华，活力四射；她成熟妩媚，风情万种；你活泼可爱，她富有情趣；你上得厅堂，她下得厨房；你对我错不了，她呢孝顺公婆……"

欧小米听出味道不对，"你这是选旅伴呢还是选伴侣呢？"

"这并不矛盾，能够成为我这段旅程的旅伴，就很可能成为我人生旅程的伴侣！"

"当你一回旅伴，代价也太惨重了！咱能不能各说各的？"

"你必须要认清形势，你的对手很强，你就是不大意都胜负难料！"

"那怎么办啊？"

袁帅显得意味深长，"反正我是评委，掌握生杀大权，选谁不选谁就我一句话，就看你对我是不是……啊……"

"我明白了！"欧小米恍然大悟。

"冰雪聪明！"

"你不就是想潜规则嘛！"

"别说那么通俗啊！你们对我欣赏已久，之所以一直没向我表白，可能是缺乏勇气，也可能是没有机会。现在机会来了，需要你拿出勇气大胆表白！还犹豫什么？五日游在召唤着你！"

"要不我就豁出去啦？"

"舍不得孩子套不着狼！"

但欧小米还是有主心骨，"不行！我不能跟你私定终身！"

"我再给你一次机会，你现在后悔还来得及！"袁帅不死心。

"我们八〇后要用实力说话！"

"你无情，休怪我无意！我可把这机会送给安妮啦？"

"据我估计，安妮八成也会辜负你的期望！"

"PK本不是新生事物，人类一直在PK，原先跟别的物种PK，赢了，现在跟同类。原来PK在台下，现在搬到台上，成行为艺术了！"

安妮在办公室发表高论。袁帅想插话，无奈插不进去。

"PK应该是公平竞争的代名词，现在事实正好相反——人类制定规则的同时，总给自己保留玩儿赖的机会！PK有几个真PK？都是拿PK当幌子，内定！"

听安妮这么说，袁帅大为高兴。

"我还以为你这山头不好攻呢，没想到咱俩高度默契一拍即合！你给我一个承诺，我还你一个约定，那就这么定了，本人的五日游旅伴就是你了！"

"也就是说，我得把自个儿抵押给你，抵押期是一生一世，而且轻易不能赎回……"

"基本是死当！"

"那我还是留着自个儿吧！先不着急过户！"

"你怎么瞻前顾后呢？"袁帅气急败坏，"五日游你不去啦？"

"谁说不去啦？轻言放弃不是我的风格，我要PK！更要公平公正公开地PK！"

如此这般，只得PK了。

作为选手的安妮、戈玲、欧小米、刘向前、何澈澈一字排开，神情严肃认真。袁帅端坐于评委席，目光一一扫过五位选手，"'五日游旅伴选拔大PK'现在开始！各位选手，你们每人可以用一句话来表达一下你们的心情！"

戈玲带头："友谊第一，比赛第二！"

安妮随后："P出风采P出水平！"

"嗯，我同意她们的观点！"欧小米言简意赅。

刘向前显得最为踌躇满志，"须眉不让巾帼，男儿当自强！"

最后该何澈澈了，"我退出！"

顿时哗然。安妮惊讶："澈澈你怎么不战而降啦？"

袁帅抢着替何澈澈解释，"他这是有自知之明！而且吧，他喜欢在家里宅着，不愿出门！他这样做，我相当欣慰！"

何澈澈主动退出PK、放弃豪华五日游，这都缘于袁帅的提前运作。

"我的旷世绝恋就要拨云见日了，这次澈澈你得成全哥哥我！"

PK开始前，袁帅将何澈澈拉到走廊，极力说服。何澈澈明白袁帅的用意，煞有介事地掐指算卦，"根据这卦象，有人要我主动退出啊！手段是威胁加利诱，我如果不从，后果不堪设想……"

"真乃神算也！"袁帅竖起大拇指，"兄弟，既然你都把话挑明了，那哥哥我就不客气了，我打算这么利诱你——给你捎块手表！国外表便宜！"

何澈澈对这礼物不感兴趣，嘴上不这么说，"我是成人之美，一块手表岂能打动我?！"

"那就给你带一包儿！牌子你挑！"

"你太小看我了，区区一个包儿就能收买我?"何澈澈不买账。

"数码！……香水！……皮鞋！"

何澈澈一再地把头摇得像拨浪鼓。

"那就给你……"袁帅醒过味儿来，"我明白了，你是想敲竹杠啊！利诱不成，那我只好威胁了，我……"袁帅作势掐住何澈澈脖子，何澈澈连忙求饶："帅哥帅哥，我就要一套原装变形金刚！"

袁帅松开何澈澈，两人击掌："兄弟你太厚道了！成交！"

就这样，袁帅用一套变形金刚成功剔除了何澈澈。

PK应该开始了，刘向前早就跃跃欲试，忍不住催促袁帅，"该开始了吧？快点儿啊！"

袁帅故意磨磨蹭蹭地拖延时间，"在正式PK之前，我把比赛规则说一下——PK分两轮，第一轮……"

"第一轮是旅游常识考察，第二轮是才艺表演——这你都说过啦！"

"我说过了吗？既然说过一遍了，那我就再说一遍，再说一遍就再说一遍，话说是这样的……"袁帅一边啰嗦，一边心焦地睃着墙上的表，时针即将指向十点。终于，随着一阵脚步声，耿二雁风风火火地闯了进来。

袁帅立刻喜上眉梢，"哎哟，二总您来啦！"

耿二雁顾不得跟大家打招呼，一进门就冲戈玲嚷嚷："差点儿来不及！小戈！咋回事儿？你要跟谁双宿双飞啊？"

其实，耿二雁这场及时雨，也是袁帅提前设计安排好的。

"不是，我就是想出去放松几天，你至于大惊小怪吗？"戈玲向耿二雁解释。

"我一直毛遂自荐跟你双宿双飞，你都不答应，老说你工作忙，没空儿，现在咋有空啦？对此我表示严重不满！"

"这跟你那双宿双飞不一样！"

"咋不一样？我还能把你拐卖喽？我就是想卖你也没人买啊！"

"耿二雁你又胡说八道！我很气愤！"

袁帅从中充好人，"二总，这就怪您了！您说双宿双飞，往哪儿飞？不能停留在口头上，得拿出具体计划，向主编报批啊！"

"往威虎山飞啊！我们村儿老少爷们儿都等着呢，等着睹她！"

"赌我？拿我押赌？"戈玲更气了。

"不是那赌，你怎么没底蕴了呢？是睹你……那话怎么说？一睹你芳容！"

大家忍俊不禁。

"主编，要不您就改变一下目的地，让威虎山群众睹你一眼……"安妮说道。"我看也是！"袁帅赶忙说，"主编您要知道，民意不可违啊！"

"去不去威虎山先不说，五日游看来肯定是去不成啦！"戈玲瞪着耿二雁，"本人知识渊博，稳操胜券，结果出师未捷身先死，就你搅局！"

袁帅暗自得意地笑了。

"正好您跟澈澈都晋升评委，跟帅哥三足鼎立，这才公正！"

欧小米虽然并不清楚到底怎么回事，但又少一个对手，她自然高兴。

"准备工作就绪，下面我宣布，第一轮PK正式开始！"袁帅一副主席的架势，"首先请三位选手进行自我推介，陈述各自的优势！一号选手！"

安妮站起身来，"我的优势在于，我有海外生活经验，外语好，熟悉国外风土人情，既可以当导游，又可以当翻译，身兼多职！如果没有我，你到了国外就好比聋子和哑巴，寸步难行！"

"此言有理！我很看好你！下面，二号选手！"

"我的优势在于，大学时候我在旅行社进行过社会实践，做过兼职导游，可以为你设计性价比最优的旅游线路。而且，我对旅游陷阱了如指掌，对黑导游更是见招拆招。你要是带我一起五日游，保你有备无患，旅途愉快！"

"言之有理！我同样看好你！"袁帅总结道，"经过第一个环节的展示，一号选手和二号选手，各有所长，至于她们俩最终谁能胜出，下面我们马上进入……"

刘向前发现自己被彻底冷落了，连忙声明："哎哎，还有我呢！我还没陈述呢！"

袁帅显得不以为然，"三号选手，跟前面两位选手比，你还没失去自信？"

"我不仅没失去自信，反而更有自信了！试想，她们跟你去，是你照顾她们；而你跟我去，是我照顾你！她们跟你去，是花钱去的；而我跟你去，是为你省钱去的！为了减少开支，我可以为你选择最经济实惠的酒店，购物的时候，我负责替你砍价，能省一毛，绝不多花一分！"

戈玲认同："这确实是向前的长项！"

"还有最打动你的——到了国外，花花世界，你号称Casanova，终于能如鱼得水了，带着她们女的，限制你发挥啊！可你带着我，就不会有这种问题！"

"不予支持！"戈玲打断，"我提议，第一环节不分胜负，进入下一环节——旅游知识考察！"

PK进入第二环节。

"请听题。"袁帅提问，"请问，2010年上海世博会是在上海成功举办的吗？"

"是！"

"回答正确！加十分！二号选手！"

安妮坐下，欧小米站起身。

"请问，法国巴黎有一座埃菲尔铁塔，它非常著名对吗？"

"对！"

"回答正确！加十分！"

轮到刘向前了，他早早站起身等待着。

"下面……三号选手！"

袁帅对刘向前虎视眈眈，意在威慑，"请说出世界上共有几个跨洲国家？跨越的都是哪两个洲？"

题目难度陡然加大，刘向前一怔，"她们俩的题那么容易，我这题这么难?！这不是公平公正公开！"

"我的目的就是不战而屈人之兵！三号选手如果没有把握，可以选择急流勇退——放弃！"

"我、我永不言弃！"刘向前陷入思索。作为旁观者的戈玲、何澈澈替刘向前捏把汗，而袁帅暗自幸灾乐祸。

"跨越亚洲与欧洲的有哈萨克斯坦、阿塞拜疆、格鲁吉亚、俄罗斯、土耳其；印度尼西亚跨越亚洲与大洋洲；埃及跨越非洲与亚洲；美国跨越北美洲与大洋洲；巴拿马跨越南北美洲。"

袁帅没想到刘向前对答如流，又拿出刁钻的问题，"详细说出中国四大淡水湖的名称和面积！"

"四大淡水湖分别是，鄱阳湖，3583平方公里；洞庭湖，2820平方公里；太湖，2420平方公里；洪泽湖，2069平方公里。"

"中国四大鸟岛是哪里？"

"青海省海皮西岛，广东省东沙岛，辽宁大连百鸟岛，山东车由岛。"刘向前不假思索。

袁帅有点儿急，"中国四大瀑布是什么？"

"贵州黄果树瀑布，吉林长白山瀑布，山西壶口瀑布，黑龙江吊水楼瀑布。"

"四大天池？"

"新疆天山天池，吉林白头山天池，青海孟达天池，浙江天目山天池。"

"不信问不倒你！"袁帅恼羞成怒，"四大……四大……"

"四大名泉是济南趵突泉、镇江中泠泉、杭州虎跑泉、无锡惠山泉；四大名楼是武汉黄鹤楼、永济鹳雀楼、南昌滕王阁、岳阳岳阳楼；四大园林是北京颐和园、苏州拙政园、苏州留园、承德避暑山庄；四大沙漠是塔克拉玛干、古尔班通古特、腾格里、巴丹吉林；四大……"刘向前显然是有备而来，继续滔滔不绝地如数家珍。袁帅瞠目结舌，眼看局势即将失控，心中暗叫不好，必须及时采取措施。

PK告一段落，进入中场休息。刘向前走向卫生间，中途，袁帅猛地闪出来，拦在刘向前面前，把他吓了一跳，"你要干什么？来人啊……"

袁帅一把捂住刘向前的嘴，把他拖进僻静处。刘向前吓得浑身发抖，色厉内荏，"你、你胆敢行凶?！"

哪知袁帅却是一副哀求状，"我求求您了刘老师，您别对答如流了行吗？我麻痹大意，忘了您是绝不会错过这种占便宜机会的，一旦您出手，谁都甘拜下风啊！"

刘向前这才放松下来，"算你了解我的实力！不瞒你说，为了PK，我头悬梁锥刺股，连夜恶补地理知识，有备而来，志在必得！怎么样？难不倒我吧？"

"我用心良苦，您就让我得逞一回，我一定牢记您的大恩大德！"

刘向前开始得意地卖关子，"这么说，你是在求我？"

"我求您！只要您高抬贵手，回头我请您跟聂董双人五日游！"

"求我放水对不对？中国足球之所以上不去，症结就在于此！"

"这么说您不答应？"

"我坚决答应！面对这种诱惑，我哪能不高风亮节呢？那双人五日游……"

"君子一言，驷马难追！"

"好，那我勇敢地牺牲自己，成全你们！双人五日游……"

"要不我给您立个字据！"袁帅态度诚恳。

"不用不用！"刘向前甩甩手，"我还能不信你吗？那咱就这么定了，下一环节我虚晃一枪，主动求败！OK？……"

"不OK！"袁帅、刘向前转头一看，安妮出现在面前，"胆敢秘密交易，操纵比赛，你们可知罪？"

"安妮，我这不是为你扫清障碍、保驾护航吗？"袁帅急忙解释。

"公平和正义，比太阳还要有光辉。刘向前同志！"

"到！"刘向前立正。

"我命令你全力以赴！如若不然，我考核你！"

刘袁二人的密谋被识破，PK进入第三环节。

安妮表演的是日本茶道。她低眉顺眼，毕恭毕敬双手敬茶，袁帅甚是享受这种感觉。"旅途当中，红颜知己敬上一杯清茶，神清气爽，好！我问你，你的名字是不是叫安红子？"安妮刚要否认，袁帅立刻沉下脸来，"嗯？"

"是。"

"这还差不多！我再问你，我现在是你的顾客，顾客就是上帝，对不对？"

"对。"

"你对上帝应该言听计从——上帝让你跪着，你就不许站着；上帝让你低头，你就不许抬头；上帝让你跟他五日游，你就……"

安妮连忙递上一盅热茶，拦住袁帅后面的话，"上帝您请用茶！"

袁帅一饮而尽，烫得直伸舌头，"你想烫死上帝啊?！扣一分儿！"

欧小米表演的是泰式按摩。袁帅趴在那儿，微闭双目，极惬意，"旅途疲劳了，一位红粉佳人负责按摩一下，最是解乏！给我按摩，有什么感受？"

"我不敢说。"

"说！恕你无罪！"

"那我就说了啊——就是觉得你特不厚道！"

"我选拔你一块儿五日游，我还不厚道？"袁帅起身。

"还选拔什么啊，你应该发扬先人后己的精神，自己不去了，让我跟安总俩人去！"

"那我纯成瞎忙活啦？！你有谋反之心，扣一分儿！"

欧小米手下用劲儿，袁帅疼得哎哟一声。

接下来的刘向前凝神敛气，啪啪啪，打了一套拳。

"刘老师您这算什么才艺呀？旅游也用不上啊！"

"我给你当保镖啊！虽然是我今儿早上跟晨练大爷临时学的花拳绣腿，可是外国人不懂啊，一看中国功夫，坏分子都躲咱远远的！"

"对！外出旅游，安全第一！"戈玲同意。

袁帅一时也挑不出毛病："很好！扣一分儿！"

"很好怎么也扣分呀？"

"她们俩都扣了，你当然也得扣！这叫平衡！"

三个环节全部结束，该评委点评了。袁帅的目光在安妮、欧小米身上来来回回扫视，拿不定主意该选谁，颇为犯难。

"一个青衣，一个花旦，选谁不选谁？愁煞我也！噢，我的My God！请不要再折磨我啦！"袁帅灵机一动，在口袋里掏啊掏，也没掏出什么来，只好求助于旁边的戈玲，"主编，借我一块钱钢镚儿！"

戈玲掏出一把二分、一分面值的钢镚，哗地摊了一桌子，"够一块吗？"

袁帅从中捏起一枚钢镚，口中念念有词，"字儿是青衣，面儿是花旦，就看天意啦……"

袁帅把硬币高高抛起，硬币在空中翻滚着，折返向下，即将落到桌面时，安妮一个海底捞月，将硬币攥在手里。

"哎，你怎么搅局啊？……"

安妮面带微笑，不慌不忙："主编，您来告诉大家吧！"

"PK活动搞得很成功，活跃了编辑部的气氛，所以要谢谢所有选手和评委！刚才安妮跟我商量了一下，前段时间大家工作强度很大，都需要调整，所以我们决定利用这几天空挡，集体五日游！"

大家反应过来，一齐欢呼雀跃。

"和为贵！和为贵！皆大欢喜！"刘向前很满意。

"终于不用忍痛割爱了！"袁帅也松了口气。

"可惜本人不能随同出游啦！编辑部不能唱空城计，总得留人值班；再说，我怕耿二雁同志又来拉我上威虎山！"还是戈玲老成持重，主动选择留守看家，解了众人的后顾之忧。

集体出游皆大欢喜，从选择目的地到跟团还是自由行、以及后勤保障，编辑部热烈讨论。大家发现，出门旅游事儿挺多的。

"我强烈推荐希腊！推荐理由——爱琴海的浪漫＋神庙的神秘！"欧小米首先发言。

"希腊好是好，可是正闹债务危机呢，总理都换了，咱就别去给人家添乱啦！"何澈澈提议，"我推荐西藏！推荐理由——守城人普布曲桑在来访者的本子上写下两个词，第一个词是'天星雨'，第二个词是'呼吸'。多诗意啊！"

"西藏我也想去，知道当代文人四大俗是什么？上一次镜，出一本书，去一次西藏，信一次耶稣。西藏深深吸引着我们这些有文化底蕴的人，可是，光有文化不行，还得有体格，什么血压高、心脏病啊都去不得，就连感冒都不行！"刘向前有些担心。

"要不我带你们去苏格兰？"安妮感慨，"多少次我午夜梦回，世外桃源一般的乡间小镇，湿润的空气，起伏的原野，吹风笛的姑娘，穿方格裙的男人……"

"停！"袁帅连忙阻止，"我怕的就是穿方格裙的男人！上回《非诚勿扰》那个苏格兰小沈阳一来，把我们这儿弄得鸡飞狗跳的！他好不容易走了，我们一去苏格兰，再把他招回来?!"

"我个人意见吧，风景名胜只是过眼云烟，华而不实，最实用的还是趁机抢购便宜货，所以我主张去那种最适合购物的地方！"刘向前掏出一张清单，"我们家还缺不少东西，聂董给我列了份儿清单……"

"您可得弄清楚喽，有些东西海关不让进！"袁帅赶紧提醒，"可惜日本不能去，福岛核泄露到现在还没完事呢！其实我的要求最简单，只要有海——面朝大海，春暖花开！"

"我最怕晒了！"安妮皱眉，"你们下海，我给你们看衣服！"

"那还有什么劲儿？之所以去海边，就为了让你们俩美女穿泳衣秀身材，平时老跟我遮遮掩掩的，这回一览无余了，你们俩必须得分出胜负来，我不能老是取舍不定啊！"袁帅不干了。

"我就知道他动机不纯！主编，这种人必须狠狠批评！"欧小米一脸厌恶。最后，戈玲发表意见："旁观者清，当局者迷。要我说吧，你们没必要非得出国游，护照、签证，麻烦！现在国内游开发挺棒的，肥水不流外人田，你们就国内游，为拉动内需作贡献！"

大家觉得有道理。"还真是！五日游出国确实紧了点儿。"安妮宣布，"那我就一锤定音——国内游！"

旅游地定下来了，大家开始购置物品。这天，电梯门一开，袁帅跨了出来。只见他周身上下全套的户外装备，甚是专业。"护膝，手套，墨镜，雨衣，帽子，防晒霜，防风打火机……"安妮一一点着，"哎，这是什么？"

"头灯！天黑在户外，非常实用！"

袁帅取出一顶帐篷，就地搭起来，"看这个——双人帐篷，玻璃纤维撑杆，重二十五公斤。还有睡袋、防潮垫。"

"不是住酒店嘛，难道让我们睡帐篷？"欧小米抱怨。

"真Out！"袁帅拉着欧小米钻进帐篷，"这帐篷是防风防水防潮的，最主要的，它别有一番风情！来，我们演习一下。试想如下画面——夜晚，海上升起一轮明月，我们两个人在帐篷里，听着大海的涛声，哗哗哗——，心潮起伏，激情澎湃……"

突然响起尖锐的哨声，打断了袁帅的畅想。闻声一望，是何澈澈正在把玩哨子。

"你瞎搅和什么?!我们正准备澎湃呢，你吹什么哨啊?!"

"我吹你禁区犯规！帅哥，这哨到底有什么用？"

"野外你失踪了，我们找啊找，找了你三天三夜……"

"我们一共就五日游，光找人就三天三夜了，哪还有时间购物?!"刘向前一心惦记着购物。

"那我肯定凶多吉少啦……"何澈澈哀叹。

"我们本来也这么想……突然！远处传来哨声，三短一长，声震云霄，气贯长虹！"

"我都三天三夜了，哪来这么大内力？"

"总之，关键时刻，这哨子救了你一命！还有这个……"

袁帅刷地抽出一柄大匕首，明晃晃夺人双目，安妮吓得叫了一声，"你还带凶器?!"

"不懂了吧？这叫军刀，切、割、砍、锉、钻，多功能！到时候我肯定是急先锋啦，我就要挥舞着它，披荆斩棘，逢山开路，遇水搭桥！当然了，它也有防身自卫的功能。比如，野外你失踪了……"

"咱别老玩儿失踪行吗？"安妮不高兴了。

"你失踪跟澈澈不一样，你是被绑架啦！"

"啊?!"

"不要怕！有我哪！我趁着月黑风高，孤身潜入绑匪巢穴，就用这把刀，我见一个杀一个，见两个杀一双，我噗噗噗……"

"典型杀人狂！"何澈澈替袁帅收起军刀，"你还是放下屠刀立地成佛吧！"

"下面，我要重点给大家普及一下旅游救护知识！刘老师，请您协助一下，给我当模特！"

刘向前走台，然后摆出一个酷酷的Pose。

"刘老师咱不走秀，您现在是伤员——开放性骨折，您得躺下！"

欧小米、何澈澈迅速搬来垫子，刘向前只好躺下去。

"开放性骨折又称复杂性骨折，骨折处成角、变短、肌肉、皮肤被刺破，骨折端与外界相通，容易发生感染，弄不好还要截肢……"袁帅讲授着，刘向前倒吸一口冷气。

"千万别截肢！咱商量商量，能不能让我伤得轻点儿？"

"骨折是肯定的了，那就别开放性骨折了——闭合性骨折。闭合性骨折皮肤无损伤无裂开。首先，敷消炎药、止痛药。然后，用纱布绷带固定骨折部位……"袁帅打开药箱，一边说一边演示。最后，刘向前的脑袋、胳膊被裹上厚厚的纱布，形象很狼狈搞笑。刘向前急了："把我弄成伤兵啦？庸医害人啊！"

何澈澈进入角色："刘老师别着急，安心养伤！"袁帅站起身，继续讲解："下面是最最重要的一项。我们在旅游途中，万一有人犯心脏病晕倒了，或者在海里溺水了，怎么办？不要慌，我们有心肺复苏急救法，通俗地讲就是人工呼吸！"大家听得很认真。

"人工呼吸分为俯卧压背法、仰卧压胸法、口对口吹气法，其中，口对口吹气法最为方便有效，它要求每分钟14—16次，每次吹气量大于800ml，小于1200ml。下面，我将不厌其烦地重点演示口对口吹气法，首先需要一位……"

"需要一位模特！"欧小米脱口而出。

"心有灵犀一点通！对小米这种主动请缨的精神，我表示欣慰！好，请模特上前来！"

不料，应声走过来的竟是何潵潵。

"帅哥对不起，我早点吃葱了，要不我先去刷刷牙？"

"你就是口吐莲花也没用！"袁帅不耐烦，"两位美眉，为了让演示达到身临其境的效果，你们必须亲力亲为！"

"那你想跟我们俩谁口对口呢？"安妮问道。

"我觉得吧，身为男子汉大丈夫，单挑是欺负你们，所以干脆你们俩轮番来，咱车轮战！"

安妮和欧小米互相使个眼色，分别拿起绳索、军刀，气势汹汹逼向袁帅。

"有话好好说！你们这是由爱生恨，这是情杀！……"

安妮、欧小米异口同声："我们要清理门户！"

袁帅连忙告饶，"请注意，以上所述都是小问题，其实旅游最大的危险来自于四黑——黑社，黑导，黑店，黑车！"

关于这个问题，激起了众人热议。

"说得对！"刘向前义愤填膺，"像零团费什么的，听着是天上掉馅饼，其实是陷阱，就为诱导你购物！聂董还专门作了明确指示，遇到这种黑导黑店，要勇于跟他们进行殊死斗争，命可以不要，钱绝对不花！"

"咱们除了谴责黑社黑导，也得提醒游客，没有天上掉馅饼的事儿，那是铁饼，砸着就够呛，千万别贪小便宜吃大亏！"袁帅说着翻阅手册，"我这儿还有'旅游五十不'——不要接近那个山的和尚，不要靠近那个山的道士，不要买八寨沟的牦牛肉，不要买红洋淀的土鸭蛋，不要随随便便结婚，不要入乡随俗体验……"

何澈澈不以为然:"旅游就是体验去的,不体验叫什么旅游啊?"

"所以说,黑你没商量!"

这工夫,安妮、欧小米身着土著服装款款而出。一旁,已经布置为土著风格的茅屋,茅屋门楣上赫然标明"洞房",数名同样穿着的少女正载歌载舞。袁帅、刘向前、何澈澈都被吸引住了。袁帅已然把持不住,跃跃欲试,"美丽的风光,婀娜的少女,淳朴的风情,不体验一回,此生枉为男游客!"

"小心陷阱!"刘向前警惕地说。

"宁作花下鬼,死了也风流!"说罢,不等刘向前和何澈澈阻拦,袁帅已经冲进了女人包围圈,模仿安妮、欧小米的姿势舞蹈起来。安妮和欧小米争着拉袁帅进洞房,袁帅狂喜之余,也犯了难。

"和谐社会、和谐社会!你们俩都花容月貌的,不体验谁也不合适,咱这么着,姓氏笔画排序,"袁帅对安妮说,"我先体验你,然后再体验她!"

矛盾就此解决。安妮拉着袁帅径直奔了洞房。刘向前眼睁睁看着,使劲儿咽了口唾沫,有些按捺不住:"澈澈,要不咱也体验一个?"

"淡定!"

这边厢,袁帅乐颠颠地跟着安妮进了洞房,迅速关上门,既兴奋又不好意思:"红红,真没想到咱俩的洞房花烛夜是在这儿度过的!那我就不客气啦?"袁帅脱了上衣,作势要上床,却摸不着床在哪儿。适应了光线,他才发现茅屋里空无一物,"没床?在地上也不是不行,怎么也得铺点儿草吧……"

"这是我们这里独有的地方风情!什么叫入乡随俗,什么叫客随主便?该游客,请你转过身去!"

袁帅听话地转过身,背对安妮,"红红,我知道你不好意思,其实我比你更不好意思!不过没关系,谁都有人生第一回,让咱们互相学习共同进步吧!……"袁帅鼓足勇气,猛地转过身,却发现安妮已经换成了欧小米。

"你别着急啊!我先把她体验完了,立刻就体验你……"

"不麻烦你了!我宣布,你的洞房花烛夜到此结束!"

"我不怕麻烦!你让我体验彻底喽……"袁帅话音刚落,安妮去而复返:"可以啊,我们满足你的要求。按照我们当地民俗,在洞房花烛夜以后,新郎要做九九八十一天苦工。倒也没什么,就是砍柴、担水、耕地、插秧,还

有逢山开路、遇水搭桥……"

袁帅闻之色变，慌忙声明："谢谢！那我就先体验到这儿行吗？"

"知道你们城里人做不了苦工，那就出钱来赎！"

"赎什么？"

"赎身！九九八十一天，出八百一十块钱！你体验了我们姐妹两个，就要双份，一千六百二！"

刘向前、何澈澈闻声凑上前来。

"我说什么来着，不是馅饼是陷阱！"

"我说什么来着，淡定！"

袁帅一不做二不休，夺路便逃。安妮、欧小米在后紧追。几个人围着茅屋你追我赶地兜起圈子。袁帅差点儿撞上刚进门的戈玲，"主编您可来了！五日游还没开始呢，我这个发起人就要被她们生吞活剥了！"

戈玲显得神情严峻，"好事多磨。袁帅，你的五日游恐怕真要泡汤了！安总，也来不及跟你商量了——局里刚开完会，灾区灾情很严重，要求媒体全力以赴报道灾情。咱们编辑部要派一名摄影记者立刻赶赴灾区，袁帅，只有你危难之处显身手了……"

大家的目光都集中到袁帅身上。

"舍我其谁?！我的理想是成为一名战地记者，和平年代不给我这机会，现在灾区就是战场，灾情就是战情，我当然要上前线了！"袁帅作势咬手指，"就不用我写请战书了吧？"

"灾情刚刚发生，情况还很复杂，你要多注意！"戈玲嘱咐道。

"放心吧，我一定给咱编辑部扬名立万，争取立个一等功回来！"

安妮思忖着，冒出个想法，"那我们也上前线！灾区肯定需要人手，我们可以采访报道，也可以当志愿者，做些力所能及的事儿，只要能对灾区人民有帮助就行！"

"对！我们把五日游的目的地改为灾区，把旅游变成赈灾援助，更有意义！"欧小米也加入。

"我刚学会骨折包扎，去了肯定用得上！"

"咱们这些装备也都用得上，一到灾区，马上就能投入战斗！"

众人站到一起，肩并肩手挽手，齐声喊道："万众一心，众志成城！"

二十一　将择校进行到底

前不久，袁帅参加一个以自然为主题的国际摄影展，得了奖，颁奖在英国小城，他趁机出去玩儿了一趟，今天上班。一进门就被大家包围上，分发带回来的礼物，每个人都喜气洋洋的。

"小恩小惠，不成敬意！是欧债危机了，是人民币升值了，可那边儿东西巨贵，根本没法儿下手！"

"英国物价当然高！我留学时候，暑假会到英国去旅游，对那边很了解！"安妮表示理解。

"我妈以舍不得为理由阻挠我出去留学——不行，早晚我得周游列国！"欧小米表决心。

不料，袁帅却连连摆手，"别去！去了回来，真不适应！不光倒时差的事儿，我在北京机场一落地，瞅见人们健步如飞的就不适应——在那边儿没人这么奔命，一个个都跟没工作似的，晒太阳、喝咖啡，瞅着那叫一无所事事！这回我算知道什么叫资产阶级生活方式了！"

"他们也太没紧迫感了吧?!时间就是金钱，效率就是生命啊！"戈玲看不惯。

"所以本人差点儿露怯！去餐厅吃饭，坐了四十分钟，菜单才上来，又过四十分钟，刚上一凉菜。还不能催，催是老土！人家说了，我们这是英国，这叫情调，想快您吃麦当肯德基去，那是美国人干的事儿！"

"现在北京也有慢餐厅了，卖的就是慢，广告语是——让生活慢下来！"欧小米说。何澈澈自嘲："我们都是穷忙族！"

"人比人，气死人！"袁帅说道，"从小我爸就教育我，一寸光阴一寸金寸金难买寸光阴，少壮不努力老大徒伤悲，弄得我一偷懒就跟犯罪似的——敢情虚度时光是人家的理想！"

戈玲看得开："我们推崇拼搏奋斗，他们主张享受生活，观念不同！"

"我理解这是事物的不同阶段，也许我们真正悠闲起来的时候，就是我们真正发展起来的时候！"安妮说道。袁帅接过话茬："就说本人吧，前天回来，昨天休息，今天就上班——整个儿一劳动模范！"

条件反射一般，何澈澈打了个呵欠："这就是宿命！我昨晚上在幼儿园排队，熬了个通宵，不照样得来上班？！"众人一脸狐疑，澈澈忙解释，"别误会啊，不是我的孩子，是我表哥的孩子——今年报名上幼儿园！"

显然，在场几个人都没有类似经历，表现出不解。

"幼儿园报名还用通宵排队？"

"这又不是考大学，千军万马过独木桥，上个幼儿园至于吗？！"安妮不屑。

"原来我也这么想！可是一到现场，我立刻被震撼了——队伍从幼儿园门口开始，蜿蜒数百米，一家家都搭着帐篷，二十四小时轮流值班。一位八十多岁老太太七天以前就来给重孙子排个儿，结果排个第三！"

大家无不惊愕。

"简直骇人听闻！那幼儿园哪天报名？"

"就知道是这个月，不知道具体哪天！"

"那要是月底才报名呢？"

"那就排到月底呗！我表哥把所有亲戚朋友都发动起来了，早中晚三班儿倒！据说该幼儿园擅长突然袭击，冷不丁哪天就贴招生启事，还有一年是半夜贴的！我表哥说了，幼儿园跟咱玩儿游击战，咱就跟它玩儿阵地战，坚持就是胜利！"

"当年李子果她们上幼儿园，没出现过这种情况啊！按说现在孩子少了，幼儿教育事业又蓬勃发展，上幼儿园应该越来越容易才对，怎么反倒越来越费劲儿了呢？"戈玲一头雾水。

"两方面原因。"何澈澈解释，"一方面是很多公立幼儿园质量差，私立幼儿园又收费高，收费合理的优质幼儿园奇缺；另一方面，哪个家长都比着把孩子往好幼儿园送，现在不是最流行那句话嘛——不要让孩子输在起跑线上，所以造成扎堆儿！"

"太可怕了！刘老师的孩子今年上小学，为上重点校，他不把房子都换了嘛！本来夫妻俩上班都近，结果现在特远，时间都耗在路上了！"安妮看看表，"要迟到……"

"刘老师迟到，百年一遇啊！"欧小米起哄。

话音未落，刘向前气喘吁吁地跑进来，忙不迭地声明："我、我没迟到！正好踩着点儿！哎呀，六点多就从家出来了，赶啊！"

袁帅慨叹："刘老师本来细皮嫩肉一人，搬家不到半个月，每天风吹日晒地奔波在上下班路上，已经变成一糙人了！"

"没办法！就这还抹聂董防晒霜了呢，三十倍的！"

"好好的房子卖了，买套旧房，二十多年的房龄，都快塌了，还五万一平米！向前这么精打细算的人能作出这种决定，真不容易！"戈玲欷歔。

"都是让择校给逼的！"刘向前咬牙切齿，"那片儿属于学区房，什么叫学区房？就是重点小学招生范围以内的房子，你有那片儿的户口，这重点名校招生你才有资格！要不然你根本进不去！所以请注意，买的不是房子，是权利！优质教育的权利！"

"我就不理解，小学教育非得让孩子进重点名校吗？国内可能还是强调升学率，相比之下，国外更注重培养全面素质，所以大家心态相对比较平和，起码我没发现国外有这种情况！"安妮说道。

"国情！适者生存，我们老百姓的生命力就是强！"

"我无语！"欧小米翻了个白眼儿。

"一切为了孩子嘛，现在不是最流行那句话嘛——"

不等刘向前说完，大家异口同声地道出："不要让孩子输在起跑线上！"

"这句话道出了国人的心声！几年前我们孩子上幼儿园，我就深有体会！"刘向前慨叹。

"刘老师赶紧介绍介绍先进经验，我给表哥支支招儿！"

刘向前落了座，从头道来，"话说那是一所著名幼儿园，据我调查，幼儿园每年招八十个孩子，光递条子的就八百多，竞争呈白热化！一般不是面试孩子嘛，这幼儿园面试家长，内容就一项，给你一张赞助费单子，往上填数字，上不封顶，完全自愿，跟竞标一样！"

安妮很气愤："这分明就是考家长了，除了比谁关系硬，还比谁钱包鼓！血拼啊！"

"有家长一打听，上一年赞助费是一万，于是一咬牙填的一万五，结果给刷下来了——归齐这年赞助费是多少？三万！"

"太黑了！"戈玲感叹。

"我表哥就准备了好几万，说只要孩子能进去，吐血认啦！"

刘向前不以为然地连连摇头，显得深谙此道，"有钱也不保证进得去！最后还有一项呢，权衡。这一权衡就奥妙无穷了……"

"那您使的什么高招儿？"何澈澈忙问。

"人无远虑，必有近忧，我提前下手！当时这幼儿园给一岁多孩子开设了亲子班，也就是幼儿园预备班，一节课收费六十，摆明了宰人，可我第一时间就把孩子送去了！为什么？提前占坑！据内部消息，这个班的孩子将来可以优先入园，利用这一年多时间跟老师、园长搞好关系，不就十拿九稳了嘛！我这叫避开正面战场，迂回前进，结果出奇制胜，终于杀出重围，入园！"大家不得不赞叹。

袁帅开窍了，"我知道了，要想不输在起跑线上，最保险的就是抢跑！"

"刘老师真乃运筹帷幄之中、决胜千里之外！"欧小米啧啧地。

"可惜啊，要早知道刘老师有这韬略就好了，让我表哥取取经，省得抓我壮丁通宵排队了，还未必有戏！"

戈玲鼓励道："上幼儿园出奇制胜，这回上小学又是未雨绸缪，肯定没问题啦！"刘向前却并不轻松："不敢说百分百！只要没最后张榜公布，就不能掉以轻心！"

"你都学区房啦，还有什么不踏实的？"

"您不知道这里边的奥妙——学区房也存在变数！首先，划片儿不是固定的，说变就变，学校说了算。就算跟学校住隔壁，不把你划到片儿里你也没辙！还有，要是这套学区房所在户口有过孩子入学，那第二年就被剥夺资格了。反正学校各种规定五花八门，让人防不胜防！"

"那你打算怎么办？"安妮问。

"为了万无一失，必须双保险！据内部消息，这所小学要招聘一名炊事员。机会永远留给有准备的人，机不可失，失不再来，我和聂董决定抓住这个稍纵即逝的良机……"

袁帅忍不住打断刘向前的话，"等等！我怎么没明白呢，学校招炊事员跟您孩子入学有什么关系？"

"根据不成文的规定，学校员工子女有优先入学资格，一旦竞聘成为学校炊事员，孩子入学不就板上钉钉了嘛！一切为了孩子啊！"

"啊？刘老师您打算跳槽去当炊事员？"欧小米大吃一惊。

"一直以来您都是业余家庭炊事员，这回终于要当专业的啦！"

安妮、戈玲相继表态，"NO！我可没说同意放人！刘老师你这月的广告定额……哦已经完成了……那也不行，还有全年度的呢！这么说吧，虽然你这个想法够创意、够疯狂，可我还是决定不予支持！"

"向前你这也太孤注一掷啦！你父亲刘书友在编辑部战斗了一辈子，可没中途离队，你现在……"

刘向前连忙向大家解释："我知道自己举足轻重，编辑部不能没有我，所以竞聘炊事员的不是我……"

"是我！"话到人到，门外闪进一人，正是聂卫红。只见她，头戴厨师帽，脚穿黑雨靴，从头到脚炊事员打扮，特别醒目的是，双手紧握一柄大铁锹。编辑部众人瞠目结舌。"嫂子您这是……"

"竞聘炊事员！"聂卫红大步走到里面，紧握铁锹，昂首挺立。

"还别说，嫂子这范儿，标准一厨娘！就您这形象，身宽体胖地往那儿一站，本身就是好吃好喝的代言人！"袁帅夸赞。

"我有一事不明——聂董您为什么双手紧握大铁锹啊？又不下地干活……"欧小米问。

"外行了吧？学校食堂都是大锅饭，就得用铁锹！"聂卫红边说边挥舞铁锹演示，显得势大力沉。

刘向前得意地向大家说明原委："聂董跟公司请了长假，全力以赴竞聘炊事员，等孩子顺利入学，再找机会辞职，回原单位上班。这既叫明修栈道暗度陈仓，也叫正面佯攻侧面强攻；既叫田忌赛马，也叫虚晃一枪！一切为了孩子！"

"那你们想过没有？万一要是不成呢？"安妮疑虑。

"为了孩子上名校，必须得成！不成功，便成仁！嚯嚯嚯！"

"嗨嗨嗨！"夫妇二人击掌，以示决心。

"为了让聂董获得宝贵的实战经验，可不可以利用竞聘之前这几天时间，由她负责咱编辑部的工作餐？如果领导和同志们能给予她这个锻炼的机会，我们将感激不尽！一切为了孩子！"

安妮、戈玲以及编辑部众人均有些意外。

"领导和同志们请放心，无偿服务，不收劳务费！"聂卫红补充，"不过不包括材料费！"

面对夫妇两人期盼的眼神，安妮、戈玲以及编辑部众人显然不忍拒绝。

编辑部是一个团结友爱的集体。被刘向前、聂卫红夫妇的舐犊之情所感动，大家决心牺牲一下口腹之欲，以成人之美。到了午餐时间。此时，刘向前、聂卫红应该正在厨房里忙活。编辑部众人围坐在餐桌旁，等待上菜，既期待又惴惴。

"此时此刻，聂董正为咱们精心烹制什么大菜呢？不会真是煸茄子、烩土豆吧？"欧小米担心。

"要不就是溜肉丝、溜肉片、煎肉排、炖肉块、炒肉丁、炒肉末、炸肉松、蒸肉馅……"

"一想到聂董奋力挥舞铁锹的情景，我基本就饱了……"安妮耸耸肩。

"做人要厚道！聂董那大胖身子围着灶台辗转腾挪，容易吗?！好吃不好吃放一边，咱得支持她这种精神！一切为了孩子！"袁帅说道。

"可怜天下父母心！向前他们两口子这么做，虽说有点儿荒唐，可也真挺难为他们的！"

"我们正好以择校为焦点，做一期专题，题目就叫《狗日的择校》，让全社会都来讨论！"安妮提议。

正说着，聂卫红、刘向前分别端着两盆热腾腾的菜出来了。

"土豆芹菜萝卜豆角烩牛肉——！"

"白菜洋葱西红柿粉丝烧豆腐　　！"

菜盆是铝的，如同洗脸盆大小，盆里的菜乱七八糟，看得众人无不心惊肉跳。

"聂董您做菜这手法，是哪门哪派？怎么瞅着这么乱呢？"

"确实乱！比乱炖还乱！敢情就是把买得着的菜都一锅烩喽，我老感觉你们端上来的不是菜，是折箩！"

不等聂卫红说话，刘向前抢着说明："首先我要说明一下，因为这么多年我们家厨房一直由我独霸，粗暴地剥夺了聂董的下厨权，致使其厨艺日渐荒废，对此我要负主要责任！"

聂卫红介绍："根据学校食堂的要求和我的技术特点，他量身订制了这套菜谱，集川、鲁、粤、闽、苏、浙、湘、徽八大菜系之长，将各家所长熔于一炉，营养均衡，简便易行，南北通吃，老少皆宜，深受广大师生的喜爱！"

"我们不能刚取得一点儿成绩就沾沾自喜就自夸，好不好要大家说了算！请品尝！"刘向前躬身示意。大家望着硕大的菜盆，不知如何下手。

"这也太豪放了吧？本人倒没什么，主要是半边天们！"

"放心，我们早有准备！"

聂卫红取出一摞不锈钢餐盘，一一分发给大家。然后她手持长柄大勺，往大菜盆后边一站，用大勺当当敲着菜盆，俨然一副食堂炊事员卖菜的架势，"开饭啦开饭啦——！"

刘向前手托餐盘，第一个走上前，扮演小学生状。

"阿姨，这土豆芹菜萝卜豆角烩牛肉简称土烩多少钱？"

"五块五！"

"阿姨，这白菜洋葱西红柿粉丝烧豆腐简称白烧多少钱？"

"五块！"

"阿姨，为什么土烩五块五、白烧五块？"

"因为……"聂卫红不耐烦了，"你这孩子怎么比刘向前还啰嗦呢?！你买不买？"

"注意服务态度！"刘向前小声提醒，"阿姨，那我土烩白烧一样来半份儿！"聂卫红给刘向前盛过饭菜，刘向前端着餐盘走到一旁。

第二个是何澈澈："阿姨好！我要白烧！"

"这孩子，长多俊！"聂卫红盛完菜，顺势伸手来抚摸何澈澈的脸，何澈澈慌忙躲向了一旁。

"阿姨您别吓唬我们班同学啊！"袁帅出头了，"要不我告诉老师！"

"就你不省油！多给你盛点儿，只当封口费！"

这时，安妮托着餐盘走上来。刘向前连忙提醒聂卫红："现在到你窗口前来买菜的，是学校安校长！"

聂卫红立刻换作一副笑脸，"安校长好！安校长辛苦了！请问您想吃点儿什么？"

"为人民服务！请问你这儿有什么菜？"

"穷什么不能穷教育，苦什么不能苦孩子！我这儿有土烩有白烧！"

"为教育事业无怨无悔！来一份儿土烩！"

"教书育人！五块五！"

"一切为了孩子！别找了！"

安妮端着菜闪到一旁，最后是戈玲。刘向前再次提醒聂卫红："现在前来买菜的，是学校教导处戈主任！"

"戈主任好！戈主任，我想跟您商量个事儿……"

"你们家孩子入学的事儿……"戈玲心领神会。

"戈主任您同意啦？"

戈玲实话实说："就冲你做的这土烩白烧，我就不同意！"

为了准备有关择校的专题，编辑部到社会上进行了广泛采访，发现这不是刘向前夫妇的个别现象，而是普遍问题。而且，问题很严重。采访回来，袁帅、安妮、欧小米感触颇深。

"这回采访真是不采不知道、一采吓一跳！刘老师和聂董够疯狂了吧，还有比他们更疯狂的——有个重点小学发现九个学生家的门牌号码相同，一查，结果是学校附近一公共厕所！"

"择校这里边儿猫腻太多了！开发商开发新楼盘，仗着财大气粗，跟学校做交易，把楼盘划成学区房，学校拿一笔巨额赞助费，房价也一步冲天成为豪宅，据说光物业费一个月好几千！开发商跟学校双方得益，吃亏的是老百姓！"

"真正的有钱人不搅这混水，人家都把孩子送出去上学了！可有钱人还是少啊，大多数老百姓还得在这片生于斯长于斯的土地上，争个你死我活！挤对孩子，挤对自个儿！"

这时，戈玲和何澈澈也从外面采访回来。

"不光是小学入学要择校，升中学也要择校。我们刚采访了一位小升初的学生家长，为了录取加分，那孩子拿了一摞证书——剑桥国际英语、剑桥中学英语、新概念英语、伦敦三一口语，PETS叫停了，又考BETS，"戈玲喝口水，"哦还有奥数！"

"还有各种特长生，航模、体育、书法、音乐、舞蹈，一大堆！只要录取能加分，不管孩子有没有兴趣，拿鞭子赶着也得学！"何澈澈补充道。

"像奥数之类的，有识之士一直猛烈抨击，连'误国误民'这种词都上了，怎么就奈何它不得呢？"欧小米纳闷。

"目前都形成奥数产业了，庞然大物，各种利益关系挺错综复杂的，要废止它，谈何容易？！"

安妮既痛心疾首又百思不解，"我们这期专题要提出这样一个问题——择校择的是重点幼儿园、重点小学、重点中学然后重点大学，一路择下去！可是最后呢，这样儿出来的人就一定是人才吗？"

编辑部大家都思忖起来。

袁帅第一个发言："这问题可就大了！这又得说到教育的目的。都说教育的目的是培养人，但是培养什么样的人，没说清楚！"

"对！我们的教育偏重知识灌输，这么多年还是分数至上。学生、学校好坏，全凭分数说话！这样培养出来的肯定是考试机器！"欧小米愤愤不平。

"孔子说，君子不器。教育应该是'成人'教育，培养学生成为真正的人、优秀的公民！可是我们当前的教育太功利主义、工具主义！"

戈玲也显得忧心忡忡，"十年树木，百年树人，教育是百年大计！但愿后人别再跟向前他们似的，挤对得八仙过海各显其能……"

话音未落，刘向前兴冲冲地进来，"内部消息内部消息！学校特招了一批外国学生，食堂得给他们准备饭啊，所以能做外国饭的炊事员优先录用！"

"卫红土烩白烧还没练好呢，还惦着让她做外国饭？你这不是难为她嘛！"戈玲不抱希望。

"扬长避短啊！大锅饭是咱国粹，精于此道的大有人在，要想脱颖而出太难了。所以还得走偏门，中外结合一下，说不准就能出奇制胜！"

袁帅表示赞同，"嗯，中华饮食文化太博大精深了，不容易上手。西餐就不一样了，切巴切巴、拌巴拌巴、煎巴煎巴，跟小孩过家家似的！而且关键是真懂的不多，不容易挑错儿！"

"你以为西餐就容易上手？"安妮不以为然，"西餐讲究才多呢！选料、烹制、搭配，每个环节都不简单！"

"对对，这方面Anney总吃食见过，是行家！"刘向前顺藤摸瓜，"所以我再次请求您带领同志们，对聂董进行点拨！今天中午的工作餐，聂董烹制了一桌外国饭，敬请品尝！"

午餐时间。每个人面前都摆着一份煎肉，黑糊糊的，看不出什么东西。

"刘老师，这是什么？"何潵潵指着不明物。

"扒牛排！"

"My God！扒牛排怎么能做成这样儿呢？"安妮难以忍受，"扒牛排要选用上等脯力……这是几成熟的？"

"这还用问？都糊了，肯定是十二分熟啦！"袁帅抢先说。

"My God！我还从来没吃过十二分熟的扒牛排呢！"

"您尝尝！卖相是差了点儿，兴许味道不错呢……"刘向前赔着笑脸。

见安妮犹豫，袁帅在旁撺掇，"这得安妮尝，谁让你喜欢rare呢，别人不具权威性啊！"

"对！您提宝贵意见，我让聂董整改！"

安妮推脱不掉，只得一试，"一切为了孩子！我把味蕾豁出去啦！"

安妮用刀叉切了一小块牛排，迟疑地放进嘴里。所有人都注视着她的反应。只见安妮试着嚼了两下，登时显得痛苦不堪。

"看来我们就不用再尝了！"袁帅一脸庆幸。

这时，聂卫红端着一份石锅拌饭走上来，点头哈腰地打招呼，"阿尼埃赛呦——！"

众人一时没反应过来。

"韩语，你好！"刘向前解释，"为了使外国小学生顺利就餐，炊事员要掌握几门外语！"

大家这才明白，一齐鹦鹉学舌地回答："阿尼埃赛呦——！"

接下来是日餐。聂卫红端着一份日本料理颠颠儿地过来，跪式服务。

"哈吉米玛西的——！"

"日语，你好！"

"哈吉米玛西的——！"众人一齐跟着。

工作餐过后，大家回到编辑部，一个个都捂着肚子，肠胃很不舒服。

"吃了一肚子联合国工作餐，胃口叽里咕噜的！"

"我无比同情重点名校的小学生们——教育资源真优质，食堂饭菜真劣质！"

"一切为了孩子，孩子又为了谁呢？"

"刘老师的经历可以作为我们这期专题的一个突出案例，让大家看看，择校都把学生家长逼到什么份儿上了?!"安妮气愤。

这时,何澈澈进门来,一边挂断手机一边叫苦不迭。

"我表哥刚来电话,幼儿园报名日期还没公布呢,我今晚上还得去替班儿排队!幼儿园也是,到底哪天报名,你透明点儿,干吗非弄得这么扑朔迷离?"

"幼稚了吧?透明了还怎么搞猫腻?名曰名额有限,其实内部都定了,好歹再招几个外边排队的,就是走走形式,以防激起众怒!"

"我记得有个八十多岁老太太给重孙子排队排第三,还排着呢?"戈玲想起这事儿。

"听我表哥说,半小时以前老太太累得昏倒在前线,120直接拉医院去了!"

"Oh——,My God!"安妮惊呼。

"哎对了,哪儿有测智商的地方?"

"现在医院有智商门诊!给谁测智商?"欧小米问。

"我表哥要给孩子测!听说有高智商测试证明的孩子能优先录取,我表哥这就闻风而动,要领孩子去测智商!"

"听说过这种事儿!"戈玲说道,"不光幼儿园,现在有学校专门开神童班,四年学八年的课程,招的都是高智商的孩子!"

"那IQ要在一百三十以上算神童!一般人IQ都在九十至一百一十之间,一百二十以上是智力超群,超过一百四十基本就属于天才了!"

"测智商的五花八门,指望自个儿孩子是天才的毕竟少数,好多家长其实就为了证明自个儿孩子不傻,免得被学校编进慢班!"戈玲道出事实。

"IQ不能说明一切!就凭测测智商,就断言孩子的优劣,把他们分为三六九等,这是精神伤害!当年有一个著名的心理学实验,把一群孩子分成两组,根本测都没测,随机性地就说这组孩子IQ高,那组孩子IQ低,结果几年之后一测,说高的那组果然高,说低的那组果然低。这说明什么?说明IQ不是绝对先天的,更说明鼓励对一个孩子的成长多重要!"安妮情绪激动。

"本人很庆幸,从小到大一直受到这种鼓励!"袁帅得意地说,"那本人的IQ得多高?哪天我也去测测!最高是多少?一百五六?"

"那是爱因斯坦——IQ一百六十五!帅哥,我认为你最大的隐私就是你的IQ,千万不要泄露,免得遭到歧视!"欧小米挖苦道。

袁帅组织反击:"喊,IQ有那么重要吗?OUT了吧?现在讲究EQ——情商！一个人能否成功，起决定作用的不是IQ，是EQ！"

安妮对此表示赞同，"这又回到了那个老问题——我们的教育要培养什么样的人？不能光强调IQ，更要重视EQ！现在普遍出现的高分低能，就是EQ的问题！"

"说到'情'字，这是本人强项啊，EQ肯定最高值！"

"别混淆概念，此情非彼情！"安妮纠正。

"然也！"欧小米应和及时。

袁帅悻悻然，指着二人，"EQ太低！所以迟迟产生不了共鸣！"

谈到教育，戈玲有一番宏论，"这两天，通过发生在身边的真实事例，我感受很深！现在社会上存在一种误区，好像只有进了重点学校，才是优秀学生，将来才有希望！评价一个孩子优秀与否的标准，非常片面！其实我们的教育方针一直提倡德智体全面发展，不全面发展怎么能培养出有用之才呢？"

"反正我就发现，马路上学生那书包越来越沉了！"袁帅撇撇嘴。

"眼睛越来越近视了！不戴眼镜的越来越少了！"何澈澈一脸担忧。

"所以，我们这期专题很有现实意义！"戈玲总结，"我们一定要做好这个专题，摆事实，讲道理，要有深度，引人深思，发人深省！要做到这些，首先我们自己认识要深刻！"

"对！在这个问题上，我看主编最有发言权——有孩子有切身体会，最近又采访过教育专家，理论加实践，认识一定很深刻！"

戈玲难掩得意，继续发表宏论，"说到这个，我确实体会颇深。就说李子果吧，当初重点小学、重点中学，然后又出去留学，接受的都是优质教育吧，结果怎么样？——你们知道——学成了，海归了，高不成低不就，宁可啃老也不工作。要不是到灾区接受再教育，差点儿就真成啃老族了！这教训刻骨铭心啊！"

"好在李子果补上了EQ这一课，现在工作努力，很优秀啊！"安妮欣慰。

"所以，亡羊补牢为时未晚，我们必须呼吁社会重视这些问题！在采访中，教育专家也是大声疾呼——我们首先要培养的是心智健全、情感丰富的人，大写的人，而不是只会考高分的考试机器！……"

这时，戈玲办公室里的电话响了。见戈玲情绪激昂地高谈阔论个不停，何澈澈提醒，"主编您电话！"

"等我回来接着探讨！"戈玲意犹未尽地进去接电话。安妮向大家布置工作："刚才主编的话是发自肺腑！我们的专题要围绕这个做文章。小米，采访切入点再考虑一下，要鲜活；帅哥你深入招生现场，多拍几张片子，好图片比文字更有震撼力！"

戈玲没想到，这个电话也是关于孩子考学择校的。放下电话，她匆匆出来，劈头就问："实验中学你们谁有熟人？"

大家纷纷摇头，不解其意。"您什么事儿？"

"嗨，一亲戚的孩子今年考高中，分儿不高不低正卡分数线，这不想找找关系择校嘛！"戈玲说出这样的话，大家觉得匪夷所思。

"主编您说什么？择校？"

"对啊！比如不够人家重点分数线，交择校费也能进。低一分交两万，低二分交四万，这会儿不能心疼钱，多少钱也得交！只有进了重点校，将来高考才有保障！要不然去个普通高中，升学率没保障，孩子前途就全毁啦！"

"咱们不是反对唯分数论吗？"

"说是这么说，可是考大学不还得拿分数说话吗？差一分也不让你上啊！"戈玲思忖着，"哎呀找谁呢？谁跟实验中学熟……"

"主编，我们这期专题可是要呼吁教育改革，您刚才还大声疾呼呢——我们首先要培养的是心智健全、情感丰富的人，大写的人，而不是只会考高分的考试机器——怎么转脸就变啦？"安妮略显不满。

"我、我没变啊！"戈玲无可奈何，"从理性上说，我坚决拥护改革，只有改革才能有出路！可是吧，改革不是一天两天的事儿，远水解不了近渴，那孩子过几天就录取，再不找人就来不及啦！"

大家意味深长地交换目光。

"咱主编多么坚定的改革派啊，结果一涉及到自己，成保守派了！"

"我还说我表哥走火入魔呢，看来不光是他啊！"

"所以咱们也别笑话刘老师，将来换了我们，说不定比他还疯狂呢！"

"这说明改革任重而道远。作为旁观者，做到头脑清醒并不难，可是一旦涉入其中，就身不由己，很难保持超脱了！"

戈玲绞尽脑汁，忽然想到了一个人，"哎唷，我怎么把他给忘啦?!"一边说着，戈玲一边拨电话。

耿二雁接到戈玲电话的时候，刚好乘车来到了编辑部楼下。来到楼上，听戈玲说明原委，他很不以为然，"我不是说你，小戈，你就形式主义那一套！咋就非得重点校？不重点校就考不上大学啦？不上大学不中状元就不是人才啦？我还就不信！早就有句话，要不拘一格降人才，对不对？"

耿二雁此言一出，编辑部其他人纷纷惊叹。

"我还以为二总是保守派呢，瞧这思想，绝对有锋芒！"

"你不跟我们主编保持一致，后果很严重你知道吗？"安妮提醒。

"我得坚持真理啊！必须的！"

戈玲自然很不满，"你光坚持真理了，人家孩子上不了重点校，着急不着急？敢情事儿没摊到你头上，谁不会说便宜话？！……你到底有没有熟人？你不是赞助过教育事业吗？"

"我赞助的是我们威虎山的学校……有没有熟人先放一边儿，咱说这个理儿！就算是我的事儿，我照样也这么说！就以我的事迹为例吧，小时候家里穷，没上过几年学，更别说重点校了，可现在怎么样？还不照样是成功企业家？！所以说，成功不成功跟上不上重点校，根本没啥关系！"

"要照你这么说，干脆都别上学了，往深山老林里一撒，放养得啦！"

"你还别说，这么摔打出来的孩子保证皮实、吃苦耐劳、敢闯敢干！学校出来那孩子吧，就是不行，娇里娇气，温室里的花朵！"

"你越说越离谱了！"

"本来就这么回事儿嘛！你说学校教那些课，都死记硬背，有啥用？出了校门，啥也干不了！"

安妮及时纠偏："Stop！我听着苗头不对啊！我本来力挺二总，可说着说着怎么成读书无用论啦？这可是方向性错误！"

欧小米也提醒："再说下去就反动了！"

"我理解二总不是读书无用论，要不然他在威虎山还赞助什么学校啊？二总还是尊重教育尊重知识分子的！"袁帅帮着解释。

耿二雁连忙表态："对对，绝对的！我在威虎山建学校，就是想绝不能再让小辈儿跟我当年似的没书念没学上，死活得有知识！我不是读书无用论，我是说不能读死书、死读书！这没错儿吧？"

"你说的都对！"戈玲一脸焦急，"不过现在我就问你，实验中学你有没有关系？"耿二雁支吾起来："关系……关系是吧……"

"我知道了，别死要面子了，不就是没有关系嘛！没有关系也没关系，我再找找别人……"

"小戈你听我说，是你们思想认识上有问题！你跟那孩子说，上不上重点校无所谓，别较劲！"

"真是站着说话不腰疼！将来万一考不上大学呢，你负责？"

"考不上大学咋啦？成功人士没上过大学的多啦，我跟李嘉诚都没上过大学！"

戈玲冷不丁提出一个问题："你们公司招聘员工，没学历的要不要？"

"那不能要！必须大本以上！"耿二雁不假思索地脱口而出，随即反应过来，"小戈你绕我呢……"

大家哄堂大笑。

"都一样，说起来容易做起来难！好在大家都有一个共同的期望！"

这时，刘向前走进来，神情凝重。不等刘向前开口，欧小米赶忙声明："刘老师，千万别让聂董再钻研厨艺了，明天工作餐我强烈建议，不如干脆吃泡面得啦！""顶！"何澈澈举手赞同。

"刘老师，我们不是舍不得自己，我们是心疼那些孩子，幼小的肠胃恐怕经不住这么严峻的考验！"

刘向前叹了一声，"我和聂董审时度势，毅然决定放弃竞聘炊事员！"

大家又惊又喜。"刘向前同志你终于想通了？！"

刘向前道出原委，"据内部消息，鉴于大批家长不谋而合，都妄想通过竞聘炊事员达到让孩子入学的目的，所以校方临时决定，将竞聘延迟到招生录取结束之后。"

大家这才明白，不禁替刘向前担忧起来，"那你们孩子入学怎么办？有把握吗？"

刘向前变得兴奋而神秘，"天无绝人之路！虽然竞聘炊事员暂停，但是据内部消息，校长家要找保姆！"大家似懂非懂。

"你们想啊，一旦去校长家当保姆，人熟好办事，到时候给校长递个话，孩子入学不就轻而易举了吗？！所以，我们决定，打入校长家，当保姆！"

随着话音，聂卫红迅疾地碎步而入。只见她身穿碎花小褂，挎一包袱皮，梳着两条辫子，俨然一个刚刚进城的村姑。聂卫红站定亮相，具有大无畏的气概："明知山有虎偏向虎山行！一切为了孩子！"

刘向前抢步上前，与聂卫红并肩而立，夫妇俩齐声宣誓：

"将择校进行到底！"

二十二 养生之道

　　前不久，牛大姐和老伴去美国探亲，临行前特意来到编辑部，与大家依依惜别，牛大姐泪眼婆娑："我这一去，何时归故里？不是在此时，不知在何时，我想大约会是在冬季。要是办下来美国户口，冬季可能也回不来了，此一去将成诀别！"牛大姐与编辑部众人一一深情握手，"革命尚未成功，同志仍需努力！虽然我的离去是编辑部的重大损失，但你们一定要化悲痛为力量，把编辑部工作推上一个新台阶！"

　　大家被她弄得热泪盈眶。送别老同志，自古总是伤离别的劲儿还没过去呢，就接到了牛大姐电话，说老两口正在协和住院。编辑部大家前去探望，得知原委，啼笑皆非。

　　"敬爱的牛大姐真有新鲜的，吃水煮鱼愣撑得住了院！不知道的还以为美国闹饥荒不管饱呢！"

　　"西餐就是吃不惯。她女儿也是，不说给老两口吃点儿顺口的，在美国中餐馆不遍地开花嘛，至于给馋成这样儿！"

　　"美国那中餐不是味儿！我那回去，吃一肚子沙拉牛排，头两天还行，第三天就受不了了，上街直奔中餐馆，憋着劲儿想解解馋。结果端上来的怎么瞅怎么不像鱼香肉丝、宫保鸡丁，你想啊，连长相都不对，味道就更甭提了！"

　　"苏格兰也这样，这没什么可奇怪的！就跟国内的西餐味道不对一样，中餐一出国就被改良了，不可能正宗！"

　　"而且据说还特别贵！"

　　"就跟国内西餐贵一样，远道而来，容易蒙事！"

"牛大姐还大约在冬季呢，没承想才这么几天就待不住了！老两口回国一路上就没聊别的，光琢磨一下飞机先奔哪儿大吃一顿解馋了，结果消化不良！"

"民以食为天！你光心向往之不行，胃不答应，《我的中国心》应该叫《我的中国胃》！心都靠不住，胃不说瞎话！"

由牛大姐的事说开去，谈到了养生。这是一个热门话题，于是编辑部决定以此为选题，搞一组系列专题。大家各自搜集来养生知识，首先进行内部交流。

安妮照着笔记本念："碳水化合物（糖）在人体中的比例是1%—2%，每天每公斤体重需要7.5g；脂肪在人体中的比例是10%—15%，占总能量来源的20%—25%，每天每公斤体重需要1—1.5g；矿物质占人体体重的5%—6%，成人每天参考摄入800—1000mg。总热量的计算方法为，首先按性别、年龄和身高，理想体重（kg）=身高（cm）—105，然后根据工作性质，参照生活习惯等因素，成人休息状态下每日每公斤体重给予25—30kcal，即卡路里；轻体力劳动30—35kcal，中度体力劳动35—40kcal，重体力劳动40kcal以上……"念到这儿，不由感叹，"哎哟太深奥了！"

袁帅不以为然，"照本宣科，还都西式的！应该通俗易懂，有可操作性。看我这个——矿物质是无法自身产生、合成的，要从食物中摄取，含钙量丰富的食物有——奶及奶制品、芝麻酱、小虾皮、海带、发菜、黄豆、黑豆、红小豆、冬瓜子、西瓜子、南瓜子、北瓜子、炒瓜子、煮瓜子、五香瓜子……等我喘口气儿……"

欧小米也摘抄了一些资料，"对我们女性最重要的是维生素。我们每天需要0.8毫克维生素A、1.2毫克维生素B、100毫克维生素C、0.005至0.01毫克维生素D。换算成吃的，那就是80克鳗鱼、65克鸡肝、75克胡萝卜、半个番石榴、两个猕猴桃、3个西红柿、150克猪里脊和200克金枪鱼……"

戈玲捧着一本营养丛书，"有些搭配禁忌一定要注意！比如韭菜跟菠菜不能一块儿吃，二者同食有滑肠作用，易引起腹泻；也不能与蜂蜜同食，否则引起心痛；还不能和牛肉同食，容易发热动火。注意啊还有，白酒＋柿子，中毒；牛肉＋栗子，呕吐；香蕉＋芋头，腹胀……濑濑你平时总是萝卜、水果一块儿吃，马上改——甲状腺肿大！"

"哎呀是吗？濑濑让我看看……"安妮赶紧关切地探摸何濑濑的甲状腺，

手却摸向了胃口。"那是胃！这是甲状腺！"戈玲纠正，伸手在何澈澈的两腮处摸摸，"倒是没肿！"

大家都松了一口气。

嬉闹过后，言归正传。大家继续忙活。安妮托着一摞资料从自己办公室出来，嘭地往桌上一蹾，"什么养生之道？不看倒好，越看越糊涂！"

戈玲抬起头来，"怎么啦？"

"有说往东的，有说往西的，互相矛盾！比如就说喝水吧，有的专家说了，每天必须大量饮水，不能少于八大杯。可是另一个专家说吧，不能喝这么多，对肾负担重，不益于健康——你说到底听谁的？"

其实，编辑部大家都有同样的问题。

"还有说南瓜能降血糖，有人又说不能降！"

"有专家说菠菜不能跟豆腐一块儿吃，容易缺钙。有的又说没事儿，缺钙跟这没关系。有的说要多吃豆制品，有的就说吃多了不好，不易消化。"

"有说早睡早起身体好的，也有反对的，说晚睡晚起是自然规律，这样儿才身体好呢！都振振有辞的，一个比一个有理！"

"这些养生理论都各执一词，"安妮提出了问题，"咱们总不能跟一锅出似的，就这么大杂烩端给读者，让读者自个儿从里头择吧？"

"那当然不行！"戈玲坚决支持，"我们一向对读者负责，我们要提前择好，再端给读者！"

"怎么择？"何澈澈想不出好招儿，"掐尖去根取中段？"

袁帅提出一个想法，"实践出真知，实践是检验真理的唯一标准。到底什么养生理论可行，要经过实践检验！"

"这怎么实践？"刘向前质疑，"咱们亲自试吃菠菜豆腐，坚持半年，看是不是真缺钙……"

"用不着咱们！已经有人亲身实践过了，比咱们有说服力！"

安妮看过来，"Who？"

"期颐老人啊！"

欧小米、何澈澈没听懂，"什么期颐？"袁帅卖个关子，故意睃着安妮，"这得请教学贯中西的安总，安妮……"

安妮慌忙端起水杯假装喝水，嘴里含混不清，"嗯啊噢……"

袁帅趁机卖弄，"没底蕴！期颐都不懂？那耄耋呢？"安妮赶紧把一大口水咽下去，抢着回答，"这我知道，就是特别特别老的意思！"

"不求甚解！一知半解！半瓶子醋！半吊子！半……"

"哎呀，别卖关子啦，"戈玲搭腔了，"期颐不就是……"

袁帅连忙截住戈玲的话头："主编主编！我知道咱编辑部最有传统文化底蕴的就是您和我，不劳您大驾，我来给他们答疑解惑！"说完，他得瑟地看着那三人，"做笔记就不必了，下去以后注意复习就行啦！期颐，指的是百岁老人；九十岁，叫鲐背之年；八十多岁，叫耄耋之年；八十，叫杖朝之年；七十，叫古稀之年……"

欧小米立刻接过话头，"六十叫花甲之年，五十叫知命之年，四十不惑，三十而立——谁不知道啊？"

"举一反三，孺子可教也！"

安妮明白了袁帅刚才的用意，"你是说百岁老人肯定都有一套长寿秘诀，是经过实践检验的！"

"然也！关键是人家这养生之道不是纸上谈兵，要不能活一百多岁吗？现身说法，最有说服力！"

编辑部大家深以为是。

于是，大家分头行动，走街串巷，寻访百岁老人。庙堂之高，江湖之远，民间藏龙卧虎，老百姓有老百姓的活法儿，其中自有真谛。经过一番寻访，安妮最先找到一位百岁老人。

安妮兴冲冲地向大家介绍寻访收获，"这位杨奶奶今年一百〇七岁。只见她，耳不聋眼不花，精神抖擞，黄金帅盔黄金甲，胯下红桃马，得胜钩鸟翅环上挂着绣绒大砍刀，半扇门相仿……"

编辑部大家听出不对，袁帅立刻指出，"你说的这不是杨奶奶，是佘太君！"

"我意思是说杨奶奶就像佘太君一样老当益壮！她还给我唱了一段豫剧《五世请缨》呢……"说着，安妮拿出手机，给大家放了一段豫剧演员马金凤的演唱录音。

戈玲听出了端倪，"这哪是杨老太太唱的呀？这是人家马金凤唱的！安妮，唱也唱了，佘太君这段儿咱揭过去，下边该说杨奶奶的养生之道了吧？"

"噢……其实杨奶奶的养生之道很简单，基本就四个字——粗茶淡饭！"

安妮喝口咖啡继续，"杨奶奶出生在一个穷苦的贫雇农家庭，母亲刚生下她就不幸死去，她从小和父亲相依为命。在地主恶霸的剥削下，父女俩吃不饱穿不暖，辛辛苦苦了一年，到年根底下反倒欠了地主老财的债。这天是大年三十，北风那个吹，雪花那个飘……"

安妮越说越动情，惹得大家都泪眼矇眬的。袁帅最先醒悟过来，假装抹一把眼泪，及时制止，"停停停！说了半天，杨奶奶是杨白劳的闺女喜儿啊?!"

大家也都反应过来，纷纷调整情绪。戈玲回回神儿，"说着说着养生之道，怎么改忆苦思甜啦?"欧小米咋舌，"当年著名的白毛女，现在摇身一变成了百岁老人，这也太雷了吧?"刘向前忽然灵机一动，"我明白了！Anney总这是大有深意啊！喜儿当年不是躲在山洞吃不上盐嘛，杨奶奶长寿秘诀不会就是不吃盐吧?"

安妮很是欣慰，"还是刘老师善于领会领导意图！杨奶奶亲口对我说，她自打出了山洞，七十年没吃盐！"

编辑部众人瞠目结舌。

袁帅发现问题，"杨奶奶真是喜儿？岁数不大对啊……"

安妮连忙解释，"不是那个喜儿，可是跟喜儿的遭遇差不多！杨奶奶家在深山，交通不便，缺盐少油，长年累月不怎么吃盐，到后来下山吃盐反倒吃不惯了，所以这个习惯一直保持了七十年！"

这一来，引发了大家的感慨。

"你看杨奶奶他们过去吃了上顿没下顿吧，拿到现在反倒符合潮流了，如今不就提倡吃饭七分饱嘛！现代人生活是富裕了，吃喝不愁，可是各种富贵病都来了——肥胖、三高、营养过剩——旧社会劳动人民哪有这些毛病?!"

"黄世仁那些地主老财倒是养尊处优，吃香的喝辣的，还不是早早都死了！"

"杨奶奶在山上渴了喝山泉，饿了摘野果，看到的是自然风光，呼吸的是高氧离子，绿色低碳，这能不长寿吗?"

最后，安妮定了调子，"我们虽然不能做到像杨奶奶一样上山，但是我们可以粗茶淡饭啊，可以缺盐少油啊！从明天开始，我们就落实到一日三餐上！"

安妮的号召，得到大家积极响应。

第一天。墙上时钟指向了中午十二点。安妮端着饭盒从自己办公室走出来，"Lunch!"大家停下各自的工作，纷纷拿出自带的午餐。

欧小米打开餐盒，"我学习杨奶奶，午餐就吃野果——小西红柿，九个。"

安妮连忙亮出自己的饭盒，里面也是小西红柿，"咱俩英雄所见略同！我是六个，估计山上西红柿不好找，杨奶奶也就能找着六个！"

"西红柿准是山上长的吗？这小西红柿就更不是了，最早是国外引进，现在大棚种植，杨奶奶在山上还真找不着！"何澈澈说着，拿出两个苹果，咬了一口，"红富士！这还比较靠谱！"

欧小米当即反击，"你这是日本富士山上结的苹果，杨奶奶当年也摘不着！而且吧，现在的苹果口感是好，可是含糖量过高，已经不是纯绿色食品了！"

戈玲的饭盒里是一沓生菜，"还是蔬菜好！维生素含量高，糖分低！"

大家还是表示质疑。

安妮指着戈玲带的蔬菜，"现在的蔬菜跟杨奶奶那会儿也不一样了，能保证没有农药残留吗？"

刘向前掏出两块红薯，显示自己的英明，"所以我带的红薯！地里长的东西不打药，比较绿色！而且富含纤维素，生着吃、糊着吃、烤着吃均可，烹制方便，杨奶奶当年肯定经常挖红薯吃！"

"刘老师您别忘了，"何澈澈提醒，"是不打农药，可以撒化肥啊！"

刘向前立刻有些失望。

"OK！我们不能打击向杨奶奶学习的积极性，虽然现在已经不可能再有杨奶奶那么绿色的午餐了，但毕竟还算是粗茶淡饭！所以，只要我们遵循杨奶奶的养生之道，就一定可以像杨奶奶一样，活到一百岁！"安妮一番鼓励，大家情绪高涨起来。

这时，袁帅背着相机从外面回来，高举着一兜快餐，"啧啧，又出新品啦！"袁帅的话丝毫没引起反响，大家都冷漠地盯着他。袁帅谄媚，"安妮、欧小米，放心，有你们份儿！来啊，赶紧着！"

欧小米不领情，"给我们吃油炸食品，你别居心不良啊！你不想活到期颐之年，我们还想呢！"安妮更狠，"鉴于袁帅公然不响应编辑部号召，我决定，对他罚款Five的二次方！"

袁帅恍然大悟，"嗨，向杨奶奶学习、向杨奶奶致敬，我怎么给忘啦？！本人彻底学习杨奶奶吃了上顿没下顿，这顿儿免了！"

袁帅把快餐往柜子里一塞，显得无比坚定。

第二天。戈玲拿着一份稿子走出自己办公室，忽然感到一阵头晕，身体晃了几晃，幸好何澈澈眼疾手快地扶住她："主编您怎么啦？"其他人闻声赶紧围上来，把戈玲扶到椅子上坐下。

戈玲扶着头，"可能有点儿低血糖……"

"准是昨一天没吃粮食闹的，光吃生菜叶了！"刘向前判断，"我倒是没低血糖，可是吃红薯吃得肠胃不舒服……"这一说，大家也都有同感。

欧小米第一个嚷嚷，"我一顿才九个小西红柿，连半饱都没到，胃里叽里咕噜的，我饿啊……"安妮比画着，"那我才六个！不瞒你们说，我饿得昨晚上都睡不着觉，但我还是忍住没开冰箱——就是开开也没用，我早把冰箱腾空了，就怕自己万一意志不坚定……"

何澈澈做有气无力状，"我走路腿脚发软……"袁帅更委屈了："你们起码还吃了点儿东西呢！我为了学习杨奶奶，到现在还水米未进呢！"他忽然感到头晕，连忙扶住着桌子，"哎哟，我怎么也来劲儿啦？……"

欧小米趁机动摇，"我总结了，杨奶奶当年是也吃不饱，可她不用上班啊，大部分时间就是睡觉，没消耗，所以她顶得住！咱们不行啊，咱们还得工作哪！"袁帅补充，"尤其我们男的，消耗大，人家杨奶奶只说粗茶淡饭，没说不管饭啊！咱不能搞修正主义那一套！"

安妮有点儿松动了，"要不咱们养生食谱就加上主食？不过绝不能是馒头面包、白米饭烙大饼，只能是粗粮，越粗越好！"戈玲显得运筹帷幄，"我已经安排好了，耿二雁让人从威虎山运过来，可能快到了……"

话音未落，耿二雁一步跨进门来，身后跟着小金，肩扛手提着好几个口袋，顺墙根摆了一溜儿。耿二雁高门大嗓，"听小戈说，咋的，养生呢？"

"二总给我们送的什么给养？"安妮看着墙根的口袋，"我们要的可是粗粮！"

"不就粗粮吗？我跟你们说，咱威虎山就趁这玩意儿！"

小金眼疾手快地一一撑开口袋，"小金我给大家介绍一下——这是榆树皮！这是榆树叶！这是红薯面！这是红薯秧！还有这个，这个……"

耿二雁打断，"都是纯大然的，绿色食品！我让他们空运来的！"

编辑部大家觉得很新奇。

欧小米觉得不可思议，"这榆树皮、榆树叶还能吃呀？"

"咋不能吃？当年节粮度荒时候，那榆树给扒得，那家伙，光溜溜赤裸裸，树皮树叶全没了！没听老百姓说嘛，'不怕榆树种得多，到了荒年不挨饿'！"

何澈澈觉得新鲜，"怎么个吃法儿？"

耿二雁来了兴致，连说带比画，"劳动人民智慧是无穷的！榆树皮吃法如下——第一步，剥掉外边老皮，留下里边嫩皮；第二步，分成一段一段的，晒干；第三步，碾子碾碎，用筛子筛、笸箩箩，筛啊筛箩啊箩，筛啊筛箩啊箩，筛啊筛箩啊箩……"耿二雁闭着眼睛摇晃筛子，一遍又一遍。小金在旁边模仿着，以助声威。

袁帅提醒，"筛得够细啦二总！"

耿二雁睁开眼，"够细啦？第四步，把够细的榆树皮面跟高粱面、谷糠、花生皮、苞米芯混合搅拌，再掺点儿野菜、榆树叶就更地道啦，熬粥、贴饽饽、蒸窝头！"

安妮眼巴巴望着耿二雁，"这就完啦？"

"啊！剩下就是第五步——吃！"

欧小米来了兴致，"是不是特美味？"

"那还用说？！有黏性、有咬劲儿、筋道，还带甜丝丝的清香味儿，绝对！我敢这么说，吃一回，保准你一辈子忘不掉！我现在就常梦见吃榆皮面饽饽，吃得吧嗒嘴，愣给自个儿整醒了！"

戈玲挖苦，"瞅你真有出息，敢情榆皮面就能让你魂牵梦绕！"

安妮继续强调，"榆树皮是有很高的营养价值，它富含纤维素、胶原物质，还是一种药材哪！"

袁帅征求大家意见，"那咱就榆皮面饽饽啦！"

刘向前笑嘻嘻看着耿二雁，"二总给我们多供给点儿！"

"我承诺，威虎山榆皮面保障你们终身免费使用！你们一开始不会吃，我回去让他们蒸好了，明天给你们送来！"

编辑部大家欢呼雀跃。

耿二雁把戈玲拉到一边，悄悄交给她一兜东西。戈玲闻闻，"什么东西呀这是？馊啦吧唧的！"

"好东西——豆腐渣！"

"豆腐渣？你给我这干吗呀？"

"给你开小灶啊！"

戈玲气不打一处来，"你听说过有开小灶吃豆腐渣的吗?！别当我不知道，这都是喂猪的！"

"胡说八道！不识货！你不养生嘛，这豆腐渣是顶级养生食品！看我这体格棒不棒？当年他们吃草根，我吃豆腐渣，结果体格比他们强一大块！这可是我特意给你踅摸来的，别不当好的！"

转眼间，好几天过去了。

袁帅、欧小米、刘向前、何澈澈坐在各自座位上，对着自己面前黑不溜秋的榆皮面饽饽发怵。欧小米愁得慌，"哎哟……这得吃到什么时候呀？二总真是实在人，把威虎山的榆皮面都弄来了，连过冬口粮都有了！"

何澈澈有些泄气，"刚开始吃着还挺好吃的，可是天天吃这口儿，绝望！"

袁帅故意端着教训起来，"你们八〇后就是骄娇二气！不吃这不吃那，你们想吃什么？就欠让你们过过穷日子，不信你们还挑三拣四！还想不想活一百多岁啦？"

欧小米、何澈澈立刻对袁帅肃然起敬。

"帅哥我好好崇拜你！就你这毅力，肯定比杨奶奶长寿！"

"帅哥那我真得向你们七九年的学习！你教教我们是怎么拿榆皮面当美味佳肴的？"

"这个……我真不是挑食，我就是咽不下去，刺嗓子！"

欧小米、何澈澈知道上当，举起黑饽饽，作势要砸向袁帅。

刘向前开始发牢骚，"辛苦奋斗六十年，一夜回到解放前！当年无数革命先烈抛头颅洒热血，不就是为了让咱能吃香的喝辣的吗？咱们见天吃这榆皮面，革命先烈的血不就白流了吗?！"

大家纷纷赞同。

"咱们绝不能对不起革命先烈！走，找安总跟主编商榷去！"

欧小米、刘向前、何澈澈站起身，鱼贯进入安妮办公室。

袁帅故意慢吞吞地落在后面，看他们都进去了，急忙俯身拉开柜子，只见那兜快餐还原封不动在里面。袁帅连连嗅着，煞是陶醉。他抑制不住激动的心情，情不自禁地举着快餐在屋里旋转舞蹈起来。随即迫不及待地拿出一只炸鸡腿，躬着身子狼吞虎咽。

袁帅吃得正香，忽然里间房门一开，何澈澈出来喊他："帅哥！快来发表意见啊！……"袁帅一扭头，炸鸡腿还在嘴里叼着。何澈澈惊喜万分，飞一般跑上来，"帅哥，原来你有存货……"

话没说完，袁帅已经用一只炸鸡腿堵住了何澈澈的嘴。

此时，欧小米又走到门口催促，"人呢？哎……"

只见袁帅、何澈澈躲在桌子底下，吃得正疾。听到欧小米嚷嚷，两人下意识转身，手里举着鸡腿，脸上油渍渍的，嘴角还挂着肉丝。

"好啊！你们俩吃独食！"欧小米这一嚷嚷，安妮、戈玲、刘向前都跑出来看个究竟。见此情景，立刻争先恐后围上来，跃跃欲试。刘向前大叫，"袁帅你也太没阶级感情了！"欧小米喊口号，"打土豪分田地！"

几个人已然等不及，如饿虎扑食一般。

"别抢别抢！正好六个，人人有份儿！排队排队！嗟，来食！"

大家排着队，袁帅从快餐袋里掏出炸鸡腿，一一递给欧小米、戈玲、安妮。轮到最后的刘向前时，袁帅在袋子里摸索半天，也没拿出炸鸡腿来。刘向前眼巴巴地等待着，最后，袁帅把袋子一倒，表明里面空空如也。刘向前不愿相信这一现实，抢过袋子掏了又掏，"我在咱编辑部也太弱势地位啦……"

"不对啊！明明买来是六个鸡腿，怎么成五个啦？"袁帅警觉起来，"说！谁在我之前就偷吃了一个？"另四人面面相觑。

安妮显然想息事宁人，把自己分得的鸡腿递给刘向前，"为避免阶级斗争扩大化，我这只鸡腿给向前同志！OK？"刘向前感动得要哭了，"Anney总，您作为领导，把鸡腿让给群众，把饥饿留给自己，您太高风亮节了！"

袁帅不同意，"NO！现在吃鸡腿是小，抓特务是大！我党的政策始终是坦白从宽抗拒从严，主动交代，我们会给你一条出路——！"

袁帅的目光一一掠过每个人，"案情越发错综复杂了，我提议，炸鸡腿案将列为本编辑部天字一号大案要案，严加追查……"

欧小米实在忍不住，"要不您先慢慢查着，我们能不能开始进食啊？"

安妮忽然感到一阵腹痛，接着越来越绞痛难忍，她不禁呻吟起来。大家见状，连忙关切地询问情况。安妮捂着肚子，"这鸡腿变质了，你们千万别吃！哎哟，肚子……"

大家这才恍然大悟，"好啊！原来第一个鸡腿是你偷吃的?!"

"三天不吃饭，什么都敢干！哎哟不行，我得去卫生间！"安妮捂着肚子跑向卫生间。

刚刚一周时间，粗茶淡饭就吃不下去了。经过认真研讨，大家认为杨奶奶的养生之道好是好，可现代人很难持之以恒。于是，他们决定继续寻访其他百岁老人，希望能有新发现。

刘向前兴冲冲地赶回来，一进门就大声宣布："找着啦！找着啦！"

大家闻声围拢上来。

刘向前先喝了通水，"踏破铁鞋无觅处，得来全不费功夫！众里寻他千百度，蓦然回首，那人却在灯火阑珊处！唐爷爷啊唐爷爷，向前找你找得好苦哇——！"

"唐爷爷？"戈玲问，"一百零几岁？"

"一百〇八岁！比杨奶奶还大一岁，更有说服力！"

安妮凑上来，"唐爷爷是什么养生之道？"

"可以庆祝了，这回不用再粗茶淡饭啦！人家唐爷爷说，饮食虽然不要大鱼大肉，但是也不必过分拘泥于粗茶淡饭，他的长寿秘诀在于建立正确的世界观和人生观，养成良好的生活习惯！"

欧小米问，"早睡早起还是晚睡晚起？"

"比这要深刻得多！这么说吧，唐爷爷的生活习惯是一套系统科学，具有哲学的高度、美学的广博、医学的严谨、文学的浪漫，是人类智慧的集大成者，真正做到了集天地之灵气，采日月之精华，实现了天人合一的伟大理想！"大家听得云里雾里。

"那我就说通俗一点儿！是这样的，唐爷爷今年一百〇八岁，终生未娶，不近女色，不抽烟，不喝酒，不赌博，不嫖娼，不吃鱼，不吃肉，不追名，不逐利，不喜不怒不哀不乐……"袁帅忍不住了，"那还活个什么劲儿？"

"你和唐爷爷的境界差距太悬殊了！唐爷爷生于东土大唐，自幼吃斋念佛，诚心向善，苦心修行，历经九九八十一难，方才取得真经……"

众人大吃一惊。

"敢情你说的唐爷爷是唐僧唐玄奘?!"

"您别是让我们吃唐爷爷的肉吧？据说能长生不老……"

"万万使不得！就是不犯法，我也咽下不去！"

"刘老师，唐僧住哪儿啦？钓鱼台还是凯宾斯基？贴身保镖是姓孙吗？"

"不是！唐爷爷就是一普普通通的老人，姓唐，唐僧是他偶像，他是唐僧粉丝，就这么回事儿！"

大家开始思忖起来。

"听起来吧，唐爷爷的养生之道比较简单易行——我本来就不抽烟不喝酒，顶多就是把鱼肉忌了，这容易——"安妮征求大家意见，"要不咱们就联袂修炼?"

"我也不赌不什么的，也比较视名利如粪土，"欧小米有点儿嘀咕，"可是不喜不怒不哀不乐，这有点儿难！"

何澈澈看了看袁帅，"我们都是性情中人，难上加难！"

袁帅点头，"其实这都不算大问题，都能克服，可我这问题就无解啦！士可杀不可辱，身为堂堂的情圣，不近女色分明是让我出师未捷身先死啊，这是对我最残忍的谋杀！"刘向前表现得最为果决，"想活一百多岁，不作出些牺牲还行？不要计较局部得失，关键是要夺取最后的胜利！谁笑到最后，谁才是赢家！试想一下，当我一百〇八岁高龄的时候，那是2080年，世界那叫发达那叫美好，而且许多医学难题都一举攻破了，一百〇八岁不是新鲜事儿，他们好歹给我弄弄，我就能迈进二十二世纪！"

袁帅取笑，"看来您是立志要活成老妖精啊！我们不拦着您，到时候别忘了给二十二世纪人们讲讲咱编辑部的故事！"

袁帅、欧小米采访结束，返回编辑部。到了门口，刚要进去，又停住了。只听屋里鸦雀无声，刘向前正独自打坐。二人蹑足进屋，凑近观瞧，见刘向前微闭双目，一动不动，状极虔敬。见此情景，二人均无语。他们意识到，刘向前这回来真的了。

刘向前的修炼养生，成为编辑部人们热议的话题。

"刘老师养生是好，"安妮历数着，"可也不能两耳不闻窗外事啊！现在他工作热情大不如前，跟客户联系也不如以前积极了，说是要洁身自好——这态势不对……"

"刘老师一瞬间变得太温文有礼了，"袁帅摇头，"真让人受不了！"

"不瞒你们说，"欧小米做害怕状，"我看着都有点儿害怕……"

"不行啊，向前要这么发展下去，还不走火入魔啦？！"戈玲发出号召，"我们得及时挽救他啊！"

这时，聂卫红一阵风似的进了编辑部，"刘向前呢？刘向前呢？"戈玲忙回答，"向前刚出去……怎么啦卫红？"

聂卫红沉着脸往沙发上一坐，"我要跟他离婚！"

编辑部众人大吃一惊。安妮满脸疑惑，"你们一向妇唱夫随、模范夫妻啊，出什么问题啦？"

"出什么问题啦？他对我施行惨无人道的精神折磨，这日子没法儿过了！"

安妮叹气，"唉，连你们也出问题，爱情啊……我突然灵机一动，你们公司要能有爱情保险就好了，保证卖疯喽！"欧小米端过来一杯水，递给聂卫红，"嫂子您别着急！"

聂卫红接过水，咕咚咕咚一口气喝干，意犹未尽，"再来一杯！"

欧小米连忙又倒了一杯递给聂卫红，聂卫红喝了两口，忽然对手里的杯子大感兴趣，"这杯子在哪儿买的？我一直找这样杯子找不着，我们家水杯早该换了，跟刘向前说多少回，他老说等打折促销！指着他办点事儿，难死啦！"

编辑部众人对聂卫红的突变反应不及。这时，刘向前从外面回来了。聂卫红一见他，气势汹汹地站起来。大家生怕大妻俩闹起来，连忙做好劝架的准备。戈玲摆出主编的气势，"双方都要冷静！冷静！"

刘向前则努力保持平静，嘴里还念念有词，"别人气来我不气，气出病来无人替；我若气死谁如意，况且伤神又费力……"

"你们大伙儿都看见了吧？他当众对我精神折磨、冷暴力……"说着，聂卫红冲上去推搡刘向前，"你少跟我装洋蒜！"

戈玲先批评刘向前，"向前你这态度就不好了，你不能成心气人啊……"

刘向前满脸无辜，"我真没气她，我这是自勉呢！"

聂卫红气呼呼，"还自勉？你就差出家当和尚了！"

安妮看聂卫红这么大反应，赶忙安抚："到底怎么回事儿？聂董你别怕打击报复，尽管控诉，我们给你做主！"

聂卫红反倒羞羞答答起来，"我……这让人家怎么说啊……满腔的仇和怨，还真说不出口……"聂卫红吞吞吐吐，尤其当着欧小米和何澈澈，"你们都还没结婚吧？少儿不宜啊！"

欧小米、何澈澈相互望望，若有所悟。

聂卫红灵机一动，"作一个生动形象的比喻，我好比那王宝钏王三姐，苦守寒窑一十八载，守身如玉……"

何澈澈做了个冠军庆祝动作，"我彻底明白了！"编辑部众人也都恍然大悟，众人齐声，"明白了！"

聂卫红忸怩地继续诉说："人家王三姐是薛平贵回不来，出于无奈。我呢，是明明近在咫尺，但无视我的存在，被闲置起来，造成资源的极大浪费！"众人齐声："明白了！"

"我现在正处于青春期，美好的青春时光难道就这样虚度了？不！决不！"袁帅坏坏地，"嫂子，我绝对支持您讨回公道，不过您青春期应该是过去时了吧……"

"谁说的？联合国定义了，四十九岁以下都是青年！都是青春期！"

袁帅火力转向刘向前，"刘老师您也是，您怎么就没表现出青春期生理特点呢？"刘向前仍淡定，"唐爷爷说了，色即是空！"

安妮直言不讳，"刘老师你真是走火入魔了！人家唐爷爷那才是自勉呢，没娶上媳妇一准是他最大的遗憾，要不然唐爷爷说不定能活二百多岁呢！"戈玲很严肃，"有个温馨的家庭只会有益于健康，要都像你这样养生，还是和谐社会吗？！"

袁帅故意吓唬，"我必须对您当头棒喝，赶紧悬崖勒马，再这么修炼下去，您就真成东方不败啦！哪天您后悔了，再想练回来可就难了！"欧小米良苦相劝，"趁着您现在还是青春期，还来得及！"

刘向前动摇了，"那我就不活一百多岁啦？可是二十二世纪还等着我呢……"说完望着安妮，"那咱们这养生之道……"

不光安妮，经过这一番折腾，编辑部所有人都有所悟：生命在于质量，养生要顺其自然，所谓物极必反，过犹不及。

照袁帅的话说就是——更有底蕴了。

二十三　爱心总动员

别看安妮平时多多少少有点儿二，可是工作一点儿不含糊。上任以来，大伙都直勾勾盯着呢，看她到底有多少干货。她还确实有两下子，拳打脚踢打开了局面，证明"海龟"不等于王八。广告、发行都是拿数字说话的，业绩瞒不了人。《WWW》一度成为业界奇葩。但在日益低迷的经济大背景下，形势也变得严峻起来。

这天，安妮又与编辑部同仁谈论杂志业界的现状。

"从《THE DEVIL WEARS PRADA》公映到《Vogue》宣布精减成本，相隔才不到一年。电影里那个女魔头原型就是《Vogue》主编Anna Wintour，够强势吧？为了追求效果可以不计成本、极尽奢华，结果现在也知道精打细算了——能让这个女魔头低头的不是别人，是经济危机！"

刘向前补充，"《Vogue》出过一期五磅重、八百多页，七百页以上是广告！没办法，财大气粗！经济危机一来，广告量刷刷掉了百分之三十几，现在也嚣张不起来啦！"

何澈澈熟练转着手里的笔，"欧债危机一发作，好几个国家总理撑不住都下台了，何况一杂志！"

戈玲举一反三，"这对我们很有警示作用！我们《WWW》要厉行节约，反对浪费！"

刘向前不禁叫苦，"我的戈姨，咱已经够节约的啦！《Vogue》那编辑，出门包豪华车，飞机坐头等舱，入住五星级酒店，吃的是俄罗斯鱼子酱——人家再节约也比咱浪费！"

安妮支持戈玲："他们那是败家！《Vogue》所属的康迪公司已经有四家

杂志关张大吉，存活的杂志一律消减25%的预算。在这点上，我和主编看法一致，我们虽然还没到那个份儿上，但要居安思危！"戈玲很由衷："安妮，你刚来时候说经营，我还挺抵触，总觉着媒体是文化的事儿，别老一口一个经营经营的。可是现在，我越来越体会到经营的重要了！好在我们经历过从《人间指南》到《WWW》的转型，我们不慌！"

安妮边向戈玲颔首致谢边说，"除了自身经营问题，还要应对当前的大趋势。网络阅读和电子书来势汹汹，纸媒受到夹击。像澈澈他们已经习惯了不去书店和图书馆，直接从网上下载电子文档！"

"还有iTouch或者Kindle！以前形容这人有学问，都说才高八斗。"何澈澈换了个转法，"以后用硬盘阅读，要说才高八G！"

戈玲警惕起来，"读者就这么流失啦！总说狼来了狼来了，这回狼真来了！"

刘向前很紧张，"那咱争得过它们吗？咱们是不是也快关张大吉啦？我就发愁将来，我这岁数去哪儿找工作啊？才高十六个G也没人要！不行我就开个酒楼……酒楼本钱不够。要不开个小饭馆儿，小饭馆儿万一不赚钱赔了怎么办？……"

这时，采访回来的袁帅、欧小米跨进会议室。袁帅边走边说，"关张大吉？敢情我们在前方冲锋陷阵，你们在后方合计散伙呢?!"欧小米走到自己座位，"即便世界经济要二次触底，可是咱中国经济总体向好啊！怎么……我真不想跟你们依依惜别！"

安妮连忙解释，"刘老师在散布悲观情绪，提出严肃批评！你们回来得正好，我们正讨论怎么化危机为契机，搞好我们下一步工作呢！踊跃发言！"

袁帅卸下摄影包，"No problem！我们顺应潮流，是潮人啊！网络不是我们的敌人，我们本身就有网络版，可以顺势而为啊！澈澈，指导方针我给你定了，具体执行就看你啦！"

何澈澈拿出一份方案，交给安妮、戈玲，"这是我的改版方案！以前网络版基本就是纸媒版本的文摘和概要，网络优势没完全发挥出来。以后要全面出击，开设在线影像、博客、播客，全方位互动！"

安妮、戈玲颇感欣慰。戈玲慈爱地拍拍何澈澈，"澈澈要大有作为啊！"

"接下来形成本次会议决议，"安妮宣布，"那就是前途是光明的，道路是曲折的。同志们，让我们携起手来，奋勇拼搏，开拓进取，不断夺取新的更大的胜利！"

随后，戈玲问起袁帅、欧小米采访的事。

"向您汇报一下今天的采访。"袁帅说，"慈善午宴主题是见义勇为，一部分善款用来为那位见义勇为者治疗康复。"

戈玲看看大家，"这个主题好！见义勇为本来是咱们中华民族的传统美德，古道热肠、助人为乐、路见不平拔刀相助，自古有之啊！结果现在见义勇为成了稀缺，小悦悦那事儿多让人痛心啊！我们作为媒体，一定要力挺见义勇为！"

"山体滑坡可怕，道德滑坡更可怕！"刘向前说，"当年我小时候，我就记得我爸爸一再教育我，捡着一分钱一定要交给警察叔叔，捡着一块钱一定要交给他……"

"你爸爸这是教育你还是毒害你呢？"不等刘向前说完，戈玲就批评开了。刘向前连忙解释："我爸爸说先交给他，他再去寻找失主！"

戈玲问袁帅和欧小米，"今天慈善活动有什么精彩内容？"

"各路明星争奇斗艳呗！"欧小米说，"我准备这么写——今天出席慈善午宴的有国际明星、社会名流、企业巨子、文化精英，光影交错，星光熠熠，时尚与慈善的光芒交相辉映！"

"分工明确——"袁帅说，"明星负责义卖，老板负责义买，名流负责捧场——人人都献出一份爱嘛！"

"谁都卖什么啦？卖多少钱？"刘向前好奇，"去年那谁把裤子卖了，二十八万呢！"

"今年没卖裤子的，有卖袜子的，高筒袜，三十八万！"

"袜子不应该比裤子贵啊……"

"可是袜子更贴身啊！您想啊，女明星穿过的高筒袜，千金难求、无价之宝啊！你没看见现场之火爆，那些老板跟疯了似的，竞拍！"

刘向前顿悟，"噢，我懂了，贵在有卖点！"

安妮听出话音不对，"明星做善事，我们大家都应该支持啊，你们怎么说风凉话呢？"欧小米抢白，"我们知道有很多明星是在真心真意做慈善，对这部分是应该支持，应该大力歌颂！可是也有一部分目的不纯的，拿慈善当幌子，变相炒作自己！"

袁帅继续深层剖析，"对他们来说，做慈善是一种投资，投资讲求回报，所以一切都经过精打细算，跟拿尺量过似的，这就让人特不舒服！"

安妮发表自己的见解，"你们说的情况确实存在，但是我认为，不一定只有信徒才有资格做慈善，也应该允许和提倡俗人做慈善。明星都是俗人，有点儿俗念再正常不过了，比如作秀、行善两不误，比如借慈善宣传自己形象，其实都可以理解！只要明星们利用他们的影响力宣传带动更多人加入到慈善队伍里来，这就OK了！"

戈玲听得很认真，"我本来是赞成袁帅他们的，安妮这么一说，启发了我！"

袁帅显然也认为安妮所说在理，"要说也是！非让他们跟我一个境界吧，也不太现实！"何澈澈将袁帅一军，"帅哥你这就不客观啦！人家明星好歹还义卖了一双高筒袜呢，你不就站边上给捧捧场吗？"

不等袁帅说什么，欧小米抢先替他申辩，"哎哎，澈澈你生平第一次冤枉了帅哥——帅哥今天有惊人之举，惊天地泣鬼神！"

袁帅骄傲地昂起头。安妮故意说，"那高筒袜买主不会是他吧？"袁帅斜了安妮一眼，"你想哪儿去啦？我做慈善可不是哗众取宠，是性情使然！小米妹妹是目击证人啊！"

欧小米举手，"我作证我作证！我们当时在义卖现场，那些明星都卖袜子、卖头巾的，显得没诚意，帅哥哪受得了这个？慷慨大方，豪气冲天，当场亮出一件东西，把他们都给震了！"

袁帅装低调，"其实也没什么，不过就是我们家的传家宝！"

安妮感兴趣，"传家宝？什么传家宝？"

"这说明你对我缺少关注——我身上少了一个那么重要的配件，你竟然视而不见?！"

安妮从头到脚打量袁帅，"我看你这不全须全尾的嘛，也没少什么零件儿啊……"

"我非得缺胳膊断腿是吗？"袁帅指着自己脖子，"这儿！这儿没少什么？"

"玉！"还是何澈澈先想了起来。

戈玲随即恍然大悟，"对对！袁帅前一阵是戴个玉坠儿！你给义卖啦？"刘向前忙问，"卖多少钱？"欧小米刚要说，被袁帅阻止，他要卖关子，"您给估个价！"

"那块玉料不错，挺透的……五千？"

"您使劲儿猜！"

刘向前咬咬牙，"六千？"

"看来您再使劲儿也不行，我还是告诉您得啦——"袁帅用手势比画两个数字。

"六千八？"

"六万八！"不光刘向前，其他人都大跌眼镜。

"这么贵?!"戈玲咋舌，"真不愧为传家宝！"

安妮亮出手腕上的一只玉镯，"你一个玉坠儿六万八，那我这玉镯还不得八万六？"袁帅卖弄，"OUT了吧？这坠儿真拿到玉器店，也就刘老师估的那价儿，可是今天这叫明星义卖，那就不一样啦！"

欧小米绘声描述，"帅哥本身就有星相，跟腕儿们又熟，一加入进去，老板们都以为他是荷里活回来的，所以争相竞买，把价儿给抬上去啦！"

大家啧啧惊叹。袁帅难掩得意，"慈善嘛，人人有责！本人不过就是做了一些力所能及的善事，今后我会一如既往，支持慈善事业！"

安妮故意挤对，"你的慈善义举确实值得我们学习！不过你也得承认，还是搭了明星义卖的顺风车吧？要不然让你捐六万八的现金，你捐得出来吗？"

"也捐得出来，只不过你们紧接着就得给我募捐！"

"所以嘛，"安妮摊开双手，"明星义卖活动还是有积极意义的，买方、卖方同时支持了慈善，双倍的参与，还扩大了影响，何乐不为呢？将来我们《WWW》也可以发起类似的慈善行动！"

大家纷纷赞同。

"就连我妈他们居委会都组织义卖呢，这两天热火朝天的！"袁帅摇摇头，"你说他们能舍得卖什么？一辈子省吃俭用的！"

安妮又替袁帅担心起来，"那你把玉坠儿捐了，你妈能答应吗？你们家的传家宝啊！"

"肯定不答应！我妈勤俭持家一辈子，跟把家虎似的！最最不能答应的，玉坠儿是留给未来儿媳妇的，这还了得?! 所以我急中生智……"说着，袁帅手一扬一晃，变戏法一般，脖子上出现一块一模一样的玉坠儿，"这叫偷梁换柱、瞒天过海！"

欧小米解释，"回来路上在小摊儿买的，十六块八！他没带钱包，我出的——为慈善作贡献嘛！"

袁帅煞有介事，"为了慈善，母亲大人，恕儿不孝啊！"

袁帅的义举在编辑部掀起了小小波澜，也给自己带来了小小麻烦。转天早晨，袁帅刚跨进办公室，大家就迫不及待地打听情况。

"怎么样怎么样？玉坠儿！"

袁帅没说话，指指脖子下边。大家一看，那块地方空了，假玉坠也不见踪影。

"哎，玉坠儿呢？"

"让我妈收了！"

此时，安妮、戈玲闻声走出来。

"我妈特奇怪，昨晚上一进门就跟我要玉坠儿，吓出我一身冷汗来！"

"是不是听着什么风声啦？"安妮问。

"不知道。她就说我戴着也不伦不类，给儿媳妇吧也遥遥无期，放我这儿不保险，哪天再给丢喽，干脆收回得啦！"

"发现破绽没有？"戈玲关心这事儿。

"那倒没有。我妈这人有点儿马大哈，看不出来！"

"你可别大意！玉坠儿是你们家传家宝，熟得不能再熟了，悬！"刘向前这么一说，大家也觉得事情恐怕不简单，连袁帅也有点儿吃不准了。

"你妈会不会拿着去鉴定啦？"安妮猜测。

"不会吧……"

"这么长时间都不闻不问，怎么偏偏你刚一捐出去她就往回要呢？"欧小米觉得蹊跷。

"也许是……碰巧？"何澈澈想得简单。

"这未免也太巧了吧？"刘向前看着袁帅，"十有八九，你妈起疑心了！"

戈玲显然觉得事情露馅儿了，"跟你妈主动解释解释，要不我们帮你解释……"袁帅却连连摆手，"解释不通！我们党的政策是坦白从宽，可在我妈这儿，打死也不能招，要不会死得很惨！"

戈玲不爱听，"你也别把我们这代人说得这么没爱心！"

"爱心我妈绝对富余，热心肠，我们小区的公益事业差不多都让她一个人儿包了！出力绝没问题，可是出钱就另说了！我妈口头禅就是'有钱的出

465

钱，有力的出力'，早就把自个儿划成没钱有力的啦！"

"倒也实事求是，不玩儿虚的！"戈玲评价。

"还有一种可能性——"安妮说，"你妈没别的想法，把玉坠儿要回去，直接就压箱底了！"

何澈澈补充，"直到你娶亲那天再拿出来，已是后话啦！"

袁帅一拍大腿，"这是最理想状态！也许本来就是这么回事儿，我干吗自个儿吓唬自个儿?!"

午餐过后，离下午上班还有一小段时间。编辑部开辟了工作吧，为大家提供了一个休憩放松的空间。另几个人无非就是一杯水或咖啡，只有刘向前一进工作吧，准目不斜视地直奔冰箱，拿出一罐牛奶，吸溜吸溜便喝，甚是陶醉和享受。这已经成为他的良好习惯。

欧小米和何澈澈一对眼神，立刻心领神会，准备联袂调侃刘向前，"我对广告客户有意见！他们以为免费提供乳制品是对咱好，可是对我们敬爱的刘老师来说，这是一个无比艰巨的任务——风雨无阻，雷打不动，天天如此，这得需要多么大的毅力啊！"

不知刘向前是真没听出来，还是故意装糊涂，竟然顺着欧小米往下说，"我是怕过期！这满满一冰箱，我尽量发扬愚公移山的精神吧！"

"自打有了这免费牛奶，刘老师连饮食习惯都改了，以主食为主改成乳制品全覆盖了。刘老师我得劝您一句，您别补大发了——蛋白质过剩！"

对这个问题，刘向前显然经过了深思熟虑，表现得胸有成竹，"我爸说我从小缺钙，且得补呢！哪那么快就产生质的飞跃？"

这种舌战，袁帅岂肯放过表现的机合，而安妮、戈玲等人分明也有观赏之意。众目睽睽之下，袁帅抖擞精神，刚要舍身加入，突然手机响了。袁帅一看来电显示，陡然变得神情紧张。他拿着手机，匆匆走到一边，背着大家接电话，对方传来一个清脆的女声，"你在哪儿呢？"

袁帅挡住手机，"就在编辑部呢！"

"那我来啦！"

袁帅闻言大惊，"艾美丽你别来！"

众目睽睽之下，袁帅不禁失声喊了出来，一边慌慌张张就往编辑部门口赶。袁帅的异常举动引发了其他人的怀疑。大家不约而同地认定，这个电话不寻常。

袁帅一出门，发现一位女人正顺着走廊款款而来。那女人衣装艳丽新潮，几乎将当下时尚元素一网打尽，有罗列之嫌。一副超大太阳镜几乎遮住了她半张脸，走路昂首挺胸，属于自我感觉分外良好那一种。

袁帅慌忙冲了过来，迎面拦住那女人的去路，几乎是恳求对方："艾美丽，咱有事儿能不能回去说?"

"甭想缓兵之计! 我找你有正事儿!"

编辑部一众人聚在门口，扒头探脑地往外张望着，将走廊里的情景一览无余。

平时，刘向前难免会为自己不谙情场风云偶感失落，如今，他终于有了自我宽慰的理由，"我说什么来着? 我以一个过来人的身份负责任地再说一次，桃花运害人不浅啊! 不严于律己必自食恶果! 人家打上门来了吧?"

"这女的还挺厉害的，绝对属于暴女!"欧小米问安妮，"您说我们是挺身而出呢，还是幸灾乐祸借刀杀人?"

"早知道他是个花心大萝卜! 让他拈花惹草，该!"安妮嘴上恨恨的，心里却思潮翻滚，竟悄悄升出一丝怨怒来。

戈玲却不肯苟同。她认为自己应该表现出一个智者的风范来，"淡定! 不要忙于下结论! 我们不放过一个坏人，但也不冤枉一个好人!"

艾美丽发现了编辑部门口那几个人，意识到自己引发了关注。她并不因此怯场，反而愈发兴奋起来，"你总不让我来你们编辑部! 今天我头一次来，请我进去参观参观呗!"不等袁帅回答，艾美丽已经拔腿向编辑部奔去。袁帅叫苦不迭，慌忙撵上去阻拦，但拦也拦不住。

艾美丽长驱直入。对编辑部众人，倒是颇为亲切友好，微笑着向他们一一颔首致意，只是笑容有些夸张。袁帅追上来，自动站在艾美丽身后，悻悻地像个受气包。

"袁帅还不给我们介绍介绍? 一定是你女友吧?"刘向前原本是想让袁帅无路可退并坦白交代。不料，艾美丽闻听大喜。为验证刘向前的赞颂不虚，她立刻起范儿，颔首挺胸丁字步。此外还嫌不够具体，又一把拉过袁帅，亲昵地挽住他胳膊，"也就是你，老嫌我!"

袁帅满脸涨红，实在无言以对。编辑部众人发现，一向口若悬河的袁帅竟然变得笨嘴拙舌，那张不饶人的嘴突然哑了火。

"不是女友……"袁帅就连解释都底气不足。安妮倒暗暗舒了口气。她本就希望事实并非刚才想象的那样,而且距离近了仔细观察,这女子绝非豆蔻年华。于是,她立刻提出另一种假设:"是你表姐!"

"这么快就升级啦?"艾美丽的反应虽不像刚才那么兴奋,但也毫不掩饰自己的得意。她将手从袁帅臂弯里抽出来,搭在他肩膀上,另一只手摘下眼镜举着,摆了一个造型,"表姐也说明我风采依旧!"

戈玲听出些端倪。她壮着胆子凑近查看,只见艾美丽摘下眼镜后,眼角边的鱼尾纹赫然在目。戈玲像是有了重大发现,兴奋地向大家宣布,"哪有这么大岁数的表姐啊?肯定是他小姨!是不是袁帅?"

袁帅终于憋出一句话来,"她是……我妈,艾美丽。"

这一下,编辑部众人无不错愕。大家立刻聚集上来,就像参观标本一样仔细观看,就差拿放大镜了。艾美丽落落大方,摆出各种造型,配合观赏。

"对阿姨这个物种,"何澈澈很权威,"统一命名为辣妈!"

戈玲夸赞,"艾美丽同志,你是我们广大中老年妇女的杰出代表!我们就是要让年轻人看看,我们人老心不老,我们……"戈玲一口一个"我们",借艾美丽向他人示威。不料,艾美丽却不爱听了,"我们?我跟你?大姐,我是五〇后,跟你们旧社会的可不是同龄人!"

戈玲顿感沮丧失落,"我有那么古老吗?"

艾美丽来了劲儿,兴致勃勃地打开随身一个双肩背包,就像打开了百宝箱,源源不断地从里面拿出健身用的球、扇、绳子、彩绸、鼓槌,五花八门。"最美不过夕阳红,温馨又从容。我就是晚开的花,我就是陈年的酒!"说着,艾美丽将一件薄纱披风披到肩上,款款地走起了台步,"今天我们模特队公益演出,观者如云,粉丝无数!我们用美丽呼唤人们支持公益事业!最后我还要高兴地告诉你们,我得的是最佳意外表现奖!"

袁帅之所以阻拦妈妈来编辑部,就是怕她另类的表现引发争议。袁帅尴尬得脸红脖子粗,赶紧抻抻艾美丽的衣角。艾美丽扒拉袁帅的手,"干吗?"

"要不,您还是回去吧……"

"回去?我正事儿还没说完呢!"艾美丽这才想起刚才被打断的话题。她伸手一掏,手上变戏法一样亮出那只玉坠儿,"这怎么回事儿?当着居委会大伙儿,我可丢人丢大啦!"

袁帅心里一沉,心想完了。编辑部大伙儿面面相觑,知道露馅了。为袁帅担心的同时，他们又都期待着看袁帅巧舌如簧，瞒天过海。

袁帅不是不想蒙混过关，他几度欲编谎，但一遇到艾美丽凌厉的目光，他就立刻哑口无言。安妮等人在一旁看着，既纳闷又着急。艾美丽倒主动向他们解释起来，"你们大家不知道，袁帅这孩子，从小就特闷特内向，而且特老实，连瞎话都不会说！"

艾美丽言辞恳切，而听众却目瞪口呆。安妮等人的目光都集中向了袁帅，无不感到匪夷所思。艾美丽继续，"我的政策你清楚——一视同仁，抗拒从严，坦白也从严——说吧，到底怎么回事儿？"

"我要说了，您可别生气……"

"那得看是怎么回事儿！"

"是这么回事儿……"袁帅刚要实话实说，安妮不忍袖手旁观，便好心地替他解释："阿姨您消消气，袁帅他没跟您提前商量，不过他是一片爱心！"

艾美丽误会了安妮的话。一进门，她就一个劲儿地打量安妮，此时见安妮站出来替袁帅说话，艾美丽赶紧把儿子拉到一旁，"你是不是把玉坠儿给她啦？甭问，准是这么回事儿！她就是那个大你三岁的海归？比我想的漂亮！"

艾美丽这么一说，倒给袁帅提了醒。他灵机一动，当即招认，"啊……对对！是给她啦！"

安妮大吃一惊，担心惹火烧身。袁帅不由分说地把她拉到了一边，"救场如救火，行行好吧！就说玉坠儿给你了，艾美丽不就踏实了嘛！"

"玉坠儿是给儿媳妇的定情物，我又不是……"

"上回你妈来，是我拜见岳母大人，这回我妈来，该你拜见婆母大人啦！咱俩不亏不欠！"

安妮无可奈何，"这也太突然啦！我一点儿准备也没有！"

"随机应变！"

"你是为慈善惹的麻烦，我替你解决麻烦，只当是为慈善作贡献了！"

袁帅颇感欣慰，"这境界就提升了！"

为了表明隆重正式，会见安排在了安妮办公室，袁帅携安妮拜见母亲。

安妮显得极不自然，"您好……婆母大人！"

艾美丽上上下下端详安妮，说的都是好听话，"真好！各方面条件都出类拔萃、海归、能力强、相貌好，虽然比袁帅大三岁，可是一点儿不显老！这么出众的女孩儿打着灯笼也难找！"

安妮被夸得不好意思起来。袁帅大为兴奋，话也多了起来，"您儿子眼光不错吧？千挑万选，优中选优！"

艾美丽把袁帅拽到一旁，口气立刻就变了，"我说过没有？不能找比你大的！我儿子要哪儿有哪儿——人好，有才，长得帅——什么样的女孩儿找不着，干吗非得当小女婿？"

"女大三，抱金砖！"

"傻儿子你还真信？她在单位是你领导，到了家还领导你，什么事儿都人家当家作主，你挺不起腰杆来，就一辈子受剥削受压迫吧！"

"刚您不还说安妮好嘛！"

"我没说她不好，就是因为她太好了！女的就是不能比男的强，要不你受气！是她嫁你还是你嫁她？听我的，忍痛割爱！"

"我们俩都订了，玉坠儿都给她了，咱不能出尔反尔啊！"

"你们俩订的不算数！"艾美丽反身来到安妮跟前，"安总，我跟你商量个事儿……"

"婆母大人您千万别这么称呼我，我可承受不起！"

"不瞒您说，你称呼我婆母大人，我也承受不起！所以，我申请辞去这一职务，请你批准！"

安妮不解其意。她困惑地看看袁帅，袁帅正向她使眼色。

"你别误会，我这是为你们好！强扭的瓜不甜，要不你们还是算了吧……"

安妮一时不知说什么。袁帅拉拉艾美丽，"您这不是棒打鸳鸯散吗?!"

"我棒打鸳鸯散？知道你们俩这叫什么吗？叫私订终身！找媳妇不是你一个人的事儿，是我们大家的事儿，我这一关必须得过！明确跟你们说吧，这儿媳妇不符合我标准！"

"你这婆婆还不符合我标准呢！"安妮先是小声嘟囔，随后提高了声音，"正好，我们再好好考虑考虑！"

"真是个通情达理的好孩子！那玉坠儿……"

"我没……"

"给出去的东西往回要，我也不愿意这样儿。可这不是一般的东西，放你那儿说不清！"

"哎呀，我真没……"安妮张口结舌。

袁帅急忙解围，"噢，她说她没带着——对不对安妮?"

"对对！我放家啦！"

"那就明天拿来！"艾美丽看着儿子，特意嘱咐，"这事儿是咱的不对，回头好好跟安妮赔个不是！"

安妮本是解围的，不承想也被卷了进来，导致局面复杂化。大家担心，事到如今就算袁帅说是捐了，恐怕他妈也不信。与此同时，艾美丽在编辑部的现身可谓惊世骇俗，掀起层层余波，大家试图寻找袁帅与艾美丽之间的某种既定联系。如今，编辑部众人的谈话焦点是袁帅的妈妈艾美丽。欧小米一边复印资料，一边向何澈澈、刘向前发表感慨，"你们发现没有？帅哥平时铁嘴钢牙、舌战群儒的主儿，可袁妈妈一来，帅哥立刻哑巴了！"

"这就叫一物降一物、卤水点豆腐！艾美丽同志这气场太强了，袁帅生生被抑制住了！只有艾美丽同志不在场的情况下，袁帅才有释放的空间！而且作用力等于反作用力，被抑制得越狠，爆发得就越猛，所以袁帅在编辑部才跟打了鸡血似的！"

刘向前分析得头头是道，欧小米与何澈澈受到了启发。

"刘老师深入浅出一分析，敢情帅哥有一个扭曲压抑的童年啊！我开始无比同情帅哥了！"

"要按照刘老师这理论，帅哥很多不合逻辑的言行就都有出处了！比如说吧，就帅哥那形象，竟然坚贞不渝地自认为天下帅字号第一，其实是因为他自卑到极致，所以反弹回来，就成狂妄自信了！"

"小米同学举一反三，很好！"

正说着，戈玲拿着一份文件走出来，交给欧小米复印。欧小米惊讶地发现，戈主编今天的着装甚是鲜艳大胆，颇有些艾美丽的影子。

欧小米望望何澈澈和刘向前，他们两人显然也有同样的发现。

"主编，您今天这着装风格有很大突破啊！"

戈玲还在为昨天的事耿耿于怀，"本人明明生在红旗下长在红旗下，昨天艾美丽偏偏说我是旧社会的，我要为自己正名！"

"这说明袁妈妈还是相当具有影响力的！"

顺着这个话茬，戈玲也参加了讨论，"我知道袁帅为什么找不着对象了——就因为他妈！在艾美丽同志眼里，天底下最帅的男人是她儿子，最漂亮的女人是她自己，瞅谁都一百个不顺眼，谁都配不上她儿子，所以把袁帅给耽误了！"

这时，几个人正说得热烈，忽然发现袁帅和安妮已经从办公室出来，站在了他们身后。几个人不免有些尴尬。刘向前赶忙向袁帅解释，"袁帅你别误会，我们先无情地解剖你，然后再彻底地救治你！"

袁帅没觉得什么。对大家的议论和猜测，他表示理解，"其实吧，我也一直琢磨这个问题！你们想不到，我妈年轻时候特古典特淑女，她翻天覆地的变化是发生在退休之后，我还没反应过来呢，她已经成这样了，我都来不及纠正！听一朋友说，这叫能量守恒——就是说，每个人的总能量都是恒定的，年轻时候释放得多，老了就释放得少。反之亦然。我妈就属于释放得晚的。她说她是晚开的花，那不是歌词，是说她自己晚熟！"

大家听了这理论，都觉得似是而非，半信半疑，安妮也不例外。

"那你呢？你好像跟你妈刚好反着，早熟！"

"我是决心要提前我的花期！我要趁着年轻使劲儿盛开绽放，别跟我妈似的，老了老了开花了，容易把别人吓着！"

袁帅绝非戏言，众人都深以为是。安妮想起玉坠儿的事，还是担心艾美丽卷土重来，不由地埋怨袁帅，"你非说玉坠儿给我了给我了，你妈今天再来找我要，我上哪儿给她变去？"

刘向前顺着安妮说，"Anney总本来是献爱心，为慈善作贡献，结果引火烧身。这种无私奉献的精神值得我们学习！"袁帅梗梗脖子，"我那是缓兵之计！今天一大早儿她就出去忙活义卖了，根本没提这事儿！"

"米了找也不住，我今天出去走访客户，正好来个空城计！Dyc ！"说罢，安妮挎着包，款款地走出门去。走到电梯附近，猛然想起忘了东西，匆匆回来，直奔桌前找东西，"哎，怎么没啦？好像就放这儿啦……"

何澈澈笑嘻嘻地举起一串钥匙，在半空中晃荡着。袁帅起哄，"按老规矩！"安妮无奈认可，"一板巧克力！"

"成交！"何澈澈递过钥匙，安妮接过来，快步出门。但她没想到，拿走了钥匙，又把包忘在了桌上。这并不新鲜，丢三落四是安妮戒不掉的毛病。

安妮一走，大家开始讨论组织慈善活动的事。

"如果咱们《WWW》发起慈善活动，"袁帅看看小米，"请明星大腕儿

这块儿，我跟小米包了！"

戈玲吃不准，"他们能积极响应吗？"

欧小米很肯定，"现在他们都认识到了做公益不是累赘，而是越大牌越公益，比如安吉丽娜·朱莉当联合国难民署大使，这不光是荣誉，还是实力的象征！要想……"

欧小米忽然停住了，原来她发现艾美丽出现在门口。

"您怎么……真来啦？"袁帅慌了。

"当然啦！那谁呢？"艾美丽走进来，目光向四下里寻找安妮。

"安总不在，出去啦！"欧小米说。

艾美丽显然不信，径直来到安妮办公室门外敲门。袁帅走上前来，把门推开。艾美丽探头一望，果然空空如也。大家纷纷帮腔。

"安妮确实出去了，我以《WWW》主编的身份向您保证！"

"真出去了！我和Anney总负责广告，日理万机，每天都在外边跑。您看，我这也正要出去呢！"刘向前晃着公文包。

艾美丽半信半疑，"那她什么时候回来？"

"这可不好说了！"何澈澈搪塞，"安总去的是上海，怎么也得三五天吧……"刘向前接着何澈澈的话，"三五天回不来，她还得从上海去深圳呢，从深圳再去昆明，从昆明去大连，然后沈阳、长春、丹东、延边、黑河、哈尔滨、牡丹江、佳木斯、齐齐哈尔、呼和浩特、乌鲁木齐，没准儿捎带脚再去趟哈萨克斯坦！"

"那她还回来吗？"

"回来是回来，不过怎么也得过了年啦！"

刘向前与何澈澈一唱一和，艾美丽气急败坏，"行！我今儿还不走了，看她回来不回来！"艾美丽果真往沙发上一坐，一副持久战的架势。谁也没想到，安妮去而复返，急匆匆地一步跨进来：

"我真是丢三落四！拿了钥匙，包又忘了……"

大家大吃一惊。袁帅已来不及阻拦，而此时，刚拿起包的安妮也发现了艾美丽，愣住了。

艾美丽胜券在握地站起身来，"这么快就从哈萨克斯坦回来啦？"

来到总监室，面对艾美丽，安妮开始费力地编造理由，"我……我本来是准备给您拿来的，可是临出门又忘了——我这人丢三落四，要不您问他们，他们都知道！"

大家挤在安妮办公室门外，密切关注着事态发展，闻听此言，立即探出身，集体点头。安妮显然并不擅长撒谎，"我改天尽量想着给您拿来，估计八成不会再忘了……"

"你本来想给我拿来，结果忘在家了……"

"对！"

"改天你给我拿来……"

"对！"

"估计八成你一定拿不来！"

"对！哎不对！您成心绕我！……"

"是你们串通好了绕我！别改天，就今天就现在，我跟你回家拿去！"

这一下，安妮慌了。袁帅赶紧跑进来打圆场，"您怎么非得往回要呢？"

"我有用！再说了，那种东西有随随便便给女孩儿的吗？对自己不负责任，对人家也不负责任啊！"

"您放心，我向您保证跟他断绝关系，行吗？"安妮做捶胸顿足状。

"那你拿着玉坠儿就更没用了，可我有大用！"

"哎呀，我怎么跟您说呢……"安妮灵机一动，一咬牙把手镯撸下来，"这是上好的硬玉，我拿这个还您，总行了吧？"

手镯润泽剔透，一望可知是上品。袁帅连忙拉过安妮，低声劝阻，"这不是你妈我岳母大人给的吗？好好留着！"

"你能把传家宝捐出去，我就别吝啬啦，就算我也捐了！"安妮把玉镯给艾美丽，艾美丽却执意不肯接受。

"这又不是我的东西，我不能要！我就要我那玉坠儿！"

袁帅想游说母亲，但嘴还是不听使唤，憋得满脸通红，最后只说出一句，"哎唷，艾美丽，你可急死我啦！"

"你还急死我了呢！我拿个假的出来，丢多大人现多大眼，往后我还怎么做人啊?！"

见袁帅、安妮已无计可施，众人很是担心。

"他们俩快没招儿了，不能再袖手旁观了！老将出马，一个顶俩，我得助他们一臂之力！"戈玲闪出身来，一进门就劝解，"我说吧，那东西已经不在他们手上了，您挤对他们也没用……"

艾美丽一惊，"不在手上啦？"

袁帅、安妮连忙齐声，"对对！不在手上啦！"

"转手给谁啦？"

"转手给……"安妮的目光落在戈玲身上，"要不转手给您啦？"

袁帅使劲儿点头，"对对！转手给主编了！"

"什么时候啊……"戈玲没心理准备。袁帅连连向她使眼色，戈玲很无奈，"啊啊，是转手给我啦！就当我也为慈善作贡献！"

艾美丽痛心疾首，"好啊，定情物也能转手，幸亏我没同意让儿子嫁给你，要不然往后连他都能转手！"

安妮苦于不能申辩，暗中掐袁帅。艾美丽的目标立即转向了戈玲，"主编，他们多少钱卖你的？"

"多少钱……三千？五千？对，五千！"

袁帅赶紧圆场，"妈，回头我把五千块钱给您！这价儿不低了！"

艾美丽却不为所动，盯住了戈玲，"我给你五千，你把玉坠儿还给我！"

没想到艾美丽这么义无反顾，袁帅不知所措，"您怎么突然这么出手大方啦？"戈玲连忙提议，"您要是嫌钱少，不行我就再给您补点儿！"

"这不是钱的事儿，是人心！"

"可是那玉坠儿现在不在我手上……"

"你又转手啦？"

"啊……对！有人看见玉坠儿，特喜欢，我就转给他啦！"

艾美丽却穷追不舍，"那人是谁？"

"那人是……"戈玲正张口结舌，刘向前正好朝这边扒头探脑，戈玲只好伸手一指他，"啊，那人就是他！"

刘向前大惊失色，下意识地连声否认，"不是我不是我！"戈玲沉下脸盯着刘向前，"不是你？不是你吗？"

"主编，真不是我！"

"不是你？你再想想！好好想想！向前，你可一向尊重领导……"戈玲语带威胁，同时连连使眼色。慑于领导的权威，刘向前反应过来，随即改口："啊，我想起来了，是我！"

"这就对了嘛！向前，下面你把情况介绍一下吧！"

刘向前硬着头皮现编，"情况是这样的——我好像特喜欢那个玉坠儿，不是好像，是确实，因为吧，玉坠儿……玉坠儿是玉的……"刘向前颠三倒四，大家都不知道他到底要说什么。"对啦！我想起来了，是这么回事儿——我是一个理财专家，一闹金融危机欧债危机，我发现原来那些理财手段不安全，像股票啊黄金啊房子什么的，风险比较大，把钱存银行又怕贬值，怎么办呢？这是有很多钱和没有很多钱的人面临的共同问题！"

欧小米、何澈澈在外边听得一头雾水，"刘老师又开始理财讲座了……"

刘向前继续颠三倒四地编，"就在这个时候，我遇到了那只玉坠儿！这不只是历史的巧合，而是一种机缘，冥冥之中我等待的就是这个玉坠儿。大家知道，玉是中国文化特有的符号，万古流芳，而且可以保值升值，所以我毫不犹豫地高价重金买入！"

"多少钱买的？"

"多少钱……主编多少钱卖的，我就多少钱买的！"

皮球踢回给了戈玲，戈玲结结巴巴，"我多少钱……我多少钱买的就多少钱卖的！"

大家都听得稀里糊涂，安妮赶紧救火，"你们说绕口令呢？我翻译一下，主编意思是说，她从我手里五千买的，又五千卖给了刘老师，没加价！"

"对！就是这意思！"

"我不管你们谁买谁卖，反正我就要我的玉坠儿！"艾美丽盯着刘向前，"不是五千吗？我给你！一手钱一手货！"

"您这算回购，回购可就不止五千啦！"

"那你说多少？"

"保值增值，怎么也得加0.1%吧！"

这时，欧小米、何澈澈主动走进来解围。欧小米接过刘向前话茬儿，"刘老师您应该实话实说，明明加价0.1%卖给我了，还在这儿兜圈子！"

刘向前又惊又喜，"卖给你啦？真卖给你啦？这可是你自己主动要买！"

"当然啦！澈澈给作证！"

何澈澈点头，"当时我是中介！0.1%是我中介费！"

"合着你们编辑部都是倒腾玉器的二道贩子？!"

欧小米看着艾美丽，"阿姨，您冲我来吧，玉坠儿的最后下落我最清楚！"

袁帅、安妮、戈玲都对欧小米的精神暗暗竖起大拇哥。

"那你赶紧告诉我，玉坠儿在哪儿？"

"丢啦！"

"丢啦？怎么丢的？"

"就昨天，我跟澈澈下班，出了编辑部，上了电梯，到了大堂，一出写字楼，下到第九层台阶的时候，玉坠儿从我包里掉出来，翻了六个滚儿，停在了第十一和第十二块瓷砖中间的缝儿里。当时的准确时间是十八点三十二分零五秒。"

何澈澈一拍胸脯，"我证明！当时我在场，看得清清楚楚！"

艾美丽不置可否。她一步步走向欧小米，上一眼下一眼地打量她，把欧小米弄得心里直发毛。"你就是那个八〇后？"

"阿姨，我真没追求你们家帅哥！他太帅了，人好，又有才，我绝对配不上他！阿姨您放心，无论怎么软硬兼施、威逼利诱，我都不会干这种不知天高地厚的事儿！"

对欧小米的自我表态，艾美丽还算满意，"嗯，你这个小女孩倒是有自知之明！袁帅从小就老实木讷，我本来还担心他在你们这儿挨欺负，现在我放心了，因为我发现你们都是弱智！"艾美丽突然脸色一变，提高了嗓门，把欧小米、何澈澈吓了一跳。

"还有你！"艾美丽指着何澈澈，"长得细皮嫩肉的，倒是挺俊，可比潘安、吕布，可是跟我儿子比还是略逊一筹！你们怎么睁着眼说瞎话呢？你们丢东西丢得都新鲜，时间、地点、过程，连翻几个滚儿落在哪儿都清清楚楚，分明是眼睁睁看着，这还丢得了吗？"

欧小米、何澈澈连同大家意识到说漏了。艾美丽开始循循善诱地教育起儿子来，"也不想想谁生的你！一张嘴我就知道你说没说瞎话！你是孙悟空我是如来佛，你反正跳不出我的手心！我语重心长地告诉你，说瞎话是门艺术，需要长期积累才行！瞎话界不是容易混的！你们今天联袂骗我，连我儿子这么严谨的人都让你们拉下水了！今儿你们必须给我个交代，要不然我跟你们没完！"

欧小米一着急，脱口而出，"阿姨……玉坠儿捐啦！"

编辑部里的空气立时凝固了。

"什么？捐啦？"

事到如今，袁帅只得一五一十地交代，"您别着急！您坐下，我给您慢慢说……"何澈澈端来一杯水，放到艾美丽面前。安妮举着镯子，"阿姨，是这么回事儿——昨天袁帅去采访一个慈善义卖活动，受到感染，当场就把玉坠儿捐了。我知道这是您家的传家宝，我愿意把这个镯子送您，就算是补偿吧！"

戈玲恢复了镇定，"袁帅没来得及跟您商量，但是他这么有爱心，我们编辑部大家都很敬佩，刚才是怕您着急，所以才一块儿帮他……您可千万别误会！"

艾美丽突然呵呵笑了，"行啊儿子，说捐就捐了，比你妈有魄力！真捐啦？你们别又是蒙我吧？"

袁帅从抽屉里取出一本证书，递给母亲。

"这是证书。我真给捐了。您别生气……"

艾美丽翻开证书仔细看着，显得很兴奋。

"见义勇为基金——太好啦！有这个我就说得清啦！"

大家都莫名其妙。

艾美丽喜笑颜开，"你们以为我觉悟那么低？我是很节俭，可是献爱心不能抠门儿！这几天我们居委会组织大伙儿支持见义勇为慈善义卖，人家都争先恐后的，我寻思着就把这玉坠儿捐了，没承想当众验出是假的，弄得我脸没地儿搁！这回行了，我拿这证书回去给大伙儿看看——我们母子争着献爱心！"

大家这才恍然大悟。

袁帅终于如释重负，一把搂住了艾美丽，"咱这叫爱心总动员！"

二十四 再见，2012

冬季的城市。摩天大厦，鳞次栉比。既可以作为高度物质文明的象征，又可以视做钢筋水泥的丛林。随着2012年的来到，末日说对人类的困扰达到空前程度。几乎发展到极致的物质文明，令人欢喜令人忧。对于2012现象，《WWW》编辑部始终密切关注事态进展，见仁见智，态度不一，从而形成了两个阵营。

公元2012年11月22日。编辑部正在召开全体会议。今天不同以往，除了刘向前一贯的保守着装以外，安妮、欧小米、何潵潵都身着正装，均为深色系，气氛凝重，神情肃穆。与之相比，袁帅和戈玲倒是浅色系，显得轻松悠闲。仅从色系上，编辑部就分成了两个阵营。

主持会议的安妮扫视众人，语气颇为沉郁，"今天距离12月22日还有整整一个月，各方面传来的消息越来越糟糕。今天凌晨十二点二十一分，我接到了苏格兰导师的越洋电话，他向我通报了两个最新消息。一、诺亚方舟已经建成，俄罗斯三台，中国两台，每台容纳一百万人。美国借助外星人力量建成了三艘宇宙超级飞船，每艘容纳六十万人……"

不等安妮说完，刘向前迫不及待地打听，"船票多少钱一张？"

"多少钱你也买不起！"安妮实话实说，"第二个消息说的就这事儿，一开始说二十亿美元，后来二十亿欧元，还是供不应求。最后紧急召开二十国峰会，据说这会儿正在紧急磋商中！"

刘向前嘟囔，"有钱人怎么这么多？我就是把亲戚都借遍了，也凑不够啊！"

何潵潵反应强烈，"就是抢银行，也得抢N家！"

欧小米愤愤不平，"看来不光地球，整个太阳系都嫌贫爱富！"

戈玲努力让自己保持清醒，提出质疑，"都说得有鼻子有眼的！安妮，你导师从哪儿听来的小道消息？大半夜地从苏格兰往咱这儿传闲话！"

"我导师一个小学同学在苏格兰国防部，负责危机应对；一个中学同学在格林尼治天文台，负责天体观测；最重要的，一个大学同学在联合国当同声传译，各国首脑那点儿事儿都瞒不住他！我导师治学严谨，绝不是那种听风就是雨的人！"安妮这么一说，消息来源确乎权威。戈玲虽然不肯轻信，但一时也无可反驳。

袁帅一直冷眼旁观，此时再也按捺不住，拍案而起，把所有人都吓一跳："是可忍孰不可忍！堂堂《WWW》编辑部，竟然对这种可笑的问题展开空前热烈的讨论！我真怀疑，天天跟我朝夕相处的这些人都多少分智商？别在这儿胡说八道了，地球就是毁灭，你们也赶不上，就是不让你们看热闹！"

戈玲一听有人支持，底气足了，立刻与袁帅站到了一起，"袁帅你还是能辨明是非的！当年也盛传有颗行星要撞地球，还有人把望远镜搬到编辑部，一望好像还真是那么回事儿，结果怎么着——谣言！"

"事实胜于雄辩！"安妮一边打开幻灯，出现数名各种肤色的儿童照片。

"纽约、孟买、比利时、开普敦在同一天发现多名儿童说着同一种奇怪语言，经破译为玛雅语言。他们都是深蓝血统儿童，负责向人类警示2012年的灾难事件。"屏幕上打出一张外星飞船的图片，何澈澈向大家介绍情况，"解密网站昨天解密，一年前太阳系派了一个星际编队抵达美国五十一区，就是美国偷偷摸摸走后门，让他们帮着修飞船，到现在联合国还要求美国交出会谈视频哪！"

袁帅立即反驳，"人家玛雅长老已经站出来辟谣了，玛雅用的是长历法，到2012年冬至正好完成一个计时轮回，不是地球毁灭，是计时归零，就跟每年元旦重新开始下一年计时一样！"戈玲顶袁帅，"就是！人们自个儿吓唬自个儿还不够，又把人家玛雅人搬出来！"

"那麦田圈怎么解释？"欧小米把幻灯片换为巨大的麦田圈图片，侃侃而谈，"这是2008年7月15日出现在英国威尔特郡埃夫伯里庄园的麦田圈，绘有太阳系九大行星轨道。一星期后，也就是7月23号，在它旁边又多了一个新的大彗星麦田圈。全球顶级的天文学家都不能否认，麦田圈所绘九大行星位置与2012年12月21日宇宙太阳系行星位置完全吻合。"

刘向前看着欧小米，"敢情外星人早就提醒咱啦！"

欧小米点头，"要说人家外星人够厚道的，不止一次用这种方式向人类SOS。比如1995年虫灾之前，就曾出现过蚂蚁状的麦田圈。而1999年出现的麦田圈，与2003年非典冠状病毒的形状一模一样。"

安妮补充，"不光外星人，咱老祖宗也谆谆告诫过咱！唐代《推背图》第五十二象曰'乾坤再造在角亢'，角亢什么意思？借东方青龙七宿的寓意，指的就是龙年！2012就龙年啊！不听老人言，吃亏在眼前，这回真应验了！"

安妮这一方似乎证据充分，但袁帅和戈玲却态度坚决。

戈玲反驳，"你们就是说下大天来我也不信！我受党教育多年，是一个彻底的唯物主义者，坚决反对你们散播流言蜚语！"

袁帅不屑一顾，"我要是你们，还上什么班呀？早就万念俱灰啦！要么醉生梦死，要么自我了断！"

安妮却显得大义凛然，"这就是境界的不同！当年玛雅文明高度发达，但一瞬间消失，没有留下任何线索。这次，既然人类毁灭的悲剧不可避免，那我们尽可能要给其他文明生物留下一些可供研究的资料，密切监控汇编事态进展，这也是我们之所以坚守编辑部的意义！"

双方相持不下，都难以说服对方。袁帅急了，"我让你们嘴硬——咱打赌！敢不敢？"安妮不示弱，"世界都要毁灭了，还有什么不敢赌的?！"

"过了12月22号，世界要是没毁灭，你就以身相许——第二天就乖乖嫁给我！"袁帅此言一出，安妮本能地迟疑了一下。

"不敢了吧？我就知道！"袁帅这一激，安妮反倒想开了："嫁就嫁！反正地球根本就不给你这机会！那要是你输了呢？"

这时，欧小米来劲儿了，"那就让他黄泉路上打先锋，逢山开路，遇水搭桥，替咱们支应那些大小鬼！要非得有人下十八层地狱，那就帅哥呗！"

"好你个欧小米！刚才把你忘了，你跟安妮同等待遇，一块儿被我收入囊中！"

"端茶倒水、洗衣做饭、卑躬屈膝、低三下四这都没问题，但是男女授受不亲，安总一个就够了，要不然赔率也太高了！"

袁帅想了想，表示同意，"也行！娶个媳妇，外带一个使唤丫头，相当于买一赠一！不过，口说无凭，咱们得签字画押！"

安妮咬牙切齿，"地球为什么毁灭？就因为有这种丧心病狂的人！"

戈玲不愿事情到这一步，便从中解劝，"安妮和小米你们何必呢？封建迷信害死人，你们现在觉悟还来得及！"

没想到，安妮却坚持己见，愈发坚定起来，"需要觉悟的是你们！世界就要毁灭了，你们还浑浑噩噩，一点儿忧患意识都没有，悲剧啊！"

袁帅没好气儿，"主编您别苦口婆心了！对她们这种执迷不悟的人，让她们签卖身契一点儿不冤！"说着已写好了字据，啪地往安妮和欧小米面前一摆，"愿赌服输，签字画押！"

安妮和欧小米不甘示弱，先后签字。安妮转身拿起一瓶葡萄酒，嘭地打开木塞，亲自给每个人斟上酒，"既然世界必将毁灭，既然世界还留给我们一个月时间，如果是同行者，就请举起杯来！"

安妮和欧小米率先举起酒杯，接着，何澈澈也举起了酒杯。刘向前犹豫着，看看安妮，又看看戈玲，不知道该怎么办，"我是想留在地球上，就是怕地球不留我……"

袁帅却大大方方地端起一杯酒递给刘向前，并给自己和戈玲也各自拿了一杯，"咱别让刘老师为难啦！苏格兰干邑，好酒人人有份儿！大不了咱祝酒辞各说各的！"

袁帅的这一提议得到了大家的默许。于是，安妮三人碰杯，气氛悲壮。

"为最后的一个月，干杯！"

刘向前与安妮三人碰过杯，见袁帅、戈玲举起酒杯，又赶紧凑过来。

袁帅举杯，"为地球转转转不停，干杯！"

此时，每个人都已有些醉意。大家或坐或立，大发感慨。袁帅摆弄着相机，准备给每个人拍照。刘向前满心惆怅，并百思不解，"澈澈你不说我人中长，能活到耄耋之年吗？还有一个月的寿限，我这叫耄耋？"

欧小米看了一眼刘向前，"刘老师您就知足吧，没耄耋您也不惑了！我跟澈澈最亏了，刚豆蔻，还童男童女呢，就活活给地球陪葬了！"

何澈澈表现得却不像其他人那么夸张，"最遗憾的就是我没等到iPhone最新版！据说乔布斯根本没死，是外星人在地球毁灭之前把他偷偷接走了，iPhone在太阳系照样脱销！"戈玲闻言纠正，"你这孩子，都这会儿了，还心系苹果呢！我好歹跟地球也厮混了五十来年，澈澈你才多大啊？还有我们家李子果，灾区支教休假期，就去南美旅游了，也不知道她立场站在哪一边儿？"

何澉澉却不以为然，"有的人还嫩着，可是心已经老了；有的人老了，可是心还嫩着。主编您是后一种面老心嫩型的，永远不承认自己老了，永远保持一颗单纯的心。而我呢，虽然貌似青春逼人，可是内心早已经沧桑！所以，请不要为我感到痛惜！"

何澉澉语出惊人，大家无不瞠目结舌。刘向前喝了口水，"我早就说过，澉澉是人小鬼大，心理年龄比咱们谁都老巴！"

"连澉澉都这样儿了，比地球毁灭还雷人哪！不行，我得赶紧给李子果打电话去！"戈玲边说边快步去了自己办公室。

袁帅一直在给安妮等人拍照，闪光灯啪啪闪烁着，"立此存照，22号以后我得让你们看看自己多可笑！"

"我们自己是看不着了，把它们封一黑匣子里，就跟飞机失事那种似的，万一千万年以后谁捡着了，咱们弄不好就成人类形象代言人啦！"

喝过酒，安妮的性情展露无遗。她一口将酒喝干，放下酒杯，面对镜头摆出各种Pose，不惜搔首弄姿。

"红红咱庄重点儿行吗？这可是遗像，给太阳系生物也留点儿好印象！"

"我就是要用我的音容笑貌告诉他们，我们人类曾经是多么美丽妖娆，曾经是多么风情万种，也会搔首弄姿来着！要不还以为咱们茹毛饮血呢！"

刘向前对安妮的表现既佩服又难以理解，"Anney总就是跟咱这凡夫俗子不一样，都这会儿了还秀呢！您是怎么做到视死如归的？"

安妮口无遮拦，无拘无束，"一开始我也愤愤不平——你地球非要毁灭就毁灭呗，干吗非得选这日子？干吗非得让我们这拨人赶上？我问苍天我问大地，为什么啊为什么？"

大家齐声，"为什么？"

"好像不为什么。"

众人皆泄气。唯独安妮意气风发，"是我忽然一下子想通了，与其怨天尤人，不如笑对生死——这就叫顿悟。古人云，朝闻道，夕死可矣，就是说早上你要是领悟了人生，傍黑儿死都值了，何况咱还有一个月哪，应该觉得占便宜了才对呢！你们说是不是？想通了吧？"

欧小米一脸茫然，"我怎么还是想不通呢？"袁帅很困惑，"红红，你就是再想得通，剩下这一个月你还能活出花儿来？"

"小女子正当花样年华，还就是要活出花儿来！我总结我这一生，中国制造，世界标准，集各国文化之大成，中西合璧。学业出类拔萃，相貌万里挑一，职场叱咤风云，可谓处处得意，风光无限。唯一缺憾就是尚未收获一段真正的爱情。所以，为了让我的人生达到完美，我决心用这一个月时间弥补这个缺憾！同志们，祝福我吧！"

说罢，安妮袅袅婷婷地径自走向自己办公室。

望着安红的背影，袁帅忍不住心潮起伏。安妮刚坐到椅子上，袁帅就进了门，"红红，人生历程到了最后一站，你终于大彻大悟，我由衷感到欣慰！我毅然决定，为了让你实现最后心愿，我必须祝你一臂之力！"

"我不好意思麻烦你！"

"都这会儿了还客气什么？麻烦也就麻烦这一回了！"

安妮把脸一沉，"非得让我把话说那么白——咱俩不是同道中人，为这都打赌了，道不同不与为谋，没听说过？"

"我是不信世界末日，可是这并不妨碍我助人为乐啊！"

"我赌输了才跟你好呢，我又没输，也太便宜你啦！"

袁帅连忙循循善诱："大错特错！你把婚前婚后两个概念完全搞混了！你要是赌输了，相当于战败国待遇，是直接进入婚后阶段，也就是说你已经是我掌中之物了，意味着你从此要温良恭俭让，逆来顺受，稍不满意就招致家暴！家暴懂不懂？"袁帅面目狰狞，安妮不寒而栗。袁帅模仿川剧变脸，迅速换了一副温柔嘴脸，"而现在是婚前阶段，我得追求你。这意味着你可以变着法儿地考验我，折腾我，我都得忍着，无怨无悔，还得集古今中外男性的所有优点于一身，千方百计地向你讨好诌媚！"

安妮恍然大悟，"婚前婚后完全是天壤之别啊！要真这样儿，女人结婚才是昏了哪！"

"醒悟了吧？古文字结婚的婚本来就是昏头的'昏'，因为古时候举行婚礼都在黄昏，所谓阴阳交合的时辰。"

"谢天谢地！好在我刚刚体验了爱情，地球就将毁灭了，要不然我就得遭受婚后的痛苦折磨！"

"先说22号以前的事儿吧！红红，你临终前就这么一个心愿，我不帮你谁帮你？舍我其谁！红红，别是真有那个谁吧？"

"不瞒你说，想帮我实现心愿的人确实大有人在！扪心自问，坏就坏在这上面，乱花渐欲迷人眼，要不然不至于剩到现在，临死还撂单儿！"

"明白了就好！知错就改，善莫大焉！身边明明有久经考验的，何必舍近求远呢？再说了，22号以后你可就把自个儿输给我了，现在正好算提前预热，你还能抓紧时间欺负欺负我，要不然你亏不亏啊？"

袁帅的话似乎很有道理，安妮不得不考虑。终于，她扼腕长叹一声，大有痛下决心之意，"此言极是！就一个月时间，我也不择了！"

"且慢！你怎么择我也算是百里挑一！"

"最主要的是，我领悟了爱情的真谛——不求轰轰烈烈，但求真心与共。帅哥，你的发挥虽然飘忽不定，但始终追随我左右，不离不弃，明明白白你的心，我还有什么别的奢求呢？"

袁帅闻听，大为感动，"人之将死，其言也善！红红你盖棺论定，终于给予我高度肯定，我死也瞑目了！红红，我来也！"说着，袁帅扑将上来，就要进行热烈拥吻。安妮慌忙闪开，"你想干什么？人家可不是随便的人！哪像你，随便起来不是人！"

"我认为咱必须争分夺秒！就别互相客气啦！"

"我要完完整整地体验爱情的全过程——从萌动到热恋到求婚再到步入婚姻殿堂，一环都不能少！"说着，安妮从抽屉里拿出一摞脚本，抱在胸前，充满憧憬的样子，"我把情景都设计好了！明天我们正式开始！"

转天早晨，安妮早早到了办公室。做完工作准备，她开始对着镜子做各种表情，以使自己放松，并给自己打气儿，"你是强者！你不能比别人更懦弱！坚强！加油！"

这时，响起敲门声。安妮迅速恢复常态，回到座位正襟危坐，"进来！"

袁帅推门进来，将一枝玫瑰藏在身后，努力表演出眉目传情状，一步步走向安妮。因为表演生硬，反而令人恐怖。安妮紧张地站起来，厉声喝道，"站住！与我保持一米二的距离！你要干什么？"

安妮的反应不在设计范围内，袁帅还不忘提醒，"红红你错了！咱们现在是萌动阶段，你应该向我目送秋波、脉脉含情，然后我再……"说着，袁帅把那枝玫瑰花举出来。安妮这才想起昨天的约定，苦笑着连连摆手。

"Sorry！我想起来了，昨天！我都说什么来着？当时好像喝了苏格兰干邑，反正说什么你甭当真！"

袁帅苦不堪言，"红红你……"

安妮当即严肃地予以纠正，"Anney！安总！"

袁帅当然不甘罢休，摆出一副理论一番的架势，"行，你是领导，领导更得说话算话，所谓言必信，行必果！一醒酒说过的话就不算啦？人民群众决不答应！"

安妮也觉得不妥，便宽慰袁帅，"你就只当那不是我，那是安红！"

"我知道了，你别是明修栈道暗度陈仓，明着答应我，暗地里想跟别人玩儿私奔吧？"

"地球都要毁灭了，往哪儿私奔啊我？"

"对啊，既然你知道地球都要毁灭了，你总不能剩到最后吧？"

即便到这会儿了，安妮还要努力维护自己的强悍姿态，"虽然地球要毁灭了，虽然我要孤独地迎接末日，但又有何妨？我相信我的内心无比强大，我要独善其身，我Hold住！"

袁帅被她气得够呛，却又无可奈何，"这真叫死要面子活受罪——连地球都要灭了，你还撑着呢！我也不对你循循善诱了，你就顽抗到底吧！"袁帅气咻咻地摔门而出。只剩了安妮独自一人，面对空荡荡的办公室，顾影自怜，不禁悲从中来，潸然泪下。

袁帅一出门，心又软了，站在门口犹豫起来。

安妮一把鼻涕一把泪，正哭得热闹，忽然门一开，袁帅又去而复返。一见安妮泪水涟涟，袁帅既惊讶又欣慰："红红你哭啦？红红你终于哭啦！"

安妮慌忙用纸巾擦泪，却不知把自己涂成了花花脸。越想忍住，泪水却越是流个不停。她索性不再掩饰，眼泪汪汪地望着袁帅，任由泪水横流。

袁帅哪受得了这个，登时柔肠寸断，一步步迎向安妮，无比温柔地将她拥入怀中。此时的安妮已经完全变成了一个小女人，疲惫、脆弱、孤独、委屈一齐涌上心头，偎在袁帅怀里哭得上气不接下气。袁帅慌忙给她捋背顺气，生怕她一口气上不来造成窒息。袁帅把那枝玫瑰递向安妮，"我这可不是按照你脚本排练的，我这是发自内心！"

安妮有些嗔怨，"可是你喜欢的是安红……"

"我喜欢的是安妮和安红的组合体！安妮是职场达人，安红是性情中人，二合一，双剑合璧，天下无敌！"

安妮欣慰地破涕为笑，幸福地接过玫瑰。

编辑部墙上的时钟显示倒计时——距12月22日还有二十九天十五小时十分钟。

望着倒计时，戈玲既恼火又感慨万千，"当初编辑部叫《人间指南》，就是想给人类指点迷津来着，结果没想到编辑部自己都迷津了！对安妮搞国际封建迷信这一套，我表示强烈谴责！"

此时，编辑部里还有两个年轻人——欧小米、何澈澈。

"22号以后就水落石出了，主编您再忍几天，淡定！"

"淡定？我很痛心！小米、澈澈你们还青春年少，怎么对未来这么悲观主义呢？"

"主编，我一点儿也不悲观，相反，我也要跟安妮一样，抓住这最后一个月，填补人生的缺憾！您想想，世界就要毁灭了，两个人却沉浸在爱情里，这才叫爱得轰轰烈烈、爱得死去活来！古往今来，还有什么爱情比这一个月的爱情更浪漫？没有！空前绝后！我欧小米呼唤的就是这种爱情，感谢世界末日给了我这个千载难逢的机会！"

"你们这叫不到河边不脱鞋！让世界末日吓唬吓唬你们也好，要不然比着不着急，最后咱编辑部全是剩女！"一想到这个，戈玲倒也释然。何澈澈想起什么："主编您给李子果打电话了吗？她什么观点？"

提到李子果，戈玲表现得颇为欣慰，"让我十分欣慰的是，李子果坚决站在我这一边！她说她这会儿正在玛雅人故乡南美呢，玛雅预言根本就是别有用心的人添枝加叶，属于唯恐世界不乱！"

何澈澈听戈玲这么一说，似乎犹豫起来，"是吗？要不我再掐指算算……"

戈玲趁机对何澈澈进行思想动员，"澈澈，在大是大非面前，你们九〇后一定要旗帜鲜明！你们是早晨七八点钟的太阳，祖国的未来属于你们啊！"

刘向前一跨进编辑部，戈玲、欧小米、何澈澈都感觉眼前一亮。只见刘向前西装笔挺，皮鞋锃亮，戴着金表，吊着金链，整个人从头到脚都焕然一新，像个暴发户。何澈澈张大嘴巴，"刘老师，您这身行头绝对酷毙了，怎么从来没见您秀过？"

"昨天刚买的！"

欧小米纳闷，"我就不理解了，世界末日快到了，您怎么反而捯饬起来啦？不是我给您泼冷水，到了那边儿，不流行这款儿！"

"我亏得慌！这么多年，我光精打细算节衣缩食了，买东西从来都买促销打折的，没痛痛快快消费过一回，更甭提享受生活了！想起来我都恨我自个儿！现在我豁出去了，死到临头，我得尝尝挥金如土什么滋味！"

一见刘向前这样，戈玲痛心疾首，"我这正开导澈澈呢，向前你怎么又跑到反动阵营里去啦?!"

"我也不想地球毁灭，可是看这阵势，我想拦也拦不住啊！我想通了，最可悲的就是人在天堂、钱在银行！所以从今天开始，我必须抓紧挥霍！"

戈玲气不打一处来，"别人要说挥霍吧，我肯定拦着，向前你要说挥霍，我还真怕你一时半会儿学不会！你跟我说说，你惦着怎么挥霍?"

刘向前展示自己崭新的行头，"这西装，这革履，金链子、金表、金戒指，从头到脚六万八！"

戈玲着实吃了一惊，刘向前得意而亢奋，继续宣布自己的挥霍计划，"这是小Case！按说应该买一别墅，交完首付住进去，等地球一毁灭，后边分期就全省了。可惜现在没现房，只好终生遗憾了。别墅买不成可以买车啊！起码也得是迈腾吧！哪回马路上从我身边嗖嗖超过去，我都发奋图强想买一辆，就是舍不得，现在终于圆梦了！"

何澈澈立刻提出疑问，"不对啊刘老师，您多次声明说，自己不买车不是买不起，也不是舍不得，就是崇尚低碳生活……"

提到这个，刘向前既尴尬又释然，"反正过些天咱就诀别了，我也勇敢地敞开心扉一回——我之所以号称低碳，就是因为低碳便宜。其实驾照我十年前就考下来啦，迈腾要是比电动自行车便宜，我早买了，买两辆！单双号！"

欧小米撺掇，"再低碳也没用，地球反正要毁灭了，您买就赶紧，开不了几天了！"

戈玲说起往事，试图对刘向前有所启迪，"当年传说行星撞地球，你爸爸刘书友同志痛悔自己平时缺嘴儿，一怒之下吃了好几份盒饭，结果撑着了！现如今你又闹这么一出，还想青出于蓝胜于蓝！"

刘向前把手一挥，显得气概豪迈，"戈姨，我爸爸那年代能吃份红烧肉就是幸福，不就是没钱闹得嘛！现如今钱是什么? 钱是累赘！为了给我们刘氏父子洗清抠门儿的恶名，我宣布，从今天起，一连N天，天天中午请大伙儿吃大餐！"

豪华包间，豪华宴席，完全是世纪末狂欢的态势。编辑部全体人员齐聚一堂，刘向前作为东道主，少有的器宇轩昂，"我说过去慈禧怎么就擅长骄奢淫逸呢？原来一掷千金感觉就是爽！吃！使劲儿吃！都是美味佳肴！"

目睹刘向前这气派，大家啧啧赞叹。

"过去大财主也就是开开粥场，刘老师现在是请大餐，大手笔！"

"惭愧啊，我身为CEO，一直没能大幅提高编辑部工作餐水平！世界末日了吧，这个问题被刘老师一举解决了！"

随后赶来的袁帅和戈玲一进来，看着满桌子的大菜，傻眼了。

"戈姨你们怎么才来？赶紧入席！也甭让服务员拿菜单了，深海大龙虾一人四个，够吗？"

戈玲又心疼又生气，"刘向前你就胡作吧！等22号一过，你哭都找不着北！"

"戈姨，22号到来之前，我最大的心愿就是把钱都花了！所以您这是帮我呢，千万别替我省着！"刘向前硬是把戈玲和袁帅按到餐桌旁落座。安妮开导他们二人，"刘老师平时属于保守型消费，现在急需挥霍无度，一时想不出什么更好的招儿，只能把钱花在吃上。这种消费模式虽然比较初级，但是我劝你们就别挑三拣四地难为刘老师了！"

袁帅瞟着安妮，"红红，按规定咱俩现在正处于萌动阶段，我应该跟你保持高度一致。而且刘老师好不容易慷慨大方一回，说什么咱也应该捧场，可我怎么就狠不下心来呢？"

戈玲恨铁不成钢，"他这是中邪了！"

袁帅凑近戈玲，"眼瞅着他往邪道上一往无前地奔，我却无能为力。一物降一物，主编，咱只能找聂董出来弹压了！"

戈玲大为赞同，"对！再怎么说，这毕竟属于他们家的内部事务！"

关于"世界末日"论，编辑部两派都在密切关注。这不，会议室里，安妮、欧小米、何澈澈正对近期有关世界末日的信息进行汇总，唯有戈玲和刘向前缺席。

欧小米公布新资料，"2011年共发生四次日食，厄尔尼诺系数为10.5；截至现在，2012年已经发生了两次日食，厄尔尼诺系数为13。厄尔尼诺与磁力危机共同威胁地球生命。"

何澈澈补充，"美国NASA监测表明，地球与太阳磁极正在发生颠倒，即将引发火山喷发、地震和泥石流。"安妮煞有介事，"昨天晚上都听见打雷了吧？古诗云，冬雷阵阵夏雨雪，正是分手好时节。看来，永别的时刻注定要到了！"

在此期间，袁帅一直没发言，只是目不转睛地盯着安妮，频频向她放电。安妮与他的目光一经接触，吓了一跳："帅哥，我真受不了你这样！"

"我不得抓紧时间放电嘛！电力够足吧？"

"220伏就行了，要不还得给你配个变压器！"

袁帅翻阅脚本，"那不行！今天已经进入热恋阶段，男主角含情脉脉地注视着，注视着女主角的一举一动、一颦一笑、一言一行，目光里充满海洋一般的深情……"

"你这是深情吗？色眯眯的！"

"我色眯眯的吗？我时刻警告自己来着——你是罗密欧，不是西门庆！"

戈玲缺席，其实是躲在办公室等李冬宝电话。她心神不宁地来来回回踱步，不时地拿起手机察看。终于，电话响了，她迫不及待地接通手机，喂喂了两声，这才发现是座机来电，赶忙跑过去抓起听筒，"冬宝！……哎哟喂，等您电话真够难的！世界都快毁灭了，您还忙什么伟大事业呢？……"

此时，李冬宝独自坐在豪华房车里。他没有了以往的轻松，看上去有些紧张，"……戈玲你也相信这说法？坏了！真坏了！"

"怎么啦？全世界人们都信，就不许我信？"

"戈玲我是了解你的，一般流言蜚语对你没有杀伤力，尤其那回行星撞地球虚惊一场之后，你就更是彻底的唯物主义者了！这回连你都信了，看来绝非空穴来风！"

戈玲偷着乐，使劲揉着鼻子，弄得自己瓮声瓮气的，"冬宝，我也没什么事儿，就是突然想给你打个电话……"

"心有灵犀，我也正想给你打电话呢！戈玲，我听着你声音不对，别难过……"

"我倒没什么，我就是惦记着李子果，她还在南美旅游哪！"

李冬宝一反平日的镇定自若，登时提高了嗓门："让她立刻回来！咱一家人死也死一块儿！"李冬宝真情流露，戈玲心里一热，鼻子酸酸的，半晌无语。"戈玲你别着急，咱还有机会，诺亚方舟不是卖门票嘛，我砸锅卖铁也得让你们娘俩上去！……"

"我看行……"戈玲怕自己失态，赶紧挂断了电话。她怅然良久，擦拭着湿润的眼角。

安妮等人刚走出会议室，刘向前和聂卫红争吵着从外面进来。聂卫红一见安妮，立刻冲她来了，"Anney总，你们编辑部这是抽什么羊角风啊？逼着员工骄奢淫逸，我对你们提出严正抗议！"

安妮来不及解释，刘向前拦住聂卫红，口气比从前强硬了许多，"你抗议人家Anney总干吗？有话冲我说！"

"说话气粗啦，你想造反啊？"

"东风吹，战鼓擂，都这时候了，这个世界还谁怕谁？跟你说，请大家花天酒地是我自愿的，我就是决心一掷千金！"

聂卫红却压根不信，"呸！长本事了你？还一掷千金，会掷吗你？"她扫视众人，"谁的钱也不是大风刮来的，我们家刘向前一辈子省吃俭用，一分钱恨不得掰八瓣儿。俗话说，没有受不了的苦，只有享不了的福！省吃俭用的惯了，冷不丁你让他一掷千金，他不会！可我万万没想到，这几天他花钱如流水，行为极其反常。直到主编给我打电话告状，我才如梦方醒——不是刘向前得了精神病，就是你们对他进行了威逼利诱！"

"我说什么来着，出事儿了吧？"袁帅站出来平息事态，埋怨安妮，然后把目光转向聂卫红，"嫂子，这事儿确实令人痛心，但是事出有因……"

戈玲闻声从自己办公室赶出来，也向聂卫红解释，"卫红你别误会！我跟你电话里可能没说清楚，向前之所以行为反常，是因为他听信谣言，以为世界末日快到了！"

"没错儿，世界末日是快到了，就是因为世界末日到了，更不能乱花钱！"聂卫红的话出乎所有人意料，众人无不瞠目结舌。袁帅更是不解："嫂子，说了半天，敢情你也是那阵营的！那我就不理解了，世界末日了，你还给谁省着啊？"

"危机危机，危险中孕育着机会。越是危险来临，越要抓住机会，善于理财，便可以使你化险为夷！这也是我们保险公司的神圣使命！我宣布，广大人民翘首以盼的一个最新险种就要出炉了！"

袁帅觉得可笑，"聂董，都什么时候了您还献身保险事业呢？地球都保不住了，你们保险公司还能保什么？"

"地球是保不住了，为什么保不住？就因为它没投保险！它要是在我们公司投了意外险，保险它高枕无忧！早投保早受益，不至于全世界人民都跟它吃挂落！"聂卫红振振有辞，编辑部众人哗然。

"聂董你绝对是保险界的杰出代表——"安妮竖起拇指，"保险狂人！可惜地球再没有改过的机会了，要不然我敢肯定它会成为你的第一大客户！"

聂卫红受到鼓舞，更来劲儿了，"亡羊补牢，为时未晚！我已经向公司强烈建议，十万火急地推出世界末日险——如果你购买了这一险种，一旦世界毁灭，你将得到巨额赔偿！"

大家都听出这里的逻辑错误："世界都毁灭了，我们大家跟你们保险公司也集体灰飞烟灭了，找谁赔偿？还赔偿谁？"

"地球毁灭以后，人类进化成外星生物，相当于移民太阳系，机会窗口啊！那就更得买保险了！太阳系也是商业社会市场经济，也得靠钱活着！人民币已经越来越国际化，你在我们公司买了保险，到太阳系照样生效！本金加红利……"聂卫红说着，掏出永远随身携带的计算器，"我给你算算啊！"

安妮赶紧拦住她，"聂董，我要是你，就强烈建议你们公司买一赠一——买一份世界末日险，有机会抽中诺亚方舟门票一张。你想啊，这保险还不得卖得哗哗的?!"

聂卫红兴奋地两眼放光，"Anney总不愧是NBA毕业……"

刘向前纠正，"MBA！"

"就是有商业头脑！我这就回去找老总强烈建议去！等着我的好消息吧！"聂卫红风风火火地消失了。

大家松了一口气，只有刘向前痛心疾首："聂卫红才彻底走火入魔了哪！她打算把存款都买了保险，我的全部身家啊，这回真成人在天堂、钱在银行啦！"

何澈澈向袁帅连连使眼色，袁帅这才发现，欧小米黯然神伤，独自走出了办公室。何澈澈凑到袁帅耳边，"我掐指算了，八成是命犯桃花……"

袁帅一听，连忙追了出去。

城市的天空，混沌苍茫。袁帅和欧小米站在一座摩天大厦下面，仰望苍穹，眼神里充满未知和迷茫。

欧小米喃喃诉说，"其实他也不是十恶不赦，只不过他选择的是别人不是我。我就是想在世界末日之前体验一段轰轰烈烈的恋情，就这最后一个愿望，结果还破灭了！"

"看来这是上帝的旨意，是上帝赋予我这一光荣的使命，让我来帮助你完成心愿！"

"帅哥，以前我对你的理解太肤浅了！现在我才深深感悟到，像你这样怜香惜玉，是多么宝贵的品质啊！"

这话引发袁帅好一番感慨，"像哥哥我这种情圣级的，世间能有几人？中国有个贾宝玉，外国有个卡萨诺瓦，仅此而已！那俩你是指望不上了，幸好还有哥哥我！小米，时间宝贵，咱们开始吧！"

欧小米点点头，进入角色，"亲爱的，我们还剩多少时间？"袁帅看着手表，默默计算着，"亲爱的，我们还有五天十小时二十三分钟！"

欧小米想继续往下说，却想不起来该说什么，"下边我该说什么了？"

"你说——亲爱的，在这五天十小时二十三分钟里，我们应该做些什么？我说——亲爱的随你！"

"对，想起来了！亲爱的，我想在世界毁灭的那一刹那，我们两个人站在这座最高的建筑物上，就好似站在世界之巅！"

"不说最高别超过二十层吗？我有恐高症！"

"我就想站在最高的地方，这才像绝世之恋哪！你不说满足我所有愿望吗？"袁帅只得咬牙答应，"满足！反正都是一死！"欧小米颇感欣慰，亲热地挽住袁帅的胳膊，陷入遐想，"我们俩站在上面，坐着滑翔机，刷……"

"滑翔机就算了，咱没执照！"

"不行！必须滑翔机，我想体验飞翔的感觉！跟你一起！"

袁帅再次咬牙，"行！不过小米你得有思想准备，咱俩不是死于地球毁灭，是死于无照飞行！"

倒计时——距12月22日还有0天十五小时0六分钟。

何澈澈正在飞快敲击电脑，袁帅气喘吁吁跑进来，拿起自己的水杯，咕咚咕咚喝水。何澈澈停下来，"怎么样？"

"还能怎么样？我已经答应红红了，又不忍心让小米撂单儿，只好一手托两家，过了今天晚上再说吧！"

"都这时候了，你桃花运还越来越旺，宁在花下死，做鬼也风流！"

"兄弟你是只知其一不知其二，我那边要轰轰烈烈，这边要细水长流，老得角色换位，怎一个累字了得！"

总监室里，安妮正在伏案写信，袁帅推门进来，努力表现出夸张的姿态。

"亲爱的，滑翔机我已经托一朋友去办了，到时候咱……"

"滑翔机？什么滑翔机？"

安妮这一问，袁帅才意识到弄混淆了："哎哟，混了混了！重新来、重新来！"袁帅退回去，重新推门进来，已然是一副温情脉脉的表情，表演很是生硬，"亲爱的，你在写什么？嘘——，不要说，让我猜一猜——莫非是给我的情书不成？"

安妮也故作娇滴滴状，"不是。"

"那么，莫非是留给未来的一封信？"

"也不是。亲爱的，我是写给家母的。"

"哦，看我好生愚钝！是该把咱俩的事告诉她老人家一声，让她老人家休要挂念！"

安妮突然脱离了脚本，敲敲桌子，审问起袁帅来，"我问你，你到底喜欢小米还是喜欢我？从实招来！"袁帅不以为然，"红红，都最后时刻了，何必还要争长短论是非？"

"就是因为都最后时刻了，我才特想听你说句心里话！"安妮坚持，袁帅无法回避："忠言逆耳，古往今来说实话的都没有好下场，不过今天我豁出去了！苏格兰干邑呢？酒壮尿人胆！"

安妮拿出酒，倒了两杯，与袁帅各自端起来。

"我有那么可怕吗？"两人同时将酒一饮而尽。

"酒后吐真言，恕你无罪，说吧！"

袁帅欲言又止，似乎勇气不足，"要不我再来一杯！"

安妮一杯酒下肚，已然有了反应，变得快人快语，"行啦，还吞吞吐吐的！我替你如实交代吧，你就是恨不得我们两个人优点合二为一——既青春靓丽，又成熟端庄；既时尚前卫，又古典温柔；既是职场达人，又是甜心美眉；事业上是你顾问高参，生活上是你使唤丫头；能高能低，能上能下，任劳任怨，痴心不悔！"

袁帅吃不准安妮的意图，不敢贸然承认，"红红你不会是诱供吧？朋友跟我说过，这种时候千万要清醒，坦白从严，抗拒从宽！"

"这还用得着供？所有男人都是这么痴心妄想的！"

袁帅小声嘀咕，"也不知道太阳系有没有这样女的？"

"我和你经过了漫长的恋爱长跑，你马上就要向我求婚了！时间就在今晚——世界毁灭之前，而地点是在这座城市最高的建筑物上，让整座城市都可以见证我们的爱情！"

无巧不成书，俩女子选择了同一地点，袁帅不禁暗暗叫苦。

夜幕降临。摩天大厦高耸入云，辉煌而神秘。欧小米仰望大厦，袁帅怀抱一大束玫瑰，东张西望，显得心神不定。欧小米很向往，"你看，站在那上面一伸手就能够着云彩！"

"咱非得在这儿吗？"

欧小米一把挽住袁帅胳膊，向大厦走去，"就这儿！"

与此同时，在这座大厦餐厅一楼里，安妮独自凭窗而坐，俯瞰万家灯火，兀自出神。餐厅客人很少。

袁帅和欧小米进入了餐厅，袁帅远远望见安妮，幸好安妮只顾望着窗外出神，没发现他们两人。袁帅赶紧拽着欧小米走向楼梯，上了二楼。二人在靠窗座位坐下来。趁着欧小米看菜单的时候，袁帅准备脱身。

"亲爱的，我去准备一下！"

欧小米莞尔一笑，袁帅抱着玫瑰快步下楼，进入卫生间，把一大束玫瑰分为两束，弄得乱蓬蓬的，匆忙中还扎了手。

餐厅一楼，安妮看看手表，开始着急。这时，袁帅抱着一束玫瑰快步赶来，远远地冲她挥手。安妮立刻笑了。

袁帅表情夸张，"亲爱的，你今天真Beautiful！"

安妮接过袁帅献上来的玫瑰，发现乱蓬蓬的，"谢谢！你的玫瑰……也很Beautiful！"

袁帅连忙尴尬地解释，"本来挺Beautiful的，刚才不小心让人碰了一下，散了……"

"没关系！重点不是花，而是献花的人！"

"真哲学！点菜了吗？你点菜，我去下卫生间！"不等安妮答话，袁帅慌忙就走，赶场一般赶到二楼，欧小米正在困惑地张望，终于望见袁帅抱着一束玫瑰快步赶来。

"去这么半天？"

"人多，排队！亲爱的，人如其花，花如其人！"袁帅将玫瑰花献给欧小米，欧小米忽然发现了异样："这花儿怎么少啦？"

"少啦？是吗？"

"没关系！重点不是花，而是献花的人！"欧小米与安妮说的话如出一辙，袁帅一怔。

"怎么啦？"

"没事儿，幸福感，有点儿恍惚……那花儿我想起来了，等我会儿！"

不等欧小米反应过来，袁帅赶紧就往楼下跑。快步来到一楼，他做个深呼吸，面带微笑地走向安妮。安妮嗔怪，"去这么半天？"

"人多，排队！亲爱的，下边我应该求婚了吧？"

安妮脸上漾起幸福的微笑。袁帅刚要开始，安妮忽然叫停，"亲爱的等等！马上就好！"安妮拈着一枝玫瑰，笑盈盈地离座而去。趁此机会，袁帅急忙赶往二楼。等他匆匆跑上来，欧小米已经等急了，袁帅拼命解释："那花儿吧，我说去找来着，那花儿……"

"你来来回回闹得我心忙！请你落座，行吗？"

"亲爱的，我应该向你求婚了吧？"袁帅刚要开始，欧小米也叫停。

"亲爱的等等！马上就好！"欧小米拿起化妆包，起身就往楼下走。

卫生间里，安妮正对着镜子精心整理妆容，欧小米快步赶来，对着旁边镜子同样开始化妆。起初两人都未注意到对方，但很快，双方都察觉异样，互相扭头一看，同时愕然。

袁帅醒过味，抱着玫瑰慌忙赶来，却发现安妮和欧小米都不在，台子上留有安妮那枝玫瑰。袁帅拿起玫瑰，有点儿手了。

餐厅一楼，安妮与欧小米已经开始借酒抒怀。

"小米，我突然发现这世界末日就是一块试金石，就是一面照妖镜，能让很多东西现出原形！比如袁帅，原来我老觉得他是个花心大萝卜，一会儿可爱，一会儿可恨。可是这些天我发现，他其实对感情挺认真的。我很感谢他，让我体验到了爱情的美好！"

欧小米也有同感，"原先我也误会过帅哥。以为他专业就是夸美女，而且夸人从来不脸红，能把人夸毛喽，弄不清哪句是真哪句是假！现在我才理解，他那是对美好事物的衷心礼赞！他本来襟怀坦荡，是我草木皆兵！"

"他要是听见咱俩这么说他，尾巴保准翘上天！"

498

话音未落，袁帅闪了出来，他很激动，"实话告诉你们，我现在都没空儿骄傲自满！俩女子活生生摆在你面前，各有千秋，而你必须选择其中一个，而抛弃另一个，而且时不我待——这是何等残酷！"

　　安妮对袁帅的说法明显不以为然，"有什么左右为难的？还男子汉大丈夫哪，大河向东流，天上的星星参北斗，该出手时就出手！"说着，安妮从袁帅怀里抢过玫瑰，主动塞给了欧小米。而她则抱起自己那一束。这样一来，两个女人都怀抱玫瑰，更加美艳动人。

　　"都说爱情是自私的，可是在世界末日来临之时，我宁愿爱情是包容的！"

　　袁帅心花怒放，故意大放厥词，"这么说鱼跟熊掌我就兼得啦?！既然都是一家人，就不说两家话。我的意见是不分大房二房、东宫西宫，你们俩平起平坐，团结友爱，共同建设美好家园……"

　　不等袁帅说完，安妮和欧小米一同恶狠狠地向他逼近过来。

　　"我们刚把你定性为正面人物，你狼子野心就暴露无遗了——妄图让我们二女同侍一夫?"

　　"休想！"

　　"那只不过是我一理想，乌托邦，我真没想实现！"袁帅嘻嘻一笑，随即变得表情严肃，郑重其事地表明心声，"我看重的是追求你们的过程，不是结果。买卖不成仁义在！"

　　安妮和欧小米被袁帅的真诚所感动。尤其安妮，眼圈都红了，"到时候咱仨好朋友共赴黄泉，路上多个伴儿，谁也别孤孤单单！"

　　这时，身后响起了掌声。回头一望，戈玲和刘向前、何澈澈出现在了面前。袁帅很意外，"你们怎么也来啦？"

　　何澈澈调皮，"知道你今晚赶场演出，主编特意带我们前来慰问！"

　　戈玲显然有所触动，"虽然你们仨说话都挺肉麻的，可是在这种特殊时刻特殊地点吧，一不注意就被煽情了！"

　　欧小米一眼发现李冬宝出现在餐厅入口，李子果拎着行李箱跟在后面，显然是长途旅行刚刚归来。李冬宝还是一如既往的笑容可掬，向众人频频致意。欧小米第一个迎上前去，习惯性地开始采访，"李大腕儿，没想到在这儿对您进行最后一次采访！听说您准备离开地球，去太阳系发展，请问是真的吗?"

　　"这事儿吧，不由我决定。你得去问上帝，他现在是我经纪人，我何去何从他说了算。"

李子果跑到戈玲跟前，戈玲自是惊喜。母女俩小声交谈，保有共同的秘密。"是我爸接我回来的！妈，咱是想试试我爸对咱关心不关心，可我爸拿这事儿当真了，咱别吓着他吧？"

戈玲与李冬宝四目相对，百感交集，嘴上还不便表露。戈玲故意试探，"哟，我还以为你早就上诺亚方舟了呢！临走之前再故人重逢一回？反正看一眼少一眼啦！"李子果挽住戈玲，"妈，我爸说了，他不走，他要跟咱们在一起！"

戈玲闻言一怔，心里热乎乎的，望着李冬宝，不知该说什么。李冬宝自嘲地一笑，"我本来打算让你们娘俩走，我掩护。知道票价贵，可是没想到那么贵。这些年我不能说不勤奋，除了演电影，我帮人卖过汽车、电脑，推销过电话卡、方便面，也曾日进斗金，一度自以为富甲天下。哪知道，关键时刻连张船票都买不起，我也没说非得头等舱啊！"

袁帅好容易才搭上话，"诺亚方舟都拉的什么人物？连您这么大的腕儿愣没上去？"

"据知情人士透露，一开始本人也列在登船名单里，想让我去跟外星生物交流表演艺术来着。后来有人提出来，说我这形象跟外星生物容易混，所以遗憾落选。听说姚明和刘翔都幸运入选，为的是给咱人类挣脸，更快更高更强嘛，这咱心服口服！"

戈玲安慰李冬宝，"冬宝同志，这说明你已经尽心尽力了！其实我就是那么一说，你还真信世界末日？"

"由不得不信！此时此刻真应了那句话——神马都是浮云。我已经无所求，唯一想的就是能跟你们娘俩一块儿上路。戈玲，曾记否？当年说行星撞地球，虽然证明是虚惊一场，但患难见真情，咱俩破罐破摔喝了交杯酒。今天世界末日千真万确，我觉得咱俩更得交杯酒！"

"此一时彼一时，那时候咱俩年幼无知，现在都刀枪不入的，还有这必要吗？"

"意义不同！当年那属于私定终身，现在属于一笑泯恩仇，曾经沧海难为水！"

与此同时，李子果已经倒了两杯酒，端到了父母面前。戈玲与李冬宝各自接过一杯，神情郑重地喝了交杯酒。

大家为他们鼓掌。突然，灯光一下子熄灭，偌大的餐厅变得一团昏暗。

刘向前本能反应，"停电啦？"说着，刘向前走到窗边往外一望，"哎哟，都停啦！"

大家拥到窗前，果然，整个城市甚至整个世界都陷入了一片漆黑。

包括袁帅和戈玲，所有人都紧张起来。

"看这阵势，别是真要坏吧？"

安妮等人意识到，最后的时刻到来了。安妮很悲壮，"根据玛雅预言，今天太阳落山，世界陷入黑暗。明天，太阳永不再升起，黎明再不会到来……"

欧小米快哭了，"明天凌晨四点，来自银河星系的几百个星球编队负责收拾残局。太阳无法再为地球照明，所有能源由外星宇宙空间供给……"

接着，所有人都沉默了。似乎整个世界都沉默了。

旭日东升，第一抹曙光照耀城市。2012年12月22日，太阳照常升起。当人们被第一缕阳光唤醒的时候，发现世界是如此美好，如此珍贵。生活在继续。从这一刻起，每个人的内心世界开始了崭新的纪元。这，或许就是玛雅预言的真实意义所在。

虚惊一场。面对新的一天，众人袒露心声。

安妮向大家伸开双臂，"我爱你们！爱你们每个人！"

何澈澈意犹未尽，"这是我经历当中最酷的！"

欧小米郑重其事，"从明天起，我要认认真真地谈一次恋爱！"

戈玲感慨万分，"我很欣慰，危机给编辑部带来了更强的凝聚力！"

李子果嚷嚷，"下次旅游，我一定要去拜会玛雅长老！"

"谁也别拦着我，让我跳下去得啦！挥金如土不得好死！"刘向前痛悔不已，恨不得拿头撞玻璃幕墙。等发现其他人都沉浸在各自的情绪里，并没人注意到他，他便对着镜头自我安慰起来，"谢天谢地谢老婆，大多数钱都在！"

这边厢，袁帅掏出那份赌约，踌躇满志地挥舞着，"老天有眼啊！我这回算是得逞了！红红、小米，咱家走！"

安妮沮丧地接过赌约，仔细一看，转忧为喜，"嘿嘿！你看我签的什么？"

袁帅抢回赌约一看，落款签的是英文的Anney。

安妮得意地笑，"我有效身份证上是安红！签字无效！"

袁帅登时傻眼，"2012，没你这么晃人的！"

李冬宝咧嘴一笑，"再见，2012！"

二十五 WWW风云榜

城市是一个庞大的生物体，姿态万千。日出日落，昼夜不息。

这是我们生活的城市。对我们来说，它既熟悉又陌生。爱它或者恨它，希望或者绝望，拥抱或者离开。它，就在这里。

此时，编辑部会议接近尾声，安妮作总结。

"OK！全年盘点结束，热点人物、热点事件，一网打尽，有褒有贬。相信我们这期'WWW风云榜'一出炉，肯定引发热议！"

大家都如释重负，气氛变得轻松起来，开始了题外话。

"一年之计在于春。盘点当然是必须的，但是本人更喜欢着眼未来。我经常冥思苦想这样一个问题——再过五十年，世界什么样？夜半时分，我辗转难眠，世界都睡了，唯有我醒着！"袁帅打开话匣。

欧小米挖苦道："五十年以后……你想象力够得着那么远吗？"

"再过五十年，医学高度发达，我都百岁老人了，还革命人永远是年轻呢，健步如飞，耳不聋眼不花，自个儿发发微博什么的！"戈玲畅想。

"我要是您，就不盼着活到那时候！"

戈玲没想到袁帅这么说，脸色当然不好看，刘向前赶忙安慰她："袁帅你就是不会说话！戈姨您福如东海、寿比南山，一百多岁照样与时俱进，可上九天揽月，可下五洋捉鳖！"

袁帅却坚持己见："还九天揽月，PM2.5知道吧？那会儿地球环境极度恶劣，臭氧层遭到破坏，露一大黑洞，还有没有月亮都难说！五洋捉鳖也甭想了，南极冰川融化，马尔代夫、荷兰、美国加州已经在海底下了。很多旅游胜地消失，壮丽的自然风光一去不再，人们只能通过录像资料惆怅地想象。

主编您说，那会儿的地球还有什么值得您留恋的?"

"好死不如赖活着!"戈玲的热情受到了打击，但还在自我宽慰，"我哪儿也不去还不行嘛，就老老实实待在家里，享受天伦之乐!"

"享受天伦之乐?"袁帅浇冷水，"不瞒您说，那会儿您还在编辑部勤勤恳恳上班哪!"

"我是热爱咱编辑部，可我也不能老是赖着不退休啊!"

"那没办法!五十年以后，进入老年社会，青壮年比例大幅减少，而且都得集中在国防、高科技跟重体力领域，像咱编辑部这种单位，放眼望去，都是古稀老人!您想想啊，那会儿连李子果都七十多了!"

这一下，戈玲再也乐不起来了。

"帅哥你别危言耸听行吗?"安妮见势插话，"2012咱都平安度过了，还有什么大风大浪能吓倒咱?"

"你一点儿没领会人家玛雅人良苦用心!他们弄一2012末日说，不是吓唬咱玩儿，是给人类敲警钟，说你们差不离就行了，别老胡作，要不然灭了你们!"袁帅反击。

"你把玛雅人说得跟黑社会似的!"欧小米乐了。

"很不黄，但是很暴力!"何澈澈说道。

"我很认真很严肃!五十年以后，安妮、小米你们也都老大不小了，可是还得积极响应国家号召，努力生孩子——没办法，那会儿少年儿童相当于珍稀物种，国家必须大力繁殖!"

安妮和欧小米恼羞成怒，一齐扑向袁帅。

"不劳玛雅人大驾，我们先联手把你灭了!"

袁帅只得把脑袋一抱，一副听天由命的架势。此时，戈玲倒主动站出来替他说话:"袁帅说得虽然有点儿夸张，但也不是没道理。我提议咱们抓抓这个选题，警示人们居安思危、未雨绸缪，还是有积极意义的!"

大家也都深以为是，于是纷纷开始发表感慨。

"那会儿我房贷是还清了，不当房奴了，可是因为房子过剩，我房产也贬值了!"刘向前抱怨。

"那会儿估计您怎么也摇上号了，汽车肯定有了，就是没汽油，石油资源枯竭啊!"欧小米接着说，"汽车就是累赘，汽车厂都改生产自行车了，您还得接着骑您的俩轱辘!"

"别说汽油了，连水都成紧缺资源了！"安妮接过话茬，"南水北调、东水西调，能调的都调了，黄河长江都喝干了，最后一招就是海水淡化。所以海水面积越来越小，太平洋、大西洋都成了大操场。就这样儿还是不够用，贵那是肯定的，而且必须按量供应。这么说吧，五十年以后喝水就相当于现在喝XO，抿一口就是享受！"

何澈澈端起水杯，咕咚咚喝得畅快淋漓，然后抹抹嘴巴："趁着现在还能随便喝，我就别客气啦！"

"我说的这还是饮用水，洗澡就更紧张了！对普通人来说，洗澡基本上就是可望不可及的梦想！那时候富有的标志，不是开豪车住豪宅，是看谁们家渴了就有水喝并且能时不时洗个澡。每天能洗澡的是富豪，每周洗个澡的是中产，公共浴室等待洗澡的人排成长龙，而且还得摇号，中签率比现在买车摇号低得多！"安妮越说越惊恐。

这会儿，袁帅比刚才显得悠然自得："未来也不像你们说的一片黑暗，起码有一点我就特别憧憬——五十年以后男女比例严重失调，虽然我已经是老帅哥了，但仍将成为广大妇女争相追捧的对象。当然了，安妮跟小米也在队伍当中，掐指一算，你们俩也年逾古稀了，就算对我再一往情深，可是让那么多妙龄少女比着，我也只能对你们视而不见了！"

"我早就说过，一旦时机来临，你的反动面目就会暴露无遗！"安妮一脸鄙夷。戈玲及时予以拔高："说一千道一万，我们的目的只有一个，就是警示世人，珍惜现在，造福未来！"

务虚之后，终归还要务实。大家分头准备，编辑部里呈现出忙碌而认真的工作景象。安妮和戈玲先后在一份样稿上签了字，两人相视而笑，戈玲尤为感慨："安妮你发现没有——新编辑部成立以来，每一期从选题到定稿，虽然我们没少争论，但是经过这段时间的磨合，咱俩之间，还有整个编辑部，都越来越默契了！"

"这说明什么？说明我善于骗取老同志的信任，并且能够团结拉拢新同志，开拓进取！"

"也说明我倚老卖老异常成功，而且还偶尔装萌，所以在编辑部这块沃土上枝繁叶茂！"

两人说说笑笑，安妮由此产生了一个想法。

"您这一说，倒给我提了个醒！咱们'WWW风云榜'光评别人了，编辑

504

部大家都是幕后英雄，咱们是不是也可以搞个内部评选？"

"正合我意！"戈玲兴致勃勃，"《WWW》从创刊到取得今天的成绩，编辑部每个人都贡献不小，应该评！"

"咱们评出一位最佳员工，奖励方式就是满足他的一个最大愿望！"

听安妮和戈玲宣布过后，大家热情高涨。

"我的最大愿望吧，就是想由我这儿给娱记摘掉狗仔的帽子！比如大腕儿都争着接受我采访，阿汤哥跟斯皮尔伯格因为这个都翻脸了！"

袁帅及时给欧小米提醒。

"这愿望不是不行，关键是我们帮不了你，这取决于人家阿汤哥——你得说我们能帮你实现的那种！你比如刘老师吧，他的最大愿望肯定是一夜之间成为亿万富翁，那咱编辑部总不能集体帮他抢银行去吧？"

"主要是没枪！"何澈澈说道。

"呸！有航母你也不敢！"袁帅不屑。

"你们太不了解我了，我貌似一个追求物质的人，实际上我真正在乎的是精神。"刘向前顿了顿，"我的最大愿望其实很简单，就是能给我哪怕一天时间，让我当回家做主！"

大家面面相觑。

"这事儿决定权好像也不在我们吧？关键看你们家卫红……"

不料，安妮却果敢地应承下来。

"如果刘老师当选最佳员工，我们可以代表编辑部和聂董好好谈谈！中国革命成功这么多年了，压在妇女头上的三座大山早就被推翻了，刘老师您怎么还不思悔改，继续作威作福呢？……对不起，好像说反了……刘老师您也是，怎么刚不欺压妇女了，就被妇女欺压了呢？"

"我也纳闷！澈澈给我算过一卦，说我前世是卖胭脂化妆品的，专门坑骗妇女，所以这辈子得还债。"

大家开怀大笑。

"那我前世肯定是柳下惠，老坐怀不乱，所以这辈子让我万紫千红簇拥着，想不乱都不行，算是合理补偿！"袁帅自夸。

何澈澈一直坐在一旁，想着自己的心愿。

"我的最大愿望……还是埋在内心最深处吧！"

"刚幼儿园毕业才几天，你还最大愿望？娶媳妇你还小，坑爹吧你又不是那孩子，顶多就是琢磨琢磨团购、秒杀那点儿事儿！"

袁帅调侃何澈澈，何澈澈本人不觉得怎么样，安妮、戈玲不乐意了。

"澈澈怎么就不能有伟大心愿？很多网络曝光的大事都是澈澈他们九〇后见义勇为。别看澈澈平时乖乖的，说不定网上哪个知名大侠就是他哪！"

"就是！我的最大心愿就是澈澈、李子果他们九〇后不打酱油、不俯卧撑，将来都能Hold住！"

欧小米对袁帅表示幸灾乐祸，"又激起众怒了不是？"

"嘘！"刘向前示意大家噤声，会议室电视上正播报有关山区小学生的报道。画面出现孩子们的午餐，竟是窝头咸菜。

记者问那些孩子："你们每天都吃这个？"

孩子们平静地点头。

"能说说吗？你们最大的心愿是什么？"

"去北京！看天安门！"

镜头前出现一张张皴红而天真的脸，热切的目光。随后出现山区小学简陋的校舍，在国歌声中，只见一面国旗冉冉升起，衣衫破旧的孩子们排成整齐的一列，向国旗庄严敬礼。

编辑部所有人都被这则报道触动了。

"我去过这儿！大山深处，小孩儿们上学得走三个小时山路！家里就给他们带点儿腌咸菜，见天儿就吃这个！"袁帅说道。

"比我还省吃俭用哪！"刘向前心生同情。

"就这样儿，他们还心系北京、热爱祖国！"欧小米感慨，"他们最大心愿就是看看首都天安门，多么容易满足啊！"

"跟他们一比，我怎么觉得自己那么身在福中不知福呢？"何澈澈挠头。

"我们家李子果义务支教，会不会也是每天吃咸菜啊？她从来没跟我提起过，每回来电话都说得特好！我那苦命的孩子啊……"戈玲说着，不禁泪水涟涟。安妮赶忙安慰："主编，李子果是我们的骄傲！不吃苦，哪知道甜？不经历风雨，怎么见彩虹？没有人能随随便便成功……"

戈玲抹去眼泪，神情坚毅起来："我们平时难免有这样那样的牢骚，看到这些孩子，我们应该更珍惜生活热爱生活才对！"

荣誉曾经是孤单的风景。如今，繁华世相，目不暇接。荣誉不再孤单，好在风景犹在。

编辑部全体人员都在。会议桌前方立着一个票箱，气氛搞得庄严肃穆。

"《WWW》最佳员工的评选，候选人六位，投票人六位，共收到有效选票六张，投票率百分之百，这充分说明了我们《WWW》编辑部全体员工参政议政的积极性！"安妮总结道。

"在正式公布选票之前，我觉得有必要强调一下，"戈玲神情严肃，"我们编辑部的评选是公开、透明、严肃、认真的，有别于现在那些五花八门的各种评奖啊榜单什么的，搞得花里胡哨，一点儿意义都没有！"

戈玲的话引发了大家的同感与热议。

"现在评奖都泛滥成灾了！电影评奖、电视剧评奖、出版物评奖，演员歌星不用说了，就是专门让人评的，可运动员比赛争金牌就够累的了，偏偏还有好事者组织他们年度评奖！最不可理解的是一群老板，不好好在商海遨游，非得见天在电视上抛头露面，追求出镜率，弄得跟演艺明星似的，然后到年底了，凑一块儿也评奖！"

"尤其娱乐圈，奖项满天飞，名目越来越多，可是期待和认同越来越低。光知道猪肉注水，岂不知评奖更注水！主办方为了博眼球，争相拉拢大腕儿出席，只要你来就给奖！"

"要是大腕儿来多了，奖项不够怎么办？"刘向前提出疑问。

"一听刘老师骨子里还是老实人！您甭替主办方操心，人家招儿多了——设了'最佳'，再设个'最杰出'，还可以再设'最受欢迎'、'最有价值'，实在不行就双黄蛋，免得分赃不均！就说电视剧评奖吧，播出的给你'最佳收视奖'，刚拍完的给你'最佳品质奖'，就连压根儿还没拍的，都能给你个'最佳期待奖'！中国足球打假，因为它愚弄了中国球迷，评奖更得打假，因为它愚弄了广大人民群众啊！"

何澈澈感慨："要这么说，还是富豪评比最公正——拿钱说话，最有钱的排第一。"

"评奖也就评了，我就痛恨他们颁奖，都叫这盛典那盛典，不铺张浪费极尽奢华都不好意思！咱国富民强了，可再怎么说还是发展中国家，别刚有俩钱就胡作！说白了还是暴发户——原先苦大仇深，好不容易有钱了，我得让你们知道知道！"

"敢情帅哥也对这事儿深恶痛绝啊？"欧小米调侃袁帅，"那我看你每回

507

都啪啪啪一通狂拍，挺来劲儿的啊！"

"我那是暴露他们丑恶嘴脸哪！就说走红地毯，一步一趔趄，光天化日穿一露背装，号称跟国际接轨，生把泱泱大国的影视界弄成了好莱坞模仿秀！你非要山寨人家，那起码也得高仿版吧？就咱这PM2.5，动不动就飞沙走石的，红地毯相当于吸尘器，走上去尘土飞扬、一骑绝尘，好玩吗？"

"我严重同意！"戈玲大快，"其实我早就看不惯这一套，就是没敢大声疾呼，生怕被人家说成out！"

"咱们《WWW》对今年社会人物和事件的评点，就没搞这一套！我们的原则是亲民，关注百姓和社会！"安妮强调。

"咱们编辑部的内部评选也是本着评出正气、评出干劲儿的精神，进一步掀起比学赶帮超的热潮！那下面就开始吧！"戈玲宣布，"接下来，由何澈澈监票，欧小米唱票，刘向前计票！"

三个人神情庄重地迈正步走到前面，开始履行各自职责。

何澈澈举起票箱，翻来覆去地向大家展示，意在说明透明公正，却像极了魔术师的噱头。

袁帅催促："你又不是刘谦，赶紧着吧！"

何澈澈这才打开票箱，取出一张票递给欧小米，欧小米朗声宣读："戈玲……主编！"戈玲喜上眉梢。与此同时，刘向前在黑板上写下戈玲名字，并画上了一票。

何澈澈取出第二张票，欧小米继续唱票："安妮……CEO！"

安妮很是欣慰，袁帅则焦急起来，眼巴巴地盼望着。

"刘向前……老师！……何澈澈同学！　欧小米……本人！"

直到最后一张，袁帅已经彻底泄气。不等欧小米宣布，他抢先站起来。

"袁帅……哥！"

"你怎么知道的?"欧小米惊奇。

"废话！你们都不投我，还不许我投我自个儿?！这叫毛遂自荐！"

至此，选票揭晓，黑板上六个名字后面各标有一张票。见此情景，六个人面面相觑，出现这种局面，出乎所有人预料。

"你们怎么都学毛遂啊？"袁帅悻悻地。

"没想到竞争这么激烈，我显然是轻敌了！"

刘向前担心戈玲埋怨他，赶紧解释："戈姨，在投票之前，我经历了激烈的思想斗争！这不是一张普普通通的选票，它有千钧之重！投给谁呢？投给您，大家会说我出于亲情；投给Anney总，大家会说我崇拜领导；投给小米、澈澈，大家会说我照顾小辈儿；投给袁帅，我又没这个决心。思来想去，我别无选择，只好把这庄严的一票投给了自己。"

"刘老师你不投我很正常，咱俩是PK对象啊！可是澈澈，没想到啊没想到，哥平时对你恩重如山，关键时刻你不给力，还留你何用？现在我就执行山规！"袁帅劈手要揪何澈澈，却见安妮、戈玲都虎视眈眈盯着他，连忙假装用手抚摩何澈澈，"后生可畏！后生可畏！哥看好你！"

"我还以为大家都不稀罕呢，所以不好意思投给别人，只好就投自个儿了！"欧小米的话半玩笑半认真。

最后，由安妮进行总结。

"经过这一轮的民主评选，出现了旗鼓相当、难分高下的局面。对此，我表示欣慰。因为这充分说明，编辑部所有同仁都很看重这份荣誉，以致到了当仁不让的程度。那么，荣誉到底属于谁呢？咱们这次评选采取的是民主集中制，民主投票结束了，接下来进入下一程序——也就是集中到本人这儿，由本人负责综合权衡！最佳员工的荣誉花落谁家，让我们拭目以待！"

生杀大权掌握在安妮手中，编辑部众人八仙过海各显神通，纷纷对其展开拉拢腐蚀。

安妮正对着镜子试穿一件旗袍，前后左右地顾盼。忽然有人敲门，安妮来不及换装，情急之下，她抓过一件风衣套在旗袍外面，然后跑回大班台，还没来得及坐稳，袁帅推门进来了。一见安妮不伦不类的穿着，很是不以为然。

"我熏陶你多少回了，穿衣要讲究身份、时间、地点！你这样穿衣服是对我这种专业人士的侮辱，你给我脱掉！马上脱！别让我亲自动手！"

安妮把风衣捂得紧紧的："不脱是侮辱你，脱了是侮辱我，所以你还是忍辱吧！"

袁帅坐到沙发上，开始套近乎："红红……"

"安总！"安妮厉声纠正。

"你集中出来了吧？别不好意思告诉我，我一定戒骄戒躁！"

"这我倒没想，主要就担心你从此一蹶不振！"

"你别有顾虑，虽然咱俩有这层关系，可是古人云举贤不避亲，这魄力你得有！"

"我还真没这魄力！"

一听这个，袁帅感觉不妙，沉下脸来："这么说你是把我集中下去啦？我有意见！我得跟你小肚子上弦谈谈心！"

"不用上弦了，你就直接畅所欲言吧！"

袁帅激动地站了起来，颇为慷慨激昂："撒网要撒迎头网，开船要开顶风船，不怕路长，只怕志短，谷要自长，人要自强，人争气，火争焰，佛争一炷香……"

"人心换人心，八两换半斤！有什么话你说！"安妮听得云里雾里，不知所云，连忙一敲惊堂木，截住袁帅的话头。

"鼓不敲不响，理不辩不明，路是弯的，理是直的，今天咱就一五一十说道说道！我问你，是谁年轻有为，充当编辑部中流砥柱的？"

"是你！"

"是谁坚决抵制外面的种种诱惑，坚持扎根编辑部闹革命的？"

"是你是你！"

"又是谁风里来雨里去，对业务精益求精的？"

"是你是你还是你！"

"我再问你，是谁对你关怀备至情深深雨濛濛……"

"不予支持！"安妮立刻啪地一拍惊堂木，打断袁帅的陈述。

"反正不管从哪方面说，最佳员工都应该非我莫属！"

"当选了最佳员工，可以满足一个最大心愿。不用说，你肯定是想当一天大地主，同时有好几个媳妇，挨排儿挂大红灯笼！大家怕你累个好歹的，所以就没投你票！"

"鸟借羽毛虎借皮，为人处世惜脸皮。我是有怜香惜玉的优点，但你们不能以偏概全，忽略我别的优点啊！我要是当选最佳员工，就想办一个摄影展！"

对袁帅这一想法，安妮不以为然："影展你办得还少啊？再说也没什么新鲜主题，除了美女还是美女，争奇斗艳的，闹得慌！"

"这回我保证不一样！"袁帅显得胸有成竹。

"有什么不一样的？无非就是明星甲换成明星乙了，换汤不换药！"

"这回出镜的明星绝对不是熟脸，都是嫩模！关键是拍摄手法有突破，大量抓拍偷拍，追求真实！"袁帅津津乐道，安妮则瞠目结舌。

今天这位广告客户是卖咸鸭蛋的。安妮驾车驶进停车场，停到车位里。刘向前坐在副驾驶座位上，下意识地仰头朝大厦望望。安妮脱下开车穿的平底鞋，换上高跟鞋，趁此工夫，两人继续讨论有关问题。

"这个客户人很爽，别的都好谈，就这么一个要求——让您亲自当产品代言人，要不您就……"

"不行！"安妮断然拒绝，"他要是别的产品还好说——咸鸭蛋！太雷了吧？那么多明星呢，大嫂型祖母级的，干吗非得找我？"

刘向前从公文包里翻出一张稿纸，照本宣科："您当初不是红评委嘛，客户看中的是您在各个阶层中的号召力，您的形象既时尚又知性，融趣味性和知识性于一身。就像'腌得红'咸鸭蛋一样，老少咸宜，妇孺皆知，既陶冶身心又有益健康。只有您出任代言人，形神兼备，才能准确传递出咸鸭蛋的文化精髓……"

安妮实在听不下去，气得七窍生烟："我跟咸鸭蛋就那么形似而且神似？这都什么客户啊?！要不是为了咱们的广告额，我坚决让他play go！"

"请英译汉！"

"玩儿去！"

"我也开始愤慨了！咱们是追求雅俗共赏，可是咸鸭蛋也太重口味了！要不咱真让他play go！"

安妮一想，还是要忍："谁让咱等这五斗米下锅呢，我就折回腰吧！先让我听听，广告语什么词儿？"

"红评委相中的咸鸭蛋，腌得红，不是苏丹红！"刘向前声情并茂。

"噢，我的My God！"

广告是拿下来了，但安妮一点儿也高兴不起来。从大厦出来，她既气愤又无奈，踩着高跟鞋走得飞快，刘向前快步跟在后面。

"刘向前我命令你，严密封锁消息！将来广告播出，编辑部所有人问起来，你必须坚决否认叫卖咸鸭蛋的那个女人是我本人！"

"行！咱就死不承认！"

"说瞎话还得我教你——就说是你找的模仿秀！"

"高！实在是高！"刘向前一边答应着，一边感叹，"Anney总为编辑部付出的牺牲，日月可鉴！"

"谁让我是CEO呢！市场经济嘛，你好不容易拉到客户，我不支持谁支持！"刘向前很是感动。两人上了车，刘向前趁机提起心事："Anney总，最佳员工您集中出来了吗？我知道您最明察秋毫、知人善任，尤其是我直属于您亲自领导，是嫡系部队，对我这员心腹爱将一年来所做的大量工作都看在眼里，知道我在广告界已经取得了一定成就，所以我由衷感谢您对我的肯定，一定再接再厉，百尺竿头更进一步，在将来取得更大的成绩！"

安妮笑了，"连获奖感言都准备好了，看来我不选你都不行啦……"

"完全没有逼宫的意思！您了解我，我最善于表决心！"

"你的最大心愿都说过了，不就是妄想当家作主嘛，我答应你跟聂董谈！"

"千万别谈！哪里有反抗哪里就有压迫，一谈倒坏了，只能招致更严厉的调控！"

"那你当选最佳员工，难道还别有所图？"

刘向前嘿嘿一笑，倒也直言不讳："不是还有奖金嘛……"

这边，袁帅刚刚拍完一组大片，他和明星女一边休憩喝茶，一边挑选样片。工作区，只有何澈澈一个人在鼓捣电脑。

"帅哥你知道吗？粉丝们在我博客留言，都赞美我波波好美。其实他们不知道，这都归功于你！"明星女娇嗔道。

袁帅做了个忏悔状："仑神啊，饶恕我吧！"

"粉丝都希望我尺度大些，大些，再大些！他们的要求好强烈啊！"

"这哪是粉丝啊，明摆着是色狼！"

"那我不管，我要的就是被关注！帅哥，下回你给我拍大尺度的，你觉得我哪个部位最性感？"

"哪儿最性感我不知道。我就知道吧，什么部位一露，就只有性没有感了！"

"帅哥你原先挺IN的啊，现在怎么OUT啦？"

"我正要跟你们宣布呢，本人决定改路子了！"

"改什么路子？"

"玩儿纯粹——嫩模！偷拍！"

"达人就是达人！"明星女立刻兴奋得两眼放光，"帅哥你说我嫩不嫩？我早盼着遭你偷拍了！创意我都想好了，三个地点——浴室，卧室，换衣间。也别一丝不挂，大众审美还没到那高雅程度，咱稍微挂点儿行吗？"

"再议再议！要不今天就这样儿？"袁帅感到索然无味，巴不得打发明星女快走。明星女只好站起身来，准备离开。这时，安妮和刘向前从外面回来。袁帅一见，连忙叫住明星女，有意做给安妮看。

"哎，我突然有构思了！这样，你来几个POSE，激发我一下！"

明星女立刻调动情绪，当场摆起了POSE，甚是性感。安妮远远地冷眼望着，心里憋着气。刘向前则目不转睛，看得血脉贲张。

袁帅一看差不多了，便及时叫停，并将意犹未尽的明星女送出门，然后反回身来，做无奈状："没办法！轰都轰不走！"

安妮声色俱厉："我严正声明，编辑部不是夜总会，严禁色情表演！"

"咱可不兴随便扣帽子，人家是艺术明星，不是艳舞女郎！刘老师您说刚才那表演怎么样？"袁帅故意问刘向前。刘向前还沉浸在方才的刺激体验里，一时说走了嘴："绝对！"

刘向前醒过味来，连忙改口："啊，不对！她们是打着艺术的幌子，毒害我们广大男性！尤其像澈澈这样涉世未深的……"

"刘老师您太天真无邪了！网上都是这种人体艺术，女星们比学赶帮超，一浪高过一浪。像她这样的，算是守身如玉。我已经阅尽沧桑，早已不再是艺术青年了！"何澈澈不屑。

"天网恢恢，疏而不漏，网络真是让人又爱又恨！反正我们《WWW》严禁传播人体艺术！别人我管不了，还管不了你们?!"说罢，安妮气哼哼地进了自己办公室。

袁帅向刘向前、何澈澈表现自己的得意："气急败坏了，这说明什么？说明见不得我跟别的女的友好往来！"

"说明你最佳员工没戏了！"

袁帅刚要去抓何澈澈，何澈澈已经跑向了安妮办公室。袁帅与刘向前相互对视，觉得不对劲儿。

安妮的电脑出了故障，正不得要领地瞎鼓捣，何澈澈敲门进来。

"澈澈正好！我电脑怎么了这是？"

何澈澈来到跟前，噼里啪啦几下，就解决了问题。

"O了！"安妮自然高兴，夸赞何澈澈，"咱澈澈人小顶大事！最近咱们网站挺火啊，我一出去，别的同行都问我这事儿，羡慕嫉妒恨呗！澈澈你是咱们编辑部的秘密武器！"

"已经暴露了。有人给我打电话，重金利诱我弃暗投明！"

安妮大惊失色，"澈澈你可不许叛变！"

"俗话说，人往高处走，水往低处流。我也需要认真考虑一下自己的未来。"

"我们的未来光辉灿烂啊！你想啊，国家提出文化大繁荣，相当于给文化产业插上了腾飞的翅膀，将来我们编辑部一飞冲天，飞啊飞啊……"

"要不我就跟咱编辑部一块儿飞？"

"必须的！谁再胆敢向你伸出黑手，我必斩断之！"

"我就是觉得吧，自己还不配编辑部这个光荣集体！"

"谁说你不配？绝配！"

"别人都比我表现好，跟他们一比，我应该自动辞职！"

"澈澈我跟你说句心里话吧，在我眼里，编辑部其他人都有这样那样的缺点和不足，只有你是完美无瑕的！"

"这么说，最佳员工非我莫属啦？"何澈澈喜笑颜开。

安妮这才醒悟他的用意所在："好啊澈澈！连你也学会欲擒故纵啦！你先跟我说说，当了最佳员工，你希望满足自己什么心愿？"

"当一天领导！"

话音未落，一直在外偷听的袁帅和刘向前破门而入，"原来编辑部隐藏最深的是你何澈澈！狼子野心暴露无遗啊！"

"别看你表面乖乖的，其实卧薪尝胆，早就妄想有朝一日成为统治阶级！平时我没少支你干活儿，到时候你还不得使唤死我！"

"你们俩干吗？"安妮连忙替何澈澈出面抵挡，"不想当将军的士兵不是好士兵，澈澈有远大抱负，这是好事儿，应当鼓励！瞅你们俩人，就算让澈澈领导一回，怎么啦？"

袁帅把安妮拉到一旁，小声嘀咕："最佳员工不是集中到我这儿了嘛，你不能一个媳妇许两家啊！"

"你别想赖我，我可什么也没答应你！"安妮提高嗓门儿，"要不你们三位暂且回避？本CEO还得继续集中呢！"

不知不觉到了中午。安妮拿着外套从自己办公室出来，发现编辑部里只剩了欧小米一人，状似埋头工作。"小米，就别废寝忘食啦！走，去吃午饭！"欧小米却不慌不忙："安总，咱今天不吃大锅饭了，我给咱开小灶！"说着，欧小米从微波炉里拿出两个饭盒，打开来，里面是圆鼓鼓的饺子。

"我妈包的！"

安妮大喜，顾不得拿筷子，伸手就捏了一个放进嘴里。

"大虾仁！"这饺子正对安妮口味，她本想大快朵颐，还得顾及吃相，面对欧小米，被迫细嚼慢咽，一副淑女相。

"好吃不？"

"好吃！"

"爱吃不？"

"爱吃！"

安妮突然停住，警觉地望着欧小米，"是不是有事求我？最佳员工……"

"革命警惕性还挺高的！"欧小米狡黠地笑着，"那就直截了当，一问一答——请问，定的谁？"

"吃你的嘴短。答——谁也没定。"

"问——这么说，我还有机会？"

"答——当然。"

欧小米略感欣慰："吃饱了没？"

"答——还没。"

"继续！"

"不吃白不吃，谢谢啊！"

安妮顾不得装淑女，转过身背对欧小米，狼吞虎咽起来。

火树银花。夜的城市另有一番姿色。安妮驾车来到一家西餐厅。这里环境很高级。上座率不低，所有客人都压低声音窃窃私语，像在酝酿什么阴谋。安妮长驱直入，一边东张西望，终于看到最里面的角落里站着一个人，远远地冲她招手。快步到了跟前，安妮定睛一看，才认出是戈玲。戈玲刻意打扮了一番，高级外套，长发披肩，还化了晚妆。

"真是您啊？从远处我半信半疑地没敢认！"

"我稍微发生了一点点变化，就引起你这么剧烈的反应？"

"我主要是佩服您的勇气！您屡次拿自个儿形象做实验，无一不以失败告终，今天怎么又心血来潮啦？袁帅要是在这儿，准又得拿您当反面教材，批个体无完肤！"

"所以今天就咱们俩嘛！"

"您怎么选了这么个地方？您向来对西餐都深仇大恨啊！"

"我不是为了照顾你口味嘛！我知道你在苏格兰习惯西餐，现在每天中午工作餐你都顺着我们大伙儿吃便当即盒饭，太委屈你的苏格兰胃了！"

"还是主编心疼我！"安妮边说边招呼，"服务生，点菜！"

片刻之后，餐桌上已经摆满了菜肴，还有一杯葡萄酒。美酒佳肴，安妮享用得很是滋润，而戈玲却难得动一下刀叉。看着安妮埋头吃得兴致勃勃，戈玲终于忍不住了。

"安妮，你怎么也不问问我，为什么好端端地请你吃饭？"

几口酒下肚，安妮脸色绯红，一张口说话，就成了爽快的安红。

"我知道是鸿门宴，那也得吃饱了再说！"

"你都知道啦？敢情我是鸠山你是李玉和！"

"我要是敬酒不吃吃罚酒，您不会像鸠山似的给我上老虎凳吧？"

戈玲沉下脸来，"我之所以把你约到这儿来，本来是想营造一个良好的谈话氛围，让你丧失革命警惕性。既然你识破了我的企图，那咱们就不妨刀对刀、叉对叉！"说着，戈玲下意识地一手拿刀一手拿叉，安妮慌忙刀叉并举，成对峙之势。不料，戈玲的注意力却在那几盘菜上。她费劲儿地用刀叉切了一块牛排，恶狠狠地嚼起来。

"不爱吃也吃！我花钱摆的鸿门宴，凭什么一口不吃啊？"

"您来块儿鹅肝，这贵！"

戈玲把刀叉一放，严肃地盯着安妮，"民主集中制我没意见，可是集中权由你掌握，这我有意见。当然了，你是CEO，可你负责杂志的总体运营。而我是主编，我最熟悉了解编辑部每个人的工作表现。所以要说集中，起码应该由我们两个人一块儿集中！"

"那您打算怎么集中？"安妮不置可否。

"集中对象无非就这几个人。先说刘向前，工作比较积极，态度比较认真，可惜还欠缺开拓精神；袁帅倒是勇于开拓，但是开拓到了感情领域，就成了生活作风问题，必须严打；欧小米思维活跃，工作进步很大，为了避免骄傲自满，先不急着奖励；澈澈当然人见人爱，这就是对他最大的奖励了，而且他毕竟年轻，以后进步空间大得很。"

戈玲一一评点的同时，安妮一个个数着手指头，最后兴奋得目光炯炯。

"主编，姜还是老的辣，慧眼识我！既然您这么力挺我，那我就不客气啦！"

"你还是客气客气吧，我怎么不记得力挺你呢？"

"我这儿数着呢，他们四个一一落选，就剩咱俩了……"

"对啊，我就不能当仁不让一回？"

"主编您都恶贯满盈……不是，都名满天下了，还在乎这个？"

"我在乎的不是这个，是那个！"

一边说着，戈玲的叉子在几盘菜上胡乱指点着，安妮随之一一报出菜名。

"鹅肝、沙拉、牛尾汤、金枪鱼……您到底在乎哪个？"

戈玲放下叉子，改为亲切状："你到编辑部以来，经过磨合，取长补短，我们已经成为一对好搭档，结下了牢不可破的战斗友谊！"

"瓜儿离不开秧，鱼儿离不开水。如果说我是那瓜儿，您就是秧；如果说我是那鱼儿，您就是水！"

"所以，关键时刻瓜儿和鱼儿向着谁，还用我多说吗？"

安妮频频点头，戈玲以为她被说服，松了一口气："没白循循善诱！那咱就内定啦？"

"NO！"

戈玲被噎得直翻白眼。

"我知道你们不喜欢那个Anney——假洋鬼子女魔头！可是这件事上，你们就让她再独断专行一回，行不行？"

戈玲无话可说，气呼呼站起来要走。

"还这么多没吃呢！"

"你都吃喽！大不了明天我给你买减肥药！服务生，买单！"

戈玲在包里翻出钱包，准备结账走人。安妮倒是一点儿不客气，还给戈玲提醒，"不要发票，能给一罐饮料！"

"我要完发票撕喽！就是不能支持偷税漏税！"

"还真走啦？"

"我还有脸在这儿坚持下去吗？今儿我算赔惨了，回家蒙着被子哭去我！"

餐毕，安妮拿着东西往外走，有些酒意朦胧。迎面袁帅正好进门。

"你怎么来啦？"

"主编打电话，让我来给你当司机！"

汽车行驶在流光溢彩的夜色中。袁帅驾车，安妮靠在副驾驶席上，心里暖暖的："主编真好！"

"我要是她，就让你酒驾，交警拘你半个月，然后带着全体编辑部同志们去探监，鼓励你好好改造重新做人！"

"主编才不像你这般歹毒哪！"

"编辑部两大巨头谈崩了，我就纳闷，最后到底集中给谁了？反正明天就揭晓了，你就让我提前明白明白！"

"反正明天就揭晓了，你就再忍忍！"

"我有知情权！"

"是啊，从明天开始！"

"信不信我把车开到荒郊野外，然后斗胆对你痛下毒手？"

"我相信最佳员工不会这么做的。"

"你分明是话里有话啊！"袁帅一听，喜上眉梢，"我要是没猜错的话，天上掉馅饼砸着的是本人？"

"掉的是铁饼！"

"你这是谋害亲夫！红红，你怎么一点儿不理解我呢？我不是为了我自己，我是为了咱们编辑部！"

"正是为了编辑部，我才得一碗水端平啊！"

袁帅一肚子怨气，"像我们这当领导家属的，明明吃亏让人，说出去人家还都不信！"

转天。公布结果的日子到了。

刘向前西装革履，正对着镜子打领带。耿二雁一步跨进来，与刘向前互相打量着，都是同样款式、颜色的西装和领带。

"哎呀，咋还情侣装了呢？"

"二总咱俩不是情侣装，咱这叫撞衫！"

"撞衫？是你撞我还是我撞你？"

"我撞的您行吗？向二总学习、向二总致敬！一切向二总看齐！"

"小戈呢？让她瞅我是不是帅呆了？"

"戈姨去布置会场了！袁帅他们去请嘉宾，家里就剩我跟Anney总了！"

"二总，不是通知您直接去会场吗？"安妮闻声从自己办公室出来。

"我是来跟你说，你们仨W搞风云榜，我不能光揭榜啊……"

"不叫揭榜，叫颁奖！您是颁奖嘉宾！"

"甭管叫什么，我得百分百支持你们仨W——冠名权我赞助了，就叫'威虎山仨W风云榜'，听着就气派！"

安妮小声嘀咕："我听着怎么像土匪排座次呢？"

与此同时，袁帅和欧小米驾车来到一豪华会所前。他们此行的任务是请李冬宝出山。

"是这儿吗？瞅着挺平常的地儿啊！"

"不懂了吧？人家高级会所要的就这效果，从外面瞅不显山不露水，一进去别有洞天！李冬宝就在里头！"

会所里面果然超豪华。在服务生引领下，袁帅和欧小米穿来绕去。在此过程中，几乎不见一个人，幽深得像一座宫殿。接近晕头转向的时候，他们终于来到一扇门外。这扇门雕龙画凤，直逼皇家气派。服务生按动电钮，门缓缓打开，出现一个阔大的空间。中央摆着一张餐桌，李冬宝独自一人坐在桌旁，正吃着什么。

袁帅和欧小米进了门，走向李冬宝。到了近前，李冬宝示意二人落座。

"稍等，再有两口就完！"

欧小米好奇地仔细看，忍不住惊讶："我还当您吃什么山珍海味呢，敢情就挂面汤?!"

"前辈，您这是练的哪种功法？"袁帅半信半疑。

"就想吃碗面汤，结果还不是那味儿！"

"前辈，我说句话您别不爱听——这地方没烟火气儿，吃什么都不是味儿！"

"精辟！"李冬宝缓缓点头，索性把碗推到一边，准备接受欧小米的采访。

"是说下一个戏的事儿吗？剧情保密，这是协议里写着的。别的问什么都行，有问必答。"

"助理没跟您说啊？今儿不是采访，编辑部年终评选，请您去做颁奖嘉宾！"

"这事儿倒是挺有意义的。"李冬宝想了想,欲推辞,"不过我就别去了吧? 倒不是我推脱,更不是对编辑部没感情,我是说吧,容易喧宾夺主!"

袁帅连忙替欧小米做说服工作。

"前辈,咱编辑部虽然是内部颁奖,可是赢得了社会各界大力支持,威虎山集团主动要求冠名赞助,耿总非常踊跃非常……"

一听到威虎山和耿二雁,李冬宝反应极其敏感,立刻询问。

"就那谁?"

"就那谁!"

"那我还真得喧宾夺主去!"李冬宝站起身就走。

袁帅和欧小米没想到歪打正着地戳中了李冬宝的敏感神经,得意地相视而笑,连忙快步追上去。

编辑部举办颁奖盛典这地方类似酒店的多功能厅,既可以开会又适合酒宴,灯光设备齐全,搞得颇有气氛。随着开场音乐,盛装的安妮走上台来,深情环顾众人:"Ladies and Gentlmen……"安妮停顿住了,"我很激动……请原谅今天我自作主张,因为我想给你们每个人惊喜!"安妮似乎有千言万语,却都留在了心底,"下面将要颁发的每一个奖项,都代表着我的心声! OK,我的致辞完毕。接下来,'威虎山WWW风云榜'将一一揭晓! 下面,有请第一位颁奖嘉宾——牛大姐!"

在热烈的掌声中,牛大姐神采奕奕地走上台,拿出事先准备好的厚厚一沓发言稿,一板一眼地念起来:"各位领导,各位同志,你们好! 作为编辑部的元老,前来出席这次盛会,我感到非常高兴!"牛大姐主动领掌,编辑部众人跟随。"今天在这里,我总是抑制不住地心潮澎湃。编辑部能够取得今天这样的成绩,是和一代代编辑部人前仆后继奋力拼搏分不开的! 回忆起编辑部的创业和发展历程,三天三夜说不完,千言万语口难开。但是我一定要说。这,还要从头说起,那是在上世纪九十年代……"

"对不起牛大姐!"安妮连忙打断牛大姐的话,"这回书咱先说到这儿,我把您的发言稿发给每人一份,让大家一定好好学习,然后交读后感!"

"那我就放心了! 原稿给我留着,我还得存档哪!"牛大姐把发言稿交给安妮,安妮则替她打开颁奖信封。

"下面请牛大姐颁发'终身成就奖'!"

"获得'威虎山WWW风云榜'终身成就奖的是——戈玲!"

戈玲的第一反应是意外，直到大家为她热烈鼓掌，她才激动地站起来，走上台，双手接过牛大姐颁发的奖杯："我非常激动！说实话，我没想到能获奖。之所以厚着脸皮跟你们争，是因为我想让编辑部满足我一个最大的心愿——准我休个假，去山区看看李子果，看看那些孩子们！"

大家鼓掌，表示对戈玲的理解与支持。

"主编，我现在就可以满足您的愿望。"安妮神秘一笑，"——有请李子果！"

果然，李子果如同从天而降，出现在大家面前。戈玲惊喜交加，与李子果深情拥抱，喜极而泣。李子果帮母亲擦去眼泪，落落大方地向大家说明情况："一切都是Anney姐姐精心安排的！我也很想念妈妈和你们大家，我特高兴！"

"李子果还带给大家一个礼物！"安妮举起一个奖章，"她被当地政府评为'优秀教师'啦！"安妮把奖章交给戈玲，戈玲无比欣慰地将奖章挂在李子果胸前。大家热烈鼓掌。

"下面请李子果老师颁发下一个奖项！"

李子果打开颁奖信封，"'威虎山WWW风云榜'最具潜质奖——何澈澈！"

在大家的掌声中，何澈澈登台领奖，装扮很潮。

"谢谢！我说过，我的最大心愿就是当一天领导，这样我就能满足你们每个人的心愿！因为我知道，你们的心愿都是美好的！最后我要说，同样是九〇后，我要向李子果学习！"

掌声再次响起。

"下面有请为广大人民所耳熟能详、喜闻乐见、家喻户晓、广为传颂的——"

"李、冬、宝！"众人齐声。

李冬宝应声出现，带着标志性的笑容："我知道这回给我的任务不是领奖，是颁奖。我觉得吧，颁奖比领奖好！因为领奖遭人恨，颁奖有人缘！"

大家笑声一片。

"在颁奖之前，请让我先跟我女儿打个招呼——我很想她！"李冬宝回过身，李子果走上前来，父女拥抱。现场出奇地安静。袁帅偷眼一看，身旁的欧小米已经泪光闪闪。

"这笑星要是煽起情来，悲喜交加更要命！"袁帅小声说。

李冬宝平静下来，打开信封，故意不念冠名企业名称："'WWW风云榜'……"

"威虎山！"戈玲连忙小声提醒。

"什么？智取威虎山？"

戈玲立刻识破了李冬宝的心思，绷着脸偷偷威胁他，"你还奇袭白虎团呢！违反赞助合约，赔款你替我掏！"

"掏钱我倒不怕，就怕威虎山下来胡子。戈玲你现在黑白两道，回头找时间我得劝劝你！"

"我表示同意。现在可以开奖了吗？"

李冬宝这才大声念出获奖名单："'威虎山WWW风云榜'最具实力奖——袁帅！"

袁帅得意地向大家挥挥手，在掌声中登上了台，从李冬宝手中接过奖杯。

"得这个奖，我既高兴又遗憾！高兴的是，我的实力终于得到了公认；遗憾的是，我的外形被忽略不计了——就凭咱这形象，应该实力加偶像啊！"

大家都善意地笑了。

"对不起我再补充两句啊——"李冬宝说道，"当初我在咱编辑部就是现在袁帅这岗位，工作是兢兢业业了，可是没少为自己这形象暗自苦恼。直到一不注意掉进了演艺界，要不怎么这张脸就备受肯定了，我才恢复自信。所以我要对袁帅由衷地说，不知道哪块云彩下雨，实力派靠谱！"

"谢谢前辈鼓励！有件事我一直想请教，您是如何做到在万花丛中辗转腾挪、片叶不沾身的？"

"这事儿下去咱单聊！"

"好！下面该说我的获奖心愿了。去年我到过一个地方，大山深处，方圆五十里只有一所小学，条件艰苦得难以想象。这就是那天我们在电视报道里看到的。那些孩子们让我感动。当时我拍了很多照片，一直希望能有机会办个影展，让大家知道还有这样的一群孩子，艰苦但是坚强！"

袁帅的话语赢得了大家的掌声。

"到时候别忘了告诉一声，我准到！"李冬宝喊道。

掌声过后，李冬宝继续站在台上："按说我该下去了，来之前说就让我颁一个奖，下边这个奖本来是请葛优来颁，葛优那儿也答应了，可是临时有事困住了，所以郑晓龙导演就抓我救场，顶替葛优来颁这个奖——'威虎山WWW风云榜'最具活力奖——欧小米！"

欧小米喜滋滋地跨步上台，从李冬宝手中接过奖杯。

"刚才我在底下一直想呢，给我个什么奖呢——最具活力，我觉得还挺名副其实的！谢谢大家的帮助和支持！说到心愿，其实跟大家想到一块儿去了，就是想进山看看那些孩子们，做一次真正有话要说的采访！"

此时，刘向前在台下有些等不及，快步走上台来，情绪很是激昂："我也正想说呢，我打算把平时积攒的小金库拿出来，捐给孩子们！……"

大家为刘向前热烈鼓掌。刘向前正激动，忽然发现聂卫红走上台，立刻变得紧张起来："你怎么也来啦？我那不是……"

"你甭紧张，我宣布对你的三条决定。第一条，刚才你的捐款提议，本董事长批准了；第二条，小金库问题既往不咎，但下不为例；第三条，'威虎山WWW风云榜'突出贡献奖——刘向前！"

刘向前愣了，直到聂卫红手举奖杯向他示意，他才反应过来，接过奖杯。掌声中，他抑制不住激动："我非常非常激动！我觉得这个奖不只是给我个人的，也是给我父亲刘书友的。他人老实、守纪律、爱祖国、爱人民，为了编辑部，他献了青春献子孙！我一定要继承父亲的遗志，继续努力，争取作出更突出的贡献！"

此时，耿二雁已经在台侧跃跃欲试。刘向前话音刚落，耿二雁就迫不及待地跨步上台："终于到我了！威虎山赞助冠名仨W风云榜，我高兴！又是一年春来到，一年之计在于春，我很高兴！今天我们欢聚在这里，又是一年春来到，我相信你们的心情和我一样，也很高兴……"

"二总，春天一到，全国人民都很高兴！您就快点儿颁奖吧，我还等着哪！"见耿二雁语无伦次，安妮连忙提醒。

耿二雁这才打开信封，朗声宣布："'威虎山仨W风云榜'最佳新人奖——安妮！"

众人先是一怔，紧接着便会意地微笑，集体热烈鼓掌。

"作为编辑部的新人，我心怀忐忑。我要对你们说，我热爱编辑部，热爱我的工作，热爱你们！"

大家注视着安妮，静静地听着。

"我的最大心愿是，帮助你们每个人实现你们的心愿！所以，我宣布，在假期到来时，将以编辑部的名义，邀请那些大山深处的孩子以及李子果的学生们来北京，来我们编辑部。让他们知道，有许多人在关注他们，关心他们！"

又是一阵热烈掌声。

此时，袁帅已经调好了自动快门，然后快步跑回人群。

"注意了注意了！全体合影！"

随着快门清脆的声音，所有的笑脸定格。

而生活在继续。

图书在版编目（CIP）数据

新编辑部故事/巩向东著. - 北京：作家出版社，2013.4
ISBN 978 - 7 - 5063 - 6867 - 4

Ⅰ.①新… Ⅱ.①巩… Ⅲ.①长篇小说 - 中国 - 当代
Ⅳ.①I247.5

中国版本图书馆 CIP 数据核字（2013）第 055229 号

新编辑部故事

作　　者：巩向东
责任编辑：田小爽
装帧设计：任凌云
插图设计：碧悠动漫
出版发行：作家出版社
社　　址：北京农展馆南里 10 号　　邮编：100125
电话传真：86 - 10 - 65930756（出版发行部）
　　　　　86 - 10 - 65004079（总编室）
　　　　　86 - 10 - 65015116（邮购部）
E - mail：zuojia@ zuojia. net. cn
http：//www. haozuojia. com（作家在线）
印　　刷：三河市北燕印装有限公司
成品尺寸：152×230
印　　张：33.5
版　　次：2013 年 4 月第 1 版
印　　次：2013 年 4 月第 1 次印刷
ISBN 978 - 7 - 5063 - 6867 - 4
定　　价：39.00 元